白虎通義　譯註

역주자 소개

김 만 원(金萬源)

국립서울대학교 중어중문학과 학사 / 석사 / 박사
국립대만대학교 중문과 방문학자
국립강릉대학교 인문과학연구소장
국립강릉원주대학교 인문대학장 겸 교육대학원장
현 국립강릉원주대학교 중어중문학과 교수

≪死不休-두보의 삶과 문학≫, 공저, 서울대학교출판부(2012)
≪두보 고체시 명편≫, 공역, 서울대학교출판문화원(2015)
≪두보 2차성도시기시 역해≫, 공역, 서울대학교출판문화원(2016)
≪山堂肆考 譯註≫(20책), 도서출판역락(2014)
≪事物紀原 譯註≫(2책), 도서출판역락(2015)
≪氏族大全 譯註≫(4책), 도서출판역락(2016)
≪四庫全書簡明目錄 譯註≫(4책), 도서출판역락(2017)

文淵閣欽定四庫全書
白虎通義 譯註

초판 인쇄 2018년 12월 24일
초판 발행 2018년 12월 30일

역 주 김만원
펴낸이 이대현
편 집 박윤정
디자인 안혜진
펴낸곳 도서출판 역락 | **등록** 제303-2002-000014호(등록일 1999년 4월 19일)
주 소 서울시 서초구 동광로46길 6-6 문창빌딩 2층
전 화 02-3409-2058(영업부), 2060(편집부) | **팩시밀리** 02-3409-2059
전자우편 youkrack@hanmail.net
홈페이지 http://www.youkrackbooks.com
ISBN 979-11-6244-231-9 93820

＊정가는 표지에 있습니다.
＊파본은 구입처에서 교환해 드립니다.

文淵閣四庫全書本

白虎通義 譯註

後漢 班固 撰

金萬源 標點·校勘·譯註

역락

서 문

필자는 중국의 고전과 관련하여 폭넓은 지식과 다양한 정보의 체계적인 자료를 구축하고자 하는 욕심에 다음과 같은 4종의 총서 역주서를 세상에 선보인 적이 있다.

중국고전총서1 고사편 : ≪산당사고 역주≫ 20책 (2014)
중국고전총서2 어휘편 : ≪사물기원 역주≫ 2책 (2015)
중국고전총서3 인물편 : ≪씨족대전 역주≫ 4책 (2016)
중국고전총서4 도서편 : ≪사고전서간명목록 역주≫ 4책 (2017)

이상 4종의 총서를 발간한 뒤 이를 바탕으로 고문헌에 대해 보다 깊이 있는 탐구를 시도해 보고자 하는 마음이 생겼다. 이 책은 이러한 동기로 인해 착수하여 얻은 첫 번째 결과물이다.

이 책 ≪백호통의白虎通義≫는 후한 때 학자인 반고班固(32-92)가 장서각인 백호관白虎觀에서 중국 고대의 여러 가지 제도와 문화에 대해 고찰하면서 경서經書 등 다양한 고서古書를 가지고 증빙하는 과정을 통해 얻은 성과물이다. 이 책의 가장 큰 특징을 든다면 끊임없이 질문을 던지고 답변을 제시하는 과정을 반복적으로 진행하고 있는 점이다. 즉 궁금증을 해소하기 위한 가장 효율적인 논리 구조를 갖추고 있다고 할 수 있다. 그래서 후한 말엽에 응소應劭(?-?)가 지은 ≪풍속통의風俗通義≫ 및 채옹蔡邕(133-192)이 지은 ≪독단獨斷≫과 함께 한나라 이전의 학술과 제도를 연구하는 데 있어서 무척 귀중한 자료로 평가받아 왔다.

그러나 오랜 세월에 걸쳐 전래되면서 오자誤字나 탈자脫字·연자衍字가 발생하고, 문장이 뒤섞이는 과정을 겪는 바람에 현전하는 서책은 온전한 형태를 갖추지 못 하고 있다. 이에 본고에서는 청나라 진입陳立이 교감한 ≪백호통소증白虎通疏證≫을 참조하여 수정할 것은 수정하고, 보충할 것은 보충함으로써 재정리하였다. 다만 문맥상 상당한 하자가 발견되는 경우에 한정하고 그렇지 않은 경우는 사고전서본의 원문을 가급적 존중하는 쪽으로 작업을 진행하였다. 이에 대해서는 주석에서 소상히 밝히고자 노력하였다.

　이 책의 역주 작업은 기존의 역주서와 마찬가지로 '표점(구두점) 정리→교감→각주→번역'의 순차를 밟아 진행하였다. 이러한 일련의 작업은 개인의 천학비재淺學非才한 역량에 의존하였기에 오류가 있을 수 있다. 독자제현의 냉엄한 지적이 있으리라 생각한다. 끝으로 이 책의 출간을 위해 물심양면으로 도움을 주신 모든 분들에게 고개 숙여 깊이 감사의 인사를 올린다.

2018년 11월 1일
강원도 강릉시 청헌재清軒齋에서 필자 씀

일 러 두 기

1 문연각사고전서본文淵閣四庫全書本 ≪백호통의白虎通義≫의 본 교
  감 및 역주 작업에서 사용한 기호와 차서는 아래와 같다.

　■ : 권제목 예) ■白虎通義卷上■

　□ : 장제목 예) ◇德論上

　◆ : 절제목 예) ◆爵(작위)

　◇ : 항제목 예) ◇천자는 작위 명칭이다(항제목은 원서에 없으나 본
　　　　문의 내용과 ≪백호통소증≫을 참조하여 필자가 첨기하였음)

　● : 각 항제목 아래의 원문原文

　○ : 각 항제목 아래의 역문譯文

2 이 책에 보이는 속자俗字나 통용되지 않는 이체자異體字는 저자의
  의도나 문맥을 해치지 않는다고 판단되면 가급적 정자正字로 교체
  하였다.

3 일상적인 한자어나 반복하여 출현하는 한자어인 경우는 우리말 뒤
  에 한자를 생략하였고, 원문에 동일한 한자어가 명기되어 있을 경우
  도 가급적 우리말 뒤에 한자를 반복하여 명기하지 않았다. 다만 각
  주에서는 모든 한자어 뒤에 괄호로 독음을 달았는데, 우리말 독음은
  본음本音이 아닌 두음법칙頭音法則에 준한 한글사전식 표기법에 의
  거하였음을 밝힌다. 한자어 뒤에 특별히 독음이나 해설을 보충할 때
  는 괄호를 사용하였지만, 한자를 우리말 뒤에 병기할 때는 괄호를
  사용하지 않았다.

4 각주는 양적인 문제 때문에 권卷이 바뀔 때마다 새 번호로 시작하
  였다. 각주의 내용도 독자들의 편의를 위해 각 권을 단위로 새로 달
  았으나, 같은 권 안에서는 처음 출현할 때만 각주를 달고 재차 출현
  하였을 경우는 중복을 피하기 위해 각주를 달지 않았다. 아울러 각
  주의 내용은 문맥을 이해하는 데 도움이 되는 내용을 위주로 기술
  하였다.

5 고유명사, 즉 인명人名이나 지명地名・서명書名・직명職名・연호年號 등의 경우 문장의 이해에 필요하다고 판단되는 경우에는 각주를 달았지만, 일반적으로 널리 알려졌거나 본문을 통해 어느 정도 윤곽을 인지할 수 있는 경우는 생략하였다. 단 현전하는 문헌으로 고증할 수 없는 경우는 그 연유를 밝혔다.

6 인명의 경우 자字나 호號・자호自號・묘호廟號・시호諡號・봉호封號・관호官號 등 별칭으로 표기된 경우, 특별한 경우가 아니면 독자들이 이해하기 쉽도록 일괄적으로 별칭을 앞에 적고 실명을 뒤에 적었으며, 본문에서 시대를 밝히지 않은 경우는 왕조명을 괄호로 병기해 시간적인 이해를 돕도록 하였다. 아울러 저자나 편자의 경우 생졸연대를 괄호로 표기하되 불분명한 경우는 생략하였음을 밝힌다.

7 지명의 경우 지금의 성省 단위 행정 체계는 명청明淸 때부터 윤곽이 잡히기 시작하였다. 따라서 비록 고대의 행정 구역명과 현대의 행정 구역명에 다소 차이가 있더라도 고대 명칭을 그대로 사용하되 현대의 성 명칭을 괄호로 병기해 공간적인 이해를 돕고자 하였다.

8 서명의 경우 사고전서본四庫全書本과 속수사고전서본續修四庫全書本・사고전서존목총서본四庫全書存目叢書本 등의 명칭을 위주로 표기하였다. 단 십삼경주소본十三經注疏本은 '주소注疏'라는 명칭을 생략하고, 《역경易經》 《서경書經》 《시경詩經》 《좌전左傳》 《공양전公羊傳》 《곡량전穀梁傳》 《주례周禮》 《의례儀禮》 《예기禮記》 《논어論語》 《맹자孟子》 《효경孝經》 《이아爾雅》 등 통용 명칭을 사용하였다. 또한 예문의 출처를 밝힐 때 원전의 서명・편명・권수 등은 사고전서본을 기준으로 하였음을 밝힌다.

9 본 역주서에서의 음가音價는 한글 독음을 기준으로 하되 한글 독음과 고대 중국의 반절음反切音 및 현대한어병음現代漢語拼音상의 음가가 불일치할 경우는 한글 독음과 반절음 혹은 한어병음을 병기함으로써 독자의 이해를 돕는 방향으로 작업을 하였음을 밝힌다.

참 고 문 헌

1. 사전류

≪漢韓大辭典≫ 동양학연구소 한국: 단국대학교출판부(2008)

≪韓國漢字語辭典≫ 동양학연구소 한국: 단국대학교출판부(1996)

≪漢韓大字典≫ 한국: 민중서관(1983)

≪中韓辭典≫ 고대민족문화연구소 한국:고려대학교출판부(1993)

≪漢語大詞典≫ 漢語大詞典編纂委員會 中國: 上海辭書(1986)

≪中文大辭典≫ 中文大辭典編纂委員會 編 臺灣: 中華學術院(1973)

≪四庫大辭典≫ 李學根・呂文郁 編 中國: 吉林大學出版社(1996)

≪二十六史大辭典≫ 馮濤 編 中國: 九洲圖書出版社(1999)

≪十三經大辭典≫ 吳楓 編 中國: 中國社會出版社(2000)

≪中國歷史大辭典≫ 中國歷史大辭典編纂委員會 中國: 上海辭書(2000)

≪中國古今地名大辭典≫ 謝壽昌 等 編 中國: 商務印書館(1931)

≪中國歷代職官辭典≫ 沈起煒・徐光烈 編 中國: 上海辭書(影印本)

≪中國古代文學家字號室名別稱辭典≫ 張福慶 編 中國: 華文出版社(2002)

≪中國文學家大辭典≫ 譚正璧 編 中國: 上海書店(1981)

≪中國文學家列傳≫ 楊蔭深 臺灣: 中華書局(1984)

≪中國文學大辭典≫ 傅璇琮 等 編 中國: 上海辭書(2001)

≪中國詩學大辭典≫ 傅璇琮 等 編 中國: 浙江教育出版社(1999)

≪中國詞學大辭典≫ 馬興榮 等 編 中國: 浙江教育出版社(1996)

≪中國曲學大辭典≫ 齊森華 等 編 中國: 浙江教育出版社(1997)

≪唐詩大辭典≫ 周勛初 編 中國: 鳳凰出版社(2003)

≪宋詞大辭典≫ 王兆鵬・劉尊明 主編 中國: 鳳凰出版社(2003)

≪元曲大辭典≫ 李修生 主編 中國: 鳳凰出版社(2003)

≪詩詞曲小說語辭大典≫ 王貴元 主編 中國: 群言出版社(1993)

≪中國古典小說鑑賞辭典≫ 谷說 主編 中國: 中國展望出版社(1989)

≪中國哲學大辭典≫ 方克立 編 中國: 中國社會科學出版社(1994)

≪中國哲學辭典≫ 韋政通 編 中國: 水牛出版社(1993)

≪中國典故大辭典≫ 辛夷・成志偉 編 中國: 北京燕山出版社(2009)

≪中華成語大辭典≫ 中國: 吉林文史出版社(1992)

≪宗敎辭典≫ 任繼愈 編 中國: 上海辭書(1981)

≪佛敎大辭典≫ 任繼愈 編 中國: 江蘇古籍出版社(2002)

≪佛經解說辭典≫ 劉保全 著 中國: 河南大學出版社(1997)

≪中華道敎大辭典≫ 胡孚琛 編 中國: 中國社會科學出版社(1995)

≪十三經索引≫ 葉紹均 編 臺灣: 開明書店(影印本)

≪諸子引得≫ 臺北: 宗靑圖書出版公司(影印本)

2. 원전류

≪四庫全書簡明目錄≫ 淸 于敏中 等 撰 中國: 上海古籍(1995)

≪四庫全書叢目提要≫ 淸 紀昀 撰, 王雲五 主編 臺灣: 商務印書館(1978)

≪文淵閣四庫全書≫ 淸 乾隆帝 勅撰 中國: 上海古籍(1995)

≪續修四庫全書≫ 編纂委員會 編 中國: 上海古籍(1995)

≪四庫全書存目叢書≫ 編纂委員會 編 中國: 齊魯書社(1997)

≪四庫未收書輯刊≫ 編纂委員會 編 中國: 北京出版社(1998)

≪四庫禁毀書叢刊≫ 編纂委員會 編 中國: 北京出版社(1998)

≪全上古三代秦漢三國六朝文≫ 淸 嚴可均 編 中國: 中華書局(1999)

≪全唐文≫ 淸 董皓 編 中國: 上海古籍(2007)

≪先秦漢魏晉南北朝詩≫ 逯欽立 編 中國: 中華書局(1982)

≪全漢三國晉南北朝詩≫ 丁福保 編 臺灣: 世界書局(1978)

≪全唐詩≫ 淸 康熙帝 勅撰 中國: 中華書局(1999)

≪全宋詩≫ 北京大學古文獻硏究所 編 中國: 北京大學出版社(1998)

≪全宋詩索引≫ 北京大學古文獻硏究所 編 中國: 北京大學出版社(1999)

≪御定詞譜≫ 淸 康熙帝 勅撰 中國: 上海古籍(1995) 四庫全書本

≪北堂書鈔≫ 唐 虞世南 撰 中國: 上海古籍(1995) 四庫全書本

≪藝文類聚≫ 唐 歐陽詢 勅撰 中國: 上海古籍(2010)

≪初學記≫ 唐 徐堅 勅撰 中國: 中華書局(2010)

≪白孔六帖≫ 唐 白居易 撰 中國: 上海古籍(1995) 四庫全書本

≪太平御覽≫ 宋 李昉 勅撰 中國: 河北教育出版社(2000)

≪太平廣記≫ 宋 李昉 勅撰 中國: 中華書局(1986)

≪冊府元龜≫ 宋 王欽若 勅撰 中國: 鳳凰出版社(2006)

≪玉海≫ 宋 王應麟 撰 中國: 廣陵書社(2002)

≪海錄碎事≫ 宋 葉廷珪 撰 中國: 中華書局(2002)

≪記纂淵海≫ 宋 潘自牧 撰 中國: 上海古籍(1995) 四庫全書本

≪古今事文類聚≫ 宋 祝穆 撰 中國: 上海古籍(1995) 四庫全書本

≪古今合璧事類備要≫ 宋 謝維新 撰 中國: 上海古籍(1995) 四庫全書本

≪職官分紀≫ 宋 孫逢吉 撰 中國: 上海古籍(1995) 四庫全書本

≪錦繡萬花谷≫ 宋 著者 未詳 中國: 上海古籍(1995) 四庫全書本

≪翰苑新書≫ 宋 著者 未詳 中國: 上海古籍(1995) 四庫全書本

≪喻林≫ 明 徐元太 撰 中國: 上海古籍(1995) 四庫全書本

≪天中記≫ 明 陳耀文 撰 中國: 上海古籍(1995) 四庫全書本

≪御定淵鑑類函≫ 淸 康熙帝 勅撰 中國: 上海古籍(1995) 四庫全書本

≪御定駢字類編≫ 淸 康熙帝 勅撰 中國: 上海古籍(1995) 四庫全書本

≪御定子史精華≫ 淸 康熙帝 勅撰 中國: 上海古籍(1995) 四庫全書本

≪御定佩文韻府≫ 淸 康熙帝 勅撰 中國: 上海古籍(1995) 四庫全書本

≪通典≫ 唐 杜佑 中國: 中華書局(1992)

≪御定續通典≫ 淸 康熙帝 勅撰 中國: 商務印書館(1935)

≪通志≫ 宋 鄭樵 撰 中國: 中華書局(1987)

≪御定續通志≫ 淸 康熙帝 勅撰 中國: 浙江古籍出版社(2000)

≪文獻通考≫ 元 馬端臨 撰 中國: 中華書局(1986)

≪御定續文獻通考≫ 淸 康熙帝 勅撰 中國: 商務印書館(1936)

3. 주석류

≪十三經注疏≫ 淸 紀昀 等 編 臺灣: 藝文印書館
≪說文解字注≫ 後漢 許愼 撰・淸 段玉裁 注 臺灣: 黎明文化事業公司
≪曹子建詩注≫ 魏 曹植 撰・黃節 注 臺灣: 藝文印書館
≪曹植詩解譯≫ 魏 曹植 撰・聶文郁 解釋 中國: 靑海人民出版社
≪阮步兵詠懷詩注≫ 魏 阮籍 撰・黃節 注 臺灣: 藝文印書館
≪嵇康集注≫ 魏 嵇康 撰・殷翔 郭全芝 注 中國: 黃山書社
≪陸士衡詩注≫ 晉 陸機 撰・郝立權 注 臺灣: 藝文印書館
≪陶淵明集校箋≫ 晉 陶潛 撰・楊勇 校箋 臺灣: 鼎文書局
≪謝康樂詩注≫ 宋 謝靈運 撰・黃節 注 臺灣: 商務印書館
≪鮑參軍詩注≫ 宋 鮑照 撰・黃節 注 臺灣: 藝文印書館
≪謝宣城詩注≫ 齊 謝朓 撰・郝立權 注 臺灣: 藝文印書館
≪謝宣城集校注≫ 齊 謝朓 撰・洪順隆 校注 臺灣: 中華書局
≪李白詩全譯≫ 唐 李白 撰 中國: 河北人民出版社(1997)
≪杜詩詳註≫ 唐 杜甫 撰・淸 仇兆鰲 注 中國: 中華書局
≪杜甫詩全譯≫ 唐 杜甫 撰・韓成武 譯 中國: 河北人民出版社(1997)
≪樊川詩集注≫ 唐 杜牧 撰・淸 馮集梧 注 中國: 上海古籍(1982)
≪詳注十八家詩抄≫ 淸 曾國藩 撰 臺灣: 世界書局
≪新譯唐詩三百首≫ 邱燮友 譯註 臺灣: 三民書局(1973)
≪增訂註釋全唐詩≫ 陳貽焮 主編 中國: 文化藝術出版社(1996)
≪二十四史全譯≫ 章培恒 等 譯 中國: 漢語大詞典出版社(2004)
≪資治通鑑全譯≫ 宋 司馬光 撰 中國: 貴州人民出版社(1993)
≪中國歷代名著全譯叢書≫ 王運熙 主編 中國: 貴州人民出版社(1997)
≪二十二子詳注全譯≫ 韓格平 等 主編 中國: 黑龍江人民出版社(2004)
≪孔子家語譯註≫ 王德明 譯註 中國: 廣西師範大學出版社(1998)
≪春秋繁露今註今譯≫ 前漢 董仲舒・賴炎元 註譯 臺灣: 常務印書館(1984)
≪鹽鐵論譯註≫ 前漢 桓寬 撰 中國: 冶金工業出版社(影印本)

≪法言註釋≫ 前漢 揚雄・王以憲 等 註釋 中國: 北京華夏出版社(2002)

≪潛大論註釋≫ 後漢 王符・王以憲 等 註釋 中國: 北京華夏出版社(2002)

≪古文觀止全譯≫ 楊金鼎 譯 中國: 安徽教育出版社

≪白虎通疏證≫ 後漢 班固・淸 陳立 注 中國:中華書局(1994)

≪白虎通義≫ 後漢 班固・曉夢 譯 中國:靑苹果電子圖書系列

≪백호통의≫ 후한 반고 저・신정근 역주 소명출판사(2005)

≪두보 초기시 역해≫ 김만원(공역) 솔출판사(1999)

≪두보 지덕연간시 역해≫ 김만원(공역) 한국방송대출판부(2001)

≪두보 위관시기시 역해≫ 김만원(공역) 서울대학교출판부(2004)

≪두보 진주시기시 역해≫ 김만원(공역) 서울대학교출판부(2007)

≪두보 성도시기시 역해≫ 김만원(공역) 서울대학교출판부(2008)

≪두보 재주시기시 역해≫ 김만원(공역) 서울대학교출판부(2010)

≪두보 2차성도시기시 역해≫ 김만원(공역) 서울대학교출판문화원(2016)

≪두보 고체시 명편≫ 김만원(공역) 서울대학교출판문화원(2015)

≪山堂肆考 譯註≫(전20책) 김만원 도서출판 역락(2014)

≪事物紀原 譯註≫(전2책) 김만원 도서출판 역락(2015)

≪氏族大全 譯註≫(전4책) 김만원 도서출판 역락(2016)

≪四庫全書簡明目錄 譯註≫(전4책) 김만원 도서출판 역락(2017)

4. 저술류

≪중국통사≫ 徐連達 等 著・중국사연구회 옮김 청년사(1989)

≪중국철학소사≫ 馮友蘭 著・문정복 옮김 이문출판사(1997)

≪중국 고전문학의 이해≫ 김학주 한국방송통신대학교출판부(2005)

≪중국문학사≫ 김학주・이동향 한국방송통신대학교출판부(1989)

≪중국시와 시론≫ 김만원(공저) 현암사(1993)

≪중국시와 시인≫ 김만원(공저) 사람과책(1998)

≪死不休-두보의 삶과 문학≫ 김만원(공저) 서울대학교출판문화원(2012)

≪中國文學發展史≫ 劉大杰 中國: 上海古籍(1984)

≪中國歷史紀年表≫ 臺灣: 華世出版社編著印行(1978)

≪東亞歷史年表≫ 鄧洪波 撰 中國: 嶽麓書院(2004)

≪中國類書≫ 趙含坤 中國: 河北人民出版社(2005)

≪中國古代的類書≫ 胡道靜 中國: 中華書局(2008)

부 록

◇四庫全書提要

●白虎通義二卷, 漢班固撰. 隋書經籍志載白虎通六卷, 不著撰人. 唐書藝文志載白虎通義六卷, 始題班固之名. 崇文總目[1]載白虎通德論十卷, 凡十四篇. 陳振孫書錄解題[2], 亦作十卷, 云"凡四十四門[3]," 今本爲元大德[4]中劉世常所藏, 凡四十四篇, 與陳氏所言相符, 知崇文總目所云十四篇者, 乃傳寫脫一四字耳. 然僅分二卷, 視諸志所載又不同. 朱翌猗覺寮雜記[5]稱, "荀子[6]注引白虎通'天子之馬六'句, 今本無之." 然則輾轉傳寫, 或亦有所脫佚. 翌因是而指其僞撰, 則非篤論也. 據後漢書固本傳稱, "天子會諸儒, 講論五經[7], 作白虎通德論, 令固撰集其事," 而楊終傳稱, "終言宣帝博徵羣儒, 論定五經於石渠閣[8], 方今天下少事, 學者得成其業, 而章句[9]之徒, 破壞大體, 宜如

---

1) 崇文總目(숭문총목) : 송나라 왕요신王堯臣 등이 인종仁宗의 칙명을 받아 숭문원崇文院 등 궁중의 여러 장서각藏書閣에 소장되어 있던 서책을 정리하여 만든 서지書誌의 일종. 총 12권. ≪사고전서간명목록・사부・목록류≫권8 참조.

2) 書錄解題(서록해제) : 송나라 진진손陳振孫(?-약 1261)이 고대 전적에 관해 쓴 서지인 ≪직재서록해제直齋書錄解題≫의 약칭. 원본은 오래 전에 실전되고 현전하는 것은 ≪영락대전永樂大典≫에서 발췌하여 53문門으로 재구성한 것이다. 총 22권. 원나라 마단림馬端臨의 ≪문헌통고文獻通考≫도 이 책을 기반으로 한 것으로 알려져 있다. ≪사고전서간명목록・사부・목록류≫권8 참조.

3) 四十四門(사십사문) : 현전하는 사고전서본 ≪백호통의≫에는 43개 부문으로 나뉘어 있는데, 아마도 분류상의 차이인 듯하기에 위의 예문을 따른다.

4) 大德(대덕) : 원元 성종成宗의 연호(1297-1307).

5) 猗覺寮雜記(의각료잡기) : 송나라 주익朱翌이 시화와 문장 및 역사적 사실에 관해 고증한 내용을 담은 책. 총 2권. ≪사고전서간명목록・자부・잡가류雜家類≫권13 참조.

6) 荀子(순자) : 전국시대 조趙나라 순황荀況이 성악설性惡說을 바탕으로 권학勸學을 강조한 유가사상을 담은 책. 당나라 양경楊倞이 주를 달았다. 총 20권. ≪사고전서간명목록・자부・유가류儒家類≫권9 참조.

7) 五經(오경) : ≪역경易經≫≪서경書經≫≪시경詩經≫≪예기禮記≫≪춘추경春秋經≫을 아우르는 말.

8) 石渠閣(석거각) : 한나라 때 미앙궁未央宮 북쪽에 있었던 황실의 장서각藏書閣 이름.

9) 章句(장구) : 경전經典을 장章과 구句로 분석하여 연구하는 학문을 지칭하는 말.

石渠故事, 永爲世則. 於是詔諸儒, 於白虎觀[10]論考同異[11]焉. 會終
坐事繫獄, 博士趙博・校書郞[12]班固・賈逵等, 以終深曉春秋[13], 學
多異聞, 表請之, 卽日貰出[14]." 丁鴻傳稱, "肅宗[15]詔鴻與廣平王
羨[16]及諸儒樓望・成封・桓郁・賈逵等, 論定五經同異於北宮白虎
觀, 使五官中郞將[17]魏應, 主承制[18]問難, 侍中[19]淳于恭奏上, 帝稱
制臨決." 時張酺・召馴・李育, 皆得與於白虎觀, 蓋諸儒可考者, 十
有餘人, 其議奏統名白虎通德論, 猶不名通義. 後漢書儒林傳序言,
"建初[20]中, 大會諸儒於白虎觀, 考詳同異, 連月乃罷. 肅宗親臨稱
制, 如石渠故事, 顧命史臣, 著爲通義." 唐章懷太子賢注云, "卽白虎
通義, 是." 足證固撰集後, 乃名其書曰通義. 唐志所載, 蓋其本名,
書錄解題稱白虎通德論, 失其實矣. 隋志刪去義字, 蓋流俗省略, 有
此一名. 故唐劉知幾史通[21]序[22]引白虎通・風俗通爲說, 實則遞相

10) 白虎觀(백호관) : 후한 때 오경五經을 강론하고 정리하기 위해 미앙궁未央宮 안에
    세웠던 전각 이름. 이 책 ≪백호통의白虎通義≫란 서명도 여기서 유래하였다.
11) 同異(동이) : 다른 점, 차이점. 편의복사偏義複詞로서 '동同'은 별뜻이 없다. '이동
    異同'이라고도 한다.
12) 校書郞(교서랑) : 한나라 이래로 국가 도서의 교감에 관한 업무를 관장하던 비서
    성祕書省 소속의 관원을 이르는 말. 상관으로 비서감祕書監과 비서소감祕書少監
    ・비서승祕書丞・비서랑祕書郞・저작랑著作郞이 있다.
13) 春秋(춘추) : 주周나라 춘추시대 때 역사를 기록한 ≪춘추경春秋經≫. 오경五經의
    하나로 지금은 해설서인 ≪좌전左傳≫ ≪곡량전穀梁傳≫ ≪공양전公羊傳≫으로
    전한다.
14) 貰出(세출) : 사면하여 풀어주다, 용서해서 풀어주다. '세貰'는 '사赦' '서恕'의 뜻.
15) 肅宗(숙종) : 후한 장제章帝 유달劉炟. 명제明帝의 5남으로 장제는 시호이고 숙종
    은 묘호이다. ≪후한서・장제기≫권3 참조.
16) 廣平王羨(광평왕선) : 후한 명제明帝의 아들인 유선劉羨. '광평왕'은 봉호. 뒤에는
    진왕陳王으로 승격되어 봉해졌다. ≪후한서・효명팔왕전孝明八王傳≫권80 참조.
17) 五官中郞將(오관중랑장) : 한나라 때 궁중 호위를 관장하던 삼서三署의 장관인 오
    관중랑장五官中郞將・좌중랑장左中郞將・우중랑장右中郞將 가운데 하나.
18) 承制(승제) : 제서制書, 즉 황명을 받들다.
19) 侍中(시중) : 황제의 측근에서 기거起居를 보살피고 정령政令을 집행하는 일을 관
    장하는 벼슬. 진晉나라 이후로 재상의 지위에까지 오르고, 수나라 때 납언納言 혹
    은 시내侍內라고 하였으며, 당송 이후로는 조정의 주요 행정 기관인 삼성三省 가
    운데 문하성門下省의 수장首長이 되었다.
20) 建初(건초) : 후한後漢 장제章帝의 연호(76-83).

祖襲, 忘其本始者也. 書中徵引六經23)傳記24), 而外涉及緯讖25), 乃東漢習尙使然. 又有王度記·三正記·別名記·親屬記, 則禮26)之逸篇. 方漢時崇尙經學, 咸兢兢27)守其師承, 古義舊聞, 多存乎是, 洵28)治經者, 所宜從事也. 國朝29)任啓運嘗擧正其缺, 作白虎通摘謬, 見所自爲制藝30)序中, 今其書不傳, 所糾之當否, 不可攷矣. 乾隆31)四十六年九月恭校上.

總纂官紀昀·陸錫熊·孫士毅·總校官陸費墀.

○≪백호통의≫ 2권은 후한 반고(32-92)가 지었다. ≪수서·경적지≫권32에서는 '≪백호통≫ 2권'이라고 기재하면서 저자를 밝히지 않았다. 반면 ≪신당서·예문지≫권57에서는 '≪백호통의≫ 6권'이라고 기재하면서 처음으로 '반고'라는 실명을 적었다. ≪숭문총목·논어류論語類≫권2에서는 '≪백호통덕론≫ 10권은 도합 14편으로 되어 있다'고 기재하였고, (송나라) 진진손의 ≪직재서

---

21) 史通(사통) : 당唐나라 유지기劉知幾가 지은 역사 평론서로 총 20권. 내편內篇은 사가史家의 체례體例에 대해 논하였는데 원래 39편이었으나 3편이 없어졌고, 외편外篇은 사적史籍의 원류源流와 득실得失에 대해 서술하였는데 모두 13편이다. ≪사고전서간명목록·사부·사평류史評類≫권8 참조.

22) 序(서) : 현전하는 ≪사통≫의 서문에서는 ≪백호통≫만 언급하였고, ≪풍속통≫은 본문에 보이지만, 여기서는 위의 예문을 그대로 따른다.

23) 六經(육경) : 유가儒家의 대표적인 경서經書인 ≪역경≫ ≪서경≫ ≪시경≫ ≪춘추경≫ ≪예기≫ ≪악기≫를 아우르는 말. 결국 모든 경전을 가리킨다.

24) 傳記(전기) : 일반인의 전기인 열전列傳과 황제의 전기인 본기本紀를 아우르는 말로 결국 사서史書를 가리킨다. '기記'는 '기紀'와 통용자.

25) 緯讖(위참) : 길흉화복의 조짐이나 미래의 예언을 적은 책인 위서緯書와 도참圖讖을 아우르는 말.

26) 禮(예) : 예법과 관련한 기본 정신을 서술한 책인 ≪예기禮記≫의 본명. 전한 선제宣帝 때 대덕戴德이 정리한 85편의 ≪대대예기大戴禮記≫와 대덕의 조카인 대성戴聖이 정리한 49편의 ≪소대예기小戴禮記≫가 있는데, 오늘날 '예기'라고 하는 것은 후자를 가리킨다. ≪주례周禮≫ ≪의례儀禮≫와 함께 '삼례三禮'라고 한다.

27) 兢兢(긍긍) : 애쓰는 모양, 삼가는 모양.

28) 洵(순) : 진실로, 참으로.

29) 國朝(국조) : 자기 왕조를 이르는 말. 여기서는 청나라를 가리킨다.

30) 制藝(제예) : 명청 때 과거시험에서 채택했던 문체인 팔고문八股文의 별칭. '팔비八比' '시문時文'이라고도 한다.

31) 乾隆(건륭) : 청淸 고종高宗의 연호(1736-1795).

록해제・참위류讖緯類≫권3에서도 10권이라고 적으면서 "도합 4
4개 부문으로 되어 있다"고 하였는데, 현행본은 원나라 (성종)
대덕(1297-1307) 연간에 유세상이 소장하고 있던 판본으로 도
합 44편으로 되어 있어 진진손이 한 말과 서로 부합하므로 ≪숭
문총목・논어류≫권2에서 말한 14편은 어디까지나 옮겨적는 과
정에서 '4'라는 글자가 하나 빠진 것일 뿐이라는 점을 알 수 있
다. 그러나 단지 2권으로 나뉜 것은 다른 서지에서 기재한 내용
과 비교할 때 또한 다르다. (송나라) 주익의 ≪의각료잡기≫권하
에서는 "≪순자・권학편勸學篇≫권1의 주에서 ≪백호통≫의 '천
자의 수레를 끄는 말은 여섯 마리이다'라는 구절을 인용하였지만
현행본에는 이러한 구절이 없다"고 하였다. 그러므로 계속해서
옮겨적는 과정에서 아마도 실전된 부분이 생겼을 것이다. 주익이
이 때문에 이 책을 위작이라고 지적한 것은 정확한 이론이 아니
다. ≪후한서・반고전≫권70에 의거하면 "천자가 여러 유학자들을
모아놓고 경전을 강론케 하고는 ≪백호통덕론≫을 지은 뒤 반고
에게 그와 관련한 고사들을 편집케 하였다"고 하였지만, ≪후한
서・양종전≫권78에서는 "양종이 말하길 '(전한 때) 선제가 여러
유학자들을 널리 불러모아 석거각에서 경전을 논의케 한 일이
있습니다. 지금은 천하에 일이 없어 학자들이 자신들의 학업을
성취하였는데도 장구학을 추구하는 무리들이 요체를 무너뜨리고
있으니 의당 석거각에서의 관례대로 영원히 세상이 본받아야 할
법칙으로 만들어야 하옵니다'라고 하였다. 그래서 여러 유학자들
에게 조서를 내려 백호관에서 경전의 차이점에 대해 논의케 하
였다. 마침 양종이 모종의 일에 연루되어 감옥에 갇히자 박사 조
박과 교서랑 반고・가규 등은 양종이 ≪춘추경≫에 정통하고 학
문에 조예가 깊다고 생각해 상소문을 올려 사면을 청하였기에
그날로 사면받아 출옥하였다"고 하였고, ≪후한서・정홍전≫권6
7에서는 "숙종(장제章帝)이 정홍과 광평왕 유선劉羨 및 유학자인

누망·성봉·환욱·가규 등에게 조서를 내려 북궁의 백호관에서
경전의 차이점에 대해 논의케 하면서 오관중랑장 위응에게 황명
을 받들어 질의하는 일을 주관케 하였는데, 시중을 맡고 있던 순
우공이 이에 대해 상주하면 숙종이 직접 황명을 내려 결론을 지
었다"고 하였다. 당시 장포·소순·이육도 모두 백호관에 참여할
수 있었으니 대략 유학자들 가운데 고증할 수 있는 사람이 열
명이 넘는데, 그들이 논의를 통해 ≪백호통덕론≫이라고 통칭하
였으되 아직은 ≪백호통의≫라고 이름 짓지 않은 듯하다. 그러나
≪후한서·유림열전≫권109에서 "(장제) 건초(76-83) 연간에 백
호관에 유학자들을 대대적으로 모아놓고 경전의 차이점에 대해
고찰케 하였는데 여러 달이 지나서야 마쳤다. 숙종(장제)이 직접
현장에 행차하여 석거각의 관례대로 하라는 황명을 내리고 사관
에게 ≪통의≫를 짓게 하였다"고 하고, 당나라 장회태자 이현李
賢이 주에서 "바로 ≪백호통의≫란 책이 그것이다"라고 한 것은
반고가 편집한 뒤에 비로소 그 책의 이름을 '백호통의'라고 했다
는 것을 증명하기에 충분하다. ≪신당서·예문지≫권57에서 기
재한 것이 아마도 그 본명이고, ≪직재서록해제·참위류≫권3에
서 '백호통덕론'이라고 칭한 것은 그 실체를 놓친 말인 듯하다.
≪수서·경적지≫권32에서 '의義'자를 삭제한 것은 아마도 시류
를 따라 생략하면서 이러한 또 다른 명칭이 생겨났을 것이다. 따
라서 당나라 유지기가 ≪사통≫의 서문에서 '백호통' '풍속통'이
라고 인용한 것이 하나의 설이 된 것도 실은 서로 번갈아 답습
하다가 그 본명을 망각한 결과이다. ≪백호통의≫ 본문에서 경전
이나 사서를 인용하고 밖으로 참위서讖緯書까지 섭렵한 것은 어
디까지나 후한 때 시류가 그렇게 만든 것이다. 또 <왕도기> <삼
정기> <별명기> <친속기> 등의 기록이 인용되어 있는데, 이는
바로 ≪예기≫에서 실전된 편명들이다. 한나라 때는 경학을 숭상
하여 모두들 스승으로부터 전수받은 학설을 지키는 데 애를 썼

기에 옛 해설이나 오래된 견문들이 이 책에 많이 보존되어 있으니 실로 경전을 연구하는 사람들이 의당 소중히 다루어야 할 대상이다. 청나라 임계운은 일찍이 그 결함을 바로잡아 ≪백호통적와≫를 지은 적이 있지만, 그가 스스로 지은 팔고문체八股文體의 서문을 보면 지금은 그의 저서가 실전되었기에 수정한 내용이 타당한지 여부는 알 수 없게 되었다. (청나라 고종) 건륭 46년(1781) 9월 삼가 교정하여 바치다.

총찬관 기윤·육석웅·손사의·총교관 육비지 씀.

목 차

서문 / 5
일러두기 / 7
참고문헌 / 9
부록 사고전서제요四庫全書提要 / 15

□德論上(덕론 상) 총 17편
◆爵(작위) 23   ◆號(호) 43
◆諡(시호) 56   ◆五祀(다섯 가지 제사) 63
◆社稷(사직) 67   ◆禮樂(예악) 76
◆封公侯(공후를 봉하다) 101   ◆京師(도읍) 117
◆五行(오행) 123   ◆三軍(삼군) 143
◆誅伐(징벌) 152   ◆諫諍(간쟁) 162
◆鄕射(향사례) 174   ◆致仕(사직) 180
◆辟雍(학교) 182   ◆災變(재앙) 191
◆耕桑(농업과 잠업) 195

□德論下(덕론 하) 총 26편
◆封禪(봉선) 197   ◆巡狩(순수) 205
◆考黜(전형) 215   ◆王者不臣(천자가 신하로 삼지 않다) 229
◆蓍龜(점술) 237   ◆聖人(성인) 243
◆八風(팔풍) 250   ◆商賈(상인) 253
◆瑞贄(부신과 폐백) 255   ◆三正(세 가지 역법) 266
◆三敎(삼교) 274   ◆三綱六紀(삼강육기) 280
◆情性(성정) 287   ◆壽命(수명) 296
◆宗族(종족) 299   ◆姓名(성명) 303
◆天地(천지) 317   ◆日月(일월) 320

◆四時(사계절) 325 ◆衣裳(의상) 328
◆五刑(오형) 331 ◆五經(오경) 333
◆嫁娶(결혼) 338 ◆紱冕(무릎덮개와 면류관) 366
◆喪服(상복) 374 ◆崩薨(서거) 392

■白虎通義卷上■

□德論上

◆爵(작위) 11항

◇천자는 작위 명칭이다

●天子者, 爵稱也. 爵所以稱天子者, 何? 王者父天母地, 爲天之子也. 故援神契[1]曰, "天覆地載, 謂之天子, 上法斗極[2]." 鉤命訣[3]曰, "天子, 爵稱也." 帝王[4]之德有優劣, 所以俱稱天子者, 何? 以其俱命於天而王, 治五千里內也. 尙書[5]曰, "天子作民父母, 以爲天下王." 何以知帝亦稱天子也? 以法天下也. 中候[6]曰, "天子臣放勛[7]." 書無逸篇曰[8], "厥兆天子爵." 何以言皇[9]亦稱天子也? 以其言天覆地載, 俱王天下也. 故易曰, "伏羲氏[10]之王天下也."

---

1) 援神契(원신계) : ≪효경≫에 관한 저자 미상의 위서緯書인 ≪효경원신계孝經援神契≫의 약칭. 지금은 명나라 손곡孫轂의 ≪고미서古微書≫권27에 잔문殘文이 전한다.
2) 斗極(두극) : 북두성과 북극성. 제왕이나 세상 사람들이 추앙하는 인물을 상징한다.
3) 鉤命訣(구명결) : ≪춘추경≫에 관한 저자 미상의 위서緯書인 ≪춘추구명결春秋鉤命訣≫의 약칭. '결訣'은 '결決'로 적힌 문헌도 있다.
4) 帝王(제왕) : 전설상의 임금인 오제五帝와 하나라·상나라·주나라의 임금인 삼왕三王을 아우르는 말. 후대에는 천자와 제후국의 군주를 아우르는 말로 쓰였다.
5) 尙書(상서) : ≪서경≫의 별칭. '상尙'은 '고古'의 뜻이므로 '오래된 역사책'이란 의미에서 유래하였다.
6) 中候(중후) : ≪서경≫에 관한 저자 미상의 위서緯書인 ≪상서중후尙書中候≫의 약칭. ≪수서·경적지≫권32에서는 "총 5권으로 (후한) 정현이 주를 달았다. (남조南朝) 양나라 때는 8권이었으나, 지금은 잔본으로 전한다(五卷. 鄭玄注, 梁有八卷, 今殘缺)"고 설명하였다. 지금은 명나라 손곡孫轂이 엮은 ≪고미서古微書≫권4에 잔문殘文이 전한다.
7) 放勛(방훈) : 당唐나라 임금 요횻의 이름.
8) 曰(왈) : 이하 예문은 현전하는 ≪서경·주서周書·무일편無逸篇≫권15에 실리지 않은 것으로 보아 일문逸文인 듯하다.
9) 皇(황) : 오제五帝보다 앞서는 전설상의 임금인 삼황三皇을 가리키는 말.

○천자는 작위 명칭이다. 작위를 '천자'라고 칭하는 것은 어째서일까? 왕에 오른 사람은 하늘을 부친으로 삼고 땅을 모친으로 삼기에 하늘의 아들이라고 하는 것이다. 그래서 ≪원신계≫에서는 "하늘처럼 백성을 감싸고 대지처럼 백성을 태우는데, 그를 '천자'라고 부르는 것은 위로 북두성과 북극성을 본받아서이다"라고 하였고, ≪구명결≫에서는 "천자는 작위 명칭이다"라고 하였다. 오제五帝와 삼왕三王의 덕업에 우열이 있는데도 모두 '천자'라고 부르는 이유는 무엇일까? 그들 모두 하늘로부터 명을 받고 왕위에 올라 사방 5천 리 안을 다스렸기 때문이다. 그래서 ≪서경·주서周書·홍범洪範≫권11에 "천자는 백성들의 부모 역할을 하기에 천하의 왕이 된다"고 하였다. 오제 역시 천자라고 칭했다는 것을 어떻게 알 수 있을까? 천하에 모범을 보였기 때문이다. 그래서 ≪상서중후≫에 "천자가 (당나라 요왕堯王인) 방훈을 신하로 삼았다"고 하고, ≪서경·주서·무일편≫권15에 "그에게 천자의 작위를 받을 조짐이 나타났다"는 기록이 있다. 삼황三皇 역시 천자로 불렸다는 것을 어떻게 알 수 있을까? 하늘처럼 백성을 감싸고 대지처럼 백성을 태워 모두 천하의 왕이 되었다고 말하기 때문이다. 그래서 ≪역경·계사하繫辭下≫권12에 "(삼황 가운데) 복희씨가 천하를 다스릴 때"라는 말이 있다.

◇작위에는 다섯 등급과 세 등급이 있다.

●爵有五等, 以法五行也. 或三等者, 法三光[11]也. 或法三光, 或法五行, 何? 質家[12]者據天, 故法三光, 文家[13]者據地, 故法五行. 含文

---

10) 伏羲氏(복희씨) : 전설상의 임금인 삼황三皇 가운데 첫 번째 황제. '복희씨宓犧氏'로도 쓴다. '삼황'에 대해서는 복희伏羲·신농神農·황제黃帝를 가리킨다고도 하고, 수인燧人·복희伏羲·신농神農을 가리킨다고도 하는 등 시대에 따라 차이가 있어 설이 다양하다.

11) 三光(삼광) : 해와 달과 별을 아우르는 말.

12) 質家(질가) : 실질을 중시하는 학파나 학자를 이르는 말.

13) 文家(문가) : 형식이나 문명을 중시하는 학파나 학자를 이르는 말.

嘉[14]曰, "殷爵三等, 周爵五等, 各有宜也." 王制[15]曰, "王者之制祿爵, 凡五等," 謂公·侯·伯·子·男. 此周制也. 春秋傳[16]曰, "王者之後稱公, 大國稱侯, 小國稱伯·子·男也." 王制曰, "公·侯田方百里, 伯七十里, 子·男五十里." 所以名之爲公侯者, 何? 公者通也, 公正無私之意也. 侯者候也, 候逆順也. 其餘[17]人皆千乘[18], 象雷震百里所潤同. 伯者白也. 子者孳也, 孳孳[19]無已也. 男者任也. 人皆五十里, 差次功德, 小者不滿爲附庸. 附庸者, 附大國以名通也. 百里兩爵, 公侯共之, 七十里一爵, 五十里復兩爵, 何? 公者加尊二王[20]之後, 侯者百里之正爵, 士[21]上可有次, 下可有第, 中央故無二. 十五[22]里有兩爵者, 所以加勉進人也. 小國下爵, 猶有尊卑, 亦以勸人也. 殷爵三等, 謂公侯伯也. 所以合子男從伯者, 何? 王者受命[23], 改文從質[24], 無虛退人之義. 故上就伯也. 尙書曰, "侯·甸·任·

---

14) 含文嘉(함문가): ≪예기≫에 관한 저자 미상의 위서緯書 가운데 하나인 ≪예위함문기禮緯含文嘉≫의 약칭. 지금은 3권본으로 속수사고전서續修四庫全書에 전한다.

15) 王制(왕제): 예법과 관련한 기본 정신을 서술한 책인 ≪예기禮記≫의 한 편명. 전한 선제宣帝 때 대덕戴德이 정리한 85편의 ≪대대예기大戴禮記≫와 대덕의 조카인 대성戴聖이 정리한 49편의 ≪소대예기小戴禮記≫가 있는데, 오늘날 '예기'라고 하는 것은 후자를 가리킨다. ≪주례周禮≫ ≪의례儀禮≫와 함께 '삼례三禮'라고 한다.

16) 春秋傳(춘추전): 춘추시대 때 역사를 기록한 ≪춘추경春秋經≫의 해설서를 이르는 말. ≪좌전左傳≫ ≪곡량전穀梁傳≫ ≪공양전公羊傳≫ 등 삼전三傳이 전하는데, ≪백호통의≫에서는 ≪공양전≫을 주로 채택하였기에 이를 가리킨다. 다만 사고전서본 ≪백호통의≫의 원문은 전사 과정에서 구절이 뒤섞여 문맥이 불완전하기에 청나라 진입陳立의 ≪백호통소증白虎通疏證≫에 근거하여 정정하였음을 밝힌다.

17) 餘(여): 다른 판본에 의하면 연자衍字인 듯하다.

18) 千乘(천승): 수레 천 대. 제후의 지위를 비유한다. 천자는 수레 만 대를 거느리고, 제후는 수레 천 대를 거느리는 데서 유래하였다.

19) 孳孳(자자): 부지런한 모양, 애쓰는 모양.

20) 二王(이왕): 주周나라 이전의 두 왕조인 하夏나라와 상商나라를 아우르는 말.

21) 士(사): '토土'로 된 판본도 있는데, ≪백호통소증≫에 의하면 둘 다 연자衍字에 해당한다.

22) 十五(십오): ≪백호통소증≫에 의하면 '오십五十'의 오기이다.

23) 受命(수명): 천명을 받다. 즉 황제의 자리에 오르는 것을 말한다.

24) 改文從質(개문종질): 형식적인 직제를 바꿔 실질적인 직제를 따르는 것을 말한다.

衞25)作國伯," 謂殷也. 春秋傳曰, "合伯子男, 以爲一爵," 或曰,
"合從子, 貴中也."以春秋名鄭忽, 忽者, 鄭伯也. 此未踰年之君, 當
稱子, 嫌爲改赴26), 故名之也. 地有三等不變, 至爵獨變, 何? 地比
爵爲質, 故不變. 王者有改道之文, 無改道之實. (殷27))家所以令公
居百里, 侯居七十里, 何也? 封賢極於百里, 其政28)也, 不可空退人,
示優賢之義, 欲衰尊而上之. 何以知殷家侯人不過七十里者也? 曰,
"土上29)有三等, 有百里, 有七十里, 有五十里."其地半者其數倍30),
制地之理體也, 多少不31)相配.

○작위에 다섯 가지 등급이 있는 것은 오행을 본받았기 때문이다.
어떤 문헌에서 세 등급으로 나눈 것은 해와 달과 별을 본받았다
는 말이다. 혹은 해와 달과 별을 본받기도 하고, 혹은 오행을 본
받기도 하는 것은 어째서일까? 실질을 중시하는 학파는 하늘에
근거하기에 해와 달과 별을 본받고, 문명을 중시하는 학파는 땅
에 근거하기에 오행을 본받는다. 그래서 ≪함문가≫에 "은나라
때 작위가 세 등급이고 주나라 때 작위가 다섯 등급인 데는 각
기 타당한 이유가 있다"고 하였다. ≪예기・왕제≫권11에서 "임
금이 봉록과 작위를 제정하면서 도합 다섯 등급을 두었다"고 한
것은 공작・후작・백작・자작・남작을 말한다. 이는 주나라 때
제도이다. ≪공양전・은공隱公5년≫권3에서는 "임금의 후손은 공

---

25) 侯甸任衞(후전임위) : 은殷나라 때 제후국의 군주를 아우르는 말.
26) 赴(부) : ≪백호통소증≫에 의하면 '백종자伯從子'의 오기이다.
27) 殷(은) : ≪백호통소증≫에 의하면 이 글자가 누락되었기에 첨기한다.
28) 政(정) : ≪백호통소증≫에 의하면 '개改'의 오기이다. 자형의 유사성으로 인한 필
    사 과정상의 단순 오기로 보인다.
29) 土上(사상) : ≪백호통소증≫에 의하면 '사士'는 봉토를 뜻하는 말인 '토土'의 오
    기이고, '상上'은 연자衍字이다.
30) 數倍(수배) : 수치상 배로 줄어든다. 사방 100리인 제후의 봉토는 면적이 10,000
    제곱리가 되고, 사방 70리인 제후의 봉토는 면적이 4,900제곱리가 되고, 사방 50
    리인 제후의 봉토는 면적이 2,500제곱리가 되기에 면적으로 볼 때 수치가 대략
    배로 줄어든다는 말이다.
31) 不(불) : ≪백호통소증≫에 의하면 '역亦'의 오기이다. 자형의 유사성으로 인한 필
    사 과정상의 단순 오기로 보인다.

작이라고 칭하고, 그 나머지 큰 제후국의 군주는 후작이라고 칭하고, 작은 제후국의 군주는 백작·자작·남작이라고 칭한다”고 하였고, ≪예기·왕제≫권11에서는 “공작과 후작의 농토는 사방 100리이고, 백작의 농토는 사방 70리이고, 자작과 남작의 농토는 사방 50리이다”라고 하였다. 그것을 ‘공후’라고 명명하는 것은 어째서일까? ‘공작’의 ‘공’은 통한다는 뜻으로 공정무사하다는 뜻이다. ‘후작’의 ‘후’는 살핀다는 뜻으로 거스르는지 순종하는지를 살핀다는 말이다. 당사자들 모두 수레를 천 대 거느리는 것은 우레가 사방 100리를 때리면서 윤택을 베푸는 것이 동일한 것을 본받은 것이다. ‘백작’의 ‘백’은 분명하다는 뜻이다. ‘자작’의 ‘자’는 부지런하다는 뜻으로 끊임없이 부지런하게 노력한다는 말이다. ‘남작’의 ‘남’은 맡는다는 뜻이다. 당사자들 모두 50리를 다스리지만 공덕에 차이를 두어 서열을 정하기에 공덕이 작아 만족스럽지 못 하면 부속국가의 군주가 된다. 부속국가의 군주란 대국에 빌붙어 명분상 교통한다는 말이다. 100리에 해당하는 작위가 둘이어서 공작과 후작이 함께 거기에 해당하고, 70리에 해당하는 작위가 하나(백작)이며, 50리에 해당하는 작위가 다시 둘(자작과 남작)인 것은 어째서일까? 공작은 하夏나라와 상商나라 후손의 신분을 높이기 위한 것이고, 후작은 사방 100리를 다스리는 정식 작위이다. 위로 차서가 있을 수 있고 아래로 등급이 있을 수 있지만, 중앙은 원래 두 종류가 없이 백작만 있는 것이다. 사방 50리를 다스리는 군주에게 두 작위가 있는 것은 인재를 진출시키도록 더 권면하기 위해서이다. 작은 제후국의 경우 신분이 낮은 작위인데도 여전히 존비가 있는 것은 사람들에게 권면하기 위해서이다. 은나라 때 작위가 세 등급이라는 것은 공작·후작·백작을 말한다. 자작과 남작을 합쳐서 백작에 소속시키는 것은 어째서일까? 임금은 천명을 받으면서 형식적인 직제를 바꿔 실질적인 직제를 따랐기에 근거없이 사람을 물리치려는 뜻이 없었다. 그래서 위로 백작에 맞춘 것이다. ≪서경・주서周書・주고酒誥≫권13에서 "후・전・임・위는 제후국의 군주이다"라고 한 것은 은나라 때 제도를 말한다. ≪공양전・환공桓公11년≫권5에 "백작・자작・남작을 아울러 하나의 작위로 삼았다"고 하였고, 어떤 문헌에서는 "(백작과 남작을) 한데 모아 자작을 따르는 것은 가운데 작위를 중시하는 것이다"라고 하였다. 이를테면 ≪춘추경≫에 '정홀'이란 이름이 나오는데, '홀'은 정나라 백작을 가리킨다. 여기서 즉위한 지 아직 한 해를 넘기지 않은 군주는 의당 '자'라고 불러야 하는데, 백작을 바꿔 자작을 따르고 싶지 않아서 그래서 명명한 것이다. 대지의 경우는 변치 않는 세 등급이 있는데도 작위의 경우 유독 변하는 것은 어째서일까? 대지는 작위에 비해 실질적이라서 변하지 않는다. 임금은 도를 바꾸는 형식적인 변화는 가져도 도를 바꾸는 실질적인 내용은 마련하지 않는다. 은나라 왕가에서 공작에게 100리를 다스리게 하고 후작에게 70리를 다스리게 한 것은 어째서일까? 현자를 봉할 때 100리를 최대로 하면서 고칠 때는 아무 이유 없이 인재를 물리칠 수 없기에 현자를 우대하는 뜻을 보여 존귀한 자들을 모아서 신분을 높여주는 것이다. 은나라 왕가에서 후작인 사람의 봉토가 사방 70리에 불과하다는 것을 어떻게 알 수 있을까? 그래서 "봉토에는 세 등급이 있으니 100리가 있고, 70리가 있고, 50리가 있다"고 하는 것이다. 봉토가 반이 되면 수치상 배로 줄어드는 것이 봉토를 제정하는 이치이므로 많고 적음 역시 상호 안배적인 관계를 가진다.

◇천자와 제후국의 작위에는 차이가 있다

●公卿大夫[32]者, 何謂也? 內爵稱也. 曰公卿大夫, 何? 爵者, 盡也.

---

32) 公卿大夫(공경대부) : 중국 고대 조정의 최고위 관직인 삼공三公과 구경九卿, 그리고 대부大夫를 아우르는 말. 결국은 모든 고관에 대한 총칭이다.

各量其職, 盡其才也. 公之爲言, 公正無私也. 卿之爲言, 章善明理
也. 大夫之爲言, 大扶進人者也. 故傳[33]曰, "進賢達能, 謂之大夫
也." 士者, 事也, 任事之稱也. 故傳曰, "(通[34])古今, 辯然否, 謂之
士." 何以知士非爵? 禮曰, "四十强[35]而仕," 不言爵爲士. 至五十,
爵爲大夫. 何以知卿爲爵也? 以大夫知卿亦爵也. 何以知公爲爵也?
春秋傳曰, "諸侯四佾, 諸公六佾[36]." 合而言之, 以是知公卿爲爵.
內爵所以三等, 何? 亦法三光也. 所以不變質文, 何? 內者爲本, 故
不改內也. 諸侯所以無公爵者, 下天子也. 故王制曰, "上大夫・下大
夫・上士・中士・下士, 凡五等." 此謂諸侯臣也. 大夫但有上下,
何? 明卑者多也. 爵皆一字也, 大夫獨兩字, 何? 春秋傳曰, "大夫無
遂事." 以爲大夫職在之適四方, 受君之法, 施之於民, 故獨兩字言之.
或曰, "大夫, 爵之下者也. 稱大夫, 明從大夫以上受下施, 皆大自著
也." 天子之士, 獨稱元士, 何? 士賤, 不得體君之尊, 故加元以別諸
侯之士也. 禮經[37]曰, "士見大夫," 諸侯之士. 王制曰, "王者八十一
元士,"

○공・경・대부란 무엇을 말하는가? 조정 내의 작위를 칭한다. 공
・경・대부라고 하는 것은 어째서일까? '작'은 '다한다'는 뜻이다.
각기 자신의 직분을 헤아리고 자신의 재능을 다 발휘한다는 말
이다. '공'이란 말은 공정하여 사사로움이 없다는 뜻이다. '경'이

---

33) 傳(전) : 경전의 해설서를 이르는 말. 여기서는 이미 실전된 고대 해설을 인용한
  것으로 보인다.
34) 通(통) : 《백호통소증》에 의하면 이 글자가 누락되었기에 첨기한다.
35) 强(강) : 나이 마흔 살의 별칭. 지혜와 체력이 강건해지는 나이라는 데서 유래하
  였다는 설이 있다. 현전하는 《예기・곡례상曲禮上》권1에는 앞에 '왈曰'자가 있
  어 의미가 보다 분명하다.
36) 六佾(육일) : 황태자나 제후・공신들이 사용하던 무곡舞曲. 종횡으로 여섯 명이
  늘어서 모두 36명이 추는 춤. 일설에는 매줄마다 8명씩 48명이 추는 춤이라고도
  한다. 천자는 64명이 추는 팔일무八佾舞를 사용하였다.
37) 禮經(예경) : 《주례》《의례》《예기》 등 예법에 관한 경전에 대한 총칭. 여
  기서는 《의례》를 가리킨다. 위의 예문은 《의례・사상견례士相見禮》권3에 보
  인다.

란 말은 선을 드러내고 이치에 밝다는 뜻이다. '대부'란 말은 인
재가 등용되도록 열심히 돕는다는 뜻이다. 그래서 경전의 해설에
서도 "어질고 능력 있는 인재를 추천하는 이를 '대부'라고 한다"
고 하였다. '사'는 일을 뜻하는 말로 정사를 맡은 사람에 대한 칭
호이다. 그래서 경전의 해설에서도 "고금의 고사에 정통하고 시
비를 잘 변별하는 이를 '사'라고 한다"고 하였다. '사'가 작위가
아니라는 것을 어떻게 알 수 있을까? ≪예기·곡례상曲禮上≫권
1에 "나이 마흔 살을 '강'이라고 하는데 벼슬길에 오르는 나이이
다"라고 하였지 작위를 언급하면서 '사'라고 하지는 않았다. 나이
가 쉰 살에 이르면 작위를 '대부'라고 한다. '경'이 작위라는 것을
어떻게 알 수 있을까? '대부'를 통해서 '경' 역시 작위라는 것을
알 수 있다. '공'이 작위라는 것을 어떻게 알 수 있을까? ≪공양
전·은공隱公5년≫권3에 "후작에 속하는 관원은 (4×4=)16명이
춤을 추게 하고, 공작에 속하는 관원은 (6×6=)36명이 춤을 추게
한다"고 하였다. 이를 종합해서 말하자면 이로써 공과 경이 작위
라는 것을 알 수 있다. 조정 내 작위가 (공·경·대부의) 세 등
급인 이유는 무엇일까? 역시 해와 달과 별을 본받았기 때문이다.
실질적인 직제와 형식적인 직제를 바꾸지 않는 이유는 무엇일
까? 조정 안이 근본이기에 조정 안의 직제를 바꾸지 않는 것이
다. 제후에게 공작이 없는 이유는 천자보다 신분이 낮기 때문이
다. 그래서 ≪예기·왕제≫권11에 "상대부·하대부·상사·중사
·하사 등 도합 다섯 등급이다"라고 하였다. 이는 제후의 신하를
두고 하는 말이다. 대부에 단지 상대부와 하대부만 있는 것은 어
째서일까? 신분이 낮은 자가 많다는 것을 밝히기 위해서이다. 다
른 작위는 모두 한 글자인데 대부만 두 글자인 것은 어째서일
까? ≪공양전·환공桓公8년≫권5에 "대부에게는 정사를 결재할
권한이 없다"고 하였는데, 대부의 직무를 사방으로 찾아가 군주
의 법을 받들어서 백성에게 이를 시행하는 것에 달려 있다고 보

았기에 단지 두 글자로 그에 대해 언급하는 것이다. 혹자는 "대부는 작위 가운데 가장 낮은 직책이다. 대부라고 칭하는 것은 대부가 위에서 명을 받아 아래에 베풀면 모두 분명하게 드러난다는 의미에서 비롯되었다는 것을 밝히고자 함이다"라고 하였다. 천자의 '사'를 유독 '원사'라고 칭하는 것은 어째서일까? '사'는 신분이 비천하여 군주의 존귀함을 실현할 수 없기에 '원'자를 붙여 제후의 '사'와 구별하는 것이다. ≪의례・사상견례士相見禮≫ 권3에서 "'사'는 '대부'를 알현한다"고 했을 때의 '사'는 제후의 '사'이다. ≪예기・왕제≫권11에서는 "천자는 81명의 '원사'를 둔다"고 하였다.

◇제후의 작위는 왕후와 연결하여 말하지 않는다

●天子爵連言天子, 諸侯爵不連言王侯, 何? 卽言王侯, 以[38]王者同稱, 爲衰弱僭差[39]生篡弑, 猶不能爲天子也. 故連言天子也. 或曰, "王者天爵, 王者不能生諸侯, 故不言王侯. 諸侯人事自著, 故不著也."

○천자가 임명하는 작위는 천자와 연결하여 말하면서 제후가 임명하는 작위는 (천자와 제후를 의미하는) 왕후와 연결하여 말하지 않는 것은 어째서일까? 만약 왕후라고 말하게 되면 천자와 동급으로 칭하는 것이지만, 쇠약하고 법도를 잃음으로써 시해를 야기하더라도 여전히 천자 노릇을 할 수는 없기 때문이다. 그래서 천자하고만 연결하여 말하는 것이다. 혹자는 "임금은 하늘이 내린 작위이고 임금에 오른 사람은 제후를 낳을 수 없기에 왕후라고 언급하지 않는다. 제후의 인사는 절로 드러나기에 그래서 일부러 드러내 놓고 말하지 않는 것이다"라고 하였다.

---

38) 以(이) : ~와. '여與'의 뜻.
39) 僭差(참차) : 본분에서 벗어나 법도를 잃다.

◇태자의 작위는 사이다.

● 王者太子亦稱士, 何? 舉從下升, 以爲人無生得貴者, 莫不由士起. 是以舜時稱爲天子, 必先試於士. 禮士冠經40), "天子之元子, 士也."

○천자의 태자 역시 '사'라고 칭하는 것은 어째서일까? 아래로부터 신분이 상승하는 것을 거론함으로써 사람 가운데 태어나면서부터 존귀할 수 있는 이는 없기에 모두 '사'라는 신분으로부터 일어선다고 보는 것이다. 이 때문에 (우虞나라) 순왕은 당시 천자로 불리면서도 반드시 먼저 사란 신분에서 시험을 치렀다. 그렇기에 ≪의례·사관례≫권1에도 "천자의 맏아들은 '사'이다"라는 말이 있다.

◇부녀자에게는 작위가 없다

● 婦人無爵, 何? 陰卑無外事. 是以有三從之義, 未嫁從父, 旣嫁從夫, 夫死從子. 故夫尊於朝, 妻榮於室, 隨夫之行. 故禮郊特牲曰, "婦人無爵, 坐以夫之齒." 禮曰, "生無爵, 死無謚." 春秋錄夫人41)皆有謚, 夫人何以知非爵也? 論語曰, "邦君之妻, 君稱之曰夫人, 國人稱之曰君夫人." 卽令是爵, 君稱之與國人稱之, 不當異也.

○부녀자에게 작위가 없는 것은 어째서일까? 여성으로서 신분이 낮기에 집밖에서 하는 일이 없다. 이 때문에 세 가지를 따라야 한다는 뜻이 있다. 시집가기 전에는 부친을 따르고, 시집가고 난 뒤에는 남편을 따르고, 남편이 죽은 뒤에는 아들을 따라야 한다. 따라서 남편이 조정에서 존중을 받으면 아내는 집안에서 명예를 누리며 남편의 행동을 따른다. 그래서 ≪예기·교특생≫권26에서도 "부녀자는 작위가 없기에 앉을 때 남편의 서열을 따른다"

---

40) 禮士冠經(예사관경): ≪의례·사관례士冠禮≫권1의 경문經文을 가리킨다. 원문에는 '사士'가 '사와 같다(猶士)'로 되어 있다. 한편 위의 예문과 동일한 문구가 ≪예기·교특생郊特牲≫권26에도 전한다.

41) 夫人(부인): 황제의 후처後妻인 비빈妃嬪이나 제후의 적처嫡妻에 대한 존칭. 후에는 고관의 부인에 대한 존칭으로도 쓰였다.

고 하였다. ≪의례·사관례士冠禮≫권1에 "살아서 작위가 없으면 죽어서 시호가 없다"고 하였고, ≪춘추경≫에서 부인夫人에 대해 기록하면서 모두 시호를 남겼지만, 부인이 작위에 해당하지 않는다는 것을 어떻게 알 수 있을까? ≪논어·계씨季氏≫권16에 "제후국 군주의 아내를 군주는 '부인'이라고 부르고, 백성은 '군부인'이라고 부른다"고 하였다. 만약 작위라면 군주가 그녀를 부르고 백성이 그녀를 부를 때 의당 호칭이 달라서는 안 된다.

◇평민은 필부로 부르다

●庶人稱匹夫者, 匹, 偶也. 與其妻爲偶, 陰陽相成之義也. 一夫一婦成一室, 明君人者, 不當使男女有過時無匹偶也. 論語曰, "匹夫匹婦之爲諒也."

○서민을 필부라고 부를 때 '필'은 짝을 뜻한다. 자신의 아내와 짝을 이루어 음양의 관계를 상호 완성한다는 뜻이다. 한 명의 남편과 한 명의 아내가 하나의 집안을 이루므로 훌륭한 군주는 의당 남녀가 적절한 시기가 지나도 짝을 이루지 못 하는 일이 생기지 않게 해야 한다. 그래서 ≪논어·헌문憲問≫권14에도 "평범한 남편과 아내가 진실된 마음을 가지고"라는 말이 있다.

◇조정에서 작위를 주고 종묘에서 제후를 봉하다

●爵人於朝者, 示不私人以官, 與衆共之義也. 封諸侯於廟者, 示不自專也. 明法度皆祖之制也, 擧事必告焉. 王制曰, "爵人於朝, 與衆42)共之也." 詩云, "王命卿士, 南仲43)太祖44)." 禮祭統曰, "古者明君爵有德, 必於太祖. 君降立於阼階45)南, 南向, 所命北向, 史由君右, 執策46)命之."

---

42) 衆(중) : 현전하는 ≪예기·왕제≫권11에는 '사士'로 되어 있다.
43) 南仲(남중) : 주周나라 선왕宣王 때 신하 이름.
44) 太祖(태조) : 여기서는 태조의 사당인 태조묘太祖廟를 가리킨다.
45) 阼階(조계) : 주인이 집을 드나들 때 이용하는 동쪽 계단을 이르는 말.

○조정에서 누군가에게 작위를 내리는 것은 관직으로 그 사람에게 사사로운 은혜를 베풀지 않고 대중의 여론과 함께 하겠다는 뜻을 보이는 것이다. 종묘에서 제후를 봉하는 것은 자기 마음대로 하지 않는다는 것을 보이는 것이다. 이는 법도가 모두 조상이 만든 것이기에 모든 일을 반드시 조상에게 고한다는 뜻을 밝히는 것이다. 그래서 ≪예기・왕제≫권11에 "조정에서 누군가에게 작위를 내릴 때는 대중의 여론과 함께 한다"고 하였고, ≪시경・대아大雅・상무常武≫권25에 "선왕宣王이 경과 사를 임명할 때 남중은 태조묘에서 작위를 받았다"고 하였고, ≪예기・제통≫권49에 "옛날에 현명한 군주는 덕이 있는 사람에게 작위를 내릴 때 반드시 태조묘에서 거행하였다. 군주가 계단 남쪽으로 내려와 서서 남쪽을 향하고 작위를 임명받는 대상이 북쪽을 향하면 사관이 군주의 오른쪽을 경유하여 책서를 손에 들고서 그를 임명한다"고 하였다.

◇사망한 사람에게는 작위를 추서하지 않는다

●大夫功成, 未封而死, 不得追爵賜之者, 以其未當股肱47)也. 春秋穀梁傳48)曰, "追賜死者, 非禮也." 王制曰, "葬從死者, 祭從生者." 所以追孝繼養49)也. 葬從死者, 何? 子無爵父之義也. 禮中庸記曰, "父爲大夫, 子爲士, 葬以大夫, 祭以士. 子爲大夫, 父爲士, 祭以大夫, 葬以士也."

---

46) 執策(집책) : 책서策書를 손에 들다. 즉 임명장을 손에 드는 것을 말한다.
47) 股肱(고굉) : 다리와 팔. 임금의 팔과 다리 역할을 하는 신하라는 의미로서 충신이나 근신近臣을 비유한다.
48) 穀梁傳(곡량전) : ≪춘추경春秋經≫의 주석서인 삼전三傳(좌전左傳・곡량전穀梁傳・공양전公羊傳) 가운데 하나. 전국시대 노魯나라 곡량적穀梁赤이 서술한 것을 제자들이 정리한 책. 진晉나라 때 범영范寗이 주를 달고 당나라 때 양사훈楊士勛이 소疏를 썼다. ≪공양전≫보다 더 낫다는 평가를 받았다. ≪사고전서간명목록・경부・춘추류≫권3 참조. 그러나 위의 예문이 현전하는 ≪곡량전≫에 보이지 않는 것으로 보아 일문逸文인 듯하다.
49) 追孝繼養(추효계양) : ≪백호통소증≫에 의하면 '추양계효追養繼孝'의 오기이다.

○대부 가운데 공을 세우고도 미처 작위를 받지 못 하고 죽으면 그에게 돌이켜 작위를 하사하지 않는 것은 그가 미처 근신의 위치에 오르지 못 해서이다. 그래서 ≪춘추곡량전≫에 "사망한 사람에게 돌이켜 작위를 하사하는 것은 예법이 아니다"라고 하였다. ≪예기・왕제≫권11에 "장례 때는 사망한 사람을 따르고, 제사 때는 산 사람을 따른다"고 하였는데, 이는 부모를 돌이켜 봉양하고 효도를 잇기 위한 것이다. 장례 때 사망한 사람을 따른다는 말은 무슨 뜻일까? 아들이 부친에게 작위를 줄 수 없다는 뜻이다. 그래서 ≪예기・중용≫권52의 기록에서도 "부친이 대부이고 아들이 사이면 장례를 치를 때는 대부에 대한 예법으로 하고, 제사를 지낼 때는 사에 대한 예법으로 한다. 아들이 대부이고 부친이 사이면 제사를 지낼 때는 대부에 대한 예법으로 하고, 장례를 치를 때는 사에 대한 예법으로 한다"고 하였다.

◇제후가 작위를 세습하는 것에 대해 논하다

●父在稱世子, 何? 繫於君也. 父沒稱子某者, 何? 屈於尸柩也. 既葬稱小子者, 即尊之漸也. 踰年稱公者, 緣民之心不可一日無君也. 緣終始之義, 一年不可有二君也. 故踰年即位, 所以繫民臣之心. (三年50))然後爵者, 緣孝子之心, 未忍安吉. 故春秋, "魯僖公三十三年十二月乙巳, 薨51)于小寢52)." "文公元年春, 王53)正月, 公即位. 四月丁巳, 葬我君僖公." 韓詩內傳54)曰, "諸侯世子三年喪畢, 上受爵

---

50) 三年(삼년) : ≪백호통소증≫에 의하면 이 두 글자가 누락되었기에 첨기한다.
51) 薨(훙) : 제후나 공경公卿 등 고관이 죽었을 때 쓰는 말. ≪예기・곡례하曲禮下≫권5에 의하면 천자의 죽음은 '붕崩'이라고 하고, 공경의 죽음은 '훙薨'이라고 하고, 대부大夫의 죽음은 '졸卒'이라고 하고, 사士의 죽음은 '불록不祿'이라고 하고, 평민의 죽음은 '사死'라고 하여 신분에 따라 죽음에 대한 표현에도 차이를 두었다.
52) 小寢(소침) : 정전正殿의 양쪽에 위치한 침전寢殿을 이르는 말. '편전便殿' '연침燕寢'이라고도 한다.
53) 王(왕) : 주周나라 천자 양왕襄王을 가리키는 말로 결국 주력周曆을 가리킨다.
54) 韓詩內傳(한시내전) : 전한 한영韓嬰이 정리한 시경詩經인 ≪한시≫에 대한 해설서. 오래 전에 실전되고 지금은 ≪한시외전韓詩外傳≫만 전한다. ≪한시≫는 ≪

命於天子," 所以名之爲世子, 何? 言欲其世世不絶也. 何以知天子子
亦稱世子也? 春秋傳曰55), "公會世子于首止56)." 或曰, "天子之子
稱太子." 尙書曰57), "太子發58)升于舟也." 或曰, "諸侯之(子59))稱
代子," 則傳曰, "晉有太子60)申生, 鄭有太子華, 齊有太子光." 由是
觀之, 周制太子代子, 亦不定也. 漢制, 天子稱皇帝, 其嫡嗣稱皇太
子, 諸侯王之嫡稱代子, 後代咸因之. 世子三年喪畢, 必上受爵命於
天子, 何? 明爵土者天子之有也, 臣無自爵之義. 童子當受父爵命,
使大夫就其國命之, 明王者不與童子爲禮也. 以春秋'魯成公幼少,
與諸侯會, 公不見之,' 經不以魯恥, 明不與童子爲禮也. 世子上受爵
命, 衣61)士服, 何? 謙不敢自專也. 故詩曰, "韎韐62)有赩63)," 世子
始行也.

○부친이 살아계실 때 '세자'라고 칭하는 것은 어째서일까? 군주와
연계되어 있기 때문이다. 그런데 부친이 사망하고 나면 '아들 아
무개'라고 칭하는 것은 어째서일까? 시신을 담은 관 앞에서 몸을
굽혀 공손한 태도를 보여야 하기 때문이다. 장례를 치르고 나면

노시魯詩≫ ≪제시齊詩≫와 함께 금문시경今文詩經으로서 고문시경古文詩經인 ≪
모시毛詩≫에 밀려 오래 전에 실전되고 지금은 잔본殘本이 전한다.

55) 曰(왈) : 이하 예문은 ≪좌전·희공僖公5년≫권11에 보인다.

56) 首止(수지) : 춘추시대 위衛나라의 지명. 지금의 하남성 저현睢縣 일대. ≪좌전·
희공僖公5년≫권11에는 '수지首止'라고 한 반면, ≪곡량전·희공5년≫권7에는
'수대首戴'로 표기하고 있다.

57) 曰(왈) : 이는 ≪서경≫의 본문이 아니라 전한 복생伏生의 ≪상서대전尙書大全≫
권2의 기록을 가리킨다.

58) 發(발) : 주周나라 천자로서 문왕文王의 아들인 무왕武王 희발姬發의 이름을 가리
킨다.

59) 子(자) : 문맥상으로 볼 때 이 글자가 누락된 것으로 보이기에 첨기한다.

60) 太子(태자) : 위의 예문에는 ≪백호통소증≫과 큰 차이를 보이는데, 문맥상으로
볼 때 대자代子의 통용어로 쓴 듯하다.

61) 衣(의) : 입다. 동사이므로 거성去聲(yì)으로 읽는다.

62) 韎韐(매합) : 무릎덮개(韎)와 가죽 고깔(韐)로 무관武官의 의복을 가리킨다. 한편으
로는 붉은(韎) 무릎덮개(韐)가 달린 무관의 의복을 뜻하는 말로 보는 설도 있다.

63) 赩(혁) : 현전하는 ≪시경·소아·첨피락의≫권21에는 '석奭'으로 되어 있는데,
붉은 색을 뜻한다는 점에서는 차이가 없다.

'소자'라고 칭하는 것은 바로 점차 존귀한 신분임을 나타내기 위해서이다. 장례를 치른 지 한해를 넘기면 '공'이라고 칭하는 것은 민심에 하루도 군주가 없어서는 안 되기 때문이다. 끝과 시작을 중시하는 뜻을 따르자면 한해에 두 명의 군주가 있어서는 안 된다는 뜻이다. 그래서 한해를 넘겨 군주의 자리에 즉위하는 것은 백성과 신하의 마음을 잘 추수리기 위해서이다. 3년 뒤에야 작위를 받는 것은 효자로서의 심경 때문에 차마 편안할 수 없어서이다. 그래서 ≪곡량전·희공僖公33년≫권9에 "노나라 희공 33년(B.C.627) 12월 을사일에 편전에서 생을 마쳤다"고 하고, (≪곡량전·문공원년≫권10에) "문공 원년(B.C.626) 봄인 주력周曆 정월에 문공이 즉위하였다. 4월 정사일에 (문공의 부친인) 노나라 군주 희공의 장례를 치렀다"고 하였다. ≪한시내전≫에 "제후의 세자는 3년상을 마치면 위로 천자로부터 작위를 임명받는다"고 하였는데, 그를 '세자'라고 부르는 것은 어째서일까? 대대로 가문이 끊기지 않기를 바란다는 말이다. 천자의 아들 역시 '세자'라고 칭한다는 것은 어떻게 알 수 있을까? ≪좌전·희공5년≫권11에 "(노나라) 희공이 (하남성) 수지에서 (주周나라 혜왕惠王의 아들인) 세자를 만났다"는 기록이 보인다. 반면 혹자는 "천자의 아들은 '태자'라고 칭한다"고 하였는데, ≪상서대전尚書大全≫권2에 "(주周나라 문왕文王의 아들인) 태자 희발姬發이 배에 올랐다"는 기록이 보인다. 또 혹자는 "제후의 아들은 '대자'라고 칭한다"고 하였기에 ≪좌전≫에 "진나라에는 태자(대자) 신생이 있고, 정나라에는 태자 화가 있고, 제나라에는 태자 광이 있다"고 하였다. 이로써 살펴보건대 주나라 때 제도상 태자와 대자 또한 일정하지는 않았을 것이다. 한나라 때 제도에 의하면 천자는 '황제'라고 칭하고, 그의 적장자는 '황태자'라고 칭하고, 제후국 왕의 적장자는 '대자'라고 칭하였는데, 후대에도 모두 이를 답습하였다. 세자가 3년상을 마치면 반드시 위로 천자로부터 작위를 임명받는 것은 어째서일까? 작위와 봉토가 천자의 소유이기에 신하가 스스로 작위를 임명하는 일은 없다는 뜻을 밝히기 위해서이다. 어린아이가 부친의 작위를 임명받을 때가 되면 천자는 대부를 시켜 그 제후국을 찾아가 임명케 하는데, 이는 임금이 아이와 예법을 치르지는 않는다는 뜻을 밝히기 위해서이다. ≪춘추경≫에서는 '노나라 성공이 나이가 어려 제후들과 회합할 때 성공이 그들과 만나지 않았다'고 하였는데도, 경서에서 노나라가 수치스럽게 여기지 않았다고 한 것은 아이와 예법을 치르지 않는다는 것을 밝히기 위해서이다. 세자가 위로 작위를 임명받을 때 (무관인) 사의 의복을 입는 것은 어째서일까? 감히 스스로 멋대로 행동하지 않는다는 겸손한 뜻을 나타내기 위해서이다. 그래서 ≪시경・소아小雅・첨피락의瞻彼洛矣≫권21에 "(세자가 착용한) 무릎덮개와 가죽 고깔이 붉은 빛을 발하네"라고 하였으니, 세자가 처음 행차할 때 입는 무관의 복장이다.

◇천자는 즉위하면 연호를 바꾸다

●天子大斂64)之後稱王者, 明士不可一日無君也. 故尚書曰, "王麻冕黼裳," 此斂之後也. 何以知王從死後加王也? 以尚書言迎65)子釗66), 不言迎王. 王者既殯67), 而卽繼體68)之位, 何? 緣民臣之心, 不可一日無君. 故先君不可得見, 則後君繼體矣. 尚書曰, "再拜興對," "乃受同瑁69)也," 明爲繼體君也. 緣始終之義, 一年不可有二君也. 故尚

---

64) 大斂(대렴) : 시신을 씻기고 옷을 입힌 뒤 이불로 싸는 작업인 소렴小斂을 마친 다음날 시신을 관에 넣는 의식 절차를 이르는 말. '斂'은 '殮'으로도 쓴다.

65) 迎(영) : 현전하는 ≪서경・주서・고명≫권17의 원문에는 '역逆'으로 되어 있는데, '맞이한다'는 의미에서 별 차이는 없다.

66) 釗(쇠) : 주周나라 강왕康王 희조姬釗의 이름을 가리킨다.

67) 殯(빈) : 장례 때 시신을 관에 안치시키는 것을 이르는 말.

68) 繼體(계체) : 선왕의 정체성을 계승하다. 결국 군주로 즉위하는 것을 말한다.

69) 同瑁(동모) : 술잔과 옥그릇. '동同'은 제례용 술잔 이름인데, '동銅의 오자라는 설도 있다.

書曰, "王釋冕喪服[70]," 吉冕受同, 稱王以接諸侯, 明已繼體爲君也. 釋冕藏同反喪, 明未稱王以統事也. 不曠年[71]無君, 故逾年乃卽位改元. 名元年, 年以紀事, 君名其事矣, 而未發號令也. 何以言踰年卽位謂[72]改元位[73]? 春秋傳曰, "以諸侯逾年卽位, 亦知天子踰年卽位也." 春秋曰, "元年春, 王正月, 公卽位," 改元位也. 王者改元年, 卽事天地, 諸侯改元, 卽事社稷[74]. 王制曰, "夫喪三年不祭, 唯祭天地社稷, 爲越紼[75]而行事." 春秋傳曰, "天子三年, 然後稱王"者, 謂稱王統事發號令也. 尙書曰[76], "高宗[77]諒陰[78]三年," 是也. 論語, "君薨, 百官總己, 聽於冢宰[79]三年." 緣孝子之心, 則三年不當也. 故三年除喪[80], 乃卽位統事, 卽位踐祚[81]爲主, 南面[82]朝臣下, 稱王以發號令也. 故天子諸侯, 凡三年卽位, 終始之義乃備, 所以諒陰三年, 卒孝子之道. 故論語曰, "古之人皆然, 君薨, 百官總己, 聽於冢

---

70) 喪服(상복): 상복을 다시 입다. 현전하는 ≪서경·주서·강왕지고康王之誥≫권18에는 앞에 동사인 '반反'이 첨기되어 있다.

71) 曠年(광년): 여러 해, 오랜 세월. '광曠'은 '구久'의 뜻.

72) 謂(위): ≪백호통소증≫에 의하면 연자衍字이다.

73) 位(위): ≪백호통소증≫에 의하면 '야也'의 오기이다.

74) 社稷(사직): 농사를 위해 지내는 제사에 대한 총칭. 토지신에게 지내는 제사를 '사社'라고 하고, 곡신穀神에게 지내는 제사를 '직稷'이라고 한 데서 유래하였다. 황실이나 조정을 상징할 때도 있다.

75) 越紼(월불): 상례喪禮를 지내지 않는 것을 이르는 말. '불紼'은 상여에 매는 새끼줄을 뜻하는 말로 결국 상례를 가리킨다.

76) 曰(왈): 현전하는 ≪서경≫에 보이지 않는 것으로 보아 일문逸文인 듯하다. 대신 ≪논어·헌문憲問≫권14에 인용되어 전한다.

77) 高宗(고종): 상商나라 제23대 왕인 무정武丁의 묘호廟號.

78) 諒陰(양음): 천자가 상례를 치를 때 머무는 장소를 이르는 말. '양암諒闇'이라고도 한다. 여기서는 결국 상례를 치르는 것을 말한다.

79) 冢宰(총재): 주周나라 때 주요 행정 기관인 육부六府의 장관인 육경六卿 중 우두머리 격인 천관天官의 장관을 이르는 말. 후대에는 이부상서吏部尙書의 별칭으로 쓰였다. '태재太宰'라고도 한다.

80) 除喪(제상): 상복을 벗다. 즉 상례를 마치는 것을 말한다.

81) 踐祚(천조): 원래는 사당의 동쪽 계단을 밟고 오르는 것을 뜻하는 말로, 황제의 자리에 오르는 것을 비유한다. '조祚'는 '조阼' '조胙' '조祚'로도 쓴다.

82) 南面(남면): 남쪽을 향하다. 나이나 신분이 높은 사람의 위치에 서는 것을 뜻하는 말. 천자나 스승은 남향으로 앉고 신하나 제자는 북향으로 시립한다.

宰三年." 所以聽於冢宰三年者, 何? 以爲冢宰職在制國之用, 是以由
之也. 故王制曰, "大[83]冢宰制國用." 所以名之爲冢宰, 何? 冢者,
大也, 宰者, 制也, 大制事也. 故王度記[84]曰, "天子冢宰一人, 爵祿
如天子之大夫." 或曰, "冢宰視[85]卿," 周官[86]所云也.

○천자가 선왕의 시신을 관에 넣은 뒤에 '왕'으로 불리는 것은 사
士에게 하루라도 군주가 없어서는 안 된다는 것을 밝히기 위해
서이다. 따라서 ≪서경·주서周書·고명顧命≫권17에서 "왕은 삼
베로 만든 면류관을 쓰고 보불黼黻을 장식한 옷을 입었다"고 한
말은 선왕의 시신에 수의를 입힌 뒤의 일이다. 선왕의 시신을 관
에 안치시킨 뒤 '왕'이란 호칭을 보탠다는 것을 어떻게 알 수 있
을까? ≪서경·주서·고명≫권17에서 '(주周나라) 태자인 희조姬
釗를 맞이하였다'고 언급하였지 '왕을 맞이하였다'고 말하지 않았
기 때문이다. 왕이 될 사람이 장례를 치르고 나자마자 군주의 자
리에 오르는 것은 어째서일까? 백성과 신하들이 내심 하루라도
군주가 없어서는 안 된다고 생각하기 때문이다. 그래서 선왕을
알현할 수 없기에 후왕이 군주에 즉위하는 것이다. ≪서경·주서
·고명≫권17에서 "거듭 절을 하고 일어나 응대한다"고 하고,
"이에 제례용 술잔과 옥그릇을 받는다"고 한 것도 선왕의 뒤를
이어 군주에 오르는 것을 밝힌 것으로 끝과 시작을 매끄럽게 잇
는다는 의미를 따라 1년에 두 명의 군주가 있어서는 안 된다는
뜻이다. 그래서 ≪서경·주서·강왕지고康王之誥≫권18에 "강왕

---

83) 大(대) : ≪백호통소증≫에서는 '총冢'과 같은 뜻이기에 연자로 보았는데 이를 따
른다.
84) 王度記(왕도기) : ≪예기≫ 가운데 실전된 편명을 가리킨다.
85) 視(시) : 견주다, 비견되다. '비比'의 뜻.
86) 周官(주관) : 주공周公 희단姬旦이 주나라의 관제官制인 천관天官·지관地官·춘
관春官·하관夏官·추관秋官·동관冬官을 정리했다고 전하는 책인 ≪주례周禮≫
의 원명原名. 전한 때 유흠劉歆(?-23)이 ≪주관≫을 처음으로 ≪주례≫라고 하였
고, 당나라 가공언賈公彦이 소疏를 달면서 ≪주례≫라고 칭하여 널리 통용되었다.
총 6편 360관官.

이 면류관을 벗고 다시 상복을 입었다"는 기록이 있다. 조회용 면류관을 벗고 제례용 술잔을 받고서 왕을 자칭하며 제후를 영접한다는 것은 이미 즉위하여 군주가 되었다는 것을 밝히는 것이고, 조회용 면류관을 벗고 제례용 술잔을 보관하고 다시 상복을 입었다는 것은 아직 왕이라고 자칭하며 정사를 총괄하지 않는다는 것을 밝히는 것이다. 여러 해 동안 군주가 없어서는 안 되기에 한해가 지나면 바로 군주의 자리에 즉위하고 연호를 바꾼다. 원년을 이름짓고 연도에 따라 정사를 기록하면 군주는 그 사안을 명명하면서도 아직 명령을 내리지는 않는다. 어째서 한해가 지나면 즉위하고 연호를 바꾼다고 말하는 것일까? ≪공양전公羊傳·문공文公9년≫권13에 "제후가 한해 지나 즉위하는 것을 통해서 천자 역시 한해가 지나 즉위한다는 것을 알 수 있다"고 하였고, ≪곡량전·문공원년≫권10에 "원년(B.C.626) 봄인 주력周曆 정월에 (노나라) 문공이 즉위하였다"고 한 것도 원년을 바꾼 것을 말한다. 천자가 원년을 바꾸는 것은 천제와 지신을 섬긴다는 뜻이고, 제후가 원년을 바꾸는 것은 토지신과 곡식신을 섬긴다는 뜻이다. ≪예기·왕제≫권12에 "무릇 3년상을 치르는 동안 종묘에서 조상신에게 제사를 올리지 않되 오직 천제·지신·토지신·곡식신에게만 제사를 지내는 것은 상례를 지내지 않고 정사를 펼치기 위해서이다"라고 하였고, ≪공양전·문공文公9년≫권13에서 "천자에 오른 지 3년이 지난 뒤에야 '왕'이라고 칭한다"고 한 것은 왕이라고 칭하면서 정사를 총괄하여 명령을 내린다는 말인데, ≪서경≫에서 "(상商나라) 고종이 3년 동안 상례를 치렀다"고 한 것도 이를 두고 한 말이다. ≪논어·헌문憲問≫권14에 "군주가 사망하면 문무백관은 자신의 직무를 추수려 3년 동안 총재의 말을 경청한다"고 하였는데, 효자로서의 성심을 따르기에 3년 동안 정사를 담당하지 않는 것이다. 그래서 3년 뒤에 상례를 마치면 바로 즉위하여 정사를 총괄하는데, 군주의 자리에 올라 천하의 주인이 되어 남쪽을 향한 채 신하의 조회를 받으면 왕이라고 칭하며 명령을 내린다. 따라서 천자나 제후는 도합 3년이 지나 즉위하면 끝과 시작이 잘 매듭지어졌다는 뜻이 갖춰지므로 3년 동안 상례를 치르는 이유는 효자의 도리를 다 마치기 위해서이다. 그래서 ≪논어·헌문≫권14에서도 "옛 사람들도 모두 그러하였으니 군주가 사망하면 문무백관은 자신의 직무를 추수려 3년 동안 총재의 말을 경청한다"고 한 것이다. 3년 동안 총재의 말을 경청하는 이유는 무엇일까? 총재의 직무가 나라의 재정을 통제하는 데 있다고 여기기에 이를 따르는 것이다. 그래서 ≪예기·왕제≫권12에서도 "총재는 나라의 재정을 통제한다"고 한 것이다. 그를 총재라고 명명하는 이유는 무엇일까? '총'은 크다는 뜻이고 '재'는 통제한다는 뜻이므로 대대적으로 정사를 통제한다는 말이다. 그래서 ≪예기·왕도기≫에 "천자 휘하에는 총재가 한 명으로 작위와 봉록이 천자의 대부와 같다"고 하였다. 한편 혹자는 "총재는 경과 비견된다"고 하였는데, 이는 ≪주례≫에서 한 말이다.

◆號(호) 5항

◇제왕의 존호에 대해 논하다

●帝王者, 何? 號也. 號者, 功之表也, 所以表功明德, 號令臣下者也. 德合天地者稱帝, 仁義合者稱王, 別優劣也. 禮記諡法曰[87], "德象天地稱帝, 仁義所生稱王." 帝者天號, 王者五行之稱也. 皇者, 何謂也? 亦號也. 皇, 君也, 美也, 大也. 天之總, 美大稱也. 時質, 故總之也. 號之爲皇者, 煌煌, 人莫違也. 煩一夫, 擾一士, 以勞天下, 不爲皇也. 不擾匹夫匹婦, 故爲皇. 故黃金棄於山, 珠玉捐於淵, 巖居穴處, 衣皮毛, 飮泉液, 呑露英, 虛無寥廓, 與天地通靈也. 號言爲帝者, 何? 帝者, 諦也, 象可承也. 王者, 往也, 天下所歸往. 鉤命訣曰, "三皇[88]步, 五帝[89]趨, 三王[90]馳, 五霸[91]騖."

---

87) 曰(왈) : 현전하는 ≪예기≫에는 '시법'이란 편명이 전하지 않는다. 일문逸文인 듯하다. 대신 위의 예문과 유사한 내용이 ≪일주서逸周書≫권6의 '시법해諡法解'편에 수록되어 전한다.

88) 三皇(삼황) : 전설상의 세 임금. ≪주례周禮≫의 복희伏羲·신농神農·황제黃帝, ≪백호통白虎通≫의 복희伏羲·신농神農·축융祝融, ≪상서대전尙書大傳≫의 수인燧人·복희伏羲·신농神農, ≪여씨춘추呂氏春秋≫의 복희伏羲·여와女媧·신농神農, ≪예문류취藝文類聚≫의 천황天皇·지황地皇·인황人皇 등 시대마다 차이가 있어 설이 다양하다.

89) 五帝(오제) : 전설상의 다섯 황제. 전한 사마천司馬遷(B.C.135-?)은 ≪사기史記·오제본기五帝本紀≫권1에서 황제黃帝·전욱顓頊·제곡帝嚳·요堯·순舜을 가리킨다고 한 반면, 진晉나라 황보밀皇甫謐(215-282)은 ≪제왕세기帝王世紀·오제≫권2에서 소호少昊·전욱顓頊·제곡帝嚳·요堯·순舜을 가리킨다고 하는 등 설에 따라 차이가 있다.

90) 三王(삼왕) : 하夏나라 우왕禹王·상商나라 탕왕湯王·주周나라 무왕武王을 아우르는 말.

91) 五霸(오패) : 춘추시대 때 제후국 가운데 다섯 강국의 군주를 아우르는 말. 제齊나라 환공桓公·진晉나라 문공文公·초楚나라 장왕莊王·오吳나라 합려闔閭·월越나라 구천句踐을 가리킨다는 ≪순자荀子≫의 설, 제나라 환공·진나라 문공·진秦나라 목공穆公·초나라 장왕·오나라 합려를 가리킨다는 후한 반고의 ≪백호통의≫의 설, 제나라 환공·진나라 문공·진나라 목공·송宋나라 양공襄公·초나라 장왕을 가리킨다는 ≪맹자≫의 설, 제나라 환공·송나라 양공·진나라 문공·진나라 목공·오나라 부차夫差를 가리킨다는 당나라 안사고顔師古의 설 등 여러 견해가 있다.

○'제왕'이란 무엇인가? 호이다. '호'는 공로를 표창한다는 뜻으로 공로를 표창하고 덕업을 밝혀 신하에게 명령을 내리기 위한 것이다. 덕업이 천지와 합치하면 '제'라고 칭하고, 인의를 갖추면 '왕'이라고 부르는 것은 우열을 구별하기 위해서이다. 그래서 ≪예기・시법≫에서도 "덕업이 천지를 본받은 사람이면 '제'라고 칭하고, 인의가 낮은 사람이면 '왕'이라고 칭한다"고 하였다. '제'란 하늘과 관련된 호칭이고, '왕'이란 오행과 관련된 호칭이다. '황'은 무엇을 말하는 것일까? 역시 호이다. '황'은 군주를 뜻하기도 하고, 아름답다는 말이기도 하고, 위대하다는 뜻이기도 하다. 하늘에 대한 총칭이자 아름답고 위대하다는 의미의 칭호이기도 하다. 당시는 질박한 시기였기에 이를 총칭한 것이다. 이를 '황'이라고 하는 것은 대단히 휘황찬란하여 그의 뜻을 어길 사람이 아무도 없다는 말이다. 한 명의 사내를 힘들게 하고 한 명의 사士를 어렵게 하여 천하 사람들을 부린다면 '황'이 될 수 없다. 한 명의 남편이나 아내도 힘들게 하지 않기에 '황'이 되는 것이다. 그래서 황금을 산에 버리고 구슬을 연못에 던진 뒤 자연 속에 거주하며 가죽옷을 입고 냇물을 마시고 이슬 맺힌 꽃잎을 먹으면서 마음을 비운 채 천지와 영혼을 교감한다. 호를 '제'라고 말하는 것은 어째서일까? '제'는 살핀다는 뜻으로 계승할 만한 것을 본받는다는 말이다. '왕'은 간다는 뜻으로 천하 사람들이 귀의할 대상이란 말이다. ≪구명결≫에 "삼황은 느긋하게 걸었고, 오제는 종종걸음으로 걸었고, 삼왕은 말처럼 빨리 달렸고, 오패는 말을 타고서 질주하였다"는 말이 있다.

◇ **천자와 제왕이란 호칭의 차이를 논하다**

● 或稱天子, 或稱帝王, 何? 以爲接上稱天子, 明以爵事天也, 接下稱帝王者, 得號天下至尊, 言稱以號令臣下也. 故尙書曰, "咨! 四岳92)!" 曰, "格93)! 汝衆!" 或有一人. 王者自謂一人者, 謙也. 欲言

己材能當一人耳. 故論語曰, "百姓有過, 在予一人." 臣謂之一人,
何? 亦所以尊王者也. 以天下之大, 四海[94]之內, 所共尊者一人耳.
故尙書曰, "不施[95]予一人." 或稱朕, 何? 亦王者之謙也. 朕, 我也.
或稱予者, 予亦我也. 不以尊稱自也, 但自我皆謙.

○어떤 때는 천자라고 칭하고, 어떤 때는 제왕이라고 칭하는 것은
어째서일까? 천제와 접촉할 때 천자라고 칭하는 것은 작위를 가
진 사람으로서 천제를 섬긴다는 뜻을 밝히는 것이고, 아랫 사람
과 접촉할 때 제왕이라고 칭하는 것은 천하의 지존으로 불릴 수
있다는 뜻으로 신하에게 명령을 내리는 신분과 들어맞는다는 말
이라고 보기 때문이다. 그래서 ≪서경·우서虞書·순전舜典≫권2
에 "아! 사방 제후국의 군주"라는 말이 있고, 또 (≪서경·상서
商書·반경상盤庚上≫권8에) "어서 오게! 그대 순이여!"라는 말
이 있는데, 아마도 한 사람을 가리키는 말일 것이다. 왕이란 스
스로 한 사람을 일컫는 말로서 겸허의 표현이다. 자신의 재능이
한 사람의 역할을 감당할 수 있을 뿐이라는 말이다. 그래서 ≪논
어·요왈堯曰≫권20에 "백성들에게 잘못이 있는 것은 나 한 사
람에게 달려 있다"고 하였다. 신하가 그를 한 사람이라고 일컫는
것은 어째서일까? 역시 왕을 존대하기 위해서이다. 천하가 거대
함에도 천하에서 다함께 존대할 대상은 한 사람일 뿐이다. 그래
서 ≪서경·상서·반경상≫권8에 "나(반경) 한 사람에게 베풀지
않는다"고 한 것이다. 간혹 '짐'이라고 칭하는 것은 어째서일까?
역시 천자에 대한 겸칭이다. '짐'은 '나'라는 뜻이다. 간혹 '여'라
고도 칭하는데, '여' 역시 '나'라는 뜻이다. 자신을 존칭하기 위한

---

92) 四岳(사악) : 사방의 제후를 가리키는 말.
93) 格(격) : '오라!' 상대방을 부르는 말.
94) 四海(사해) : 천하를 이르는 말. 고대 중국인들이 사방이 바다였다고 생각한 데서
비롯되었다. 옛날에는 온세상을 '천하天下' '해내海內' '사해四海' '육합六合' '구주
九州' '신주神州' '우주宇宙' 등 다양한 어휘로 표현하였다.
95) 施(시) : 현전하는 ≪서경·상서·반경상≫권8에는 '척惕'을 되어 있는데, 통용자
라는 설도 있고, '시施'의 오기란 설도 있다.

것이 아니라 단지 자아에 대해 모두 겸손하게 표현한 말이다.

◇군자는 통칭에 해당한다

● 或稱君子, 何? 道德之稱也. 君之爲言, 羣也. 子者, 丈夫之通稱也. 故孝經曰, "君子之教以孝也, 所以敬天下之爲人父者也." 何以言知 其通稱也? 以天子至於民. 故詩云, "凱弟96)君子, 民之父母." 論語 云, "君子哉! 若人97)!" 此謂弟子. 弟子者, 民也.

○간혹 '군자'라고도 칭하는 것은 어째서일까? 도덕을 갖춘 사람에 대한 칭호이다. '군'이란 말은 무리라는 뜻이다. '자'는 대장부에 관한 통칭이다. 그래서 ≪효경・광지덕장廣至德章≫권7에 "군 자가 효로써 교화를 베푸는 것은 천하에 부친이 된 사람을 존경 하기 위해서이다"라고 하였다. 어째서 그것이 통칭이란 것을 알 수 있다고 말하는 것일까? 천자로부터 백성에 이르기까지 다 사 용하기 때문이다. 그래서 ≪시경・대아大雅・형작洞酌≫권24에 "화락한 군자는 백성의 부모라네"라고 하였다. 한편 ≪논어・공 야장公冶長≫권5에서는 "군자로다! 이 사람은!"이라고 하였는데, 여기서는 제자를 말한다. 제자는 백성을 가리킨다.

◇삼황・오제・삼왕・오패에 대해 논하다

● 三皇者, 何謂也? 謂伏羲・神農・燧人也. 或曰, "伏羲・神農・祝 融也." 禮曰98), "伏羲・神農・祝融, 三皇也." 謂之伏羲者, 何? 古 之時, 未有三綱99)六紀100), 民人但知其母, 不知其父, 能覆101)前而

---

96) 凱弟(개제) : 편안하고 화락한 모양. '개凱'는 '개愷'와 통용자이고, '제弟'는 '제 悌'와 통용자이다.

97) 若人(약인) : 이 사람. '약若'은 지시형용사로 '차此'의 뜻. 여기서는 춘추시대 노 魯나라 공자의 제자인 자천子賤 복부제宓不齊를 가리킨다.

98) 曰(왈) : 현전하는 ≪예기≫에 실리지 않은 것으로 보아 일문逸文인 듯하다. '삼 황三皇'에 대해서는 문헌마다 내용이 달라 설이 다양하다.

99) 三綱(삼강) : 군신君臣・부자父子・부부夫婦 사이의 도리를 이르는 말.

100) 六紀(육기) : 부친・외숙・친족・형제・스승・친구와의 관계에서 지켜야 할 도

不能覆後, 臥之詓詓102), 起之吁吁103), 飢卽求食, 飽卽棄餘, 茹毛飲血, 而衣皮韋. 於是伏羲仰觀象於天, 俯察法於地, 因夫婦, 正五行, 始定人道, 畫八卦104)以治下, 治105)下伏而化之, 故謂之伏羲也. 謂之神農, 何? 古之人民, 皆食禽獸肉. 至於神農, 人民衆多, 禽獸不足. 於是神農因天之時, 分地之利, 制耒耜, 敎民農作. 神而化之, 使民宜之, 故謂之神農也. 謂之燧人, 何? 鑽木燧取火, 敎民熟食, 養人利性, 避臭去毒, 謂之燧人也. 謂之祝融, 何? 祝者, 屬也, 融者, 續也, 言能屬續三皇之道而行之, 故謂祝融也. 五帝者, 何謂也. 禮曰, "黃帝・顓頊・帝嚳・帝堯・帝舜, 五帝也." 易曰, "黃帝・堯・舜氏作." 書曰, "帝堯・帝舜." 黃帝106), 中和之色, 自然之性, 萬世不易. 黃帝始作制度, 得其中和, 萬世常存, 故稱黃帝也. 謂之顓頊, 何? 顓者, 專也, 頊者, 正也. 能專正天人之道, 故謂之顓頊也. 謂之帝嚳者, 何也? 嚳者, 極也. 言其能施行窮極道德也. 謂之堯者, 何? 堯, 猶嶢嶢107)也, 至高之貌. 淸妙高遠, 優遊博衍, 衆聖之主, 百王之長也. 謂之舜者, 何? 舜, 猶僢僢108)也, 言能推信堯道而行之. 三王者, 何謂也? 夏・殷・周也. 故禮士冠經曰, "周弁, 殷冔109), 夏收110), 三王共皮弁也." 所以有夏・殷・周號, 何? 以爲王者受命,

---

리를 아우르는 말로서 결국 일반 사회생활에서 지켜야 할 기본적인 규범을 가리킨다.
101) 覆(복) : 덮다, 가리다. 다른 문헌에 의하면 앞에 '가죽옷을 입다(衣其皮)'라는 말이 있어 문맥이 분명하다.
102) 詓詓(거거) : 숨쉬는 소리를 형용하는 말.
103) 吁吁(우우) : 편안한 모양.
104) 八卦(팔괘) : ≪역경≫의 64괘를 이루는 기본 단위의 괘. 즉 건乾(☰)・태兌(☱)・이離(☲)・진震(☳)・손巽(☴)・감坎(☵)・간艮(☶)・곤坤(☷)괘를 말한다. 전설상의 황제인 복희씨伏羲氏가 처음으로 만들었다고 전한다.
105) 治(치) : ≪백호통소증≫에 의하면 연자衍字로 보인다.
106) 帝(제) : ≪백호통소증≫에 의하면 '자者'의 오기로 보인다.
107) 嶢嶢(요요) : 드높은 모양. '요嶢'는 '요嶤'의 이체자異體字.
108) 僢僢(천천) : 서로 비견할 만한 모양을 이르는 말.
109) 冔(후) : 은殷나라 때 관冠 이름.
110) 收(수) : 하夏나라 때 관冠 이름.

必立天下之美號, 以表功自克, 明易姓爲子孫制也. 夏·殷·周者,
有天下之大號也. 百王同天下, 無以相別, 改制天下之大禮, 號以自
別於前, 所以表著己之功業也. 必改號者, 所以明天命已著, 欲顯揚
己於天下也. 己復襲先王之號, 與繼體守文之君無以異也. 不顯不明,
非天意也. 故受命王者, 必擇天下美號, 表著己之功業, 明當致施,
是也. 所以預自表克於前也. 帝王者, 居天下之尊號也. 不以姓爲號,
何? 姓者, 一字之稱也, 尊卑所同也. 諸侯各稱一國之號, 而有百姓
矣, 天子至尊, 卽備有天下之號, 而兼萬國矣. 夏者, 大也, 明當守持
大道. 殷者, 中也, 明當爲中和之道也. 聞也, 見也, 謂當道著見中和
之爲也. 周者, 至也, 密也, 道德周密, 無所不至也. 何以知卽政立號
也? 詩云, "命此文王, 于周于京." 此改號爲周, 易邑爲京也. 春秋傳
曰[111], "王者受命而王, 必擇天下之美號, 以自號也." 五帝無有天下
之號, 何? 五帝德大能禪, 以民爲子, 成于天下, 無爲立號也. 或曰,
"唐·虞者, 號也. 唐, 蕩蕩也. 蕩蕩者, 道德至大之貌也. 虞者, 樂
也, 言天下有道, 人皆樂也." 故論語曰, "唐·虞之際." 帝嚳有天下,
號高辛. 顓頊有天下, 號曰高陽. 黃帝有天下, 號曰(有熊[112].) 自
然[113]者, 獨宏大道德也. 高陽者, 陽猶明也, 道德高明也. 高辛者,
道德大信. 五霸者, 何謂也? 昆吾氏·大彭氏·豕韋氏·齊桓公·
晉文公也. 昔三王之道衰, 而五霸存其政, 率諸侯, 朝天子, 正天下
之化, 興復中國, 攘除夷狄[114]. 故謂之霸也. 昔昆吾氏, 霸於夏者也.
大彭氏·豕韋氏, 霸於殷者也. 齊桓·晉文, 霸於周者也. 或曰, "五
霸, 謂齊桓公·晉文公·秦穆公·楚莊王·吳王闔閭也. 霸者, 伯也.

---

111) 曰(왈) : 이는 현전하는 춘추삼전春秋三傳에 실리지 않은 것으로 보아 후대의
여러 해설 가운데 하나인 듯하다. 출처는 불분명하다.
112) 有熊(유웅) : ≪백호통소증≫에 의하면 이 두 글자가 누락되었기에 첨기한다.
113) 自然(자연) : ≪백호통소증≫에 의하면 '유웅有熊'의 오기이다. 문맥상으로도 '유
웅'이라고 해야 자연스럽습니다.
114) 夷狄(이적) : 중국 고대의 이민족에 대한 총칭. 동방의 이민족을 '이夷'라고 하
고, 남방의 이민족을 '만蠻'이라고 하며, 서방 이민족을 '융戎'이라고 하고, 북방
이민족을 '적狄'이라고 한다.

行方伯115)之職, 會諸侯, 朝天子, 不失人臣之義. 故聖人與之. 非明
王之張法. 霸, 猶迫也, 把也. 迫脅諸侯, 把持其政." 論語曰, "管
仲116)相桓公, 霸諸侯." 春秋曰, "公朝于王所." 於是時117)晉文118)
之霸. 尙書曰, "邦之榮懷119), 亦尙120)一人之慶121)." 知秦穆之霸
也. 楚勝鄭, 而不告從, 而攻之, 又令還師, 而佚122)晉寇, 圍宋, 宋因
而與之平, 引師而去, 知楚莊之霸也. 蔡侯無罪, 而拘於楚, 吳有憂中
國心, 興師伐楚, 諸侯莫敢不至, 知吳之霸也. 或曰, "五霸, 謂齊桓公
・晉文公・秦穆公・宋襄公・楚莊王也." 宋襄伐楚, 不擒二毛123),
不鼓124)不成列. 春秋傳曰, "雖文王之戰, 不是過." 知其霸也.

○(전설상의 세 임금인) '삼황'이란 무엇을 말하는 것일까? 복희・
신농・수인을 일컫는다. 혹자는 "복희・신농・축융이다"라고도
한다. ≪예기≫에 "복희・신농・축융이 삼황이다"라고 하였다.
삼황 가운데 한 사람을 '복희'라고 하는 것은 어째서일까? 상고
시대 때 삼강과 육기 등 기본적인 윤리도덕이 생기기 전에는 백
성들이 단지 자신의 모친만 알았지 부친은 몰랐기에 (옷을 입으
면서는) 앞만 가릴 줄 알았지 뒤를 가릴 줄 몰랐고, 잠자리에 들

---

115) 方伯(방백) : 지방 장관을 뜻하는 말. 후대에는 주로 절도사節度使・관찰사觀察
　　 使나 자사刺史・태수太守 같은 지방 수령에 대한 범칭으로 쓰였다.
116) 管仲(관중) : 춘추시대 제齊나라 사람 관이오管夷吾(?-B.C.645). '중'은 자. 환공
　　 桓公을 여러 차례 암살하려다가 실패하였으나, 포숙아鮑叔牙의 도움으로 환공
　　 밑에서 재상에 올라 부국강병책으로 제나라를 강국으로 만들었다. 이름보다는
　　 자인 '중仲'을 써서 관중管仲으로 흔히 불리며, 변치 않는 우정을 의미하는 '관
　　 포지교管鮑之交'라는 고사성어로 유명하다. 저서로 ≪관자管子≫ 24권이 전한
　　 다. ≪사기・관중전≫권62 참조.
117) 時(시) : ≪백호통소증≫에 의하면 '지知'의 오기이다.
118) 晉文(진문) : ≪백호통소증≫에 의하면 '환문桓文'의 오기이다.
119) 榮懷(영회) : 안녕, 번영을 이르는 말.
120) 尙(상) : 거의, 아마도. '서기庶幾'의 뜻.
121) 慶(경) : 선량함, 성실함을 이르는 말. '선善'의 뜻.
122) 佚(일) : 지나다. '과過'의 뜻.
123) 二毛(이모) : 머리카락이 두 가지 색을 띠는 것을 이르는 말. 결국 반백의 노인
　　 을 말한다.
124) 鼓(고) : 북을 치다. 여기서는 북을 울리며 공격하는 것을 말한다.

면 편히 숨을 쉬고 잠자리에서 일어나면 편안하게 지내면서 배가 고프면 바로 식량을 구하고 배가 부르면 남은 음식을 버렸으며, 털까지 먹고 피까지 마시면서 가죽옷을 입었다. 이에 복희는 고개를 들어 하늘에서 천상을 살피고 고개를 숙여 땅에서 법도를 살펴 부부의 도리를 바로세우고 오행의 운행을 바로잡음으로써 비로소 사람의 도리를 확정하였고, 팔괘를 그려 백성들을 다스리고 백성들도 그에게 복종하여 교화를 받았기에 그를 '복희'라고 일컫는 것이다. 또 한 사람을 '신농'이라고 일컫는 것은 어째서일까? 옛날에 백성들은 모두 짐승의 고기를 먹었는데, 신농 때에 이르러서는 백성들 숫자가 많아졌지만 짐승들 숫자는 부족하였다. 이에 신농은 하늘의 시기를 따르고 땅의 이익을 분배하면서 농기구를 만들어 백성들에게 농사를 가르쳤다. 신의 정기를 받아 그들을 교화하고 백성들이 적절하게 활용케 하였기에 그를 '신농'이라고 일컫는 것이다. 또 한 사람을 '수인'이라고 일컫는 것은 어째서일까? 나무를 뚫어 불을 얻어서 백성들에게 음식을 익혀 먹는 방법을 가르치고, 사람들에게 이점을 추구하는 성품을 키워주고, 악취를 피하고 독성을 제거하게 해 주었기에 그를 '수인'이라고 일컫는 것이다. 그를 '축융'이라고 일컫는 것은 어째서일까? '축祝'은 잇는다는 뜻이고 '융融'은 계속한다는 뜻으로 삼황의 도리를 이어서 실행할 줄 안다는 말이기에 '축융'이라고 말하는 것이다. '오제'란 무엇을 일컫는 것일까? ≪예기≫에 "황제黃帝·전욱·제곡·제요·제순이 오제이다"라는 기록이 있고, ≪역경·계사하繫辭下≫권12에 "황제·요·순이 등장하였다"는 기록이 있으며, ≪서경·우서虞書·요전堯典≫권1에 "제요와 제순"이란 말이 있다. '황黃'은 중용적 색채를 나타내고 자연의 성향을 나타내는 것으로 언제나 바뀌지 않는다. 황제가 처음으로 제도를 만들면서 그 중용적인 성향을 취함으로써 만대에 걸쳐 항상 존속케 했기에 '황제'라고 칭하는 것이다. '전욱'이라고 일컫는 것은 어째서일까? '전顓'은 전담한다는 뜻이고, '욱頊'은 바로잡는다는 뜻이다. 전적으로 천인의 도리를 바로잡을 줄 알았기에 그를 '전욱'이라고 일컫는 것이다. '제곡'이라고 일컫는 것은 어째서일까? '곡嚳'은 지극하다는 뜻이다. 그가 지극한 도덕을 시행할 줄 알았다는 말이다. '요'라고 일컫는 것은 어째서일까? '요堯'는 지극히 드높다는 뜻으로 지극히 고상한 모양을 뜻한다. 깨끗하고 고상하면서 여유가 넘치고 멀리까지 영향을 미치기에 뭇 성인의 주체이자 모든 군주의 우두머리라는 말이다. '순舜'이라고 일컫는 것은 어째서일까? '순'은 전대의 군주에 비견할 만하다는 뜻이다. 요왕의 도리를 미루어 신임하고서 이를 실행할 줄 알았다는 말이다. '삼왕'이란 무엇을 일컫는 것일까? 하나라·은나라·주나라의 임금을 가리킨다. 그래서 ≪의례·사관례士冠禮≫권1에 "주나라 때는 '변弁'을 쓰고, 은나라 때는 '후冔'를 쓰고, 하나라 때는 '수收'를 썼다. 삼왕은 모두 가죽 고깔을 썼다"고 하였다. 하나라·은나라·주나라라는 국호가 생긴 것은 어째서일까? 천자가 천명을 받으면 반드시 천하를 대표하는 아름다운 국호를 세워 공적을 드러내고 극기정신을 보임으로써 성씨를 바꾸는 것이 자손을 위한 제도임을 밝히고자 한다는 말이다. 하나라·은나라·주나라란 말에는 천하를 대표하는 위대한 국호란 뜻이 담겨 있다. 수많은 왕들이 천하를 통일하는 바람에 서로 구별할 수 없게 되자 천하의 대례를 다시 제정하였는데, 국호를 정해 자신을 전대와 구별짓는 것은 자신의 공적을 드러내기 위한 것이다. 반드시 국호를 바꾸는 것은 천명이 이미 드러나고 천하에 자신을 고양시키고자 하는 뜻을 드러내기 위해서이다. 스스로 선왕의 국호를 답습하면 정체성을 계승하고 문화를 지키는 군주와 다를 수가 없다. 드러내지 않고 밝히지 않는 것은 하늘의 뜻이 아니다. 따라서 천명을 받은 왕이 반드시 천하를 대표하는 아름다운 국호를 선택하여 자신의 공적을 드러내서 분명하게 성취를 이루고자 하는 것도 이를 가리킨다. 이는 미리 자신이 전대를 능가한다는 것을 드러내기 위함이다. '제왕'이란 천하의 존귀한 호칭이다. 성씨를 국호로 삼지 않는 것은 어째서일까? 성씨는 한 자로 된 호칭으로서 존귀한 사람이든 비천한 사람이든 똑같이 사용하는 것이다. 제후는 각기 한 나라의 호칭으로 불리면서 백성을 소유하고, 천자는 지극히 존귀한 존재로서 천하를 대표하는 국호를 가지면서 모든 나라를 겸유한다. '하夏'는 위대하다는 뜻으로 응당 대도를 유지한다는 뜻을 밝히는 말이다. '은殷'은 중용을 뜻하는 말로서 응당 중용의 도리를 지닌다는 뜻을 밝히는 말이다. 또 '듣는다'는 뜻이자 '본다'는 뜻으로 도리를 대상으로 중용의 행위를 드러내야 한다는 말이다. '주周'는 '지극하다'는 뜻이자 '치밀하다'는 뜻으로 도덕이 주도면밀하면 무엇이든지 다 이룰 수 있다는 말이다. 정사를 시작하면 국호를 세운다는 것을 어떻게 알 수 있을까? ≪시경·대아大雅·대명大明≫권23에 "이 문왕에게 명하여 국호를 주나라로 하고 도읍을 정하게 하였네"라는 구절이 있다. 이는 국호를 '주周'로 고치고 도읍을 '경京'으로 바꾸었다는 말이다. ≪춘추전≫에 "천자는 천명을 받고서 왕위에 오르면 반드시 천하를 대표하는 아름다운 국호를 골라 스스로 호칭으로 삼는다"고 하였다. 오제가 천하를 대표하는 국호를 가지지 않은 것은 어째서일까? 오제는 덕이 커서 왕위를 선양할 수 있고 백성을 자식으로 여겨 천하를 완성하였기에 국호를 세울 필요가 없었다. 혹자는 "당나라와 우나라가 국호이다. '당唐'은 '탕탕'하다는 뜻이다. '탕탕'은 도덕이 지극히 위대한 모양을 뜻한다. '우虞'는 즐겁다는 뜻으로 천하에 도가 있으면 사람들이 모두 즐겁다는 말이다"라고 하였다. 그래서 ≪논어·태백泰伯≫권8에 "당나라와 우나라 때"란 말이 있다. 제곡은 천하를 차지하고서 호를 '고신'이라고 하였다. 전욱은 천하를 차지하고서 호를 '고양'이라고 하였다. 황제는 천하를 차지하고서 호를 '유웅'이라고 하였다. '유웅'이란 유독 도덕성이 광대하다는 말이다. '고양'이란 말에서 '양陽'은 밝다는 뜻으로 도덕이 높고 밝다는 말이다. '고신'은 도덕이 무척 믿을 만하다는 말이다. '오패'는 무슨 말일까? 곤오씨·대팽씨·시위씨·제나라 환공·진나라 문공을 가리킨다. 옛날에 삼왕의 도가 쇠하자 오패가 그들의 정치를 보존한 뒤 제후를 통솔하고서 천자를 조알하여 천하의 교화를 바로잡고 중원을 부흥시키고 오랑캐를 물리쳤다. 그래서 그들을 '패霸'라고 하는 것이다. 옛날에 곤오씨는 하나라 때 패자이다. 대팽씨와 시위씨는 은나라 때 패자이다. 제나라 환공과 진나라 문공은 주나라 때 패자이다. 혹자는 "'오패'는 제나라 환공·진晉나라 문공·진秦나라 목공·초나라 장왕·오나라 왕 합려를 말한다. '패'란 수령을 뜻한다. 지방 수령의 직무를 행하면서 제후들을 회합하여 천자를 조알함으로써 신하의 의리를 잃지 않는다는 말이다. 그래서 성인이 그와 함께 한다. 왕이 법도를 펼치는 것을 밝히는 것이 아니다. '패'는 억누른다는 뜻이자 잡는다는 뜻이다. 제후들을 겁박하고 정치를 장악한다는 뜻이다"라고 하였다. ≪논어·헌문憲問≫권14에 "(춘추시대 제나라) 관중이 환공을 도와 제후들을 제패하였다"고 하고, ≪좌전·희공僖公28년≫권15에 "(진나라 문공이 초楚나라 군대를 대패시켰다는 말을 듣자 노魯나라) 희공이 (주周나라) 천자가 계신 곳을 찾아가 조알하였다"고 하였기에 (제나라) 환공과 (진나라) 문공이 패자였다는 것을 알 수 있다. 또 ≪서경·주서周書·진서秦誓≫권19에 "나라의 번영 역시 거의 한 사람의 선량함에 달려 있다"고 한 것으로 보아 진나라 목공이 패자라는 것을 알 수 있다. (춘추시대 때) 초나라가 정나라와의 전투에서 이겼지만 (정나라가) 복종하겠다고 말하지 않자 공격을 한 뒤 다시 군대를 돌려 진나라 군대를 지나쳐 송나라를 포위하였는데, 송나라가 그 때문에 그들과 평화조약을 맺고서 군대를 이끌고 떠났기에 초나라 장왕이 패자라는 것을 알 수 있다.

또 채나라 군주가 아무런 죄가 없는데도 초나라에서 구금당하자 오나라가 중원을 염려하는 마음이 생겨 군대를 일으켜 초나라를 정벌하자 제후들 중에 아무도 감히 찾아오려 하지 않았으니 오나라가 패자라는 것을 알 수 있다. 혹자는 "'오패'는 제나라 환공·진나라 문공·진나라 목공·송나라 양공·초나라 장왕을 말한다"고도 하였다. 송나라 양공은 초나라를 정벌하였을 때 반백의 노인을 포로로 잡지 않고 미처 전열을 가다듬지 않은 군대를 북을 울리며 공격하지 않았는데, ≪공양전·희공僖公22년≫권12에서 "비록 (주나라) 문왕이 전투를 벌였다 해도 이보다 더 관대하지는 않았을 것이다"라고 한 것으로 보아 (송나라) 양공이 패자라는 것을 알 수 있다.

◇백작·자작·남작은 제후국에서 공으로 불리다

●伯·子·男臣子[125]), 於其國中, 褒其君爲公. 王者臣子, 獨不得褒其君, 謂之爲帝, 何? 以爲諸侯有會聚之事, 相朝聘之道, 或稱公而尊, 或稱伯·子·男而卑, 爲交接之時不私其臣子之義, 心俱欲尊其君父[126]). 故皆令臣子得稱其君爲公也. 帝王異時, 無會同之義, 故無爲同也. 何以諸侯稱公? 齊侯, 桓公. 尙書曰, "公[127])曰, '噫!'" 秦伯也. 詩云, "譚公維私[128])," 譚子也. 春秋曰, "葬許繆公," 許男也. 禮大射經曰, "(公[129]))則釋獲[130])." 大射者, 諸侯之禮也, 伯·子·男皆在也.

○백작·자작·남작의 신하도 자신들의 제후국에서 자신들의 군주를 높여 '공公'이라고 부르는데, 천자의 신하가 유독 자신들의 군

---

125) 臣子(신자) : 신하의 별칭.
126) 君父(군부) : 천자나 군주의 별칭. 아들이 왕인 부친을 부르는 호칭을 가리킬 때도 있다.
127) 公(공) : 진秦나라 군주 목공穆公을 가리킨다.
128) 私(사) : 상고시대 때 자매의 남편을 부르던 말.
129) 公(공) : 원전에 의하면 이 글자가 누락되었기에 첨기한다.
130) 釋獲(석획) : 향사례鄕射禮에서 산가지를 놓아 화살의 명중 횟수를 기록하는 일.

주를 높여 '제帝'라고 부르지 않는 것은 어째서일까? 제후들이 회합할 일이 생겨 천자를 조알하는 도리를 거들게 되었을 때 만약 누구는 '공'이라고 칭하여 높이고 누구는 '백' '자' '남'이라고 칭하여 낮추게 된다면, 서로 만났을 때 신하의 의미를 사사로이 드러내지 말아야 하는데도 내심 모두가 자기 군주를 존대하고 싶어지게 된다. 그래서 예외없이 모든 신하들에게 자신들의 군주를 '공'이라고 부르게 한 것이다. 제왕은 서로 시대가 달라 회동할 일이 없었기에 동급으로 간주할 일이 없었다. 그렇다면 어째서 제후를 '공'이라고 칭하는 것일까? 제나라 군주는 환공이라고 하였다. ≪서경・주서周書・진서秦誓≫권19에 "목공穆公이 '아!' 하고 탄식하였다"고 한 것은 진나라 백작을 가리킨다. ≪시경・위풍衛風・석인碩人≫권5에서 "담나라 군주도 형부라네"라고 한 것은 담나라 자작을 가리킨다. ≪공양전・희공僖公4년≫권10에서 "허나라 목공을 장사지냈다"고 한 것은 허나라 남작을 가리킨다. ≪의례・대사의大射儀≫권7에서 "군주는 화살이 명중한 것으로 간주한다"고 하였는데, '대사'란 제후의 활쏘기 예법으로 백작・자작・남작 모두 거기에 해당하였다.

◆諡(시호) 8항

◇시호란 무엇인가?

●諡者, 何也? 諡之爲言, 引也, 引列行之跡也. 所以進勸成德, 使上務節也. 故禮(郊[131])特牲曰, "古者生無爵, 死無諡." 此言生有爵, 死當有諡也. 死乃諡之, 何? 言人行終始不能若一, 故據其終始, 從可知也. 士冠經曰, "死而諡之, 今也." 所以臨葬而諡之, 何? 因衆會, 欲顯揚之也. 故春秋曰, "公之喪至自乾侯[132]." 昭公死於晉乾侯之地, 數月歸, 至急, 當未有諡也. 春秋曰, "丁巳, 葬, 戊午, 日下側, 乃克葬." 明祖載[133]而有諡也.

○'시諡'란 무엇일까? '시'란 말은 이끈다는 뜻으로 여러 가지 행적을 이끌어 준다는 말이다. 이는 적극적으로 덕업의 성취를 권면하여 군주로 하여금 절조를 지키는 데 힘쓰게 하기 위함이다. 그래서 ≪예기·교특생≫권26에 "옛날에는 살아서 작위가 없으면 죽어서 시호가 없었다"고 하였다. (뒤집어 말하면) 이는 살아서 작위를 가지면 죽어서 응당 시호를 받는다는 말이다. 죽은 뒤라야 시호를 받는 것은 어째서일까? 사람의 행동이 시종일관 한결같을 수 없기에 그 시말에 근거해 유래를 알 수 있다는 말이다. ≪의례·사관례士冠禮≫권1에 "죽은 뒤에 시호를 정하는 것은 오늘날의 예법이다"라고 하였다. 장례를 지낼 즈음에 시호를 정하는 것은 어째서일까? 대중적 모임을 따라 그의 덕업을 고양하기 위해서이다. 그래서 ≪좌전·정공定公1년≫권54에 "소공의 상여가 건후로부터 도착하였다"고 한 것은 소공이 진나라 (하북성) 건후 땅에서 사망한 뒤 몇 개월 지나 도착하였는데 너무 급

---

131) 郊(교) : 원전에 의하면 이 글자가 누락되었기에 첨기한다.
132) 乾侯(건후) : 춘추시대 때 진晉나라 소속 땅 이름. 지금의 하북성 성안현成安縣 남동쪽 일대를 가리킨다.
133) 祖載(조재) : 상여에 영구靈柩를 처음으로 싣는 것을 이르는 말. '조祖'는 '시始'의 뜻.

하게 서두르는 바람에 분명 미처 시호를 정하지 못 했다는 말이다. 《공양전·정공定公15년》권26에 "정사일에 (정공을) 장사지내려고 하다가 무오일에 해가 지고 나서야 비로소 장사지낼 수 있었다"고 한 것은 처음 관을 상여에 싣고서 시호를 정했다는 것을 밝힌 것이다.

◇제왕이 시호를 제정한 의미에 대해 논하다

●黃帝先黃後帝, 何? 古者順[134], 死生之稱, 各持行合而言之. 美者在上, 黃帝始制法度, 得道之中, 萬世不易, 名黃自然也. 後世雖聖, 莫能與同也. 後世德與天同, 亦得稱帝, 不能立制作之時, 故不得復稱黃也. 諡或一言, 或兩言, 何? 文者以一言爲諡, 質者以兩言爲諡也. 故尙書曰, '高宗[135],' 殷宗也. 湯死, 後世稱成湯[136], 以兩言爲諡也. 號無質文, 諡有質文, 何? 號者, 始也, 爲本, 故不可變也. 周已後, 用意尤文, 以爲本生時號令善, 故有善諡. 故舍[137]文武[138]王也. 合言之, 則上其諡, 明別善惡, 所以勸人爲善, 戒人爲惡也. 帝者, 天號也. 以爲堯猶諡, 顧上世[139]質直, 死後以其名爲號耳. 所以諡之爲堯, 何? 爲諡有七十二品. 禮記諡法曰, "翼善傳聖, 諡曰堯, 仁聖盛明, 諡曰舜. 慈惠愛民, 諡曰文, 强理勁直, 諡曰武."

○황제黃帝의 경우 '황黃'자를 앞세우고 '제帝'자를 뒤에 두는 것은 어째서일까? 옛날에는 풍속이 질박하여 죽었을 때나 살았을 때의 호칭을 각기 행실을 기준으로 합치시켜 언급하였다. 아름다운 미덕은 윗사람에게 달려 있기에 황제가 처음으로 제도를 제정하

---

134) 順(순) : 《백호통소증》에 '質質'로 되어 있어 이를 따른다.
135) 高宗(고종) : 상商나라 제23대 왕인 무정武丁의 묘호廟號.
136) 成湯(성탕) : 상商나라를 세운 자이子履의 시호諡號. 보통은 '탕왕湯王'이라고 한다.
137) 舍(사) : 《백호통소증》에 의하면 '합合'의 오기이고, 뒤에 '언言'이 누락되었기에 첨가한다. 자형의 유사성으로 인한 필사 과정상의 단순 오기로 보인다.
138) 文武(문무) : 주周나라 문왕文王과 무왕武王을 아우르는 말.
139) 上世(상세) : 상고시대나 선대를 이르는 말.

고 중용의 도리를 터득하였는데, 만대에 걸쳐 바뀌지 않기에 '황'이라고 명명하는 것도 자연스러운 일이었다. 후세에 비록 성인이라 할지라도 그와 맞먹을 수 있는 이가 없었다. 후세에 덕이 천제와 맞먹으면 역시 '제'라고 칭할 수 있었지만 제도를 세울 수는 없었기에 더 이상 '황'이라고 칭할 수 없게 되었다. 시호를 어떤 때는 한 자로 말하고 어떤 때는 두 자로 말하는 것은 어째서일까? 외형을 중시하면 한 자로 시호를 짓고, 내실을 중시하면 두 자로 시호를 짓는다. 그래서 ≪서경≫에서 '고종'이라고 한 것은 은나라 조종 가운데 한 임금을 가리킨다. (은나라 시조인) 탕왕이 사망한 뒤 후세 사람들이 '성탕'이라고 한 것은 두 글자로 시호를 지은 것이다. 호칭에는 내실과 외형의 구분이 없는데, 시호에 내실과 외형의 구분이 있는 것은 어째서일까? 호칭은 시작을 뜻하면서 근본을 나타내기에 변할 수가 없다. 주나라 이후로 특히 외형에 주의를 기울였는데 근본이 생겼을 때 명령이 훌륭하다고 생각했기에 선을 선양하는 시호가 생겨났다. 그래서 문왕과 무왕을 합쳐서 말하는 것이다. 합쳐서 말하였기에 시호를 올려 선악을 분명하게 구별하였으니, 이는 사람들에게 선을 행하도록 권면하고 악을 행하는 것에 대해 경계토록 하기 위함이다. '제'는 천제의 호칭이다. '요'로도 공적을 기리는 시호로 삼을 수 있다고 생각하고 상고시대는 질박함을 중시하였다는 점을 고려해 사후에 그의 이름을 시호로 삼은 것일 뿐이다. 그의 시호를 '요'라고 한 연유는 무엇일까? 시호에는 72가지 종류가 있는데, ≪예기·시법≫에 "선을 돕고 성인의 도를 전하면 시호를 '요'라고 하고, 어질고 성인다운 품행이 넘치면 시호를 '순'이라고 하고, 자애로운 심성으로 백성을 사랑하면 시호를 '문'이라고 하고, 강력하게 통치력을 발휘하고 성품이 강직하면 시호를 '무'라고 한다"는 말이 있다.

◇천자의 시호는 남쪽 교외에서 정하다

●天子崩140), 臣下至南郊141), 諡之者, 何? 以爲人臣之義, 莫不欲褒大其君, 掩惡揚善者也. 故之南郊, 明不得欺天也. 故曾子問142), "孔子曰, '天子崩, 臣下之南郊, 告諡之.'"

○천자가 죽으면 신하가 남쪽 교외로 나가서 그에게 시호를 드리는 것은 어째서일까? 신하로서의 도의상 누구나 자신의 군주를 칭송하여 악을 가리고 선을 드러내고자 한다고 보는 것이다. 따라서 남쪽 교외로 나가 하늘을 속일 수 없다는 것을 밝힌다. 그래서 ≪예기·증자문≫권18에도 "공자가 '천자가 죽으면 신하는 남쪽 교외로 나가서 그의 시호를 정하겠다고 천제에게 고한다'고 말했다"는 기록이 있다.

◇천자가 제후의 시호를 정하다

●諸侯薨, 世子赴告天子, 天子遣大夫143), 會其葬而諡之, 何? 幼不誄長, 賤不誄貴. 諸侯相誄, 非禮也. 臣當受諡於君也.

○제후가 죽으면 세자가 천자를 찾아가 고하고, 천자가 대부를 파견하여 그의 장례에 참가해서 시호를 정하게 하는 것은 어째서일까? 어린 사람은 어른의 덕업을 기리지 않고, 신분이 비천한 사람은 신분이 존귀한 사람의 덕업을 기리지 않는 법이다. 또 제

---

140) 崩(붕) : 황제나 황후의 죽음을 이르는 말. ≪예기·곡례하曲禮下≫권5에 의하면 천자의 죽음은 '붕崩'이라고 하고, 공경公卿의 죽음은 '훙薨'이라고 하며, 대부大夫의 죽음은 '졸卒'이라고 하고, 사士의 죽음은 '불록不祿'이라고 하며, 평민의 죽음은 '사死'라고 하여, 신분에 따라 죽음에 대한 표현에도 차이를 두었다.

141) 南郊(남교) : 천제天帝에게 제사를 지내는 곳을 이르는 말. 반면에 지신地神에게 제사를 지내는 곳은 '북교北郊'라고 한다.

142) 曾子問(증자문) : ≪예기≫의 한 편명. 그러나 현전하는 ≪예기≫에 위의 예문이 보이지 않는 것으로 보아 원문을 바탕으로 유추하여 개작한 말인 듯하다. '증자'는 춘추시대 노魯나라 공자(공구孔丘)의 제자인 증참曾參에 대한 존칭.

143) 大夫(대부) : 주周나라 때 신분 구분인 공公·경卿·대부大夫·사士의 하나. 삼공三公과 구경九卿 아래로 상대부上大夫·중대부中大夫·하대부下大夫가 있고, 그 밑으로 다시 상사上士와 중사中士·하사下士가 있었다. 후대에는 벼슬아치에 대한 범칭汎稱으로 쓰기도 하였다.

후가 서로 덕업을 기리는 것도 예법이 아니다. 신하는 응당 군주
로부터 시호를 받아야 한다.

◇신하들에게도 시호가 있다

●卿大夫老歸, 死有諡, 何? 諡者, 別尊卑, 彰有德也. 卿大夫歸無過,
猶有祿位, 故有諡也.

○구경九卿이나 대부가 늙어 귀향했다가 죽으면 시호를 받는 것은
어째서일까? 시호란 존비를 구별하고 덕이 있는 사람을 표창하
기 위한 것이기 때문이다. 구경이나 대부는 귀향 후 허물이 없으
면 여전히 봉록과 작위를 가지기에 시호를 받는다.

◇작위가 없으면 시호도 없다

●夫人無諡者, 何? 無爵, 故無諡. 或曰, "夫人有諡. 夫人, 一國之母,
修閨門之內, 羣下亦化之. 故設諡, 以彰其善惡. 春秋傳曰, '葬宋
恭144)姬.' 傳曰, '其稱諡, 何? 賢也.' 傳曰, '哀姜者, 何? 莊公夫人
也.'" 卿大夫妻無諡, 何? 賤也. 公妾145)所以無諡, 何? 卑賤, 無所
能務, 猶士卑小, 不得有諡也. 太子夫人無諡, 何? 本婦人隨夫. 太子
無諡, 其夫人不得有諡也. 天子太子, 元士也. 士無諡, 知太子亦無
諡也. 附庸146)所以無諡, 何? 卑小無爵也. 王制曰, "爵祿, 凡五等."
附庸本非爵也.

○부인에게 시호가 없는 것은 어째서일까? 작위가 없기에 시호도
없는 것이다. 한편 혹자는 "부인도 시호를 받는다. 부인은 한 나
라의 국모이기에 규방의 예법을 닦으면 아랫사람들도 그에 교화
된다. 그래서 시호를 지어서 그녀의 선악을 표창하는 것이다. 그

---

144) 恭(공) : 원전에는 '공共'으로 되어 있는데 통용자이다.
145) 公妾(공첩) : 제후의 아홉 명의 아내 가운데 본부인을 제외한 나머지 여덟 명의
     첩실을 가리키는 말인 '팔첩八妾'의 오기이다. 자형의 유사성으로 인한 필사 과
     정상의 단순 오기로 보인다.
146) 附庸(부용) : 큰 제후국에 소속된 규모가 작은 부속국가의 군주를 이르는 말.

래서 ≪공양전·양공襄公30년≫권21에 '송나라 공희를 장사지냈
다'고 하고, 또 ≪공양전·양공30년≫권21에 '그들이 (『공』이란)
시호를 칭한 것은 어째서일까? 어질기 때문이다'라고 하였으며,
또 ≪공양전·희공僖公2년≫권10에 '『애강』이란 여인은 누구인
가? (노나라) 장공의 부인이다'라는 기록이 있다"고 하였다. (신
하인) 구경이나 대부의 아내에게 시호가 없는 것은 어째서일까?
신분이 비천하기 때문이다. 여덟 명의 첩실에게 시호가 없는 연
유는 무엇일까? 역시 신분이 비천하여 힘쓸 일이 없기 때문이니
이는 마치 사士가 신분이 낮아 시호를 받을 수 없는 것과 같은
이치이다. 태자의 부인에게 시호가 없는 것은 어째서일까? 본래
아내는 남편을 따르는 법이기 때문이다. 태자에게 시호가 없기에
그의 부인도 시호를 가질 수 없다. 천자의 태자는 원래 신분이
사士이다. 사에게 시호가 없기에 태자도 시호가 없다는 것을 알
수 있다. 부속국가의 군주에게 시호가 없는 연유는 무엇일까? 신
분이 낮아 작위가 없어서이다. ≪예기·왕제≫권11에 "작위와
봉록은 도합 등급이 다섯 가지이다"라고 하였는데, 부속국가의
군주는 본래 작위를 가지는 대상이 아니다.

◇제왕의 부인은 시호가 있다

●后夫人於何所諡之? 以爲於朝廷. 朝廷本所以治政之處, 臣子共審諡,
白之於君, 然後加之. 婦人大夫[147], 故但白君而已. 何以知不之南郊
也? 婦人本無外事, 何爲於郊也? 禮曾子問曰, "唯天子稱天以誄之."
唯者, 獨也. 明天子獨於南郊耳.

○황후나 부인은 어디에서 시호를 정할까? 조정에서 정한다고 본
다. 조정은 본래 정사를 돌보기 위한 장소이기에 신하가 함께 시
호를 심사하여 이를 군주에게 아뢰고 그런 뒤에야 시호를 준다.
아내는 남편을 하늘처럼 받들기에 단지 군주에게 아뢰면 그만이

---

147) 大夫(대부): ≪백호통소증≫에 의하면 '천부天夫'의 오기이다.

다. 남쪽 교외로 나가지 않는다는 것을 어떻게 알 수 있을까? 부
녀자는 본래 바깥일이 없거늘 어찌 교외에서 시호를 정하겠는
가? ≪예기·증자문≫권19에 "오직 천자만을 하늘이라고 칭하여
공적을 기린다"고 하였는데, '유唯'는 오직이란 뜻이다. 이는 천
자만이 남쪽 교외로 나간다는 것을 밝히는 말이다.

◇호칭과 시호를 정하는 원리를 논하다

●顯號謚, 何法? (號148))法日, (日)未出而明. (謚法月, 月)已入有餘
光也.

○호칭과 시호를 밝히는 것은 무엇을 본받은 것일까? 호칭은 해를
본받은 것으로 해는 뜨기 전에도 밝기 때문이다. 시호는 달을 본
받은 것으로 달은 지고 나서도 빛을 남기기 때문이다.

---

148) 號(호) : ≪백호통소증≫에 의하면 이하 괄호 안의 내용이 누락되었기에 첨기
한다.

◆五祀(다섯 가지 제사) 4항

◇오사란 무엇인가?

●五祀者, 何謂也? 謂門・戸149)・井・竈・中霤150)也. 所以祭, 何? 人之所處出入, 所飮食, 故爲神而祭之. 何以知五祀謂門・戸・井・竈・中霤也? 月令151)曰, "其祀戸," 又曰, "其祀竈," "其祀中霤," "其祀門," "其祀井."

○'오사'란 무슨 말일까? 문・지게문・우물・부뚜막・안방을 관장하는 신에게 지내는 제사를 말한다. 제사를 올리는 연유는 무엇일까? 사람들이 거처하면서 출입하는 곳이고 음식을 마시고 먹고 하는 곳이기에 신을 정해 제사를 올리는 것이다. '오사'가 문・지게문・우물・부뚜막・안방을 관장하는 신에게 지내는 제사를 말한다는 것을 어떻게 알 수 있을까? ≪예기・월령≫권14에 "지게문 신에게 제사를 지낸다"고 하고, 또 (≪예기・월령≫권15에) "부뚜막 신에게 제사를 지낸다"고 하고, (≪예기・월령≫권16에) "안방 신에게 제사를 지낸다"고 하고, "문 신에게 제사를 지낸다"고 하고, "우물 신에게 제사를 지낸다"고 하였다.

◇대부 이상의 신분만 제사를 지내다

●獨大夫已上得祭之, 何? 士者位卑祿薄, 但祭其先祖耳. 禮曰, "天子祭天地, 諸侯祭山川, 卿大夫祭五祀, 士祭其祖." 曲禮曰, "(天子祭152))天地・四時153)・山川・五祀, 歲遍. 諸侯方祀154), 山川・五

---

149) 戸(호) : 길 신을 뜻하는 말인 '행行'으로 된 문헌도 있다.
150) 中霤(중류) : 방의 중앙, 혹은 안방을 이르는 말. 혹은 토지신으로 보는 설도 있으나 위의 예문에서는 부적절해 보인다.
151) 月令(월령) : 계절에 맞춰 정해 놓은 농사에 관한 정령政令. '시령時令'이라고도 한다. ≪예기≫의 편명이자, 후한 채옹蔡邕(133-192)이 지은 ≪월령장구月令章句≫의 약칭으로도 쓰였다.
152) 天子祭(천자제) : 원전에 의하면 이 문구가 누락되었기에 첨기한다.
153) 四時(사시) : 원전에 의하면 '사방四方'의 오기이다.

祀, 歲遍. 卿大夫祭五祀, 士祭其先. 非所當祭而祭之, 名曰淫祀. 淫
祀無福."

○유독 대부 이상의 관리만 제사를 지낼 수 있는 것은 어째서일
까? 사는 지위가 낮고 봉록이 적기에 단지 자신의 선조에게만
제사를 지낸다. ≪예기・곡례하≫권5에 "천자는 천제와 지신에게
제사를 올리고, 제후는 산신령과 수신에게 제사를 올리고, 구경
과 대부는 다섯 가지 제사를 올리고, 사는 자신의 조상에게 제사
를 올린다"고 하였다. 또 ≪예기・곡례하≫권5에 "천자는 천지・
사방・산천을 관장하는 신에게 제사를 지내고 다섯 가지 제사를
지내면서 해마다 한 차례 갖는다. 제후는 해당 장소를 관장하는
신에게 제사를 지내고, 산신령과 수신에게 제사를 지내고, 다섯
가지 제사를 지내면서 해마다 한 차례 갖는다. 구경과 대부는 다
섯 가지 제사를 지내고, 사는 자신의 선조에게 제사를 지낸다.
제사를 지내야 하는 대상이 아닌데도 제사를 올리면 이를 '음사'
라고 한다. '음사'를 지내면 복이 달아난다"고 하였다.

◇오사는 오행을 따르다

●祭五祀, 所以歲一遍, 何? 順五行也. 故春卽祭戶. 戶者, 人所出入,
亦春萬物始觸戶而出也. 夏祭(竈[155]). 竈者, 火之主, 人所以自養也.
夏亦火王, 長養萬物. 秋祭門. 門以閉藏自固也. 秋亦萬物成熟, 內
備自守也. 冬祭井. 井者, 水之生藏任[156]地中. 冬亦水王, 萬物伏藏.
六月祭中霤. 中霤者, 象土在中央也. 六月亦土王也. 故月令, 春言
其祀戶, 祭先脾, 夏言其祀竈, 祭先肺, 秋言其祀門, 祭先肝, 冬言其
祀井, 祭先腎, 中央[157]言其祀中霤, 祭先心. 春祀戶, 祭所以時[158]

---

154) 方祀(방사) : 해당 장소를 관장하는 신에게 제사를 지내는 것을 이르는 말.
155) 竈(조) : ≪백호통소증≫에 의하면 이 글자가 누락되었기에 첨기한다.
156) 任(임) : ≪백호통소증≫에 의하면 '재在'의 오기이다. 자형의 유사성으로 인한
     필사 과정상의 단순 오기로 보인다.
157) 中央(중앙) : 오행 가운데 토土에 해당하는 방향으로 늦여름을 가리킨다.

先脾者, 何? 脾者, 土也. 春木主煞土, 故以所勝祭之也. 是冬腎, 六
月心, 非所勝者, 以祭, 何? 以爲土位在中央, 至尊, 故祭以心. 心
者, 藏之尊者. 水最卑, 不得食其所勝.

○다섯 가지 제사를 지내면서 1년에 한 차례만 갖는 연유는 무엇
일까? 오행을 따르기 때문이다. 그래서 봄(木)에는 지게문 신에
게 제사를 지낸다. 지게문은 사람들이 출입하는 곳으로 봄에 만
물이 처음으로 지게문을 통해 나오기도 한다. 여름(火)에는 부뚜
막 신에게 제사를 지낸다. 부뚜막은 화덕의 주체로 사람들이 음
식을 먹기 위한 도구이다. 여름 역시 불이 주관하는 계절로 만물
을 키운다. 가을(金)에는 문 신에게 제사를 지낸다. 문은 굳게 닫
힘으로써 자신을 공고히 한다. 가을 또한 만물이 성숙하고 안을
잘 정비하여 자신을 지키는 계절이다. 겨울(水)에는 우물 신에게
제사를 지낸다. 우물은 물이 땅속에서 생겨나 모이는 곳이다. 겨
울은 또한 물이 주관하는 계절로 만물이 숨는다. 늦여름 6월(土)
에는 안방 신에게 제사를 지낸다. 안방은 (오행상) 흙이 중앙을
차지하는 것을 본받는다. 6월은 흙이 주관하는 계절이기도 하다.
그래서 ≪예기·월령≫에 의하면 봄의 경우는 지게문 신에게 제
사를 지내면서 제물 거리로 지라를 우선시한다고 하였고, 여름의
경우는 부뚜막 신에게 제사를 지내면서 제물 거리로 허파를 우
선시한다고 하였고, 가을의 경우는 문 신에게 제사를 지내면서
제물 거리로 간을 우선시한다고 하였고, 겨울의 경우는 우물 신
에게 제사를 지내면서 제물 거리로 콩팥을 우선시한다고 하였고,
늦여름의 경우는 안방 신에게 제사를 지내면서 제물 거리로 심
장을 우선시한다고 하였다. 봄에 지게문 신에게 제사를 지낼 때
제물 거리로 특별히 지라를 우선시하는 연유는 무엇일까? 지라
는 오행상 흙에 해당한다. 봄은 나무를 주재하는 계절로 흙을 죽

---

158) 時(시) : ≪백호통소증≫에 의하면 '特특'의 오기이다. 자형의 유사성으로 인한
   필사 과정상의 단순 오기로 보인다.

이기에 이기는 대상(지라)으로 제사를 지내는 것이다. 겨울에는
콩팥을 제물 거리로 쓰고 6월에는 심장을 제물 거리로 쓰는데,
이기는 대상이 아닌데도 그것으로 제사를 지내는 것은 어째서일
까? 흙이 중앙에 위치하여 지극히 존귀하기에 심장으로 제사를
지낸다고 보는 것이다. 심장은 감춰져 있는 사물 가운데 존귀한
것이다. 물은 가장 낮은 곳에 존재하기에 이기는 대상을 집어삼
킬 수가 없다.

◇제사용 희생물에 대해 논하다

●祭五祀, 天子諸侯以牛, 卿大夫以羊, 因四時(祭159))牲也. 一說, 戶
以羊, 竈以雉, 中霤以豚, 門以犬, 井以豕. 或曰, "中霤用牛, 餘不
得用豚160). 井以魚."

○다섯 가지 제사를 지낼 때 천자와 제후는 소를 사용하고, 구경과
대부는 양을 사용하면서 사계절에 따라 희생물을 바친다. 일설에
는 지게문 신에게 제사를 지낼 때는 양을 사용하고, 부뚜막 신에
게 제사를 지낼 때는 꿩을 사용하고, 안방 신에게 제사를 지낼
때는 돼지를 사용하고, 문 신에게 제사를 지낼 때는 개를 사용하
고, 우물 신에게 제사를 지낼 때는 새끼 돼지를 사용한다고도 한
다. 어떤 문헌에서는 "안방 신에게 제사를 지낼 때는 소를 사용
하고, 나머지 제사는 돼지를 사용한다. 우물 신에게 제사를 지낼
때는 물고기를 사용한다"고도 하였다.

---

159) 祭(제) : ≪백호통소증≫에 의하면 이 글자가 누락되었기에 첨기한다.
160) 餘不得用豚(여부득용돈) : 문맥상으로 볼 때 '나머지는 소를 사용할 수 없다(餘
    不得用牛)'나 '나머지는 돼지를 사용한다(餘用豚)'라고 해야 적절할 듯하다. ≪백
    호통소증≫에는 '소를 사용할 수 없는 경우는 돼지를 사용한다(不得用牛者用豚)'
    로 되어 있다.

◆社稷(사직) 13항

◇사직이란 무엇인가?

● 王者所以有社稷, 何? 爲天下求福報功. 人非土不立, 非穀不食, 土地廣博, 不可徧敬也. 五穀[161]衆多, 不可一一而祭也. 故封土立社, 示有土尊. 稷, 五穀之長, 故封稷而祭之也. 尙書曰, "乃社于新邑." 孝經曰, "保其社稷, 而和其民人, 蓋諸侯之孝也." 稷者, 得陰陽中和之氣, 而用尤多, 故爲長也.

○천자가 토지신과 곡식신에게 제사를 지내는 연유는 무엇일까? 천하 사람들을 위해 복을 구하고 공적을 보고하기 위해서이다. 사람은 땅이 없으면 설 수 없고 곡식이 없으면 먹고 살 수 없지만, 토지는 너무 넓기에 두루 다 공경을 표할 수 없고 오곡은 종류가 많기에 일일이 다 제사를 지낼 수가 없다. 그래서 흙을 봉하여 제단을 세워서 토지의 존귀함을 보이고, 기장은 오곡 가운데 으뜸이기에 곡식신을 봉하여 제사를 지내는 것이다. 그래서 ≪서경·주서周書·소고召誥≫권14에서는 "이에 새 고을에 제단을 마련하였다"고 하였고, ≪효경·제후장諸侯章≫권2에서는 "토지신과 곡식신을 위한 제단을 보전하고 백성들을 안심시키는 것은 아마도 제후의 효심에서 비롯되었을 것이다"라고 하였다. 기장은 음양이 적절히 조화를 이룬 기운을 타고 났고 쓸모가 특히 많기에 오곡 가운데서도 으뜸으로 친다.

◇1년에 두 차례 제사를 지내다

● 歲再祭, 何? 春求穀[162]之義也. 故月令, "仲春之月, 擇元日[163], 命

---

161) 五穀(오곡) : 곡식에 대한 총칭. 벼·찰기장(黍)·보리·콩·삼, 혹은 삼·찰기장·메기장(稷)·보리·콩 등 그 종류에 대해서는 시대와 지역에 따라 차이가 있어 설이 다양하다.

162) 穀(곡) : ≪백호통소증≫에 의하면 '추보秋報'의 오기이다. 그래야 앞의 '재제再祭'와도 문맥이 통한다. 뒤의 괄호 안의 문구도 마찬가지이다.

人164)社. (仲秋之月, 擇元日, 命人社.)" 援神契曰, "仲春(祈穀, 仲
秋)獲禾, 報社祭稷."

○1년에 두 차례 제사를 지내는 것은 어째서일까? 봄에 기원하고
가을에 보고한다는 뜻이다. 그래서 ≪예기·월령≫권15에 "중춘
2월에 길한 날을 골라 백성들로 하여금 토지신에게 제사를 지내
게 하고, 중추 8월에 길한 날을 골라 백성들로 하여금 토지신에
게 제사를 지내게 한다"고 하였고, ≪원신계≫에 "중춘 2월에 풍
년을 기원하고 중추 8월에 벼를 수확하면 토지신에게 아뢰고 곡
식신에게 제사를 올린다"고 하였다.

◇사직에 제를 올릴 때 사용하는 희생물에 대해 논하다

●以三牲, 何? 重功故也. 尙書曰, "乃社于新邑, 羊一, 牛一, 豕一."
王制曰, "天子社稷皆大牢165), 諸侯社稷皆少牢." 宗廟俱大牢, 社稷
獨少牢, 何? 宗廟大牢, 所以廣孝道也. 社稷爲報功, 諸侯一國, 所報
者少故也.

○(토지신과 곡식신에게 제사를 지낼 때) 세 가지 제물을 사용하는
것은 어째서일까? 공로를 중시하기 때문이다. ≪서경·주서周書
·소고召誥≫권14에 "이에 새 고을에 제단을 마련하고 양 한 마
리, 소 한 마리, 돼지 한 마리를 제물로 바쳤다"고 하였고, ≪예
기·왕제≫권12에 "천자가 토지신과 곡식신에게 제사를 지낼 때
는 늘 소를 사용하고, 제후가 토지신과 곡식신에게 제사를 지낼
때는 늘 돼지나 양을 사용한다"고 하였다. 종묘에서 조상신에게
제사를 지낼 때는 모두 소를 사용하면서 토지신과 곡식신에게
제사를 지낼 때 돼지나 양을 사용하는 것은 어째서일까? 종묘에

---

163) 元日(원일) : 그 달의 길한 어느 날을 뜻하는 말. 한편으로는 정월 초하루, 즉
     설날을 가리킬 때도 있다.
164) 人(인) : 원전에는 '民民'으로 되어 있는데, '人人'은 당나라 태종太宗 이세민李
     世民의 이름을 피휘避諱하기 위해 후인이 고쳐쓴 것인 듯하다.
165) 大牢(태뢰) : 제사용 소를 이르는 말. 반면 돼지와 양은 '소뢰小牢'라고 한다.

서 조상신에게 제사를 지낼 때 소를 사용하는 것은 효도를 널리 알리기 위해서이다. 토지신과 곡식신에게 제사를 지내는 것은 공로를 보고하기 위해서인데, 제후국은 하나의 나라라서 보고하는 내용이 상대적으로 적기 때문이다.

◇천자와 제후 모두 두 차례 제사를 지내다

● 王者諸侯俱兩社, 何? 俱有土之君. 禮記三正[166]曰, "王者二社, 爲天下立社, 曰太社, 自爲立社, 曰王社. 諸侯爲百姓立社, 曰國社, 自爲立社, 曰侯社." 太社爲天下報功, 王社爲京師[167]報功. 太社尊於王社, 土地久, 故而報之.

○ 천자와 제후 모두 두 차례 토지신에게 제사를 지내는 것은 어째서일까? 모두 국토를 소유하고 있는 군주이기 때문이다. ≪예기·삼정편≫에 "천자는 두 차례 토지신에게 제사를 올리는데, 천하 백성을 위해 토지신을 위한 제단을 세우면 이를 '태사'라고 하고, 자신을 위해 토지신을 위한 제단을 세우면 이를 '왕사'라고 한다. 제후가 백성을 위해 토지신을 위한 제단을 세우면 이를 '국사'라고 하고, 자신을 위해 토지신을 위한 제단을 세우면 이를 '후사'라고 한다"고 하였다. '태사'는 천하 백성을 위해 공로를 아뢰는 것이고, '왕사'는 도성 사람들을 위해 공로를 아뢰는 것이다. '태사'가 '왕사'보다 존귀한데, 토지가 역사적으로 오래 되었기에 신에게 아뢰는 것이다.

◇제사에 대해 논하다

● 王者諸侯必有誡社[168], 何? 示有存亡也. 明爲善者得之, 惡者失之.

---

166) 三正(삼정) : ≪예기≫ 가운데 실전된 편명.
167) 京師(경사) : 서울, 도읍을 이르는 말. 송나라 주희朱熹(1130-1200) 설에 의하면 '경京'은 높은 지대를 뜻하고, '사師'는 많은 사람을 뜻한다. 즉 높은 산에 의지하여 많은 사람이 모여 사는 곳이란 뜻에서 유래하였다.
168) 誡社(계사) : 후대 왕조가 귀감으로 삼고자 세운 제단을 이르는 말.

故春秋公羊傳曰, "亡國之社, 奄169)其上, 柴其下." 郊特牲曰, "喪
國之社屋之," 自言與天地絶也. 在門東, 明自下之無事處也. 或曰,
"皆當170)著明誡, 當近君, 置宗廟之墻南." 禮曰171), "亡國之社稷,
必以爲宗廟之屛," 示賤之也.

○천자나 제후가 반드시 (경계의 뜻을 나타내기 위한 제단인) '계
사'를 마련하는 것은 어째서일까? 존망이 존재한다는 것을 보이
려는 것으로 선을 행한 자는 성공하지만 악을 행한 자는 실패한
다는 것을 밝히기 위해서이다. 그래서 ≪공양전・애공哀公4년≫
권27에 "망한 나라에서 조성했던 제단은 그 위를 덮고 아래에
섶을 깐다"고 하였고, ≪예기・교특생≫권25에 "망한 나라에서
조성했던 제단에는 지붕을 씌운다"고 하였다. 이는 당연히 (왕조
가 망하였기에) 천지의 기운과 관계를 끊는다는 말이다. 그 제단
을 성문 동쪽에 두는 것은 아래로부터 별일이 생기지 않는 곳임
을 밝히기 위해서이다. 혹자는 "분명한 교훈을 밝히려면 군주를
가까이하여야 하기에 종묘의 담장 남쪽에 둔다"고도 하였다. ≪
예기≫에서 "망한 나라에서 토지신과 곡식신을 위해 조성했던
제단은 필히 (흥한 나라의) 종묘의 울타리로 삼아야 한다"고 한
것은 이를 천시한다는 뜻을 보이기 위함이다.

◇사직의 위치에 대해 논하다

●社稷在中門之外, 外門之內, 何? 尊而親之, 與先祖同也. 不置中門
內, 何? 敬之, 示不褻瀆也. 論語曰, "譬諸172)宮墙, 不得其門而入.
不見宗廟之美, 百官之富." 祭義曰, "右社稷, 左宗廟."

○토지신과 곡식신을 모시는 제단을 중문 밖이자 외문 안에 두는

---

169) 奄(엄) : 덮다. '엄掩' '엄揜'과 통용자. 사고전서본에는 '엄揜'으로 되어 있다.
170) 皆當(개당) : 연자衍字로 보아야 한다는 설이 있기에 이를 따른다.
171) 曰(왈) : 현전하는 ≪예기≫에 실리지 않은 것으로 보아 일문逸文인 듯하다.
172) 諸(제) : '지어之於'의 합성어. 현전하는 ≪논어・자장子張≫권19에는 '지之'로
    되어 있으나 의미상에 차이는 없다.

것은 어째서일까? 이를 존중하면서 가까이하여 선조와 동급으로 대한다는 뜻이다. 중문 안에 두지 않는 것은 어째서일까? 이를 공경하기에 더럽히지 않겠다는 뜻을 보이는 것이다. ≪논어·자장子張≫권19에 "이를 집 담장에 비유하면 문을 찾아서 들어가지 않고서는 종묘의 아름다움과 관리들의 부유함을 알 수 없는 것과 같다"고 하였다. ≪예기·제의≫권48에 "토지신과 곡식신을 모시는 제단은 우측(서쪽)에 두고, 조상을 모시는 종묘는 좌측(동쪽)에 둔다"고 하였다.

◇대부도 사직을 보유하다

●大夫有民, 其有社稷者, 亦爲報功也. 禮祭法曰, "大夫成羣立社, 曰置社." 月令曰, "擇元日, 命人社." 論語曰, "季路[173]使子羔[174]爲費[175]宰[176], 曰, '有民人焉, 有社稷焉.'"

○대부에게는 백성이 있기에 (토지신과 곡식신을 위한 제단인) '사직'을 보유하는 것 역시 공적을 보고하기 위해서이다. ≪예기·제법≫권46에 "대부는 무리를 지어 제단을 세우면 이를 '치사'라고 한다"고 하였다. ≪예기·월령≫권15에서는 "길한 날을 골라 백성들로 하여금 토지신에게 제사를 올리게 한다"고 하였다. ≪논어·선진先進≫권11에서는 "(춘추시대 노魯나라 때) 계로(중유仲由)가 자고(고시高柴)에게 (산동성) 비현의 현령을 맡으라고 하면서 '그곳에 백성이 있고, 사직이 있다오'라고 말했다"고 하였다.

---

173) 季路(계로) : 춘추시대 노魯나라 공자의 제자인 중유仲由의 자. 정치 방면에서 뛰어난 솜씨를 보였다. ≪사기·중니제자열전仲尼弟子列傳≫권67 참조.
174) 子羔(자고) : 춘추시대 위衛나라 사람으로 공자의 제자인 고시高柴의 자. '계고季羔' '계고季皐' '자고子皐'라고도 하였다. ≪사기·중니제자열전≫권67 참조.
175) 費(비) : 산동성에 있던 현 이름.
176) 宰(재) : 현령縣令을 맡는 것을 이르는 말. 주州의 장관인 자사는 '목牧'이라고 하고, 현縣의 장관인 현령은 '재宰'라고 한다.

◇사직의 명칭에 대해 논하다

●不謂之土, 何? 封土爲社, 故變名謂之社, 利[177]於衆土也. 爲社立
祀, 始謂之稷, 語亦自變有內外. 或曰[178], “至稷不以稷爲社.” 故不
變其名, 事自可知也. 不正月祭稷, 何? 禮[179]不常存. 養人爲用, 故
立其神.

○(토지신을 모시는 제단을) ‘토’라고 말하지 않는 것은 어째서일
까? 흙을 쌓아서 제단을 만들기에 이름을 바꿔서 ‘사’라고 하는
것은 다른 토지와 구별하기 위해서이다. 제단을 만들어 제사를
올리면서 처음에는 ‘직’이라고 하였으니 말에도 변화상에 안팎이
있다. 혹자는 “‘사직’을 ‘직사’라고 하지는 않는다”고 하였다. 따
라서 그 명칭을 바꾸는 과정에서 내막을 절로 알 수 있을 듯하
다. 정월에 곡식신에게 제사를 지내지 않는 것은 어째서일까? 기
장은 늘 있는 것이 아니기 때문이다. 사람을 먹여살리는 것이 실
용이기에 그 신을 세우는 것이다.

◇사직에는 지붕을 씌우지 않고 나무를 심다

●社無屋, 何? 達天地氣. 故郊特牲曰, “太社[180]稷, 必受霜露風雨,
以達天地之氣.” 社稷所以有樹, 何? 尊而識之, 使民人望見師敬之,
又所以表功也. 故周官曰[181], “司(徒班[182])社而樹之, 各以土地所

---

177) 利(이) : ≪백호통소증≫에 의하면 ‘別別’의 오기이다. 자형의 유사성으로 인한
  필사 과정상의 단순 오기로 보인다.
178) 曰(왈) : ≪백호통소증≫에 “‘사직’을 ‘직사’라고 하지는 않는다(社稷不以爲稷
  社)”로 되어 있어 이를 따른다.
179) 禮(예) : ≪백호통소증≫에서 ‘직稷’의 오기로 추정하였기에 이를 따른다.
180) 太社(태사) : 천자가 토지신에게 제사를 지내는 제단을 이르는 말. 따라서 뒤의
  ‘직稷’은 연자에 해당한다. ≪백호통소증≫에는 앞에 ‘천자’가 첨기되어 있어 문
  맥이 보다 분명하다.
181) 曰(왈) : 현전하는 ≪주례·지관地官·대사도大司徒≫권10의 본문과 차이가 있
  는 것으로 보아 개작한 듯하다.
182) 徒班(도반) : ≪백호통소증≫에 의하면 이 두 글자가 누락되었기에 첨기한다.
  ‘사도司徒’는 상고시대 관직의 하나로서 국가 재정과 관련한 업무를 관장하였
  다. 주나라 때는 지관地官이었고, 후대에는 민부民部·호부상서戶部尙書에 해당

生.” 尙書曰183), “太社唯松, 東社唯柏, 南社唯梓, 西社唯栗, 北社唯槐.”

○토지신을 모시는 제단에 지붕이 없는 것은 어째서일까? 천지의 기운을 전달하기 위해서이다. 그래서 ≪예기·교특생≫권25에서도 “(천자가 토지신을 모시는 제단인) 태사가 필시 서리·이슬·바람·비를 맞기 마련인 것은 천지의 기운을 전달하기 위해서이다”라고 하였다. 토지신과 곡식신을 모시는 제단에 나무를 심는 연유는 무엇일까? 존중하는 뜻으로 표지를 달아 백성들로 하여금 멀리서 보고서도 존경의 뜻을 표하게 하기 위해서이면서 또한 공로를 표시하기 위해서이기도 하다. 그래서 ≪주례·지관·대사도≫권10에 “사도는 토지신을 모시는 제단에 서열을 매겨 나무를 심을 때 각기 토질에 맞게 잘 자라는 것을 활용한다”고 하였고, ≪서경≫에 “태사에는 소나무를 심고, 동방의 제단에는 측백나무를 심고, 남방의 제단에는 가래나무를 심고, 서방의 제단에는 밤나무를 심고, 북방의 제단에는 홰나무를 심는다”고 하였다.

◇천자는 몸소 제사를 지내다

● 王者自親祭社稷, 何? 社者, 土地之神也. 土生萬物, 天下之所主也. 尊重之, 故自祭也.

○천자가 몸소 사직에 제사를 올리는 것은 어째서일까? ‘사’란 토지를 관장하는 신을 가리킨다. 토지는 만물을 생산하기에 천하를 주재하는 바이다. 이를 존중하기에 몸소 제사를 올리는 것이다.

한다. 한나라 이후로는 이 직명을 민정民政을 관장하는 삼공三公의 하나로 지정하기도 하였다.

183) 曰(왈) : 이는 현전하는 ≪서경≫에는 실리지 않은 일문逸文이기에 ≪백호통소증≫에서는 ‘일편逸篇’이라고 명기하였다. 한편 인용문이 “태사에는 소나무를 심고, 동사에는 오동나무를 심고, 남사에는 가래나무를 심고, 서사에는 홰나무를 심고, 북사에는 매화나무를 심는다(太社唯松, 東社惟桐, 南社惟梓, 西社惟槐, 北社惟梅)”로 되어 있는 판본도 있다.

◇사직의 제단에 대해 논하다

●其壇大何如184)? 春秋文義185)曰, "天子之社稷廣五丈, 諸侯半之." 其色如何? 春秋傳曰186), "天子有太社焉, 東方靑色, 南方赤色, 西方白色, 北方黑色, 上冒以黃土. 故將封東方諸侯, 靑土, 苴以白茅, 謹敬潔淸也."

○그 제단의 크기는 어떠할까? ≪춘추문의≫에 "천자의 사직은 너비가 다섯 장이고 제후는 그것의 반이다"라고 하였다. 그 빛깔은 어떠할까? ≪춘추전≫에 "천자에게는 태사가 있는데, 동방은 청색으로 하고, 남방은 적색으로 하고, 서방은 백색으로 하고, 북방은 흑색으로 하면서 위로 황토를 덮는다. 그래서 동방의 제후를 봉할 때는 청색 흙을 사용하되 흰 띠풀을 깔아 삼가 청결함을 나타낸다"고 하였다.

◇사직의 제사에서 음악을 사용하다

●祭社有樂? 樂記曰, "樂之施於金石絲竹187), 越於聲音, 用之於宗廟社稷."

○토지신에게 제사를 지낼 때 음악이 있었을까? ≪예기·악기≫권 37에 "음악을 여러 가지 다양한 악기로 연주하여 소리를 내서 종묘사직에 사용한다"고 하였다.

◇천자 사망 시에는 제례를 그만두다

●曾子問曰, "諸侯之祭社稷, 俎豆188)旣陳, 聞天子崩, 如之何?" 孔子

---

184) 何如(하여) : '여하如何'로 된 판본도 있으나 의미상에 차이는 없다.
185) 春秋文義(춘추문의) : 사서史書나 서지書誌에 아무런 언급이 없어 구체적인 내용은 알려지지 않았다. ≪서경≫의 일편逸篇이란 설도 있고, 예경禮經의 일문逸文이란 설도 있다.
186) 曰(왈) : 위의 예문은 현전하는 춘추삼전春秋三傳에 보이지 않는다. ≪백호통소증≫에서는 출처에 대해 ≪춘추대전春秋大傳≫이라고 하였는데, 지금은 유사한 내용이 ≪사기·삼왕세가三王世家≫권60에 인용되어 전한다.
187) 金石絲竹(금석사죽) : 악기에 대한 총칭. '금석金石'은 타악기의 재료이고, '사絲'는 현악기의 재료이며, '죽竹'은 관악기의 재료인 데서 유래하였다.

曰, "廢." 臣子哀痛之, 不敢終於禮也.

○(≪예기·증자문≫권19에 의하면 춘추시대 노魯나라 때) 증자(증
참曾參)가 "제후는 토지신과 곡식신에게 제사를 올리려고 하면서
제기를 다 진열하였다가도 천자의 사망 소식을 듣게 되면 어찌
해야 합니까?"라고 묻자 공자가 "그만두어야 한다"고 대답하였
다고 한다. 신하가 애통하게 여겨 감히 예법을 끝까지 다 실행하
지 않는다는 말이다.

---

188) 俎豆(조두) : 희생을 놓는 그릇과 절인 채소를 놓는 그릇. 제사에 사용하는 제기
祭器를 뜻한다. 의미가 전이되어 예법禮法이나 의식儀式을 뜻하기도 한다.

◆禮樂(예악) 11항

◇예악에 대한 총론

●王者所以盛禮樂, 何? 節文[189]之喜怒. 樂以象天, 禮以法地. 人無
不含天地之氣, 有五常[190]之性者. 故樂所以蕩滌, 反其邪惡也. 禮所
以防淫佚, 節其侈靡也. 故孝經曰, "安上治民, 莫善於禮," "移風易
俗, 莫善於樂." 子曰[191], "樂在宗廟之中, 君臣上下同聽之, 則莫不
和敬. 在族長鄉里[192]之中, 長幼同聽之, 則莫不和順. 在閨門之內,
父子兄弟同聽之, 則莫不和親. 故樂者, 所以崇和順, 比物[193]飾節,
節奏合以成文, 所以合和父子君臣, 附親萬民也. 是先王立樂之意也.
故聽其雅頌[194]之聲, 志意得廣焉, 執干戚[195], 習俯仰屈信[196], 容
貌得齊焉, 行其綴兆[197], 要其節奏, 行列得正焉, 進退得齊焉. 故樂
者, 天地之命[198], 中和之紀, 人情之所不能免焉也. 夫樂者, 先王之
所以飾喜也, 軍旅鈇鉞[199], 所以飾怒也. 故先王之喜怒, 皆得其

---

189) 節文(절문) : 예법을 정하여 절도 있게 실행하는 것을 이르는 말. 이 구절에 대
해 ≪백호통소증≫에서는 ≪예기·악기≫의 주에 근거하여 '희노애락의 감정을
절도 있게 실행하기 위해서이다(以節文喜怒)'의 오기라고 하였기에 이를 따른다.
190) 五常(오상) : 사람이 갖추어야 할 다섯 가지 덕목. 인仁(木)·예禮(火)·신信(土)
·의義(金)·지智(水)로 풀이하기도 하고, 혹은 오륜五倫으로 풀이하기도 한다.
191) 曰(왈) : 이하 공자의 말은 ≪예기·악기≫권39에 인용되어 전한다.
192) 族長鄉里(족장향리) : 전국의 각 고을을 아우르는 말. 100가구를 '족'이라고 하
고, 250가구를 '장'이라고 하고, 12,500가구를 '향'이라고 하고, 25가구를 '리'라
고 한 데서 유래하였다.
193) 比物(비물) : 사물을 늘어놓다. 여기서는 여러 악기를 잘 배합하는 것을 말한다.
194) 雅頌(아송) : ≪시경≫에서 국풍國風을 제외한 대아大雅와 소아小雅, 주송周頌·
노송魯頌·상송商頌을 아우르는 말. 결국 아정雅正한 음악을 가리킨다.
195) 干戚(간척) : 방패와 도끼를 아우르는 말. 모두 춤 출 때 사용하는 도구를 가리
킨다.
196) 屈信(굴신) : 몸을 굽히고 펴는 것을 이르는 말. 결국 무용 동작을 가리킨다.
'신信'은 '신伸'과 통용자.
197) 綴兆(철조) : 동작을 이었다가 끊었다가 하는 것을 이르는 말. '철綴'은 춤추는
사람의 동작과 위치가 서로 이어지는 것을 뜻하고, '조兆'는 춤추는 위치 밖에
서의 운영 범주를 뜻한다. 결국 무용 동작을 가리킨다.
198) 命(명) : 조화를 뜻하는 말인 '제齊'의 오기란 설이 있다.

儕200)焉. 喜則天下和之, 怒則暴亂者畏之. 先王之道, 禮樂可謂盛
矣." 聞角聲, 莫不惻隱而慈者, 聞徵聲, 莫不喜養好施者, 聞商聲,
莫不剛斷而立事者, 聞羽聲, 莫不深思而遠慮者, 聞宮聲, 莫不溫潤
而寬和者也. 禮所揖201)讓, 何? 所以尊人自損也. (揖讓則202))不爭.
論語曰, "揖讓而升203), 下而飲. 其爭也君子." 故君使臣以禮, 臣事
君以忠. 謙謙君子, 利涉大川, 以貴下賤, 大得民也. 屈己敬人, 君子
之心. 故孔子曰204), "爲禮不敬, 吾何以觀之哉?" 夫禮者, 陰陽之際
也, 百事之會也, 所以尊天地, 儐鬼神, 序上下, 正人道也. 樂所以必
歌者, 何? 夫歌者, 口言之也. 中心喜樂, 口欲歌之, 手欲舞之, 足欲
蹈之. 故尙書曰205), "前歌後舞, 假于上下." 禮貴忠, 何? 禮者, 盛
不足, 節有餘. 使豐年不奢, 凶年不儉, 富貧不相懸也. 樂尙雅, 何?
雅者, 古正也. 所以遠鄭聲206)也. 孔子曰207), "鄭聲淫," 何? 鄭國
土地民人, 山居谷浴, 男女錯雜, 爲鄭聲以相悅懌. 故邪僻, 聲皆淫
色之聲也.

○천자가 예악을 중시하는 이유는 무엇일까? 희노애락의 감정을
절도 있게 실행하기 위해서이다. 음악은 하늘의 이치를 본받은
것이고, 예법은 땅의 이치를 본받은 것이다. 사람은 누구나 천지

---

199) 鈇鉞(부월) : 형벌 기구인 작두와 도끼를 아우르는 말. 여기서는 결국 형벌을 집
   행하는 것을 말한다.
200) 儕(제) : 동년배, 무리를 이르는 말로 여기서는 그에 상응하는 적절한 조치를 말
   한다.
201) 揖(읍) : 두 손을 맞잡고 허리를 숙이는 인사법을 이르는 말. 두 손을 맞잡고 가
   슴까지 올리되 허리를 숙이지는 않는 가벼운 예법인 '공공'보다는 정중하고, 엎
   드려서 절하는 '배拜'에 비해서는 비교적 가벼운 예법에 해당한다.
202) 揖讓則(읍양즉) : ≪백호통소증≫에 의하면 이 세 글자가 누락되었기에 첨기한다.
203) 升(승) : 오르다. 대청에 올라 활쏘기를 겨루는 예법을 말한다.
204) 曰(왈) : 이하 공자의 말은 ≪논어‧팔일八佾≫권3에 보인다.
205) 曰(왈) : 이하 예문은 현전하는 ≪서경≫에 실리지 않은 일문逸文이다.
206) 鄭聲(정성) : 음탕한 노래를 비유하는 말. ≪시경‧국풍國風‧정풍鄭風≫권7에
   대해 공자가 일찍이 ≪논어‧위령공衛靈公≫권15에서 "정나라 노래를 내치고
   간교한 사람을 멀리해야 한다. 정나라 노래는 음탕하고 간교한 사람은 위험하다
   (放鄭聲, 遠佞人. 鄭聲淫, 佞人殆)"라고 한 말에서 유래하였다.
207) 曰(왈) : 이하 공자의 말은 ≪논어‧위령공衛靈公≫권15에 보인다.

의 기운을 머금고 있고, 다섯 가지 덕목의 본질을 갖추고 있다. 따라서 음악은 더러운 기운을 깨끗이 씻어 사악한 성품을 되돌리기 위한 것이고, 예법은 음탕함을 막고 사치스러움을 조절하기 위한 것이다. 그래서 ≪효경·광요도장廣要道章≫권6에 "윗사람을 편안케 하고 백성을 다스림에 있어서 예법보다 좋은 것은 없다"고 하였고, 또 "풍속을 바꾸는 데 있어서 음악보다 좋은 것은 없다"고 하였다. 그래서 (춘추시대 노魯나라) 공자도 "음악을 종묘에서 펼쳤을 때 군신과 상하 사람들이 함께 들으면 모두 공경한 태도를 취하게 되고, 각 고을에서 펼쳤을 때 어른과 아이가 함께 들으면 모두 온순한 태도를 취하게 되고, 가문에서 펼쳤을 때 부자와 형제가 함께 들으면 모두 화목하게 된다. 따라서 음악은 음률을 잘 조정한 뒤 악기들을 배합하여 절주를 맞추고 연주를 조절하여 아름다운 음악을 완성함으로써 부자와 군신을 화합케 하고 만백성을 친하게 지내게 하기 위한 것이다. 이것이 선왕이 음악을 만든 의도이다. 그래서 '아송'과 같은 아정한 소리를 들으면 마음이 관대해질 수 있고, 여러 가지 도구를 손에 들고서 다양한 무용 동작을 익히면 용모가 정제될 수 있으며, 다양한 무용 동작을 실행하고 절주를 잘 갖추면 대열을 바르게 갖출 수 있고 나아가고 물러나는 동작을 가지런히 할 수 있다. 따라서 음악은 천지를 조화롭게 하고 중용의 기강을 바로세울 수 있는 수단이기에 인지상정상 그만둘 수 없는 것이다. 무릇 음악이란 선왕이 기쁜 감정을 드러내기 위한 것이자 군대에서 형벌을 집행할 때 분노를 달래기 위한 것이다. 그래서 선왕은 희노애락의 감정을 드러낼 때 적절하게 상응하는 조치를 마련할 수 있었다. 기쁨을 표현하면 천하 사람들이 이에 호응하고, 분노를 표현하면 난폭한 자들이 두려워하였다. 선왕이 도리를 펼침에 있어서 예악이 중요한 작용을 하였다고 말한 만하다"라고 하였다. 각음의 소리를 들으면 누구나 측은지심이 일어나 자애로운 마음을 품게 되고, 치음의 소리를 들으면 누구나 어른을 봉양하고 남에게 베풀기 좋아하게 되고, 상음의 소리를 들으면 누구나 결단력을 가지고 일을 성사시키고, 우음의 소리를 들으면 누구나 심사숙고하게 되고, 궁음의 소리를 들으면 누구나 온유하고 관대한 마음을 품게 된다. 예법상 공손하게 예를 표하고 겸양의 뜻을 드러내는 것은 어째서일까? 남을 높이고 자신을 낮추기 위해서이다. 공손하게 예를 표하고 겸양의 뜻을 드러내면 다투지 않는다. 그래서 ≪논어·팔일八佾≫권3에서도 "공손하게 예를 표하고 겸양의 뜻을 드러내고서 대청에 올라 활쏘기를 겨루었다가 내려와 술을 마신다. 그러한 경쟁이 군자의 예법이다"라고 하였다. 그래서 군주는 예법으로 신하를 부리고, 신하는 충심으로 군주를 섬기는 것이다. 그래서 공자도 "예법을 행함에 있어 공손하지 않으면 내가 어떻게 그것을 살필 수 있겠는가?"라고 하였다. 무릇 예법은 음양의 조화이자 모든 정사의 집합체로서 천지를 존중하고, 귀신을 섬기고, 위아래의 질서를 바로잡고, 사람의 도리를 바로세우기 위한 것이다. 음악에 노래가 필요한 이유는 무엇일까? 무릇 노래란 입으로 뱉어내는 것이다. 마음이 즐거우면 입으로 노래를 부르고 싶어지고, 손으로 춤을 추고 발을 움직이고 싶어지기 마련이다. 그래서 ≪서경≫에 "먼저 노래를 부르고 뒤에 춤을 추는 것은 위와 아래의 질서를 나타내는 것이다"라고 하였다. 예법에서 충심을 중시하는 것은 어째서일까? 부족한 부분을 채우고 넘치는 부분을 조절하기 위해서이다. 만약 풍년이 왔다고 사치를 부리지 않고 흉년이 왔다고 인색하지 않으면 부자와 빈자가 서로 멀어지지 않을 것이다. 음악에서 아악을 중시하는 것은 어째서일까? '아'란 예스럽고 바르다는 뜻이다. 이는 정나라의 음탕한 음악을 멀리하기 위함이다. 공자가 "정나라 음악은 음탕하다"고 말한 것은 어째서일까? 정나라는 토지나 백성의 관습에 비추어 볼 때 산에 거주하고 계곡에서 목욕하는데, 남녀가 뒤섞여 지내

며 정나라의 음악을 연주함으로써 서로 쾌락을 드러냈다. 그래서
사악하고 편벽되기에 음악에 모두 음탕한 소리를 담았던 것이다.

◇**태평성대가 되어서야 예악이 제정되다**

●太平乃制禮作樂, 何? 夫禮樂所以防奢淫. 天下人民飢寒, 何樂之乎?
功成作樂, 治定制禮. 樂言作, 禮言制, 何? 樂者, 陽也. 陽倡始, 故
言作. 禮者, 陰也. 陰制度於陽, 故言制. 樂象陽, 禮法陰也.

○태평성대가 되어서야 예법과 음악을 만든 것은 어째서일까? 무
릇 예악은 사치와 음탕함을 막기 위한 것이다. 천하의 백성들이
굶주림에 시달리고 추위에 떤다면 어찌 이를 즐겁게 받아들일
수 있겠는가? 공적이 이루어져야 음악을 만들고, 정치가 안정되
어야 예법을 제정하기 마련이다. 음악에 대해 '만들었다'고 말하
고, 예법에 대해 '제정했다'고 말하는 것은 어째서일까? 음악은
양기에 해당한다. 양기는 먼저 창시되었기에 '만들었다'고 말하는
것이다. 예법은 음기에 해당한다. 음기는 양기로부터 도수가 만
들어지기에 '제정했다'고 말하는 것이다. 음악은 양기를 본받은
것이고, 예법은 음기를 본받은 것이다.

◇**제왕의 예악에 대해 논하다**

●王者始起, 何用正民? 以爲且用先王之禮樂, 天下太平, 乃更制作焉.
書曰, "肇稱殷禮, 祀于新邑." 此言太平去殷禮. 春秋傳曰[208], "昌
何爲不修乎近而修乎遠? 同己也. 可殷[209]先以太平也." 必復更制
者, 示不襲也. 又天下樂之者, 樂者所以象德表功, (而)殊名也. 禮記
曰[210], "黃帝樂曰咸池, 顓頊樂曰六莖, 帝嚳樂曰五英, 堯樂曰大章,

---

208) 曰(왈) : 이하 예문은 현전하는 춘추삼전春秋三傳에 보이지 않는다. ≪백호통소
증≫에서는 금문경학가今文經學家의 주석으로 추정하였으나 누구의 글인지는
불분명하다. 또 ≪백호통소증≫에는 '창하昌何'가 '어찌 갈曷'로 되어 있다.

209) 殷(은) : ≪백호통소증≫에 의하면 '인因'의 오기이다.

210) 曰(왈) : 이하 예문은 현전하는 ≪예기≫에 보이지 않는다. ≪백호통소증≫에서

舜樂曰簫韶, 禹樂曰大夏, 湯樂曰大護211), 周樂曰大武象, 周公212)
之樂曰酌, 合曰大武."黃帝曰咸池者, 言大施天下之道而行之, 天之
所生, 地之所載, 咸蒙德施也. 顓頊曰六莖者, 言和律歷以調陰陽.
莖者, 著萬物也. 帝嚳曰五英者, 言能調和五聲213), 以養萬物, 調其
英華也. 堯曰大章, 大明天地人之道也. 舜曰簫韶者, 舜能繼堯之道
也. 禹曰大夏者, 言禹能順二聖214)之道而行之. 故曰大夏也. 湯曰大
護者, 言湯承衰, 能護民之急也. 周公曰酌者, 言周公輔成王, 能斟酌
文武之道而成之也. 武王曰象者, 象太平而作樂, 示已太平也. 合曰大
武者, 天下始樂周之征伐行武. 故詩人215)歌之, "王赫斯怒, 爰整其
旅."當此之時, 天下樂文王之怒, 以定天下. 故樂其武也. 周室中制
象湯216)樂, 何? 殷紂爲惡日久, 其惡最甚, 斮涉刳胎217), 殘賊天下.
武王起兵, 前歌後舞, 尅殷之後, 民人大喜. 故中作所以節喜盛.

○천자가 처음 등장하였을 때 어떻게 백성을 다스렸을까? 잠시 선
왕의 예악을 활용하였다가 천하가 태평해지자 다시 그것을 제작
하였다고 본다. ≪서경·주서周書·낙고洛誥≫권14에 "처음에는
은나라 예법을 채택하여 새 도읍에서 제사를 지냈다"고 하였는
데, 이는 태평성대를 이루고 나서는 은나라 예법을 채택하지 않
았다는 말이다. ≪춘추전≫에서는 "(주周나라 문왕文王) 희창姬

는 지금은 실전된 일편逸篇이라고 밝혔다.
211) 大護(대호) : '대호大濩로 쓴 문헌도 있다.
212) 周公(주공) : 주周나라 무왕武王 희발姬發의 동생이자 성왕成王 희송姬誦의 숙
부인 희단姬旦에 대한 존칭. 성왕이 나이가 어려 섭정攝政을 하였고, 성왕이
성장한 뒤 물러나 노魯나라를 봉토封土로 받았다. ≪사기·노주공세가魯周公世
家≫권33 참조.
213) 五聲(오성) : 음률에서 기본적으로 다섯 가지 음인 궁宮(土)·상商(金)·각角(木)
·치徵(火)·우羽(水)를 가리킨다. '오음五音'이라고도 한다.
214) 二聖(이성) : 두 명의 성인. 즉 요왕堯王과 순왕舜王을 가리킨다.
215) 詩人(시인) : 이는 ≪시경·대아大雅·황의皇矣≫권23의 노래를 지은 사람을 가
리킨다.
216) 湯(탕) : ≪백호통소증≫에 의하면 연자衍字이다.
217) 斮涉刳胎(착섭고태) : 물을 건너는 사람의 정강이를 자르고 뱃속의 아기를 죽이
다. 행동이 매우 잔인한 것을 비유한다.

틈은 어찌하여 근자의 것을 닦지 않고 먼 옛날 것을 닦았을까? 자신과 같아서이다. 그래서 선대의 것을 답습하여 태평성대를 이룰 수 있었다"고 하였다. 필히 다시 제도를 바꾼 것은 답습하지 않겠다는 뜻을 보인 것이다. 또 천하 사람들이 이를 달가워한 것은 음악이 덕을 상징하고 공로를 드러내면서도 명분을 달리 하기 위한 것이기 때문이다. ≪예기≫에 "황제黃帝 때 음악은 <함지>라고 하고, 전욱 때 음악은 <육경>이라고 하고, 제곡 때 음악은 <오영>이라고 하고, (당唐나라) 요왕 때 음악은 <대장>이라고 하고, (우虞나라) 순왕 때 음악은 <소소>라고 하고, (하夏나라) 우왕 때 음악은 <대하>라고 하고, (상商나라) 탕왕 때 음악은 <대호>라고 한다. 주나라 때 음악은 <대무상>이라고 하고, (제후국인 노魯나라의 군주) 주공의 음악은 <작>이라고 하는데, 이를 합쳐 <대무>라고 한다"고 하였다. 황제 때 음악을 <함지>라고 한 것은 천하의 도리를 크게 펼쳐 실행하여 하늘이 낳고 땅이 싣고 있는 것이 모두 그 덕업의 혜택을 받았다는 말이다. 전욱 때 음악을 <육경>이라고 한 것은 율력을 잘 갖추어 음양의 조화를 이루었다는 말이다. '경'은 만물을 낳는다는 뜻이다. 제곡 때 음악을 <오영>이라고 한 것은 오음을 잘 조화시켜 만물을 양성해서 그 꽃봉오리를 펼쳤다는 말이다. 요왕 때 음악을 <대장>이라고 한 것은 하늘·땅·인간의 도리를 크게 밝혔다는 말이다. 순왕 때 음악을 <소소>라고 한 것은 순왕이 요왕의 도를 잘 계승하였다는 말이다. 우왕 때 음악을 <대하>라고 한 것은 우왕이 두 성인인 요왕과 순왕의 도리를 따라 실행하였다는 말이다. 그래서 <대하>라고 한 것이다. 탕왕 때 음악을 <대호>라고 한 것은 탕왕이 쇠퇴기를 이어받아 백성들의 다급한 사정을 잘 돌보았다는 말이다. 주공의 음악을 <작>이라고 한 것은 주공이 성왕을 보필하여 문왕과 무왕의 도를 잘 헤아려서 완성하였다는 말이다. 무왕의 음악을 <상>이라고 한 것은 태평성대를 상징하여

음악을 만듦으로써 이미 태평성대를 이루었다는 것을 보였다는
말이다. 이를 합쳐 〈대무〉라고 한 것은 천하 사람들이 주나라가
정벌전에 나서 무공을 이룬 것을 즐거워하기 시작하였다는 말이
다. 그래서 ≪시경·대아大雅·황의皇矣≫권23의 노래를 지은
사람도 이에 대해 "문왕께서 크게 화가 나, 군대를 정비하셨네"
라고 노래하였다. 당시 천하 사람들은 문왕의 분노를 달갑게 받
아들여 천하를 평정하는 데 참여하였다. 그래서 그의 무공을 음
악으로 표현한 것이다. 주나라 왕실에서 〈상〉이란 음악을 제정
한 것은 어째서일까? 은나라 주왕이 악행을 행한 지 오래 되어
죄악이 가장 극심하더니 잔인한 행동을 일삼아 천하 백성을 해
치자 (주나라) 무왕이 군대를 일으켜 먼저 노래를 부르고 뒤에
춤을 추면서 은나라 후손을 정복하였기에 백성들이 무척 기뻐하
였기 때문이다. 따라서 왕실에서 음악을 만든 것은 절주를 갖춰
태평성대에 대한 기쁨을 표현하기 위한 것이다.

◇천자와 제후의 무용수에 대해 논하다

●天子八佾, 諸侯四佾, 所以別尊卑. 樂者, 陽也. 故以陰數, 法八
風[218]·六律[219]·四時也. 八風·六律者, 天氣也, 助天地成萬物者
也. 亦猶樂所以順氣變化, 萬民成其性命也. 故春秋公羊傳曰, "天子
八佾, 諸公六佾, 諸侯四佾." 詩(傳[220])曰, "大夫士琴瑟御." 八佾
者, 何謂也? 佾者, 列也. 以八人爲行列, 八八六十四人也. 諸公六六

---

218) 八風(팔풍) : 여덟 중기中氣에 부는 바람을 아우르는 말. 즉 동지의 광막풍廣莫
風(북풍), 입춘의 조풍條風(북동풍), 춘분의 명서풍明庶風(동풍), 입하의 청명풍
淸明風(남동풍), 하지의 경풍景風(남풍), 입추의 양풍涼風(남서풍), 추분의 창합
풍閶闔風(서풍), 입동의 부주풍不周風(북서풍)을 가리킨다. 팔음八音의 별칭을
뜻할 때도 있다.
219) 六律(육률) : 십이율려十二律呂 가운데 홀수 번째인 양률陽律에 해당하는 황종
黃鐘·태주太簇·고선姑洗·유빈蕤賓·이칙夷則·무역無射을 아우르는 말.
220) 傳(전) : ≪백호통소증≫에 의하면 이 글자가 누락되었기에 첨기한다. ≪백호통
소증≫에서는 금문시경今文詩經인 ≪노시魯詩≫의 주라고 하였다.

爲行, 諸侯四四爲行. 諸公謂三公[221] · 二王後. 大夫 · 士北面[222]之臣, 非專事子民者也. 故但琴瑟而已.

○천자 앞에서 64명이 춤을 추고, 제후 앞에서 16명이 춤을 추는 것은 존비를 구별하기 위함이다. 음악은 양기에 해당한다. 그래서 음기로 수치를 만들어 팔풍 · 육률 · 사계절을 본받은 것이다. 팔풍과 육률은 하늘의 기운으로 천지를 도와 만물을 완성하는 것이다. 또한 음악이 기운을 따라 변화를 일으키면 만백성이 그 성명을 완성하는 것과 같다. 그래서 ≪공양전 · 은공隱公5년≫권3에 "천자 앞에서는 64명이 춤을 추고, 재상 앞에서는 36명이 춤을 추고, 제후 앞에서는 16명이 춤을 춘다"고 하였고, ≪시경≫의 주에 "대부와 사는 금슬을 연주하며 모신다"고 하였다. '팔일'이란 무슨 말인가? '일'은 행렬을 뜻한다. 8명이 행렬을 이루기에 8 곱하기 8인 64명을 가리킨다. 재상 앞에서는 6 곱하기 6인 36명이 행렬을 이루고, 제후 앞에서는 4 곱하기 4인 16명이 행렬을 이룬다. 재상이란 삼공과 하夏나라 · 상商나라의 후손을 말한다. 대부와 사는 북쪽을 보고 시립하는 신하이기에 백성을 자식처럼 봉양하는 업무만 전담하는 자가 아니다. 그래서 단지 금슬을 연주하는 데 그치는 것이다.

◇왕의 여섯 가지 음악에 대해 논하다

●王者有六樂[223]者, 貴公[224]美德也, 所以作供養. 傾先王之樂, 明有

---

221) 三公(삼공) : 여기서는 주周나라 문왕文王의 아들인 주공周公 · 소공召公 · 필공畢公을 가리킨다.
222) 北面(북면) : 북쪽을 향하다. 매우 공경하는 것을 비유하는 말. 천자나 스승은 남향으로 앉고 신하나 제자는 북향으로 시립하기에 신하나 제자 노릇하는 것을 비유한다.
223) 六樂(육악) : 상고시대 때 여섯 가지 음악을 아우르는 말. 황제黃帝 때 음악인 <운문雲門>과 <함지咸池>, 순왕舜王 때 음악인 <대소大韶>, 하夏나라 때 음악인 <대하大夏>, 상商나라 때 음악인 <대호大濩>, 주周나라 때 음악인 <대무大武>를 가리킨다고 보는 설이 일반적이다.
224) 貴公(귀공) : ≪백호통소증≫에서는 '귀공貴功'의 오기로 추정하였다.

法, 不亡其本, 輿己所以自作樂, 明作已225)也.

○천자에게 여섯 가지 음악이 있는 것은 공로를 중시하고 덕업을
찬미하려는 뜻으로 공양을 하기 위한 것이다. 선왕의 음악에 경
도되는 것은 법도를 갖추었다는 뜻을 밝히기 위해서이고, 근본을
잊지 않고서 자신을 북돋아 스스로 음악을 제작하는 것은 자신
이 직접 지었다는 것을 밝히기 위해서이다.

◇사방 오랑캐의 음악에 대해 논하다

●樂226)所以作四夷之樂, 何? 德廣及之也. 易曰, "先王以作樂崇德,
殷薦之上帝, 以配祖考227)." 詩云, "奏鼓簡簡228), 衎我烈祖229)."
樂元語230)曰, "受命231)而六樂, 樂先王之樂, 明有法也. 與其所自
作, 明有制. 輿四夷之樂, 明德廣及之也. 故東夷之樂曰(侏232))離,
南夷之樂曰兜233), 西夷之樂曰禁, 北夷之樂曰昧. 合觀234)之樂儛於
堂, 四夷之樂陳於右235), 先王所以得之順命重始也." 此言以文得之,
先以文, 謂持羽毛儛也, 以武得之, 持干戚儛也. 樂元語曰, "東夷之
樂持矛舞, 助時生也. 南夷之樂持羽舞, 助時養也. 西夷之樂持戟舞,
助時煞也. 北夷之樂持干舞, 助時藏也." 誰制夷狄之樂? 以爲先聖王

---

225) 作已(작이) : ≪백호통소증≫에 의하면 '기작己作'의 오기이다.
226) 樂(악) : ≪백소통소증≫에 의하면 연자衍字이다.
227) 祖考(조고) : 조부와 부친. 결국 조상을 가리킨다.
228) 簡簡(간간) : 북소리가 성대한 모양.
229) 烈祖(열조) : 큰 공을 세운 조상을 뜻하는 말로 상商나라 탕왕湯王을 가리킨다.
230) 樂元語(악원어) : 전한 때 하간헌왕河間獻王 유덕劉德(?-B.C.130)이 음악에 관
　　해 쓴 책. 권수 미상. ≪한서・식화지食貨志≫권30의 당나라 안사고顏師古 주
　　참조.
231) 受命(수명) : 천명天命을 받다. 천자가 황제에 즉위하는 것을 말한다.
232) 侏(주) : 아래 문장과 비교할 때 이 글자가 누락되었기에 첨기한다. '주'는 '조
　　朝' '주株'로 된 문헌도 있다.
233) 兜(두) : '임任'이나 '남南'으로 된 문헌도 있는데, 아래 문장과 비교할 때 '남南'
　　으로 하는 것을 적절할 듯하다.
234) 合觀(합관) : ≪백소통소증≫에 의하면 '합환合歡'의 오기이다. 자형의 유사성으
　　로 인한 필사 과정상의 단순 오기로 보인다.
235) 右(우) : 우측. 여기서는 뒤에서 말한 '문 밖(門外)'을 가리킨다.

也. 先王惟行道德, 和調陰陽, 覆被夷狄. 故夷狄安樂, 來朝中國. 於是作樂樂之. 南[236]之爲言, 任也, 任養萬物. 昧之爲言, 昧也. 昧者, 萬物老衰. 禁者, 萬物禁藏. 侏離者, 萬物微離地而生. 一說, 東方持矛, 南方歌, 西方戚, 北方擊金. 夷狄質, 不如中國. 中國文章, 但隨物名之耳, 故百王不易. 戚二者[237]制夷狄樂, 不制夷狄禮, 何? 以爲禮者, 身當履而行也. 夷狄之人, 不能行禮. 樂者, 聖人作爲以樂之耳. 故有夷狄樂也. 殊[238]爲舞者? 以爲使中國人. 何以言之? 夷狄之人禮不備, 恐有過誤也. 作之門外者, 何? 夷在外, 故就之也. 夷狄無禮義, 不在內. 明堂記[239]曰, "九夷[240]之國, 在東門之外." 所以知不在門內也. 明堂記曰, "禹[241]納蠻夷之樂於太廟[242]." 言納, 明有入也. 曰四夷之樂者, 何謂也? 以爲四夷外無禮義之國, 數夷狄者從東, 故擧本以爲之摠名也. 言夷狄者, 擧終始也. 言蠻, 擧遠也. 言貉, 擧惡也. 則別之, 東方爲九夷, 南方爲八蠻[243], 西方爲六戎[244], 北方爲五狄[245]. 故曾子問曰[246], "九夷八蠻, 六戎五狄, 百姓之難至者也." 何以知夷在東方? 禮王制曰, "東方曰夷, 被髮[247]文身."

---

236) 南(남) : 이하 문장은 상하 예문과 문맥을 일치시키기에 위해 '동남서북'의 순서로 조절하였다.

237) 戚二者(척이자) : ≪백소통소증≫에 의하면 '왕자王者'의 오기이다.

238) 殊(수) : ≪백소통소증≫에 의하면 '수誰'의 오기이다.

239) 明堂記(명당기) : 명당에 관한 기록을 뜻하는 말로 ≪예기·명당위明堂位≫권31의 기록을 가리킨다.

240) 九夷(구이) : 동쪽 변방이나 그곳의 여러 소수민족을 이르는 말. 견이畎夷·우이于夷·방이方夷·황이黃夷·주이朱夷·현이玄夷·백이白夷·풍이風夷·양이陽夷를 가리킨다는 설 등이 있다.

241) 禹(우) : ≪예기·명당위≫권31의 원문에 의하면 연자衍字이다.

242) 太廟(태묘) : 제왕의 조상을 모신 사당인 태조묘太祖廟의 약칭. '청묘淸廟'라고도 한다.

243) 八蠻(팔만) : 남방의 여러 이민족에 대한 총칭.

244) 六戎(육융) : 서방의 여러 이민족에 대한 총칭.

245) 五狄(오적) : 북방의 여러 이민족에 대한 총칭. 월지적月支狄·적적赤狄·흉노적匈奴狄·선우적單于狄·백적白狄을 가리킨다.

246) 曰(왈) : 이는 현전하는 ≪예기·증자문≫권18·19에 실리지 않은 것으로 보아일문逸文인 듯하다.

247) 被髮(피발) : 머리를 풀어헤치다. 즉 상투를 하지 않은 것을 말한다. '피被'는

又曰, "南方曰蠻, 雕踶交趾248). 西方曰戎, 被髮衣皮. 北方曰狄, 衣
羽毛, 穴居." 東所以九, 何? 蓋來者過. 九之爲言, 究也. 德徧究,
故應德而來亦九也. 非故爲之, 道自然也. 何以名爲夷蠻? 曰, "聖人
本不治外國, 非爲制名也. 因其國名而言之耳." 一說曰, "名其短而
爲之制名也." 夷者, 僔狄249)無禮義. 東方者, 少陽250)易化, 故取名
也. 蠻虫251), 執心違邪. 戎者, 强惡也. 狄者, 易也, 辟易252)無別
也. 北方太陰, 鄙郤253), 故少難化.

○사방 오랑캐의 음악을 제작하는 이유는 무엇일까? 덕업을 널리
퍼뜨리기 위해서이다. 그래서 ≪역경・예괘豫卦≫권4에 "선왕은
음악을 만들고 덕업을 세워 상제에게 성대하게 바치고 조상에게
헌상하였다"고 하였고, ≪시경・상송商頌・나那≫권30에 "북을
크게 울려, 우리 조상님을 기쁘게 해 드리네"라는 구절이 있다.
≪악원어≫에서는 "천자가 천명을 받아 왕위에 오르고서 여섯
가지 음악을 마련하는 것은 선왕의 음악을 즐기는 것으로 법도
가 있음을 밝히기 위해서이다. 그 스스로 지은 것과 함께 활용하
는 것은 제도가 있음을 밝히기 위해서이다. 사방 오랑캐의 음악
을 일으키는 것은 덕업을 널리 퍼뜨린다는 것을 밝히기 위해서
이다. 그래서 동방 오랑캐의 음악은 '주리侏離'라고 하고, 남방
오랑캐의 음악은 '남南'이라고 하고, 서방 오랑캐의 음악은 '금禁'

'피披'와 통용자.

248) 雕踶交趾(조제교지) : 이마에 문신을 하고 걸을 때 발을 교차하다. 남방의 풍습
을 가리킨다. '제踶'는 '제題'의 오기.

249) 僔狄(준적) : ≪백호통소증≫에 의하면 예의 없이 몸을 웅크리는 것을 뜻하는
말인 '준이僔夷'의 오기이다.

250) 少陽(소양) : 동쪽이나 봄의 별칭. 사상四象에서 봄이나 동방은 소양少陽, 여름
이나 남방은 노양老陽, 가을이나 서방은 소음少陰, 겨울이나 북방은 노음老陰이
라고 한다. 이하 예문도 동남서북의 순차에 따라 원문을 조절하였다.

251) 虫(충) : 문맥상으로 볼 때 '자者'의 오기인 듯하다. ≪백호통소증≫에서도 '자'
로 적고 있다.

252) 辟易(피역) : 물러서다, 피하다. '피辟'는 '피避'의 본자本字이고, '역易'은 위치를
바꾸는 것을 말한다. 편벽된 성격으로 보는 설도 있다.

253) 鄙郤(비극) : ≪백호통소증≫에 의하면 '비린鄙吝'의 오기이다.

이라고 하고, 북방 오랑캐의 음악은 '매昧'라고 한다. 군신간의 즐거움을 표현하기 위한 음악을 대청에서 춤으로 표현하고, 사방 오랑캐의 음악을 우측(문 밖)에서 줄지어 시연한 것은 선왕이 그 것을 얻어 천명에 따라 다시금 국정을 시작할 수 있었던 연유이 다"라고 하였다. 이는 문명으로 얻으면 문명을 앞세우기에 날짐 승의 깃털과 들짐승의 털을 손에 들고서 춤을 추고, 무력으로 얻 으면 방패와 도끼를 손에 들고서 춤을 춘다는 말이다. 또 ≪악원 어≫에서는 "동방 오랑캐의 음악에서 창을 손에 들고 춤을 추는 것은 만물이 제때에 태어나는 것을 돕는다는 뜻이고, 남방 오랑 캐의 음악에서 깃털을 손에 들고 춤을 추는 것은 만물을 제때에 키우는 것을 돕는다는 뜻이고, 서방 오랑캐의 음악에서 창을 손 에 들고 춤을 추는 것은 만물을 제때에 죽이는 것을 돕는다는 뜻이고, 북방 오랑캐의 음악에서 방패를 손에 들고 춤을 추는 것 은 만물을 제때에 저장하는 것을 돕는다는 뜻이다"라고 하였다. 누가 오랑캐의 음악을 제작하였을까? 선대의 성왕이라고 본다. 선왕은 오직 도덕에 걸맞는 행동을 행하였기에 음양의 조화를 이루어 오랑캐를 정복할 수 있었다. 그래서 오랑캐들도 편안한 마음을 품어 중원으로 내조하였다. 이에 음악을 제작하여 그들을 즐겁게 해 준 것이다. '주리'는 만물이 조금씩 대지를 뚫고 자란 다는 말이다. '남'이란 말은 맡긴다는 뜻으로 만물을 키우도록 내 맡긴다는 말이다. '금'은 만물이 숨는 것을 멈춘다는 말이다. '매' 란 말은 어둡다는 뜻이다. '어둡다'는 말은 만물이 노쇠해졌다는 뜻이다. 일설에 의하면 동방에서는 창을 손에 들고, 남방에서는 노래를 부르고, 서방에서는 도끼를 사용하고, 북방에서는 쇠를 두드린다고도 한다. 오랑캐들은 풍습이 질박하여 중원만 못 하 다. 중국의 문장은 단지 사물에 따라 이름을 지을 뿐이라서 모든 왕들이 바꾸지 않았다. 왕이 오랑캐의 음악을 만들면서 오랑캐에 대한 예법을 제정하지 않은 것은 어째서일까? 예법은 육신이 신발에 맞춰 걷는 것과 같다고 본 것이다. 오랑캐들은 예법을 행할 줄 모른다. 음악은 성인이 만들어서 즐기는 것일 뿐이다. 그래서 오랑캐의 음악을 구비한 것이다. 누가 춤을 출까? 중원 사람을 시킨다고 보았다. 어째서 이런 말을 하는 것일까? 오랑캐가 예법을 갖추지 못 해 실수를 범할까 염려해서이다. 그것을 문 밖에서 행하는 것은 어째서일까? 오랑캐들이 밖에서 대기하기에 그리하는 것이다. 오랑캐는 예의가 없어 명당 안으로 들이지 않는다. ≪예기・명당위明堂位≫권31에 "동방 오랑캐 나라 사람들은 명당 동문 밖에 위치한다"고 한 것이 그들이 문 안에 위치하지 않는다는 것을 알 수 있는 근거이다. 또 ≪예기・명당위≫권31에 "태묘에 남방 오랑캐의 음악을 들였다"고 하였는데, '납納'이라고 말하였으니 들여놓은 음악이 있다는 것이 분명하다. '사방 오랑캐의 음악'이라고 한 말은 무엇을 말하는 것일까? 사방 오랑캐 밖에는 예의를 아는 나라가 없고, 오랑캐로 간주할 수 있는 것은 동쪽으로부터 시작하기에 근본을 들어서 그 총칭으로 삼은 것이라고 보는 것이다. (동방 오랑캐와 북방 오랑캐를 뜻하는) '이적夷狄'이라고 말한 것은 처음과 끝을 거론한 것이다. (남방 오랑캐를 뜻하는) '만蠻'이라고 말한 것은 먼 지역을 거론한 것이고, '맥貊'이라고 말한 것은 사악한 종족을 거론한 것이다. 그러므로 이를 구별하여 동방은 '구이'라고 하고, 남방은 '팔만'이라고 하고, 서방은 '육융'이라고 하고, 북방은 '오적'이라고 한다. 그래서 ≪예기・증자문≫에서도 "구이・팔만・육융・오적은 백성들이 찾아가기 어려운 곳이다"라고 하였다. 구이족이 동방에 있다는 것을 어떻게 알 수 있을까? ≪예기・왕제≫권12에 "동방의 오랑캐는 '이'라고 하는데, 머리를 풀어헤치고 몸에 문신을 한다"고 하였다. 또 "남방의 오랑캐는 '만'이라고 하는데, 이마에 문신을 하고 걸을 때 발을 교차한다. 서방의 오랑캐는 '융'이라고 하는데, 머리를 풀어헤치고 가죽옷을 입는다. 북방의 오랑캐는 '적'이라고 하는데, 짐승의 털로 옷을 해 입고 동굴에서 산다"고 하였다. 동방의 오랑캐에 '구九'라는 숫자를 붙이는 것은 어째서일까? 아마도 찾아오는 이들이 많아서일 것이다. '구'란 말은 강구한다는 뜻이다. 덕을 두루 강구하기에 덕에 호응해서 찾아오는 이들 역시 많다는 말이다. 일부러 그것을 강구하는 것이 아니라 도가 절로 그렇게 만든다는 뜻이다. 그렇다면 어째서 '이만'이라고 명명하는 것일까? 어떤 문헌에서는 "성인은 본래 외국을 다스리지 않기에 명칭을 제정한 것이 아니다. 단지 그 나라의 이름을 따라서 그렇게 말한 것일 뿐이다"라고 하였다. 일설에 의하면 "그들이 키가 작아서 그들에게 그런 이름을 지어준 것이다"라고도 한다. '이'는 몸을 웅크린 채 예의를 차리지 않는 것을 뜻한다. 동방에서는 봄의 기운이 변화를 잘 주기에 이런 이름을 취한 것이다. '만'은 고집스럽게 사악한 행동을 한다는 뜻이다. '융'은 강폭하다는 뜻이다. '적'은 바꾼다는 뜻으로 자리를 바꾸면서 남녀간의 예의를 구별할 줄 모른다는 말이다. 북방은 겨울의 기운이 강하고 풍속이 비속하기에 다소 교화하기가 어렵다.

◇음악을 연주하는 장소가 다르다

●歌者在堂上, 舞在堂下, 何? 歌者象德, 舞者象功, 君子上德而下功. 郊特牲曰, "歌者在上." 論語曰, "季氏254), '八佾舞於庭.'" 書, "下管255)鞀鼓256)," "笙鏞257)以間."

○노래하는 이가 대청 위에 위치하고, 춤추는 이가 대청 아래 위치하는 것은 어째서일까? 노래하는 이는 덕을 상징하고, 춤추는 이는 공적을 상징하는데, 군자는 덕을 중시하고 공적을 가볍게 여기기 때문이다. 그래서 ≪예기·교특생≫권25에 "노래하는 이는

---

254) 季氏(계씨) : 춘추시대 노魯나라 대부인 무자武子 계숙季宿을 가리킨다.
255) 下管(하관) : 대청 아래서 관악기인 피리를 연주하는 것을 말한다.
256) 鞀鼓(도고) : 작은북과 큰북을 연주하는 것을 말한다. '도鞀'는 '도鼗'로도 쓴다.
257) 笙鏞(생용) : 관악기인 생황과 타악기인 큰종을 아우르는 말.

위에 위치한다"고 하였고, ≪논어・팔일八佾≫권3에 "(춘추시대
때 노나라 공자는) 계씨(계숙季宿)에게 '64명은 마당에서 춤을
춘다오'라고 말했다"고 하였으며, ≪서경・우서虞書・익직益稷≫
권4에 "대청 아래서 피리를 불고 작은북과 큰북을 친다"고 하였
고, 또 "생황과 큰종을 섞어서 연주한다"고 하였다.

◇강신을 위한 음악에 대해 논하다

●降神之樂在上, 何? 爲鬼神擧. 故書曰, "戞擊258)鳴球259), 搏拊260)
琴瑟以詠, 祖考來格261)." 何以262)用鳴球搏拊者, 何? 鬼神淸虛,
貴淨賤鏗鏘263)也. 故尙書大傳264)曰, "搏拊鼓, 振以秉265). 琴瑟練
絲徽絃." 鳴者, 貴玉聲也.

○신을 강림시키기 위한 음악을 대청 위에서 실시하는 것은 어째
서일까? 귀신을 위해 거행하기 때문이다. 그래서 ≪서경・우서虞
書・익직益稷≫권4에 "(옥으로 만든 경쇠인) 명구를 연주하고 가
죽북과 금슬을 연주하여 노래 부르면 조상신이 찾아온다"고 하
였다. 명구와 가죽북을 연주하는 이유는 무엇일까? 귀신은 성품
이 청허하여 정결함을 좋아하고 시끄러운 소리를 싫어하기 때문

---

258) 戞擊(알격) : 두드리다, 연주하다.
259) 鳴球(명구) : 악기 이름. 옥으로 만든 경쇠의 일종.
260) 搏拊(박부) : 가죽을 씌운 북을 이르는 말.
261) 格(격) : 찾아오다, 이르다. '지至'의 뜻.
262) 何以(하이) : 문맥상으로 볼 때 '소이所以'의 오기이다. ≪백호통소증≫에도 '소
    이'로 되어 있다.
263) 鏗鏘(갱장) : 종소리를 형용하는 말. 여기서는 시끄러운 악기 소리를 가리킨다.
264) 尙書大傳(상서대전) : 구본舊本에서는 전한 복승伏勝(약 B.C.268-B.C.178)이
    짓고 후한 정현鄭玄(127-200)이 주를 달았다고 하였으나, 서문에 의하면 복승
    의 학설을 장생張生・구양생歐陽生 등이 기술한 것으로 ≪서경≫과 관련이 없
    는 글도 뒤섞여 있어 ≪역건착도易乾鑿度≫≪춘추번로春秋繁露≫와 같이 경서
    의 지류일 뿐이다. 보유補遺 1권 포함 총 4권. ≪사고전서간명목록・경부・서
    류書類≫권2 참조. 위의 예문은 현전하는 ≪상서대전≫에 실리지 않은 것으로
    보아 일문逸文인 듯하다.
265) 振以秉(진이병) : ≪백소통소증≫에 의하면 '장이강裝以糠'의 오기이다.

이다. 그래서 ≪상서대전≫에 "(소리를 죽이기 위해) 가죽북을 만들 때는 쌀겨를 채우고, 금슬은 비단실로 현을 만든다"고 하였다. '鳴鳴'이라고 한 것은 옥의 소리를 중시한다는 뜻이다.

◇제왕은 식사할 때 음악을 연주한다

●王者食所以有樂, 何? 樂食天下之太平, 富積之饒也. 明天子至尊, 非功不食, 非德不飽. 故傳曰[266], "天子食, 時擧樂." 王者所以日四食者, 何? 明有四方之物, 食四時之功也. 四方不平, 四時不順, 有徹樂之法焉. 所以鳴[267]至尊著法戒也. 王平居中央, 制御四方. 平且[268]食, 少陽之始也. 晝食, 太陽之始也. 晡[269]食, 少陰之始也. 暮食, 太陰之始也. 論語曰, "亞飯[270]干[271]適楚, 三飯繚適蔡, 四飯缺適秦." 諸侯三飯, 卿大夫再飯, 尊卑之差也. 弟子職[272], "暮食士偃[273]禮," 士也. 食力[274]無數. 庶人職在耕桑, 戮力勞役, 飢卽食, 飽卽作. 故無數.

○천자가 식사를 할 때 음악을 연주케 하는 것은 어째서일까? 음악은 천하의 태평과 부유의 풍부함을 향유케 해 준다. 천자는 지

---

266) 曰(왈) : ≪백소통소증≫에 의하면 지금은 실전된 ≪노시魯詩≫의 주석을 가리킨다.

267) 鳴(명) : ≪백소통소증≫에 의하면 '명明'의 오기이다.

268) 平且(평차) : ≪백소통소증≫에 의하면 새벽을 뜻하는 말인 '평단平旦'의 오기이다. 자형의 유사성으로 인한 필사 과정상의 단순 오기로 보인다.

269) 晡(포) : 해가 지기 시작하는 오후 3시부터 5시까지의 시간대인 신시申時의 별칭.

270) 亞飯(아반) : 제왕에게 두 번째 수라를 올릴 때 음악을 연주하는 악사樂師를 이르는 말. 뒤의 '삼반'과 '사반'도 세 번째 수라와 네 번째 수라를 올릴 때 음악을 연주하는 악사를 가리킨다.

271) 干(간) : 춘추시대 노魯나라 악사 이름. 뒤의 '요繚'와 '결缺'도 인명이다.

272) 弟子職(제자직) : 춘추시대 제齊나라 관중管仲이 지었다고 전하는 책 이름. 총 1편. ≪한서·예문지≫권30 참조. 지금은 ≪관자管子·잡편雜篇≫에 수록되어 전한다.

273) 士偃(사언) : 현전하는 ≪관자·제자직≫권19의 원문에 의하면 '복復'의 오기이다.

274) 食力(식력) : 직접 농사지은 것을 먹는 것을 이르는 말.

극히 존귀한 신분이라서 공을 세우지 않으면 식사를 하지 않고, 덕이 아니면 향유하지 않는다. 그래서 (≪노시魯詩≫의) 주석에 "천자는 식사를 할 때 때로 음악을 연주한다"는 말이 있다. 천자가 하루에 네 번 식사하는 것은 어째서일까? 사방에서 생산되는 식물이 있고, 사계절에 공을 들여 생산한 식물을 먹는다는 것을 밝히기 위해서이다. 천자는 평소 중앙에 위치한 채 사방을 통제한다. 아침에 식사하는 것은 소양의 시작이다. 낮에 식사하는 것은 태양의 시작이다. 신시申時에 식사하는 것은 소음의 시작이다. 저녁에 식사하는 것은 태음의 시작이다. ≪논어·미자微子≫ 권18에 "(춘추시대 노魯나라에서) '아반'을 맡았던 간干은 초나라로 도망치고, '삼반'을 맡았던 요繚는 채나라로 도망치고, '사반'을 맡았던 결缺은 진나라로 도망쳤다"는 말이 있다. 제후가 세 차례 식사를 하고, 경이나 대부가 두 차례 식사를 하는 것은 존비의 차이 때문이다. ≪관자管子·제자직≫권19에서 "저녁에 식사할 때 예법을 회복했다"고 한 것은 '사士'란 직책을 두고 한 말이다. 직접 농사지어 먹는 사람의 경우는 정해진 회수가 없다. 서민은 직책상 직접 농사를 지으면서 온힘을 다 써서 노동하기에 배가 고프면 먹고 배가 부르면 농사를 짓는다. 그래서 정해진 회수가 없는 것이다.

◇오성과 팔음에 대해 논하다

●禮樂者[275], 何謂也? 禮之爲言, 禮[276]也, 可履踐而行. 樂者, 君子樂得其道, 小人樂得其欲. 聲(音[277])者, 何謂? 聲, 鳴也, 聞其聲, 卽知其所生. 音者, 飮也, 言其剛柔淸濁, 和而相飮也. 尚書曰, "予

---

275) 禮樂者(예악자) : ≪백호통소증≫에 의하면 이하 여덟 구절은 이 '예악'편의 모두에 두는 것이 적절하나, 여기서는 위의 예문을 그대로 따른다.
276) 禮(예) : ≪백호통소증≫에 의하면 '이履'의 오기이다.
277) 音(음) : ≪백호통소증≫에 의하면 이 글자가 누락되었기에 첨기한다. 문맥상으로도 이 글자가 있는 것이 자연스럽다.

欲聞六律・五聲・八音." 五聲者, 何謂也? 宮・商・角・徵・羽. 土
謂宮, 金謂商, 木謂角, 火謂徵, 水謂羽. 月令曰, "盛德在木, 其音
角." 又曰, "盛德在火, 其音徵." "盛德在金, 其音商." "盛德在水,
其音羽." 所以名之爲角者, (何? 角者,) 躍也, 陽氣動躍. 徵者, 止
也, 陽氣止. 商者, 張也, 陰氣開張, 陽氣始降也. 羽者, 紆也, 陰氣
在上, 陽氣在下. 宮者, 容也, 含也, 含容四時者也. 八音者, 何謂
也? 樂記曰[278], "土曰塤, 竹曰管, 皮曰鼓, 匏曰笙, 絲曰絃, 石曰
磬, 金曰鐘, 木曰柷敔[279]." 此謂八音也. 法易八卦也, 萬物之數也.
八音, 萬物之聲也. 所以用八音, 何? 天子承繼萬物, 當知其數. 旣得
其數, 當知其聲, 卽思其形. 如此, 蜎飛蠕動[280], 無不樂其音者, 至
德之道也. 天子樂之, 故樂用八音. 樂記曰[281], "塤, 坎音也. 管, 艮
音也. 鼓, 震音也. 絃, 離音也. 鐘, 兌音也. 柷敔, 乾音也." 塤在十
一月, 塤之爲言, 勳. 陽氣於黃泉之下, 默蒸而萌. 匏之爲言, 施也.
在十二月, 萬物始施而勞. 笙者, 太蔟[282]之氣, 象萬物之生. 故曰笙.
有七正[283]之節焉, 有六合[284]之和焉. 天下樂之, 故謂之笙. 鼓, 震

---

278) 曰(왈) : 이하 예문은 현전하는 ≪예기・악기≫에 실리지 않은 것으로 보아 일
    문逸文인 듯하다.
279) 柷敔(축어) : 나무로 만든 악기. '柷'은 음악을 시작할 때 사용하고, '敔'는
    음악을 마칠 때 사용한다. '敔'는 '敔圄' '敔圉'로도 쓴다.
280) 蜎飛蠕動(현비연동) : 벌레가 날아다니거나 꿈틀거리고 기어가는 모양을 형용하
    는 말. '현비연동蠉飛蜎動'이라고도 한다.
281) 曰(왈) : 이 역시 현전하는 ≪예기・악기≫에는 실리지 않은 일문逸文이다.
282) 太蔟(태주) : 음의 높낮이를 조절하는 황종黃鐘부터 응종應鐘까지의 십이율려十
    二律呂 가운데 세 번째 양률陽律을 가리키는 말로, 이를 기준으로 만든 음악을
    뜻하기도 한다. 11월을 정월로 하는 주력周曆과 마찬가지로 '황종黃鐘'이 11월의
    음률이기에 '태주'는 1월의 음률에 해당한다. 참고로 '십이율려'는 황종黃鐘・대
    려大呂・태주太蔟・협종夾鐘・고선姑洗・중려中呂・유빈蕤賓・임종林鐘・이칙夷
    則・남려南呂・무역無射・응종應鐘을 가리킨다. 홀수 번째가 양률陽律(6율)에 해
    당하고 짝수 번째가 음려陰呂(6려)에 해당한다. '주蔟'는 '주簇'와 통용자.
283) 七正(칠정) : 해와 달과 목성・화성・토성・금성・수성 오성五星을 아우르는 말.
    제사祭祀・반서班瑞(제후에게 서옥瑞玉을 돌려주는 일)・동순東巡・남순南巡・
    서순西巡・북순北巡・귀격예조歸格藝祖(귀국하여 건국 황제에게 고하는 일)의
    일곱 가지 정사政事를 가리킬 때도 있다. '정正'은 '정政'으로도 쓴다.
284) 六合(육합) : 천하를 이르는 말. '천지와 동서남북의 공간을 합쳤다'는 뜻에서

音, 煩氣也. 萬物憤懣震動而生. 雷以動之, 日以煖之, 風以散之, 雨
以濡之. 奮至德之聲, 感和平之氣也. 同聲相應, 同氣相求, 神明報
應, 天地祐之, 其本乃在萬物之始耶? 故謂鼓也. 鞉者, 震之氣也. 上
應卯星, 以通王道. 故謂之鞉也. 簫者, 中(呂285))之氣. 萬物生於無
聲, 見於無形, 僇也, 簫也. 故謂之簫. 簫者, 以祿爲本, 言承天繼物
爲民本, 人力加, 地道化, 然後萬物穀286)也. 故謂之簫也. 瑟者, 嗇
也, 閑也, 所以懲忿287)宮商角則宜288). 君父有節, 臣子有義, 然後
四時和. 四時和, 然後萬物生. 故謂之瑟也. 琴者, 禁也, 所以禁止淫
邪, 正人心也. 磬者, 夷則289)之氣也, 象萬物之盛也. 其氣磬. 故曰,
"磬有貴賤焉, 有親疎焉, 有長幼焉." 朝廷之禮, 貴不讓賤, 所以明尊
卑也. 鄕黨290)之禮, 長不讓幼, 所以明有年也. 宗廟之禮, 親不讓疎,
所以明有親也. 此三者行, 然後王道得. 王道得, 然後萬物成, 天下
樂用磬也. 鐘之爲言, 動也. 陰氣用事, 萬物動291)成. 鐘爲氣, 用金
聲也. 鎛292)者, 時之氣聲也, 節度之所生也. 君臣有節度, 則萬物昌,
無節度, 則萬物亡. 亡與昌正相迫, 故謂之鎛. 柷敔者, 終始之聲, 萬
物之所生也. 陰陽順而復, 故曰柷. 承順天地, 序迎萬物, 天下樂之,
故樂用柷. 柷, 始也. 敔, 終也. 一說, 笙·柷·鼓·簫·瑟·塤·鐘

유래하였다. 고대 중국에서는 온세상을 '천하天下' '해내海內' '사해四海' '육합
六合' '구주九州' '신주神州' '우주宇宙' 등 다양한 어휘로 표현하였다.
285) 呂(려): ≪백호통소증≫에 의하면 이 글자가 누락되었기에 첨기한다.
286) 穀(육): 엄숙해지다. '肅肅'과 통용자로 곡물이 무르익는 것을 말한다.
287) 忽(홀): ≪백호통소증≫에 의하면 '忿忿'의 오기이다. 자형의 유사성으로 인한
    필사 과정상의 단순 오기로 보인다.
288) 宮商角則宜(궁상각즉의): ≪백호통소증≫에 의하면 '욕구를 막기 위한 것이기에
    바른 사람의 덕목이다(窒欲, 正人之德也)'의 오기이다.
289) 夷則(이직): 음의 높낮이를 조절하는 황종黃鐘부터 응종應鐘까지의 십이율려十
    二律呂 가운데 아홉 번째 양률陽律을 가리키는 말로, 이를 기준으로 만든 음악
    을 뜻하기도 한다. 주력周曆과 마찬가지로 '황종黃鐘'이 11월의 음률이기에, '이
    직'은 7월에 해당한다.
290) 鄕黨(향당): 시골이나 마을에 대한 범칭.
291) 動(동): 걸핏하면, 툭하면, 늘상.
292) 鎛(박): 크기가 큰 종의 일종.

·磬也. 如其次, 笙在北方, 柷在東北方, 鼓在東方, 簫在東南方, 琴在南方, 塤在西南方, 鐘在西方, 磬在西北方. 聲五音八, 何? 聲爲本, 出於五行. 音爲末, 象八風. 故樂記曰, "聲成文, 謂之音. 知音而樂之, 謂之樂也."

○'예악'이란 무엇을 말하는가? '예'라는 말은 실천한다는 뜻으로 순서에 따라 실행해야 한다는 말이다. '악'은 군자는 도를 터득하는 것을 좋아하고, 소인은 욕망을 채우는 것을 좋아하기 마련이라는 말이다. '성음'은 무슨 말일까? '성'은 울린다는 뜻으로 그 울리는 소리를 들으면 그것이 어디서 생겼는지 안다는 말이다. '음'은 마신다는 뜻으로 그 강유와 청탁이 조화를 이루어 서로 들이킨다는 말이다. ≪서경·우서虞書·익직益稷≫권4에 "나는 육률·오성·팔음이 듣고 싶다"는 말이 있다. '오성'이란 무슨 말일까? 궁음·상음·각음·치음·우음을 가리킨다. (오행상) 토에 해당하는 것을 궁음이라고 하고, 금에 해당하는 것을 상음이라고 하고, 목에 해당하는 것을 각음이라고 하고, 화에 해당하는 것을 치음이라고 하고, 수에 해당하는 것을 우음이라고 한다. ≪예기·월령≫권14에 "성대한 덕이 나무에 있으면 그 소리는 각음을 낸다"고 하고, 또 ≪예기·월령≫권15에 "성대한 덕이 불에 있으면 그 소리는 치음을 낸다"고 하고, ≪예기·월령≫권16에 "성대한 덕이 쇠에 있으면 그 소리는 상음을 낸다"고 하고, ≪예기·월령≫권17에 "성대한 덕이 물에 있으면 그 소리는 우음을 낸다"고 하였다. 그것을 '각'이라고 이름 지은 이유는 무엇일까? '각'은 뛴다는 뜻으로 양기가 꿈틀대며 움트는 것이다. '치'는 그 친다는 뜻으로 양기가 멈추는 것이다. '상'은 펼친다는 뜻으로 음기가 펼쳐지고 양기가 숨죽이기 시작하는 것이다. '우'는 감돈다는 뜻으로 음기가 위에 있고 양기가 아래에 있는 것이다. '궁'은 용납하다, 머금다는 뜻으로 사계절의 기운을 품는 것이다. '팔음'이란 무슨 말일까? ≪예기·악기≫에 "흙으로 빚어 만든 악기를

질나발이라고 하고, 대나무로 만든 악기를 피리라고 하고, 가죽으로 만든 악기를 북이라고 하고, 박으로 만든 악기를 생황이라고 하고, 실로 만든 악기를 현악기라고 하고, 돌로 만든 악기를 경쇠라고 하고, 쇠로 만든 악기를 쇠북이라고 하고, 나무로 만든 악기를 축어라고 한다"고 하였다. 이를 '팔음'이라고 한다. 이는 ≪역경≫의 8괘를 본뜬 것으로 만물의 수치이다. '팔음'은 만물의 소리를 담는 것이다. '팔음'을 사용하는 것은 어째서일까? 천자는 만물의 이치를 승계하였기에 그 수치를 잘 알아야 한다. 그 수치를 터득하고 나면 응당 그 소리를 잘 알아야 하고, 그러면 바로 그 형상을 생각하게 된다. 이와 같으면 벌레가 날거나 기어다녀도 그 소리를 모두 즐거워하는 것이 지극한 덕을 갖춘 사람의 도리이다. 천자가 이를 즐겁게 받아들이기에 '팔음'을 사용하는 것이다. ≪예기·악기≫에 "질나발은 감괘에 해당하는 소리를 낸다. 피리는 간괘에 해당하는 소리를 낸다. 북은 진괘에 해당하는 소리를 낸다. 현악기는 이괘에 해당하는 소리를 낸다. 쇠북은 태괘에 해당하는 소리를 낸다. 축어는 건괘에 해당하는 소리를 낸다"고 하였다. 질나발은 한겨울 11월에 해당하는 것으로 '훈'(질나발)이란 말은 움직인다는 뜻이다. 양기가 지하에서 조용히 끓어올라 움트는 것이다. '포'(박)란 말은 베푼다는 뜻이다. 늦겨울 12월에 만물이 싹을 틔우며 애를 쓰기 시작하는 것이다. '생'(생황)은 태주의 기운으로 만물의 생성을 상징한다. 그래서 '생'이라고 한다. 여기에는 '칠정'의 절도가 있고, '육합'의 조화가 있다. 천하 사람들이 이를 즐기기에 '생'이라고 하는 것이다. '고'(북)는 진괘에 해당하는 소리로 번다한 기운을 품은 것이다. 만물이 분노하여 꿈틀거리며 생성하는 소리이다. 우레는 그것을 움직이기 위한 것이고, 햇살은 그것을 따뜻하게 하기 위한 것이고, 바람은 그것을 흩뜨리기 위한 것이고, 비는 그것을 적시기 위한 것이다. 이는 지극한 덕을 품은 소리를 떨치고, 평화로운 기운을 느끼게 해 준다. 같은 소리가 서로 호응하고 같은 기운이 서로를 찾으면 신명이 보답하고 천지가 도와주니 그 근본은 만물의 시작에 달려 있는 것이 아닐까? 그래서 '고'라고 한다. '도'(작은북)는 진괘의 기운을 담은 악기로서 위로 묘성과 호응하기에 왕도와 통한다. 그래서 이를 '도'라고 한다. '소'(퉁소)는 중려의 기운을 담은 악기이다. 만물이 아무 소리도 없이 태어나 아무런 형체도 없이 출현하면 굼뜨고 쓸쓸하다. 그래서 '소'라고 한다. '소'는 복록을 근본으로 한다는 뜻으로 천도와 만물을 승계하는 것을 백성의 근본으로 삼기에 사람이 노동을 들여 땅의 이치가 변한 뒤라야 만물이 무르익는다는 말이다. '슬'은 아낀다는 뜻이자 한가하다는 뜻으로 분노를 경계하고 욕구를 막기 위한 것이기에 바른 사람의 덕목을 나타낸다. 군주에게 절도가 있고 신하에게 도의가 있은 뒤라야 사계절이 조화를 이룰 수 있다. 또 사계절이 조화를 이룬 뒤라야 만물이 생장할 수 있다. 그래서 '슬'이라고 한다. '금'은 금지한다는 뜻으로 음탕하고 사치스러운 마음을 막고 사람의 마음을 바로잡기 위한 것이다. '경'은 이칙에 해당하는 기운으로 만물의 왕성함을 상징한다. 그 기운은 강인하다. 그래서 "경쇠에는 귀천이 있고, 친소가 있고, 장유의 질서가 있다"고 말한다. 조정의 예법에서 신분이 높은 사람이 신분이 낮은 사람에게 양보하지 않는 것은 존비를 분명히 밝히기 위함이다. 고을의 예법에서 나이가 많은 사람이 나이가 어린 사람에게 양보하지 않는 것은 연배가 있다는 것을 밝히기 위함이다. 종묘의 예법에서 친척이 낯선 사람에게 양보하지 않는 것은 친분이 있다는 것을 밝히기 위함이다. 이 세 가지가 행해진 뒤라야 왕도를 이룰 수 있다. 또 왕도를 이룬 뒤라야 만물이 완성되기에 천하 사람들이 경쇠를 사용하는 것을 좋아하는 것이다. '종'(쇠북)이란 말은 움직인다는 뜻이다. 음기가 힘을 발휘해야 만물이 늘 완성된다. 쇠북은 기운을 발휘하는 것인데 쇠의 소리를 사용하기 때문이다.

큰종은 제때의 기운을 담은 소리를 내는 악기로서 절도를 생성하는 것이다. 군주와 신하에게 절도가 있으면 만물이 번창하고, 절도가 없으면 만물이 죽는다. 사망과 번창이 서로 핍박하기에 '박'이라고 하는 것이다. '축어'는 처음과 끝을 알리는 소리를 내는 악기로서 만물의 생성을 나타내는 것이다. 음기와 양기가 순조롭게 되풀이되기에 '축'이라고 한다. 천지의 이치에 순응하고 만물을 질서있게 맞이하면 천하 사람들이 이를 즐거워하기에 '축'을 사용하는 것을 좋아한다. '축'은 시작을 뜻하고, '어'는 끝을 뜻한다. ('팔음'에 대해) 일설에서는 생황·축·북·퉁소·슬·질나발·쇠북·경쇠라고도 한다. 그 순차대로 하면 생황은 북방에 두고, 축은 동북방에 두고, 북은 동방에 두고, 퉁소는 동남방에 두고, 슬은 남방에 두고, 질나발은 서남방에 두고, 쇠북은 서방에 두고, 경쇠는 서북방에 둔다. 소리가 다섯 가지인데 악기가 여덟 가지인 것은 어째서일까? 소리는 근본으로서 오행에서 나온다. 악기는 말단으로서 여덟 방향에서 부는 바람을 본뜬 것이다. 그래서 ≪예기·악기≫권37에서도 "소리가 무늬를 이루면 이를 '음'이라고 하고, '음'을 알고 즐기면 이를 '악'이라고 한다"고 하였다.

◇통설과 이설에 대해 논하다

●問曰, "異說並行, 則弟子疑焉." 孔子有言[293], "吾[294]聞, 擇其善者而從之. 多見而志[295]之, 知之次[296]也." "文武之道, 未墜於地." "天之未喪斯文[297]也." "樂亦在其中矣." 聖人之道, 猶有文質, 所以

---

293) 言(언) : 이하 네 가지 예문은 각기 ≪논어·술이述而≫권7, ≪논어·자장子張≫권19, ≪논어·자한子罕≫권9, ≪논어·술이述而≫권7에 전한다.

294) 吾(오) : 현전하는 ≪논어·술이≫권7의 원문에는 '다多'로 되어 있다.

295) 志(지) : 현전하는 ≪논어·술이≫권7의 원문에는 '지識'로 되어 있는데, '적는다'는 의미에서 차이는 없다.

296) 次(차) : 부차적인 것, 다음 가는 것을 뜻하는 말.

297) 斯文(사문) : 이러한 문화. 즉 주周나라의 문명을 가리킨다.

擬其說, 述所聞者, 亦各傳其所受而已.

○(춘추시대 노나라 때) 누군가 "서로 다른 학설이 나란히 통용되면 제자는 거기에 의문을 품게 됩니다"라고 묻자, 공자는 "나는 애기를 듣고 나면 합리적인 것을 골라 그것을 따른다. 많이 보고서 이를 기록하는 것은 지식 가운데서도 다음 가는 것이다"라고 하였고, 또 "(주周나라) 문왕과 무왕의 도리가 아직 땅에 떨어지지 않았다"고 하였으며, 또 "하늘이 아직 이러한 문화를 버리지 않았다"고 하였고, 또 "즐거움을 그 속에서도 찾을 수 있다"고 하였다. 성인의 도에도 오히려 화려한 것과 질박한 것이 있으니 그 학설을 생각하고 견문을 기술하는 것도 역시 각기 자신이 전수받은 것을 전하기 위한 것일 뿐이다.

◆封公侯(공후를 봉하다) 14항

◇삼공과 구경에 대해 논하다

● 王者所以立三公[298]·九卿[299], 何? 曰[300], "天雖至神, 必因日月之光, 地雖至靈, 必有山川之化, 聖人雖有萬人之德, 必須俊賢三公·九卿·二十七大夫·八十一元士[301], 以順天成其道." 司馬主兵, 司徒主人, 司空主地. 王者受命, 爲天地人之職, 故八[302]職以置三公, 各主其一, 以效其功. 一公置三卿, 故九卿也. 天道莫不成於三. 天有三光日月星, 地有三形高下平, 人有三尊君父師. 故一公三卿佐之, 一卿三大夫佐之, 一大夫三元士佐之. 天有三光, 然後而能遍照, 各自有三法. 物成於三, 有始, 有中, 有終, 明天道而終之也. 三公·九卿·二十七大夫·八十一元士, 凡百二十官. 下應十二子[303]. 別名記[304]曰, "司徒典民, 司空主地, 司馬順天. 天者施生, 所以主兵, 何? 兵者爲謀除害也, 所以全其生, 衞其養也. 故兵稱天. 寇賊猛獸, 皆爲除害者所主也." 論語曰, "天下有道, 則禮樂征伐, 自天子出."

---

298) 三公(삼공) : 세 명의 재상을 일컫는 말. 시대마다 차이가 있는데, 주周나라 때는 태사太師·태부太傅·태보太保를 삼공이라고 하다가, 진秦나라와 전한 초에는 승상丞相·어사대부御史大夫·태위太尉를 삼공이라고 하였고, 전한 말엽에는 대사마大司馬(태위太尉)·대사도大司徒·대사공大司空을 삼공이라고 하였으며, 후대에는 태위太尉·사도司徒·사공司空을 삼공이라고 하였다.

299) 九卿(구경) : 중국 고대 조정에서 삼공三公 다음 가는 최고위 관직을 이르는 말. 시대마다 명칭과 서열에 차이가 있는데, 한나라 때는 태상太常·광록훈光祿勳·위위衞尉·태복太僕·정위廷尉·홍려鴻臚·종정宗正·대사농大司農·소부少府를 '구경'이라 하였고, 수당隋唐 이후로는 구시九寺, 즉 태상太常·광록光祿·위위衞尉·종정宗正·태복太僕·대리大理·홍려鴻臚·사농司農·태부太府의 장관을 '구경'이라고 하였다.

300) 曰(왈) : 이하 예문은 출처가 불분명하다. 《백호통소증》에서는 《서경》 《춘추경》 《한시韓詩》 등의 경전을 참조하여 종합한 해설로 보았다.

301) 元士(원사) : 주周나라 때 천자에게 직속된 사士를 칭하던 말. 제후諸侯의 사士와 구별하기 위해 '원사'라고 하였다.

302) 八(팔) : 《백호통소증》에 의하면 '분分'의 오기이다.

303) 十二子(십이자) : 자子·축丑·인寅·묘卯·진辰·사巳·오午·미未·신申·유酉·술戌·해亥를 뜻하는 말인 십이지十二支의 별칭.

304) 別名記(별명기) : 《백호통소증》에 의하면 《예기》의 실전된 편명이다.

司馬主兵, (不言兵305))言馬者, 馬陽物, 乾之所爲, 行兵用焉. 不以傷害爲度, 故言馬也. 司徒主人, 不言人言徒者, 徒, 衆也, 重民. 司空主土, 不言土言空者, 空尙主之, 何況於實? 以微見著.

○천자가 삼공과 구경을 세우는 이유는 무엇일까? 혹자는 "하늘은 비록 지극히 신성하지만 반드시 해와 달의 빛을 받아야 하고, 땅은 비록 지극히 영험하지만 반드시 산과 냇물의 변화를 갖추어야 하며, 성인은 비록 만인을 통솔할 덕을 지니고 있지만 반드시 훌륭하고 현명한 삼공과 구경·27명의 대부·81명의 원사의 도움을 받아 하늘의 뜻을 따라서 도를 완성해야 한다"고 하였다. (삼공 가운데) 사마는 군사를 주재하고, 사도는 인사를 주재하고, 사공은 대지를 주재한다. 천자가 천명을 받아 즉위하면 하늘·땅·인간을 주재하는 직책을 설정하기에 직무를 나눠 삼공을 설치해서 각기 그중 하나를 주재하여 그 공적을 드러내게 한다. 삼공 중 각 한 명마다 세 명의 경을 설치하기에 구경이 된다. 천도는 모두 3이란 숫자에 의해 완성된다. 하늘에는 세 가지 빛인 해·달·별이 있고, 땅에는 세 가지 형상인 높은 지대·낮은 지대·평평한 지대가 있고, 사람에게는 세 가지 존귀한 신분인 군주·부친·스승이 있다. 그래서 삼공 가운데 한 명은 세 명의 경이 보좌하고, 구경 가운데 한 명의 경은 세 명의 대부가 보좌하고, 한 명의 대부는 세 명의 원사가 보좌한다. 하늘에 세 가지 빛이 있은 뒤라야 온세상을 두루 비출 수 있기에 각기 자체적으로 세 가지 법도가 있다. 사물도 3이란 숫자에 의해 완성되기에 시작이 있고 중간이 있고 끝이 있어 하늘이 도를 펼쳐 그것을 끝맺는다는 것을 밝히는 것이다. 3공·9경·27대부·81원사를 합하면 관원의 합계가 120명이 된다. 그래서 아래로는 십이지十二支와 호응한다. 《예기·별명기》에 "사도는 백성을 주재하고, 사공은 대지를 주재하고, 사마는 천문을 주재한다. 하늘은 생명을 낳는

---

305) 不言兵(불언병) : 《백호통소증》에 의하면 이 세 글자가 누락되었기에 첨기한다.

데도 병무를 주재하는 이유는 무엇일까? 병무는 해악을 제거하는 일을 도모하는 것이기에 생명을 보호하고 양육을 보전한다. 그래서 병무는 하늘과 어울리는 것이다. 도적이나 맹수는 모두 해악을 제거하는 자가 주재하는 대상이다"라고 하였다. ≪논어·계씨季氏≫권16에 "천하에 도가 있으면 예악과 정벌은 천자의 손에서 결정된다"고 하였다. 사마는 병무를 주재하는데도 병기를 언급하지 않고 말을 언급하는 것은 말이 양기를 띤 동물로 건괘가 만드는 것이라서 병무를 집행하는 것이 그것에 의해 이루어지기 때문이다. 또 상해를 기준으로 삼지 않기에 말을 언급하는 것이다. 사도는 인사를 주재하는데도 사람을 언급하지 않고 '도徒'라고 언급하는 것은 '도'가 무리라는 뜻이라서 백성을 중시하기 때문이다. 사공은 땅을 주재하는데도 땅을 언급하지 않고 허심을 언급하는 것은 허심이 오히려 이를 주재하기 때문이니, 하물며 실체에 있어서야 더 말할 나위가 있겠는가? 미묘한 말로 분명한 것을 드러내는 것이다.

◇천자가 제후를 봉하다

●王者立三公·九卿·二十七大夫, 足以敎道照幽隱, 必復封諸侯, 何? 重民之至也. 善惡比而易知, 故擇賢而封之, 使治其民, 以著其德, 極其才. 上以尊天子, 備蕃輔[306], 下以子養[307]百姓, 施行其道. 開賢者之路, 讓不自專, 故列土封賢, 因而象之, 象賢重民也.

○천자가 삼공·구경·27명의 대부를 세우면 교화로써 어둡고 숨은 곳까지 두루 비출 수 있는데도 굳이 다시금 제후를 봉하는 것은 어째서일까? 백성들을 지극히 중시하기 때문이다. 선한 자와 악한 자가 나란히 있으면 알아내기 쉽기에 현자를 골라 그를 봉해서 백성을 다스리게 함으로써 덕을 드러내고 인재를 다 찾

---

306) 蕃輔(번보) : 재상이나 번진藩鎭, 제후국 등을 이르는 말.
307) 子養(자양) : 자식처럼 키우다, 양육하다.

을 수 있다. 위로는 이로써 천자를 존귀케 하고 재상을 구비할
수 있고, 아래로는 이로써 백성을 자식처럼 양육하고 도리를 시
행할 수 있다. 현자에게 길을 열어주고 겸양의 미덕을 독점하지
않기에, 여러 땅에 현자를 봉하고 그참에 이를 밝히는 것이니 이
는 현자를 본받고 백성을 존중하고자 함이다.

◇지방 장관에 대해 논하다

●州伯, 何謂也? 伯, 長也. 選擇賢良, 使長一州, 故謂之伯也. 王制
曰, "千里之外設方伯. 五國以爲屬, 屬有長. 十國以爲連, 連有率.
三十國以爲卒, 卒有正. 二百一十國以爲州, 州有伯." 唐虞謂之牧,
何? 尙質. 使大夫往來, 牧諸侯, 故謂之牧. 旁立三人, 凡十二人. 尙
書曰, "咨308)! 十有309)二牧!" 何知堯時十有二州也? 以禹貢310)言
九州311)也. 王者所以有二伯者, 分職而授政, 欲其亟成也. 王制曰,
"八伯312)各以其屬屬於天子之老, 曰二伯." 詩云, "蔽芾313)甘棠,
勿剪勿伐, 召伯314)所茇315)." 春秋公羊傳曰, "自陝已東, 周公主之.
自陝已西, 召公主之." 不分南北, 何? 東方被聖人化日少316), 西方
被聖人化日久. 故分東西, 使聖人主其難者, 賢者主其易者, 乃俱致
太平也. 又欲令同有陰陽寒暑之節, 共法度也. 所分陝者, 是國中也.

---

308) 咨(자) : '아!'하고 내뱉는 감탄사.
309) 有(우) : 수효를 덧보텔 때 쓰는 말. 또, '우又'와 통용자.
310) 禹貢(우공) : 하夏나라 우왕禹王의 행적을 적은 ≪서경・하서夏書≫권5의 편명.
311) 九州(구주) : 하夏나라 우왕禹王이 치수사업을 벌이고 나눈 행정 구역을 이르는
     말. ≪서경・하서夏書・우공禹貢≫권5에 의하면 '구주'는 기주冀州・연주兗州・
     청주靑州・서주徐州・양주揚州・형주荊州・예주豫州・양주梁州・옹주雍州를 가
     리킨다. 뒤에는 중국의 별칭으로도 쓰였다.
312) 八伯(팔백) : 경기 지역을 제외한 8개 주州의 방백方伯을 이르는 말.
313) 蔽芾(폐패) : 무성하게 자란 모양. '폐불蔽茀'이라고도 한다.
314) 召伯(소백) : 주周나라 문왕文王의 아들인 소공召公의 별칭. 그의 선정善政을 칭
     송한 <감당(甘棠)>편이 ≪시경・소남召南≫권2에 전한다.
315) 茇(발) : 머물다, 묵다.
316) 少(소) : ≪백호통소증≫에 의하면 '구久'의 오기이다. 자형의 유사성으로 인한
     필사 과정상의 단순 오기로 보인다.

若言面, 八百四十國矣.

○'주백'이란 무슨 말일까? '백'은 수령을 뜻한다. 현량한 사람을 골라 한 주를 이끌게 하기에 '백'이라고 한다. 《예기·왕제》권1 1에 "천 리 밖에는 지방 수령을 설치한다. 5개 제후국을 '속'이라고 하고 '속'에는 '장'을 둔다. 10개 제후국을 '연'이라고 하고 '연'에는 '솔'을 둔다. 30개 제후국을 '졸'이라고 하고 '졸'에는 '정'을 둔다. 210개 제후국을 '주'라고 하고 '주'에는 '백'을 둔다"고 하였다. (요왕堯王의) 당나라와 (순왕舜王의) 우나라 때 '백'을 '목'이라 한 것은 어째서일까? 실질적인 것을 중시했기 때문이다. 대부에게 왕래하면서 제후들을 통제케 하였기에 그래서 이를 '목'이라고 하였다. 사방으로 가까이에 세 명을 세우기에 도합 12명이 된다. 그래서 《서경·우서虞書·순전舜典》권2에도 "아! 열두 명의 '목'이여!"라는 말이 있다. (당나라) 요왕 때 12개 주가 있었다는 어떻게 알 수 있을까? 《서경·하서·우공》권5에서 9주를 언급하였기 때문이다. 천자가 두 명의 '백'을 두는 이유는 직무를 나누어 정사를 베풀어서 그것이 속히 성사되기를 바라기 때문이다. 《예기·왕제》권11에 "여덟 명의 '백'은 각자 자신의 속관을 천자의 원로에게 예속시키고 그들 원로를 '이백'이라고 부른다"고 하였다. 《시경·소남召南·감당甘棠》권2에 "무성하게 자란 팥배나무를, 베지 말고 해치지 말아야 할지니, (주周나라) 소백(소공)이 머물던 곳이라네"라는 구절이 있다. 《공양전·은공隱公5년》권3에서는 "(주나라 때 하남성) 섬주로부터 동쪽 지역은 주공이 다스리고, 섬주로부터 서쪽 지역은 소공이 다스렸다"고 하였다. 남북으로 나누지 않은 것은 어째서일까? 동방은 성인의 교화를 받은 지 오래되지 않았고, 서방은 성인의 교화를 받은 지 오래되었다. 그래서 동서로 나누어 성인(주공)이 어려운 일을 주재케 하고, 현자(소공)가 손쉬운 일을 주재케 하여 결국 함께 태평성대를 이루게 한 것이다. 또 그들이 똑같이

음양과 한서의 조절을 향유하고 법도를 갖추게도 하였다. 분깃점이 되는 섭주는 바로 나라의 중심이다. 만약 각 방면을 가지고 말한다면 840개 제후국이 된다.

◇제후국의 경과 대부에 대해 논하다

●諸侯有三卿者, 分三事也. 五大夫者下天子. 王制曰, "大國三卿, 皆命於天子, 下大夫五人, 上士317)二十七人. 次國三卿, 二卿命於天子, 一卿命於其君." "小國二卿, 皆命於其君." 大夫悉同. 禮王度記曰, "子男三卿, 一卿命於天子."

○제후에게 세 명의 경이 있는 것은 세 가지 정사를 분담시키기 위해서이다. 다섯 명의 대부를 두는 것은 천자보다 신분이 낮기 때문이다. ≪예기·왕제≫권11에 "큰 제후국의 3경은 모두 천자가 임명하는데, 하대부는 5명이고, 상사는 27명이다. 다음으로 큰 제후국의 3경 가운데 두 명은 천자가 임명하고, 한 명은 그 제후국의 군주가 임명한다"고 하였고, 또 "작은 제후국의 2경은 모두 그 제후국의 군주가 임명한다"고 하였다. 대부도 모두 마찬가지다. ≪예기·왕도기≫에 "자작과 남작의 3경 가운데 한 명은 천자가 임명한다"고 하였다.

◇제후의 봉토의 등급에 대해 논하다

●諸侯封不過百里, 象雷震百里所潤雨同也. 雷者, 陰中之陽也, 諸侯象也. 諸侯比王者爲陰, 南面賞罰爲陽, 法雷也. 七十里·五十里, 差德功也. 故王制曰, "凡四海之內九州, 州方千里, 建百里之國三十, 七十里之國六十, 五十里之國百有二十. 名山大澤不以封, 其餘以爲附庸閒田." 天子所治方千里, 此平土三千, 幷數邑居·山川, 至五

---

317) 上士(상사): 주나라 때 신분 구분의 하나. 공경公卿 아래로 상대부上大夫·중대부中大夫·하대부下大夫가 있고, 그 밑으로 다시 상사上士와 중사中士·하사下士가 있었다.

十318)里. 名山大澤不以封者, 與百姓共之, 不使一國獨專也. 山木之
饒, 水泉之利, 千里相通, 所以均有無, 贍其不足. 制土三等, 何? 因
土地有高下中.

○제후의 봉토가 사방 100리를 넘지 않는 것은 우레가 100리를
때릴 때 비가 적시는 면적과 같다. 우레는 음기 가운데 양기를
띤 것이라서 제후도 이를 본받는다. 제후는 천자에 비하면 음기
에 해당하고, 천자가 남쪽을 향한 채 상벌을 행하는 것은 음기에
해당하기에 우레를 본받는다. 사방 70리나 50리로 하는 것은 공
업에 차이가 있기 때문이다. 그래서 ≪예기·왕제≫권11에 "무
릇 천하에는 9주가 있고, 각 주마다 사방 1,000리로 하는데, 10
0리인 나라를 30개 세우고, 70리인 나라를 60개 세우고, 10리인
나라를 120개 세운다. 명산과 대택은 봉토로 쓰지 않고, 그 나머
지는 부속 국가 군주의 쉬는 농토로 간주한다"고 하였다. 천자가
직접 다스리는 땅은 사방 1,000리인데, 이는 평지가 3,000리이
고, 고을과 산천까지 합쳐서 계산하면 5,000리에 이른다는 말이
다. 명산이나 대택을 봉토로 활용하지 않는 것은 백성들과 이를
공유하여 한 나라가 독점하지 않게 하기 위해서이다. 풍부한 산
의 목재와 유익한 수자원을 천 리에 걸쳐 함께 공유하는 것은
있고 없는 자원을 평균화하고 부족한 부분을 보충하기 위해서이
다. 봉토의 제정을 세 등급으로 하는 것은 어째서일까? 토지에
고급·하급·중급이 있기 때문이다.

◇제후를 봉하는 것은 현자를 가까이하기 위해서이다

●王者卽位, 先封賢者, 憂人之急也. 故列土爲疆, 非爲諸侯, 張官設
府, 非爲卿大夫, 皆爲民也. 易曰, "利建侯." 此言因所利, 故立之.
樂記曰, "武王克殷, 反319)商, 下車封夏后氏320)之後於杞, (投321))

---

318) 五十(오십) : ≪백호통소증≫에 의하면 '오천五千'의 오기이다.
319) 反(반) : 후한 정현鄭玄의 학설에 의하면 '급及'의 오기이다.

殷人之後於宋, 封王子比干322)之墓, 釋箕子323)之囚." 天下太平,
乃封親屬者, 示不私也. 卽不私封之, 何? "普324)天之下, 莫非王土,
率土之濱, 莫非王臣." 海內325)之衆, 已盡得使之, 不忍使親屬無短
足326)之居, 一人327)使封之, 親親之義也. 以尙書封康叔, 據平安也.
王者始起, 封諸父328)昆弟, 與己共財之義. 故可與共土. 一說, 諸父
不得封諸侯, 二十國329)厚有功, 象賢, 以爲民也. 賢者子孫類多賢.
又卿不世位, 爲其不子愛百姓, 各加一功330), 以虞樂其身也. 受命不
封子者, 父子手足無分離異財之義. 至昆弟皮體331)有分別, 故封之
也. 以舜封弟象有痹332)之野也.

○천자가 황제의 자리에 즉위하고서 먼저 현자를 봉하는 것은 백
성들의 다급한 사정을 염려해서이다. 그래서 땅을 놓고 경계를
정하는 것은 제후를 위하는 것이 아니고, 관직을 정하고 관청을

320) 夏后氏(하후씨) : 하夏나라 왕조나 건국자인 우왕禹王을 가리키는 말.
321) 投(투) : ≪예기·악기≫권39의 원문에 의하면 이 글자가 누락되었기에 첨기한다.
322) 比干(비간) : 은殷나라 마지막 왕인 주왕紂王의 이복형. 주왕의 음란함을 간언하
   다가 살해당했다. 기자箕子·미자微子와 함께 '삼인三仁'으로 칭송받았다. ≪사
   기·은본기殷本紀≫권3 참조. 따라서 앞의 '의毅'는 '은殷'의 오기인 듯하다.
323) 箕子(기자) : 은殷나라 때 왕족으로 이름은 서여胥餘이고, 기箕 땅의 자작子爵에
   봉해졌다. 주왕紂王의 음란함을 간언하다가 받아들이지 않자 도망하였고, 주周
   나라 무왕武王에게 ≪서경·주서周書·홍범洪範≫을 전수하였다고 한다. 주왕紂
   王의 이복형인 비간比干·미자微子와 함께 '삼인三仁'으로 칭송받았다. ≪사기·
   은본기殷本紀≫권3 참조.
324) 普(보) : 이하 네 구절은 ≪시경·소아小雅·북산北山≫권20에서 인용한 것인
   데, 원전에는 '보普'가 '보溥'로 되어 있으나 통용자이기에 의미상의 차이는 없다.
325) 海內(해내) : 천하를 이르는 말. 고대 중국인들이 사방이 바다였다고 생각한 데
   서 비롯되었다. 옛날에는 온세상을 '천하天下' '사해四海' '육합六合' '구주九州'
   '신주神州' '우주宇宙' 등 다양한 어휘로 표현하였다.
326) 短足(단족) : ≪백호통소증≫에서 '탁족託足'의 오기로 보았기에 이를 따른다.
327) 人(인) : ≪백호통소증≫에 의하면 연자衍字이다.
328) 諸父(제부) : 백부와 숙부 등에 대한 범칭.
329) 二十國(이십국) : ≪백호통소증≫에서는 와자訛字로 간주하였다.
330) 各加一功(각가일공) : ≪백호통소증≫에서는 이 구절 역시 와자訛字로 간주하였다.
331) 皮體(피체) : ≪백호통소증≫에 의하면 '지체支體'의 오기이다.
332) 有痹(유비) : 호남성 영주永州에 있었던 땅 이름. '비痹'는 '비比'나 '비鼻'로 쓴
   문헌도 있는데 통용자이다.

설치하는 것은 경이나 대부를 위하는 것이 아니라 모두 백성을 위해서이다. ≪역경·둔괘屯卦≫권2에 "제후를 세우는 것이 이롭다"는 말이 있는데, 이는 이로움 때문에 세운다는 말이다. ≪예기·악기≫권39에 "(주周나라) 무왕은 은나라 군대에 승리를 거둔 뒤 (은나라 수도인) 상에 도착해 수레에서 내리자 하나라의 후손을 기나라에 봉하고, 은나라 황실 후손을 송나라에 안치하고, (은나라) 왕자 비간의 무덤을 봉분으로 만들어 주고, 기자를 감옥에서 석방시켰다"고 하였다. 천하가 태평해지고 나서 친족을 봉하는 것은 사사롭지 않다는 것을 보이기 위함이다. 그렇다면 사사로이 봉하지 않는 것은 어째서일까? (≪시경·소아小雅·북산北山≫권20에) "하늘 아래 왕의 땅이 아닌 곳이 없고, 영토 끝까지 왕의 신하 아닌 사람이 없다"고 하였듯이, 천하 백성들을 이미 다 부릴 수 있는 이상 차마 친족이 몸을 맡길 거처를 마련할 수 없게 놔둘 수 없으므로 한결같이 그들을 봉하는 것이니, 이는 친족을 가까이 하고자 하는 뜻일 것이다. 그래서 그들과 영토를 공유해야 한다. 한편 일설에 의하면 부친뻘 되는 사람들은 제후에 봉할 수 없기에 큰 공로가 있어 현명함을 드러내도 일반 백성으로 간주한다고 한다. 또 현자의 자손들은 대개 현명하기 마련인데도 경이 지위를 세습하지 않는 것은 그들이 백성에게 자애를 베풀지 않고 자기 자신의 안락만 추구하기 때문이다. 또 천명을 받아 황제에 올라도 자식을 봉하지 않는 것은 부자지간은 수족과 같아 재산을 나누지 않는다는 뜻을 나타낸다. 하지만 형제지간의 경우는 서로 분명히 나뉘기에 제후에 봉한다. 그래서 (우虞나라) 순왕도 동생인 상象을 (호남성) 유비의 들판에 봉한 일이 있다.

◇**제후를 봉할 때는 여름철을 이용한다**

●封諸侯以夏, 何? 陽氣盛養. 故封諸侯, 盛養賢也. 封立人君, 陽德之盛者. 月令曰, "孟夏之月, 行賞, 封諸侯, 慶賜333), 無不欣悅."

○제후를 봉할 때 여름철을 이용하는 것은 어째서일까? 양기가 극
성하기 때문이다. 그래서 제후를 봉하는 것은 현자를 적극적으로
양성한다는 뜻이다. 군주를 봉립하는 일은 양기의 덕을 크게 베
푸는 것이다. ≪예기·월령≫권15에 "초여름 4월에는 신하들에
게 상을 내리고 제후를 봉하는데, 상 줄 사람에게 상을 내리고,
하사품을 내릴 사람에게 하사품을 내리면 모두가 기뻐한다"고
하였다.

◇제후가 작위를 세습하다

●何以言諸侯繼世以立? 諸侯象賢也. 大夫不世位, 何? 股肱334)之臣,
任事者也. 爲其專權擅勢, 傾覆國家. 又曰孫首也庸335), 不任輔政,
妨塞賢(路336)), 故不世世337). 故春秋公羊傳曰, "譏世(卿338)), 世
(卿), 非禮也." 諸侯世位, 大夫不世, 安法? 所以諸侯南面之體, 體
陽而行, 陽道不絶. 大夫人臣北面, 體陰而行, 陰道絶. 以男生內嚮,
有留家之義, 女生外嚮, 有從夫之義. 此陽不絶, 陰有絶之效也.

○어째서 제후는 대를 이어 즉위한다고 말하는 것일까? 제후는 현
자를 본받기 때문이다. 그렇다면 대부가 지위를 세습하지 않는
것은 어째서일까? 군주를 최측근에서 모시는 신하는 정사를 책
임지는 자이다. 그래서 그가 권세를 독점적으로 행사하면 나라를
위험에 빠뜨릴 수 있다. 또한 자손들이 어리석어 정사를 보좌하

---

333) 慶賜(경사) : 상을 줄 사람에게 상을 내리고, 하사품을 내릴 사람에게 하사품을
내리는 일을 이르는 말.
334) 股肱(고굉) : 다리와 팔. 임금의 팔과 다리 역할을 하는 신하라는 의미로서 충신
이나 근신近臣을 비유한다.
335) 又曰孫首也庸(우왈손수야용) : ≪백호통소증≫에서는 "또한 자손들이 어리석
어… 염려한다(又慮子孫庸愚)"의 오기로 보았기에 이를 따른다.
336) 路(노) : ≪백호통소증≫에 의하면 이 글자가 누락되었기에 첨기한다.
337) 世世(세세) : ≪백호통소증≫에 의하면 '세위世位'의 오기이다.
338) 卿(경) : 원전에 의하면 이 글자가 누락되었기에 첨기한다.

는 일을 감당하지 못 하고 현자의 언로를 막을까 염려하기에 지위를 세습하지 못 하게 하는 것이다. 그래서 ≪공양전·은공隱公3년≫권2에서도 "경의 지위를 세습하는 것에 대해서는 비판해야 한다. 경의 지위를 세습하는 것은 예법에 맞지 않는다"고 하였다. 제후는 지위를 세습하는데 대부가 지위를 세습하지 않는 것은 어째서 법도에 맞는 것일까? 제후는 남쪽을 향해 군주 노릇하는 신분이기에 양기를 체득하여 실천해야 양기가 왕성해지는 길이 끊어지지 않는다. 대부는 신하로서 북쪽을 향해 신하 노릇하는 신분이기에 음기를 체득하여 실천해야 음기가 왕성해지는 길이 끊어진다. 남자가 태어날 때 안쪽을 향하게 하는 것에는 가문을 보전한다는 뜻이 들어 있고, 여자가 태어날 때 바깥을 향하게 하는 것에는 남편을 따른다는 뜻이 담겨 있다. 이것이 양기가 끊어지지 않고 음기가 끊어지는 효험을 드러내는 방도이다.

◇태자를 세우다

●國在立太子者, 防簒弑, 壓臣子之亂也. 春秋之弑太子, 罪與弑君同. 春秋曰, "弑其君之子奚齊339)." 明與弑君同也. 君薨, 適夫人340)無子, 有育341)遺腹, 必待其産立之, 何? 專342)適重正也. 曾子問曰343), "立適以長不以賢, 何? 以言爲賢不肖344), 不可知也." 尚書曰, "惟帝其難之." 立子以貴不以長, 防愛憎也. 春秋曰, "適以長不

---

339) 奚齊(해제) : 춘추시대 진晉나라 때 헌공獻公과 여희驪姬 사이에서 태어난 아들 이름. 여희는 해제奚齊가 태어나자 태자인 신생申生을 무고로 죽이고 공자인 중이重耳와 이오夷吾를 축출한 다음, 자신의 아들인 해제를 태자에 앉혔다가 헌공이 죽은 뒤 아들과 함께 살해당했다. 이에 대한 고사는 ≪좌전·희공僖公4년≫ 권11과 ≪공양전·희공僖公9년≫권11에 전하는데, 위의 예문은 후자에 전한다.
340) 適夫人(적부인) : 본부인. '適適'은 '적嫡'과 통용자.
341) 育(육) : ≪백소통소증≫에 의하면 연자衍字이다.
342) 專(전) : ≪백소통소증≫에 의하면 '존尊'의 오기이다.
343) 曰(왈) : 위의 예문은 현전하는 ≪예기·증자문≫에 실리지 않은 것으로 보아 일문逸文인 듯하다.
344) 不肖(불초) : 닮지 못 하다. 즉 부친을 닮지 못 한 못난 사람이란 말이다.

以賢, 立子以賢不以長也."

○나라의 운명이 태자를 세우는 데 달려 있는 것은 군주의 시해에 대비하고 신하의 반란을 억제하기 위해서이다. 그래서 ≪춘추경≫에서도 태자를 시해했을 때 그 죄목을 군주를 시해하는 것과 동일시하였다. ≪공양전・희공僖公9년≫권11에서 "(춘추시대 진晉나라 때) 자신의 군주의 아들인 해제를 시해하였다"고 한 것도 군주를 시해한 것과 동일시하였음을 밝힌 것이다. 군주가 사망하고 본부인에게 아들이 없는데 누군가 유복자를 임신하고 있어도 반드시 본부인이 아들을 낳기를 기다렸다가 그를 옹립하는 것은 어째서일까? 적장자이자 정통을 물려받은 아들을 존중한다는 뜻이다. 그래서 ≪예기・증자문≫에 "적장자를 세울 때 나이가 많은 것을 따지되 현명한지 여부를 따지지 않는 것은 어째서일까? 현명한지 못났는지는 알 수가 없다는 것을 말하기 위해서이다"라고 하였고, ≪서경・고요모皐陶謨≫권3에 "오직 황제만이 그 일의 어려움을 안다"고 하였다. 반면 다른 아들을 세울 때는 신분의 귀천을 따지지 나이가 많은지를 따지지 않는다. 그래서 ≪공양전・희공僖公9년≫권11에서도 "적장자를 세울 때는 나이가 많은 것을 따지지 현명한지 여부를 따지지 않고, 다른 아들을 세울 때는 현명한지 여부를 따지지 나이가 많은지 여부를 따지지 않는다"고 하였다.

◇제후의 작위를 형제간에는 세습하지 않다

●始封諸侯無子死, 不得與兄弟, 何? 古者象賢也, 弟非賢者子孫. 春秋傳曰, "善善及子孫." 不言及昆弟. 昆弟尊同, 無相承養之義. 以閔公不繼莊公也, 昆弟不相繼之義. 至繼體諸侯, 無子得及親屬者, 以其俱賢者子孫也. 重其先祖之功, 故得及之.

○처음 봉해진 제후가 아들이 없이 사망해도 다른 형제에게 작위를 양도할 수 없는 것은 어째서일까? 옛날에는 현자를 본받았는

데, 동생은 현자의 자손이 아니기 때문이다. ≪공양전·소공昭公
20년≫권49에서 "선한 사람을 선하다고 칭찬하면 자손에게까지
미친다"고 하면서 형제에 대해 언급하지 않은 것도 형제는 귀천
의 신분이 같아 서로 이어가며 봉양하지 않는다는 뜻이다. (춘추
시대 노魯나라) 민공이 장공을 계승하지 않은 것도 형제가 서로
계승하지 않는다는 뜻이다. 제후에게 국체를 물려줄 때 자식이
없으면 친족에게 미치는 것은 그들 모두 현자의 자손이기 때문
이다. 선조의 공로를 중시하기에 그렇게까지 할 수 있는 것이다.

◇적장자의 후사로 들어가다

●禮服傳曰[345], "大宗[346]不可絶, 同宗則可以爲後, 爲人作子, 何?
明小宗[347]可以絶, 大宗不可絶. 故舍[348]己之父, 往爲後於大宗. 所
以尊祖, 重不絶大宗也." 春秋傳曰, "爲人後者, 爲人子者[349]." 繼
世諸侯無子, 又無弟, 但有諸父庶兄, 當誰與庶兄推親之序也?

○≪의례·상복≫권11의 주에 "적장계인 대종은 끊어져서 안 되기
에 같은 종족이면 후사로 삼을 수 있어 자신을 위해 양자로 들
이는데, 이는 어째서일까? 소종은 끊어져도 되지만 대종은 끊어
져서 안 된다는 것을 밝히기 위해서이다. 그래서 자신의 부친을
버리고 대종을 찾아가 후사가 되는 것이다. 이는 조상을 존귀하
게 하기 위한 방도로서 대종의 맥을 끊을 수 없다는 뜻을 중시
하는 것이다"라고 하였다. 그래서 ≪공양전·성공成公15년≫권1
8에서도 "남의 후사가 된다는 것은 남의 아들이 되는 것이다"라

---

345) 曰(왈) : ≪의례儀禮·상복喪服≫권11의 주석을 가리키는 말로 보이나 현전하는
　　　문헌에 실리지 않아 불분명하다.
346) 大宗(대종) : 혈연상 적장계를 뜻하는 말로 본령本領이나 절대 기준을 비유할
　　　때도 있다.
347) 小宗(소종) : 대종大宗에서 갈려나온 방계 종족을 이르는 말.
348) 舍(사) : 버리다. '사捨'와 통용자.
349) 爲人子者(위인자자) : ≪공양전·성공成公15년≫권18의 원문에는 '위지자야爲之
　　　子也'로 되어 있다.

고 하였다. 세대를 승계하는 제후에게 아들도 없고 동생도 없이 단지 다른 부친의 서자인 형만 있다면, 응당 누가 서자인 형과 혈통을 유지할 수 있는 서열이 되겠는가?

◇망한 나라를 일으키고 끊긴 세대를 승계하다

●王者受命而作, 興滅國, 繼絶世, 何? 爲先王無道, 妄殺無辜, 及嗣子幼弱, 爲强臣所奪, 子孫皆無罪囚而絶, 重其先人之功, 故復立之. 論語曰, "興滅國, 繼絶世." 誅君之子不立者, 義無所繼也. 諸侯世位, 象賢也. 今親被誅絶也. 春秋傳曰, "誅君之子(不350))立." 君見弑, 其子得立, 何? 所以尊君, 防簒弑. 春秋繼351)經曰, "齊無知352)殺其君." 貴妾子公子糾353)當立也.

○천자가 천명을 받들고 등장하여 망한 나라를 일으키고 끊어진 세대를 승계하는 것은 어째서일까? 선왕이 무도하여 무고한 사람을 함부로 죽이고 급기야 후사가 어려서 막강한 신하에게 권력을 침탈당하면 자손들 중에 죄수가 전혀 없는데도 대가 끊어지는데, 선조의 공업을 중시하기에 그래서 다시 그를 옹립하는 것이다. 그래서 ≪논어·요왈堯曰≫권20에 "망한 나라를 일으키고 끊어진 세대를 승계한다"고 하였다. 처형당한 군주의 자식을 세우지 않는 것은 도의상 승계할 자격이 없어서이다. 제후가 지위를 세습하는 것은 현자를 본받는다는 뜻인데, 지금은 부친이 처형당해 대가 끊어진 경우이다. ≪공양전·소공昭公11년≫권22에 "처형당한 군주의 자식은 세우지 않는다"고 하였는데, 군주가 시해를 당했는데도 그 자식을 세울 수 있는 것은 어째서일까?

---

350) 不(불) : ≪백호통소증≫에 의하면 이 글자가 누락되었기에 첨기한다.
351) 繼(계) : ≪백호통소증≫에 의하면 연자衍字이다.
352) 無知(무지) : 춘추시대 제齊나라 제후의 이름. 군주인 제아諸兒를 시해하였다고 전한다.
353) 公子糾(공자규) : 춘추시대 제齊나라 이공釐公의 아들 규糾. 형인 양공襄公 제아諸兒가 죽은 뒤 형제지간인 환공桓公 소백小白과의 권력투쟁에서 패해 살해당했다. ≪사기·제태공세가齊太公世家≫권32 참조.

군주를 존중하고 시해를 방지하기 위한 것이다. ≪공양전・장공莊公8년≫권7에 "제나라 무지가 자신의 군주를 시해하였다"고 하였기에 귀첩의 아들인 공자규가 옹립되었던 것이다.

◇공을 세운 대부의 아들을 봉하다

●大夫功成未封, 子得封者, 善善及子孫也. 春秋傳曰, "賢者子孫, 宜有土地也."

○대부가 공을 세우고서 미처 작위에 봉해지지 않았는데도 아들을 봉할 수 있는 것은 선한 사람을 선하다고 칭찬하면 자손에게까지 미칠수 있다는 뜻이다. 그래서 ≪공양전・소공昭公31년≫권24에 "현자의 자손은 의당 토지를 갖는다"고 하였다.

◇주공이 노나라로 가지 않다

●周公不之魯, 何? 爲周公繼武王之業也. 春秋傳曰, "周公曷爲不之魯? 欲天下一于周也." 詩云, "王[354]曰'叔父, 建爾元子[355], 俾侯于魯!'" 周公身薨, 天爲之變, 成王以天子之禮葬之, 命魯郊, 以明至孝, 天所興也.

○주공이 (자신의 봉국인) 노나라로 가지 않은 것은 어째서일까? 주공은 (천자인 주周나라) 무왕의 국업을 계승하였기 때문이다. ≪공양전・문공文公13년≫권14에 "주공은 어째서 노나라로 가지 않았을까? 천하가 주나라에 의해서 통일되기를 바랐기 때문이다"라고 하였다. 그래서 ≪시경・노송魯頌・비궁閟宮≫권29에 "성왕이 '숙부님! 그대 장남을 세워 노나라에서 제후가 되게 하십시오!'라고 말했네"라는 구절이 있다. 주공이 죽자 하늘이 이 때문에 변괴를 보였고, 성왕이 천자의 예법으로 그를 장사지내

---

354) 王(왕) : 주周나라 무왕武王의 아들이자 주공周公의 조카인 성왕成王을 가리킨다.
355) 元子(원자) : 맏아들, 장남.

주고서 노나라에 명하여 교외에서 제를 올리게 한 것은 지극한 효심을 보이면 하늘이 흥성케 한다는 것을 밝히기 위해서이다.

◆京師(도읍) 8항

◇도읍을 정하다

● 王者(京師356))必卽(擇)土中者, 何? 所以均敎道, 平往來, 使善易以聞, 爲惡易以聞, 明當懼愼, 損357)於善惡. 尙書曰, "王來紹358)上帝, 自服359)於土中360)." 聖人承天而制作. 尙書曰, "公不敢不敬天之休361), 來相宅!"

○ 천자가 도읍을 정할 때 필히 국토의 중앙 지역을 고르는 것은 어째서일까? 교화를 고르게 하고 왕래를 쉽게 하여 선한 자들이 쉽게 소식을 듣고 악한 자들이 쉽게 소식을 듣게 하기 위한 것으로, 이는 응당 두려워하고 삼가는 마음을 품어 선악을 잘 살피게 한다는 뜻을 밝히는 것이다. 그래서 ≪서경·주서周書·소고召誥≫권14에 "천자가 천제에게 점을 쳐서 묻고는 국토의 중앙인 (하남성) 낙양에서 천하를 다스렸다"고 하였다. 성인은 천제의 뜻을 받들어 제도를 만든다. 그래서 ≪서경·주서·낙고洛誥≫권14에 "(성왕成王이 말했다) 공은 감히 하늘의 선의를 공경하여 집터를 고르지 않을 수 없을 것이오!"라고 하였다.

◇도읍을 옮기다

● 周家始封於何? 后稷362)封於邰363), 公劉364)去邰之邠365). 詩云,

---

356) 京師(경사) : ≪백호통소증≫에 의하면 이 글자가 누락되었기에 첨기한다. 아래의 '택擇'도 마찬가지이다.
357) 損(손) : ≪백호통소증≫에서는 '성省'의 오기로 추정하였는데 이를 따른다.
358) 紹(소) : 점을 쳐서 묻다.
359) 服(복) : 다스리다, 정비하다. '치治'의 뜻.
360) 土中(토중) : 국토의 중앙 지역. 여기서는 하남성 낙양洛陽 땅을 가리킨다.
361) 休(휴) : 선의나 미덕을 이르는 말. '미美'의 뜻.
362) 后稷(후직) : 우虞나라 순왕舜王 때 농사를 관장하던 벼슬 이름. 여기서는 이 관직을 맡았던 주周나라의 시조 기棄를 가리킨다.
363) 邰(태) : 섬서성 무공현武功縣 일대에 있었던 작은 제후국 이름.
364) 公劉(공류) : 하夏나라 때 사람. 주周나라의 시조始祖인 후직后稷 기棄의 손자로

"卽有邰家室." 又曰, "篤公劉, 于邠斯館." 周家五遷, 其意一也, 皆欲成其道也. 時寧先(白366))皇者, 不以諸侯移, 必先請從然後行.

○주나라 왕실은 처음에 어디에 봉해졌을까? (우虞나라 순왕舜王 때) 후직(기棄)은 (섬서성) 태에 봉해지고, (하夏나라 때 기棄의 손자인) 공류는 태를 떠나 (섬서성) 빈으로 갔다. 그래서 ≪시경·대아大雅·생민生民≫권24에 "태 땅을 받아 거처를 마련하였네"라고 하고, 또 ≪시경·대아·공류公劉≫권24에 "독실하신 공류께서 빈 땅에 이 집을 지으셨네"라고 한 것이다. 주나라 왕실은 다섯 차례나 천도하였지만 그 뜻은 한가지로서 모두 도를 완성하고자 함이었다. 당시 차라리 먼저 황제에게 보고한 것은 제후의 신분으로는 도읍을 옮길 수 없기에 반드시 먼저 황제의 훈시를 따르겠다고 청한 뒤라야 실행에 옮겼던 것이다.

◇경사란 무엇인가?

●京師者, 何謂也? 千里之邑號也. 京, 大也, 師, 衆也. 天子所居, 故大衆言之. 明(什倍367))諸侯, 法日月之徑千里. 春秋傳曰, "京曰368), 天子之居也." 王制曰, "天子之田方千里."

○'경사'란 무슨 말일까? 천 리에 걸친 고을에 대한 호칭이다. '경'은 땅이 크다는 뜻이고, '사'는 사람이 많다는 뜻이다. 천자의 거처이기에 그래서 '땅이 크고 사람이 많다'고 말하는 것이다. 이는 제후에 비해 열 배나 크고 해와 달이 천 리에 걸쳐 경유하는 것을 본받았음을 밝히는 것이다. ≪공양전·환공桓公9년≫권5에 "'경사'란 무슨 말일까? 천자의 거처를 가리킨다"고 하였고, ≪예

알려졌다.

365) 邠(빈) : 섬서성 빈현彬縣 일대에 있었던 제후국 이름. '빈彬' '빈豳'으로도 쓴다.
366) 白(백) : ≪백호통소증≫에 의하면 이 글자가 누락되었기에 첨기한다.
367) 什倍(십배) : ≪백호통소증≫에 의하면 이 글자가 누락되었기에 첨기한다.
368) 曰(왈) : ≪공양전·환공桓公9년≫권5의 원문에 의하면 '사자하師者何'의 오기이다.

기·왕제≫권11에 "천자의 토지는 사방 천 리이다"라고 하였다.

◇삼대에 걸쳐 도성에 대한 호칭이 다르다

●或曰, "夏曰夏邑, 殷曰商邑, 周曰京師." 尙書曰, "率369)割夏邑," 謂桀也. "在商邑," 謂殷也.

○혹자는 "하나라 때는 '하읍'이라고 하였고, 은나라 때는 '상읍'이 라고 하였고, 주나라 때는 '경사'라고 하였다"고 한다. ≪서경·상서商書·탕서湯誓≫권7에서 "'하읍' 사람들을 착취하였다"고 한 것은 (하나라 마지막 폭군인) 걸왕을 두고 한 말이고, (≪서경·주서周書·주고酒誥≫권13에서) "'상읍'에 있었다"고 한 것은 은나라를 두고 한 말이다.

◇봉록에 대해 논하다

●王制曰, "天子三公之田視370)公侯, 卿視伯, 大夫視子男, 士371)視 附庸. 上農夫食九人, 其次食八人, 其次食七人, 其次食六人. 下農 夫食五人. 庶人在官者, 以是爲差也. 諸侯之下士視上農夫, 祿足以 代其耕也. 中士倍下士, 上士倍中士, 下大夫倍上士. 卿372)四373)大 夫祿, 君十卿祿. 次國之卿三大夫祿, 君十卿祿. 小國之卿倍大夫祿, 君十卿祿. 天子之縣內, 有百里之國九, 七十里之國二十一, 五十里 之國六十三, 凡九十三國. 名山大澤不以朌374). 其餘以祿士, 以爲 閒田."

○≪예기·왕제≫권11에 "천자 휘하의 삼공의 농토는 (제후 가운

---

369) 率(솔) : 어기조사.
370) 視(시) : 비견되다, 견주다. '比비'의 뜻.
371) 士(사) : 현전하는 ≪예기·왕제≫권11의 원문에는 '상사上士'의 별칭인 '원사元 士'로 되어 있다.
372) 卿(경) : 큰 제후국의 '경卿'을 가리킨다.
373) 四(사) : 여기서는 동사로 쓰여 네 배를 차지하는 것을 말한다. 뒤의 수치도 이 와 같다.
374) 朌(반) : ≪백호통소증≫에 의하면 '봉封'의 오기이다.

데) 공작이나 후작에 비견되고, 경의 농토는 백작에 비견되고, 대부는 자작이나 남작에 비견되고, 사는 제후국의 부속국가의 군주에 비견된다. 상급의 농부는 9명의 식구를 먹여살리고, 그 다음은 8명의 식구를 먹여살리고, 그 다음은 7명의 식구를 먹여살리고, 그 다음은 6명의 식구를 먹여살린다. 하급의 농부는 5명의 식구를 먹여살린다. 평민으로서 관청에서 일하는 사람도 이를 기준으로 차등을 정한다. 제후국의 하사는 상급의 농부에 비견되기에 봉록이 그의 수확물을 대신할 만하다. 중사는 하사의 두 배이고, 상사는 중사의 두 배이고, 하대부는 상사의 두 배이다. (큰 제후국의) 경은 대부의 봉록의 네 배이고, 군주는 경의 봉록의 열 배이다. 다음으로 큰 제후국의 경은 대부의 봉록의 세 배이고, 군주는 경의 봉록의 열 배이다. 작은 제후국의 경은 대부의 봉록의 두 배이고, 군주는 경의 봉록의 열 배이다. 천자가 다스리는 경내에는 사방 100리인 제후국이 9개이고, 사방 70리인 제후국이 21개이고, 사방 50리인 제후국이 63개여서 도합하면 제후국이 93개가 된다. 명산과 대택은 봉하지 않는다. 그 나머지는 사에게 봉록으로 주기도 하고, 쉬는 농토로 간주하기도 한다"고 하였다.

◇제후는 조정에 들어가도 식읍을 받다

●諸侯入爲公卿大夫, 得食兩家菜[375]必[376]? 曰, "有能, 然後居其位. 德加於人, 然後食其祿. 所以尊賢重有德也." 今以盛德人輔佐, 兩食之, 何? 王制曰, "天子縣內諸侯, 祿[377]也, 外諸侯, 嗣[378]也."

---

375) 兩家菜(양가채) : 조정과 봉국에서 받는 채읍采邑, 식읍食邑을 이르는 말. '채菜'는 '채采'와 통용자.
376) 必(필) : 《백호통소증》에 의하면 부가의문문을 만드는 글자인 '불不'의 오기이다. 자형의 유사성으로 인한 필사 과정상의 단순 오기로 보인다.
377) 祿(녹) : 봉록으로 받았다가 사후에 다시 반납해야 하는 식읍食邑을 가리킨다.
378) 嗣(사) : 대대로 세습할 수 있는 식읍을 가리킨다.

○제후가 조정에 들어가 삼공이나 구경·대부를 맡았을 때 두 종류의 식읍을 받을 수 있을까? 어떤 문헌에서는 "능력이 있어야 그 지위를 차지할 수 있고, 덕이 그 사람에게 보태져야 봉록을 받을 수 있다. 이는 현자를 존중하면서 덕이 있는 사람을 존중하기 위해서이다"라고 하였다. 이제 덕이 큰 사람에게 보좌케 하고 그에게 두 종류의 식읍을 지급하는 것은 어째서일까? ≪예기·왕제≫권11에 "천자가 다스리는 경내의 제후가 받는 식읍은 봉록에 해당하고, 외지의 제후가 받는 식읍은 세습할 수 있는 것이다"라고 하였다.

◇태자도 식읍을 받다

●天子太子食菜者, 儲君379), 嗣主也, 當有土以尊之也. 太子食百里, 與諸侯封同. 故禮曰380), "公士381)大夫子子也382)." 無爵而在大夫上, 故百里也.

○천자의 태자가 식읍을 받는 것은 군주에 버금가는 지위이자 뒤를 이를 주군이라서 땅을 주어 그를 존중하는 것이 마땅하기 때문이다. 태자는 사방 100리의 땅을 식읍을 받아 제후와 동급으로 봉해진다. 그래서 ≪예기≫에 "공·경·대부에 해당한다"고 하였다. 작위가 없으나 대부 이상의 신분에 해당하기에 100리일 것이다.

---

379) 儲君(저군) : 군주에 버금가는 지위를 뜻하는 말로서 태자의 별칭. 동궁東宮·저명儲明·저부儲副·저사儲嗣·저원儲元·저이儲貳·저적儲嫡·저주儲主·저체儲體·저후儲后 등 다양한 별칭으로 불렸다.

380) 曰(왈) : 이는 현전하는 ≪예기≫에 실리지 않은 것으로 보아 일문逸文인 듯하다. ≪백호통소증≫에서는 유사한 문형이 ≪의례·상복편喪服篇≫에 있다고 하였으나 태자가 식읍을 받는다는 내용이 없기에 불분명하다.

381) 士(사) : 문맥상으로 볼 때 '경卿'의 오기인 듯하다.

382) 子子也(자자야) : ≪백호통소증≫에서는 오류가 있을 것으로 추정하였으나 내용은 분명치 않다.

◇공·경·대부도 식읍을 받다

●公卿大夫皆食菜者, 示與民同有無也.

○삼공이나 구경·대부가 모두 식읍을 받는 것은 백성과 소유물의
양이 같다는 것을 보이기 위해서이다.

◆五行(오행) 7항

◇오행이란 무엇인가?

● 五行者, 何謂也? 謂金・木・水・火・土也. 言行者, 欲(言383))爲天行氣之義也. 地之承天, 猶妻之事夫, 臣之事君也. 謂其位卑, 卑者親事, 故自周384)於一行尊於天也. 尙書, "一曰水, 二曰火, 三曰木, 四曰金, 五曰土." 水位在北方. 北方者陰氣, 在黃泉之下, 任養萬物. 水之爲言, 准也. 陰化沾濡, 任生木. 木在東方. 東方者陰陽氣始動, 萬物始生. 木之爲言, 觸也. 陽氣動躍. 火在南方. 南方者陽在上, 萬物垂枝. 火之爲言, 委隨385)也, 言萬物布施. 火之爲言, 化也. 陽氣用事, 萬物變化也. 金在西方. 西方者陰始起, 萬物禁止. 金之爲言, 禁也. 土在中央. (中央386))者主吐含萬物. 土之爲言, 吐也. 何知東方生? 樂記曰, "春生387)夏長, 秋收冬藏." 土所以不名時者, 地, 土別名也. 比於五行最尊, 故不自居部職也. 元命包388)曰, "土之爲389)位而道在. 故大(一390))不預化391), 人主不任部職."

○오행이란 무슨 말일까? 금(쇠)・목(나무)・수(물)・화(불)・토(흙)를 말한다. '행'이라고 한 것은 하늘에 의해 기운이 운행된다는

---

383) 言(언) : ≪백호통소증≫에 의하면 이 글자가 누락되었기에 첨기한다.

384) 周(주) : ≪백호통소증≫에 의하면 '同同'의 오기이다. 자형의 유사성으로 인한 필사 과정상의 단순 오기로 보인다.

385) 委隨(위수) : 온순하게 따르는 것을 이르는 말.

386) 中央(중앙) : 문맥상으로 볼 때 이 두 글자가 누락되었기에 첨기한다.

387) 生(생) : 현전하는 ≪예기・악기≫권37에는 '작作'으로 되어 있으나 의미상의 차이는 없다.

388) 元命包(원명포) : ≪춘추경≫에 관한 저자 미상의 위서緯書 가운데 하나인 ≪춘추원명포春秋元命包≫의 약칭. 명나라 도종의陶宗儀(1316-약 1396)의 ≪설부說郛≫권5상과 손곡孫毂의 ≪고미서古微書≫권6・7에 잔권殘卷이 전하는데, ≪설부≫에서는 '춘추원명포春秋元命苞'라고 하였다.

389) 之爲(지위) : ≪백호통소증≫에 의하면 '무無'의 오기이다.

390) 一(일) : ≪백호통소증≫에 의하면 이 글자가 누락되었기에 첨기한다. '태일大一'은 우주 만물의 근원이자 이를 관장하는 신을 뜻하는 말로서 '태일泰一'로도 쓰고, '태을太乙'이라고도 한다.

391) 預化(예화) : ≪백호통소증≫에 의하면 '흥화興化'의 오기이다.

뜻을 말하려는 것이다. 땅이 하늘을 받드는 것은 아내가 남편을 섬기고 신하가 군주를 섬기는 것과 같다. 그 지위가 낮다는 말이지만 신분이 낮은 자가 몸소 섬기기에 한 번의 운행으로도 하늘보다 존귀할 수 있다는 것과 자연스레 같은 뜻이 된다. ≪서경·주서周書·홍범洪範≫권11에 "첫 번째를 '수'라고 하고, 두 번째를 '화'라고 하고, 세 번째를 '목'이라고 하고, 네 번째를 '금'이라고 하고, 다섯 번째를 '토'라고 한다"고 하였다. 물은 북방에 위치한다. 북방은 음기를 띠는 곳으로 황천 아래서 만물을 양육하는 일을 맡는다. 물이란 말은 준칙이란 뜻이다. 음기의 교화가 물들여 나무를 낳는 일을 맡는다는 말이다. 나무는 동방에 위치한다. 동방은 음기와 양기가 처음으로 작동하여 만물이 자라기 시작하는 곳이다. 나무라는 말은 저촉한다는 뜻이다. 양기가 약동하는 것이다. 불은 남방에 위치한다. 남방은 양기가 위에 있기에 만물이 가지를 드리우는 곳이다. 불이란 말은 온순하게 따른다는 뜻으로 만물이 가득 자란다는 말이다. 불이란 말은 변화한다는 뜻이다. 양기가 힘을 발휘하면 만물이 변한다. 쇠는 서방에 위치한다. 서방은 음기가 일어나기 시작하여 만물이 삼가 조심하는 곳이다. 쇠라는 말은 금한다는 뜻이다. 흙은 중앙에 위치한다. 중앙이란 만물을 뱉었다가 삼켰다가 하는 일을 주재하는 곳이다. 흙이란 말은 토한다는 뜻이다. 동방이 생명을 잉태한다는 것을 어떻게 알 수 있을까? ≪예기·악기≫권37에 "봄에는 생명이 싹트고, 여름에는 곡물이 성장하고, 가을에는 곡물을 수확하고, 겨울에는 곡물을 저장한다"고 하였다. '토'의 경우 시절을 명명하지 않은 이유는 땅이 '토'의 별명이기 때문이다. 오행 가운데 가장 존귀한 위치에 비견되기에 자체적으로 관할 직책을 차지하지 않는 것이다. ≪춘추원명포≫에 "'토'는 (황제의 방위라서) 일정한 직위가 없지만 도가 존재한다. 따라서 태일신처럼 변화를 일으키지 않고, 군주처럼 관할 직책을 맡지 않는다"고 하였다.

◇오행의 성질에 대해 논하다

● 五行之性, 或上或下, 何? 火者, 陽也, 尊, 故上. 水者, 陰也, 卑, 故下. 木者少陽, 金者少陰, 有中和之性, 故可曲直, 可從革392). 土者最大, 苞含物, 將生者出者393), 將歸者(入394)), 不嫌淸濁爲萬物. 尙書曰, "水曰395)潤下, 火曰炎上, 木曰曲直, 金曰從革, 土爰396)稼穡397)." 五行所以二陽三陰398), 何? 土尊, 尊者配天, 金木水火, 陰陽自偶.

○오행의 성질이 어떤 것은 위이고 어떤 것은 아래인 것은 어째서일까? 불은 양기로서 존귀하기에 위에 위치한다. 물은 음기로서 비천하기에 아래에 위치한다. 나무는 소양이고 쇠는 소음이라서 중화적인 성질을 띠기에 (나무는) 굽었다가 곧았다가 할 수 있고 (쇠는) 변혁을 따를 수 있다. 흙은 가장 위대하여 사물을 다 포용해서 자랄 것을 내놓고 돌아갈 것을 받아들이기에 청탁을 불문하고 만물을 위해 활동한다. 그래서 ≪서경·주서周書·홍범洪範≫권11에서도 "물은 아래를 적시고, 불은 위로 타오르며, 나무는 굽기도 하고 곧기도 하고, 쇠는 사람의 의도에 따라 변화하며, 흙은 농사를 짓게 해 준다"고 하였다. 오행이 두 개의 음과 세 개의 양으로 이루어진 것은 어째서일까? 흙은 존귀한데 존귀한 것은 하늘(양)과 배합하고, 쇠(음)·나무(양)·물(음)·불(양)은 음기와 양기가 저절로 짝을 이루고 있다.

---

392) 從革(종혁) : 변혁을 따르다. 즉 사람의 의도에 따라 여러 가지 형태로 변하는 것을 말한다.
393) 者(자) : ≪백호통소증≫에 의하면 연자衍字이다.
394) 入(입) : ≪백호통소증≫에 의하면 이 글자가 누락되었기에 첨기한다.
395) 曰(왈) : 별 의미가 없는 어조사語助詞.
396) 爰(원) : 어조사. 앞의 '왈曰'과 같으며, '왈'로 된 판본도 있다.
397) 稼穡(가색) : 농사를 뜻하는 말. '가稼'는 곡식을 심는 것을 뜻하고, '색穡'은 곡식을 수확하는 것을 뜻한다.
398) 二陽三陰(이양삼음) : 문맥상으로 볼 때 '이음삼양二陰三陽' 혹은 '삼양이음三陽二陰'의 오기인 듯하다.

◇오미 · 오취 · 오방에 대해 논하다

●水味所以鹹, 何? 是其性也. 所以北方鹹者, 萬物鹹與所以堅之也, 猶五味得鹹乃堅也. 木味所以酸者, 何? 東方萬物之生也. 酸者以達生也, 猶五味得酸乃達也. 火味所以苦, 何? 南方主長養, 苦者所以長養也, 猶五味須苦可以養也. 金味所以辛, 何? 西方煞傷成物, 辛所以煞傷之也, 猶五味得辛乃委煞[399]也. 土味所以甘, 何? 中央者中和也, 故甘, 猶五味以甘爲主也. 尙書曰, "潤下作鹹, 炎上作苦, 曲直作酸, 從革作辛, 稼穡作甘." 北方其臭[400]朽者, 何? 北方水, 萬物所幽藏也. 又水者受垢濁, 故臭腐朽也. 東方者木也. 萬物新出地中, 故其臭羶. 南方者火也. 盛陽承動, 故其臭焦. 西方者金也. 萬物成熟始復諾[401], 故其臭腥. 中央土也. 主養, 故其臭香也. 月令曰, "東方其臭羶, 南方其臭焦, 中央其臭香, 西方其臭腥, 北方其臭朽." 所以名之爲東方者, 動方也, 萬物始動生也. 南方者任養之方, 萬物懷任也. 西方者遷方也, 萬物遷落也. 北方者伏方也, 萬物伏藏也.

○물 맛이 짠 이유는 무엇일까? 이는 본성 때문이다. 북방이 짠 맛을 상징하는 이유는 만물이 짜야 그곳을 견고하게 만들 수 있어서인데, 이는 마치 다섯 가지 맛이 짠 맛을 얻어야 견실해지는 것과 같다. 나무의 맛이 신 이유는 무엇일까? 동방은 만물이 태어나는 곳이다. 신 맛은 생명을 이루기 위한 것인데, 이는 마치 다섯 가지 맛이 신 맛을 얻어야 훌륭한 맛을 이루는 것과 같다. 불의 맛이 쓴 이유는 무엇일까? 남방은 양육을 주재하는데, 쓴 맛이 양육을 주재하는 것은 마치 다섯 가지 맛이 쓴 맛을 얻어야 맛을 북돋을 수 있는 것과 같다. 쇠의 맛이 매운 이유는 무엇일까? 서방은 완성된 사물을 죽이거나 해치는데, 매운 맛이 죽이거나 해치는 것은 마치 다섯 가지 맛이 매운 맛을 얻어야 사라

---

399) 委煞(위살) : 없어지다, 사라지다.
400) 臭(취) : '취臭'의 속자.
401) 復諾(부낙) : 의미하는 바가 불분명하다. ≪백호통소증≫에서도 오류가 있는 것으로 추정하였으나 의미에 대해서는 밝히지 않았다.

지는 것과 같다. 흙의 맛이 단 이유는 무엇일까? 중앙은 중화를 상징하기에 그래서 단 맛을 내는데, 이는 마치 다섯 가지 맛이 단 맛을 주체로 삼는 것과 같다. ≪서경·주서周書·홍범洪範≫ 권11에 "(물은) 지하로 흘러들어 짠 맛을 만들고, (불은) 위로 타올라 쓴 맛을 만들고, (나무는) 굽었다가 곧았다가 하면서 신 맛을 만들고, (쇠는) 변혁을 따라 매운 맛을 만들고, (흙은) 농작 물을 거두어 단 맛을 만든다"고 하였다. 북방에서 썩은 냄새가 나는 것은 어째서일까? 북방은 물에 해당하기에 만물이 깊숙이 숨는 곳이다. 또 물은 더럽거나 혼탁한 것들을 받아들이기에 썩 은 냄새가 난다. 동방은 나무에 해당한다. 만물은 땅 속에서 새 로 나오기에 그 냄새가 비릿하다. 남방은 불에 해당한다. 왕성한 양기가 약동하기에 그 냄새는 매캐하다. 서방은 쇠에 해당한다. 만물이 성숙하였다가 다시 시들기 시작하기에 그 냄새에서 누린 내가 난다. 중앙은 흙에 해당한다. 양육을 주재하기에 그 냄새가 향기롭다. 그래서 ≪예기·월령≫권14에서도 "동방은 냄새가 비 릿하고, 남방은 냄새가 매캐하고, 중앙은 냄새가 향기롭고, 서방 은 냄새에서 누린내가 나고, 북방은 썩은 냄새가 난다"고 하였 다. 그것을 동방이라고 명명하는 연유는 동적인 방향이라서 만물 이 움직이며 생명을 얻기 시작하기 때문이다. 남방은 양육을 맡 은 방향이라서 만물이 태어난다. 서방은 이동성을 띤 방향이라서 만물이 이동하거나 떨어진다. 북방은 숨는 성향의 방향이라서 만 물이 깊이 숨는다.

◇음양의 성쇠에 대해 논하다

●少陽見寅. 寅者, 演也. 律中大簇402). 律之言率, 所以率氣令生也.

---

402) 太簇(태주) : 음의 높낮이를 조절하는 황종黃鐘부터 응종應鐘까지의 십이율려十 二律呂 가운데 세 번째 양률陽律을 가리키는 말로, 이를 기준으로 만든 음악을 뜻하기도 한다. 11월을 정월로 하는 주력周曆과 마찬가지로 '황종黃鐘'이 11월의 음률이기에 '태주'는 1월의 음률에 해당한다. 참고로 '십이율려'는 황종黃鐘·대

卯者, 茂也. 律中夾鐘. 衰於辰. 辰, 震也. 律中姑洗. 其日甲乙. 甲
者, 萬物孚甲403)也. 乙者, 物蕃屈有節欲出. 時爲春. 春之爲言,
偆404), 偆, 動也. 位在東方. 其色靑, 其音角. 角者, 氣動躍也. 其
帝太皞405). 皞者, 大起萬物擾也. 其神勾芒406). 勾芒者, 物之始生.
芒之爲言, 萌也. 其精靑龍, 陰中陽故. 太陽見於巳. 巳者, 物必起.
律中仲呂. 壯盛於午. 午, 物滿長. 律中蕤賓. 衰於未. 未, 味也. 律
中林鐘. 其日丙丁. 丙者, 其物炳明. 丁者, 强也. 時爲夏. 夏之爲言,
大也. 位在南方. 其色赤. 其音徵. 徵, 止也, 陽度極也. 其帝(炎
帝407)). 炎帝者, 太陽也. 其神祝融408). 祝融者, 屬續. 其精爲409)
鳥, 離爲鸞故. 少陰見於申. 申者, 身也. 律中夷則. 壯於酉. 酉者,
老物收歛. 律中南呂. 衰于戌. 戌者, 滅也. 律中無射. 無射者, 無聲
也. 其日庚辛. 庚者, 物更也, 辛者, 陰始成. 時爲秋. 秋之爲言, 愁
亡也. 其位西方. 其色白, 其音商. 商者, 强也. 其帝少皞410). 少皞
者, 少歛也. 其神蓐收411). 蓐收者, 縮也. 其精白虎. 虎之爲言, 搏

려大呂·태주太簇·협종夾鐘·고선姑洗·중려中呂·유빈蕤賓·임종林鐘·이칙
夷則·남려南呂·무역無射·응종應鐘을 가리킨다. 홀수 번째가 양률陽律(6율)에
해당하고 짝수 번째가 음려陰呂(6려)에 해당한다. '주簇'는 '주簇'와 통용자.

403) 孚甲(부갑) : 껍질을 뚫고 나오다. 초목에 싹이 트는 것을 말한다.

404) 偆(춘) : 꿈틀거리다. '준蠢'과 통용자.

405) 太皞(태호) : 전설상의 임금인 삼황三皇 가운데 복희씨伏羲氏의 이름. '태호太昊'
로도 쓴다.

406) 勾芒(구망) : 나무에 관한 일을 관장하는 벼슬이나 이와 관련한 동방의 신을 이
르는 말. 전설상의 임금인 소호씨少皞氏의 아들이라고 전한다.

407) 炎帝(염제) : 문맥상 이 두 글자가 있는 것이 자연스럽다. ≪백호통소증≫에서도
이 두 글자를 첨기하였다. '염제'는 전설상의 임금인 삼황三皇 가운데 두 번째
황제인 신농神農의 별호이자 남방의 신을 가리킨다.

408) 祝融(축융) : 오제五帝 가운데 두 번째 임금인 전욱顓頊의 아들. 삼황三皇 가운
데 마지막 황제, 신농神農의 신하, 황제黃帝의 신하라는 등 여러 설이 있다.

409) 爲(위) : ≪백호통소증≫에 의하면 '주朱'의 오기이다. 자형의 유사성으로 인한
필사 과정상의 단순 오기로 보인다.

410) 少皞(소호) : 전설상의 임금인 오제五帝 가운데 한 사람. '오제'에 대해 ≪사기
·오제본기五帝本紀≫권1에서는 황제黃帝·전욱顓頊·제곡帝嚳·요堯·순舜을
가리킨다고 한 반면, ≪제왕세기帝王世紀·오제≫권2에서는 소호少昊·전욱顓
頊·제곡帝嚳·요堯·순舜을 가리킨다고 하였다. '소호少昊'로도 쓴다.

討也故. 太陰見於亥. 亥者, 仰也. 律中應鐘. 壯於子. 子者, 孶也.
律中黃鐘. 衰於丑. 丑者, 紐也. 律中大呂. 其日壬癸. 壬者, 陰始任.
癸者, 揆度也. 時爲冬. 冬之爲言, 終也. 其位在北方. 其音羽. 羽之
爲言, 舒, 言萬物始孶. 其帝顓頊. 顓頊者, 寒縮也. 其神玄冥[412].
玄冥者, 入冥也. 其精玄武[413], 掩起離體泉[414], (衆[415])龜蛟珠
蛤[416]. 土爲中宮[417]. 其日戊己. 戊者, 茂也. 己, 抑屈起. 其音宮.
宮者, 中也. 其帝黃帝. 其神后土[418].

○(목과 봄에 해당하는) '소양'은 '인寅'의 방위에서 출현한다. '인'
은 퍼진다는 뜻이다. 음률은 태주에 들어맞는다. 음률상으로 말
하면 통솔한다는 뜻이기에 기운을 통솔하여 생명을 잉태하기 위
한 것이다. '묘卯'는 무성하다는 뜻이다. 음률은 협종에 들어맞는
다. 소양은 '진辰'에서 쇠퇴한다. '진'은 떤다는 뜻이다. 음률은
고선에 들어맞는다. 그 일자는 갑일과 을일이다. '갑甲'은 만물이
껍데기를 벗는다는 뜻이다. '을乙'은 사물의 울타리가 약해져서
밖으로 나올 시기가 되었다는 뜻이다. 시절은 봄에 해당한다. 봄
이란 말은 '준偆'을 가리키고, '준'은 움직인다는 뜻이다. 방위는
동방에 있다. 그 빛깔은 청색이고, 그 소리는 각음이다. '각角'은

---

411) 蓐收(욕수) : 소호少昊의 아들로 이름은 '해該'이고, 쇠(金)의 기운(서방)을 관장
하는 관서의 신료이다.
412) 玄冥(현명) : 전욱顓頊 때 신하 이름이자 북방을 관장하는 수신水神(우신雨神)
이름.
413) 玄武(현무) : 전설상의 동물이자 북방의 신. 거북과 뱀을 합쳐 놓은 듯한 형상을
하였다.
414) 掩起離體泉(엄기리체천) : 의미하는 바가 불분명하다. 박물군자가 밝혀주기를 기
대한다.
415) 衆(중) : ≪백호통소증≫에 의하면 이 글자가 누락되었기에 첨기한다.
416) 珠蛤(주합) : ≪백호통소증≫에서는 갑충류인 '방합蚌蛤'의 오기로 보았는데 이
를 따른다.
417) 中宮(중궁) : 오행 가운데 중앙의 위치를 뜻하는 말. 궁중이나 황후의 거처를 가
리킬 때도 있다.
418) 后土(후토) : 황제黃帝 때 신하이자 토지를 관장하는 벼슬 이름. 뒤에는 토지신
을 가리키는 말로도 쓰였다.

기운이 약동한다는 뜻이다. 그에 해당하는 황제는 태호(복희)이
다. '호'는 만물의 혼란을 크게 일으킨다는 뜻이다. 그 신은 구망
이다. '구망'은 사물이 처음 태어난다는 뜻이다. '망'이란 말은 싹
튼다는 뜻이다. 그 정기는 청룡으로서 음기 속에서 양기가 자라
기 때문이다. (화와 여름에 해당하는) '태양'은 '사巳'의 방위에서
출현한다. '사'란 사물이 필시 일어난다는 뜻이다. 음률은 중려에
들어맞는다. '태양'은 '오午'의 방위에서 왕성해진다. '오'는 사물
이 가득 자란다는 뜻이다. 음률은 유빈에 들어맞는다. '태양'은
'미未'의 방위에서 쇠퇴한다. '미'는 맛을 뜻한다. 음률은 임종에
들어맞는다. 그 일자는 병일과 정일이다. '병丙'은 사물이 빛난다
는 뜻이고, '정丁'은 강하다는 뜻이다. 시절은 여름에 해당한다.
여름이란 말은 위대하다는 뜻이다. 방위는 남방이다. 그 빛깔은
적색이고, 그 소리는 치음이다. '치徵'는 그친다는 뜻이다. 양기의
정도가 극에 달한다. 그에 해당하는 황제는 염제(신농)이다. 염제
는 태양을 상징한다. 그 신은 축융이다. 축융이란 축적한 것을
잇는다는 뜻이다. 그 정기를 주조朱鳥라고 하는 것은 분리되면
난새가 되기 때문이다. (쇠와 가을에 해당하는) '소음'은 '신申'의
방위에서 출현한다. '신'이란 몸을 뜻한다. 음률은 이칙에 들어맞
는다. '소음'은 '유酉'의 방위에서 왕성해진다. '유'란 오래된 사물
을 거두어들인다는 뜻이다. 음률은 남려에 들어맞는다. '소음'은
'술戌'의 방위에서 쇠퇴한다. '술'은 소멸한다는 뜻이다. 음률은
무역에 들어맞는다. '무역'이란 소리가 없다는 뜻이다. 그 일자는
경일과 신일이다. '경庚'은 사물이 바뀐다는 뜻이고, '신辛'은 음
기가 성장하기 시작한다는 뜻이다. 시절은 가을에 해당한다. 가
을이란 말은 소멸할까 근심한다는 뜻이다. 그 방위는 서방이다.
그 빛깔은 백색이고, 그 소리는 상음이다. '상商'은 강하다는 뜻
이다. 그에 해당하는 황제는 소호이다. '소호'란 조금씩 거두어들
인다는 뜻이다. 그 신은 욕수이다. '욕수'란 움츠러든다는 뜻이다.

그 정기는 백호이다. 호랑이란 말이 때려잡는다는 뜻이기 때문이다. (물과 겨울에 해당하는) '태음'은 '해亥'의 방위에서 출현한다. '해'란 우러러본다는 뜻이다. 음률은 응종에 들어맞는다. '태음'은 '자子'의 방위에서 왕성해진다. '자'란 잉태한다는 뜻이다. 음률은 황종에 들어맞는다. '태음'은 '축丑'의 방위에서 쇠퇴한다. '축'은 움츠러든다는 뜻이다. 음률은 대려에 들어맞는다. 그 일자는 임일과 계일이다. '임壬'이란 음기가 일을 맡기 시작한다는 뜻이고, '계癸'란 헤아린다는 뜻이다. 시절은 겨울에 해당한다. 겨울이란 말은 끝난다는 뜻이다. 그 방위는 북방이다. 그 소리는 우음이다. '우羽'란 말은 편다는 뜻으로 만물이 잉태하기 시작한다는 말이다. 그에 해당하는 황제는 전욱이다. '전욱'이란 추워서 움츠린다는 뜻이다. 그 신은 현명이다. '현명'이란 어둠속으로 들어간다는 뜻이다. 그 정기는 현무로서 물의 세계에서 움직임을 감추며 (갑충류인) 거북·뱀·말조개·바지락을 거느린다. (토와 한여름에 해당하는) 흙은 오행 가운데서도 중앙의 위치를 차지한다. 그 일자는 무일과 기일이다. '무戊'는 무성하다는 뜻이고, '기己'는 몸을 굽혔다가 일어났다 하는 동작을 억제한다는 뜻이다. 그 음은 궁음이다. '궁宮'은 가운데란 뜻이다. 그에 해당하는 황제는 황제黃帝이고, 그 신은 후토이다.

◇십이율려에 대해 논하다

●月令云, "十一月律, 謂之黃鐘," 何? (黃者419),) 中和之色, 鐘者, 動也, 言陽氣動於黃泉之下, 動養萬物也. 十二月律, 謂之大呂, 何? 大, 大也, 呂者, 拒也, 言陽氣欲出, 陰不許也. 呂之爲言拒者, 旅抑拒難之也. 正月律, 謂之大蔟, 何? 太, 亦大也, 蔟者, 湊也, 言萬物始大, 湊地而出也. 二月律, 謂之夾鐘, 何? 夾者, 孚甲也, 言萬物孚甲, 種類分也. 三月, 謂之姑洗, 何? 姑者, 故也, 洗者, 鮮也, 言萬

---

419) 黃者(황자) : 《백호통소증》에 의하면 이 두 글자가 누락되었기에 첨기한다.

物皆去故就其新, 莫不鮮明也. 四月, 謂之仲呂, 何? 言陽氣極將彼420), 故復中難之也. 五月, 謂之蕤賓, (何421)?) 蕤者, 下也, 賓者, 敬也, 言陽氣上極, 陰氣始賓敬之也. 六月, 謂之林鐘, 何? 林者, 衆也, 萬物成熟, 種類衆多. 七月, 謂之夷則, 何? 夷, 傷, 則, 法也, 言萬物始傷, 被刑法也. 八月, 謂之南呂, 何? 南者, 任也, 言陽氣尙有, 任生薺麥也. 故陰拒之也. 九月, 謂之無射, 何? 射者, 終也, 言萬物隨陽而終也, 當復隨陰起, 無有終已. 十月,· 謂之應鐘, 何? 鐘, 動也, 言萬物應陽而動下藏也.

○《예기·월령》권17에서 "11월의 음률을 '황종'이라고 한다"고 한 것은 어째서일까? '황'이 중화를 상징하는 빛깔을 뜻하고 '종' 이 움직인다는 뜻이므로 양기가 황천 아래서 움직여 만물을 양 육하기 시작한다는 말이다. 12월의 음률을 '대려'라고 하는 것은 어째서일까? '대'가 크다는 뜻이고 '려'가 막는다는 뜻이므로 양 기가 출현하고자 하지만 음기가 허락하지 않는다는 말이다. '려' 라는 말이 막는다는 뜻이라고 한 것은 떠돌이 신세로 억류당해 고난을 겪게 된다는 뜻이다. 정월(1월)의 음률을 '태주'라고 하는 것은 어째서일까? '태' 역시 크다는 뜻이고 '주가' 모인다는 뜻이 므로 만물이 크기 시작하여 땅에 모여서 튀어나온다는 말이다. 2 월의 음률을 '협종'이라고 하는 것은 어째서일까? '협'이 껍데기 를 벗는다는 뜻이므로 만물이 껍데기를 벗으면서 종류가 다양하 게 나뉜다는 말이다. 3월의 음률을 '고선'이라고 하는 것은 어째 서일까? '고'가 오래라는 뜻이고 '선'이 신선하다는 뜻이므로 만 물이 모두 옛 것을 벗고 새롭게 태어난다는 말이다. 4월을 '중려' 라고 하는 것은 어째서일까? 양기가 극에 달하는 가운데 가득 차게 되기에 다시 고난을 겪게 된다는 말이다. 5월을 '유빈'이라

---

420) 極將彼(극장피) : 《백호통소증》에 의하면 '장극중충대야將極中充大也'의 오기 이다.
421) 何(하) : 문맥상으로 볼 때 이 글자가 누락되었기에 첨기한다.

고 하는 것은 어째서일까? '유'가 낮춘다는 뜻이고 '빈'이 공경한
다는 뜻이므로 양기가 극에 달하여 음기가 공경하기 시작한다는
말이다. 6월을 '임종'이라고 하는 것은 어째서일까? '임'이 많다
는 뜻이므로 만물이 성숙해져 종류가 많아진다는 말이다. 7월을
'이칙'이라고 하는 것은 어째서일까? '이'가 해친다는 뜻이고 '칙'
이 법도를 뜻하므로 만물이 손상을 받기 시작하여 형벌을 당한
다는 말이다. 8월을 '남려'라고 하는 것은 어째서일까? '남'이 맡
는다는 뜻이므로 양기가 아직 남아 있어 냉이와 보리를 자라게
하는 일을 맡는다는 말이다. 그래서 음기가 이를 막는 것이다. 9
월을 '무역'이라고 하는 것은 어째서일까? '역'이 끝난다는 뜻이
므로 만물이 양기를 따라 끝을 맺다가 응당 다시 음기를 따라
일어나기에 종말이 없다는 말이다. 10월을 '응종'이라고 하는 것
은 어째서일까? '종'이 움직인다는 뜻이므로 만물이 양기에 응해
아래로 움직여 숨는다는 말이다.

◇오행상생설과 오행상극설에 대해 논하다.

● 五行所以更王, 何? 以其轉相生422), 故有終始也. 木生火, 火生土,
土生金, 金生水, 水生木. 是以木王, 火相, 土死, 金囚, 水休. 王所
勝者死, (勝王者423))囚, 故王者休. 木王, 火相, 何以知爲臣? 土所
以死者, 子爲父報仇者也. 五行之子憤之物歸母, 木王, 火相, 金成,
其火燋金. 金生水, 水滅火, 報其理. 火生土, 土則害水, 莫能而禦.
五行所以相害者, 天地之性. 衆勝寡, 故水勝火也. 精勝堅, 故火勝
金. 剛勝柔, 故金勝木. 專勝散, 故木勝土. 實勝虛, 故土勝水也. 火
陽, 君之象也. 水陰, 臣之義也. 臣所以勝其君, 何? 此謂無道之君

---

422) 相生(상생) : '오행상생五行相生'은 목생화木生火, 화생토火生土, 토생금土生金,
　　금생수金生水, 수생목水生木의 순차를 가리킨다. 반면에 '오행상극五行相克'은
　　목극토木克土, 토극수土克水, 수극화水克火, 화극금火克金, 금극목金克木의 순차
　　를 가리킨다.
423) 勝王者(승왕자) : 《백호통소증》에 의하면 이 세 글자가 누락되었기에 첨기한다.

也, 故爲衆陰所害, 猶紂王也. 是使水得施行, 金以蓋之, 土以應之, 欲溫則溫, 欲寒則寒, 亦何從得害火乎? 曰, "五行各自有陰陽." 木生火, 所以還燒其母, 何? 曰, "金勝木, 火欲爲木害金, 金者堅强難消, 故母以遜體助火燒金. 此自欲成子之義." 又陽道不相離, 故爲兩盛, 母424)死, 子乃繼之. 木王所以七十二日, 土王四季各十八日, 合九十日爲一時, 王九十日. 土所以王四季, 何? 木非土不生, 火非土不榮, 金非土不成, 水無土不高, 土扶微助衰, 歷成其道. 故五行更王, 亦須土也. 王四季, 居中央, 不名時. 五行何以知同時起丑訖義相生425)? 傳曰426), "五行竝起赴427), 各以名別." 陽生陰煞, 火中無生物, 水中反有生物, 何? 生者以內, 火陰在內, 故不生也. 水火獨一種, 金木多品, 何? 以爲南北陰陽之極也, 得其極, 故一也. 東西非其極也, 故非一也. 水木可食, 金火土不可食, 何? 木者陽, 陽者施生, 故可食. 火者陰在內, 金者陰齒吝, 故不可食. 火水所以殺人, 何? 水盛氣也, 故入而殺人. 火陰在內, 故殺人壯於水也. 金木微氣, 故不能自殺人也. 火不可入其中者, 陰在內也. 入則殺人矣. 水土陽在內, 故可入其中. 金木微氣也, 精密不可得入也. 水火不可加人功爲用, 金木加人功, 何? 火者盛陽, 水者盛陰者也. 氣盛不變, 故不可加人功爲人用. 金木者不能自成, 故須人加功以爲人用也. 五行之性, 火熱水寒, 有溫水, 無寒火, 何? 明臣可以爲君, 君不可更爲臣. 五行常在, 火乍亡, 何? 水太陰也, 刑者, 故常在. 金少陰, 木少陽, 微氣無變, 故亦常在. 火太陽精微, 人君之象, 象尊常藏, 猶天子居九重之內, 臣下衞之也. 藏於木者, 依於仁也. 水自主428)金, 須人取之乃

---

424) 母(모): ≪백호통소증≫에 의하면 '火화'의 오기이다.

425) 起丑訖義相生(기축흘의상생): ≪백호통소증≫에서는 '而起, 託義相生'의 오기로 보았는데 이를 따른다.

426) 曰(왈): 이하 예문은 현전하는 경전의 해설서에 실리지 않은 것으로 보아 실전된 ≪역경≫의 주석인 듯하다.

427) 赴(부): ≪백호통소증≫에 의하면 연자衍字이다.

428) 主(주): ≪백호통소증≫에 의하면 '生생'의 오기이다. 자형의 유사성으로 인한 필사 과정상의 단순 오기로 보인다.

成, 陰卑不能自成也. 木所以浮, 金所以沈, 何? 子生於母之義. 肝所
以沈, 肺所以浮, 何? 有知者尊其母也. 一說[429], 木畏金, 金之妻庚,
受庚之化, 木者法其本, 柔可曲直, 故浮也. 肝法其化, 直故沈. 五行
皆同義.

○오행이 번갈아가며 왕 노릇을 하는 연유는 무엇일까? 그것이 돌
아가며 상생하기에 끝과 시작이 있기 때문이다. 나무(木)는 불을
낳고, 불(火)은 흙을 낳고, 흙(土)은 쇠를 낳고, 쇠(金)는 물을 낳
고, 물(水)은 나무를 낳는다. 이 때문에 나무가 왕이 되면, 불은
재상이 되고, 흙은 사망하고, 쇠는 죄수가 되고, 물은 휴식에 들
어간다. 왕(나무)이 이긴 대상(흙)이 사망하고 왕(나무)을 이긴
것(쇠)이 죄수가 되기에 왕은 휴식을 취할 수 있다. 나무가 왕이
되면 불은 재상이 되는데, 어떻게 신하가 된다는 것을 알 수 있
을까? 흙이 사망하는 연유는 아들(나무)이 부친(물)을 위해 복수
해서이다. 오행에서 아들이 삼가는 사물은 어미에게 돌아가기에
나무가 왕이 되고 불이 재상이 되며, 쇠가 완성되면 불은 쇠를
녹인다. 쇠가 물을 낳고 물이 불을 끄는 것이 그 이치를 말해 준
다. 불은 흙을 낳지만 흙이 물을 해치면 막을 수가 없다. 오행이
서로 해치는 것은 천지간의 본성이다. 많은 것이 적은 것을 이기
기에 물이 불을 이긴다. 정기가 단단한 것을 이기기에 불이 쇠를
이긴다. 강한 것이 유약한 것을 이기기에 쇠가 나무를 이긴다.
한곳에 모인 것이 흩어진 것을 이기기에 나무가 흙을 이긴다. 실
체가 허상을 이기기에 흙이 물을 이긴다. 불은 양기로서 군주의
표상이고, 물은 음기로서 신하의 도의이다. 신하가 자기 군주를
이기는 것은 어째서일까? 이는 무도한 군주를 말한다. 그래서 많
은 음기에게 해를 당하는 것이니 (은殷나라) 주왕과 같은 경우가
그러하다. 이는 물에게 행동을 펼치게 한 뒤 쇠가 이를 덮고 흙

---

429) 一說(일설) : ≪백호통소증≫에서도 이하 예문에 오류가 있다고 추정하였으나,
　　 구체적인 의미에 대해서는 밝히지 못 했다.

이 이에 반응하는 것인데, 따듯하고자 하면 따듯해지고 차갑고자 하면 차가워지는 것이니 역시 어떻게 불을 해칠 수 있겠는가? "오행에는 각기 음과 양이 있다"고 말한다. 나무가 불을 낳으면서도 다시 어미(나무)를 태우는 연유는 무엇일까? "쇠가 나무를 이기고 불이 나무를 위해 쇠를 해치는데, 쇠가 너무 강해 녹이기 힘들기에 어미(나무)가 자신의 몸을 해쳐 불을 도와서 쇠를 해치는 것이다. 이것이 스스로 자식을 완성하고자 하는 뜻이다"라고 말한다. 또 양기가 음기를 떠나지 않기에 둘 다 왕성해지면 어미(나무)가 죽어도 자식(불)이 다시 그 뒤를 잇는 것이다. 나무가 왕 노릇하는 것이 (1년 360일의 5분의 1인) 72일인데, 흙이 사계절에 걸쳐 왕 노릇하는 것이 18일씩이므로 90일로 합쳐져 하나의 계절을 이루기에 90일 동안 왕 노릇을 하게 된다. 흙이 사계절에 걸쳐 왕 노릇하는 연유는 무엇일까? 나무는 흙이 없으면 생명을 얻지 못 하고, 불은 흙이 없으면 꽃을 피우지 못 하고, 쇠는 흙이 없으면 제품을 이루지 못 하고, 물은 흙이 없으면 높은 곳에 머물지 못 하므로 흙이 작고 쇠잔한 것을 도와 그 도를 두루 완성시킨다. 따라서 오행이 번갈아 왕 노릇하려면 역시 흙을 필요로 한다. 흙은 사계절에 걸쳐 왕 노릇하면서 중앙에 위치한 채 계절의 명칭을 갖지 않는다. 오행이 동시에 일어나 뜻에 맡겨 상생한다는 것을 어떻게 알 수 있을까? 경전의 해설서에 "오행이 나란히 일어나도 각기 명칭으로 구별된다"고 하였다. 양기는 생명을 잉태하고 음기는 생명을 죽이는데도 불 속에 생물이 없고 물 속에 도리어 생물이 있는 것은 어째서일까? 생명체는 안에서 생성되는데 불은 음기가 안에 있기에 생명체가 있을 수 없다. 물과 불은 유독 하나의 종류만 있는데, 쇠와 나무의 경우 품목이 많은 것은 어째서일까? 남쪽(불)과 북쪽(물)은 음기와 양기의 극지인데, 그 극단의 경지에 도달했기에 하나일 뿐이다. 동쪽(나무)과 서쪽(쇠)은 극지가 아니기에 하나의 종류만 있는 것이 아니다. 물과 나무는 먹을 수 있는데 쇠·불·흙을 먹을 수 없는 것은 어째서일까? 나무는 양기이고 양기는 생기를 베풀기에 먹을 수 있다. 불은 음기가 안에 있고, 쇠는 음기가 인색하기에 먹을 수 없다. 불과 물이 사람을 죽일 수 있는 이유는 무엇일까? 물은 기운이 성대하기에 그속에 들어가면 사람이 죽는다. 불은 음기가 안에 있기에 사람을 죽이는 힘이 물보다 강하다. 쇠와 나무는 기운이 미약하기에 자체적으로는 사람을 죽일 수 없다. 불의 경우 그속에 들어갈 수 없는 것은 음기가 안에 있어서이다. 그속으로 들어가면 사람이 죽게 된다. 물과 흙은 양기가 안에 있기에 그속으로 들어갈 수 있다. 쇠와 나무는 기운이 미약하지만 정밀하기에 그속으로 들어갈 수 없다. 물과 불은 사람의 힘을 들여도 사용할 물품으로 만들 수 없지만, 쇠와 나무는 사람의 힘을 들여 가공할 수 있는 것은 어째서일까? 불은 양기가 성대하고, 물은 음기가 성대한 것이다. 기운이 성대하여 변하지 않기에 사람의 힘을 들여 사람이 쓸거리로 만들 수 없다. 쇠와 나무는 스스로 완성되지 않기에 반드시 사람이 힘을 들여 쓸거리로 만든다. 오행의 성질상 불은 뜨겁고 물은 차가운데, 뜨거운 물이 있고 차가운 불이 있는 것은 어째서일까? 신하가 군주가 될 수는 있어도 군주가 다시 신하가 될 수 없다는 이치를 밝히는 것이다. 오행이 항상 존재하는데 불이 갑자기 없어지는 것은 어째서일까? 물은 태음으로서 형벌을 주재하는 것이기에 늘 존재한다. 쇠는 소음이고 나무는 소양인데 기운이 미약하면서 변함이 없기에 역시 늘 존재한다. 불은 태양으로서 정채로워 군주의 형상이기에 존귀한 상징성이 늘 숨어 있으니, 이는 천자가 구중궁궐에 있고 신하가 그를 보위하는 것과 같다. 나무에서 품고 있는 것은 어진 덕에 의존한다. 물에서 쇠가 생산되지만 반드시 사람이 이를 손에 넣어야 완성품이 되는데, 음기이고 비천하여 스스로 완성품이 될 수는 없다. 나무는 물에 뜨는데 쇠는 물에 가라앉는 것은 어째서일까? 자식이 어미에게서 태어난다는 뜻이다. 간은 물에 가라앉는데 허파는 물에 뜨는 것은 어째서일까? 지각이 있는 것이 어미를 존중하기 때문이다. 일설에 의하면 나무가 쇠를 두려워하고 쇠가 경일을 아내로 삼아 경일의 교화를 받는데, 나무는 뿌리를 본받으면서도 유약하여 구부러졌다 곧았다 할 수 있기에 물에 뜰 수 있고, 간은 그 교화를 본받아 곧기에 가라앉는다고도 한다. 오행 모두 같은 이치로 운행한다.

◇오행과 인간사의 관계에 대해 논하다

●天子所以內明而外昧, 人所以外明而內昧, 何? 明天人欲相嚮而治也. 行有五, 時有四, 何? 四時爲時, 五行爲節. 故木王, 卽謂之春, 金王, 卽謂之秋, 土尊不任職, 君不居部, 故時有四也. 子不肯禪, 何法? 法四時火不興土而興金也. 父死子繼, 何法? 法木終火王也. 兄死弟及, 何法? 法夏之承春也. 善善及子孫, 何法? 法春生待夏復長也. 惡惡止其身, 何法? 法秋煞不待冬也. 主幼臣攝政, 何法? 法土用事於季孟之間也. 子之復讎, 何法? 法土勝水, 水勝火也. 子順父, 臣順君, 妻順夫, 何法? 法地順天也. 男不離父母, 何法? 法火不離木也. 女離父母, 何法? 法水流去金也. 娶妻親迎, 何法? 法日入, 陽下陰也. 君讓臣, 何法? 法月三十日, 名其功也. 善稱君, 過稱己, 何法? 法陰陽共歆共生, 陽名生, 陰名煞. 臣有功, 歸於君, 何法? 法歸明於日也. 臣法君, 何法? 法金正木也. 子諫父, 何法? 法火揉直木也. 臣諫, 君不從則去, 何法? 法水潤下達於土也. 君子遠子近孫, 何法? 法木遠火近土也. 親屬臣諫不相去, 何法? 法水[430]木枝葉不相離也. 父爲子隱, 何法? 法木之藏火也. 子爲父隱, 何法? 法水逃金也. 君有衆民, 何法? 法天有衆星也. 王者賜, 先親近, 後踈遠, 何法? 法天雨, 高者先得之也. 長幼, 何法? 法四時有孟仲季也. 朋友, 何法? 法水合流相承也. 父母生子, 養長子, 何法? 法水生木長大也.

---

430) 水(수) : 《백호통소증》에 의하면 연자衍字이다.

子養父母, 何法? 法夏養長木, 此火養母也. 不以父命廢主命, 何法? 法金不畏土而畏火. 陽舒陰急, 何法? 法日行遲, 月行疾也. 有分土, 無分民, 何法? 法四時各有分, 而所生者通也. (若⁴³¹⁾言東東方天下皆生也.) 君一娶九女, 何法? 法九州, 象天之施也. 不娶同姓, 何法? 法五行異類, 乃相生也. 子喪父母, 何法? 法木不見水, 則憔悴也. 喪三年, 何法? 法三年一閏, 天道終也. 父喪子, 夫喪妻, 何法? 法一歲物有終始, 天氣亦爲之變也. 年六十閉房, 何法? 法六月陽氣衰也. 人有五藏六府⁴³²⁾, 何法? 法五行六合也. 人目, 何法? 法日月明也. 日照晝, 月照夜. 人目所不更照, 何法? 日亦更用事也. 王者監二王⁴³³⁾之後, 何法? 法木須金以正, 須水以潤也. 明王先賞後罰, 何法? 法四時先生後煞也.

○천자는 속으로는 현명해도 겉으로 우매한 듯 보이는 반면, 백성이 겉으로는 현명한 듯해도 속으로 우매한 것은 어째서일까? 천자와 백성이 서로 마주하고서 정사를 펼치고자 한다는 뜻을 밝히는 것이다. 오행이 다섯 가지이고 계절이 네 가지인 것은 어째서일까? 사계절은 시간이고 오행은 조절자이기 때문이다. 그래서 나무가 왕노릇을 하면 이를 봄이라고 하고, 쇠가 왕노릇을 하면 이를 가을이라고 하는데, 흙이 존귀하여 직책을 맡지 않는 것은 군주가 일개 부서만 관장하지 않는 것과 같다. 그래서 계절은 네 가지가 있다. 아들이 왕위를 선양받으려 하지 않는 것은 무엇을 본받은 것일까? 사계절에서 불(여름)이 흙(한여름)을 일으키지

---

431) 若(약) : 이하 예문은 ≪백호통소증≫에 의하면 연자衍字에 해당하기에 이를 따른다.

432) 五藏六府(오장육부) : 사람 몸속의 모든 기관을 아우르는 말인 오장육부五臟六腑의 다른 표기. '오장'은 심장心臟·간장肝臟·비장脾臟·폐장肺臟·신장腎臟을 가리키고, '육부'는 위장胃腸·대장大腸·소장小腸·쓸개(膽)·방광膀胱·삼초三焦를 가리킨다.

433) 二王(이왕) : 하夏나라 우왕禹王과 상商나라 탕왕湯王을 아우르는 말. ≪논어·팔일八佾≫권3에 "주나라는 하夏나라와 은殷나라 두 왕조의 제도를 본받았다(周監於二代)"는 말이 있다.

않고 쇠(가을)를 일으키는 것을 본받는 것이다. 부친이 죽으면 아들이 승계하는 것은 무엇을 본받은 것일까? 나무가 생을 마치면 불이 왕노릇 하는 것을 본받는 것이다. 형이 죽으면 동생이 승계하는 것은 무엇을 본받은 것일까? 여름이 봄을 승계하는 것을 본받는 것이다. 선행을 잘 하면 자손에게까지 미치는 것은 무엇을 본받은 것일까? 봄에 생명을 낳고 여름에 다시 성장시키기를 기다리는 것을 본받는 것이다. 악행을 미워하면 자신에게서 그치는 것은 무엇을 본받은 것일까? 가을에 살기를 띠면서 겨울을 기다리지 않는 것을 본받는 것이다. 군주가 어릴 때 신하가 섭정을 하는 것은 무엇을 본받은 것일까? 흙이 계절(여름)의 끝 (늦여름)과 시작(가을) 사이에서 힘을 발휘하는 것을 본받는 것이다. 자식이 부친을 위해 복수하는 것은 무엇을 본받은 것일까? 흙이 물을 이기고 물이 불을 이기는 것을 본받는 것이다. 자식이 부친에게 순종하고 신하가 군주에게 순종하는 것은 무엇을 본받은 것일까? 땅이 하늘에 순종하는 것을 본받는 것이다. 아들이 결혼해도 부모 곁을 떠나지 않는 것은 무엇을 본받은 것일까? 불이 나무를 떠나지 않는 것을 본받는 것이다. 딸이 결혼해서 부모 곁을 떠나는 것은 무엇을 본받은 것일까? 물이 흘러서 쇠를 떠나는 것을 본받는 것이다. 아내를 취할 때 직접 맞이하는 것은 무엇을 본받은 것일까? 해가 지면 양기가 음기 아래로 들어가는 것을 본받는 것이다. 군주가 신하에게 양보하는 것은 무엇을 본받은 것일까? 한달이 30일인데 그 기능에 대해 명명하는 것을 본받는 것이다. 좋은 일이 있을 때는 군주를 칭송하고 허물이 있을 때는 자신을 탓하는 것은 무엇을 본받은 것일까? 음기와 양기가 함께 활동하고 함께 생명을 잉태하면서 양기는 생명을 이름 짓고 음기는 살기를 이름 짓는 것을 본받는 것이다. 신하에게 공로가 있을 때 군주에게 공을 돌리는 것은 무엇을 본받은 것일까? 밝음을 태양으로 돌리는 것을 본받는 것이다. 신하가 군주를 모범으로 삼는 것은 무엇을 본받은 것일까? 쇠가 나무를 바로잡는 것을 본받는 것이다. 자식이 부친에게 간언하는 것은 무엇을 본받은 것일까? 불이 곧은 나무를 휘게 할 수 있다는 것을 본받는 것이다. 신하가 간언하였다가 군주가 따르지 않으면 곁을 떠나는 것은 무엇을 본받은 것일까? 물이 아래로 흘러 흙까지 도달하는 것을 본받는 것이다. 군자가 아들을 멀리하고 손자를 가까이하는 것은 무엇을 본받은 것일까? 나무가 불을 멀리하고 흙을 가까이하는 것을 본받는 것이다. 친척인 신하의 경우 간언하면서도 군주의 곁을 떠나지 않는 것은 무엇을 본받은 것일까? 나무의 가지와 잎이 뿌리를 떠나지 않는 것을 본받는 것이다. 부친이 자식을 위해 은퇴하는 것은 무엇을 본받은 것일까? 나무가 불씨를 감추고 있는 것을 본받는 것이다. 자식이 부친을 위해 은퇴하는 것은 무엇을 본받은 것일까? 물이 쇠를 피하는 것을 본받는 것이다. 군주에게 많은 백성들이 있는 것은 무엇을 본받은 것일까? 하늘에 무수히 많은 별이 있는 것을 본받는 것이다. 왕이 하사품을 내릴 때 가까운 사람에게 먼저 주고 소원한 사람에게 나중에 주는 것은 무엇을 본받은 것일까? 하늘에서 비가 내릴 때 높은 곳에 먼저 내리는 것을 본받는 것이다. 장유의 질서는 무엇을 본받은 것일까? (맹춘·중춘·계춘처럼) 사계절에 초기·중기·후기가 있는 것을 본받는 것이다. 친구 사이의 관계는 무엇을 본받은 것일까? 물이 합쳐져 흐르면서 서로 승계하는 것을 본받는 것이다. 부모가 아들을 낳고서 장남을 잘 돌보는 것은 무엇을 본받은 것일까? 물이 나무를 낳아 잘 키우는 것을 본받는 것이다. 아들이 부모를 봉양하는 것은 무엇을 본받은 것일까? 여름이 자라나는 나무를 돌보는 것을 본받는 것이니, 이는 불(여름)이 자식을 키우는 모친에 해당한다는 말이다. 부친의 명령 때문에 군주의 명령을 폐기하지 않는 것은 무엇을 본받은 것일까? 쇠(아들)가 흙(부친)을 두려워하지 않고 불(군주)을 두려워하는 것을 본받는 것이다. 양기가 득세하면 음기가 다급해지는 것은 무엇을 본받은 것일까? 해는 천천히 운행하고 달은 빠르게 운행하는 것을 본받는 것이다. 분할된 땅은 있어도 분할된 백성이 없는 것은 무엇을 본받은 것일까? 사계절이 각기 나뉘어 있어도 생명을 살리는 일이 계속 이어지는 것을 본받는 것이다. 군주가 한번에 9명의 여인을 아내로 취하는 것은 무엇을 본받은 것일까? 9주가 천문 현상을 본떴다는 것을 본받는 것이다. 성씨가 같은 여인을 아내로 맞이하지 않는 것은 무엇을 본받은 것일까? 오행이 종류가 달라야 비로소 상생할 수 있다는 점을 본받는 것이다. 아들이 부모의 상례를 치르는 것은 무엇을 본받은 것일까? 나무가 물을 만나지 않으면 매말라 죽는다는 것을 본받는 것이다. 3년상을 치르는 것은 무엇을 본받은 것일까? 3년에 한번 윤달이 있어야 비로소 천도가 끝맺음하는 것을 본받는 것이다. 부친이 아들의 상례를 치르고 남편이 아내의 상례를 치르는 것은 무엇을 본받은 것일까? 1년 동안 만물에 끝과 시작이 있고 천기역시 이로 인해 변하는 것을 본받는 것이다. 나이 60세가 되면 부부가 합방을 하지 않는 것은 무엇을 본받은 것일까? 6월에 양기가 쇠퇴하기 시작하는 것을 본받는 것이다. 사람에게 오장육부가 있는 것은 무엇을 본받은 것일까? 오행과 육합을 본받는 것이다. 사람의 눈은 무엇을 본받은 것일까? 해와 달이 밝은 것을 본받는 것이다. 해는 낮에 빛을 발하고 달은 밤에 빛을 발한다. 사람의 눈이 번갈아가며 빛을 발하지 않는 것은 무엇을 본받은 것일까? 해가 번갈아가며 강력한 힘을 발휘하는 것을 본받는 것이다. (주周나라) 왕이 하夏나라와 은殷나라의 후손을 감독한 것은 무엇을 본받은 것일까? 나무가 쇠가 있어야 바로잡히고 물이 있어야 윤기가 도는 것을 본받은 것이다. 현명한 왕이 상을 앞세우고 벌을 뒤로 미루는 것은 무엇을 본받은 것일까? 사계절이 생명을 우선시하고 살기를 뒤로 미루는 것을 본받은 것이다.

◆三軍(삼군) 10항

◇삼군이란 무슨 말일까?

●國有三軍, 何? 所以戒非常, 伐無道, 尊宗廟, 重社稷, 安不忘危也. 何以言有三軍也? 論語曰, "子行三軍, 則誰與?" 詩云, "周王于邁434), 六師及之." 三軍者, 何法? 法天地人也. 以爲五人爲伍, 五伍爲兩, 四兩爲卒, 五卒爲旅, 五旅爲師, 師二千五百人, 師爲一軍, 六師一萬五千人也. 傳曰435), "一人必死, 十人不能當. 百人必死, 千人不能當. 千人必死, 萬人不能當. 萬人必死, 橫行天下." 雖有萬人, 猶謙讓自以爲不足, 故復加五千人, 因法月數. 月者, 群陰之長也. 十二(月436))足以窮盡陰陽, 備物成功, (萬437))二千人, 亦足以征伐不義, 致太平也. 穀梁傳曰438), "天子有六軍, 諸侯上國439)三軍, 次國二軍, 下國一軍." 諸侯所以一軍者, 何? 諸侯蕃屛之臣也, 任兵革之重, 距一方之難, 故得有一軍.

○나라에 삼군이 있는 것은 어째서일까? 비상사태에 대비하고 무도한 자를 토벌하고 종묘를 존귀케 하고 사직을 중시하여 안전할 때 위급한 일을 잊지 않기 위해서이다. 어째서 삼군이 있다고 말하는 것일까? 《논어·술이述而》권7에 "선생님께서는 삼군을 움직이시면 누구와 함께 하시겠습니까?"라고 하였고, 《시경·대아大雅·역박棫樸》권23에 "주나라 문왕文王이 출병하자 '육사'가 뒤를 따랐네"라고 하였다. 삼군은 무엇을 본받은 것일까? 하

---

434) 于邁(우매) : 출병하다, 출동하다. '우于'는 '왕往'의 뜻이고, '매邁'는 '행行'의 뜻이다.

435) 曰(왈) : 위의 예문은 현전하는 경전 해설서에 보이지 않는다. 대신 유사한 내용이 전한 유향劉向(약 B.C.77-B.C.6)의 《설원說苑·지무指武》권15에 전한다.

436) 月(월) : 《백호통소증》에 의하면 이 글자가 누락되었기에 첨기한다.

437) 萬(만) : 《백호통소증》에 의하면 이 글자가 누락되었기에 첨기한다.

438) 曰(왈) : 아래 예문은 현전하는 《곡량전》에 실리지 않은 것으로 보아 일문逸文인 듯하다.

439) 上國(상국) : 춘추시대 때 중원中原에 위치한 제후국이나 규모가 큰 제후국을 높여 부르는 말.

늘·땅·사람을 본받은 것이다. 5명을 '오'라고 하고, 5오를 '양'
(25명)이라고 하고, 4양을 '졸'(100명)이라고 하고, 5졸을 '여'(50
0명)라고 하고, 5여를 '사'라고 하기에 '사'는 2,500명에 해당한
다. 1사를 1'군'이라고 하기에 6사는 15,000명이 된다. 경전의
해설서에 "한 명이 반드시 죽고자 한다면 열 명도 당할 수가 없
다. 백 명이 반드시 죽고자 한다면 천 명도 당할 수가 없다. 천
명이 반드시 죽고자 한다면 만 명도 당할 수가 없다. 만 명이 반
드시 죽고자 한다면 천하를 마음대로 할 수가 있다"고 하였다.
비록 만 명이 있다고 하더라도 겸양의 태도가 스스로 부족하다
고 생각하기에 다시 5,000명을 보태는 것은 12개월의 수치를 따
르는 것이다. '월'은 여러 음수의 수장이다. 12개월은 음양의 수
치를 다 충족하여 사물이 공을 이루는 것을 완비하기에 충분하
고, 12,500명 역시 불의한 이들을 정벌하여 태평성대를 이루기
에 충분하다. ≪곡량전≫에 "천자는 6군을 거느리고, 제후국 가
운데 상국은 3군을 거느리고, 다음으로 큰 제후국은 2군을 거느
리고, 하국은 1군을 거느린다"고 하였다. 제후가 1군을 거느리는
것은 어째서일까? 제후는 천자를 보위하는 신하로서 군대라는
중임을 맡고 한 방면의 난국을 통제하기에 1군을 거느릴 수 있
는 것이다.

◇천자가 정벌할 때의 복장에 대해 논하다

●王者征伐, 所以必皮弁素幘[440], 何? 伐者凶事, 素服示有悽愴也.
伐者質, 故去古服. 禮曰, "三王共皮弁素幘." 服亦皮(弁[441])素幘.
又招虞人[442]亦皮弁, 知伐亦皮(弁).

---

440) 素幘(소책) : 흰 명주로 만든 두건을 이르는 말. 그러나 현전하는 ≪예기·교특
생郊特牲≫권26에는 허리 부위에 주름이 있는 명주로 만든 흰 치마를 뜻하는
말인 '소적素積'으로 되어 있다. '소적素績'이라고도 한다.
441) 弁(변) : 문맥상 이 글자가 누락되었기에 첨기한다. ≪백호통소증≫에도 이 글자
가 실려 있다. 아래의 예문도 마찬가지이다.

○천자가 정벌에 나설 때 반드시 가죽 고깔과 흰 두건을 착용하는 것은 어째서일까? 정벌이란 흉한 일이기에 소복을 입어 슬픔을 안고 있다는 것을 밝히는 것이다. 또 정벌하는 이는 질박한 태도를 취하기에 옛 복장을 걸친다. ≪예기・교특생郊特牲≫권26에서 "하夏나라 우왕禹王・상商나라 탕왕湯王・주周나라 무왕武王은 모두 가죽 고깔과 흰 두건을 착용하였다"고 하였을 때의 복장 역시 가죽 고깔과 흰 두건이다. 또 사냥터 관리인을 부를 때도 가죽 고깔을 쓰는 것으로 보아 정벌에 나설 때도 가죽 고깔을 쓴다는 것을 알 수 있다.

◇천제와 조상에게 고하는 의미에 대해 논하다

●王者將出, 辭於禰[443], 還格祖禰者, 言子辭面之禮, 尊親之義也. 王制曰, "王者將出, 類[444]于上帝, 宜于社, 造于禰." 尙書曰, "歸假[445]于藝祖[446]." 出, 所以告天, (何[447])? 至[448]告祖無二元后[449]廟後告者, 示不敢留尊者之命也. 告天, 何? 示不敢自專, 非出辭反面之道也. 與宗廟異義. 還不復告天者, 天道質無內外, 故不復告也. 尙書言, "歸假于祖禰," 不見告於天, 知不告也.

○천자가 출정하려고 할 때 부친의 사당에서 아뢰고 다시 조상의 사당을 찾는 것은 자식으로서 면전에서 아뢰고자 하는 예법을 말

---

442) 虞人(우인) : 제왕의 산림과 사냥터를 관장하는 벼슬을 이르는 말.

443) 禰(녜) : 부친을 모신 사당을 이르는 말.

444) 類(유) : 천제에게 지내는 제사를 이르는 말. '유禷'와 통용자. 뒤의 '의宜'와 '조造'도 모두 제사 이름을 가리킨다.

445) 歸假(귀가) : 원문에 의하면 귀국하여 조상에게 고하는 일을 뜻하는 말인 '귀격歸格'의 오기이다.

446) 藝祖(예조) : 건국 황제의 시조를 이르는 말. 여기서는 우虞나라 순왕舜王의 조상으로 오제五帝 가운데 두 번째 임금인 고양高陽(전욱顓頊)을 가리킨다.

447) 何(하) : ≪백호통소증≫에 의하면 이 글자가 누락되었기에 첨가한다.

448) 至(지) : 이하 예문에 대해 ≪백호통소증≫에서는 와전이 심하다고 하였으나 일단 여기서는 위의 예문을 따라 해석하기로 한다.

449) 元后(원후) : 황제를 뜻하는 말. '원元'은 크다는 뜻이고, '후后'는 임금을 뜻한다.

하는 것으로 친족을 존경한다는 뜻이다. ≪예기·왕제≫권12에
서는 "천자가 출정하려고 할 때는 천제에게 제사를 지내고 토지
신에게 제사를 지내고 부친의 사당에서 제사를 지낸다"고 하였
고, ≪서경·우서虞書·순전舜典≫권2에서는 "돌아와 조상신에게
고한다"고 하였다. 출정할 때 천제에게 고하는 이유는 무엇일까?
조상에게 고할 때 두 황제를 모신 사당이 없으면 그 뒤에 천제
에게 고하는 것은 존귀한 존재의 명을 감히 유보할 수 없다는
뜻을 보이기 위해서이다. 그렇다면 천제에게 고하는 것은 어째서
일까? 감히 자기 멋대로 하지 않겠다는 것을 보이기 위함인데,
출정할 때 아뢰고 돌아와서도 대면한다는 이치는 아니다. 따라서
종묘에서의 의식과는 뜻이 다르다. 돌아와 다시 천제에게 고하지
않는 것은 천도가 질박하여 안팎을 따지지 않기에 다시 고하지
않는 것이다. ≪서경·우서·순전≫권2에서 "돌아와 조상신에게
고한다"고 하여 천제에게 고한다는 표현을 하지 않은 것을 통해
서도 천제에게 고하지 않는다는 것을 알 수 있다.

◇정벌과 역법의 개정에 대해 논하다

●王者受命, 質家先伐, 文家先正(朔450)), 何? 質家之天命己也使己
也451)誅無道, 今誅得爲王, 故先伐. 文家言天命已成, 爲王者乃得誅
伐王者耳. 故先改正朔也. 又改正朔者, 文代其質也. 文者先其文,
質者先其質. 故論語曰, "予小子452)履453), (敢用玄牡454),) 敢昭告
于皇天上帝." 此湯伐桀告天, 用夏家之法也. 詩云, "命此文王, 于周

---

450) 朔(삭) : 문맥상으로 볼 때 이 글자가 누락되었기에 첨기한다. '정삭'은 정월과
     초하루, 즉 역법曆法을 가리킨다.
451) 質家之天命己也使己也(질가지천명기야사기야) : ≪백호통소증≫에 의하면 '질가
     언천명이사기質家言天命已使己'의 오기이다.
452) 小子(소자) : 어린 사람. 제왕이 자기 자신을 낮추는 말.
453) 履(이) : 상商나라 탕왕湯王의 이름.
454) 敢用玄牡(감용현모) : ≪논어·요왈堯曰≫권20의 원문에 의하면 이 네 글자가
     누락되었기에 첨기한다.

于京." 此言文王誅伐, 故改號爲周, 易邑爲京也. 明天著忠臣孝子之
義也. 湯親北面稱臣而事桀, 不忍相誅也. 禮曰, "湯放桀, 武伐紂,
時也."

○천자가 천명을 받들 때 실질을 중시하는 자가 정벌을 앞세우는
반면 문명을 중시하는 자가 역법의 개정을 앞세우는 것은 어째
서일까? 실질을 중시하는 자는 하늘이 이미 자신에게 무도한 자
를 주살하라고 시켰기에 이제 주살을 통해 왕이 될 수 있다고
본다. 그래서 정벌을 앞세우는 것이다. 문명을 중시하는 자는 천
명이 이미 완성되었기에 왕이 되려는 자가 결국 다른 왕을 정벌
할 수 있다고 말한다. 그래서 먼저 역법을 개정하는 것이다. 또
역법을 개정하는 자는 문명으로 실질을 대신한다. 문명을 중시하
는 자는 자신의 문명을 앞세우고, 실질을 중시하는 자는 자신의
실질적인 행동을 앞세운다. 그래서 ≪논어·요왈堯曰≫권20에
"(상商나라 탕왕湯王이 말했다.) 어린 사람인 나 이履는 감히 검
은 소를 사용하여 천제에게 드러내 놓고 제를 올립니다"라고 하
였다. 이는 (상나라) 탕왕이 (하夏나라) 걸왕을 정벌하면서 천제
에게 고할 때 하나라의 예법을 활용하였다는 말이다. ≪시경·대
아大雅·대명大明≫권23에 보면 "이 문왕에게 명하여 국호를 주
나라로 하고 도읍을 정하게 하였네"라는 구절이 있다. 이는 문왕
이 정벌에 나섰기에 국호를 '주'로 고치고 도읍을 '경'으로 바꾸
었다는 말이다. 이는 하늘이 충신과 효자의 도의를 드러냈다는
것을 밝힌 것이다. 탕왕은 몸소 북쪽을 향한 채 신하를 자칭하고
서 걸왕을 섬겼기에 차마 그를 주살할 수 없었다. 그래서 ≪예기
·예기禮器≫권23에서도 "(상나라) 탕왕이 (하나라) 걸왕을 추방
하고, (주나라) 무왕이 (상나라) 주왕을 정벌한 것은 시의적절한
것이다"라고 한 것이다.

◇천자의 출정에 대해 논하다

●王法天誅者, 天子自出者, 以爲王者乃天之所立, 而欲謀危社稷, 故自出, 重天命也. 犯王法, 使方伯誅之. 尙書曰, "今予惟恭行天之罰." 此所以言啓455)自出伐有扈456)也. 王制曰, "賜之弓矢, 乃得專征伐." 犯王誅者也457).

○왕이 하늘의 뜻을 본받아 징벌에 나서는 것은 천자가 스스로 출정한다는 뜻으로 왕은 어디까지나 하늘이 세운 자이기에 누군가 종묘사직을 위태롭게 만들려고 꾀하려 들면 부러 직접 출정하여 천명을 받든다는 말이다. 국법을 어기면 지방의 수령을 시켜 그를 징벌하기도 한다. ≪서경·하서夏書·감서甘誓≫권6에 "이제 나는 삼가 천벌을 집행하겠노라"고 하였다. 이는 (하夏나라 임금) 계가 스스로 출정하여 유호국을 징벌한 일을 말하기 위함이다. ≪예기·왕제≫권11에서 "그에게 활과 화살을 하사해야 독자적으로 정벌에 나설 수 있다"고 한 것도 국법을 어긴 자를 징벌한다는 말이다.

◇대부 스스로 군대를 통솔하다

●大夫將兵出, 必不御458)者, 欲盛其威, 使士卒一意繫心也. 故但聞將軍令, 不聞君命也. 明進退(在459))大夫也. 春秋傳曰, "此受命于君如460)伐齊, 則還何大其不伐喪461)也? 大夫以君命出, 進退在大

---

455) 啓(계) : 하夏나라 제2대 임금. 우왕禹王의 아들로서 왕위를 계승하였으며, '하후계夏侯啓' '하후개夏侯開'로도 불렸다. 그에 관한 기록은 ≪서경·하서·감서≫권6에 전한다.

456) 有扈(유호) : 하夏나라 때 섬서성에 있었던 제후국 이름.

457) 犯王誅者也(범왕주자야) : ≪백호통소증≫에 의하면 '위주범왕법자야謂誅犯王法者也'의 오기이다.

458) 御(어) : 궁중에서 간섭하는 것을 이르는 말.

459) 在(재) : ≪백호통소증≫에 의하면 이 글자가 누락되었기에 첨기한다.

460) 如(여) : 현전하는 ≪공양전·양공19년≫권20에 의하면 '이而'의 오기이다.

461) 伐喪(벌상) : 상을 당한 자를 정벌하다. 제나라가 국상을 당한 때를 이용하여 공격하는 것을 말한다.

夫也."

○대부가 군대를 거느리고 출동할 때 반드시 궁중에서 간섭해서 안 되는 것은 그의 위세를 드높여 병사들이 한결같은 마음으로 그를 따르게 하고자 위해서이다. 그래서 단지 장군의 명령을 듣지 군주의 명령을 듣지 않는다. 이는 진군과 퇴군이 대부에게 달려 있다는 것을 밝히는 것이다. 그래서 ≪공양전·양공襄公19년≫ 권20에서도 "이는 군주에게서 명령을 받아 제나라를 정벌하는 것인데도 다시 어째서 그가 제나라의 국상을 이용하여 정벌한 것을 칭찬하는 것일까? 대부는 군주의 명령을 받아 출동하기에 진군과 퇴군이 대부에게 달려 있기 때문이다"라고 하였다.

◇종묘에서 장군을 파견하다

●天子遣將軍, 必於廟, 何? 示不敢自專也. 獨於祖廟, 何? 制法度者, 祖也. 王制曰, "受命于祖, 受成462)於學." 此言于祖廟命遣之也.

○천자가 장군을 파견할 때 반드시 종묘에서 하는 것은 어째서일까? 감히 자기 마음대로 하지 않는다는 것을 보이기 위해서이다. 유독 종묘에서 하는 것은 어째서일까? 법도를 제정한 이가 조상이기 때문이다. ≪예기·왕제≫권12에 "조상에게서 명을 받고 학교에서 전술을 가르침 받는다"고 하였는데, 이는 종묘에서 명을 내려 파견한다는 말이다.

◇병역에 대해 논하다

●王法于此受兵, 何? 重不絶人嗣也. 師行不必勝, 故須其有世嗣. 年六十歸兵者, 何? 不忍竝鬪人父子也. 王制曰, "六十不預服戎463)." 又曰, "八十, 一子不從政, 九十, 家不從政. 父母之喪, 三年不從政, 齊衰464)·大功465), 三月不從政, 廢疾非人不養者, 一人不從政."

---

462) 受成(수성) : 잘 짜여진 계획을 받다. 즉 전술을 가르침 받는 것을 말한다.
463) 服戎(복융) : 병역에 복무하는 것을 이르는 말.

○국법상 이곳 종묘에서 무기를 하사받는 것은 어째서일까? 계승할 사람이 끊기지 않는 것을 중시하기 때문이다. 군대가 출동했을 때 반드시 승리하지 않기에 후사가 있어야 한다. 나이 60세일 경우 전쟁터에서 귀가시키는 것은 어째서일까? 차마 부자가 함께 전투에 참여하게 할 수 없기 때문이다. 그래서 ≪예기・왕제≫권13에서도 "예순 살이 되면 병역에 참여하지 않는다"고 하였고, 또 "집에 여든 살 먹은 노인이 있으면 아들 한 명이 정사에 종사하지 않고, 아흔 살 먹은 노인이 있으면 가족이 모두 정사에 종사하지 않는다. 부모님 상을 당하면 3년 동안 정사에 종사하지 않고, 1년 상이나 9개월 상을 당하면 3개월 동안 정사에 종사하지 않으며, 집안에 병자가 있는데 사람이 없어 봉양할 수 없으면 한 사람이 정사에 종사하지 않는다"고 하였다.

◇군대를 출동시킬 때 시기를 넘겨서는 안 된다

●古者師出不踰時者, 爲怨思也. 天道一時生, 一時養. 人者, 天之貴物也, 踰時則內有怨女, 外有曠夫466). 詩云, "昔我往矣, 楊柳依依. 今我來思, 雨雪霏霏467)." 春秋曰, "宋人取長葛468)." 傳曰, "外469) 取邑不書, 此何以書? 久也."

○옛날에 군대를 출동시킬 때 시기를 넘기지 않은 것은 원망을 품는 사람이 생길까 염려해서이다. 천도는 한때 사람을 낳고 한때

---

464) 齊衰(자최) : 다섯 가지 상복, 즉 오복五服인 참최斬衰・자최齊衰・대공大功・소공小功・시마緦麻 가운데 하나로서 조부모나 아내・형제자매 등의 상을 당했을 때 1년 동안 입는 비교적 거친 상복을 이르는 말.

465) 大功(대공) : 오복五服의 하나로 외조부모나 종형제從兄弟 등 가까운 친족의 상을 당했을 때 9개월 동안 입는 상복을 이르는 말. 자최齊衰보다는 곱고 소공小功보다는 거친 삼베로 만든다.

466) 曠夫(광부) : 총각, 홀아비. '광曠'은 '공空'의 뜻.

467) 霏霏(비비) : 비나 눈이 자욱하게 내리는 모양.

468) 長葛(장갈) : 춘추시대 때 하남성에 있던 땅 이름.

469) 外(외) : 춘추시대 때 노魯나라를 제외한 제후국을 가리킨다. ≪춘추경≫이 노나라를 중심으로 기록하였기 때문이다.

사람을 양육한다. 사람은 하늘이 귀하게 여기는 존재이기에 시기를 넘기면 안으로 원망하는 여인이 있게 되고, 밖으로 홀아비가 생기게 된다. 그래서 ≪시경·소아·채미采薇≫권16에도 "옛날에 내가 갈 때는 버들잎 하늘거리더니, 이제 내가 올 때는 눈비가 어지러이 날리는구나"라는 구절이 있다. ≪춘추경≫에서 "송나라 사람이 (하남성) 장갈현을 손에 넣었다"고 하였는데, ≪공양전·은공隱公6년≫권3에 "노魯나라 이외의 제후국이 고을을 손에 넣을 때는 기록으로 남기지 않는데, 여기서는 어째서 기록하였을까? 시간이 너무 오래 걸렸기 때문이다"라고 하였다.

◇3년상을 치를 때도 반란군을 정벌하다

●王者有三年之喪, 夷狄有内侵, 伐之者, 重天誅, 爲宗廟社稷也. 春秋傳470)曰, "天王471)居于狄泉472)." 傳曰, "此未三年, 其稱天王, 何? 著有天子也."

○천자가 3년상을 치르더라도 오랑캐가 내침을 하면 그를 정벌하는 것은 하늘의 징벌을 중시하고 종묘사직을 위해서이다. ≪춘추경≫에 "'천왕'이 (하남성) 적천에 머물렀다"고 하였는데, ≪공양전·소공昭公23년≫권24에 "이제 아직 즉위한 지 채 3년도 되지 않았는데 그가 '천왕'으로 불리는 것은 어째서일까? 천자의 지위를 가지고 있다는 것을 밝히기 위해서이다"라고 하였다.

---

470) 傳(전) : 내용상으로 볼 때 연자衍字에 해당한다.
471) 天王(천왕) : 천자에 대한 경칭. 여기서는 주周나라 경왕景王을 가리킨다.
472) 狄泉(적천) : 주周나라 때 고을 이름. 지금의 하남성 낙양시 일대.

◆誅伐(징벌) 9항

◇징벌할 때 친척을 기피하지 않다

●誅不避親戚, 何? 所以尊君卑臣, 强榦弱枝473), 明善善惡惡之義也. 春秋傳曰, "季子474)殺其母兄475), 何善示476)? 誅不避母兄, 君臣之義." 尙書曰, "肆477)朕誕478)以爾東征." 誅弟也.

○징벌할 때 친척도 피하지 않는 것은 어째서일까? 군주를 존대하고 신하를 하대하며 중앙 권력을 강화하고 지방 세력을 약화시키기 위한 것으로 선한 사람을 우대하고 악한 사람을 미워한다는 뜻을 밝히기 위해서이다. ≪공양전·장공莊公32년≫권9에 "막내 아들이 자신의 형을 죽인 것을 어찌 선한 일이라 하겠는가? 하지만 징벌을 하면서 형을 기피하지 않은 것은 군신간의 도의때문이다"라고 하였다. ≪서경·주서周書·대고大誥≫권12에서 "이제 짐은 대대적으로 그대들을 거느리고 동쪽을 정벌하겠노라"고 한 것은 동생을 징벌하겠다는 말이다.

◇상을 당한 자는 징벌하지 않다

●諸侯有三年之喪, 有罪且不誅, 何? 君子恕己, 哀孝子之思慕, 不忍加刑罰. 春秋曰, "晉士丏479)帥師侵齊, 至穀480), 聞齊侯卒, 乃旋."

---

473) 强榦弱枝(강간약지) : 줄기를 강화시키고 가지를 약화시키다. 즉 중앙 권력을 강화하고 지방 세력을 약화시키는 것을 비유한다.
474) 季子(계자) : 막내 아들. 여기서는 노魯나라 장공莊公의 동생인 공자우公子友를 가리킨다.
475) 母兄(모형) : 동모 형, 즉 형을 뜻한다.
476) 示(시) : 원문에 의하면 '爾'의 오기이다. 아마도 '爾'의 약자인 '尒'와 자형상 유사함으로 인한 필사 과정상의 단순 오기로 보인다.
477) 肆(사) : 지금, 이제. 혹은 마침내.
478) 誕(탄) : 크게, 대규모로. '大'의 뜻. 별뜻이 없는 어조사로 보는 설도 있다.
479) 士丏(사개) : 춘추시대 때 진晉나라 대부大夫 범사개范士丐. 시호가 '선宣'이어서 '범선자范宣子'로도 불렸다.
480) 穀(곡) : 춘추시대 때 제齊나라에 있었던 성 이름. 지금의 산동성 평음현平陰縣 일대.

傳曰, "大其不伐喪也."

○제후가 3년상을 치르게 되면 죄를 지어도 징벌하지 않는 것은 어째서일까? 군자는 용서하는 마음을 품어 효자가 부모를 그리워하는 마음에 동정심을 갖기에 차마 형벌을 가하지 않는 것이다. ≪춘추경≫에 "진나라 범사개范士匄는 군대를 이끌고 제나라를 침공해 (산동성) 곡성에 도착했다가 제나라 군주가 죽었다는 말을 듣자 군대를 돌렸다"고 하였는데, ≪공양전·양공襄公19년≫권20에 "범사개가 상을 당한 제후를 정벌하지 않은 것을 높이 평가한 것이다"라고 하였다.

◇역적을 토벌하는 의의에 대해 논하다

●諸侯之義, 非天子之命, 不得動衆起兵, 誅不義者, 所以强榦弱枝, 尊天子, 卑諸侯. 論語曰, "天下有道, 則禮樂征伐, 自天子出. 天下無道, 則禮樂征伐, 自諸侯出." 世無聖賢, 方伯諸侯有相滅者, 力能救者, 可也. 論語曰, "陳恒[481]弑其君, 孔子沐浴而朝, 請討之." 王者諸侯之子, 簒弑其君而立, 臣下得誅之者, 廣討賊之義也. 春秋傳曰, "臣弑君, 臣不討賊, 非臣也." 又曰, "蔡世子班[482]弑其君, 楚子[483]誅之."

○제후가 도의상 천자의 명령이 없으면 사람들을 동원해 군대를 일으켜서 불의를 저지른 자를 징벌해서 안 되는 것은 중앙 권력을 강화하고 지방 세력을 약화시키며 천자를 존대하고 제후를

---

481) 陳恒(진항) : 춘추시대 제齊나라 때 사람. '항'은 '상常'으로도 쓴다. 시호가 '성成'이어서 '진성자陳成子'로도 불렸고, 진陳과 전田이 동성同姓이기에 '전항田恒' '전성자田成子'로도 불렸다. 간공簡公 때 승상에 올라 간공을 시해하고 간공의 아우 평공平公을 옹립하였는데, 이때부터 제나라는 전씨가 권력을 장악하게 되었다. 그에 관한 기록은 ≪좌전·애공哀公14년≫권59에 상세히 전한다.

482) 班(반) : 현전하는 ≪공양전·양공襄公3년≫권19에는 '반般'으로 되어 있는데 통용자이다.

483) 楚子(초자) : 춘추시대 초나라 군주를 이르는 말. 그러나 현전하는 ≪공양전≫에는 이하 문구가 실리지 않은 것으로 보아 일문逸文인 듯하다.

천대하기 위한 것이다. ≪논어·계씨季氏≫권16에 "천하에 도가 있으면 예악과 정벌은 천자의 손에서 결정되고, 천하에 도가 없으면 예악과 정벌은 제후의 손에서 결정된다"고 하였다. 세상에 성현이 없어 지방 수령이나 제후가 서로 싸우면 능력상 구제할 수 있어도 된다. 그래서 ≪논어·헌문憲問≫권14에 "진항이 자신의 군주인 간공簡公을 시해하자 공자가 목욕재계하고 조알하여 그를 토벌하겠다고 청하였다"는 말이 전한다. 천자나 제후의 아들이 자신의 군주를 시해하고서 즉위했을 때 신하가 그를 징벌할 수 있는 것은 반군을 토벌하는 도의를 폭넓게 본 것이다. 그래서 ≪공양전·은공隱公11년≫권3에 "신하가 군주를 시해했을 때 신하가 반군을 토벌하지 않으면 신하가 아니다"라고 하였고, 또 ≪공양전·양공襄公3년≫권19에 "채나라 세자 반班이 자신의 군주를 시해하자 초나라 군주가 그를 징벌하였다"고 하였다.

◇대역죄인을 징벌하다

● 王者受命而起, 諸侯有臣弑君而立, 當誅君身死, 子不得繼者, 以其逆無所天也. 詩云, "毋封靡484)于爾邦, 惟王485)其崇486)之." 此言追誅大罪也. 或盜天子土地, 自立爲諸侯, 絶之而已.

○천자는 천명을 받아 즉위하지만 제후국에서는 누군가 신하가 군주를 시해하고 즉위하기도 하는데, 주살당한 군주 자신이 사망하였을 때 그 아들이 뒤를 계승하지 못 하는 것은 그가 대역죄를 저질러 하늘의 뜻을 따르지 않아서이다. ≪시경·주송周頌·열문烈文≫권26에 "그대 나라에서 큰 죄를 짓지 않으면, 문왕께서 즉위시켜 줄 것이라"고 하였다. 이는 큰 죄를 지은 사람을 추살할 것이라는 말이다. 혹은 천자의 토지를 훔쳐 스스로 제후에 오

---

484) 封靡(봉미) : 큰 누를 끼치다, 큰 죄를 짓다. '봉封'은 '대大'의 뜻이고, '미靡'는 '누累'의 뜻.
485) 王(왕) : 주周나라 문왕文王을 가리킨다.
486) 崇(숭) : 옹립시키다, 즉위시키다.

르면 그와 절연하면 그만이라는 말이기도 하다.

◇자식을 살해한 부친을 징벌하다

● 父殺其子, 當誅, 何? 以爲天地之性, 人爲貴, 人皆天所生也, 託父
母氣而生耳. 王者以養長而敎之, 故父不得專也. 春秋傳曰, "晉侯殺
世子申生, 不出奔487)."

○부친이 자신의 아들을 살해하면 응당 징벌하는 것은 어째서일
까? 천지간의 본성상 사람이 귀하기에 사람들 모두 하늘이 낳은
존재로서 부모의 기운에 맡겨 태어나게 했을 뿐이라고 보기 때
문이다. 왕이 그를 키우면서 교화시키기에 부친이 마음대로 다루
어서는 안 된다는 것이다. 그래서 ≪공양전·희공僖公5년≫권10
에도 "진나라 군주가 자신의 세자인 신생을 살해하고서 도망치
지 못 했다"는 말이 있다.

◇간교한 인물을 징벌하다

● 佞人當誅, 何? 爲其亂善行, 傾覆國政. 韓詩內傳488), "孔子爲魯司
寇489), 先誅少正卯490), 謂佞道已行, 亂國政也. 佞道未行章明, 遠
之而已." 論語曰, "放鄭聲491), 遠佞人."

○간교한 인물을 징벌하는 것은 어째서일까? 그가 선행을 어지럽

---

487) 不出奔(불출분) : 이 문구는 현전하는 ≪공양전≫에 실리지 않았다. 일문逸文이
거나 오류인 듯한데, ≪백호통소증≫에서는 후자로 간주하였다.

488) 韓詩內傳(한시내전) : 전한 때 한생韓生이 ≪시경≫에 대해 풀이한 책. 총 4권.
송나라 왕응린王應麟(1223-1296)의 ≪한서예문지고증漢書藝文志考證≫권2 참
조. 지금은 실전되고 대신 ≪한시외전韓詩外傳≫ 10권이 전한다.

489) 司寇(사구) : 주周나라 때 추관秋官의 장관으로 형부상서에 해당하던 벼슬인데,
후대에도 형부상서의 별칭으로 사용되었다.

490) 少正卯(소정묘) : 춘추시대 노魯나라 사람. 정사를 어지럽히자 공자가 재상을 대
행하면서 살해하였다고 전한다. ≪사기·공자세가≫권47 참조.

491) 鄭聲(정성) : 음탕한 노래를 비유하는 말. ≪시경·국풍國風·정풍鄭風≫권7에
대해 공자가 일찍이 ≪논어·위령공衛靈公≫권15에서 "정나라 노래를 내치고
간교한 사람을 멀리해야 한다. 정나라 노래는 음탕하고 간교한 사람은 위험하다
(放鄭聲, 遠佞人. 鄭聲淫, 佞人殆)"고 한 말에서 유래하였다.

히고 국정을 문란케 하기 때문이다. 그래서 ≪한시내전≫에서도
"(춘추시대 때) 공자는 노나라에서 사구를 맡아 먼저 소정묘를
주살하면서 간교한 짓거리가 만연해 국정을 어지럽힌다고 생각
하였다. 간교한 짓거리가 아직 확연하게 퍼지지 않았기에 이를
멀리한 것이다"라고 하였고, ≪논어·위령공衛靈公≫권15에서도
"정나라 노래를 내치고 간교한 사람을 멀리해야 한다"고 하였다.

◇복수에 대해 논하다

●子得爲父報讎者, 臣子於君父, 其義一也. 忠臣孝子所以不能已, 以
恩義不可奪也. 故曰, "父之讎, 不與共天下, 兄弟之讎, 不與共國,
朋友之讎, 不與同朝, 族人之讎, 不共鄰." 故春秋傳曰, "子不復讎,
非子." 檀弓492)記, "子夏493)問曰, '居兄弟之讎, 如之何?' '仕不與
同國. 衛君命, 遇之不鬪.'" 父母以義見殺, 子不復讎者, 爲往來494)
不止也. 春秋曰, "父不受誅, 子復讎, 何495)."

○아들이 부친을 위해 복수할 수 있는 것은 신하를 군주와 관련지
어 보았을 때 그 도리가 동일하다고 보기 때문이다. 충신이나 효
자가 복수를 그만둘 수 없는 이유는 은혜나 도의상 그 의지를
빼앗을 수 없기 때문이다. 그래서 "부친의 원수와는 천하에 공존
할 수 없고, 형제의 원수와는 같은 나라에 살 수 없으며, 친구의
원수와는 같은 조정에서 근무할 수 없고, 친족의 원수와는 함께
이웃해서 살 수 없다"고 하는 것이다. 그래서 ≪공양전·은공隱
公11년≫권3에서도 "자식으로서 복수하지 않으면 자식이 아니
다"라고 하였고, ≪예기·단궁상≫권7에 "(춘추시대 노나라) 자하

---

492) 檀弓(단궁) : ≪예기禮記≫의 한 편명. 상편과 하편으로 나뉘어 있다.
493) 子夏(자하) : 춘추시대 노魯나라 공자의 제자인 복상卜商(B.C.507-?). '자하'는
　　자. 문학에 뛰어난 것으로 알려졌다. ≪사기·중니제자열전仲尼弟子列傳≫권67
　　참조.
494) 往來(왕래) : 여기서는 쌍방이 대를 이어가며 계속해서 복수를 대물림하는 것을
　　말한다.
495) 何(하) : 원전에 의하면 '가可'의 오기이다.

(복상卜商)가 '형제의 원수와 함께 살게 되면 어찌해야 합니까?' 라고 묻자 (공자가) '벼슬에 오르면 같은 나라에 살지 않아야 하지만, 군주의 명을 따르게 되면 그를 만나도 싸우지 말아야 하느니라'라고 대답하였다"고 하였다. 한편 부모가 도의상 죽임을 당했을 때 자식이 복수하지 않는 것은 계속해서 복수가 대물림되어 그치지 않기 때문이다. 그래서 ≪공양전·정공定公4년≫권25에서도 "부친이 징벌을 당한 것이 아니라면 자식은 복수해도 괜찮다"고 하였다.

◇여러 가지 징벌에 대해 논하다

●(誅者何謂496)?) 誅猶責也. 誅其人, 責其罪, 極其過惡. 春秋曰, "楚子虎497)誘蔡侯班, 殺之于申498)." 傳曰, "誅君之子不立." 討者何謂? 討猶除也. 欲言臣當掃除君之賊. 春秋曰, "衞人殺州吁于濮499)." 傳曰, "其稱人, 何? 討賊之辭也." 伐者何謂? 伐, 擊也. 欲言伐擊之也. 尙書曰, "武王伐紂." 征者何謂也? 征猶正也. 欲言其正也. 輕重從辭也. (尙書曰) "誕以爾東征." 誅祿甫500)也. 又曰, "甲戌, 我惟征徐戎501)." 戰者何謂? 尙書大傳曰, "戰者, 憚警之也." 春秋讖502)曰, "戰者, 延改503)也." (弑者何謂?) 弑者, 試504)

---

496) 誅者何謂(주자하위) : 문맥상 이 네 글자가 있어야 자연스럽기에 ≪백호통소증≫에 근거해 첨기한다. 아래 괄호 안의 문장도 이를 따른다.

497) 虎(호) : ≪공양전·소공昭公11년≫권22에 의하면 '건虔'의 오기이다. 자형의 유사성으로 인한 필사 과정상의 단순 오기로 보인다.

498) 申(신) : 지금의 하남성 남양현南陽縣 일대에 있었던 춘추시대 제후국 이름. 성은 강姜이고 작위는 후작이었는데, 뒤에 초楚나라에게 멸망당했다.

499) 濮(복) : 춘추시대 때 하남성에 있었던 땅 이름.

500) 祿甫(녹보) : 상商나라 마지막 왕인 주왕紂王의 아들 이름. 무경武庚으로도 불렸다. '보甫'는 '보父'로도 쓴다.

501) 徐戎(서융) : 주周나라 때 동이족東夷族 가운데 하나.

502) 春秋讖(춘추참) : ≪춘추경≫과 관련한 참위설讖緯說을 담은 저자 미상의 서책 이름. 오래 전에 실전되고 단문이 당나라 구양순歐陽詢(557-641)의 ≪예문류취藝文類聚≫ 등에 인용되어 전한다.

503) 延改(탄개) : ≪백호통소증≫에 의하면 '탄공延攻'의 오기이다. '탄延'은 '탄誕'과

也. 欲言臣子殺其君父, 不敢卒505), 候間司事, 可稍稍試之. 易曰, "臣弑其君, 子弑其父, 非一朝一夕之故也." 簒者何謂也? 簒猶奪也, 取也. 欲言庶奪嫡, 孼奪宗, 引奪取其位. 春秋傳曰, "其(言)入, 何? 簒辭也." 稍稍殺之. 襲者何謂也? 行不假途, 掩人不備也. 春秋傳曰, "其謂之秦, 何? 夷狄之也. 曷爲夷狄之? 秦伯將襲鄭." 入國, 掩人不備, 行不假途, 人銜枚506), 馬繮勒507), 晝伏夜行爲襲也. 諸侯家國, 入人家, 宜告主人, 所以尊敬, 防幷兼也. 春秋傳曰, "桓公假途于陳而伐楚." 禮曰, "使次斤508)先假途, 用束帛509)." 卽如是, 諸侯賣王者道, 禮無往不反, 非謂所510)賣者也. 將入人國, 先使大夫執幣假道, 主人亦遣大夫迎於郊, 爲賓主設禮而待之. 是其相尊敬也. 防幷兼, 奈何? 諸侯之行, 必有師旅, 恐掩人不備. 士卒斂取恒遲, 先假途, 則預備之矣.

○'주주誅'란 무슨 말일까? '주'는 질책한다는 뜻으로 그 사람을 질책하고 죄를 따져물어 그의 죄악을 다 밝힌다는 말이다. 그래서 ≪춘추경≫에 "초나라 군주 건건虔이 채나라 군주 반班을 유인하여 (하남성) 신 땅에서 죽였다"고 하였는데, ≪공양전 · 소공昭公11년≫권22에 "주살당한 군주의 아들은 옹립하지 않는다는 뜻이다"라고 하였다. '토討'란 무슨 말일까? '토'는 제거한다는 뜻으로 신하가 군주를 해친 자를 제거한다는 것을 말하려는 것이다. 그래서 ≪춘추경≫에 "위나라 사람이 (하남성) 복읍에서 주우를 죽

통용자.

504) 試(시) : 죽이다, 시해하다. '시弑'와 통용자.

505) 卒(졸) : 서두르다. '급急'의 뜻.

506) 銜枚(함매) : 하무를 입에 물다. 군대가 행군할 때 떠들지 못 하도록 입에 나무 막대기를 물리는 것을 말한다.

507) 繮勒(강륵) : 고삐를 조이다. 말이 울음소리를 내지 못 하게 하는 것을 말한다.

508) 次斤(차근) : 현전하는 ≪의례儀禮 · 빙례聘禮≫권8의 원문에 의하면 사士가 맡는 사신 신분을 뜻하는 말인 '차개次介'의 오기이다. 대부大夫가 맡는 사신 신분은 '상개上介'라고 하고, 수행원들은 '중개衆介'라고 한다.

509) 束帛(속백) : 다섯 필을 한 묶음으로 묶은 비단 예물을 이르는 말.

510) 謂所(위소) : ≪백호통소증≫에 의하면 '소위所謂'의 오기이다.

였다"고 하였는데, ≪공양전·은공隱公4년≫권2에 "그를 '사람'이라고 칭한 것은 어째서일까? 반군을 토벌했다는 말이다"라고 하였다. '벌伐'이란 무슨 말일까? '벌'은 친다는 뜻으로 그를 공격한다고 말하려는 것이다. 그래서 ≪서경·주서周書·태서泰誓≫권10에 "(주周나라) 무왕이 (은殷나라) 주왕을 공격하였다"고 하였다. '정征'이란 무슨 말일까? '정'은 바로잡는다는 뜻으로 그가 바로잡았다는 것을 말하려는 것이다. 징벌의 경중은 내뱉은 말을 따르기 마련이다. ≪서경·주서周書·대고大誥≫권12에서 "대대적으로 그대들을 거느리고 동쪽을 정벌하겠노라"고 한 것은 (상商나라 주왕紂王의 아들인) 녹보를 징벌했다는 말이다. 또 (≪서경·주서·비서費誓≫권19에서는) "갑술일에 나는 서융을 정벌하겠노라"고도 하였다. '전戰'이란 무슨 말일까? ≪상서대전≫권1에서는 "'전'은 상대를 두려워하고 경계한다는 뜻이다"라고 하였고, ≪춘추참≫에서는 "'전'은 대대적으로 공격한다는 뜻이다"라고 하였다. '시弑'란 무슨 말일까? '시'는 죽인다는 뜻으로 신하가 군주를 죽일 때는 감히 서두르지 않고 틈을 엿보며 일을 살피다가 천천히 그를 죽여도 된다고 말하려는 것이다. ≪역경·곤괘坤卦≫권1에 "신하가 자신의 군주를 시해하고 아들이 자신의 부친을 시해하는 것은 하루 아침에 생긴 이유 때문이 아니다"라고 하였다. '찬簒'이란 무슨 말일까? '찬'은 빼앗다, 취하다란 뜻으로 서자가 적자의 권한을 찬탈하고, 얼자가 장자의 권한을 빼앗아 그의 지위를 탈취하는 것이라고 말하려는 것이다. ≪공양전·장공莊公6년≫권6에 "'들어간다'고 말한 것은 어째서일까? 찬탈한다는 말이다"라고 하였다. 즉 천천히 죽인다는 말이다. '습襲'이란 무슨 말일까? 노정에 오를 때 길을 빌리지 않거나 사람을 숨겨 대비하지 못 하게 하는 것이다. ≪공양전·희공僖公33년≫권12에 "그들을 '진秦'이라고 부른 것은 어째서일까? 그들을 오랑캐로 간주한 것이다. 어째서 그들을 오랑캐로 간주한 것일까? 진나라 군주가 정나라를 습격하려고 했기 때문이다"라고 하였다. 그 나라를 침입할 때는 사람을 숨겨 대비하지 못 하게 하고, 노정에 오르면서 길을 빌리지 않는다. 사람들은 하무를 입에 물어 소리를 내지 않게 하고 말은 고삐를 조여 울음소리를 내지 못 하게 하고서 낮에는 숨었다가 밤에 행군하는 것이 습격이다. 제후는 나라를 집으로 간주하는데, 남의 집에 들어갈 때 의당 주인에게 알리는 것은 상대방에게 존경의 뜻을 표하고 합병을 막기 위한 것이다. 그래서 ≪공양전·희공僖公4년≫권10에서는 "(제나라) 환공은 진나라에서 길을 빌려 초나라를 정벌하였다"고 하였고, ≪의례·빙례聘禮≫권8에서는 "차개次介를 시켜 먼저 길을 빌리게 하면서 비단 예물을 활용한다"고 하였다. 만약 이와 같다면 제후가 천자에게 길을 파는 격이지만, 예의상 출정하면 반드시 되돌아오기 마련이므로 이른바 '판다'는 말과는 다르다. 남의 나라에 들어서게 되면 먼저 대부를 시켜 폐백을 들고서 길을 빌리게 하고, 주인 역시 대부를 시켜 교외에서 마중하면서 손님과 주인의 입장이 되어 예법을 갖춰 그를 기다린다. 이는 상대방을 존중하기 때문이다. 합병을 막으려면 어찌해야 할까? 제후는 출정하면 반드시 군대를 갖추면서도 사람을 숨겨 대비하지 못 할까 두려워한다. 병사들을 모으는 것은 늘 오래 걸리기에 먼저 길을 빌리게 되면 미리 대비할 수 있을 것이다.

◇동지 때는 군대를 휴식시키다

●冬至所以休兵不擧事, 閉關, 商旅不行, 何? 此日陽氣微弱, 王者承天理物, 故率天下靜, 不復行役, 扶助微氣, 成萬物也. 故孝經讖[511]曰, "夏至陰氣始動, 冬至陽氣始萌." 易曰, "先王以至日[512]閉關,

---

511) 孝經讖(효경참) : ≪효경≫에 관한 참위설讖緯說을 담은 저자 미상의 책. 원서는 오래 전에 실전되고 단문이 ≪백호통의≫ 등에 인용되어 전한다.
512) 至日(지일) : 하지나 동지를 이르는 말. 여기서는 후자를 가리킨다.

商旅不行." 夏至陰始起, 反大熱, 何? 陰氣始起, 陽氣推而上, 故大
熱也. 冬至陽始起, 陰氣推而上, 故大寒也.

○동지 때 군대를 쉬게 하여 일을 벌이지 않고 관문을 닫아 상인
들이 다니지 못 하게 하는 이유는 무엇일까? 이 날은 양기가 미
약한데 천자가 하늘의 뜻을 본받아 만물을 다스리기에 대개 천
하가 조용하니 더 이상 행역에 나서지 않음으로써 미약한 양기
를 도와 만물을 완성하는 것이다. 그래서 ≪효경참≫에 "하지에
음기가 움직이기 시작하고, 동지에 양기가 움트기 시작한다"고
하였고, ≪역경·복괘復卦≫권5에 "선왕은 동지에 관문을 닫아
상인들이 다니지 못 하게 하였다"고 말이 있다. 하지에 음기가
일어나기 시작하는데 도리어 무척 더운 것은 어째서일까? 음기
가 일어나기 시작하면 양기가 밀고 올라오기에 무척 더운 것이
고, 동지에 양기가 일어나기 시작하면 음기가 밀고 올라오기에
무척 추운 것이다.

◆諫諍(간쟁) 8항

◇간쟁의 의미에 대해 논하다

●臣所以有諫君之義, 何? 盡忠納誠也. (論語曰513),) "愛之, 能無勞乎? 忠焉, 能無誨乎?" 孝經曰, "天子有諍臣七人, 雖無道, 不失其天下. 諸侯有諍臣五人, 雖無道, 不失其國. 大夫有諍臣三人, 雖無道, 不失其家. 士有諍友, 則身不離於令名. 父有諍子, 則身不陷於不義." 天子置左輔・右弼・前疑・後丞, 以順. 左輔主修政, 刺不法. 右弼主糾周言514)失傾. 前疑主糾度定德經. 後丞主匡正常, 考變天515). 四弼興道, 率主行仁. 夫陽變於七, 以三成, 故建三公, 序四諍, 列七人. 雖無道, 不失天下, 仗羣賢也.

○신하가 군주에게 간쟁하는 도의를 갖춰야 이유는 무엇일까? 충성을 다해 진실된 말을 바치기 위해서이다. ≪논어・헌문憲問≫ 권14에서는 "사랑하면서 위로하지 않을 수 있겠는가? 충성을 바치면서 간언하지 않을 수 있겠는가?"라고 하였고, ≪효경・간쟁장諫諍章≫권7에서는 "천자에게 간쟁하는 신하가 7명만 있다면 비록 무도하다 하더라도 천하를 잃지 않는다. 제후에게 간쟁하는 신하가 5명만 있다면 비록 무도하다 하더라도 나라를 잃지 않는다. 대부에게 간쟁하는 신하가 3명만 있다면 비록 무도하다 하더라도 가문을 잃지 않는다. 사에게 간쟁하는 친구가 있다면 그 자신은 명예를 잃지 않는다. 부친에게 간쟁하는 아들이 있다면 그 자신은 불의에 빠지지 않는다"고 하였다. 천자는 좌보・우필・전의・후승 등 네 명의 보필자를 두어 그의 말을 따른다. '좌보'는 정사를 닦는 일을 주재하고 불법을 저지르는 자를 탄핵한다. '우

---

513) 論語曰(논어왈) : ≪백호통소증≫에 의하면 이 세 글자가 누락되었기에 첨기한다. 아래 괄호 안의 문구도 이를 따른다.

514) 周言(주언) : ≪백호통소증≫에서는 '해害言'의 오기로 보기도 하였다.

515) 變天(변천) : ≪백호통소증≫에 의하면 '변실變失'의 오기이다. 자형의 유사성으로 인한 필사 과정상의 단순 오기로 보인다.

필'은 주도면밀한 말을 잃는 것을 규탄하는 일을 주재한다. '전의'는 도덕을 담은 경전을 책정하는 일을 살피는 것을 주재한다. '후승'은 정상이 되도록 바로잡고 변고를 살피는 일을 주재한다. 따라서 네 명의 보필자는 도를 일으키기에 대개 인을 실행하는 일을 주재한다. 무릇 양기는 7에서 변화를 일으키고 3으로 완성되기에 삼공을 세우고 네 명의 간쟁하는 신하를 배치함으로써 7명을 배열하는 것이다. 비록 무도하다 하더라도 천하를 잃지 않으려면 여러 현자에게 의지해야 한다.

◇세 차례 간언하고서 쫓겨나기를 기다리다

● 諸侯諫諍, 不從得去, 何? 以屈尊申卑, 孤惡君也. 去曰, "某質性頑鈍, 言愚不任用, 請退避賢." 如是之是[516]待以禮, 臣待放, 如不以禮待, 遂去. 君待之以禮, 奈何? 曰, "予熟思夫子[517]言, 未得其道, 今子不且留. 聖王之制, 無塞賢之路, 夫子欲何之?"則遣大夫送至於郊. 必三諫者, 何? 以爲得君臣之義. 必待於郊者, 忠厚之至也. 冀君覺悟能用之. 所以必三年, 古者臣下有大喪, 君三年不呼其門, 所以復君恩. 今己所言, 不合於禮義, 君欲罪之, 可得也. 援神契曰, "三諫, 待放復三年, 盡惓惓[518]也." 所以言放者, 臣爲君諱, 若言有罪放之也. 所諫事已行者, 遂去不留. 凡待放, 冀君用其言耳. 事已行, 篡各去[519], 無爲留也. 易曰, "介如[520]石, 不終日, 貞吉." 論語曰, "三日不朝, 孔子行." 臣待於郊者, 君(不[521])絶其祿者, 示不欲去也. 道不合耳. 祿參二[522]與之, 一留與其妻長子, 使終祭宗廟. 賜之環則

---

516) 之是(지시) : 《백호통소증》에 의하면 '군君'의 오기이다.
517) 夫子(부자) : 스승이나 장자長者·고관·부친·남편 등에 대한 존칭. 춘추시대 노魯나라 공자의 제자들이 공자를 '부자'라고 부른 것이 대표적인 예이다.
518) 惓惓(권권) : 간절한 모양, 충정어린 모양.
519) 篡各去(찬각거) : 《백호통소증》에 의하면 '재구장지災咎將至'의 오기이다.
520) 如(여) : 현전하는 《역경·예괘豫卦》권4의 원문에 의하면 '우于'의 오기이다.
521) 不(불) : 문맥상으로 볼 때 이 글자가 누락되었기에 첨기한다. 《백호통소증》에서도 이 글자가 누락된 것으로 보았다.

反, 賜之玦523)則去, 明君子重恥也. 王度記曰, "反之以玦524). 其不525)待放者, 亦與之物, 明有介主526), 無介民也." 詩曰, "逝將去汝, 適彼樂土." 或曰, "天子之臣, 不得言放." 天子以天下爲家也. 親屬諫不得放者, 骨肉無相去離之義也. 春秋傳曰, "司馬子反527)曰, '君請處乎此, 臣請歸.'" 子反者, 楚公子也, 時不待放.

○제후가 간쟁했을 때 천자가 따르지 않으면 떠나도 되는 것은 어째서일까? 존귀한 군주를 굴복시키고 비천한 신하의 뜻을 펼쳐 사악한 군주를 외롭게 만들기 위해서이다. 그래서 떠날 때는 "저는 성격이 완고하고 아둔하며 말이 어리석어 기용하기 부족하니 청컨대 물러나 현자에게 양보하겠나이다"라고 말한다. 만약 군주가 예의를 갖춰 대우하면 신하는 쫓겨날 때까지 기다리고, 만약 예의를 갖춰 대우하지 않으면 급기야 곁을 떠나는 법이다. 군주가 예의를 갖춰 대우하고자 할 때는 어찌해야 할까? "나는 선생의 말씀을 깊이 생각해 보았지만 아직 그 이치를 알지 못 하겠으니 이제 선생은 머물지 말도록 하시오. 성왕의 제도상 현자의 앞길을 막아서는 안 된다고 하니 선생은 어디로 가시고 싶으시오?"라고 말하고 나서 대부를 시켜 교외까지 배웅한다. 반드시 세 차례 간언하는 것은 어째서일까? 군신간의 도의를 지키는 것이기 때문이다. 반드시 교외에서 기다리는 것은 충후한 도리를

---

522) 參二(삼이) : ≪백호통소증≫에는 '삼분지이參分之二'로 되어 있어 문맥이 보다 분명하다.

523) 玦(결) : 장식용 패옥佩玉 가운데 하나. 동그란 고리 모양의 패옥을 '환環'이라고 하고, 한쪽 귀퉁이가 트인 패옥을 '결玦'이라고 한다.

524) 玦(결) : 문맥상으로 볼 때 '환環'의 오기이다. ≪백호통소증≫에서도 '환'의 오기로 보았다.

525) 不(불) : 문맥상으로 볼 때 연자衍字인 듯하다.

526) 介主(개주) : ≪백호통소증≫에 의하면 '분토分土'의 오기이다. 자형의 유사성으로 인한 필사 과정상의 단순 오기로 보인다. 뒤의 '개민介民'의 '개介'도 마찬가지이다.

527) 子反(자반) : 춘추시대 초楚나라 공자측公子側의 자. 사마司馬를 지냈기에 '사마자반'으로 불렸다.

다 발휘하기 위해서이다. 다시 말해 군주가 깨우침을 언어 자신을 기용할 수 있기를 바라는 것이다. 3년의 기간이 필요한 이유는 옛날에 신하가 중요한 상을 당하면 군주는 3년 동안 그의 가문 사람을 부르지 않는데, 이는 군주의 은혜를 회복하기 위해서이다. 이제 신하 자신이 한 말이 예의에 합치하지 않으면 군주는 그의 죄를 물어도 된다. ≪원신계≫에 "세 차례 간언하고 쫓겨나기를 기다렸다가 다시 3년을 기다리는 것은 충심을 다한다는 뜻이다"라고 하였다. 쫓겨난다고 말하는 이유는 신하가 군주를 위해 기피하는 뜻으로 죄를 지어 쫓겨난다고 말하는 것과 같은 이치이다. 간언한 일이 시행되고 나면 결국 곁을 떠나면서 머물지 않는다. 무릇 쫓겨나기를 기다린다는 것은 군주가 자신의 말을 기용하기를 바라는 것일 뿐이다. 일이 이미 시행되었는데도 재앙이 닥치면 머물지 말아야 한다. ≪역경·예괘豫卦≫권4에 "돌 틈에 끼듯이 하루종일 방치되지 않으면 점괘가 길하다"고 하였고, ≪논어·미자微子≫권18에 "(간언이 받아들여지지 않자) 사흘 동안 조정에 출근하지 않더니 공자가 노나라를 떠났다"고 하였다. 신하가 교외에게 기다리는데도 군주가 그의 봉록을 끊지 않는 것은 그가 떠나기를 바라지 않는다는 것을 보이기 위해서이다. 즉 도의상 합당하지 않은 것이다. 봉록의 3분의 2는 그에게 주고, 3분의 1은 그의 아내와 장남에게 주어 종묘에서 제사를 마치게 한다. 그에게 동그란 옥팔찌를 내리는 것은 곧 돌아오라는 뜻이고, 그에게 한쪽이 트인 옥팔찌를 내리는 것은 곧 떠나라는 뜻으로서 군자는 수치를 중요시한다는 것을 밝히기 위해서이다. ≪예기·왕도기≫에 "돌아오라고 할 때는 동그란 옥팔찌를 사용한다. 쫓겨나기를 기다리는 사람에게도 예물을 주는 것은 땅을 나눌 수는 있어도 백성을 나눌 수는 없다는 것을 밝히기 위해서이다"라고 하였다. 그래서 ≪시경·위풍魏風·석서碩鼠≫권9에 "가리라! 장차 그대를 떠나 저 낙원으로 가리라"라는 구절이 있다.

혹자는 "천자의 신하는 추방에 대해 언급해서 안 된다"고 하였다. 천자가 천하를 집으로 여기기 때문이다. 친지가 간언해도 추방하지 않는 것은 골육지간에는 서로 떨어지지 않는다는 의리를 나타내기 위해서이다. ≪공양전·선공宣公15년≫권16에 "(춘추 시대 초楚나라에서) 사마를 맡고 있던 자반(공자측公子側)이 '군주께서는 이곳에 머무시옵소서. 신은 돌아가겠나이다'라고 말했다"고 하였다. 자반은 초나라 공자이기에 당시 쫓겨나기를 기다리지 않은 것이다.

◇사士는 간언을 할 수 없다

●士不得諫者, 士賤不得預政事. 故不得諫也. 謀及之, 得固盡其忠耳. 禮保傳528), "大夫進諫, 士傳民語."

○사가 간언할 수 없는 것은 사가 신분이 비천하여 정사에 참여할 수 없기 때문이다. 그래서 간언할 수 없는 것이다. 도모할 기회가 찾아오면 확실하게 충언을 다 아뢰기만 하면 된다. ≪대대예기·보부≫권3에 "대부는 간언을 올리고, 사는 백성들의 말을 전한다"고 하였다.

◇아내가 남편에게 간언하다

●妻得諫夫者, 夫婦榮恥共之. 詩云, "相529)鼠有體, 人而無禮. 人而無禮, 胡不遄死?" 此妻諫夫之詩也. 諫不從, 不得去之者, 本娶妻非爲諫正也. 故一與齊, 終身不改, 此地無去天之義也.

○아내가 남편에게 간언할 수 있는 것은 부부가 명예와 수치를 공유하기 때문이다. ≪시경·용풍鄘風·상서相鼠≫권4에 "쥐새끼를 살펴보아도 몸통이 남아 있거늘, 사람으로서 도리어 예의가 없습

---

528) 保傳(보부) : 이는 ≪소대예기小戴禮記≫가 아니라 ≪대대예기大戴禮記≫의 편명을 가리킨다.
529) 相(상) : 보다, 살피다. '시視'의 뜻.

니다. 사람으로서 예의가 없다면, 어찌 금세 죽지 않을 수 있겠습니까?"라고 하였는데, 이는 아내가 남편에게 간언한 것을 읊은 시이다. 간언해서 따르지 않아도 그의 곁을 떠날 수 없는 것은 본래 아내를 맞이하는 것이 남편에게 간언하여 바로잡기 위해서가 아니기 때문이다. 그래서 한결같이 그와 함께 하면서 죽을 때까지 변절하지 않는 것이니 이는 땅이 하늘을 떠날 수 없는 이치와 같다.

◇아들이 부친에게 간언하다

●子諫父, 不去者, 父子一體而分, 無相離之法, 猶火去木而滅也. 論語, "事父母幾530)諫." 下言, "又敬不違." 臣之諫君, 何取法? 法金正木也. 子之諫父, 法火以揉木也. 臣諫君以義, 故折正之也. 子諫父以恩, 故但揉之也, 木無毁傷也. 待放木531), 取法於水火, 無金則相離也.

○아들이 부친에게 간언하고서 곁을 떠나지 않는 것은 부친과 아들이 한 몸에서 나뉘어졌기에 곁을 떠날 수 없는 이치로서 이는 마치 불이 나무를 떠나면 꺼지는 것과 같은 것이다. ≪논어·이인里仁≫권4에 "부모를 모시면서는 가볍게 간언해야 한다"고 하고, 아래에 "또한 공손한 태도로 부모의 심기를 건드려서는 안 된다"고 하였다. 신하가 군주에게 간언할 때는 무엇을 본받아야 할까? 쇠가 나무를 바로잡는 것을 본받아야 한다. 아들이 부친에게 간언할 때는 불이 나무를 교정하는 것을 본받아야 한다. 신하는 도의로써 군주에게 간언하기에 군주를 바로잡을 수 있다. 아들은 온정으로써 부친에게 간언하기에 단지 불이 교정만 하지 나무에 손상을 입히지 않는 것과 같다. 추방을 기다리다가 떠나

---

530) 幾(기) : 가볍게, 부드럽게. '輕輕'의 뜻.
531) 木(목) : ≪백호통소증≫에 의하면 '去'의 오기이다. 자형의 유사성으로 인한 필사 과정상의 단순 오기로 보인다. ≪백호통소증≫에서는 이하 문장을 불필요한 예문으로 보기도 하였다.

는 것은 물과 불의 관계를 본받는 것인데, (나무에게) 쇠가 없으면 서로 분리되는 것과 같은 이치이다.

◇다섯 가지 간언에 대해 논하다

●諫者, 何? 諫, 間也, 因也, 更也. 是非相間, 革更其行也. 人懷五常, 故有五諫, 謂諷諫・順諫・窺諫・指諫・伯諫. 諷諫者, 智也. 患禍之萌, 深睹其事, 未彰而諷告, 此智之性也. 順諫者, 仁也. 出辭遜順, 不逆君心, 仁之性也. 窺諫者, 禮也. 視君顔色不悅, 且卻, 悅則復前, 以禮進退, 此禮之性也. 指諫者, 信也. 指, 質, 相其事也, 此信之性也. 伯諫者, 義也. 惻隱發於中, 直言國之害, 厲志忘生, 爲君不避喪身, 義之性也. 孔子曰, "諫有五, 吾從諷之諫." 事君, 進思盡忠, 退思補過, 去而不訕, 諫而不露. 故曲禮曰, "爲人臣, 不顯諫." 纖微未見於外, 如詩所刺也. 若過惡已著, 民蒙毒螫[532], 天見災變, 事白異露, 作詩以刺之, 幸其覺悟也.

○간언이란 무슨 말일까? '간'은 벌어지다, 틈타다, 바꾸다란 뜻이다. 시비가 서로 벌어지면 그 행동을 고쳐주는 것이다. 사람에게는 다섯 가지 덕목이 있기에 다섯 가지 간언이 있는데, '풍간' '순간' '규간' '지간' '백간'을 말한다. '풍간'이란 지혜의 발로이다. 환난이 생겼을 때 그 사안을 깊이 살피되 미처 드러나기 전에 간언하는 것이니 이는 지혜의 속성이다. '순간'이란 어진 마음의 발로이다. 공손하게 말을 하여 군주의 심기를 거스르지 않는 것이기에 어진 마음의 속성이다. '규간'이란 예법의 발로이다. 군주의 안색에 기쁜 기색이 없는 것을 보면 잠시 물러났다가 군주가 기뻐하면 다시 앞으로 다가서 예법을 갖춰 진퇴하는 것이니 이는 예법의 속성이다. '지간'은 신뢰의 발로이다. '지'는 질의한다는 뜻으로 사안을 잘 살피는 것이니 이는 신뢰의 속성이다. '백

---

532) 毒螫(독석) : 독충이 사람을 쏘거나 무는 일. 여기서는 사람의 악독한 성품을 비유한다.

간'은 도의의 발로이다. 측은지심이 마음 속에서 일어나 나라의
해악에 대해 솔직하게 언급하되 본심을 다하고 목숨을 잊은 채
군주를 위해 목숨을 잃는 것도 마다하지 않는 것이니 이는 도의
의 속성이다. (춘추시대 노나라) 공자는 "간언에는 다섯 가지가
있는데, 나는 풍간을 따르겠다"고 하였다. 군주를 섬길 때 군주
앞으로 나가면 충심을 다할 생각을 하고, 군주 곁을 물러나면 허
물을 덮어줄 생각을 해야 하니, 물러났을 때는 비방하지 않고 간
언할 때는 노골적으로 하지 않아야 한다. 그래서 ≪예기·곡례상
曲禮上≫권5에 "신하된 자는 드러내놓고 노골적으로 간언하지
않아야 한다"고 하였다. 미세한 일이 겉으로 드러나기 전에 해야
하니 이는 ≪시경≫에서의 풍자와 같다. 만약 죄악이 이미 드러
나면 백성들은 그 해악을 받게 되고 하늘은 재앙을 펼치게 되므
로 사건이나 이변이 드러나 시를 지어 그에 대해 풍자하는 것은
그가 깨우치기를 바라는 것이다.

◇천자의 과오를 기록하는 의미에 대해 논하다

● 明王所以立諫諍者, 皆爲重民而求己失也. 禮保傳曰, "於是立進善
之旌, 懸誹謗之木, 建招諫之鼓." 王法立史記事者, 以爲臣下之儀樣,
人之所取法則也. 動則當應禮, 是以必有記過之史·徹膳[533]之宰.
禮玉藻曰, "動則左史[534]書之, 言則右史書之." 禮保傳曰, "王失度,
則史書之, 士誦之, 三公進讀之, 宰夫[535]徹其膳. 是以天子不得爲
非." 故史之義不書則死, 宰不徹膳亦死. 所以謂之史, 何? 明王者使
爲之也. 謂之宰, 何? 宰, 制也. 使制法度也. 宰所以徹膳, 何? 陰陽

---

533) 徹膳(철선) : 천재지변이 발생했을 때 반찬의 가짓수를 줄여서 자책의 뜻을 밝
    히는 일을 이르는 말.
534) 左史(좌사) : 천자의 왼쪽에서 천자의 행동을 기록하던 사관을 이르는 말. 반면
    천자의 말을 기록하던 사관은 '우사右史'라고 하였다. 그 반대라는 설도 있다.
    후대에는 기거랑起居郞의 별칭으로도 쓰였다.
535) 宰夫(재부) : 주周나라 때 술과 음식을 관장하던 벼슬 이름.

不調, 五穀不熟, 故王者爲不盡味而食之. 禮曰536), "一穀不升, 不
備鷄鶩. 二穀不升, 不備三牲537)." 人臣之義, 當掩惡揚美, 所以記
君過, 何? 各有所緣也. 掩惡者, 謂廣德宣禮之臣.

○현명한 왕이 간쟁을 허용하는 이유는 언제나 백성을 중시하고
자신의 실수를 간파하기 위해서이다. 그래서 ≪대대예기·보부≫
권3에 "이에 좋은 말을 바칠 때 사용하는 깃발을 세우고, 비방의
내용을 담는 목판을 걸고, 간언을 유도하는 북을 세운다"고 하였
다. 국법상 사관을 세워 사실을 기록하는 것은 신하로서의 모범
적인 존재와 사람들이 취할 법칙을 남기기 위해서이다. 행동할
때는 의당 예법에 맞춰야 하기에 반드시 과오를 기재하는 사관
과 음식을 조절하는 재부가 있어야 한다. 그래서 ≪예기·옥조≫
권29에 "행동은 좌사가 기록하고, 말은 우사가 기록한다"고 하
였고, ≪대대예기·보부≫권3에 "왕이 법도를 잃으면 사관이 이
를 기록하고, 사士가 이를 읊조리고, 삼공이 천자 앞에서 이를
읽고, 재부가 천자의 반찬수를 줄인다. 이 때문에 천자는 비리를
저지를 수가 없다"고 하였다. 따라서 사관은 도의상 사실을 기록
하지 않으면 죽임을 당하고, 재부도 반찬수를 줄이지 않으면 죽
임을 당한다. 그를 '사'라고 일컫는 이유는 무엇일까? 천자가 그
를 임명했다는 것을 밝히기 위해서이다. 그를 '재'라고 일컫는 이
유는 무엇일까? '재'는 제어한다는 뜻이다. 그에게 법도를 제어케
한다는 말이다. 재부가 반찬수를 줄이는 이유는 무엇일까? 음기
와 양기가 조화를 이루지 않으면 곡식이 익지 않기에 천자는 맛
을 다 갖추어 먹지 않는다는 뜻이다. 그래서 ≪예기≫에 "곡식
한 종류가 익지 않으면 닭고기와 메추라기 고기를 갖추지 않고,
곡식 두 종류가 익지 않으면 소고기·양고기·돼지고기를 갖추

---

536) 曰(왈) : ≪백호통소증≫에 의하면 지금은 실전된 일편逸篇이다.
537) 三牲(삼생) : 소고기·양고기·돼지고기를 아우르는 말. 최고급의 음식을 상
　　징한다.

지 않는다"고 하였다. 신하된 도리상 응당 악행을 덮고 선행을 드러내야 하는데도 군주의 과오를 기록하는 이유는 무엇일까? 각기 연유하는 바가 있어서이다. '악행을 덮는다'는 것은 덕업을 확대하고 예법을 퍼뜨리는 신하를 두고 하는 말이다.

◇천자의 죄악을 덮어주는 의미에 대해 논하다

●所以爲君隱惡, 何? 君至尊, 故設輔弼, 置諫官, 本不當有遺失. 故論語曰, "陳司敗538)問, '昭公知禮乎?' 孔子曰, '知禮.'" 此爲君隱也. 君所以不爲臣隱, 何? 以爲君之於臣, 無適無莫539), 義之與比. 賞一善而衆臣勸, 罰一惡而衆臣懼. 若爲卑隱, 爲不可殆也. 故尙書曰, "必力賞罰, 以定厥功." 諸侯臣對天子, 亦爲隱乎? 然. 本諸侯之臣, 今來者爲聘問天子無恙, 非爲告君之惡來也. 故孝經曰, "將順其美, 匡救其惡, 故上下治能相親也." 君不爲臣隱, 父獨爲子隱, 何? 以爲父子一體而分, 榮恥相及. 故論語曰, "父爲子隱, 子爲父隱, 直在其中矣." 兄弟相爲隱乎? 曰, "然." 與父子同義. 故周公誅四國540), 常以祿甫爲主也. 朋友相爲隱者, 人本接朋結友, 爲欲立身揚名也. 朋友之道四焉, 通財不在其中. 近則正之, 遠則稱之, 樂則思之, 患則死之. 夫妻相爲隱乎? 傳曰, "曾(子541))去妻, 梨蒸542)不熟. 問曰, '婦有七出543), 不蒸亦預乎?' 曰, '吾聞之也. 絶交令可友,

---

538) 陳司敗(진사패) : 미상. '진陳'이 성씨이고 '사패司敗'가 이름이란 설, '진'이 국명이고 '사패'가 관직명이란 설 등이 있는데 불분명하다.

539) 無適無莫(무적무막) : 대적할 일도 없고 흠모할 일도 없다. '적適'은 '적敵'과 통용자이고, '모莫'는 '모慕'와 통용자이다.

540) 四國(사국) : 주周나라 주공周公이 평정한 관管나라·채蔡나라·상商나라·엄奄나라 등 네 제후국을 가리킨다.

541) 子(자) : 《백호통소증》에 의하면 이 글자가 누락되었기에 첨기한다. '증자'는 춘추시대 노魯나라 공자의 제자 가운데 효자로 유명한 증삼曾參에 대한 존칭. 《사기·중니제자열전仲尼弟子列傳》권67 참조.

542) 梨蒸(이증) : 명아주를 삶다. 춘추시대 노魯나라 때 공자의 제자인 증자曾子가 아내가 명아주를 제대로 삶지 않아 쫓아냈다는 고사에서 유래한 말로 아내의 과오나 아내를 쫓아내는 일을 뜻하는 말로도 쓰였다. 원래는 '여증藜蒸'인데, '여藜'가 '이梨'로 와전되어 잘못 쓰이던 것이 굳어진 경우이다.

棄妻令可嫁也. 梨蒸不熟而已, 何問其故乎?'" 此爲隱之也.

○군주를 위해 허물을 덮어주는 연유는 무엇일까? 군주는 지극히 존귀한 존재이기에 보좌관을 두고 간관을 두지만 본래 과오를 범해서는 안 된다. 그래서 ≪논어·술이述而≫권7에 "(춘추시대 노魯나라 때) 진사패가 묻기를 '소공은 예법을 압니까?'라고 하자 공자가 '예법을 알고 있소'라고 대답하였다"고 하였다. 이것이 군주를 위해 허물을 덮어주는 것이다. 군주가 신하를 위해 허물을 덮어주는 연유는 무엇일까? 군주는 신하에 대해서 대적할 일도 흠모할 일도 없으니 도의상으로는 대등한 관계이다. 선행에 대해 상을 주면 신하는 노력하고, 악행에 대해 벌을 주면 신하는 두려워하기 마련이다. 만약 비천한 자를 위해 허물을 덮어주면 위험하지 않을 수 있다. 그래서 ≪서경·주서周書·강왕지고康王之誥≫권18에 "반드시 상벌에 힘을 쏟아 그 공로를 정한다"고 하였다. 제후의 신하가 천자를 대할 때도 (자기 군주의) 허물을 덮어줄까? 그렇다. 본래 제후의 신하인데 이제 찾아오는 것은 천자의 안부를 묻기 위해서이지 자기 군주의 죄악을 고하기 위해서 오는 것이 아니다. 그래서 ≪효경·사군장事君章≫권8에 "군주의 미덕을 따르고 군주의 죄악을 바로잡기에 군주와 신하가 친밀해질 수 있다"고 하였다. 그렇다면 군주가 신하를 위해 허물을 덮어주지 않는데, 부친이 유독 자식을 위해 허물을 덮어주는 것은 어째서일까? 부자는 한몸에서 나뉘어졌기에 명예와 치욕이 서로 관계한다고 보는 것이다. 그래서 ≪논어·자로子路≫권13에 "부친이 자식을 위해 허물을 덮어주고, 자식이 부친을 위해 허물을 덮어주면 곧은 도리가 그속에 있게 된다"고 하였다. 형제간에도 서로 허물을 덮어주어야 할까? 누군가 "그렇다"고 하였다. 부자

---

543) 七出(칠출) : 칠거지악七去之惡을 이르는 말. 시부모에게 불순한 일(不順舅姑), 아들을 낳지 못 하는 일(無子), 음탕한 행실(淫行), 투기(嫉妬), 나쁜 병을 앓는 일(惡疾), 말이 많은 것(口舌), 도벽(盜竊)을 가리킨다. '칠거七去' '칠기七棄'이라고도 한다.

지간과 도의가 같다는 말이다. 그래서 (주周나라) 주공이 네 제후국을 토벌할 때 늘 (은殷나라 마지막 폭군인 주왕紂王의 아들) 녹보를 주관자로 삼았던 것이다. 친구간에 서로 허물을 덮어주는 것은 본래 사람이 친구를 사귀는 것이 입신양명하기 위해서이기 때문이다. 친구간의 도리는 네 가지가 있는데, 재물을 주고받는 것은 그속에 포함되지 않는다. 가까우면 그의 행실을 바로잡아야 하고, 멀어지면 그를 칭찬해야 하고, 즐거우면 그를 그리워하고, 재난이 있으면 그를 위해 죽음도 각오해야 한다. 부부간에 서로 허물을 덮어주어야 할까? 경전의 해설서에 "증자(증참曾參)가 아내를 버린 것은 명아주를 제대로 삶지 않아서이다. 그러나 누군가 '부녀자에게 칠거지악이 있는데, 명아주를 제대로 삶지 않은 것도 관계됩니까?'라고 묻자, '내 이런 말을 들었소. 절교하는 것은 다른 친구를 사귀게 하기 위함이고, 아내를 버리는 것은 다시 시집갈 수 있게 하기 위함이라고. 명아주를 제대로 삼지 않았으면 그만이거늘 무엇하러 그 까닭을 묻겠소?'라고 대답하였다"는 말이 있다. 이것이 허물을 덮어주는 것이다.

◆鄕射(향사례) 5항

◇천자도 몸소 활쏘기를 하다

●天子所以親射, 何? 助陽氣, 達萬物也. 春氣微弱, 恐物有窒寒不能自達者. 夫射自內發外, 貫堅入剛, 象物之生. 故以射達之也.

○천자가 몸소 활쏘기를 하는 이유는 무엇일까? 양기를 도와 만물의 성장을 돕기 위해서이다. 봄에 양기가 미약하면 만물이 한기에 막혀 스스로 성장하지 못 하는 일이 생긴다. 무릇 활쏘기는 안으로부터 밖으로 쏘아서 강인한 과녁을 꿰뚫고 들어가는 것으로 만물의 생장을 상징한다. 그래서 활쏘기로 이러한 뜻을 전달하는 것이다.

◇과녁을 맞추는 것에 대해 논하다

●含文嘉曰, "天子射熊, 諸侯射麋, 大夫射虎豹, 士射鹿豕." 天子所以射熊, 何? 示服猛, (遠544))巧佞也. 熊爲獸猛. 巧者, 非但當服猛也, 示當服天下巧佞之臣也. 諸侯射麋者, 示達545)迷惑人也. 麋之言, 迷也. 大夫射虎豹者, 示服猛也. 士射鹿豕者, 示除害也. 各取德所能服也. 大夫士兩射者, 人臣, 示爲君親視事, 身勞苦也. 或曰, "臣陰, 故數偶也." 侯546)者以布爲之, 何? 用人事之始也. 本正則末正矣. 所以名爲侯, 何? 明諸侯有不朝者, 則射之. 故禮, "射祝曰, '嗟! 爾不寧侯547), 爾不朝于王所以548). 故天下失業, 尢549)而射爾.'" 所以不射正550)身, 何? 君子重同類, 不忍射之. 故畫獸而射之.

---

544) 遠(원) : ≪백호통소증≫에 의하면 이 글자가 누락되었기에 첨기한다.
545) 達(달) : ≪백호통소증≫에 의하면 '원遠'의 오기이다. 자형의 유사성으로 인한 필사 과정상의 단순 오기로 보인다.
546) 侯(후) : 과녁을 뜻하는 말. '후矦'와 통용자.
547) 寧侯(영후) : 황제의 명령에 순종하는 제후를 이르는 말.
548) 以(이) : ≪백호통소증≫에 의하면 연자衍字이다.
549) 尢(항) : 과녁을 세우다. 과녁을 펼치다. '항抗'과 통용자.
550) 正(정) : 날짐승을 그려넣은 과녁 이름인 '정곡正鵠'의 준말.

○≪함문가≫에 "천자는 곰이 그려진 과녁을 맞추고, 제후는 큰사슴이 그려진 과녁을 맞추고, 대부는 호랑이나 표범이 그려진 과녁을 맞추고, 사士는 사슴이나 돼지가 그려진 과녁을 맞춘다"고 하였다. 천자가 곰이 그려진 과녁을 맞추는 것은 어째서일까? 맹수를 굴복시키는 것을 통해 교활한 자를 멀리한다는 뜻을 보이기 위해서이다. 곰은 맹수이다. 교활하다는 것은 단지 맹수를 굴복시키기 위한 것만은 아니라는 말로서 천하에 교활한 신하를 굴복시켜야 한다는 뜻을 보이기 위함이다. 제후가 큰사슴이 그려진 과녁을 맞추는 것은 사람을 현혹하는 자를 멀리하겠다는 뜻을 밝히기 위해서이다. '미麋'라는 말은 현혹한다는 뜻이다. 대부가 호랑이나 표범이 그려진 과녁을 맞추는 것은 맹수를 굴복시킨다는 뜻을 보이기 위함이다. 사가 사슴이나 돼지가 그려진 과녁을 맞추는 것은 해악을 제거하겠다는 뜻을 보이기 위해서이다. 각기 덕목상 굴복시킬 수 있는 대상을 취한다는 말이다. 대부와 사 둘 다 활쏘기를 하는 것은 신하로서 군주를 위해 친히 정사를 돌보느라 몸이 고단하다는 뜻을 보이기 위함이다. 혹자는 "신하는 음기이기에 수치가 짝수에 해당한다"고 하였다. 과녁을 베로 만드는 것은 어째서일까? 사람의 일 가운데도 맨처음 필요로 하는 물품이기 때문이다. 근본이 바르면 말단도 바르게 된다. 과녁을 '후侯'라고 명명하는 이유는 무엇일까? 제후 중에 조알하지 않는 자가 있으면 활을 쏘아 맞춘다는 뜻을 밝히기 위해서이다. 그래서 ≪주례·동관冬官·재인梓人≫권41에 "활을 쏠 때 축원하기를 '아! 그대는 황제의 명령에 순종하지 않는 제후이고, 그대는 황제의 처소에 조알하지도 않고 있노라. 그래서 천하가 덕업을 잃었기에 그대를 과녁으로 삼아 맞추는 것이로다!'라고 말한다"고 하였다. 날짐승을 그려넣은 과녁 자체를 맞추지 않는 이유는 무엇일까? 군자는 같은 부류를 존중하기에 차마 그것을 맞추지 못 한다. 그래서 들짐승을 그려서 그것을 맞추는 것이다.

◇활쏘기에 대해 논하다

●射正, 何爲乎? 曰, "射義非一也." 夫射者, 執弓堅固, 心平體正, 然後中也. 二人爭勝, 樂以德養也. 勝負俱降, 以崇禮讓, 可以選士. 故射選士. 大夫勝者, 發近而制遠也. 其兵短而害長也, 故可以戒難也. 所以必因射助陽選士者, 所以扶助微弱而抑其强, 和調陰陽, 戒不虞551)也. 何以知爲戒難也? 詩云, "四矢反552)兮, 以禦亂兮." 因射習禮樂, 射於堂上, 何? 示從上制下也. 禮曰, "賓主執弓請升, 射於兩楹之間." 天子射百二十步, 諸侯九十步, 大夫七十步, 士五十步, 明尊者所服遠也, 卑者所服近也.

○날짐승을 그려넣은 과녁도 맞추는 것은 어째서일까? 활쏘기의 방식이 한 가지만은 아니라는 말이다. 무릇 활쏘기란 활을 손에 들고 단단히 당기면서 마음의 평정을 갖추고 신체의 자세를 바로한 뒤라야 과녁을 명중시킬 수 있다. 두 사람이 승패를 겨루면서 덕을 배양하는 것을 즐긴다. 승자나 패자 모두 내려와 예법을 갖춰 양보하기에 선비를 선발할 수 있다. 그래서 활쏘기로 선비를 선발하는 것이다. 대부가 승자가 되려면 가까이서 격발하여 먼 곳을 제압해야 한다. 병기는 짧지만 해악이 크기에 환난을 경계할 수 있다. 필히 활쏘기를 통해 양기를 돕고 선비를 선발하려는 이유는 약자를 돕고 강자를 억제해서 음양의 조화를 이루어 예상치 못 한 일에 대비하기 위함이다. 환난을 경계하기 위한 것이라는 것을 어떻게 알 수 있을까? ≪시경·제풍齊風·의차猗嗟≫권8에 "네 발의 화살을 명중시켜 난을 막았네"라는 구절이 있다. 활쏘기를 통해 예악을 익히되 당상에서 활을 쏘는 것은 어째서일까? 위로부터 아래를 제압한다는 것을 보여주기 위해서이다. ≪의례·향사례鄉射禮≫권5에 "손님과 주인이 활을 손에 들고 오르기를 청한 뒤 두 기둥 사이에서 활을 쏜다"고 하였다. 천자가 120

---

551) 不虞(불우) : 예상치 못 한 일, 뜻밖의 일을 뜻하는 말.
552) 反(반) : 제자리로 돌아가다. 즉 과녁에 명중하는 것을 말한다.

보 밖에서 활을 쏘고, 제후가 90보 밖에서 활을 쏘고, 대부가 70
보 밖에서 활을 쏘고, 사가 50보 밖에서 활을 쏘는 것은 지존이
면 곳을 승복시키고 비천한 신하가 가까운 곳을 승복시킨다는
것을 보여주기 위함이다.

◇ **10월에 향음주례를 시행하다**

● 所以十月行鄕飮酒之禮, 何? 所復尊卑長幼之義. 春夏事急, 浚井次
墻, 至有子使父, 弟使兄. 故以事閒暇, 復長幼之序也.

○ 10월에 향음주례를 시행하는 것은 어째서일까? 존비와 장유라는
질서를 회복시킨다는 의의를 보이기 위해서이다. 봄과 여름은 일
이 다급하여 우물을 준설하고 담장을 정돈하기에 심지어 자식이
부친을 부리고 동생이 형을 부리는 경우가 생긴다. 그래서 일이
한가한 때를 이용하여 장유의 질서를 회복하는 것이다.

◇ **노인을 봉양하는 의의에 대해 논하다**

● 王者父事三老553), 兄事五更554)者, 何? 欲陳孝悌之德, 以示天下
也. 故雖天子必有尊也, 言有父也, 必有先也, 言有兄也. 天子臨辟
雍555), 親袒割牲, 尊三老, 父象也. 竭忠奉几杖, 授安車濡輪556),

---

553) 三老(삼로) : 고을의 장로長老를 가리키는 말. 상고시대에는 재상을 지내다가 물
러난 국가 원로를 지칭하다가 진한秦漢 이후로는 시골의 향리鄕里에서 고을의
교화敎化를 담당하던 벼슬 이름으로 쓰였다. ≪한서‧백관공경표百官公卿表≫권
19에 의하면 10리마다 '정亭'을 설치하고서 10정亭을 '향鄕'이라 하였고, 향
마다 삼로三老‧질질秩‧색부嗇夫‧유요游徼를 두었는데, 삼로는 교화를 관장하였
다고 한다.

554) 五更(오경) : 장로, 원로를 뜻하는 말. ≪예기‧문왕세자文王世子≫권20에 원로
의 직책으로 삼로三老‧오경五更‧군로群老를 설치했다는 기록이 보이는데, 삼
로와 오경은 삼신三辰과 오성五星을 본떠 만든 고귀한 벼슬로서 정원은 각기
한 명이었다.

555) 辟雍(벽옹) : 주周나라 때 천자가 세운 태학太學을 일컫는 말. 후대에는 국자학
國子學이나 태학太學의 별칭으로 쓰였다.

556) 安車濡輪(안거유륜) : 연로한 고관이나 귀부인이 편히 탈 수 있게 부드러운 바
퀴를 달아 제작한 수레를 이르는 말인 '안거연륜安車輭輪'의 오기.

恭綏執授557), 兄事五更, 寵接禮交加, 客謙敬順貌也. 禮記祭義曰, "祀于明堂558), 所以敎諸侯之孝也. 享三老·五更于太學559)者, 所以敎諸侯悌也." 不正言父兄, 言三老·五更者, 何也? 老者, 壽考也, 欲言所令者多也. 更者, 更也, 所更歷者衆也. 卽如是, 不但言老言三, 何? 欲言其明於天地人之道而老也. 五更者, 欲言其明於五行之道而更事也. 三老·五更, 幾人乎? 曰, "各一人." 何以知之? 旣以父事, 父一而已, 不宜有三.

○천자가 삼로를 부친처럼 섬기고, 오경을 형처럼 섬기는 것은 어째서일까? 효도와 우애의 덕을 펼쳐 천하 백성들에게 본보기를 보이기 위해서이다. 그래서 비록 천자가 분명 존귀한 신분을 가지고 있다 하더라도 부친이 있다고 말하고, 분명 앞선 지위가 있다 하더라도 형이 있다고 말하는 것이다. 천자가 학교에 행차하여 몸소 소매를 걷고서 희생물을 잘라 삼로에게 공손히 바치는 것은 부친을 섬기는 상징적 행위이다. 정성을 다해 안궤와 지팡이를 바치고 편안한 수레를 드리며 손수 수레를 몰면서 오경을 형처럼 모시는 것은 총애를 보이고 예의를 보태는 것으로서 손님처럼 겸허하게 공손함을 보이는 모습이다. ≪예기·제의≫권48에 "명당에서 제사를 지내는 것은 제후에게 효심을 가르치기 위해서이고, 태학에서 삼로와 오경에게 음식을 베푸는 것은 제후에게 우애를 가르치기 위해서이다"라고 하였다. 부친과 형이라고 바로 말하지 않고 삼로와 오경이라는 말하는 것은 어째서일까? '로老'는 장수를 누렸다는 뜻으로 명을 받은 일이 많다고 말하기 위해서이다. '경更'은 바꾼다는 뜻으로 번갈아 경험한 일이 많다는 말이다. 설사 이와 같다 하더라도 단지 '노老'라고만 말하거나

557) 恭綏執授(공수집수) : 황제가 몸소 수레의 손잡이 끈을 잡고서 수레를 모는 일을 뜻하는 말인 '공수집수恭綏執綏'의 오기. 신하에 대한 극진한 예우를 상징한다.
558) 明堂(명당) : 고대 제왕이 정교政敎를 펴고 전례典禮를 행하던 곳을 이르는 말.
559) 太學(태학) : 고대 중국에서 귀족의 자제들을 위해 도읍에 설치하였던 교육 기관을 이르는 말.

'삼三'이라고만 말하지 않는 것은 어째서일까? 그가 천·지·인의 도리에 대해 잘 알면서 나이가 들었다는 것을 말하기 위해서이다. '오경'이란 그가 오행의 이치에 대해 잘 알아 정사를 바꿨다고 말하기 위해서이다. 삼로와 오경은 정원이 몇 명일까? "각기 한 명이다"라고 한다. 이를 어떻게 알 수 있을까? 기왕 부친처럼 섬기는데 부친은 한 사람만 있으니 의당 세 명이 있어서는 안 되기 때문이다.

◆致仕(사직) 1항

◇사직에 대해 논하다

●臣七十懸車560)致仕者, 臣以執事趨走爲職, 七十陽道極, 耳目不聰明, 跂踦561)之屬. 是以退去避賢者, 所以長廉恥也. 懸車, 示不用也. 致仕者, 致其事於君. 君不使自去者, 尊賢者也. 故曲禮, "大夫七十而致仕." 王制曰, "七十致政." 鄕562)大夫老, 有盛德者留, 賜之几杖, 不(責)備之以筋力之禮. 在家者三分其祿, 以一與之, 所以厚賢也. 人年七十臥, 非人不溫. 適四方, 乘安車, 與婦人俱, 自稱曰老夫. 曲禮曰, "大夫致仕, 若不得謝563), 則必賜之几杖." 王(度564))記曰, "臣致仕於君者, 養之以其祿之半." 几杖所以扶助衰也. 故王制曰, "五十杖於家, 六十杖於鄕, 七十杖於國, 八十杖於朝." 臣老歸, 年九十, 君欲有問, 則就其室, 以珍從, 明尊賢也. 故禮祭義曰, "八十不俟朝, 於565)君問就之." 大夫老歸死, 以大夫禮葬, 車馬衣服如之, 何? 曰, "盡如故也."

○신하가 나이 70세가 되어 안거를 걸어놓은 채 벼슬을 그만두는 것은 신하가 정사를 돌보며 분주히 활동하는 것을 직책으로 여기다가 70세가 되면 양기가 다하여 귀와 눈이 모두 어두어지고 걸음걸이가 불편한 사람이 되기 때문이다. 이 때문에 은퇴하여 다른 현자에게 양보하는 것이니 이는 어른으로서 염치를 알기 때문이다. 안거를 걸어놓는 것은 등용되지 않았다는 것을 보이기

---

560) 懸車(현거) : 황제가 하사한 안거를 걸어놓다. 즉 안거를 사용하지 않는다는 뜻으로 70세가 되어 관직에서 은퇴하는 것을 말한다. 그래서 70세를 '현거지년懸車之年' '현거지세懸車之歲'라고 한다. '현거'는 '현여懸輿'라고도 한다.

561) 跂踦(기기) : 절뚝거리다. 연로하여 걸음걸이가 불편한 것을 말한다.

562) 鄕(향) : '경卿'의 오기이다. 자형의 유사성으로 인한 필사 과정상의 단순 오기로 보인다.

563) 謝(사) : 허락, 윤허를 뜻하는 말.

564) 度(도) : ≪백호통소증≫에 의하면 ≪예기≫의 일편逸篇인 '왕도기王度記'에서 이 글자가 누락되었기에 첨기한다.

565) 於(어) : ≪백호통소증≫에 의하면 연자衍字이다.

위함이다. 벼슬을 그만두는 것은 정사를 군주에게 돌려드리기 위해서이다. 군주가 스스로 물러가게 하지 않는 것은 현자를 존중하는 뜻이다. 그래서 ≪예기·곡례상≫권1에 "대부는 나이 70세가 되면 벼슬을 그만둔다"고 하였고, ≪예기·왕제≫권13에 "70세가 되면 정사에서 손을 뗀다"고 하였다. 구경이나 대부는 나이가 들어도 덕이 큰 사람은 머물게 한 뒤 그에게 안궤와 지팡이를 하사하고 근력을 써야 하는 예법을 그에게 갖추라고 요구하지 않는 법이다. 집에 있는 사람에게 그의 봉록을 3분하여 그중 3분의 1을 주는 것은 현자를 후대하기 위해서이다. 사람이 나이 70세가 되어 침실에 눕게 되었을 때 곁에 사람이 없으면 온기를 느낄 수 없다. 또 사방 타지역으로 가게 되면 안거를 타고 부인과 함께 하면서 자칭 '노부'라고 한다. 그래서 ≪예기·곡례상≫권1에 "대부가 벼슬을 그만두었을 때 만약 윤허를 받지 못 하면 군주는 반드시 그에게 안궤와 지팡이를 하사한다"고 하였고, ≪예기·왕도기≫에 "신하가 군주에게 벼슬을 그만두겠다고 청하면 봉록의 반을 그에게 하사한다"고 하였다. 안궤와 지팡이는 노쇠한 몸을 돕기 위한 것이다. 그래서 ≪예기·왕제≫권13에 "나이 50세가 되면 집에서 지팡이를 짚을 수 있고, 60세가 되면 고을에서 지팡이를 짚을 수 있고, 70세가 되면 도성에서 지팡이를 짚을 수 있고, 80세가 되면 조정에서 지팡이를 짚을 수 있다"고 하였다. 신하가 나이 들어 귀향하였다가 나이 90세가 되었는데 군주가 자문을 구할 일이 있으면 그의 집을 찾으면서 진주를 가지고 가는 것은 현자를 존중한다는 뜻을 밝히기 위해서이다. 그래서 ≪예기·제의≫권48에 "나이 80세가 되면 조정에서 기다리지 않고, 군주가 자문을 구할 일이 있으면 그를 직접 찾아간다"고 하였다. 대부가 나이 들어 귀향하였다가 사망하면 대부의 예법으로 장례를 치러주면서 거마와 의복을 전처럼 하는 것은 어째서일까? "모두 예전처럼 대우하기 위해서이다"라고 말한다.

◆辟雍(학교) 6항

◇입학에 대해 논하다

●古者所以年十五入太學, 何? 以爲八歲毀齒566), 始有識知, 入學, 學書計567). 七八十五陰陽備, 故十五成童志明, 入太學, 學經術. 學之爲言, 覺也. 悟所不知也. 故學以治性, 慮以變情. 故玉不琢, 不成器, 人不學, 不知道. 子夏曰568), "百工569)居肆, 以成其事. 君子學, 以致其道." 故禮曰, "十年曰幼, 學." 論語曰, "吾十有570)五而志於學, 三十而立." 又"生而知之者, 上也. 學而知之者, 次也." 是以雖有自然之性, 必立師傅焉. 論語讖571)曰, "五帝立師, 三王制之." 傳曰572), "黃帝師力牧573), 帝顓頊師綠圖574), 帝嚳師赤松子575), 帝堯師務成子576), 帝舜師尹壽577), 禹師國先生578), 湯師伊尹579),

---

566) 毀齒(훼치) : 치아가 손상되다. 즉 젖니가 빠지고 영구치가 나는 것을 말한다.

567) 書計(서계) : 문자와 산수. 아이들의 기본적인 학습 과정을 가리킨다.

568) 曰(왈) : 이하 자하의 말은 ≪논어·자장子張≫권19에 전한다.

569) 百工(백공) : 수공업자나 기술자를 이르는 말. 문무백관이나 악사樂士에 대한 총칭을 가리킬 때도 있다.

570) 有(우) : 수효를 덧보탤 때 쓰는 말. 또, '우又'와 통용자.

571) 論語讖(논어참) : ≪논어≫에 관한 참위서讖緯書 가운데 하나로 총 8권. 춘추시대 노魯나라 자하子夏(복상卜商) 등 공자의 72제자(혹은 64제자)가 지었다고 하나 위서僞書이다. 송나라 정초鄭樵(1104-1162)의 ≪통지通志·예문략藝文略≫권63 참조.

572) 曰(왈) : 경전의 해설서의 내용을 인용한 것인데, 현재는 ≪한시외전韓詩外傳≫ 등에 유사한 내용이 인용되어 전하지만 문헌에 따라 내용에 차이가 있다.

573) 力牧(역목) : 전설상의 임금인 황제黃帝 때 일곱 신하인 칠보七輔 가운데 한 사람. '칠보'는 풍후風后·천로天老·오성五聖·지명知命·규기窺紀·지전地典·역목力牧을 가리키는데, '역목'은 '역묵力墨'으로 표기한 문헌도 있다.

574) 綠圖(녹도) : 전욱顓頊의 스승으로 알려진 전설상의 인물. 문헌에 따라 '녹도錄圖'·'녹도祿圖'로도 표기하였다.

575) 赤松子(적송자) : 신농神農 때 비를 관장하던 관리로 신선이 되었다는 전설상의 인물. 전한 유향劉向(약 B.C.77-B.C.6)의 ≪열선전列仙傳·적송자≫권상 참조. 그러나 문헌마다 각기 기록에 차이가 있어 다양한 인물로 표현되었다.

576) 務成子(무성자) : 우虞나라 순왕舜王의 스승으로 알려진 전설상의 인물인 무성소務成昭에 대한 존칭. 한나라 이후의 도사를 가리킬 때도 있다.

577) 尹壽(윤수) : 전설상의 인물. 당唐나라 요왕堯王의 스승이라고도 하고, 우虞나

文王師呂望580), 武王師尙父581), 周公師虢叔582), 孔子師老聃583)."
天子太子, 諸侯世子, 皆就師於外, 尊師重先生之道也. 禮曰584), "有
來學者, 無往敎者也." 易曰, "匪我求童蒙585), 童蒙求我." 王制曰,
"小學586)在公宮南之左587), 太學在郊." 又曰, "天子太子, 羣后之
太子, 公·卿·大夫·元士之嫡子, 皆造588)焉."

○옛날에 나이 15세가 되면 태학에 들어가던 이유는 무엇일까? 8
세에 젖니가 빠지고 영구치가 나면 비로소 지각이 생겨 학교(소
학)에 들어가서 문자와 산수를 배우게 된다. 양수인 7과 음수인
8의 합인 15라는 수치는 음기와 양기가 모두 갖춰진 것이므로 1

라 순왕舜王의 신하라고도 하는데, 문헌에 따라 '윤중尹中' '군주君疇'로도 표
기하였다.

578) 國先生(국선생) : 하夏나라 우왕禹王의 스승으로 알려진 전설상의 인물.

579) 伊尹(이윤) : 상商나라 탕왕湯王 때의 명재상. 탕왕의 삼고초려三顧草廬로 출사
하여 상나라의 건국을 도왔다고 전한다.

580) 呂望(여망) : 주周나라 문왕文王의 스승인 여상呂尙의 별칭. 문왕이 여상을 만나
"우리 선친께서 그대를 기다린 지 오래되었소(吾太公望子, 久矣)"라고 말한 데
서 '태공망太公望'이란 별칭이 생겼고, 무왕武王이 재상에 임명하고서 '부친처럼
모셨다'는 의미에서 여상의 성인 '강姜'을 붙여 '강태공姜太公'이라고도 불렀으
며, '여망'은 '여'씨와 태공망의 '망'을 결합한 별호이다. 제齊나라를 봉토로 받았
다. ≪사기·제태공세가≫권32 참조.

581) 尙父(상부) : 주周나라 때 무왕武王의 스승이자 재상을 지낸 여망呂望의 별칭.
'상부'는 '아버지처럼 존경하는 사람'이란 뜻에서 유래하였다. 한편 그의 자字라
는 설도 있다. '상보尙甫'로도 쓴다.

582) 虢叔(괵숙) : 주周나라 문왕文王의 동생 괵숙郭叔. 괵虢에 봉해져 '괵숙虢叔'이
라고도 하였다. ≪신서≫권5의 원문에는 '곽숙郭叔'으로 되어 있다.

583) 老聃(노담) : 주周나라 사람 이이李耳의 별칭. 자는 백양伯陽·중이重耳·담聃이
고, 호는 노군老君. '노자老子' '노담老聃' '노래자老萊子' '이노군李老君' 등 여러
별칭으로도 불렸다. 저서로 ≪노자≫가 전한다.

584) 曰(왈) : 현전하는 ≪예기·곡례상≫권1에는 "예법상 공부하러 찾아온다는 말을
들었어도 가르치러 찾아간다는 말은 듣지 못 했다(禮聞來學, 不聞往敎)"로 되어
있는데, 의미상 큰 차이는 없어 보인다.

585) 童蒙(동몽) : 어린이나 무지몽매한 사람을 이르는 말. '몽蒙'은 부모의 은혜를
입어야 하는 어린 시절을 의미한다.

586) 小學(소학) : 공경公卿 이하 귀족의 자제들을 가르치기 위해 세운 학교 이름. 8
세에는 소학에 입학하고, 15세에는 태학太學에 입학하였다.

587) 南之左(남지좌) : 남쪽의 왼편, 즉 남동쪽을 가리킨다.

588) 造(조) : 찾아가다, 이르다. '지至'의 뜻.

5세의 다 자란 아이는 심지가 분명하기에 태학에 들어가서 경학을 배운다. '학學'이란 말은 '깨닫는다'는 뜻으로 모르던 것을 깨우친다는 말이다. 그래서 배움을 통해 성정을 도야하고 사고력을 키워 감정을 바꾸는 것이다. 따라서 옥을 다듬지 않으면 그릇을 만들 수 없듯이 사람은 배우지 않으면 도를 알 수 없기 마련이다. (《논어·자장子張》권19에 의하면 춘추시대 노나라 때 공자의 제자인) 자하(복상卜商)는 "기술자들이 가게에 머물면서 자신의 업무를 완성하듯이 군자는 공부를 통해 도를 이룬다"고 하였다. 그래서 《예기·곡례상曲禮上》권1에 "나이 10세를 유년기라고 하는데 공부를 시작한다"고 하였고, 《논어·위정爲政》권2에 "나는 나이 15세에 학문에 뜻을 품어 나이 30세에 자립하였다"고 하였으며, 또 "태어나면서부터 아는 자는 상수이고, 배워서 아는 자는 그 다음이다"라고 하였다. 이 때문에 비록 스스로 그렇게 통달하는 본성이 있다 하더라도 반드시 사부를 모시는 것이다. 《논어참》에 "(황제黃帝·전욱顓頊·제곡帝嚳·요왕堯王·순왕舜王 등) 오제는 스승을 세웠고, (하夏나라 우왕禹王·상商나라 탕왕湯王·주周나라 무왕武王 등) 삼왕은 이를 제도화하였다"고 하였다. 경전의 해설서에서는 "황제는 역목을 스승으로 모셨고, 전욱은 녹도를 스승으로 모셨고, 제곡은 적송자를 스승으로 모셨고, (당唐나라) 요왕은 무성자를 스승으로 모셨고, (우虞나라) 순왕은 윤수를 스승으로 모셨고, (하夏나라) 우왕은 국선생을 스승으로 모셨고, (상商나라) 탕왕은 이윤을 스승으로 모셨고, (주周나라) 문왕은 여망(강태공)을 스승으로 모셨고, 무왕도 상부(강태공)를 스승으로 섬겼고, 주공은 괵숙을 스승으로 모셨고, (춘추시대 노나라) 공자는 노담(노자)을 스승으로 모셨다"고 하였다. 천자의 태자나 제후의 세자 모두 밖에서 스승을 찾는 것은 스승을 존경하고 먼저 태어난 사람을 존중하는 도리를 따르는 것이다. 그래서 《예기·곡례상》권1에 "배우러 찾아

오는 경우는 있어도 가르치러 찾아가는 경우는 없다"고 하였고,
≪역경·몽괘蒙卦≫권2에 "내가 무지몽매한 사람에게 요구하는
것이 아니라 무지몽매한 사람이 내게 요구하는 것이다"라고 하
였으며, ≪예기·왕제≫권12에 "소학은 왕궁의 남동쪽에 두고,
태학은 교외에 둔다"고 하였고, 또 ≪예기·왕제≫권13에서는
"천자의 태자와 여러 제후의 세자 및 삼공·구경·대부·원사의
적장자는 모두 태학에 들어간다"고 하였다.

◇부친이 자기 자식을 가르쳐서는 안 된다

● 父所以不自教子, 何? 爲恐瀆589)也. 又授之道, 當極說陰陽夫婦變
化之事, 不可父子相教也.

○부친이 손수 자식을 가르칠 수 없는 이유는 무엇일까? 함부로
막 대할까 염려해서이다. 또 그에게 도를 전수할 때는 응당 음양
의 이치과 부부 사이의 다양한 일까지 모두 말해야 하는데, 부자
지간에는 이를 가르칠 수 없다.

◇스승과 제자 사이에 지켜야 할 세 가지 도리

● 師弟子之道有三. 論語曰, "朋友自遠方來," 朋友之道也. 又曰, "回
也視予猶父也." 父子之道也. 以君臣之義教之, 君臣之道也.

○스승과 제자 사이에 지켜야 할 도리에는 세 가지가 있다. ≪논어
·학이學而≫권1에서 "친구가 먼 곳에서 찾아오면"이라고 하였
듯이 친구처럼 지내야 하는 도리가 있다. 또 ≪논어·선진先進≫
권11에서 "안회는 나를 부친처럼 대하였다"고 하였듯이 부자지
간처럼 지내야 하는 도리가 있다. 군주와 신하 사이의 도의를 제
자에게 가르치기에 군주와 신하처럼 지내야 하는 도리가 있다.

---

589) 恐瀆(공독): ≪백호통소증≫에서는 무례하고 진지하지 않은 태도를 뜻하는 말
인 '설독渫瀆'의 오기로 보았다.

◇천자의 학교인 벽옹璧雍과 제후의 학교인 반궁泮宮

●天子立辟雍, 何? 所以行禮樂, 宣德化也. 辟者, 璧也. 象璧圓, 又以
法天. 於雍水側590), 象敎化流行也. 辟之爲言, 積也, 積天下之道德
也. 雍之爲言, 壅也, 壅天下之殘賊. 故謂之辟雍也. 王制曰, "天子
曰辟雍, 諸侯曰泮宮." 外圓者, 欲使觀之591)平均也. 又欲言外圓內
方, 明德當圓, 行當方也. 不言圓辟592), 何? 又圓於辟, 何以知其圓
也? 以其言辟也. 何以知有外593)也? 又594)詩云, "思595)樂泮
水596), 薄采其芹." 詩訓597)曰, "水圓如璧." 諸侯曰泮宮者, 半於天
子宮也. 明尊卑有差, 所化少也. 半者, 象璜598)也. 獨南面禮儀之方
有水耳. 其餘壅之言垣, 宮名之別尊卑也. 明不得化四方也. 不曰泮
雍, 何? 嫌但半天子制度也. 詩云, "穆穆599)魯侯, 克明其德. 旣作
泮宮, 淮夷攸服."

○천자가 '벽옹'을 세우는 것은 어째서일까? 예악을 실행하고 교화
를 퍼뜨리기 위해서이다. '벽辟'은 (위가 둥글고 아래가 네모진
옥인) 벽옥璧玉을 뜻한다. 벽옥의 동그란 모양을 본받으면서 또
한 하늘을 본받는다는 말이다. '옹雍'은 물로 막는다는 뜻으로 교
화가 널리 유행하는 것을 상징한다. '벽'이란 말은 쌓는다는 뜻으

---

590) 於雍水側(어옹수측) : 《백호통소증》에 의하면 "'옹'이란 물로 막는다는 뜻이다
  (雍者, 壅之以水)"의 오기이다.
591) 之(지) : 《백호통소증》에 의하면 '者者'의 오기이다.
592) 不言圓辟(불언원벽) : 이하 다섯 구절에 대해 《백호통소증》에서는 오류가 있
  다고 보고 "'원'이라고 말하지 않고 '벽'이라고 말하는 것은 어째서일까? 덕이
  있는 사람을 부른다는 뜻을 취한 것이다(不言圓, 言辟, 何? 取辟有德)"라는 《한
  시韓詩》의 해설을 취하였는데, 이를 따른다.
593) 外(외) : 《백호통소증》에 의하면 '水水'의 오기이다.
594) 又(우) : 《백호통소증》에 의하면 연자衍字이다.
595) 思(사) : 뒤의 '박薄'과 함께 어기조사.
596) 泮水(반수) : 제후의 학교인 반궁泮宮에 있는 연못을 이르는 말.
597) 詩訓(시훈) : 《시경》에 대한 해설서를 가리키는 말. 《백호통소증》에서는 《
  노시훈魯詩訓》으로 추정하였으나 확실치 않다.
598) 璜(황) : 반원 형태의 옥을 이르는 말.
599) 穆穆(목목) : 선정을 아름답게 펼치는 모양.

로 천하에 도덕을 쌓는다는 말이다. '옹'이란 말은 막는다는 뜻으로 천하의 해악을 막는다는 말이다. 그래서 학교를 '벽옹'이라고 한다. ≪예기·왕제≫권12에 "천자의 학교는 '벽옹'이라고 하고, 제후의 학교는 '반궁'이라고 한다"고 하였다. 밖을 원형으로 하는 것은 보는 사람들이 공평하게 행동하기를 바라서이다. 또 밖을 원형으로 하면서 안을 장방형으로 하는 것은 덕은 원만해야 하고 행실은 방정해야 한다는 것을 밝히기 위해서임을 말하려는 것이다. '원'이라고 말하지 않고 '벽'이라고 말하는 것은 어째서일까? 덕이 있는 사람을 부른다는 뜻을 취한 것이다. 어떻게 연못이 있다는 것을 알 수 있을까? ≪시경·노송魯頌·반수泮水≫권29에 "반궁의 연못에서 즐거운 마음으로 미나리를 캐네"라고 하였는데, 해설에 "연못이 벽옥처럼 둥글다는 말이다"라고 하였다. 제후의 학교를 '반궁'이라고 하는 것은 천자의 궁중에 있는 학교에 비해 크기가 반쯤 되기 때문이다. 이는 존비에 차이가 있고 교화가 상대적으로 적다는 것을 밝히는 것이다. 크기가 반쯤 된다는 것은 (반원 모양의 옥인) 황옥璜玉을 본떴다는 말이다. 단지 남쪽을 향해 예의를 갖추는 방향으로 물만 있으면 그만이다. 그 나머지 막힌 곳을 담장이라고 하는 것은 궁궐 명칭에서 존비를 구별하기 위해서이다. 이는 사방을 교화할 수 없다는 것을 밝히는 것이다. '반옹'이라고 하지 않는 것은 어째서일까? 단지 천자가 세운 학교의 규모에 비해 반쯤 되는 것을 꺼림직하게 여겨서이다. 그래서 ≪시경·노송·반수≫권29에 "훌륭하신 노나라 군주께서 덕을 잘 밝히셔서, 반궁을 지으니 회수 일대의 오랑캐가 굴복하였네"라는 구절이 있다.

◇큰 고을의 학교인 상庠과 작은 고을의 학교인 서序

●鄕曰庠, 里曰序. 庠者, 庠禮義也. 序者, 序長幼也. 禮五帝記600)曰,

---

600) 禮五帝記(예오제기) : ≪백호통의≫ 외에는 언급한 문헌이 없어 알려진 바가 없

"立庠序之學, 則父子有親, 長幼有序, 善如爾舍, 明令必次外, 然後前民者也. 未見於仁, 故立庠序以導之也." 教民者, 皆里中之老而有道德者爲右師, (其次爲左師601),) 教里中之子弟以道藝孝悌行602)義. 立五帝之德603), 朝則坐於里之門, 弟子皆出, 就農而復604)罷. 示如之605), 皆入而復罷. 其有出入不時, 早晏不節, 有過, 故使語之, 言心無由生也. 若旣收藏, 皆入教學. 立春而就事, 其有賢才美質, 知學者足以開其心, 頑鈍之民, 亦足以別於禽獸而知人倫. 故無不教之民. 孔子曰606), "以不教民戰, 是謂棄之." 明無不教民也.

○큰 고을의 학교는 '상'이라고 하고, 작은 고을의 학교는 '서'라고 한다. '상'은 예의를 닦는다는 뜻이다. '서'는 어른과 아이의 질서를 세운다는 뜻이다. ≪예기·오제기≫에 "학교를 세우면 부자지간에 친분이 있게 되고 어른과 아이 사이에 질서가 있게 되어 그대의 집안처럼 좋아지는데, 분명한 명이 필시 질서있게 드러난 뒤라야 백성을 앞에서 이끌 수 있다. 어진 마음이 드러나지 않기에 학교를 세워서 인도하는 것이다"라고 하였다. 백성을 가르치려면 언제나 고을에서 나이가 들고 도덕을 갖춘 사람을 우사로 삼고 그 다음 가는 사람을 좌사로 삼아 도덕·기예·효심·우애·인덕·의리로써 고을의 자제들을 가르친다. 입춘이 되어 일을 시작하게 되어서 아침에 고을 입구에 앉으면 제자들은 모두 학교를 나서 농사를 지은 뒤에 그만두고, 저녁에도 이와 같이 하고

다. ≪예기≫의 일편逸篇으로 추정된다. 또 인용문에 대해 ≪백호통소증≫에서는 오류가 있는 것으로 보았다.

601) 其次爲左師(기차위좌사) : ≪백호통소증≫에 의하면 이 구절이 누락되었기에 첨기한다.

602) 行(행) : ≪백호통소증≫에 의하면 '인仁'의 오기이다.

603) 立五帝之德(입오제지덕) : 위의 예문은 혼효가 심한데, ≪백호통소증≫에서는 뒤의 '입춘이취사立春而就事'이 이 구절에 와야 하는 것으로 보았기에 이를 따른다.

604) 復(부) : ≪백호통소증≫에 의하면 뒤의 '부復'와 함께 모두 '후後'의 오기이다. 자형의 유사성으로 인한 필사 과정상의 단순 오기로 보인다.

605) 示如之(시여지) : ≪백호통소증≫에 의하면 '석역여지夕亦如之'의 오기이다.

606) 曰(왈) : 공자의 이 말은 ≪논어·자로子路≫권13에 전한다.

서 모두 학교로 들어간 뒤에 그만둔다. 학교를 드나드는 일을 제
때에 하지 않아 빠르고 늦은 시점을 조절하지 못 하면 과실이
생긴다. 따라서 설사 이에 대해 언급하게 되더라도 마음에 딴 생
각이 일어나지 않는다고 말해야 한다. 만약 수확을 다 하고 나면
모두 학교로 들어간다. 그에게는 훌륭한 자질을 있으니 배움을
아는 자는 마음을 열기에 충분하고, 우둔한 사람 역시 금수와 달
리 인류를 알기에 충분하다. 그래서 가르침을 받지 않은 백성이
없게 된다. 공자가 "교육받지 않은 백성을 전쟁에 보내면 이를
두고 백성을 버리는 것이라고 한다"고 한 것도 교육을 받지 않
은 백성이 없어야 한다는 뜻을 밝힌 것이다.

◇천문대와 명당에 대해 논하다

●天子所以有靈臺[607]者, 何? 所以考天人之心, 察陰陽之會, 揆星辰
之證驗, 爲萬物獲福無方之元. 詩云, "經始靈臺." 天子立明堂者, 所
以通神靈, 感天地, 正四時, 出教化, 宗有德, 重有道, 顯有能, 襃有
行者也. 明堂上圓下方, 八牕四闥, 布政之宮, 在國之陽. 上圓法天,
下方法地, 八牕象八風, 四闥法四時, 九室法九州, 十二坐法十二月,
三十六戶法三十六雨[608], 七十二牖法七十二風.

○천자가 천문대를 세우는 이유는 무엇일까? 하늘과 사람의 마음
을 살피고, 음기와 양기의 조화를 살피고, 별자리의 징조를 살펴
서 만물이 복을 얻음에 있어서 정해진 규칙이 없는 방도를 마련
하기 위해서이다. ≪시경・대아大雅・영대靈臺≫권23에 "천문대
를 짓기 시작하였네"라는 구절이 있다. 천자가 명당을 세우는 것
은 신령과 통하고, 천제와 지신을 감동시키고, 사계절을 바로 알
고, 교화를 내놓고, 덕이 있는 사람을 존중하고, 유능한 사람을

---

607) 靈臺(영대) : 황제가 천문天文이나 재이災異를 관찰하기 위해 세우는 건물을 이
    르는 말. '관대觀臺'라고도 한다.
608) 三十六雨(삼십륙우) : 1년에 36번 내리는 비를 이르는 말. 고대 중국인들은 열
    흘에 한 번씩 1년에 36차례 비가 내리는 것을 가장 이상적인 기후로 보았다.

파악하고, 공이 있는 사람을 포상하기 위해서이다. 명당은 위가 둥글고 아래가 네모지며 천장의 창문이 8개이고 쪽문이 4개인데, 정사를 펼치는 건물로서 도성의 남쪽에 둔다. 위가 둥근 것은 하늘을 본받은 것이고, 아래가 네모진 것은 땅을 본받은 것이고, 천장의 창문이 8개인 것은 여덟 절기에 부는 바람을 본받은 것이고, 쪽문이 4개인 것은 사계절을 본받은 것이며, 좌석이 12개인 것은 12개월을 본받은 것이고, 지게문이 36개인 것은 1년에 36번 내리는 비를 본받은 것이고, 벽쪽의 창문이 72개인 것은 1년에 72차례 부는 바람을 본받은 것이다.

◆災變(재앙) 4항

◇재앙으로 경고하다

●天所以有災變, 何? 所以譴告人君, 覺悟其行, 欲令悔過修德, 深思
慮也. 援神契曰, "行有點缺, 氣逆于天, 情感變出, 以戒人也."
○하늘이 재앙이나 변고를 일으키는 것은 어째서일까? 군주에게 경
고를 날려 자신의 행실을 깨닫게 해서 과오를 뉘우치고 덕업을
닦으며 심사숙고하게 만들기 위해서이다. 그래서 ≪원신계≫에
"행실에 흠결이 있으면 기운이 하늘에서 역행하고, 감정을 변덕스
럽게 드러내면 그 때문에 사람에게 경고를 보낸다"고 하였다.

◇재앙의 차이에 대해 논하다

●災異者, 何謂也? 春秋潛潭巴609)曰, "災之言, 傷也. 隨事而誅. 異
之言, 怪, 先感動之也." 何以言災有哭也? 春秋曰, "新宮火, 三日
哭." 傳曰, "必三日哭, 何? 禮也." 災三日哭, 所以然者, 宗廟先祖
所處, 鬼神無形體也. 今忽得天火, 得無爲災所中乎? 故哭也. 變者,
何謂? 變者, 非常也. 耀嘉610)曰, "禹將受位, 天意大變, 迅風靡木,
雷雨晝冥." 服乘611)者, 何謂? 衣服乍大乍小, 言語非常. 故尙書大
傳曰, "時則有服乘也." 孼者, 何謂也? 曰, "介蟲生爲非常." 尙書大
傳曰, "時則有介蟲之孼, 時則有龜孼612)." 堯遭洪水, 湯遭大旱, 示

---

609) 春秋潛潭巴(춘추잠담파) : ≪춘추경≫에 관한 저자 미상의 위서緯書 가운데 일
종. 원서는 실전되고 명나라 손곡孫瑴이 엮은 ≪고미서古微書≫권11에 잔권殘
卷이 전한다. 손곡은 '잠담'은 물의 깊이를 뜻하고, '파'는 나무의 굴곡을 뜻한다
고 풀이하면서 서명이 무척 괴이하다고 하였다. 결국 ≪춘추경≫에 대해 깊이를
더해 준다는 의미로 보인다.
610) 耀嘉(요가) : ≪악기樂記≫에 관한 저자 미상의 위서緯書 가운데 하나인 ≪악계
요가樂稽耀嘉≫의 약칭. 오래 전에 실전되고 지금은 명나라 손곡孫瑴이 엮은 ≪
고미서古微書≫권21에 잔권殘卷이 전한다.
611) 服乘(복승) : ≪백호통소증≫에 의하면 뒤의 '복승'과 함께 '복요服妖'의 오기이
다. '복요'는 복장이 기괴한 것을 뜻하는 말로서 변고가 일어날 조짐을 상징한다.
612) 龜孼(귀얼) : 거북이 다수 출현한 뒤에 일어나는 재앙을 이르는 말.

有譴告乎? 堯遭洪水, 湯遭大旱, 命運時然. 所以或災變或異, 何? 各隨其行, 因其事也.

○'재이'란 무슨 말일까? ≪춘추잠담파≫에 "'재災'라는 말은 다친 다는 뜻으로 사안에 따라 징벌을 받는 것이다. '이異'라는 말은 괴이하다는 뜻으로 먼저 감화되어 움직이는 것이다"라고 하였다. 어째서 재앙이 있으면 통곡한다고 말하는 것일까? ≪춘추경≫에 "새 궁궐에 화재가 나자 사흘 동안 통곡을 하였다"고 하였는데, ≪공양전・성공成公3년≫권17에 "반드시 사흘 동안 통곡을 하는 것은 어째서일까? 예법이기 때문이다"라고 하였다. 화재가 나서 사흘 동안 통곡을 할 때 그러한 이유는 종묘는 선조가 머무는 곳이고 귀신은 형체가 없는데 이제 갑자기 화재를 만난 것이니, 화재에 당하지 않을 수 있겠는가? 그래서 통곡하는 것이다. '변 變'이란 무슨 말일까? '변'은 비상사태를 뜻한다. ≪악계요가樂稽 耀嘉≫에 "(하나라) 우왕이 황제의 자리를 받으려 할 때 하늘의 기운이 크게 변하여 질풍이 나무를 쓰러뜨리고 우레와 비가 내 리며 낮이 어두워졌다"고 하였다. '복장이 기괴하다'란 무슨 말일 까? 복장이 갑자기 커졌다가 갑자기 작아졌다 하면 언어가 평상 시와 달라지게 된다. 그래서 ≪상서대전≫권2에 "때가 되면 복장 이 기괴해지는 일이 일어난다"고 하였다. '얼孼'이란 무슨 말일 까? "갑충이 태어났는데 정상이 아니다"라는 말이다. 그래서 ≪ 상서대전≫권2에 "때가 되면 갑충의 태생으로 인한 재앙이 일어 나고, 때가 되면 거북이 많이 출현함으로써 재앙이 일어나기도 한다"고 하였다. (당나라) 요왕이 홍수를 만나고 (상나라) 탕왕이 가뭄을 만났을 때 경고를 보여주었을까? 요왕이 홍수를 만나고 탕왕이 가뭄을 만난 것은 운명상 시기적으로 그리되었던 것이다. 재앙이 변고를 낳기도 하고 다른 결과를 보이기도 하는 것은 어 째서일까? 각기 그들의 행실을 따르고 그들의 정사에 기인하기 때문이다.

◇서리·우레·이슬에 대해 논하다

●霜之爲言, 亡也. 陽以散云[613]. 雹之爲言, 合也. 陰氣專精, 積合爲雹. (露者[614], 霜之始, 寒卽變爲霜.)

○서리란 말은 사라진다는 뜻이다. 양기가 그 때문에 흩어져 사라진다는 말이다. 우레란 말은 모인다는 뜻이다. 음기가 오롯이 정기를 뿜어내 모이면 우레가 된다. (이슬은 서리의 시작으로 날씨가 추우면 서리로 변한다.)

◇일식·월식·홍수·가뭄에 대해 논하다

●日食者必殺[615]之, 何? 陰侵陽也. 鼓用牲于社. 社者, 衆陰之主, 以朱絲縈之, 鳴鼓攻之, 以陽責陰也. 故春秋曰, "日食, 鼓用牲于社." 所以必用牲者, 社, 地別神也. 尊之, 故不敢虛責也. 日食, 大水則鼓用牲於社, 大旱則雩祭未[616]雨, 非苟虛也. 勑[617]陽責下求陰之道也. 月食救之者, 陰失明也. 故角[618]尾[619]交, 日月食救之者, 謂夫人擊鏡, 傅人[620]擊杖, 庶人之妻楔搔[621].

○일식이 일어났을 때 반드시 해를 다시 살리는 것은 어째서일까? 음기가 양기를 침탈했기 때문이다. 그래서 토지신을 모신 사당에

---

613) 云(운) : ≪백호통소증≫에 의하면 '망亡'의 오기이다. 자형의 유사성으로 인한 필사 과정상의 단순 오기로 보인다.

614) 露者(노자) : ≪백호통소증≫에 의하면 이하 세 구절이 누락되었기에 첨기한다.

615) 殺(살) : ≪백호통소증≫에 의하면 '구救'의 오기이다. 자형의 유사성으로 인한 필사 과정상의 단순 오기로 보인다.

616) 未(미) : ≪백호통소증≫에 의하면 '구求'의 오기이다. 자형의 유사성으로 인한 필사 과정상의 단순 오기로 보인다.

617) 勑(래) : ≪백호통소증≫에 의하면 '조助'의 오기이다.

618) 角(각) : 이십팔수二十八宿 가운데 동방 청룡靑龍 7수 중 첫 번째 별자리 이름.

619) 尾(미) : 이십팔수二十八宿 가운데 동방 청룡靑龍 7수 중 여섯 번째 별자리 이름.

620) 傅人(전인) : ≪백호통소증≫에 의하면 군주의 첩실 가운데 하나를 뜻하는 말인 '유인孺人'의 오기이다.

621) 楔搔(설소) : ≪백호통소증≫에서는 문설주를 긁는다는 의미의 '소설搔楔'의 오기로 보았다. '설楔'은 '정根'의 뜻.

서 북을 치고 희생물을 바친다. 토지신을 모신 사당이 모든 음기의 주인이기에 (양기를 상징하는) 붉은 실로 그곳을 휘감고 북을 울려 공격하는데, 이는 양기로써 음기를 꾸짖는 것이다. 그래서 ≪춘추경≫에서도 "일식이 일어나면 토지신을 모신 사당에서 북을 치고 희생물을 바친다"고 하였다. 반드시 희생물을 바치는 연유는 토지신이 지신의 하나이기 때문이다. 그를 존중하기에 감히 아무것도 장만하지 않은 채로는 꾸짖지 못 하는 것이다. 일식이 일어났을 때 홍수가 나면 토지신을 모신 사당에서 북을 치고 희생물을 바치며, 가뭄이 일어나면 기우제를 지내 비를 청하는 것은 구차하고 헛된 일이 아니다. 이것이 양기를 도와 아래의 땅을 책망해서 음기를 구하는 방도이다. 월식이 일어났을 때 달을 다시 살리는 것은 음기가 밝기를 잃어서이다. 그래서 각수와 미수가 만날 때 일식이나 월식이 일어나 해와 달을 다시 살리고자 하면, 부인夫人은 거울을 두드리고 유인孺人은 지팡이를 두드리고 서인의 아내는 문설주를 긁는다고 말하는 것이다.

◆耕桑(농업과 잠업) 1항

◇농업과 잠업에 대해 논하다

●王者所以親耕, 后親桑, 何? 以率天下農蠶也. 天子親耕, 以供郊
廟622)之祭, 后之親桑, 以供祭服. 祭義623)曰, "天子三推, 三公五推,
卿·大夫·士九推." 耕於東郊, 何? 東方少陽, 農事始起. 桑於西郊,
(何624)?) 西方少陰, 女功所成. 故曾子問曰625), "天子耕東田而三反
之." 周官曰, "后親桑, 率外內婦626), 蠶於北郊." 禮祭義曰, "古者
天子諸侯必有公桑蠶室, 近川而爲之, 築宮棘墙, 而外閉之者也."

○황제가 몸소 농사를 짓고 황후가 몸소 뽕나무를 재배하는 것은
어째서일까? 천하 사람들의 농업과 잠업을 이끌기 위해서이다.
천자는 몸소 농사를 지어 교묘의 제사에 바치고, 황후는 몸소 뽕
나무를 재배하여 (누에실을 장만해서) 제사용 의복을 공급한다.
그래서 ≪예기·월령月令≫권14에 "천자는 농기구를 세 번 밀고,
삼공은 다섯 번 밀고, 구경·대부·사士는 아홉 번 민다"고 하였
다. 동쪽 교외에서 농사를 짓는 것은 어째서일까? 동방은 소양
(봄)에 해당하는 곳으로 농사를 처음 시작하는 곳이다. 서쪽 교
외에서 뽕나무를 재배하는 것은 어째서일까? 서방은 소음(가을)
에 해당하는 곳으로 여자의 수공업이 이루어지는 곳이다. 그래서
≪예기·증자문≫에 "천자는 동쪽 밭을 갈면서 이를 세 번 되풀
이한다"고 하였고, ≪주례周禮·천관天官·내재內宰≫권7에 "황

---

622) 郊廟(교묘) : 제단이나 종묘에 대한 총칭. 천제와 지신에게 제사지내는 곳을 '교
郊'라고 하고, 조상신에게 제사지내는 곳을 '묘廟'라고 한다.

623) 祭義(제의) : 현전하는 ≪예기≫에 의하면 '월령月令'의 오기이다.

624) 何(하) : ≪백호통소증≫에 의하면 이 글자가 누락되었기에 첨기한다. 문맥상으
로도 있는 것이 자연스럽다.

625) 曰(왈) : 현전하는 ≪예기·증자문≫권18·19에 위의 예문이 없는 것으로 보아
일문逸文인 듯하다.

626) 外內婦(외내부) : 궁중 안팎의 부녀자들을 아우르는 말. 황제의 비빈妃嬪 등 궁
내의 여관女官은 '내명부內命婦'라고 하고, 공경公卿·대부大夫·사士 등 관원
들의 부인은 '외명부外命婦'라고 한다.

후는 몸소 뽕나무를 재배하고서 외명부와 내명부를 인솔하여 북쪽 교외에서 누에를 친다"고 하였으며, ≪예기・제의≫권48에 "옛날에 천자와 제후는 반드시 뽕나무를 재배하고 누에를 치는 공적 건물을 세우면서 냇물을 가까이하여 이를 마련하는데, 건물을 지으면 담장에 가시나무를 심어서 외부와 차단하였다"고 하였다.

■白虎通義卷上■

■白虎通義卷下■

□德論下

◆封禪(봉선) 2항

◇봉선제에 대해 논하다

●王者易姓而起, 必升封泰山, 何? 敎告[1]之義也. 始受命之時, 改制應天, 天下太平功成, 封禪[2]以告太平也. 所以必於泰山, 何? 萬物所交代之處也. 必於其上, 何? 因高告高, 順其類也. 故升封者, 增高也. 下禪梁甫之山基, 廣厚也. 刻石紀號者, 著己之功跡也, 以自效也. 天以高爲尊, 地以厚爲德. 故增泰山之高以放[3]天, 附梁甫之基以報地. 明天地之所命, 功成事遂, 有益於天地, 若高者加高, 厚者加厚矣. 或曰, "封者, 金泥[4]銀繩." 或曰, "石泥金繩, 封以印璽." 故孔子曰[5], "升泰山, 觀易姓之王, 可得而數者, 七十有[6]餘." 封者, 廣也. 言禪者, 明以成功相傳也. 梁甫者, 太山旁山名. 正於梁甫, 何? 以三皇[7]禪於繹繹之山, 明已成功而去, 有德者居之. 繹繹者, 無窮之意也. 五帝[8]禪于亭亭(之山. 亭亭[9])者, 制度審諟, 道德著明也.

---

1) 敎告(고고) : ≪백호통소증≫에 의하면 '보고報告'의 오기이다.
2) 封禪(봉선) : 제사의 종류. 천신天神에게 올리는 제사를 '봉封', 지신地神에게 올리는 제사를 '선禪'이라고 한다.
3) 放(방) : ≪백호통소증≫에 의하면 '보報'의 오기이다.
4) 金泥(금니) : 봉인에 사용하기 위해 수은을 섞어 만든 금가루를 이르는 말.
5) 曰(왈) : 춘추시대 노魯나라 공자의 이 말은 ≪사기·봉선서封禪書≫권28의 주에 인용된 ≪한시외전韓詩外傳≫에 전한다.
6) 有(우) : 수효를 덧보탤 때 쓰는 말. 또, '우又'와 통용자.
7) 三皇(삼황) : 전설상의 세 임금. ≪주례周禮≫의 복희伏羲·신농神農·황제黃帝, ≪백호통白虎通≫의 복희伏羲·신농神農·축융祝融, ≪상서대전尙書大傳≫의 수인燧人·복희伏羲·신농神農, ≪여씨춘추呂氏春秋≫의 복희伏羲·여와女媧·신농神農, ≪예문류취藝文類聚≫의 천황天皇·지황地皇·인황人皇 등 시대마다 차이가 있어 설이 다양하다.

三王10)禪于梁甫之山. 梁者, 信也. 甫, 輔也. 輔天地之道而行之也. 太平乃封, 知告于天, 必也於岱宗11), 何? 明知易姓也. 刻石紀號, 知自紀于百王也. 燎祭12)天, 報之義也. 望祭13)山川, 祀羣神也. 詩云, "於皇時14)周, 陟其高山," 言周太平封太山也. 又曰, "墮山15)喬嶽, 允猶翕16)河," 言望祭山川, 百神來歸也.

○천자가 역성혁명을 일으켜 즉위하면 반드시 (산동성) 태산에 올라 제사를 올리는 것은 어째서일까? 사안에 대해 보고한다는 뜻이다. 처음 천명을 받아 즉위할 때는 제도를 고쳐 하늘의 뜻에 호응하고, 천하가 태평성대를 이루면 봉선제를 지내 태평시대가 도래했음을 알린다. 반드시 태산에서 지내는 이유는 무엇일까? 만물이 교대하는 장소이기 때문이다. 반드시 꼭대기에서 하는 이유는 무엇일까? 높은 곳을 이용하여 고상한 뜻을 아룀으로써 같은 부류를 좇는 것이다. 따라서 높은 곳에 올라 천제에게 제사를 올리는 것은 고상한 뜻을 보태는 것이다. 태산을 내려와 양보산 기슭에서 지신에게 제사를 올리는 것은 두터운 덕을 확장하는 것이다. 바위를 깎아 호를 기재하는 것은 자신의 공적을 드러냄

---

8) 五帝(오제) : 전설상의 다섯 황제. 전한 사마천司馬遷(B.C.135-?)은 《사기史記·오제본기五帝本紀》권1에서 황제黃帝·전욱顓頊·제곡帝嚳·요堯·순舜을 가리킨다고 한 반면, 진晉나라 황보밀皇甫謐(215-282)은 《제왕세기帝王世紀·오제》권2에서 소호少昊·전욱顓頊·제곡帝嚳·요堯·순舜을 가리킨다고 하는 등 설에 따라 차이가 있다.

9) 之山亭亭(지산정정) : 《백호통소증》에 의하면 이 네 글자가 누락되었기에 첨기한다.

10) 三王(삼왕) : 하夏나라 우왕禹王·상商나라 탕왕湯王·주周나라 무왕武王을 아우르는 말.

11) 岱宗(대종) : 태산泰山의 별칭. 오악五嶽의 으뜸으로 모든 산의 종주라는 뜻에서 유래하였다.

12) 燎祭(요제) : 섶에 불을 부친 뒤 제물을 올려놓고 불사르면서 천제에게 제사를 올리는 것을 이르는 말.

13) 望祭(망제) : 멀리서 바라보며 산천의 신에게 제사를 올리는 것을 이르는 말.

14) 時(시) : '시是' '차此'의 뜻. '명明'의 오기로 보는 설도 있다.

15) 墮山(타산) : 작은 산을 이르는 말. '타墮'는 '만巒'의 뜻.

16) 翕(흡) : 아우르다. '합合'의 뜻.

으로써 자신을 밝히는 것이다. 하늘은 높기에 존귀하고, 땅은 두 텁기에 덕을 베푼다. 그래서 태산의 높이를 보태 천제에게 보고 하고, 양보산의 기슭에 의지해 지신에게 보고한다. 천제와 지신 의 명을 밝혀 공적을 완수하면 천지에 도움을 주기에 높은 것에 는 높이를 더해주고 두터운 것에는 두터움을 보태주는 것이다. 혹자는 "'봉封'이란 수은을 섞은 금가루와 은빛 새끼줄을 사용하는 것이다"라고 하고, 혹자는 "돌가루와 금빛 새끼줄을 사용하고 인장 을 찍어 봉한다"고도 하였다. 그래서 (≪사기 · 봉선서封禪書≫권 28의 주에 인용된 ≪한시외전韓詩外傳≫에 의하면 춘추시대 노 나라) 공자는 "태산에 올라 역성혁명을 일으킨 왕을 살펴보았더 니 셀 수 있는 이가 70명이 넘었다"고 하였다. '봉'은 넓힌다는 뜻이다. '선禪'이란 성공을 전한다는 뜻을 밝히는 것이다. '양보' 는 태산 옆에 있는 산 이름이다. 그런데 굳이 양보산에서 하는 것은 어째서일까? 삼황이 역역산에서 지신에게 제사를 올려 이 미 공을 이루고는 떠난다는 뜻을 밝혔기에 덕이 있는 사람이 그 곳에 머물기 때문이다. '역역'은 무궁하다는 뜻이다. 오제는 정정 산에서 지신에게 제사를 올렸다. '정정'은 제도를 바르게 살피고 도덕을 널리 드러냈다는 뜻이다. 삼왕은 양보산에서 지신에게 제 사를 올렸다. '양梁'은 믿음을 뜻하고, '보甫'는 보필을 뜻한다. 즉 천지의 도를 거들어 실행케 한다는 말이다. 태평시대가 도래 해야 비로소 천제에게 제사를 올리는데, 천제에게 고할 줄 알면 서 굳이 대종(태산)에서 하는 것은 어째서일까? 역성혁명을 잘 안다는 것을 밝히는 것이다. 바위를 깎아 호를 기재하는 것은 스 스로 모든 왕에 대해 기재할 줄 안다는 뜻이다. 섶에 불을 붙여 천제에게 제사를 올리는 것은 보고의 뜻을 담은 것이고, 멀리서 바라보며 산신령과 수신에게 제사를 올리는 것은 여러 신에게 제사 지내는 것이다. ≪시경 · 주송周頌 · 반般≫권28에서 "훌륭 하도다! 우리 주나라는 저 높은 산에 올랐네"라고 한 것은 주나라가 태평성대를 맞아 태산에서 천제에게 제사를 올렸다는 말이다. 또 "작은 산과 높은 산에 지내는 것은 실로 황하의 모든 물줄기에 제사를 지내는 것과 같네"라고 한 것은 산신령과 수신에게 제사를 지내면 모든 신이 찾아온다는 말이다.

◇부서에 대해 논하다

●天下太平, 符瑞17)所以來至者, 以爲王者承統理, 調和陰陽, 陰陽和, 萬物序, 休氣充塞. 故符瑞竝臻, 皆應德而至. 德至天, 則斗極明, 日月光, 甘露降. 德至地, 則嘉禾18)生, 蓂莢19)起, 秬鬯20)出, 平路21)感. 德至文表, 則景星22)見, 五緯23)順軌. 德至草木, 則朱草24)生, 木連理25). 德至鳥獸, 則鳳凰翔, 鸞鳥舞, 騏驎26)臻, 白虎到, 狐九尾, 白雉降, 白鹿見, 白烏下. 德至山陵, 則景雲27)出, 芝實茂, 陵出異丹28), 阜出萐莆29), 山出器車30), 澤出神鼎. 德至淵泉, 則黃龍見,

---

17) 符瑞(부서) : 상서로운 조짐을 이르는 말. 주로 황제가 제위에 오를 조짐을 적은 서책을 가리킨다.

18) 嘉禾(가화) : 옛날 사람들이 길조로 여기던 특이한 모양의 벼를 가리키는 말. 혹은 품질이 좋은 쌀을 의미하기도 한다.

19) 蓂莢(명협) : 초하루에 한 잎이 생겨서 보름날이 되면 열다섯 장의 잎이 자라고, 16일 뒤로는 한 잎씩 떨어져 그믐날이 되면 다 떨어진다는 전설상의 풀 이름. 당唐나라 요왕堯王이 이를 살펴서 역법曆法을 계산했다는 고사로 인해 '요명堯蓂'이라고도 한다.

20) 秬鬯(거창) : 검은 기장과 울금향鬱金香, 혹은 그것으로 빚은 울창주鬱鬯酒를 이르는 말. 제사용이나 공신에게 주는 하사품으로 쓰였다.

21) 平路(평로) : 훌륭한 인물이 출현하면 나타난다는 전설상의 나무 이름. '평로平露'로도 쓴다.

22) 景星(경성) : 태평성대에 나타난다는 상서로운 큰 별을 이르는 말.

23) 五緯(오위) : 목성・화성・토성・금성・수성, 즉 오성五星의 별칭.

24) 朱草(주초) : 붉은 색을 띤 풀. 천하가 태평할 때 자란다는 상서로운 풀을 가리킨다.

25) 連理(연리) : 서로 맞닿아 함께 자라는 가지를 말하는 '연리지連理枝'의 약칭. 그러한 나무를 '연리목連理木'이라고 한다. 상서로운 징조로서 금슬 좋은 부부나 우정이 두터운 친구를 상징하기도 한다.

26) 騏驎(기린) : 본래는 준마나 천리마를 뜻하는 말이나 여기서는 전설상의 상서로운 동물인 기린麒麟의 통용자로 쓴 듯하다.

27) 景雲(경운) : 상서로운 구름을 이르는 말.

醴泉31)通32), 河出龍圖33), 洛出龜書34), 江出大貝, 海出明珠. 德至
八方, 則祥風至, 佳氣時喜, 鐘律調, 音度施, 四夷化, 越裳35)貢. 孝
道至, 則出36). 蓂莆者, 樹名也. 其葉大於門扇37), 不搖自扇, 於飮
食淸凉, 助供養也. 繼嗣平明38), 則賓連生於房戶. 賓連者, 木名,
連累相承, 故在於房戶, 象繼嗣也. 日曆得其分度, 則蓂莢生於階間.
蓂莢, 樹名也. 月一日生一莢, 十五日畢, 至十六日去莢, 故莢39)階
生, 似日月也. 賢不肖40), 位不相踰, 則平路生于庭. 平路者, 樹名
也. 官位得其人則生, 失其人則死. 狐九尾, 何? 狐死首丘41), 不忘
本也, 明安不忘危也. 必九尾者, 何? 九妃得其所, 子孫繁息也. 於尾
者, 何? 明後當盛也. 景星者, 大星也. 月或不見, 景星常見, 可以夜
作, 有益於人民也. 甘露者, 美露也, 降則物無不盛者也. 朱草者, 赤
草也, 可以染絳, 別尊卑也. 醴泉者, 美泉也, 狀若醴酒, 可以養老.
嘉禾者, 大禾也, 成王時, 有三苗異畝而生, 同爲一穟, 大幾盈車, 長

---

28) 異丹(이단) : ≪백호통소증≫에 의하면 상서로움을 상징하는 검은 단사를 뜻하는
    말인 '흑단黑丹'의 오기이다. 자형의 유사성으로 인한 필사 과정상의 단순 오기로
    보인다.
29) 蓂莆(삽보) : 상서로움을 상징하는 전설상의 풀 이름.
30) 器車(기거) : 태평성대에 나타난다는 전설상의 그릇과 수레 따위를 이르는 말.
31) 醴泉(예천) : 태평성대에 나타난다는 전설상의 달콤한 물 이름.
32) 通(통) : ≪백호통소증≫에 의하면 '용涌'의 오기이다.
33) 龍圖(용도) : 황하에서 나왔다고 전하는 전설상의 도서인 ≪하도河圖≫의 별칭.
    ≪역경·계사상繫辭上≫권11의 "황하에서 ≪용도≫가 나오고, 낙수에서 ≪귀서
    龜書≫가 나와 성인이 이를 본받았다(河出圖, 洛出書, 聖人則之)"는 말에서 유래
    하였다. 황제에 오르는 것을 상징한다.
34) 龜書(귀서) : 당唐나라 요왕堯王 때 낙수洛水에서 거북이 짊어지고 나왔다고 전하
    는 총 65자로 이루어진 ≪낙서洛書≫의 별칭.
35) 越裳氏(월상씨) : 고대 중국의 남해에 있었던 이민족 국가 이름.
36) 出(출) : ≪백호통소증≫에 의하면 '삽보생포주蓂莆生庖廚'의 오기이다.
37) 門扇(문선) : 문짝을 뜻하는 말.
38) 明(명) : ≪백호통소증≫에 의하면 연자衍字이다.
39) 莢(협) : ≪백호통소증≫에 의하면 '협夾'의 오기이다.
40) 不肖(불초) : 닮지 못 하다. 즉 부친을 닮지 못 한 못난 사람이란 말이다.
41) 首丘(수구) : 머리를 언덕으로 향하다. "여우는 죽으면 자신의 굴을 향해 머리를
    똑바로 둔다(狐死, 正首丘)"는 ≪예기·단궁상檀弓上≫권7의 고사에서 유래한 말
    로 근본을 잊지 않는 것을 상징한다.

幾充箱. 民有得而上之者, 成王訪周公[42]而問之, 公曰, "三苗爲一穀, 天下當和爲一乎!" 以是果有越裳氏重九譯[43]而來矣.

○천하가 태평해져 '부서'가 도래하면 천자가 통치의 이치를 받들어 음양을 잘 조절함으로써 음양이 조화를 이루고, 만물이 질서를 찾고, 좋은 기운이 충만한 것으로 여긴다. 따라서 부서가 함께 이르는 것은 덕에 반응하여 찾아오는 것이다. 덕이 하늘에 닿으면 북두성이 지극히 밝아지고, 해와 달이 빛을 발하고, 감로가 내린다. 덕이 대지에 이르면 '가화'가 자라고, '명협'이 나타나고, '울창'이 출현하고, '평로'가 감응한다. 덕이 천문에 이르면 경성이 출현하고, 오성이 순조롭게 운행한다. 덕이 초목에 이르면 '주초'가 자라고, 나무에 연리지가 자란다. 덕이 날짐승과 들짐승에 이르면 봉황이 날아오르고, 난새가 춤을 추고, 기린이 찾아오고, 백호가 찾아오고, 구미호가 나타나고, 흰 꿩이 날아내리고, 흰 사슴이 출현하고, 흰 까마귀가 내려온다. 덕이 산릉에 이르면 상서로운 구름이 출현하고, 영지초에 열매가 무성하게 열리고, 산등성이에서 검은 단사가 출현하고, 언덕에 삽보초가 나타나고, 산에 상서로운 그릇이나 수레가 출현하고, 늪에서 신령한 세발솥이 나온다. 덕이 연못에 이르면 황룡이 출현하고, 달콤한 샘물이 솟구치고, 황하에서 ≪용도≫가 나오고, 낙수에서 ≪귀서≫가 나오고, 장강에서 큰 조개가 출현하고, 바다에서 명주가 나온다. 덕이 팔방에 이르면 상서로운 바람이 불고, 좋은 기운이 때맞춰 일어나고, 음률이 조화를 이루고, 음악 제도가 갖춰지고, 사방 오랑캐가 순화되고, 월상국에서 조공을 바친다. 효도가 실천되면 '삽보'

---

42) 周公(주공) : 주周나라 무왕武王 희발姬發의 동생이자 성왕成王 희송姬誦의 숙부인 희단姬旦에 대한 존칭. 성왕이 나이가 어려 섭정攝政을 하였고, 성왕이 성장한 뒤 물러나 노魯나라를 봉토封土로 받았다. ≪사기・노주공세가魯周公世家≫권 33 참조.

43) 重九譯(중구역) : 거듭해서 아홉 번 통역을 거치다. 즉 여러 차례 통역을 거치는 것을 말한다.

가 주방에서 자란다. '삽보'는 나무 이름이다. 그 잎은 문짝보다 큰데 흔들지 않아도 저절로 바람을 일으켜 음식을 시원하게 해서 노인을 봉양하는 데 도움을 준다. 후계자 선정이 공평하면 '빈련'이 방문 앞에서 자란다. '빈련'은 나무 이름으로 겹겹이 쌓여서 서로 떠받치기에 방문 앞에 자라는 것은 후계자를 상징한다. 역법이 제도를 잘 갖추면 '명협'이 계단에서 자란다. '명협'은 나무 이름이다. 초하루부터 잎이 하나씩 자라서 15일에 다 자랐다가 16일부터 잎이 하나씩 떨어지기에 명협이 계단에서 자라는 것은 날짜의 흐름과 같다. 현자와 못난이가 지위상 서로 넘나들지 않으면 '평로'가 마당에서 자란다. '평로'는 나무 이름이다. 관직상 그에 걸맞는 적절한 인재를 찾으면 자라지만 적절한 인재를 잃으면 죽는다. 구미호가 나타나는 것은 어째서일까? 여우가 죽으면서 자신의 굴을 향해 머리를 두는 것은 근본을 잊지 않는다는 뜻으로 안전할 때 위험을 잊지 않는다는 것을 밝히는 것이다. 굳이 꼬리가 아홉 개인 것은 어째서일까? 아홉 명의 왕비가 제자리를 찾으면 자손이 번창한다는 말이다. 꼬리에 대해서 얘기하는 것은 어째서일까? 후손이 분명 번성한다는 것을 밝히는 것이다. '경성'은 큰 별이다. 달이 혹여 뜨지 않으면 경성이 늘 대신 나타나는데, 밤에 나타나 백성들에게 도움을 줄 수 있다. '감로'는 달콤한 이슬로서 내리면 모든 사물이 번성한다. '주초'는 붉은 색을 띤 풀로서 붉게 물들일 수 있어 존비를 구별해 준다. '예천'은 달콤한 샘물로서 모양새가 단술과 같아 노인을 봉양하기에 좋다. '가화'는 커다란 벼로서 (주周나라) 성왕 때 세 개의 싹이 밭을 달리하여 자란 적이 있는데, 똑같이 이삭이 하나만 패였는데도 크기가 거의 수레를 채우고 길이가 거의 상자를 채울 정도였다. 백성이 그것을 얻어 바치자 성왕이 주공을 방문해 물었더니 주공이 "세 개의 싹에 이삭이 하나만 패였으니 천하가 분명 통일을 이룰 것입니다!"라고 대답하였다고 한다. 그래서 정

말로 월상국의 사신이 여러 차례 통역을 거치면서 조알하러 찾
아왔다.

◆巡狩(순수) 10항

◇순수의 의의에 대해 논하다

●王者所以巡狩[44]者, 何? 巡者, 循也. 狩者, 牧也. 爲天下循行, 守
牧民也. 道德太平, 恐遠近不同化, 幽隱自不得所. 考禮義, 正法度,
同律曆, 計時月, 皆爲民也. 尙書[45]曰, "遂覲東后[46], 叶時月正日,
同律度量衡, 修五禮[47]." 尙書大傳[48]曰, "見諸侯, 問百年, 太師[49]
陳詩, 以觀民命[50]風俗, 命市納賈, 以觀民好惡. 山川神祇有不擧者
爲不敬, 不敬者削以地. 宗廟有不順者爲不孝, 不孝者黜以爵. 變禮
易樂爲不從, 不從者君流. 改制度衣服爲畔, 畔者君討. 有功者賞之."
尙書曰, "明試以功, 車服以庸[51]."

○천자가 '순수'에 나서는 것은 어째서일까? '순巡'은 따른다는 뜻
이고, '수狩'는 돌본다는 뜻이다. 천하를 순행하면서 백성을 돌본
다는 말이다. 도덕이 갖춰지고 태평시대라 할지라도 먼 곳과 가
까운 곳이 동일하게 감화를 받지 못 하고, 은자들이 제자리를 찾

---

44) 巡狩(순수) : 천자가 제후를 시찰하는 것을 이르는 말. '순수巡守'로도 쓴다.

45) 尙書(상서) : ≪서경≫의 별칭. '상尙'은 '고古'의 뜻이므로 '오래된 역사책'이란
   의미에서 유래하였다.

46) 東后(동후) : 동방 제후 가운데 수장을 이르는 말.

47) 五禮(오례) : 길례吉禮(제사)・흉례凶禮(장례)・빈례賓禮・군례軍禮・가례嘉禮(혼
   례)를 아우르는 말. 공공・후侯・백伯・자子・남男의 다섯 작위에 대한 예법을 가
   리킬 때도 있다.

48) 尙書大傳(상서대전) : 구본舊本에서는 전한 복승伏勝(약 B.C.268-B.C.178)이 짓
   고 후한 정현鄭玄(127-200)이 주를 달았다고 하였으나, 서문에 의하면 복승의 학
   설을 장생張生・구양생歐陽生 등이 기술한 것으로 ≪서경≫과 관련이 없는 글도
   뒤섞여 있어 ≪역건착도易乾鑿度≫ ≪춘추번로春秋繁露≫와 같이 경서의 지류일
   뿐이다. 보유補遺 1권 포함 총 4권. ≪사고전서간명목록・경부・서류書類≫권2 참
   조.

49) 太師(태사) : 재상의 지위인 삼공三公, 즉 태사太師・태부太傅・태보太保 가운데
   하나. 그러나 뒤에는 태위太尉・사도司徒・사공司空을 삼공으로 설치하고, '큰 스
   승'이란 의미에서 삼공보다 높여 별도로 '상공上公'이라고 하면서 '삼사三師'를 세
   우기도 하였다.

50) 命(명) : 원문에 의하면 연자衍字이다.

51) 庸(용) : 공로에 보답하다.

지 못 할 수 있다. 그래서 예의를 살피고 법도를 바로잡고 율력을 통일하고 역법을 잘 계산하는 것은 모두 백성을 위해서이다. ≪서경・우서虞書・순전舜典≫권2에 "마침내 동방 제후의 수장을 만나 사계절과 월수를 협의하고, 일수를 바로잡고, 율려律呂와 도량형을 통일하고, 다섯 가지 예법을 정비하였다"고 하였다. ≪상서대전≫권1에 "제후를 만나 인생을 물으면 태사는 ≪시경≫을 진술하여 백성의 풍속을 살피게 하고, 저자에 명을 내려 상인들을 들여서 백성들의 정서를 살핀다. 산천의 신령에 대해 제를 올리지 않는 것은 불경한 태도이기에 불경한 자는 땅을 삭감한다. 종묘에서 제사를 받들지 않는 것은 불효이기에 불효한 자는 작위를 박탈한다. 예악을 바꾸는 것은 불순한 태도이기에 불순하면 군주가 유배시킨다. 제도와 의복을 바꾸는 것은 반역이기에 반역이면 군주가 토벌한다. 공로가 있으면 상을 내린다"고 하였다. ≪서경・우서・순전≫권2에도 "공적을 분명하게 살펴 수레와 의복으로 그 공로에 보답하였다"는 기록이 있다.

◇순수는 사계절에 모두 시행한다

●巡狩所以四時出, 何? 當承宗廟, 故不踰時也. 以夏之仲月者, 同律度52)當得其中也. 二月八月晝夜分, 五月十一月陰陽終. 尚書曰, "二月東巡狩, 至于岱宗, 柴53). 五月南巡狩, 至于南岳54). 八月西巡狩, 至于西岳. 十有一月朔巡狩, 至于北岳."

○'순수'를 사계절에 모두 나서는 것은 어째서일까? 종묘를 받들어야 하기에 시간을 놓치지 않으려는 것이다. 여름 두 번째 달인 5

---

52) 律度(율도) : 음률이나 길이・부피・무게를 나타내는 도량형의 척도에 대한 총칭.
53) 柴(시) : 섶에 불을 붙여 제물을 불사르면서 제를 올리는 것을 이르는 말.
54) 南嶽(남악) : 중국을 대표하는 다섯 개의 산인 오악五嶽 가운데 남쪽 형산衡山의 별칭. '오악'에 대해서는 여러 가지 설이 있으나, 동악東嶽 태산泰山・남악南嶽 형산衡山・서악西嶽 화산華山・북악北嶽 항산恒山・중악中嶽 숭산嵩山의 후한 정현鄭玄(127-200) 설이 일반적이다.

월을 이용하는 것은 척도와 마찬가지로 그 중도를 찾아야 하기 때문이다. (춘분이 있는) 2월과 (추분이 있는) 8월은 낮과 밤이 똑같이 나뉘고, (하지가 있는) 5월과 (동지가 있는) 11월은 양기와 음기가 끝난다. ≪서경·우서虞書·순전舜典≫권2에 "중춘 2월에는 동쪽으로 순수에 나서 대종(태산)에 도착해서 섶을 태워 제를 올린다. 한여름 5월에는 남쪽으로 순수에 나서 남악(형산)에 도착한다. 중추 8월에는 서쪽으로 순수에 나서 서악(화산)에 도착한다. 한겨울 11월에는 북쪽으로 순수에 나서 북악(항산)에 도착한다"고 하였다.

◇천자의 순수와 제후의 순행

●所以五[55])歲巡狩, 何? 爲太煩也, 過五年, 爲太踈也. 因天道時有所生, 歲有所成. 三歲一閏, 天道小備, 五歲再閏, 天道大備. 故五歲一巡狩, 三年小備[56])二伯[57])出, 述職[58])黜陟[59]). 一年物有終始, 歲有所成, 方伯[60])行國, 時有所生, 諸侯行邑. 傳曰[61]), "周公(召公[62]),)入爲三公[63]), 出爲二伯, 中分天下, 出黜陟." 詩曰, "周公東征, 四

---

55) 五(오) : '不불'의 오기로 보는 설도 있다.
56) 小備(소비) : ≪백호통소증≫에 의하면 연자衍字이다.
57) 二伯(이백) : 두 명의 주요 제후를 아우르는 말. 주周나라 성왕成王 때 주공周公과 소공召公이 정사를 주관한 데서 유래하였다.
58) 述職(술직) : 제후나 지방관이 천자를 조알하여 직무를 보고하는 것을 뜻하는 말.
59) 黜陟(출척) : 관원의 강등과 승진이나 임명과 면직을 이르는 말.
60) 方伯(방백) : 지방 장관을 뜻하는 말. 후대에는 주로 절도사節度使·관찰사觀察使나 자사刺史·태수太守 같은 지방 수령에 대한 범칭으로 쓰였다.
61) 曰(왈) : 이는 현전하는 경전의 해설서에 없는 것으로 보아 일문逸文인 듯하다.
62) 召公(소공) : ≪백호통소증≫에서 이 두 글자가 누락된 것으로 보았기에 이를 따른다. 소공은 주周나라 무왕武王 희발姬發의 동생이자 성왕成王 희송姬誦의 숙부인 희석姬奭의 시호.
63) 三公(삼공) : 세 명의 재상을 일컫는 말. 시대마다 차이가 있는데, 주周나라 때는 태사太師·태부太傅·태보太保를 삼공이라고 하다가, 진秦나라와 전한 초에는 승상丞相·어사대부御史大夫·태위太尉를 삼공이라고 하였고, 전한 말엽에는 대사마大司馬(태위太尉)·대사도大司徒·대사공大司空을 삼공이라고 하였으며, 후대에는 태위太尉·사도司徒·사공司空을 삼공이라고 하였다.

國64)是皇65)," 言東征述職, 周公黜陟, 而天下皆正也. 又曰, "蔽
芾66)甘棠, 勿剪勿伐, 召伯67)所茇68)," 言邵公述職, 親說舍於野樹
之下也. 春秋穀梁傳69)曰, "古之君民70), 以時視民之勤."

○천자가 5년마다 순수에 나서는 이유는 무엇일까? (매년 하면) 너
무 번거롭고 5년이 넘으면 너무 느슨하기 때문이다. 천도에 의하
면 계절마다 태어나는 것이 있고 해마다 숙성하는 것이 있다. 3
년에 한 번 윤달이 오면 천도는 조금 갖춰지고, 5년에 다시 윤달
이 오면 천도는 크게 갖춰진다. 그래서 5년에 한 번 순수에 나서
고, 3년마다 (주周나라 때 주공周公과 소공召公처럼) 두 방백이
나서서 관리의 강등과 승진에 대해 보고하는 것이다. 1년에 만물
은 시작과 끝이 있고 해마다 수확을 보기에 방백은 나라를 순행
하고, 계절마다 생산되는 것이 있기에 제후는 고을을 순행한다.
경전 해설서에 "주공과 소공은 입궐해서 삼공을 지내다가 조정
을 나서 두 주요 방백이 되어 천하를 양분하고서 관리의 강등과
승진에 대한 의견을 냈다"고 하였다. ≪시경·빈풍豳風·파부破
斧≫권15에서 "주공이 동쪽을 정벌하니 네 제후국이 바로잡혔
네"라고 한 것은 동쪽으로 정벌하고 직무를 보고할 때 주공이
관리의 강등과 승진을 주재하여 천하가 모두 바로잡혔다는 말이
다. 또 ≪시경·소남召南·감당甘棠≫권2에서 "무성하게 자란 팥

---

64) 四國(사국) : 주周나라 주공周公이 평정한 관管나라·채蔡나라·상商나라·엄奄
나라 등 네 제후국을 아우르는 말.
65) 皇(황) : 바로잡히다. '광匡'의 뜻.
66) 蔽芾(폐패) : 무성하게 자란 모양. '폐불蔽芾'이라고도 한다.
67) 召伯(소백) : 주周나라 문왕文王의 아들인 소공召公의 별칭. 그의 선정善政을 칭
송한 <감당(甘棠)>편이 ≪시경·소남召南≫권2에 전한다.
68) 茇(발) : 머물다, 묵다.
69) 穀梁傳(곡량전) : ≪춘추경春秋經≫의 주석서인 삼전三傳(좌전左傳·곡량전穀梁傳
·공양전公羊傳) 가운데 하나. 전국시대 노魯나라 곡량적穀梁赤이 서술한 것을
제자들이 정리한 책. 진晉나라 때 범영范寗이 주를 달고 당나라 때 양사훈楊士勛
이 소疏를 썼다. ≪공양전≫보다 더 낫다는 평가를 받았다. ≪사고전서간명목록
·경부·춘추류≫권3 참조.
70) 君民(군민) : 원전에 의하면 군주를 뜻하는 말인 '군인君人'의 오기이다.

배나무를 베지 말고 해치지 말아야 할지니, 소백(소공)이 머물던 곳이라네"라고 한 것은 소공이 직무를 보고하고 몸소 야생나무 아래에 집을 짓겠다고 직접 해명하였다는 말이다. ≪곡량전·장공莊公29년≫권6에서는 "옛날의 군주는 계절마다 백성들이 근면한지를 살폈다"고 하였다.

◇순수에 나설 때 제사에 대해 논하다

●巡狩祭天, 何? 本巡狩爲祭天告至. 尙書曰, "東巡狩, 至于岱宗, 柴也." 王者出, 必告廟, 何? 孝子出辭反面, 事死如事生. 尙書, "歸假71)于祖禰72)." 曾子問73)曰, "王者諸侯出, 稱告祖禰, 使祝74)遍告五廟75)," 尊親也. 王者將出告天者, 示不專也. 故王制曰, "類76)于上帝, 宜乎社, 造于禰." 類祭以祖配不77)? 曰, "接者尊, 無二禮, 尊尊之義." 造于禰, 獨見禰, 何? 辭從卑, 不復留尊者之命, 至禰, 不謙78)不至祖. 卽祭告天, 爲告事也, 祖禰出辭也, 義異. 告于尊者, 然後乃辭出. 王者諸侯出, 必將主, 何? 示有所尊. 故曾子曰, "王者將出, 必以遷廟主79)行, 載于齋車80), 示有尊也." "無遷主, 以幣帛

71) 歸假(귀가) : 원문에 의하면 귀국하여 조상에게 고하는 일을 뜻하는 말인 '귀격歸格'의 오기이다.
72) 祖禰(조녜) : 조부와 부친을 모신 사당. 즉 조상을 모신 사당을 가리킨다.
73) 曾子問(증자문) : ≪예기≫의 한 편명. '증자'는 춘추시대 노魯나라 공자(공구孔丘)의 제자로 효자로 유명한 증참曾參에 대한 존칭이다.
74) 祝(축) : 제사를 주관하는 관리인 축사祝史를 이르는 말. '제사祭史'라고도 한다.
75) 五廟(오묘) : 태조太祖와 이소二昭·이목二穆 등 다섯 명의 조상의 신위를 모신 사당을 이르는 말.
76) 類(유) : 천제에게 지내는 제사를 이르는 말. '유禷'와 통용자. 뒤의 '의宜'와 '조造'도 모두 제사 이름을 가리킨다.
77) 不(불) : 부가의문문을 만들기 위한 부정사.
78) 謙(겸) : ≪백호통소증≫에 의하면 '혐嫌'의 오기이다.
79) 遷廟主(천묘주) : 다른 사당으로 옮긴 신주神主를 이르는 말. 천자의 사당에는 태조太祖와 여섯 명의 선왕先王의 신주인 칠묘七廟를 모시는데, 가장 가까운 여섯 명의 신주를 모시고 태조 이후 윗 세대의 신주는 다른 사당으로 옮기는 것을 말한다.
80) 齋車(재거) : 재계용 수레를 이르는 말.

主[81]告于祖禰廟, 遂奉以出, 每舍, 奠焉." "蓋貴命也." 必以遷主者,
明廟不可空也.

○순수에 나설 때 하늘에 제사를 올리는 것은 어째서일까? 본래
순수는 하늘에 제사를 올려 도착했다고 고하기 위한 것이다. ≪
서경·우서虞書·순전舜典≫권2에 "중춘 2월에는 동쪽으로 순수
에 나서 대종(태산)에 도착해서 섶을 태워 제사를 올린다"고 하
였다. 천자가 출행할 때 반드시 종묘에 고하는 것은 어째서일까?
효자는 출행할 때 인사를 올리고 돌아오면 면전에서 인사하는데,
죽은 사람을 섬길 때도 마치 산 사람을 섬기듯이 한다. 그래서
≪서경·우서·순전≫권2에 "돌아와 조상신에게 고한다"고 하였
다. ≪예기·증자문≫권18에서 "천자와 제후가 출행하면서 조상
신에게 고할 때 제사관을 시켜 다섯 명의 조상신에게 모두 고하
게 한다"고 한 것은 종친을 존중한다는 뜻이다. 천자가 출행하고
자 할 때 천제에게 고하는 것은 멋대로 하지 않는다는 것을 보
이는 것이다. 그래서 ≪예기·왕제≫권12에 "천제에게 제사를
지내고, 토지신에게 제사를 지내고, 부친의 사당에서 제사를 지
낸다"고 하였다. 천제에게 지내는 제사에서 조상신을 배향할까?
"접대받는 이(천제)가 존귀하면 두 가지 제례를 치르지 않는 것
이 존귀한 자(천제)를 존대하는 뜻이다"라고 한다. 조상신에게
제사를 올리는데 유독 조상신만 알현하는 것은 어째서일까? 인
사는 겸허한 마음에서 비롯되기에 더 이상 존귀한 자의 명을 유
보하지 않으므로 부친의 사당을 찾아도 조부의 사당을 찾지 않
았다고 꺼림직하게 여기지 않아도 된다. 그러므로 제사를 올릴
때 천제에게 고하는 것은 정사를 고하기 위한 것이고, 조부는 출
행하면서 인사를 하기 위한 것이므로 의미가 다르다. 존귀한 자
에게 고한 뒤라야 비로소 인사를 올리고 출행할 수 있다. 천자와
제후가 출행할 때 반드시 신주를 모시는 것은 어째서일까? 존중

81) 主(주) : ≪예기·증자문≫권18의 원문에 의하면 '피규皮圭'의 오기이다.

할 대상이 있다는 것을 보이기 위해서이다. 그래서 ≪예기·증자문≫권18에 "천자가 출행하고자 할 때 반드시 다른 사당으로 옮긴 신주를 동행시켜 재계용 수레에 실음으로써 존귀한 조상이 있다는 것을 보인다"고 하였고, 또 "다른 사당으로 옮긴 신주가 없으면 폐백과 가죽·홀 따위로 조부와 부친의 사당에 고하고, 급기야 이를 모시고 출행하였다가 매번 머물 때마다 제사를 올린다"고 하였으며, 또 "대개 신주의 하명을 존대한다는 뜻이다"라고 하였다. 반드시 다른 사당으로 옮긴 신주를 활용하는 것은 종묘를 비워서는 안 된다는 뜻을 밝히기 위해서다.

◇천자가 순수에 나서면 제후는 국경에서 기다린다

●王者巡狩, 諸侯待於境者, 何? 諸侯以守蕃爲職也. 禮82)祭義曰, "天子巡狩, 諸侯待于境也."

○천자가 순수에 나서면 제후가 국경에서 기다리는 것은 어째서일까? 제후는 변방을 지키는 것을 직무로 삼기 때문이다. 그래서 ≪예기·제의≫권47에 "천자가 순수에 나서면 제후는 국경에서 기다린다"고 하였다.

◇천자는 순수에 나설 때 제후의 사당에 묵는다

●王者巡狩, 必舍諸侯祖廟, 何? 明尊無二上也. 故禮坊記曰, "君適其臣, 升自阼階83), 示(民84))不敢有其室也." 禮曰, "天子適諸侯, 必舍其祖廟."

○천자가 순수에 나서면 반드시 제후가 조상을 모셔놓은 사당에

---

82) 禮(예) : 예법과 관련한 기본 정신을 서술한 책인 ≪예기禮記≫의 본명. 전한 선제宣帝 때 대덕戴德이 정리한 85편의 ≪대대예기大戴禮記≫와 대덕의 조카인 대성戴聖이 정리한 49편의 ≪소대예기小戴禮記≫가 있는데, 오늘날 '예기'라고 하는 것은 후자를 가리킨다. ≪주례周禮≫ ≪의례儀禮≫와 함께 '삼례三禮'라고 한다.

83) 阼階(조계) : 주인이 집을 드나들 때 이용하는 동쪽 계단을 이르는 말.

84) 民(민) : ≪예기·방기≫권51의 원문에 의하면 이 글자가 누락되었기에 첨기한다.

묵는 것은 어째서일까? 존귀한 사람으로 두 명의 어른이 없다는 것을 밝히기 위해서이다. 그래서 ≪예기・방기≫권51에 "군주가 신하를 찾아갔을 때 (주인이 이용하는) 동쪽 계단을 통해 오르는 것은 백성이 감히 그 방을 가질 수 없다는 것을 보이기 위해서이다"라고 하였고, 또 ≪예기・예운禮運≫권21에서는 "천자가 제후를 찾아가면 반드시 제후가 조상을 모셔놓은 사당에 묵는다"고 하였다.

◇천자가 순수에 나설 때 삼공의 역할에 대해 논하다

●王者出, 一公以其屬守, 二公以其屬從也.

○천자가 출행하면 삼공 가운데 한 명은 속관을 데리고 조정을 지키고, 두 명은 속관을 데리고 호종한다.

◇천자가 객사하면 도성으로 돌아와 장사지낸다

●王者巡狩, 崩[85]于道, 歸葬, 何? 夫太子當爲喪主, 天下皆來奔喪[86], 京師[87]四方之中也. 卽如是, 舜葬蒼梧[88], 禹葬會稽[89], (何[90]?) 于時尙質, 故死則止葬, 不重煩擾也.

---

85) 崩(붕) : 황제나 황후의 죽음을 이르는 말. ≪예기・곡례하曲禮下≫권5에 의하면 천자의 죽음은 '붕崩'이라고 하고, 공경公卿의 죽음은 '훙薨'이라고 하며, 대부大夫의 죽음은 '졸卒'이라고 하고, 사士의 죽음은 '불록不祿'이라고 하며, 평민의 죽음은 '사死'라고 하여, 신분에 따라 죽음에 대한 표현에도 차이를 두었다.

86) 奔喪(분상) : 상례에 참가하러 찾아가다.

87) 京師(경사) : 서울, 도읍을 이르는 말. 송나라 주희朱熹(1130-1200) 설에 의하면 '경京'은 높은 지대를 뜻하고, '사師'는 많은 사람을 뜻한다. 즉 높은 산에 의지하여 많은 사람이 모여 사는 곳이란 뜻에서 유래하였다.

88) 蒼梧(창오) : 호남성의 속군屬郡이자 산 이름. 순왕舜王의 장지葬地가 있는 곳으로 유명하다.

89) 會稽(회계) : 절강성의 속군屬郡이자 산 이름. 춘추전국시대 때는 절강성 소흥시紹興市 일대를 '회계'라고 하다가, 진한秦漢 때는 오군吳郡(강소성 소주시蘇州市 일대)으로 이전하였고, 후한後漢 이후로 다시 오군을 복원하면서 회계군 역시 원래 지역(절강성 소흥시 일대)으로 복원시켰다.

90) 何(하) : ≪백호통소증≫에 의하면 이 글자가 누락되었기에 첨기한다.

○천자가 순수에 나섰다가 길에서 서거하면 궁궐로 돌아와 장사지내는 것은 어째서일까? 무릇 태자가 당연히 상주가 되고 천하 사람들이 모두 상례를 치르러 찾아오므로 도성이 사방의 중심이 되기 때문이다. 설사 이와 같다 하더라도 (우虞나라) 순왕이 (호남성) 창오산에 묻히고, (하夏나라) 우왕이 (절강성) 회계산에 묻힌 것은 어째서일까? 당시에는 질박함을 중시하였기에 사망하면 그곳에 묻었으니 번거로운 절차를 중시하지 않았던 것이다.

◇태평성대가 되어야 천자가 순수에 나서다

●何以知太平乃巡狩? 以武王不巡狩, 至成王乃巡狩.

○태평성대가 되어야 비로소 천자가 순수에 나선다는 것을 어떻게 알 수 있을까? (주周나라) 무왕은 순수에 나서지 않다가 성왕에 이르러서야 순수에 나섰기 때문이다.

◇오악五岳과 사독四瀆

●岳者, 何謂也? 岳之爲言, 挶, 挶功德. 東方爲岱宗者, 言萬物更相代於東方也. 南方霍山[91]者, 霍之爲言, 護也, 言萬物護也. 太陽用事, 護養萬物也. 西方爲華山者, 華之爲言, 穫也, 言萬物成熟, 可得穫也. 北方爲恒山, 恒者, 常也, 萬物伏藏, 於北方有常也. 中央爲嵩山, 言其後大之也. 故尙書大傳曰, "五岳謂岱山·霍山·華山·恒山·嵩山也." 謂之瀆, 何? 瀆者, 濁也. 中國垢濁, 發源東注海, 其功著大, 故稱瀆也. 爾雅[92]云, "江·河·淮·濟爲四瀆也."

○'악岳'이란 무슨 말일까? '악'이란 말은 겨룬다는 뜻으로 공덕을

---

91) 霍山(곽산) : 남방을 대표하는 산인 남악南岳 형산衡山의 별칭. '구루산岣嶁山' '천주산天柱山'이라고도 한다.

92) 爾雅(이아) : 전국시대戰國時代 때 나온 것으로 추정되는 중국 최고最古의 사전. 진晉나라 곽박郭璞(276-324)이 주를 달고, 송나라 형병邢昺(932-1010)이 소를 단 ≪이아주소爾雅注疏≫ 13권이 널리 통용된다. ≪사고전서간명목록·경부·소학류小學類≫권4 참조.

겨룬다는 말이다. 동방의 것을 '대종'(태산)이라고 하는 것은 만물이 동방에서 번갈아 교대한다는 말이다. 남방의 것은 '곽산'(형산)이라고 하는데, '곽'이란 말은 지킨다는 뜻으로 만물을 보호한다는 말이다. 태양의 기운이 힘을 써서 만물을 보호하고 양육한다는 뜻이다. 서방의 것을 '화산'이라고 하는데, '화'란 말은 수확한다는 뜻으로 만물이 무르익어 수확할 수 있다는 말이다. 북방의 것을 '항산'이라고 하는데, '항'은 언제나란 뜻으로 만물이 고개를 숙이고 숨는 일이 북방에서는 늘상 있다는 말이다. 중앙의 것을 '숭산'이라고 하는 것은 그 후면의 산들이 이를 크게 보이게 만든다는 말이다. 그래서 ≪상서대전≫권1에 "오악은 대산(태산)·곽산(형산)·화산·항산·숭산을 말한다"고 하였다. (큰 강을) '독瀆'이라고 하는 것은 어째서일까? '독'이란 탁하다는 뜻이다. 중원의 더러운 땅에서 발원하여 동쪽으로 바다로 흘러들지만 그 공이 현저히 크기에 '독'이라고 칭하는 것이다. ≪이아·석수釋水≫권7에 "장강·황하·회수·제수를 '사독'이라고 한다"고 하였다.

◆考黜(전형) 4항

◇관리의 강등과 승진에 대해 논하다

● 諸侯所以考黜, 何? 王者所以勉賢抑惡重民之至也. 尚書曰, "三載
考績, 三考黜陟."

○ 제후가 고과성적을 살펴 전형을 하는 이유는 무엇일까? 군주는
현자를 권면하고 사악한 자를 억제하고 백성을 중시하는 일을
지극한 도리로 여기기 때문이다. ≪서경·우서虞書·순전舜典≫
권2에 "3년마다 고과성적을 살피되 세 차례 살핀 뒤에 강등과
승진을 정한다"고 하였다.

◇구석에 대해 논하다

● 禮記九錫93), 車馬·衣服·樂94)·朱戶95)·納陛96)·虎賁97)·鈇
鉞98)·弓矢·秬鬯99), 皆隨其德, 可行而賜. 車馬100)能安民者, 賜,

---

93) 九錫(구석) : 황제가 공로를 세운 신하에게 특별히 하사하던 아홉 가지 물품인
거마車馬·의복衣服·악기樂器·주호朱戶·납폐納陛·호분虎賁·부월斧鉞·궁
시弓矢·거창秬鬯을 이르는 말.

94) 樂(악) : 악기를 이르는 말. '악기樂器'나 '악칙樂則'으로 된 문헌도 있으나 의미
상에 큰 차이는 없어 보인다.

95) 朱戶(주호) : 붉은 칠을 한 문짝. 황제가 공신에게 하사하던 구석九錫의 하나로
고관을 상징한다.

96) 納陛(납폐) : 구석九錫 가운데 하나로 두 개의 계단 사이에 놓아 높이를 줄여서
오르기 쉽게 해 주는 물품을 가리킨다는 설도 있고, 한편으로는 처마 아래 설치
하여 비를 피할 수 있게 해 주는 장치라는 설도 있다. 대신大臣에 대한 극진한
예우를 상징한다.

97) 虎賁(호분) : 제왕을 호위하고 왕궁을 경비하는 일을 관장하던 무관 이름. '분賁'
은 '분奔'과 통한다. 호랑이가 먹이를 잡기 위해 달려가는 것처럼 용맹한 병사를
비유하는 데서 유래하였다. 당나라 때는 고조高祖 이연李淵(566-635)의 조부
이호李虎의 휘諱 때문에 '무분武賁'으로 개칭하기도 하였다.

98) 鈇鉞(부월) : 형벌 기구인 작두와 도끼를 아우르는 말. 지방 장관의 절대적인 권
한을 상징한다.

99) 秬鬯(거창) : 검은 기장과 울금향鬱金香, 혹은 그것으로 빚은 울창주鬱鬯酒를 이
르는 말. 제사용이나 공신에게 주는 하사품으로 쓰였다.

100) 車馬(거마) : ≪백호통소증≫에 의하면 '사賜'의 뒤에 배열하는 것이 적절하다.

(能富民者, 賜101))衣服, 能使民和樂者, 賜以樂, 民衆多者, 賜以朱戶, 能進善者, 賜以納陛, 能退惡者, 賜以虎賁, 能誅有罪者, 賜以鈇鉞, 能征不義者, 賜以弓矢, 孝道備者, 賜以秬鬯. 以先後與施行之次, 自不相踰, 相爲本末然. 安民然後富貴, (富貴102))而後樂, 樂而後衆, 乃多賢, 賢乃能進善, 進善乃能退惡, 退惡乃能斷刑. 内能正己, 外能正人, 内外行備, 孝道乃生. 能安民, 故賜車馬, 以著其功德, 安其身. 能使人富足衣食, 倉廩實, 故賜衣服, 以彰其體. 能使民和樂, 故賜之樂, 以事其先也. 禮曰103), “夫賜樂者, 得以時王之樂事其宗廟也.” 朱盛色, 戶所以紀民數也. 故民衆多, 賜朱戶也. 古者人君下賢, 降階一等而禮之, 故進賢賜之納陛, 以優之也. 既能進善, 當能戒惡, 故賜虎賁. 虎賁者, 所以戒不虞104)而距惡. 距惡當斷刑, 故賜之鈇鉞. 鈇鉞所以斷大刑105). 刑罰既中, 則能征不義, 故賜弓矢. 弓矢所以征不義, 伐無道也. 圭瓚106)秬鬯, 宗廟之盛禮. 故孝道備, 而賜之秬鬯, 所以極著孝道. 孝道純備, 故内和外榮. 玉以象德, 金以配情, 芬香條鬯107), 以通神靈. 玉飾其本, 君子之性, 金飾其中, 君子之道. 君子有黄中108)通理之道美素德. 金者, 精和之至也, 玉者, 德美之至也, 鬯者, 芬香之至也. 君子有玉瓚109)秬鬯乎! 車者,

---

101) 能富民者賜(능부민자사) : 《백호통소증》에 의하면 이 문구가 누락되었기에 첨기한다.

102) 富貴(부귀) : 《백호통소증》에 의하면 이 두 글자가 누락되었기에 첨기한다. 문맥상으로도 볼 때 이 두 글자가 있어야 자연스럽다. ‘부족富足’으로 된 판본도 있으나 의미상에 큰 차이는 없어 보인다.

103) 曰(왈) : 이하 인용문은 현전하는 《예기》에 실리지 않은 것으로 보아 일문逸文인 듯하다.

104) 不虞(불우) : 예상치 못 한 일, 뜻밖의 일을 뜻하는 말.

105) 大刑(대형) : 중형을 이르는 말로 보통은 사형을 가리킨다.

106) 圭瓚(규찬) : 옥으로 만든 손잡이가 달린 울창주鬱鬯酒를 담는 술그릇을 이르는 말.

107) 條鬯(조창) : 아름다운 모양, 유창한 모양.

108) 黄中(황중) : 심장이나 마음을 이르는 말. 오행상 황색이 토土로서 중앙에 해당하고, 심장이 오장五臟 가운데 중앙에 위치한 데서 유래하였다.

109) 玉瓚(옥찬) : 옥을 장식한 제기祭器를 이르는 말로 여기서는 앞의 규찬圭瓚을 가리키는 듯하다.

以配道德也. 其至矣, 合天下之極美, 以通其志也. 其唯玉瓚秬鬯乎!
車者, 謂有赤有靑之蓋. 朱輪, 特能[110]居前, 左右寢[111]米[112]庶也.
以其進止有節, 德綏民, 路車[113]乘馬[114], 以安其身. 言成章, 行成
規, 卷龍[115]之衣服, 表顯其德. 長於敎誨, 內懷至仁, 則賜時王樂,
以化其民. 尊賢達德, 動作有禮, 賜之納陛, 以安其體. 居處修治, 房
內節, 男女時配, 貴賤有別, 則賜朱戶, 以明其德列. 威武有矜, 嚴仁
堅强, 賜以虎賁, 以備非常. 喜怒有節, 誅伐刑(刺[116]), 賜以鈇鉞,
使得專殺. 好惡無私, 執義不傾, 賜以弓矢, 使得專征. 孝道之美, 百
行之本也. 故賜以玉瓚, 得專爲賜[117]也. 故王制曰, "賜之弓矢, 然
後專殺." 又曰, "賜圭瓚, 然後爲鬯. 未賜者, 資鬯於天子." 王度
記[118]曰, "天子鬯, 諸侯薰, 大夫[119]苣蘭, 士蒹[120], 鬯人[121]艾."
車馬·衣服·樂三等者, 賜與其物. 禮, "天子賜諸侯民服車[122],
路[123]先設, 路下四[124]惡[125]之." 又曰, "諸公奉選服[126]." 王制曰,

---

110) 特能(특웅) : 수컷 곰을 이르는 말. '특特'은 '모牡'의 뜻이고, '웅能'은 '웅熊'과
　　　통용자.
111) 寢(침) : 엎드리다. '복伏'의 뜻.
112) 米(미) : 큰사슴. '미麋'와 통용자. 여기서는 앞의 수컷 곰과 함께 수레바퀴의 장
　　　식품을 가리킨다.
113) 路車(노거) : 천자나 제후 등 고위층이 타던 큰 수레를 일컫는 말.
114) 乘馬(승마) : 수레를 끄는 데 필요한 말. 즉 말 네 마리를 가리킨다.
115) 卷龍(곤룡) : 천자의 의복인 곤룡포. '곤卷'은 '곤袞'과 통용자.
116) 刺(자) : ≪백호통소증≫에 의하면 이 글자가 누락되었기에 첨기한다.
117) 賜(사) : ≪백호통소증≫에 의하면 '창暢'의 오기이다. '창暢'은 울창주를 뜻하는
　　　말인 '창鬯'과 통용자.
118) 王度記(왕도기) : ≪예기≫ 가운데 실전된 편명을 가리킨다.
119) 大夫(대부) : 주周나라 때 신분 구분인 공公·경卿·대부大夫·사士의 하나. 삼
　　　공三公과 구경九卿 아래로 상대부上大夫·중대부中大夫·하대부下大夫가 있고,
　　　그 밑으로 다시 상사上士와 중사中士·하사下士가 있었다. 후대에는 벼슬아치에
　　　대한 범칭汎稱으로 쓰기도 하였다.
120) 蒹(겸) : 갈대. '겸蒹'과 통용자.
121) 鬯人(창인) : ≪백호통소증≫에 의하면 '서인庶人'의 오기이다.
122) 侯民服車(후민복거) : ≪의례·근례≫권10의 원문에 의하면 '후씨거복侯氏車服'
　　　의 오기이다. 자형의 유사성으로 인한 필사 과정상의 단순 오기로 보인다.
123) 路(노) : 수레. '노輅'와 통용자.
124) 四(사) : 수레를 끄는 네 필의 말을 가리킨다.

"天子賜諸侯樂, 則以柷127)將128)之." 詩曰, "君子129)來朝, 何錫與之? 雖無與之, 路車乘馬. 又何以130)與之? 玄袞及黼131)." 書曰, "明試以功, 車服以庸." 朱戶·納陛·虎賁者, 皆與之制度, 而鈇鉞·弓矢·玉瓚, 皆與之物, 各因其宜也. 秬者, 黑黍, 一稃二米, 鬯者,以百草之香鬱金, 合而釀之, 成爲鬯. 陽達於墻屋, (陰132))入于淵泉, 所以灌地降神也. 玉瓚者, 器名也, 所以灌鬯之器也. 以圭飾其柄, 灌鬯貴玉器133)也.

○≪예기·왕제王制≫권11·12·13의 기록에서 '구석'에 대해 기재한 것을 보면 거마·의복·악기·주호·납폐·호분·부월·궁시(활과 화살)·울창주를 가리키는데, 모두 그 덕업에 따라 순차대로 하사할 수 있다. 백성을 편안케 하는 자에게는 거마를 하사하고, 백성을 부유케 하는 자에게는 의복을 하사하고, 백성을 화목케 하는 자에게는 악기를 하사하고, 인구를 늘린 자에게는 주호를 하사하고, 인재를 잘 추천하는 자에게는 납폐를 하사하고, 악인을 잘 물리치는 자에게는 호분을 하사하고, 죄인을 징벌하는 자에게는 부월을 하사하고, 불의한 무리를 정벌하는 자에게는 활과 화살을 하사하고, 효도를 갖춘 자에게는 울창주를 하사하는

---

125) 惡(악) : ≪의례·근례≫권10의 원문에 의하면 '아亞'의 오기이다. '아'는 다음으로 동쪽을 향해 수레를 진열하는 것을 말한다.

126) 選服(선복) : ≪의례·근례≫권10의 원문에 의하면 상자에 담긴 의복을 뜻하는 말인 '협복篋服'의 오기이다.

127) 柷(축) : 나무로 만든 악기 이름. 음악을 시작할 때 사용하는 것은 '축柷'이라고 하고, 음악을 마칠 때 사용하는 것은 '어敔'라고 한다.

128) 將(장) : 이끌다. 즉 맨앞에 내세워 대표성을 띠게 하는 것을 말한다.

129) 君子(군자) : 여기서는 제후를 가리킨다.

130) 以(이) : ≪시경·소아·채숙≫권22의 원문에 의하면 연자衍字이다.

131) 黼(보) : 아름다운 예복을 이르는 말. 검은 실과 흰 실을 번갈아 수놓아 도끼 문양으로 만든 것을 '보黼'라고 하고, 검은 실과 푸른 실을 번갈아 수놓아 '아亞'자(혹은 '궁弓' 자의 좌우 대칭) 모양으로 만든 것을 '불黻'이라고 한다. 따라서 '보불黼黻'은 화려한 문양을 수놓은 제왕이나 고관의 예복을 가리킨다.

132) 陰(음) : ≪백호통소증≫에 의하면 이 글자가 누락되었기에 첨기한다.

133) 玉器(옥기) : ≪백호통소증≫에 의하면 '옥기玉氣'의 오기이다.

데, 선후와 시행의 순서에 따라 으레 서로 어긋나지 않게 하는 것은 상호 본말을 이루기에 그런 것이다. 백성을 편안케 한 뒤라야 부귀해지고, 부귀해진 뒤라야 악기를 사용하고, 음악이 훌륭한 뒤라야 인구가 늘어 결국 현자가 많아지며, 현자라야 인재를 잘 추천할 수 있고, 인재를 추천해야 악인을 물리칠 수 있으며, 악인을 물리쳐야 형벌을 단행할 수 있다. 안으로 자신을 정제하고 밖으로 타인을 바로잡아 안팎으로 행실이 갖춰져야 효도가 비로소 일어난다. 백성을 편안케 하기에 거마를 하사함으로써 그의 공덕을 드러내고 그의 육신을 편안케 하는 것이다. 사람들의 의식주를 넉넉하게 해 주어 곳간을 가득 채우기에 의복을 하사하여 그 실체를 밝히는 것이다. 백성들을 화목케 하기에 그에게 악기를 하사해서 선조를 섬기게 하는 것이다. ≪예기≫에 "무릇 악기를 하사받은 자는 당시 군주가 사용하던 악기로써 자신의 종묘에서 조상신을 섬길 수 있다"고 하였다. 붉은 색은 강렬한 빛깔이고, 문짝은 백성들의 수치를 기재하기 위한 것이다. 그래서 인구가 많으면 주호를 하사한다. 옛날에 군주는 현신에게 몸을 낮춰 한 계단 내려가서 예우하였기에 인재를 추천하면 그에게 납폐를 하사해서 그를 우대하였다. 인재를 잘 추천하고 나면 응당 악인을 물리쳐야 하기에 호분을 하사한다. 호분은 예상치 못 한 사태를 경계하고 악인을 막기 위한 것이다. 악인을 막으려면 응당 형벌을 단행해야 하기에 그에게 부월을 하사한다. 부월은 사형을 단행하기 위한 것이다. 형벌이 법도에 맞아야 불의한 자를 징벌할 수 있기에 활과 화살을 하사한다. 활과 화살은 불의한 자를 징벌하고 무도한 자를 정벌하기 위한 것이다. 옥그릇과 울창주는 종묘에서 성대하게 제례를 치를 때 쓰는 제기이다. 그래서 효도가 갖춰져 울창주를 하사하는 것은 효도를 크게 드러내기 위한 것이다. 효도가 온전하게 갖춰지기에 안으로 화목하고 밖으로 명예를 얻을 수 있다. 옥은 덕을 상징하고, 금은 정감과 어울리며, 향기가 좋아야 신령과 통할 수 있다. 옥으로 바닥을 장식하는 것은 군자의 성품을 나타내기 위한 것이고, 금으로 안을 장식하는 것은 군자의 도리를 나타내기 위한 것이다. 군자는 마음이 이치와 통하는 훌륭한 성품을 가지기 마련이다. 금은 정신이 온화한 것을 나타내는 상징물이고, 옥은 덕이 아름다운 것을 나타내는 상징물이고, 울창주는 향기가 지극히 좋은 술이다. 따라서 군자는 옥그릇과 울창주를 가져야 하리라! 수레는 도덕군자를 모으기 위한 것이다. 수레가 이르면 천하의 훌륭한 인재를 모아 그 뜻을 펼치게 할 수 있다. 그러니 그것에는 오직 옥그릇과 울창주를 실어야 하리라! 수레는 적색과 청색의 수레덮개가 있다는 말이다. 붉은 바퀴는 수컷 곰을 앞에 장식하고, 좌우로 엎드린 큰사슴들을 장식한다. 그것이 나가고 멈출 때 절조를 갖추어야 성능상 사람을 편안케 할 수 있으니 수레와 네 필의 말은 몸을 편안케 하기 위한 것이다. 언어는 법도를 이룰 수 있어야 하고, 행동은 규범화될 수 있어야 하기에 천자의 의복은 그 덕을 드러내야 한다. 교화를 잘 펼치고 안으로 지극히 어진 마음을 품으면 당시 군주가 사용하던 악기를 하사해 백성들을 교화시킨다. 어질고 덕이 있는 자를 존대하되 행동에 예의가 갖춰져 있으면 그에게 납폐를 하사하여 몸을 편안케 해 준다. 거처를 잘 닦아 방안에 절도가 있어서 남녀가 때맞춰 짝을 이루고 귀천에 구별이 있게 되면 주호를 하사하여 그의 덕업을 밝힌다. 위세가 자긍심을 가질 만하여 어진 이를 보호하고 강한 세력을 구축하면 호분을 하사하여 비상사태에 대비케 한다. 희노애락의 감정을 잘 조절해야 형벌을 정확하게 집행할 수 있기에 부월을 하사하여 살생을 전담할 수 있게 한다. 좋아하고 싫어하는 감정에 사사로움이 없어야 도의를 유지하면서 한쪽으로 기울지 않을 수 있기에 활과 화살을 하사하여 정벌을 전담할 수 있게 한다. 효도의 미덕은 백행의 근본이다. 그래서 옥그릇을 하사하여 (제사에 쓸)

울창주를 만드는 일을 전담케 하는 것이다. 그래서 ≪예기·왕제≫권12에서도 "활과 화살을 하사한 뒤라야 살생을 독점케 할 수 있다"고 하였고, 또 "옥그릇을 하사받은 뒤라야 울창주를 만들 수 있다. 하사받지 못 하면 천자에게 울창주를 의지해야 한다"고 하였다. ≪예기·왕도기≫에서는 "(제사 때) 천자는 울창주를 쓰고, 제후는 훈초를 쓰고, 대부는 조와 난초를 쓰고, 사는 갈대를 쓰고, 서민은 쑥을 쓴다"고 하였다. 거마와 의복·악기가 3등급인 것은 하사할 때 그 인물과 맞추기 위해서이다. ≪의례·근례覲禮≫권10에 "천자는 제후에게 수레와 의복을 하사할 때 수레를 먼저 진열하고, 수레 뒤 네 필의 말을 그 다음에 차례대로 세운다"고 하였고, 또 "제후는 상자에 담긴 의복을 받든다"고 하였다. ≪예기·왕제≫권12에서는 "천자는 제후에게 악기를 하사할 때면 축이란 악기를 맨앞에 내세운다"고 하였다. ≪시경·소아小雅·채숙采菽≫권22에서는 "제후가 조알하러 찾아오면 어떤 하사품을 그에게 줄까? 비록 그에게 줄 것이 없지만, 수레와 네 필의 말이 있다네. 또 무엇을 그에게 줄까? 검은 곤룡포와 보불이 있다네"라고 하였고, ≪서경·우서虞書·순전舜典≫권2에서는 "공적을 분명하게 살펴 수레와 의복으로 그 공로에 보답한다"고 하였다. 주호·납폐·호분은 모두 제도와 관련된 것을 주는 것이고, 부월·활과 화살·옥그릇은 모두 물품을 주는 것인데, 이는 각기 명분을 따르는 것이다. '거秬'는 검은 기장으로 한 겹의 겨에 낱알이 두 개 들어 있고, '창䰞'은 모든 풀 가운데서도 향기가 가장 진한 것인데, 둘을 모아서 술을 빚으면 울창주가 된다. 양기는 담장이나 지붕으로 전달되고 음기는 연못으로 스며들기에 땅에 뿌려 신을 강림케 하는 데 사용한다. '옥찬'은 그릇 이름으로 울창주를 뿌리는 데 사용하는 그릇이다. 옥으로 그 손잡이를 장식하기에 울창주를 뿌리는 것은 옥의 기운을 소중히 여기는 것이다.

◇관리의 강등과 승진의 의의에 대해 논하다

●所以三歲一考績, 何? 三年有成, 故於是賞有功, 黜不肖. 尙書曰, "三載考績, 三考黜陟." 何以知始考輒黜之? 尙書曰[134], "三年一考, 少黜以地." 書所言'三考黜'者, 謂爵土異也. 小國考之有功, 增土進爵, 後考無功, 削黜, 後考有功, 上而賜之矣. 五十里不過五賜而進爵土, 七十里不過七賜而進爵土. 能有小大, 行有進退也. 一說, 盛德始封百里者, 賜三等[135], 得征伐, 專殺, 斷獄. 七十里伯始封, 賜二等, 至虎賁百人. 後有功, 賜弓矢, 復有功, 賜秬鬯, 增爵爲侯, 益土百里. 復有功, 入爲三公. 五十里子·男始封, 賜一等, 至樂. 復有功, 稍賜至虎賁, 增爵爲伯. 復有功, 稍賜至秬鬯, 增爵爲侯. 未賜鈇鉞者, 從大國連率方伯而斷獄. 受命之王, 致太平之主, 美羣臣上下之功, 故盡封之. 及中興征伐, 大功皆封, 所以著大功. 盛德之士亦封之, 所以尊有德也. 以德封者, 必試之, 必附庸[136]三年, 有功, 因而封五十里. 元士[137]有功者, 亦爲附庸, 世其位. 大夫有功成, 封五十里, 卿[138]功成, 封七十里, 公功成, 封百里. 士有功德, 遷爲大夫, 大夫有功德, 遷爲卿, 卿有功德, 遷爲公. 故爵主有德, 封主有功也. 諸侯有九賜, (不[139])習[140]其賜者, 何? 子之能否, 未可知也. 或曰,

---

134) 曰(왈) : 이하 예문은 현전하는 ≪서경≫에 없는 것으로 보아 일문逸文인 듯하다. ≪백호통소증≫에서는 고문서경古文書經으로 추정하였다.

135) 三等(삼등) : 구석九錫의 세 등급 가운데 가장 높은 등급을 이르는 말. 3명命의 품계로 보는 설도 있다.

136) 附庸(부용) : 큰 제후국에 소속된 규모가 작은 부속국가의 군주를 이르는 말.

137) 元士(원사) : 주周나라 때 천자에게 직속된 사士를 칭하던 말. 제후諸侯의 사士와 구별하기 위해 '원사'라고 하였다.

138) 卿(경) : 중국 고대 조정에서 삼공三公 다음 가는 최고위 관직인 구경九卿을 이르는 말. 시대마다 명칭과 서열에 차이가 있는데, 한나라 때는 태상太常·광록훈光祿勳·위위衛尉·태복太僕·정위廷尉·홍려鴻臚·종정宗正·대사농大司農·소부少府를 '구경'이라 하였고, 수당隋唐 이후로는 구시九寺, 즉 태상太常·광록光祿·위위衛尉·종정宗正·태복太僕·대리大理·홍려鴻臚·사농司農·태부太府의 장관을 '구경'이라고 하였다.

139) 不(불) : ≪백호통소증≫에 의하면 이 글자가 누락되었기에 첨기한다. 문맥상으로도 있는 것이 자연스럽다.

140) 習(습) : 세습하다. '襲襲'과 통용자.

“得之, 但未得行其習以專也.” 三年有功, 則皆得用之矣. 二考無功, 則削其地, 而賜自幷知[141], 明本非其身所得也. 身得之者得以賜, 當稍黜之. 爵所以封賢也. 三公功成, 當封而死, 得立其子爲附庸. 賢者之體, 能有一也, 不二矣. (百里之侯[142],) 一削爲七十里侯, 再削爲七十里伯, 三削爲寄公[143]. 七十里伯, 一削爲五十里伯, 二削爲五十里子, 三削地盡. 五十里子, 一削爲三十里子, 再削爲三十里男, 三削地盡. 五十里男, 一削爲三十里男, 再削爲三十里附庸, 三削爵盡. 所以至三削, 何? 禮成於三, 三而不改, 雖反, 無益也. 尙書曰, “三考黜陟.” 先削地, 後黜爵者, 何? 爵者, 尊號也. 地者, 人所任也. 今不能治廣土衆民, 故先削其土地也. 故王制曰, “宗廟有不順者, 君黜以爵, 山川神祇有不擧者, 君削以地.” 明爵土不相隨也. 或曰, “惡人貪狠重土, 故先削其所重者, 以懼之也.” 諸侯始封, 爵土相隨者, 何? 君子重德薄刑, 賞疑從重. 詩云, “王[144]曰‘叔父! 建爾元子[145], 俾侯于魯.’”

○3년에 한 번 고과성적을 살피는 이유는 무엇일까? 3년마다 성과를 알 수 있기에 공이 있는 자에게 상을 주고 열등한 자를 강등시키기 위해서이다. 그래서 ≪서경·우서虞書·순전舜典≫권2에서도 “3년마다 고과성적을 살피되 세 차례 살핀 뒤에 강등과 승진을 정한다”고 하였다. 처음 고과성적을 살피고 나서도 바로 축출한다는 것을 어떻게 알 수 있을까? ≪서경≫에 “3년에 한 번 고과성적을 살펴 땅을 가지고 점차 강등시킨다”는 기록이 있다. ≪서경≫에서 ‘세 차례 살핀 뒤에 강등과 승진을 정한다’고 말한 것은 작위와 봉토가 다르다는 말이다. 작은 제후국의 경우는 공

---

141) 知(지) : ≪백호통소증≫에 의하면 ‘지之’의 오기이다.
142) 百里之侯(백리지후) : ≪백호통소증≫에 의하면 이 구절이 누락되었기에 첨기한다.
143) 寄公(기공) : 나라를 잃고 남의 나라에 몸을 기탁하는 제후를 이르는 말.
144) 王(왕) : 주周나라 성왕成王을 가리킨다.
145) 元子(원자) : 맏아들, 장남.

이 있는지를 살펴서 봉토를 늘리고 작위를 진급시키고, 뒤에 공이 없는지를 살펴서 작위를 삭감하고, 뒤에 공이 있는지를 살펴서 상주하여 하사품을 내리게 한다. 사방 50리의 제후국은 단지 다섯 가지 하사품을 내리면서 작위를 올리고 봉토를 늘려준다. 사방 70리의 제후국은 일곱 가지 하사품을 내리면서 작위를 올리고 봉토를 늘려준다. 능력에 차이가 있고, 행적에 진전과 퇴보가 있기 때문이다. 일설에 의하면 덕업이 커서 처음에 사방 100리에 봉해진 자는 3등급의 하사품을 받고서 정벌에 나서 독자적으로 살생하고 옥사를 전담할 수 있다. 사방 70리의 백작으로 처음 봉해지면 2등급의 하사품을 받고서 100명의 호분을 받기까지 한다. 뒤에 공을 세우면 활과 화살을 하사받고, 다시 공을 세우면 울창주를 하사받은 뒤 작위가 후작으로 오르고 봉토 100리로 늘어난다. 다시 공을 세우면 조정에 들어가 삼공에 오른다. 사방 50리의 자작이나 남작으로 처음 봉해지면 1등급의 하사품을 받고 악기를 하사받기까지 한다. 다시 공을 세우면 점차 하사품이 호분까지 이르고, 작위가 백작으로 오른다. 다시 공을 세우면 점차 하사품이 울창주까지 이르고 작위가 후작으로 오른다. 아직 부월을 하사받지 않는 것은 큰 제후국을 따라 여러 방백을 거느리고서 옥사를 판결하기 때문이다. 천명을 받아 즉위한 왕이나 태평성대를 이룬 군주는 신하들의 여러 등급의 공로를 치하하기에 모두 봉토를 준다. 급기야 중흥기에 정벌에 나서서 큰 공을 세워도 모두 봉토를 줌으로써 큰 공을 표창한다. 훌륭한 덕을 갖춘 자 역시 봉토를 주는 것은 덕이 있는 자를 존대한다는 뜻을 보이기 위해서이다. 덕 때문에 봉토를 받은 자는 반드시 고과 성적을 살펴 필히 3년 동안 부속국가의 군주 노릇을 해야 하는데, 공을 세우면 이 때문에 사방 50리의 봉토를 받는다. 원사 가운데 공을 세운 자 역시 부속국가의 군주가 되어 그 지위를 세습한다. 대부가 공을 세우면 사방 50리의 봉토를 받고, 구경이

공을 세우면 사방 70리의 봉토를 받고, 삼공이 공을 세우면 사방 100리의 봉토를 받는다. 사에게 공덕이 있으면 대부로 승진하고, 대부에게 공덕이 있으면 구경으로 승진하고, 구경에게 공덕이 있으면 삼공으로 승진한다. 따라서 작위는 덕이 있다는 것을 나타내기 위한 것이고, 봉토는 공로를 세웠다는 것을 나타내기 위한 것이다. 제후가 구석九錫을 받으면서도 그 하사품을 세습하지 않는 것은 어째서일까? 자식의 능력 여부를 알 수 없기 때문이다. 어떤 문헌에서는 "그것을 얻을 수는 있지만 세습하여 독점할 수는 없다"고 하였다. 3년 동안 공을 세우면 모두에게 이를 활용할 수 있다. 두 번째 고과성적을 살펴서 공이 없으면 그의 땅을 삭감하고 하사품도 으레 이와 함께 하는 것은 본래 그 자신이 얻은 것이 아니라는 점을 밝히기 위해서이다. 몸소 그것을 얻은 자가 하사품을 받았다면 점차 삭감당하는 입장이 된다. 작위는 현자를 봉하기 위한 것이다. 삼공이 공을 세워 봉토를 받았다가 사망하면 그 아들을 부속국가의 군주로 세울 수 있다. 현자라 하더라도 하나만 소유할 수 있지 두 가지를 소유할 수는 없다. 사방 100리 땅의 후작은 처음 강등당하면 사방 70리 땅의 후작이 되고, 다시 강등당하면 사방 50리 땅의 백작이 되며, 세 번째 강등당하면 남의 나라에 몸을 맡기는 제후가 된다. 사방 70리 땅의 백작은 처음 강등당하면 사방 50리 땅의 백작이 되고, 다시 강등당하면 사방 50리 땅의 자작이 되며, 세 번째 강등당하면 봉토를 모두 잃는다. 사방 50리 땅의 자작은 처음 강등당하면 사방 30리 땅의 자작이 되고, 다시 강등당하면 사방 30리 땅의 남작이 되며, 세 번째 강등당하면 봉토를 모두 잃는다. 사방 50리 땅의 남작은 처음 강등당하면 사방 30리 땅의 남작이 되고, 다시 강등당하면 사방 30리 땅의 부속국가의 군주가 되며, 세 번째 강등당하면 작위마저 모두 잃는다. 세 차례에 걸쳐 강등시키는 이유는 무엇일까? 예법은 세 차례에 걸쳐 완성되기에 세 차례가 지나고서도 바뀌지 않는 것은 비록 되풀이한다 해도 아무런 이익이 없기 때문이다. 그래서 ≪서경·우서·순전≫권2에서 "세 차례 살핀 뒤에 강등과 승진을 정한다"고 한 것이다. 먼저 땅을 삭감하고 뒤에 작위를 강등시키는 것은 어째서일까? 작위는 존호이고, 땅은 그 사람이 담임하는 것이기 때문이다. 이제 넓은 봉토와 수많은 백성을 잘 다스리지 못 하기에 먼저 그의 토지를 삭감하는 것이다. 그래서 ≪예기·왕제≫권12에서도 "종묘에서 제대로 제사를 올리지 않는 자가 있으면 군주는 그의 작위를 강등시키고, 산천의 신령에게 제대로 제사를 올리지 않는 자가 있으면 군주는 그의 봉토를 삭감한다"고 하여 작위와 봉토가 함께 따라다닌다는 것을 밝혔다. 어떤 문헌에서는 "사악한 인물일수록 탐욕이 심하여 토지를 중시하기에 먼저 그가 중시하는 것을 삭감함으로써 그를 두려움에 떨게 하는 것이다"라고도 풀이하였다. 제후가 처음 봉해질 때 작위와 토지가 함께 따라다니는 것은 어째서일까? 군자는 덕을 중시하고 형벌을 경시하기에 보상도 아마 중시하는 것을 따르는 것인 듯하다. 그래서 ≪시경·노송魯頌·비궁閟宮≫권29에 "성왕成王이 '숙부님! 당신의 맏아들을 세워서 노나라의 제후가 되게 하십시오'라고 말했네"라는 구절이 있다.

◇제후가 강등당하지 않는 경우에 대해 논하다

●君幼稚, 雖考不黜者, 何? 君子不備責童子也. 禮, "八十[146]曰耄, 九十曰悼, 悼與耄, 雖有罪, 不加刑焉." 二王[147]後不貶黜者, 何? 尊賓客[148], 重先王也. 以其當[149]公也, 罪惡足以絶之卽絶, 更立其

---

146) 八十(팔십) : 이하 두 구절은 ≪예기·곡례상≫권1의 원문에 의하면 "나이 80세에서 90세를 '기'라고 하고, 나이 7세를 '도'라고 한다(八十九十曰耄, 七年曰悼)"의 오기이다.

147) 二王(이왕) : 주周나라 이전의 두 왕조인 하夏나라와 상商나라를 아우르는 말.

148) 賓客(빈객) : 손님에 대한 총칭. '빈賓'은 신분이 높은 손님을 가리키고, '객客'은

次. 周公誅祿甫150), 立微子151). 妻父母不削, 己昆弟削而不黜, 何?
非以賢能得之也. 至於老小, 但令得大夫, 受其罪而已. 諸侯喑聾152)
跛躄153)惡疾, 不免黜者, 何? 尊人君也. 春秋154)曰, "甲戌己丑, 陳
侯鮑155)卒156)." 傳曰, "甲戌之日亡, 己丑之日死而得157)." 有狂
易158)之病, 蜚亡159)而死, 由160)不絶也. 世子有惡疾廢者, 何? 以
其不可承先祖也. 故春秋傳曰, "兄弟161)何以不立? 疾也. 何疾? 惡
疾也."

○군주가 어리면 비록 고과성적을 살펴도 강등당하지 않는 것은
어째서일까? 군자는 어린아이에게 책임을 묻지 않기 때문이다.
그래서 ≪예기·곡례상曲禮上≫권1에서도 "나이 80세에서 90세
를 '기'라고 하고, 나이 7세를 '도'라고 하는데, 7살 어린이와 80

수행원과 같이 신분이 낮은 손님을 가리키는 데서 유래하였다.

149) 當(당) : ≪백호통소증≫에 의하면 '상尙'의 오기이다.

150) 祿甫(녹보) : 상商나라 마지막 왕인 주왕紂王의 아들 이름. 무경武庚으로도 불렸
다. '보甫'는 '보父'로도 쓴다.

151) 微子(미자) : 상商나라 마지막 왕인 주왕紂王의 형으로 본명은 계啓. 모친이 정식
왕비에 책립되기 전에 태어나 서출庶出 신분이고, 동생인 주왕은 모친이 왕비에
책립된 뒤에 태어나 적출嫡出 신분이다. '미微'는 봉호封號이고, '자子'는 존칭.

152) 喑聾(암농) : 벙어리와 귀머거리. 귀가 멀면 말도 못 하게 되므로 결국 벙어리를
가리킨다.

153) 跛躄(파벽) : 절름발이.

154) 春秋(춘추) : 춘추시대 때 역사를 기록한 ≪춘추경春秋經≫. 지금은 이에 대한
해설서인 ≪좌전左傳≫ ≪곡량전穀梁傳≫ ≪공양전公羊傳≫ 등 삼전三傳에 수
록되어 전하는데, ≪백호통의≫에서는 ≪공양전≫을 주로 채택하였기에 이를 따
른다.

155) 鮑(포) : 춘추시대 진陳나라 문공文公의 아들인 환공桓公의 이름. 38년을 재위
하였다.

156) 卒(졸) : 사대부가 죽었을 때 쓰는 말. ≪예기·곡례하曲禮下≫권5에 의하면 천
자의 죽음은 '붕崩'이라고 하고, 공경公卿의 죽음은 '훙薨'이라고 하며, 대부大夫
의 죽음은 '졸卒'이라고 하고, 사士의 죽음은 '불록不祿'이라고 하며, 평민의 죽
음은 '사死'라고 하여 신분에 따라 죽음에 대한 표현에도 차이를 두었다.

157) 得(득) : 여기서는 시신을 찾은 것을 말한다.

158) 狂易(광역) : 황당하고 터무니없는 모양.

159) 蜚亡(비망) : 도망치다, 망명하다. '비蜚'는 '비飛'와 통용자.

160) 由(유) : 오히려. '유猶'와 통용자.

161) 弟(제) : 원전에 의하면 연자衍字이다.

세가 넘은 노인은 비록 죄를 지어도 형벌을 가하지 않는다"고 하였다. (주周나라 때) 하夏나라·상商나라 후손의 경우 직위를 강등하지 않은 것은 어째서일까? 손님을 존대하고 선대의 왕을 존중하였기 때문이다. 그들은 공작을 존중하였음에도 죄악이 관계를 끊을 만하면 바로 관계를 끊고 다시 그 다음 사람을 세웠다. 그래서 주공이 (상商나라 주왕紂王의 아들인) 녹보를 징벌하고 미자를 세웠던 것이다. 아내의 부모의 경우 봉토를 삭감하지 않으면서 자신의 형제의 경우는 봉토를 삭감하되 작위를 강등시키지 않는 것은 어째서일까? 현명하거나 능력이 있어서 그것을 얻은 것이 아니기 때문이다. 노인이나 어린이의 경우는 단지 대부직을 받아 그 죄값을 치르게 하면 그만이다. 제후가 벙어리나 절름발이·환자이면 파면하거나 강등하지 않는 것은 어째서일까? 누군가의 군주라는 사실을 존중하기 때문이다. ≪춘추경≫에 "갑술일과 기축일을 지나 진나라 군주 포鮑가 사망하였다"고 하였는데, ≪공양전·환공桓公5년≫권4에 "갑술일에 망명하였다가 기축일에 사망하여 시신을 찾았다는 말이다"라고 하였다. 그래서 고약한 질병에 걸리거나 타국으로 망명하였다가 죽으면 오히려 절연하지 않는 것이다. 세자가 병에 걸리면 폐위당하는 것은 어째서일까? 그가 선조의 뒤를 계승할 수 없기 때문이다. 그래서 ≪공양전·소공昭公20년≫권23에 "형을 어째서 옹립하지 않았을까? 병에 걸렸기 때문이다. 무슨 병일까? 아주 나쁜 질환이다"라고 하였다.

◆王者不臣(천자가 신하로 삼지 않다) 7항

◇신하로 삼지 않는 세 가지 대상

● 王者所以不臣三, 何也? 謂二王之後, 妻之父母, 夷狄162)也. 不臣二王之後者, 尊先王, 通天下之三統163)也. 詩云, "有客有客, 亦白其馬." 謂微子朝周也. 尙書曰, "虞賓在位," 不臣丹朱164)也. 不臣妻父母, 何? 妻者與己一體, 恭承宗廟, 欲得其歡心, 上承先祖, 下繼萬世, 傳於無窮, 故不臣也. 春秋世165), "紀季姜166)歸于京師." 父母之於子, 雖爲王后, 尊不加於父母, 加王, 何? 王者不臣也. 人167)譏宋三世內娶於國中, 謂無臣也. 夷狄者, 與中國絶域異俗, 非中和氣所生, 非禮義所能化, 故不臣也. 春秋傳曰, "夷狄相誘, 君子不疾." 尙書大傳曰, "正朔168)所不加, 卽君子所不臣也."

○천자가 신하로 삼지 않는 경우가 세 가지 있는데 무엇일까? 하夏나라와 상商나라의 후손, 아내의 부모, 그리고 오랑캐를 가리킨다. 하夏나라와 상商나라의 후손을 신하로 삼지 않은 것은 선대의 왕을 존중하고 천하를 통일하였다는 삼통설에 입각해서이다. ≪시경·주송周頌·유객有客≫권27에서 "손님이 찾아왔는데, 수레 끄는 말에 백마를 매달았네"라고 한 것은 (상商나라의 후손) 미자가 주나라에 조알하러 온 것을 말한다. ≪서경·우서虞

---

162) 夷狄(이적) : 중국 고대의 이민족에 대한 총칭. 동방의 이민족을 '이夷'라고 하고, 남방의 이민족을 '만蠻'이라고 하며, 서방 이민족을 '융戎'이라고 하고, 북방 이민족을 '적狄'이라고 한다.

163) 三統(삼통) : 세 차례의 통일. 즉 하夏나라·상商나라·주周나라의 천하 통일을 가리킨다.

164) 丹朱(단주) : 당唐나라 요왕堯王의 아들 이름.

165) 世(세) : ≪백호통소증≫에 의하면 '왈曰'의 오기이다.

166) 季姜(계강) : 춘추시대 기紀나라 출신으로 주周나라 환왕桓王의 왕후에 올랐다. '계'는 항렬이고, '강'은 성씨.

167) 人(인) : ≪백호통소증≫에 의하면 '우又'의 오기이다. 자형의 유사성으로 인한 필사 과정상의 단순 오기로 보인다.

168) 正朔(정삭) : 정월과 초하루. 결국 역법曆法을 가리킨다.

書·익직益稷≫권4에서 "우나라 순왕舜王의 손님이 자리를 잡았
다"고 한 것은 (당唐나라 요왕堯王의 아들인) 단주를 신하로 삼
지 않았다는 말이다. 아내의 부모를 신하로 삼지 않는 것은 어째
서일까? 아내는 자신과 일심동체로서 종묘에서 공손히 제사를
모시기에 그녀의 환심을 사서 위로 선조를 받들고 아래로 만대
에 걸친 후손을 계승시켜 무궁하게 전수되기를 바라기 때문이다.
그래서 신하로 삼지 않는 것이다. ≪공양전·환공桓公9년≫권5
에 "기나라 계강이 도성으로 시집왔다"고 하였다. 부모와 자식과
의 관계로 볼 때 비록 왕후가 된다 해도 존귀함이 부모보다 더
할 수 없는데도 '왕'자를 보태는 것은 어째서일까? 천자가 신하
로 삼지 않기 때문이다. 또 (춘추시대 때) 송나라가 삼대에 걸쳐
나라 안에서 왕비를 맞이한 것을 비난하는 것은 신하가 없다는
말이다. 오랑캐는 중국과 멀리 떨어져 있고 풍속이 다르기에 중
원의 기운이 자라는 곳이 아니고 예의로써 교화할 수 있는 곳이
아니기에 신하로 삼지 않는다. 그래서 ≪공양전·소공昭公16년≫
권23에 "오랑캐가 서로 결탁해도 군자는 미워하지 않는다"고 하
였고, ≪상서대전≫권1에 "역법을 보태주지 않는 것은 곧 군자가
신하로 삼지 않는 대상이란 말이다"라고 하였다.

◇신하로 대하지 않는 다섯 가지 대상
●王者有蓺不臣者五, 　謂祭尸·受授之師·將師用兵·三老[169]·五
更[170]. 不臣祭尸者, 方與尊者配也. 不臣受授之師者, 尊師重道, 欲

---

169) 三老(삼로) : 고을의 장로長老를 가리키는 말. 상고시대에는 재상을 지내다가 물러
　　난 국가 원로를 지칭하다가 진한秦漢 이후로는 시골의 향리鄕里에서 고을의 교화
　　敎化를 담당하던 벼슬 이름으로 쓰였다. ≪한서·백관공경표百官公卿表≫권19에
　　의하면 10리마다 '정亭'을 설치하고서 10정亭을 '향鄕'이라고 하였고, 향마다 삼로
　　三老·질秩·색부嗇夫·유요游徼를 두었는데, 삼로는 교화를 관장하였다고 한다.
170) 五更(오경) : 장로, 원로를 뜻하는 말. ≪예기·문왕세자文王世子≫권20에 원로
　　의 직책으로 삼로三老·오경五更·군로群老를 설치했다는 기록이 보이는데, 삼
　　로와 오경은 삼신三辰과 오성五星을 본떠 만든 고귀한 벼슬로서 정원은 각기

使極陳天人之意也. 故禮學記曰, "當其爲師, 則不臣也. 當其爲尸,
則不臣也." 不臣將師用兵者, 重士衆爲敵國[171], 國不可從外治, 兵
不可從內御, 欲成其威, 一其令. 春秋之義, 兵不稱使, 明不可臣也.
不臣三老・五更者, 欲率天下爲人子弟. 禮曰[172], "父事三老, 兄事
五更."

○천자에게 잠시 신하로 대하지 않는 대상이 다섯 있는데, 제사 때
의 시동尸童・학문을 주고받는 스승・군대를 지휘하는 장군・삼
로・오경을 가리킨다. 시동을 신하로 대하지 않는 것은 천자와 짝
을 이루기 때문이다. 스승을 신하로 대하지 않는 것은 스승을 존
경하고 도를 중시하여 그가 천인의 뜻을 다 펼치기를 바라기 때문
이다. 그래서 ≪예기・학기≫권36에서도 "그가 스승이 되면 신
하로 대하지 않고, 그가 시동의 역할을 맡으면 신하로 대하지 않
는다"고 하였다. 군대를 지휘하는 장군을 신하로 대하지 않는 것
은 군사들을 존중하여 대등한 나라로 간주하기 때문인데, 나라는
밖으로부터 다스릴 수 없고, 병사는 안으로부터 통제할 수 없기
에 그의 위엄을 세워서 명령을 통일시키고자 하는 것이다. ≪춘
추경≫의 대의상 병사에 대해 부린다고 말하지 않는 것은 신하
로 대할 수 없다는 것을 밝히기 위해서이다. 삼로와 오경을 신하
로 대하지 않는 것은 천하 사람들을 이끌어 자제처럼 만들고 싶
어서이다. 그래서 ≪예기≫에서도 "삼로를 부친처럼 모시고, 오
경을 형님처럼 모신다"고 하였다.

◇제후를 신하로만 대하지 않다
●王者不純臣諸侯, 何? 尊重之, 以其列土傳子孫, 世世稱君, 南面[173]

한 명이었다.
171) 敵國(적국) : 지위나 세력이 대등한 나라를 이르는 말.
172) 曰(왈) : 이하 예문은 현전하는 ≪예기≫에 실리지 않은 것으로 보아 일문逸文
인 듯하다. 다만 예경禮經의 해설서에 인용되어 전한다.
173) 南面(남면) : 남쪽을 향하다. 나이나 신분이 높은 사람의 위치에 서는 것을 뜻하

而治. 凡不臣174)(者,) 異(於衆臣也). 朝則迎之於著175), 覲176)則待
之於阼階, 升降自西階, 爲庭燎177), 設九賓178), 享禮而後歸. 是異
於衆臣也.

○천자가 제후를 신하로만 대하지 않는 것은 어째서일까? 그를 존
중하여 땅을 자손에게 전수해서 대대로 군주로 불리며 남쪽을
향한 채 정사를 펼치게 하기 위해서이다. 무릇 신하로 대하지 않
는다는 것은 일반 신하들과 다르다는 말이다. 제후가 봄에 조알
하러 오면 천자는 출입문과 병풍 사이에서 그를 맞이하고, 가을
에 조알하러 오면 천자는 동쪽 계단에서 그를 기다렸다가 서쪽
계단으로 오르내리면서 마당에 횃불을 마련하고 아홉 종류의 손
님을 동원하고서 예물을 준 뒤에 돌려보낸다. 이것이 일반 신하
와는 다른 것이다.

◇부친뻘되는 친족과 형제들을 신하로 대하지 않다

●始封之君, 不臣諸父兄弟, 何? 不忍以己一日之功德加於諸父兄弟也.
故禮服傳曰, "封君之子不臣諸父, 封君之孫盡臣之."

○처음 봉해진 군주가 즉위하고서 부친뻘되는 친족과 형제들을 신
하로 대하지 않는 것은 어째서일까? 차마 자신의 하루치 공덕을
가지고 부친뻘되는 친족과 형제들에게 권위를 보이고 싶지 않아

는 말. 천자나 스승은 남향으로 앉고 신하나 제자는 북향으로 시립한다.

174) 不臣(불신) : 《백호통소증》에 의하면 이하 괄호 안의 다섯 글자가 누락되었기
에 첨기한다.

175) 著(저) : 조회 때 임금이 서는 장소로서 출입문과 병풍 사이를 이르는 말.

176) 覲(근) : 신하가 가을에 천자를 알현하는 일을 이르는 말. 《주례·춘관春官·태
종백大宗伯》권18에 의하면 봄에 알현하는 것을 '조朝', 여름에 알현하는 것을
'종宗', 가을에 알현하는 것을 '근覲', 겨울에 알현하는 것을 '우遇'라고 하였다.

177) 庭燎(정료) : 빈객을 맞이하기 위해 마당에 설치하는 횃불을 이르는 말.

178) 九賓(구빈) : 천자가 조회를 받는 아홉 계급의 손님들. 주나라 때는 공公·후侯
·백伯·자子·남男의 5명命과 고孤·경卿·대부大夫·사士의 4작爵을 가리키
는 말이었으나, 한나라 이후로는 왕王·후侯·공公·경卿·이천석二千石·육백
석六百石·낭郎·이吏·흉노시자匈奴侍者 등을 가리키는 말로 쓰였다.

서이다. 그래서 ≪의례·상복喪服≫권11의 주에 "봉토를 받은 군주의 아들은 즉위하면 부친뻘되는 친족을 신하로 대하지 않지만, 봉토를 받은 군주의 손자는 즉위하면 그들을 모두 신하로 대한다"고 하였다.

◇아들이 부친의 신하가 될 수 있다는 데 대한 이견

●禮服傳曰179), "子得爲父臣者, 不遺善之義也." 詩云, "文武180)受命, 召公維翰181)." 召公, 文王子也. 傳曰, "子不得爲父臣者, 閨門尚和, 朝廷尚敬. 人不能無過失, 爲恩傷義也."

○≪의례·상복≫권11의 주에 "아들이 부친의 신하가 될 수 있다는 것은 선한 이를 버리지 않는다는 뜻이다"라고 하였다. ≪시경·대아大雅·강한江漢≫권25에 "(주나라) 문왕과 무왕이 천명을 받아 즉위하자 소공이 나라의 기둥이 되었네"라고 하였는데, 소공은 문왕의 아들이다. 한편 주에서는 "아들이 부친의 신하가 될 수 없는 것은 가문은 화목을 중시하고 조정은 공경을 중시하기 때문이다. 사람이 잘못이 없을 수 없는 것은 은혜 때문에 의리를 해칠 수 있기 때문이다"라고도 하였다.

◇천자의 신하는 제후의 신하가 될 수 없다

●王者臣不得爲諸侯臣, 以其尊當與諸侯同. 春秋傳曰182), "許公183)不世, 待以初." 或曰, "王者臣得復爲諸侯臣者, 爲衰世主上不明, 賢者非其罪而去, 道不施行, 百姓不得其所, 復令得爲諸侯臣, 施行其

---

179) 曰(왈) : 이하 예문은 현전하는 ≪의례儀禮·상복喪服≫권11의 주에 없는 것으로 보아 일문逸文인 듯하다.

180) 文武(문무) : 주周나라 문왕文王과 무왕武王을 아우르는 말.

181) 翰(한) : 나라의 기둥 역할을 뜻하는 말. '간幹'과 통용자.

182) 曰(왈) : 이하 예문은 현전하는 ≪춘추경≫의 해설서에 없는 것으로 보아 일문逸文인 듯하다. ≪백호통소증≫에서는 금문춘추경今文春秋經의 주로 보았다.

183) 許公(허공) : ≪백호통소증≫에 의하면 나라를 잃고 타국에 얹혀사는 제후를 이르는 말인 '우공寓公'의 오기이다.

道." 易曰, "不事王侯." 此據言王之致仕臣也. 言不事王, 可知復言
侯者, 明年少, 復得仕於諸侯也.

○천자의 신하가 제후의 신하가 될 수 없는 것은 그 존귀한 정도
가 제후와 같기 때문이다. 그래서 ≪춘추경≫의 해설서에 "나라
를 잃고 타국에 얹혀사는 제후는 대를 잇지 못 해도 처음처럼
그를 대우한다"고 하였다. 한편 어떤 문헌에서는 "천자의 신하가
다시 제후의 신하가 될 수 있는 것은 쇠퇴한 세상의 군주가 현
명하지 않으면 현자는 자신이 죄를 지은 것이 아니더라도 그 곁
을 떠날 수 있는데, 도가 시행되지 않고 백성이 자기 자리를 찾
지 못 하면 다시 그에게 제후의 신하가 되어 도리를 시행케 하
기 위해서이다"라고 하였다. ≪역경·고괘蠱卦≫권4에 "천자와
제후를 섬기지 않는다"고 하였는데, 이는 천자가 신하를 사직시
킨 경우를 두고 한 말이다. 천자를 섬기지 않는다고 말하였는데
다시 제후를 언급했다고 알 수 있는 것은 나이가 어려 다시 제
후 밑에서 벼슬에 오를 수 있다는 것을 밝힌 것이다.

◇ **함부로 이름을 부르지 않는 대상 다섯 가지**

● 王者臣有不名者五. 先王老臣不名, 親與先王戮力共治國, 同功於天
下, 故尊而不名也. 尙書曰, "咨184)! 爾伯!" 不言名也. 不名者, 貴
賢者而已. 共成先祖功德, 德加于百姓者也. 春秋曰, "單父185)不言
名." 傳曰, "大夫之命于天子者大186)也." 盛德之士(不187))名, 尊賢
也. 春秋曰, "公188)弟叔肹189)." 諸父諸兄不名. 諸父諸兄者親, 與

---

184) 咨(자) : '아!'하고 내뱉는 감탄사.
185) 單父(선보) : 원전에 의하면 주周나라 대부大夫인 '선백單伯'의 오기이다.
186) 大(대) : 원전에 의하면 연자衍字이다.
187) 不(불) : ≪백호통소증≫에 의하면 이 글자가 누락되었기에 첨기한다. 문맥상으로도 있는 것이 자연스럽다.
188) 公(공) : 춘추시대 노魯나라 군주 선공宣公을 가리킨다.
189) 叔肹(숙혜) : 원전에 의하면 춘추시대 노魯나라 군주 선공宣公의 동생의 자字인 '숙힐叔肹'의 오기이다.

己父兄有敵體190)之義也. 詩云, "王曰叔父." 春秋傳曰191), "王禮
者, 何? 爲長之稱也." 不名盛德之士者, 不可屈爵祿也. 故韓詩內
傳192)曰, "師臣者帝, 交友受臣者王, 臣臣者霸, 爵193)臣者亡." 不
行194).

○천자가 신하에 대해 함부로 이름을 부르지 않는 경우는 다섯 가
지가 있다. 선왕이 거느리던 노신의 경우 이름을 부르지 않는 것
은 친분상 선왕과 더불어 힘을 다해 함께 나라를 다스리면서 천
하에 공을 함께 세웠기에 존대하여 이름을 부르지 않는 것이다.
≪서경·우서虞書·순전舜典≫권2에서도 "아! 그대 장관이여!"라
고 하여 이름을 언급하지 않았다. 이름을 부르지 않는 것은 현자
를 존중한다는 뜻이다. 함께 선조의 공덕을 완성하고 덕업을 백
성에게 베푼 사람이기 때문이다. ≪춘추경≫에 "선백單伯에게 이
름을 부르지 않았다"고 하였는데, ≪공양전·장공莊公원년≫권6
에 "(선백이) 대부로서 천자에게 임명받은 사람이기 때문이다"라
고 하였다. 덕이 훌륭한 선비에게 이름을 부르지 않는 것은 현자
를 존중한다는 뜻이다. ≪춘추경≫에 "(노魯나라) 선공의 동생
숙힐叔肹"이라고 하였듯이 부친이나 형님뻘 되는 사람은 이름을
부르지 않는다. 부친이나 형님뻘 되는 사람은 친족으로서 자신의
부친이나 형님과 항렬이 대등하다는 의미가 있다. 그래서 ≪시경
·노송魯頌·비궁閟宮≫권29에 "성왕成王이 '숙부님!'이라고 불
렀네"라는 구절이 있고, ≪공양전·선공宣公15년≫권16에 "왕찰

190) 敵體(적체) : 신분이나 지위가 서로 대등한 것을 이르는 말.
191) 曰(왈) : 이하 예문은 ≪공양·선공宣公15년≫권16의 글을 인용한 것인데, 원
　　문에 의하면 "왕찰자란 무슨 말일까? 장남인 서자의 호이다(王札子者, 何? 長庶
　　之號也)"의 오기이다.
192) 韓詩內傳(한시내전) : 전한 한영韓嬰이 정리한 시경詩經인 ≪한시≫에 대한 해
　　설서. 오래 전에 실전되고 지금은 ≪한시외전韓詩外傳≫이 전한다. ≪한시≫는
　　≪노시魯詩≫ ≪제시齊詩≫와 함께 금문시경今文詩經으로서 고문시경古文詩經
　　인 ≪모시毛詩≫에 밀려 오래 전에 실전되고 지금은 잔본殘本이 전한다.
193) 爵(작) : ≪백소통소증≫에 의하면 '노魯'의 오기이다. '노魯'는 '노虜'와 통용자.
194) 不行(불행) : ≪백소통소증≫에 의하면 연자衍字이다.

자란 무슨 말일까? 만이인 서자의 호이다"라는 말이 있다. 덕이 훌륭한 선비의 이름을 부르지 않는 것은 작위와 봉록을 깎아내릴 수 없어서이다. 그래서 ≪한시내전≫에 "신하를 스승으로 섬기면 제위에 오르고, 사귀던 친구를 신하로 받아들이면 왕위에 오르고, 신하를 신하로만 대하면 패자가 되고, 신하를 포로처럼 대하면 망한다"고 하였다.

◆蓍龜(점술) 12항

◇점술의 의의

●天子下至士, 皆有蓍龜[195]者, 重事決疑, 示不自專. 尙書曰, "女[196] 則有大疑, 謀及卿士, 謀及庶人, 謀及卜筮[197]." 定天下之吉凶, 成天下之亹亹[198]者, 莫善於蓍龜.

○천자로부터 아래로 사士에 이르기까지 모두 점술을 펼치는 것은 사안을 중시하고 의구심을 해결하기 위한 것으로 혼자서 멋대로 하지 않겠다는 뜻을 보이기 위해서이다. ≪서경・주서周書・홍범洪範≫권11에 "그대가 큰 의구심이 들면 경이나 사와 상의하고, 그런 뒤 다시 서민과 상의하고, 그런 뒤 다시 점을 쳐 보라"고 하였다. 천하의 길흉을 정하고, 천하의 중요한 일을 완성하는 데 있어서 점술보다 좋은 것은 없다.

◇귀갑과 시초의 길이

●禮三正記[199]曰, "天子龜長一尺二寸, 諸侯一尺, 大夫八寸, 士六寸. 龜陰, 故數偶也. 天子蓍長九尺, 諸侯七尺, 大夫五尺, 士三尺. 蓍陽, 故數奇也."

○≪예기・삼정기≫에 "천자의 귀갑은 길이가 한 자 두 치이고, 제후의 것은 길이가 한 자이고, 대부의 것은 길이가 여덟 치이고, 사의 것은 길이가 여섯 치이다. 거북은 음기를 띤 동물이라서 수치는 짝수가 된다. 천자의 시초는 길이가 아홉 자 이고, 제후의 것은 길이가 일곱 자이고, 대부의 것은 길이가 다섯 자이고, 사

---

195) 蓍龜(시귀) : 점을 칠 때 사용하는 시초蓍草와 귀갑龜甲. 결국 점술을 가리킨다.
196) 女(여) : 2인칭 대명사. '여汝'와 통용자.
197) 卜筮(복서) : 길흉을 알기 위해 점치는 일을 이르는 말. 거북껍질(귀갑龜甲)을 이용하는 것을 '복卜'이라고 하고, 점대(시초蓍草)를 이용하는 것을 '서筮'라고 한다.
198) 亹亹(미미) : 건실한 모양, 부지런한 모양.
199) 三正記(삼정기) : ≪예기≫ 가운데 실전된 일편逸篇 이름.

의 것은 길이가 세 자이다. 시초는 양기를 띤 식물이라서 수치는 홀수가 된다"고 하였다.

◇점술로써 의심을 해소하다

●所以先謀及卿士, 何? 先盡人事, 念而不能得, 思而不能知, 然後問於蓍龜. 聖人獨見先睹, 必問蓍龜, 何? 示不自專也. 或曰, "淸微無端緒, 非聖人所及, 聖人亦疑之." 尙書曰, "女則有疑," 謂武王也.

○먼저 경이나 사와 상의하는 이유는 무엇일까? 먼저 인간사를 다 알아야 하는데, 생각해도 알 수 없고 다시 또 생각해 보아도 알 수 없으면 그뒤에 점술로 물어 보는 것이다. 성인이 선견지명을 지녔음에도 반드시 점술로 물어 보는 것은 어째서일까? 혼자서 멋대로 하지 않는다는 것을 보이기 위해서이다. 어떤 문헌에서는 "은밀하여 단서가 없으면 성인도 미칠 바가 아니기에 성인 역시 의심을 품게 된다"고 하였다. ≪서경·주서周書·홍범洪範≫권11에서 "그대가 의심이 들면"이라고 한 것은 (주周나라) 무왕을 두고 한 말이다.

◇거북점과 시초점의 의미에 대해 논하다

●乾草枯骨, 衆多非一, 獨以灼200)龜, 何? 此天地之間壽考之物, 故問之也. 龜之爲言, 久也. 蓍之爲言, 耆也. 久長意也. 龜曰卜, 蓍曰筮, 何? 卜, 赴也, 爆見兆也. 筮者, 信也, 見其卦也. 尙書, "卜三龜." 禮士冠經曰, "筮于廟門外."

○마른 풀과 마른 뼈는 종류가 많아 한두 가지가 아닌데도 유독 시초와 귀갑을 이용하여 점을 치는 것은 어째서일까? 이것들이 천지간에 장수하는 생물이라서 그것에게 묻는 것이다. 거북이란 말은 오래라는 뜻이고, 시초라는 말은 늙은이란 뜻이다. 즉 오래 산다는 뜻이다. 거북으로 점을 치는 것을 '복'이라고 하고, 시초로

---

200) 灼(작) : 앞뒤 문맥에 비추어 볼 때 '시蓍'의 오기인 듯하다.

점을 치는 것을 '서'라고 하는 것은 어째서일까? '복'은 달려간다
는 뜻으로 태워서 징조를 살핀다는 말이다. '서'란 믿는다는 뜻으
로 그 점괘를 살핀다는 말이다. ≪서경·주서周書·금등金縢≫권
12에 "세 개의 귀갑으로 점을 쳤다"고 하였고, ≪의례·사관례
士冠禮≫권1에 "종묘 문 밖에서는 시초로 점을 친다"고 하였다.

◇종묘에서 점을 치다

●筮畫卦, 所以必於廟, 何? 託義歸智於先祖至尊, 故因先祖而問之也.
○점을 쳐서 괘를 그릴 때 반드시 종묘에서 하는 것은 어째서일
까? 선조이자 지존에게 뜻을 맡기고 지혜를 구하려고 하기에 선
조를 통해 이를 묻는 것이다.

◇점을 칠 때의 방향

●卜, 春秋何方? 以爲於西方東面, 蓋蓍之處也. 卜時西嚮, 已卜退東
向. 問蓍於東方(西201)面, 以少問老之義.
○거북점에 대해 ≪춘추경≫에서는 어떤 방법을 적고 있을까? 서쪽
방향에서 동쪽을 보고 하는 것은 대개 시초점을 처리하는 방법
이다. 거북점을 칠 때는 서쪽을 향했다가 다 치고 나면 물러나
동쪽을 향한다. 동쪽 방향에서 서쪽을 향한 채 시초점을 치는 것
은 젊은이의 신분으로 노인에게 묻는다는 뜻이 담겨 있다.

◇점을 칠 때의 복장

●皮弁素積202), 求之於質也. 禮曰203), "皮弁素積, 筮于廟門之外."
○가죽 고깔과 흰 명주 치마를 착용하는 것은 질박함에서 점괘를

---

201) 西(서) : ≪백호통소증≫에 의하면 이 글자가 누락되었기에 첨기한다.
202) 素積(소적) : 허리 부위에 주름이 있는 명주로 만든 흰 치마를 뜻하는 말. '소적
    素績'이라고도 한다.
203) 曰(왈) : 위의 예문은 현전하는 예경禮經에 보이지 않는다. 아마도 여러 경서를
    참조하여 섞은 말인 듯하다.

찾고자 해서이다. 그래서 ≪예기≫에 "가죽 고깔과 흰 명주 치마를 착용하고서 종묘 문 밖에서 점을 친다"고 하였다.

◇점을 치는 사람의 수치

●或曰, "天子占卜九人, 諸侯七人, 大夫五人, 士三人." 又尙書曰, "三人占, 則從二人之言."

○어떤 문헌에서는 "천자는 9인에게 점을 묻고, 제후는 7인에게 점을 묻고, 대부는 5인에게 점을 묻고, 사는 3인에게 점을 묻는다"고 하였다. 또 ≪서경 · 주서周書 · 홍범洪範≫권11에서는 "세 사람이 점을 치면 두 사람의 말을 따른다"고 하였다.

◇먼저 시초점을 치고 다시 거북점을 치다

●不見吉凶于蓍, 復以卜, 何? 蓍者, 陽道多變, 變乃成.

○시초점에서 길흉을 살피지 못 할 때 다시 거북점을 이용하는 것은 어째서일까? 시초점은 양기로서 변화가 많은데, 변화가 있어야 점괘를 완성하기 때문이다.

◇귀갑을 불로 태우다

●龜以制204)火灼之, 何? 禮雜記曰205), "龜, 陰之老也. 蓍, 陽之老也. 龍非水不處, 龜非火不兆, 以陽動陰也." 必以荊者, 取其究音206)也. 禮三正記曰, "灼龜以荊." 以火動龜, 不以水動蓍, 何? 以爲嘔207)則是也.

○귀갑을 가시나무 불씨로 태우는 것은 어째서일까? ≪예기 · 잡기≫

---

204) 制(제) : ≪백호통소증≫에 의하면 '형荊'의 오기이다.
205) 曰(왈) : 이하 예문은 현전하는 ≪예기 · 잡기≫에 실리지 않은 것으로 보아 일문逸文인 듯하다.
206) 究音(구음) : ≪백호통소증≫에서는 의미를 알 수 없다고 하면서 '형荊'의 별칭일 가능성을 제기하기도 하였다.
207) 嘔(구) : ≪백호통소증≫에서는 의미를 알 수 없다고 하면서 입으로 혹 불어 불길을 살리는 동작을 뜻하는 말로 추정하기도 하였다.

에 "거북은 음기가 노화한 것이고, 시초는 양기가 노화한 것이다. 용이 물이 아니면 거처하지 않고, 거북이 불이 아니면 징조를 보이지 않는 것은 양기가 음기를 움직이기 때문이다"라고 하였다. 반드시 가시나무를 이용하는 것은 그것이 소리를 내는 것을 취한 것이다. ≪예기·삼정기≫에 "귀갑을 태울 때 가시나무를 사용한다"고 하였다. 불로 귀갑을 움직이지만 물로 시초를 움직이지 않는 것은 어째서일까? 불길은 입으로 혹 불어 살릴 수 있기 때문이라고 보는 것이 맞을 듯하다.

◇시초와 귀갑을 땅에 묻다

●蓍龜敗則埋之, 何? 重之, 不欲人褻尊者也.

○시초와 귀갑을 사용하고 나면 땅에 묻어버리는 것은 어째서일까? 그것을 중시하여 다른 사람이 존엄성을 해치는 것을 바라지 않기 때문이다.

◇점을 치는 방법과 시기

●周官208)曰, "凡國之大事, 先筮而後卜." "凡卜人209), 君視體210), 大夫視色, 士211)視墨212)." "凡人213)卜事視高, 揚火以作龜." "凡取龜用秋時, 攻龜用冬214)時."

○≪주례·춘관春官·서인筮人≫권24에서는 "무릇 나라의 중대사

---

208) 周官(주관) : 주공周公 희단姬旦이 주나라의 관제官制인 천관天官·지관地官·춘관春官·하관夏官·추관秋官·동관冬官을 정리했다고 전하는 책인 ≪주례周禮≫의 원명原名. 전한 때 유흠劉歆(?-23)이 ≪주관≫을 처음으로 ≪주례≫라고 하였고, 당나라 가공언賈公彦이 소疏를 달면서 ≪주례≫라고 칭하여 널리 통용되었다. 총 6편 360관官.

209) 卜人(복인) : 원전에 의하면 '복서卜筮'의 오기이다.

210) 體(체) : 귀갑龜甲(거북껍질)을 태웠을 때 갈라진 금의 형상을 가리킨다.

211) 士(사) : 원전에 의하면 '사史'의 오기이다.

212) 墨(묵) : 거북껍질을 태웠을 때 갈라진 금의 무늬를 가리킨다.

213) 人(인) : 원전에 의하면 연자衍字이다.

214) 冬(동) : 원전에 의하면 '춘春'의 오기이다.

는 먼저 시초점을 치고 뒤에 거북점을 친다"고 하였고, ≪주례·춘관·점인占人≫권24에서는 "무릇 점을 칠 때 군주는 갈라진 금의 형상을 살피고, 대부는 갈라진 금의 빛깔을 살피고, 사관은 갈라진 금의 무늬를 살핀다"고 하였으며, ≪주례·춘관·복사卜師≫권24에서는 "무릇 점을 칠 때는 귀갑에서 높이 일어나는 부위를 살핀 뒤 불을 피워 귀갑을 태운다"고 하였고, ≪주례·춘관·귀인龜人≫권24에서는 "무릇 거북을 잡는 것은 가을철을 이용하고, 귀갑을 손질하는 것은 봄철을 이용한다"고 하였다.

◆聖人(성인) 4항

◇성인의 정의

●聖人者, 何? 聖者, 通也, 道也, 聲也. 道無所不通, 明無所不照, 聞聲知情, 與天地合德, 日月合明, 四時合序, 鬼神合吉凶. 禮別名記215)曰, "五人曰茂216), 十人曰選, 百人曰俊, 千人曰英, 倍英曰賢, 萬人曰傑, 萬傑217)曰聖."

○'성인'이란 무엇일까? '성'은 통한다는 뜻이자, 도를 뜻하고, 소리를 뜻한다. 도는 통하지 않는 곳이 없고 명석함은 비추지 않는 곳이 없으니 소리를 듣고서 사정을 알기에 천지와 덕이 합치하고, 일월과 밝기가 합치하고, 사계절과 질서가 합치하고, 귀신과 길흉을 함께 한다. ≪예기·판명기≫에 "다섯 명 가운데 뛰어난 사람을 '무'라고 하고, 열 명 가운데 뛰어난 사람을 '선'이라고 하고, 백 명 가운데 뛰어난 사람을 '준'이라고 하고, 천 명 가운데 뛰어난 사람을 '영'이라고 하고, 2천 명 가운데 뛰어난 사람을 '현'이라고 하고, 만 명 가운데 뛰어난 사람을 '걸'이라고 하고, 만 명의 '걸' 가운데 뛰어난 사람을 '성'이라고 한다"고 하였다.

◇성인을 알아보다

●聖人未沒時, 寧知其聖乎? 曰, "知之." 論語曰, "太宰218)問子

---

215) 別名記(별명기) : ≪백호통소증≫에 의하면 ≪예기≫의 일편인 '판명기辨名記'의 오기이다.

216) 茂(무) : 수재를 이르는 말. 후한 광무제光武帝 유수劉秀의 이름을 피휘避諱하기 위해 '수재秀才'를 '무재茂才'로 표기한 데서 비롯되었다.

217) 萬傑(만걸) : '배걸倍傑'로 된 문헌도 있다.

218) 太宰(태재) : 은殷나라 때는 육태六太의 하나였고, 주周나라 때는 육경六卿의 우두머리인 천관天官 총재冢宰의 별칭. 진秦·한漢·위魏나라 때는 설치하지 않았다가 진晉나라 때 경제景帝 사마사司馬師(209-255)의 이름을 피휘避諱하기 위해 태사太師를 '태재'라고 개칭하기도 하였다. 수당隋唐 때는 폐치廢置가 일정하지 않았고, 송나라 때는 좌복야左僕射를 '태재', 우복야右僕射를 '소재少宰'라 하였다가 폐지되었다.

貢219)曰, '夫子220)聖者歟?' 孔子曰, '太宰知我乎?'" 聖人亦自知聖乎? 曰, "知之." 孔子曰221), "文王既沒, 文不在茲乎?"

○성인이 사망하기 전에 어떻게 그가 성인임을 알 수 있으리오? 그래도 "알 수 있다"고들 말한다. ≪논어・자한子罕≫권9에 "태재가 자공(단목사端木賜)에게 '선생님(공자)은 성인이시오?'라고 묻자, 공자가 '태재가 어찌 나를 알겠는가?'라고 대답하였다"는 말이 있다. 성인이 스스로 성인답다는 것을 알 수 있을까? "안다"고들 말한다. 공자가 "(주周나라) 문왕이 사망하고 나서는 문명이 이 사람(공자)에게 남지 않았는가?"라고 말한 일이 있다.

◇고대의 성인들에 대해 논하다

●何以知帝王聖人也? 易曰, "古者伏羲氏222)之王天下也, 於是始作八卦223)." 又曰, "聖人之作易也." 又曰, "伏羲氏沒, 神農氏作. 神農沒, 黃帝・堯・舜氏作." 文俱言作, 明皆聖人也. 論語曰, "聖乎! 堯・舜其猶病224)諸225)." 何以言禹・湯聖人? 論語曰, "巍巍乎! 舜・禹之有天下, 而不預焉." 與舜比方巍巍, 知禹・湯聖人. 春秋傳曰226), "湯以聖德, 故放桀." 何以言文王・武王・周公皆聖人? 詩

---

219) 子貢(자공) : 춘추시대 노魯나라 공자의 제자 단목사端木賜의 자. 언변이 뛰어난 것으로 알려졌다. ≪사기・중니제자열전仲尼弟子列傳≫권67 참조.

220) 夫子(부자) : 스승이나 장자長者・고관・부친・남편 등에 대한 존칭. 춘추시대 노魯나라 공자의 제자들이 공자를 '부자'라고 부른 것이 대표적인 예이다.

221) 曰(왈) : 공자의 이 말도 ≪논어・자한≫권9에 전한다.

222) 伏羲氏(복희씨) : 전설상의 임금인 삼황三皇 가운데 첫 번째 황제. '복희씨宓犧氏' '포희씨包羲氏'라고도 한다. '삼황'에 대해서는 복희伏羲・신농神農・황제黃帝를 가리킨다고도 하고, 수인燧人・복희伏羲・신농神農을 가리킨다고도 하는 등 시대에 따라 차이가 있어 설이 다양하다.

223) 八卦(팔괘) : ≪역경≫의 64괘를 이루는 기본 단위의 괘. 즉 건乾(☰)・태兌(☱)・이離(☲)・진震(☳)・손巽(☴)・감坎(☵)・간艮(☶)・곤坤(☷)괘를 말한다. 전설상의 황제인 복희씨伏羲氏가 처음으로 만들었다고 전한다.

224) 病(병) : 부족한 부분이 있다, 결함이 있다. 요왕堯王이나 순왕舜王 같은 성왕이라 하더라도 인정을 펼치는 데 오히려 부족한 데가 있다는 말이다.

225) 諸(제) : '지호之乎'의 합성어.

226) 曰(왈) : 이하 예문은 현전하는 춘추삼전春秋三傳에 모두 실리지 않은 것으로

曰, "文王受命," 非聖不能受命. 易曰, "湯·武革命, 順乎天." 湯·
武與文王比方. 孝經曰, "則周公其人也," 下言, "夫聖人之德, 又何
以加於孝乎?" 何以言皐陶227)聖人也? 以目篇228)"曰若稽古皐陶,"
聖人而能爲舜陳道. "朕言惠229)可底行230)?" 又"旁231)施象刑232),
維明."

○제왕이 성인이란 것을 어떻게 알 수 있을까? ≪역경·계사하繫
  辭下≫권12에 "옛날에 복희씨가 천하를 다스리면서 처음으로 팔
  괘를 만들었다"고 하였고, 또 "성인이 ≪역경≫을 지었다"고 하
  였고, 또 "복희씨가 사망하자 신농씨가 등장하였고, 신농씨가 사
  망하자 황제黃帝·(당唐나라) 요왕·(우虞나라) 순왕이 등장하였
  다"고 하였다. 이상 예문에서 모두 ('짓다'나 '등장하다'란 의미
  의) '작作'이라고 언급한 것은 모두 성인이라는 것을 밝히기 위해
  서이다. ≪논어·옹야雍也≫권6에 "성인답도다! 그러나 요왕이나
  순왕도 오히려 인仁을 베푸는 데 있어서는 부족한 데가 있으리
  라!"고 하였다. 어째서 (하夏나라) 우왕과 (상商나라) 탕왕을 성
  인이라고 말할까? ≪논어·태백泰伯≫권8에 "위대하도다! 순왕이
  나 우왕은 천하를 소유하면서도 세상사에 관여하려고 하지 않았
  다"고 하였다. 순왕과 위대한 면에서 비등하기에 우왕이나 탕왕
  도 성인이라는 것을 알 수 있다. ≪춘추전≫에 "(상나라) 탕왕은
  성인다운 덕목 덕택에 (하夏나라) 걸왕을 추방하였다"고 하였다.
  어째서 (주周나라) 문왕·무왕·주공 모두 성인이라고 말하는 것

보아 일문逸文인 듯하다.
227) 皐陶(고요) : 우虞나라 순왕舜王 때 형벌을 관장하던 장관의 이름. 당唐나라 요
  왕堯王의 이복동생이라는 설이 있다.
228) 目篇(목편) : ≪서경·우서虞書·고요모皐陶謨≫권3의 기록을 가리킨다.
229) 惠(혜) : 어기조사로 별뜻이 없다.
230) 底行(저행) : 실행에 옮기다, 실천하다. '저底'는 '치致'의 뜻.
231) 旁(방) : 위의 예문은 ≪서경·우서虞書·익직益稷≫권4의 기록을 인용한 것인
  데, 원문에 의하면 '방方'의 오기이다.
232) 象刑(상형) : 사형 집행 장면을 기물에 새겨서 경계거리로 삼게 하는 일.

일까? ≪시경·대아大雅·문왕유성文王有聲≫권23에서 "문왕이 천명을 받아 즉위하였네"라고 한 것은 성인이 아니면 천명을 받아 즉위할 수 없다는 말이다. ≪역경·혁괘革卦≫권8에 "(상나라) 탕왕과 (주나라) 무왕이 혁명을 일으킨 것은 하늘의 뜻을 따른 것이다"라고 한 것은 탕왕이나 무왕이 문왕과 비등하다는 말이다. ≪효경·성치장聖治章≫권5에 "그러므로 주공이 바로 그에 해당하는 사람이다"라고 하면서 아래에서 "무릇 성인의 덕 가운데 무엇을 효도보다 더 중시할 수 있으리오?"라고 하였다. 어째서 (우虞나라 순왕의 신하인) 고요를 성인이라고 할까? ≪서경·우서虞書·고요모皋陶謨≫권3에 "옛날 고요를 생각해 보면"이라고 하였듯이 성인이라서 순왕을 위해 도를 진술할 수 있었던 것이다. 그래서 "(고요가 말하길) 내 말을 실행에 옮길 수 있겠소?"라고도 하고, 또 "바야흐로 사형 집행 장면을 기물에 새겨서 경계 거리로 삼게 한다면 일이 분명해질 것이다"라고도 하였다.

◇**성인의 신체상 특징에 대해 논하다**

●又聖人皆有表異[233]. 傳曰[234], "伏羲(曰[235])祿衡[236]連珠[237], 唯大目鼻[238]龍伏[239], 作易八卦以應樞[240]." 黃帝(龍[241])顏, 得天

---

233) 表異(표이) : ≪백호통소증≫에 의하면 기이한 외모를 뜻하는 말인 '이표異表'의 오기이다.

234) 曰(왈) : 이하 예문에 대해 ≪백호통소증≫에서는 ≪원명포元命包≫나 ≪원신계援神契≫ 등 위서緯書에서 인용한 것으로 추정하였다.

235) 曰(일) : ≪백호통소증≫에 의하면 이 글자가 누락되었기에 첨기한다. '일록日祿'은 '일각日角'과 통용어인데, 이마의 세 뼈, 즉 왼쪽의 일각日角·중앙의 복서伏犀·오른쪽의 월각月角 가운데 하나로서 앞으로 튀어나온 골상骨相을 가리킨다. 귀한 관상을 상징한다.

236) 衡(형) : 눈썹이나 눈두덩을 이르는 말. 북두칠성 가운데 옥형성을 닮은 것을 가리킨다.

237) 連珠(연주) : '구슬꿰미'라는 뜻에서 유래한 말로 아름다운 눈동자나 시문을 비유한다. '연주聯珠'로도 쓴다.

238) 鼻(비) : ≪백호통소증≫에 콧날이나 광대뼈가 우뚝한 것을 뜻하는 말인 '산준山准'으로 되어 있기에 이를 따른다.

匡242)陽, 上法中宿243), 取象文昌244). 顓頊245)戴午246), 是謂淸明,
發節移度, 蓋象招搖247). 帝嚳駢齒, 上法月參248), 康度成紀, 取理
陰陽. 堯眉八彩, 是謂通明, 歷象日月, 璇璣249)玉衡250). 舜重瞳子,
是謂玄景, 上應攝提251), 以象三光252). 禮曰253), “禹耳三漏254),
是謂大通, 興利除害, 決河疏江. 皐陶鳥喙, 是謂至誠, 決獄明白, 察
於人情. 湯臂三肘255), 是謂柳翼, 攘去不義, 萬民蕃息. 文王四乳,

---

239) 龍伏(용복) : ≪백호통소증≫에 의하면 '용상龍狀'의 오기이다. 자형의 유사성으
로 인한 필사 과정상의 단순 오기로 보인다.

240) 樞(추) : 북극성을 뜻하는 말인 천추성天樞星의 준말. 훌륭한 인물을 상징한다.

241) 龍(용) : ≪백호통소증≫에 의하면 이 글자가 누락되었기에 첨기한다.

242) 天匡(천광) : 태미성太微星・자미성紫微星・천시성天市星의 세 별자리 가운데
하나인 태미성의 별칭.

243) 中宿(중수) : 이십팔수二十八宿를 사방으로 나누었을 때 각 방위마다 중앙에 위
치하는 별을 이르는 말.

244) 文昌(문창) : 별자리 이름. 북두칠성 앞쪽의 반달 모양의 여섯 개의 별을 지칭하
는 말. 상서尙書의 분야分野에 해당하기에 상서 혹은 상서성尙書省의 별칭으로
도 쓰였다.

245) 顓頊(전욱) : 전설상의 임금인 오제五帝 가운데 두 번째 황제. 씨氏는 '고양高陽'
이고, 성姓은 '희姬'이며, 황제黃帝의 증손자이다. '오제'에 대해 ≪사기史記・오
제본기五帝本紀≫권1에서는 황제黃帝・전욱顓頊・제곡帝嚳・요堯・순舜을 가리
킨다고 한 반면, 속수사고전서본續修四庫全書本 ≪제왕세기帝王世紀・오제≫권2
에서는 소호少昊・전욱顓頊・제곡帝嚳・요堯・순舜을 가리킨다고 하였다.

246) 午(오) : ≪백호통소증≫에 의하면 '간干'의 오기이다. 자형의 유사성으로 인한
필사 과정상의 단순 오기로 보인다.

247) 招搖(초요) : 북두칠성의 일곱 번째 별인 요광성搖光星의 별칭. 북두칠성의 대칭
代稱으로도 쓴다.

248) 參(심) : 이십팔수二十八宿 가운데 서방 백호白虎 7수 중 일곱 번째 별자리 이
름. 독음은 '심'.

249) 璇璣(선기) : 북두칠성의 앞쪽 네 개의 별을 가리키는 말로 결국 북두칠성을 의
미한다. 천체의 문양처럼 어느 쪽으로 돌려 읽어도 모두 의미가 완성되는 형태
의 시를 뜻한다. 오호십육국五胡十六國 전진前秦 때 두도竇滔의 아내 소혜蘇蕙
에게서 비롯되었다고 전한다. '선璇'은 '선璿'으로도 쓴다.

250) 玉衡(옥형) : 북두칠성 가운데 다섯 번째 별의 이름.

251) 攝提(섭제) : 이십팔수二十八宿 가운데 동방의 항수亢宿에 속하는 별 이름.

252) 三光(삼광) : 해와 달과 별을 아우르는 말.

253) 曰(왈) : 이하 예문은 ≪백호통소증≫에 의하면 ≪예기≫의 본문이 아니라 위서
緯書의 일종인 ≪예위함문가禮緯含文嘉≫의 글이다.

254) 三漏(삼루) : 귓구멍이 세 개인 것을 이르는 말.

是謂至仁, 天下所歸, 百姓所親. 武王望羊256), 是謂攝揚, 盱目陳兵, 天下富昌. 周公背僂, 是謂强俊, 成就周道, 輔於幼主257). 孔子反宇258), 是謂尼甫259), 立德澤所與260), 藏元通流." 聖人所以能獨見前覩, 與神通精者, 蓋皆天所生也.

○또 성인은 모두 기이한 외모를 지녔다. 경전의 해설서에 "복희는 왼쪽 이마뼈가 튀어나오고 눈두덩이 크고 눈동자가 아름다우며 눈이 크고 콧날이 우뚝하여 용의 형상을 하였는데, ≪역경≫의 팔괘를 만들어 북극성에 호응하였다"고 하였다. 황제黃帝는 얼굴이 용을 닮고 천광성의 양기를 얻었으며, 위로 중수를 본받고 문창성에서 형상을 취하였다. 전욱은 외모가 방패를 머리에 이고 있는 듯하여 이를 '청명'이라고 하는데, 법도를 지키고 궤도를 따랐기에 거의 초요성을 닮았다. 제곡은 치아가 가지런하여 위로 달과 심수를 닮았고, 법도와 기강을 바로잡으며 음양을 관장한다는 뜻을 취하였다. (당唐나라) 요왕은 눈썹이 다양한 빛깔을 띠기에 이를 '통명'이라고 하는데, 역법상 해와 달을 본받고 선기성과 옥형성의 정기를 타고났다. (우虞나라) 순왕은 눈동자가 두 겹이어서 이를 '현경'이라고 하는데, 위로 섭제성과 호응하면서 해·달·별을 닮았다. 또 ≪예위함문가禮緯含文嘉≫에서는 "(하夏나라) 우왕은 귓구멍이 세 개라서 이를 '대통'이라고 하는데, 이로움을 주고 해악을 제거하고 황하를 잘 흐르게 하고 장강을 소통시켰다. (우나라 순왕의 신하인) 고요는 입이 새의 부리처럼

---

255) 肘(주) : 도량형 단위. 두 자라는 설이 있고, 한 자 다섯 치라는 설이 있다.

256) 望羊(망양) : 우러러보는 모양.

257) 幼主(유주) : 어린 군주. 주周나라 성왕成王을 가리킨다.

258) 反宇(반우) : 끝이 뒤집히듯이 위로 치솟은 추녀를 이르는 말로 정수리가 움푹 들어가고 사방이 솟은 머리 모양을 비유한다.

259) 尼甫(니보) : 공자에 대한 존칭. '니尼'는 공자의 자인 '중니仲尼'를 가리키고, '보甫'는 남자에 대한 미칭美稱으로 '보父'로도 쓴다.

260) 與(여) : ≪백호통소증≫에 의하면 '흥興'의 오기이다. 자형의 유사성으로 인한 필사 과정상의 단순 오기로 보인다.

생겨 이를 '지성'이라고 하는데, 옥사를 명명백백하게 해결하고 인지상정에 밝았다. (상商나라) 탕왕은 팔의 길이가 여섯 자에 달하여 이를 '유익'이라고 하는데, 불의한 일을 제거하여 백성들이 번성하였다. (주周나라) 문왕은 젖꼭지가 네 개라서 이를 '지인'이라고 하는데, 천하 사람들이 그에게 귀의하고 백성들이 좋아하였다. 무왕은 사람들이 우러러보았기에 이를 '섭양'이라고 하는데, 두 눈을 부릅뜨고서 병영을 살펴 천하 사람들이 부강해졌다. 주공은 등이 굽어 이를 '강준'이라고 하는데, 주나라의 도를 완성하고 어린 군주인 성왕成王을 잘 보필하였다. 공자는 정수리가 들어가고 사방이 솟구친 머리 모양을 하여 이를 '니보'라고 하는데, 덕업을 세우고 근본과 말류를 잘 정리하였다"고 하였다. 성인이 유독 선견지명을 보이고 신명과 잘 통하는 것은 아마도 모두 하늘이 낳았기 때문일 것이다.

◆八風(팔풍) 1항

◇팔풍에 대해 논하다

●風者, 何謂也? 風之爲言, 萌也. 養物成功, 所以象八卦. 陽生於五, 極於九. 五九四十五, 日變, 變以爲風, 陰合陽以生風. 距冬至四十五日, 條風261)至. 條者, 正也. 四十五日, 明庶風262)至. 明庶者, 迎衆也. 四十五日, 淸明風263)至. 淸明者, 淸芒也. 四十五日, 景風264)至. 景, 大也, 陽氣長養. 四十五日, 涼風265)至. 涼, 寒也, 行陰氣也. 四十五日, 昌盍風266)至. (昌盍者267),) 戒收藏也. 四十五日, 不周風268)至. 不周者, 不交也, 陰陽未合化也. 四十五日, 廣莫風269)至. 廣莫者, 大也, 同陽氣也. 故曰270), "條風至, 地暖. 明庶風至, 萬物産. 淸明風至, 物形乾. 景風至, 棘造實. 涼風至, 黍禾乾271). 昌盍風至, 生薺麥. 不周風至, 蟄蟲匿. 廣莫風至, 則萬物伏. 是以王者承順之, 條風至, 則出輕刑, 解稽留. 明庶風至, 則修封疆272), 理田疇. 淸明風至, 出幣帛, 使諸侯. 景風至, 則爵有德, 封

---

261) 條風(조풍) : 입춘 때 부는 북동풍의 별칭. 나뭇가지에 싹을 틔우는 봄바람이란 뜻에서 유래하였다.

262) 明庶風(명서풍) : 춘분 때 부는 동풍의 별칭. 뭇 사물에 생명을 불어넣어 주는 바람이란 뜻에서 유래하였다.

263) 淸明風(청명풍) : 입하 때 부는 남동풍의 별칭. 청명절에 부는 바람을 가리킨다.

264) 景風(경풍) : 하지 때 부는 남풍의 별칭. 문헌에 따라 '거풍巨風' '개풍凱風'이라고도 한다.

265) 涼風(양풍) : 입추 때 부는 남서풍의 별칭.

266) 昌盍風(창합풍) : 추분 때 부는 서풍의 별칭. '창합'이 하늘의 궁전 대문으로서 쇠(金)의 기운을 띤 데서 유래하였다. '창합昌盍'은 '창합閶闔'으로도 쓴다.

267) 昌盍者(창합자) : ≪백호통소증≫에 의하면 이 세 글자가 누락되었기에 첨기한다.

268) 不周風(부주풍) : 입동 때 부는 북서풍의 별칭. 살생을 주관하는 바람이란 뜻에서 유래하였다.

269) 廣莫風(광막풍) : 동지 때 부는 북풍의 별칭. 드넓은 사막에서 불어오는 바람이란 뜻에서 유래하였다. '막莫'은 '막漠'과 통용자.

270) 曰(왈) : 이하 예문은 ≪예기・월령月令≫권14부터 권17까지의 내용을 요약 정리한 것이다.

271) 乾(건) : 익다. '숙熟'의 뜻. 오곡이 익으면 건조해지기에 하는 말이다.

有功. 涼風至, 報地德, 化四鄉. 昌盍風至, 則申象刑, 飾囷舍273).
不周風至, 則築宮室, 修城郭. 廣莫風至, 則斷大辟274), 行獄刑.”
○‘풍’이란 무슨 말일까? ‘풍’이란 말은 싹튼다는 뜻이다. 곡물을
잘 키워 수확할 수 있게 하기에 팔괘를 상징한다. 양기는 5에서
자라나 9에서 최고조에 달한다. 5 곱하기 9는 45이므로 45일마
다 변화를 일으키고 변화를 일으키면 바람이 되는데, 음기가 양
기와 합쳐져 바람을 만든다. 동지로부터 45일이 지나 입춘이 되
면 ‘조풍’이 분다. ‘조’는 바르다는 뜻이다. 다시 45일이 지나 춘
분이 되면 ‘명서풍’이 분다. ‘명서’는 뭇 사물을 맞이한다는 뜻이
다. 다시 45일이 지나 입하가 되면 ‘청명풍’이 분다. ‘청명’은 새
싹을 시원하게 해 준다는 뜻이다. 다시 45일이 지나 하지가 되
면 ‘경풍’이 분다. ‘경’은 크다는 뜻으로 양기가 자랐다는 말이다.
다시 45일이 지나 입추가 되면 ‘양풍’이 분다. ‘양’은 차갑다는
뜻으로 음기가 넘친다는 말이다. 다시 45일이 지나 추분이 되면
‘창합풍’이 분다. ‘창합’은 조심스레 수확하고 저장한다는 뜻이다.
다시 45일 지나 입동이 되면 ‘부주풍’이 분다. ‘부주’는 만나지
않는다는 뜻으로 음기와 양기가 아직 합쳐져 변화를 일으키지
않는다는 말이다. 다시 45일이 지나 동지가 되면 ‘광막풍’이 분
다. ‘광막’은 크다는 뜻으로 양기에 동화되기 시작한다는 말이다.
그래서 (≪예기·월령月令≫에서는) “조풍이 불면 땅이 따듯해지
고, 명서풍이 불면 만물이 태어나고, 청명풍이 불면 만물이 건조
해지고, 경풍이 불면 대추나무에 열매가 맺히고, 양풍이 불면 기
장과 벼가 익고, 창합풍이 불면 냉이와 보리가 자라고, 부주풍이

272) 封疆(봉강) : 흙을 쌓아서 경계를 표시하는 일이나 이를 통해 획정된 영토나 경
　계를 뜻한다.
273) 囷舍(균사) : ≪예기·월령≫권17의 원문에 의하면 곳간을 뜻하는 말인 ‘균창囷
　倉’의 오기이다.
274) 大辟(대벽) : 중국 고대 형벌인 오형五刑 가운데 가장 무거운 형벌인 사형을 이
　르는 말.

불면 겨울잠을 자는 벌레가 땅속으로 숨어들고, 광막풍이 불면 만물이 숨는다. 그래서 임금은 이를 잘 받들어 조풍이 불면 가벼운 형벌에 처해진 사람을 훈방하고 계류된 문제를 해결하며, 명서풍이 불면 국경을 정비하고 농토를 수리하며, 청명풍이 불면 폐백을 꺼내 제후국에 사신을 보내고, 경풍이 불면 덕이 있는 사람에게 작위를 내리고 공이 있는 사람을 제후에 봉하며, 양풍이 불면 지신의 은덕에 보답하기 위해 제사를 지내고 사방의 고을을 교화시키며, 창합풍이 불면 사형 집행 장면을 기물에 새겨서 경계거리로 삼게 하고 곳간을 정비하며, 부주풍이 불면 궁실을 짓고 성곽을 수리하며, 광막풍이 불면 사형을 단행하고 형벌을 집행한다"고 하였다.

◆商賈(상인) 1항

◇상인에 대해 논하다

●商賈, 何謂也? 商之爲言, 商其遠近, 度其有亡, 通四方之物. 故謂
之商也. 賈之爲言, 固, 固有其用物, 以待民來, 以求其利者也. 行曰
商, 止曰賈. 易曰, "先王以至日275)閉關, 商旅不行, 后276)不省方."
論語曰, "沽之哉! 我待價者也!" 卽如是, 尙書曰, "肇277)牽車牛,
遠服278)賈用279)!" 方280)? 言遠行可知也. 方281)言, "欽282)厥父
母!" 欲留供養之也.

○'상고'란 무슨 말일까? '상商'이란 말은 원근을 계산하고 유무를
헤아려 사방의 물품을 소통시킨다는 뜻이다. 그래서 이를 '상'이
라고 한다. '고賈'란 말은 본래라는 뜻으로 유용한 물품을 본래
가지고 있다가 백성이 찾아오기를 기다려 이익을 추구한다는 말
이다. 따라서 돌아다니면서 장사하는 상인을 '상'이라고 하고,
한곳에 머물면서 장사하는 상인을 '고'라고 한다. ≪역경・복괘
復卦≫권5에 "선왕은 동짓날에 성문을 닫아 상인들이 돌아다니
지 못 하게 하였고, 군주들도 지방을 순찰하지 않는다"고 하였
고, ≪논어・자한子罕≫권9에 "그것을 팔아버리거라! 내 상인을
기다리련다!"고 하였다. 이와 같은데도 ≪서경・주서周書・주고
酒誥≫권13에 "힘껏 수레와 소를 끌어 멀리서 장사에 종사토록
하라!"는 말이 있는 것은 어째서일까? ('고'도) 멀리까지 가서 장

---

275) 至日(지일) : 하지나 동지를 가리키는 말로 여기서는 후자를 가리킨다.
276) 后(후) : 군왕君王.
277) 肇(조) : 힘껏, 애써.
278) 服(복) : 복무하다, 종사하다.
279) 賈用(고용) : 장사나 무역을 이르는 말.
280) 方(방) : ≪백호통소증≫에 의하면 '하何'의 오기이다.
281) 方(방) : ≪백호통소증≫에 의하면 '역亦'의 오기이다. 앞의 '방方'과 함께 자형
의 유사성으로 인한 필사 과정상의 단순 오기로 보인다.
282) 欽(흠) : 원전에는 '양養'으로 되어 있다.

사하는 사람을 말한다는 것을 알 수 있다. 또 "자신의 부모를 잘 모시라!"는 말이 있는 것으로 보아 집에 머물면서 부모를 모시기도 한다는 것을 알 수 있다.

◆瑞贄283)(부신과 폐백) 7항

◇제후가 조회할 때 부신을 모으다

●王者始立, 諸侯皆見, 何? 當受法, 稟正敎也. 尙書, "輯五瑞284)," "觀四嶽285)," 謂舜始卽位, 見四方諸侯, 合符信. 詩云, "玄王286)桓撥287), 受小國是達, 受大國是達." 言湯王天下, 大小國諸侯皆來見, 湯能通達以禮義也. 周頌曰, "烈文288)辟公289), 錫玆祉福." 言武王伐紂, 定天下, 諸侯來會, 聚於京師, 受法度也. 遠近莫不至, 受命之君, 天之所興, 四方莫敢違, 夷狄咸率服故也.

○천자가 처음 즉위하면 제후들이 모두 찾아와 알현하는 것은 어째서일까? 법전을 전수받고 바른 가르침을 받들어야 하기 때문이다. ≪서경・우서虞書・순전舜典≫권2에 "다섯 가지 부신을 모으다"라고 하고, "사방 제후의 조알을 받다"고 한 것은 (우虞나라) 순왕이 즉위하여 사방 제후들의 조알을 받고서 부신을 모았다는 말이다. ≪시경・상송商頌・장발長發≫권30에서 "현왕께서 잘 다스려, 작은 제후국에도 교화를 잘 전하였고, 큰 제후국에도 교화를 잘 전하였네"라고 한 것은 (상商나라) 탕왕이 천하를 다스리면서 크고 작은 나라의 제후들이 모두 알현차 찾아오자 탕왕이 예의를 갖춰 잘 소통하였다는 말이다. ≪시경・주송・열문

---

283) 瑞贄(서지) : 천자가 신하에게 내리는 부신符信과 폐백幣帛에 대한 총칭.
284) 五瑞(오서) : 천자가 제후에게 하사하는 다섯 종류의 부신符信을 일컫는 말. 공작公爵에게는 환규桓圭, 후작侯爵에게는 신규信圭, 백작伯爵에게는 궁규躬圭, 자작子爵에게는 곡벽穀璧, 남작男爵에게는 포벽蒲璧을 주었는데, 제후가 천자를 알현할 때 이것을 바쳤다가 돌아갈 때 돌려받았다고 한다.
285) 四嶽(사악) : 사방의 제후를 이르는 말. '악嶽'은 '악岳'으로도 쓴다.
286) 玄王(현왕) : 우虞나라 순왕舜王 때 다섯 명의 명신名臣인 우禹・직稷・설契・고요皋陶・백익伯益 가운데 한 사람이자 상商나라의 시조인 설契의 별칭. 여기서는 설의 후손으로서 상商나라를 건국한 탕왕湯王을 가리킨다.
287) 桓撥(환발) : 잘 다스리다. '환桓'은 '대大'의 뜻이고, '발撥'은 '치治'의 뜻.
288) 烈文(열문) : 공이 크고 덕이 훌륭한 것을 이르는 말.
289) 辟公(벽공) : 제후의 별칭.

烈文≫권26에서 "공이 크고 덕이 훌륭한 제후들에게 이 복을 하사하셨네"라고 한 것은 (주周나라) 무왕이 (상나라 마지막 폭군인) 주왕을 정벌하고 천하를 안정시키자 제후들이 조회차 찾아와 도성에 모여서 법전을 전수받았다는 말이다. 멀고 가까운 곳의 제후들이 모두 도착한 것은 천명을 받은 군주가 하늘이 내린 존재라서 사방의 제후들이 모두 감히 그의 뜻을 어기지 못 하고, 오랑캐들도 모두 복종하였기 때문이다.

◇다섯 가지 부신의 용처에 대해 논하다

●何謂五瑞? 謂珪・璧・琮・璜・璋也. 禮曰290), "天子珪尺二寸." 又曰, "博三寸, 剡291)上(左右各292))寸半, 厚半寸. (半)珪爲璋. 方中圓外曰璧. 半璧曰璜. 圓中牙身玄外曰琮." 禮記王度293)曰, "玉者, 有象君之德. 燥不輕, 濕不重, 薄不澆294), 廉295)不傷, 疵不掩. 是以人君寶之." 天子之純玉尺有二寸, 公・侯296)九寸, 四玉一石也. 伯・子・男俱三玉二石也. 五玉297)者, 各何施? 蓋以爲璜以徵召, 璧以聘問298), 璋以發兵, 珪以信質299), 琮以起土功之事也. 圭以爲信者, 何? 珪者, 兌300)上, 象物皆生見於上也. 信莫著于作見, 故以珪爲信, 而見萬物之始, 莫不自潔. 珪之爲言, 潔也. 上兌, 陽也. 下

---

290) 曰(왈) : 아래 예문 가운데 현전하는 ≪예기≫에 실린 것도 있고 실리지 않은 것도 있는 것으로 보아 일부는 일문逸文인 듯하다.

291) 剡(염) : 뾰족하게 깎다.

292) 左右各(좌우각) : ≪백호통소증≫에 의하면 이 세 글자가 누락되었기에 첨기한다. 아래 괄호 안의 글자들도 마찬가지이다.

293) 王度(왕도) : ≪예기≫ 가운데 실전된 일편逸篇 이름.

294) 澆(요) : ≪백호통소증≫에 의하면 휘거나 구부러지는 것을 뜻하는 말인 '요橈'의 오기이다.

295) 廉(염) : 사물이 가느다란 것을 이르는 말.

296) 公侯(공후) : 제후의 작위 5종 가운데 가장 직급이 높은 두 작위를 아우르는 말.

297) 五玉(오옥) : 다섯 가지 부신인 오서五瑞의 별칭.

298) 聘問(빙문) : 예물을 준비해 신하나 제후를 예방하는 일.

299) 信質(신질) : 신용을 보이다, 진실을 나타내다.

300) 兌(예) : 뾰족하다, 날카롭다. '예銳'와 통용자.

方, 陰也. 陽尊, 故其禮順備也. 位在東方, 陽見義於上也. 璧以聘
問, 何? 璧者, 方中圓外, 象地, 地道安寧, 而出財物. 故以璧聘問
也. 方中, 陰德方也. 圓外, 陰繫於陽也. 陰德盛於內, 故見象於內,
位在中央. 璧之爲言, 積也. 中央, 故有天地之象, 所以據用也. 內方
象地, 外圓象天也. 璜所以徵召, 何? 璜者, 半璧, 位在北方, 北陰極
而陽始起, 故象半陰. 陽氣始施, 徵召萬物, 故以徵召也. 不象陰,
何? 陽始物微, 未可見. 璜者, 橫也. 質尊之命也, 陽氣橫于黃泉, 故
曰璜. 璜之爲言, 光也. 陽光所及, 莫不動也. 象君之威命所加, 莫敢
不從, 陽之所施, 無不節也. 璋以發兵, 何? 璋, 半珪, 位在南方, 南
方陽極, 而陰始起, 兵亦陰也. 故以發兵也. 不象其陰, 何? 陰始起,
物尚凝, 未可象也. 璋之爲言, 明也. 賞罰之道, 使臣之禮, 當章
明301)也. 南方之時, 萬物莫不章, 故謂之璋. 琮以起土功, 發聚衆,
何? 琮之爲言, 聖也. 象萬物之宗聚聖也. 功之所成, 故以起土功, 發
衆也. 位西方, 西方陽, 收功於內, 陰出城302)於外, 內圓象陽, 外直
爲陰, 外牙而內湊, 象聚會也. 故謂之琮. 后夫人303)之財也. 五玉所
施非一, 不可勝條, 略擧大者也.

○무엇을 '오서'라고 할까? '규珪' '벽璧' '종琮' '황璜' '장璋'을 말
한다. ≪예기·잡기하雜記下≫권43에 "천자의 '규'는 길이가 한
자 두 치이다"라고 하였고, 또 "너비는 세 치이고, 위쪽 좌우를
각기 한 치 반 가량 깎으며, 두께는 반 치 된다. '규'를 반토막내
면 '장'이 된다. 가운데는 방형이고 밖은 원형인 것을 '벽'이라고
한다. '벽'을 반토막낸 것을 '황'이라고 한다. 가운데에 동그란 구
멍을 내고 몸통에 상아를 장식하고 밖이 검은 빛깔을 띤 것을
'종'이라고 한다"고 하였다. ≪예기·왕도기≫에 "옥은 군주와 같
은 품성이 있다. 건조해도 가볍지 않고, 습기가 차도 무겁지 않

---

301) 章明(창명) : 분명하다, 명확하다. '창章'은 '창彰'과 통용자.
302) 城(성) : ≪백호통소증≫에 의하면 '성成'의 오기이다.
303) 夫人(부인) : 황제의 후처後妻인 비빈妃嬪이나 제후의 적처嫡妻에 대한 존칭. 후
　　에는 고관의 부인에 대한 존칭으로도 쓰였다.

으며, 얇다고 해서 휘지 않고, 가늘다고 해서 손상을 입지 않으며, 흠이 있다고 해서 숨기지 않는다. 그래서 군주는 이를 소중하게 여긴다"고 하였다. 천자의 순옥은 길이가 한 자 두 치이고, 공작과 후작의 것은 아홉 치인데, 함유량이 5분의 4 가량이 옥이고 5분의 1 가량이 돌이다. 백작·자작·남작의 경우는 함유량이 5분의 3이 옥이고 5분의 2 가량이 돌이다. 다섯 가지 옥은 각기 무엇에 사용할까? 대개 '황'은 신하를 부를 때 사용하고, '벽'은 사신을 시켜 예방할 때 사용하고, '장'은 군대를 동원할 때 사용하고, '규'는 신의를 보일 때 사용하고, '종'은 토목공사를 시작할 때 사용한다. '규'가 신의를 나타낸다고 보는 것은 어째서일까? '규'가 위가 뾰족한 것은 사물이 모두 태어나면 위로 모습을 드러내는 것을 본받은 것이다. 신의는 부러 드러낼 때보다 더 명확한 경우가 없기에 '규'를 신의를 상징하는 물건으로 보는데, 만물이 처음 싹을 드러내면 모두 절로 청결해 보인다. '규'라는 말은 깨끗하다는 뜻이다. 위가 뾰족한 것은 양기를 상징하고, 아래가 방형인 것은 음기를 상징한다. 양기는 존엄한 것이기에 그 예법이 절로 갖춰진다. 동방에 위치시키는 것은 양기가 위에서 도의를 드러내는 것을 나타내기 위해서이다. '벽'을 신하를 시켜 예방할 때 사용하는 것은 어째서일까? '벽'이 가운데가 장방형이고 밖이 원형인 것은 대지를 본받은 것으로 대지의 도가 안정되어야 재물이 나오기 때문이다. 그래서 '벽'은 사신을 시켜 예방할 때 사용한다. 가운데가 장방형인 것은 음덕의 방위이다. 밖이 원형인 것은 음기가 양기에 매인 것을 나타낸다. 음덕이 내부적으로 왕성하기에 안에 형상을 갖추고 방위를 중앙으로 하는 것이다. '벽'이란 말은 쌓는다는 뜻이다. 중앙에 위치하기에 하늘과 땅의 형상을 하는데, 이는 용처의 근거로 삼기 위한 것이다. 안이 방형인 것은 대지를 본받은 것이고, 밖이 원형인 것은 하늘을 본받은 것이다. '황'이 신하를 부르기 위한 것은 어째서일까? '황'

은 '벽'을 반토막낸 것으로 북방에 위치시키는데, 북쪽은 음기가 최고조에 달하고 양기가 일어나기 시작하기에 반쪽 음기를 상징한다. 양기가 처음 퍼지기 시작하면 만물을 부르기에 그래서 신하를 부를 때 사용한다. 음기를 닮지 않은 것은 어째서일까? 양기가 시작될 때는 사물이 미미하여 알아볼 수 없기 때문이다. '황'은 가로라는 뜻이다. 존귀한 자의 명령을 물을 때는 양기가 황천에서 가로로 흐르기에 '황'이라고 한다. '황'이란 말은 빛을 뜻한다. 양기의 빛이 미치는 곳은 모두 움직임을 보인다. 군주의 위엄어린 명령이 가해지면 감히 따르지 않는 자가 없다는 것을 상징하는 것은 양기가 퍼지면 모두 절도를 보이기 때문이다. '장'을 군대를 동원할 때 사용하는 것은 어째서일까? '장'은 '벽'을 반토막낸 것으로 남방에 위치시킨다. 남방은 양기가 최고조에 달하고 음기가 일어나기 시작하는 곳인데 군대 역시 음기에 해당한다. 그래서 군대를 동원할 때 사용하는 것이다. 그런데도 음기를 본뜨지 않은 것은 어째서일까? 음기가 일어나기 시작할 때는 사물이 아직 응고 상태이기에 본받을 수가 없다. '장'이란 말은 밝다는 뜻이다. 상벌을 실시하는 이치나 신하를 부리는 예법은 응당 명확해야 한다. 남방에서는 계절적으로 만물이 무늬를 완성하기에 그래서 이를 '장'이라고 하는 것이다. '종'을 토목공사를 일으키면서 사람들을 모으는 데 사용하는 것은 어째서일까? '종'이란 말은 성스럽다는 뜻이다. 만물의 시조에 성스러움이 모였음을 상징한다. 공적을 완성하는 것이기에 토목공사를 일으키면서 사람들을 모으는 데 사용한다. 서방에 위치시키는데, 서방은 양기에 해당하여 안으로 공력을 모으면 음기가 나와 밖에서 완성된다. 안이 원형인 것은 양기를 상징하고, 밖이 직선인 것은 음기를 상징하며, 밖에 어금니 모양의 것이 달리면서 안으로 모여드는 형상을 한 것은 모임을 상징한다. 그래서 이를 '종'이라고 하는 것이다. 이는 군주의 부인의 재물이다. 다섯 가지 옥의 사용처는 한 가지로 정의할 수 없기에 일일이 헤아릴 수 없으므로 대략 중요한 것만 열거하였다.

◇부신을 모았다가 돌려주다

●合符信者, 謂天子執瑁, 以朝諸侯, 諸侯執圭, 以覲天子. 瑁之爲言, 冒也. 上有所覆, 下有所冒. 故覲禮曰, "侯氏304)執圭升堂." 尙書大傳曰305), "天子執瑁, 以朝諸侯." 又曰, "諸侯執所受圭與璧, 朝于天子. 無過者, 復得其珪, 以歸其拜, 有過者, 留其圭, 能正行者, 復還其珪. 三年珪不復, 少絀306)以爵." 圭所以還, 何? 以爲琮307)信瑞也. 璧所以留者, 以財幣盡, 輒更造. 何以言之? 禮曰, "圭造尺八308)寸." 有造圭, 門309)得造璧也. 公圭九寸, 四玉一石. 何以知不以玉爲四器, 石持310)爲也? 以尙書合言'五玉'也.

○부신을 모은다는 것은 천자가 '모瑁'를 손에 들고서 봄에 제후의 조알을 받고, 제후가 '규圭'를 손에 들고서 가을에 천자를 조알한다는 말이다. '모'라는 말은 덮는다는 뜻으로 위로는 덮개가 있고 아래로는 덮을 부분이 있는 것이다. 그래서 ≪의례·근례≫권10에서는 "제후는 홀을 손에 들고 대청에 오른다"고 하였고, ≪상서대전≫에서는 "천자는 '모'를 손에 들고서 제후의 조알을 받는다"고 하였으며, 또 "제후는 하사받은 홀과 '벽璧'을 손에 들고서 천자를 조알한다. 허물이 없는 자는 다시 그 홀을 받고서 자신의 제후국으로 돌아가지만, 허물이 있는 자는 그 홀을 남겨두었다가

---

304) 侯氏(후씨) : 제후의 별칭.
305) 曰(왈) : 이하 예문은 현전하는 ≪상서대전≫에 실리지 않은 것으로 보아 일문 逸文인 듯하다.
306) 絀(출) : 강등시키다, 축출하다. '출黜'과 통용자.
307) 琮(종) : ≪백호통소증≫에 의하면 '규圭'나 '규珪'의 오기이다.
308) 八(팔) : 원문에 의하면 '이二'의 오기이다.
309) 門(문) : ≪백호통소증≫에 의하면 '명明'의 오기이다.
310) 持(지) : 문맥상으로 볼 때 '특特'의 오기인 듯하다. 자형의 유사성으로 인한 필사 과정상의 단순 오기로 보인다.

바른 행동을 하면 다시 그 홀을 돌려받는다. 3년 동안 홀을 돌려 받지 못 하면 작위를 약간 강등당한다"고 하였다. 홀을 다시 돌려주는 이유는 무엇일까? 홀을 신의를 나타내는 부신으로 보기 때문이다. '벽'을 남기는 이유는 물품이 다 훼손되면 바로 다시 만들어야 하기 때문이다. 어째서 이런 말을 하는 것일까? ≪주례·동관冬官·옥인玉人≫권41에 "홀은 한 자 두 치 크기로 만든다"고 하였으니 홀을 만들 일이 생기면 '벽'도 만들 수 있는 것이 분명하다. 공작의 홀은 아홉 치인데, 함유량이 5분의 4 가량은 옥이고 5분의 1 가량은 돌이다. 어떻게 옥으로 네 개의 기물을 만들고 돌로 하나를 만들지 않는다는 것을 알 수 있을까? ≪서경·우서虞書·순전舜典≫권2에 '다섯 종류의 옥'이라고 합쳐서 말한 기록이 있기 때문이다.

◇군주를 알현할 때의 폐백에 대해 논하다

●臣見君, 所以有贄, 何? 贄者, 質也. 質己之誠, 致己之悃愊311)也. 王者緣臣子312)心, 以爲之制, 差其尊卑, 以副其意. 公侯以玉爲贄者, 玉取其燥不輕, 濕不重, 明公之德全. 卿以羔者, 取其羣不黨. 卿職在盡忠率下, 不阿黨313)也. 大夫以鴈爲贄者, 取其飛成行列. 大夫職在以奉命之314)適四方, 動作當能自正, 以事君也. 士以雉爲贄者, 取其不可誘之以食, 懾之以威, 必死不可生畜. 士行威, 守節死義, 不當移轉也. 曲禮曰, "卿羔, 大夫以鴈, 士以雉爲贄, 庶人之贄疋315). 童子委贄而退316). 野外軍中無贄, 以纓317)拾318)矢, 可也."

---

311) 悃愊(곤핍) : 진실되고 순박한 모양.
312) 臣子(신자) : 신하의 별칭.
313) 阿黨(아당) : 윗사람에게 아부하고 아랫사람과 붕당을 만들다. 즉 당파를 이루어 이익을 추구하는 행위를 말한다.
314) 之(지) : ≪백호통소증≫에 의하면 연자衍字이다.
315) 疋(필) : 집오리. '필匹'의 이체자異體字이자 '필鴄'과 통용자.
316) 委贄而退(위지이퇴) : 폐백을 땅에 내려놓고 물러나다. 예법상 어린이는 예물을 어른에게 직접 건네지 않기에 땅에 내려놓고 조용히 물러난다는 말이다.

言必有贄也. 疋謂鷔也. 卿大夫贄, 古以麑鹿, 今以羔鴈, 何? 以爲古
者質, 取其內, 謂319)得美草鳴相呼. 今文取其外, 謂羔跪乳, 鴈有行
列也. 禮相見經曰, "上大夫320)相見以羔, 左顧右贄執麑321)." 明古
以麑鹿, 今以羔也. 卿大夫贄變, 君與士贄不變, 何? 人君至尊, 極美
之物以爲贄, 士賤, 仗節死義, 一介322)之道也. 故不變.

○신하가 군주를 알현할 때 폐백을 준비하는 것은 어째서일까? 폐
백은 바탕을 뜻한다. 자신의 성의를 평가하고, 자신의 진실된 마
음을 보이기 위한 것이다. 천자는 신하의 마음을 따라 그에 걸맞
는 제도를 만들면서 존비에 차등을 두어 그 의중에 부합하기 마
련이다. 공작과 후작이 옥을 폐백으로 삼는 것은 옥에서 건조해
도 가볍지 않고 습기에 젖어도 무겁지 않다는 뜻을 취하여 공적
으로 인덕이 완전함을 밝히려는 것이다. 경이 새끼양을 쓰는 것
은 그들 무리가 편을 가르지 않는다는 뜻을 취한 것이다. 경의
직책은 충심을 다해 아랫사람들을 거느리는 데 있기에 당파를
이루어 이익을 추구하지 않아야 한다. 대부가 기러기를 폐백으로
삼는 것은 기러기들이 날면서 질서정연하게 줄을 짓는다는 뜻을
취한 것이다. 대부의 직책은 명을 받들어 사방을 방문하는 데 있
기에 의당 스스로 정직한 행동을 취해 군주를 섬겨야 한다. 사士
가 꿩을 폐백으로 삼는 것은 꿩을 먹이로 유인하거나 위세로 겁
을 먹게 할 수 없고, 반드시 죽어도 길들일 수 없다는 뜻을 취한

---

317) 纓(영) : 말의 고삐를 이르는 말.
318) 拾(습) : 활을 쏠 때 소매를 걷는 데 사용하는 가죽띠인 활팔찌를 이르는 말.
319) 謂(위) : 이는 ≪시경·소아小雅·녹명鹿鳴≫권16의 모전毛傳에서 "사슴은 풀을
    얻으면 울면서 서로 부른다(鹿得草, 呦呦然鳴而相呼)"라는 뜻을 취한 것으로 정
    성을 다해 손님을 대접하는 것을 비유한다.
320) 上大夫(상대부) : 주周나라 때 신분 구분의 하나. 삼공三公과 구경九卿 아래로
    상대부上大夫·중대부中大夫·하대부下大夫가 있고, 그 밑으로 다시 상사上士와
    중사中士·하사下士가 있었다.
321) 左顧右贄執麑(좌고우지집예) : 원문에 의하면 "새끼양의 머리를 왼쪽으로 향하게
    하면서 새끼사슴을 바칠 때처럼 그것을 손에 든다(左頭, 如麑執之)'의 오기이다.
322) 一介(일개) : 심기가 강직하거나 지조가 굳은 것을 이르는 말.

것이다. 사는 위엄있는 행동을 취해 절조를 지키고 의리를 위해
죽음도 불사하며 의당 변절을 해서는 안 된다. ≪예기·곡례하曲
禮下≫권5에 "경은 새끼양을, 대부는 기러기를, 사는 꿩을 폐백
으로 삼는데, 서민의 폐백은 집오리이다. 어린이는 예법상 (어른
에게 직접 드릴 수 없기에) 폐백을 땅에 내려놓고 그냥 물러난
다. 야외에서는 군중에 폐백이 없기에 고삐·활팔찌·화살을 이
용해도 무방하다"라고 한 것은 반드시 폐백을 준비한다는 말이
다. '필疋'은 집오리를 뜻한다. 경과 대부의 폐백으로 옛날에는
새끼사슴을 썼는데, 지금은 새끼양과 기러기를 쓰는 것은 어째서
일까? 옛날 사람들은 질박하여 내면의 뜻을 중시하였는데, 이는
사슴이 좋은 풀을 얻으면 울면서 서로 무리를 부르듯이 정성을
다해 손님을 대한다는 말이다. 오늘날 문명에서는 외형을 중시하
는데, 이는 새끼양이 젖을 먹기 위해 무릎을 꿇고 기러기가 줄을
잘 지어서 날듯이 공손한 태도를 취하여 손님을 대한다는 말이
다. ≪의례·사상견례士相見禮≫권3에서 "상대부는 새끼양을 마
련해 상견례를 가질 때 새끼양의 머리를 왼쪽으로 향하게 하면
서 새끼사슴을 바칠 때처럼 그것을 손에 든다"고 한 것은 옛날
에는 새끼사슴을 이용하였지만 지금은 새끼양을 이용한다는 것
을 밝힌 것이다. 경과 대부의 폐백은 바뀌었지만 군주와 사의 폐
백이 바뀌지 않은 것은 어째서일까? 군주는 신분이 존귀하기에
지극히 훌륭한 물품을 폐백으로 삼고, 사의 경우는 신분이 비천
하기에 절조를 지키고 의리를 위해 죽음을 불사하는 것이 변치
않는 도리이기 때문이다. 그래서 폐백을 바꾸지 않은 것이다.

◇사적으로 상견례를 가질 때도 폐백을 이용하다

●私相見亦有贄, 何? 所以相尊敬, 長和睦也. 朋友之際, 五常323)之

---

323) 五常(오상) : 사람이 갖추어야 할 다섯 가지 덕목. 인仁(木)·예禮(火)·신信(土)
·의義(金)·지智(水)로 풀이하기도 하고, 혹은 오륜五倫으로 풀이하기도 한다.

道, 有通財之義, 賑窮告急之意, 中心好之, 欲飮食之. 故財幣者, 所
以副至意也. 禮士相見經曰, "上大夫相見以鴈, 士冬以雉, 夏以
脯324)也."

○사적으로 상견례를 가질 때도 폐백을 준비하는 것은 어째서일
까? 서로 존경심을 표하고 화목을 길이 유지하기 위해서이다. 친
구 사이나 다섯 가지 도리를 펼칠 때는 재물을 주고받는 의리와
가난한 사람을 구제하고 급한 일을 알리는 뜻을 보이는데, 마음
속으로 좋아하면 그에게 음식을 베풀고 싶어지기 마련이다. 따라
서 폐백은 부수적으로 성의를 표하기 위한 것이다. ≪의례·사상
견례≫권3에서는 "상대부는 상견례를 가질 때 기러기를 폐백으
로 쓰고, 사는 겨울에는 꿩을 폐백으로 쓰고 여름에는 육포를 폐
백으로 쓴다"고 하였다.

◇**부녀자의 폐백에 대해 논하다**

●婦人之贄以棗·栗·腶脩325)者, 婦人無專制之義, 御衆之任, 交接
辭讓之禮, 職在供養饋食之間. 其義一也. 故后夫人以棗·栗·腶脩
者, 凡內修陰也. 又取其朝早起, 栗戰326)慄327)自正也. 腶脩者, 脯
也. 故春秋傳曰, "宗婦覿, 用幣, 非禮也. 然則(曷用328)?) 棗栗云
乎? 腶脩云乎?"

○부녀자의 폐백으로 대추·밤·육포를 사용하는 것은 부녀자에게
는 체제를 전담할 의무와 사람들을 통솔할 임무, 그리고 손님을
접대하고 인사하는 예법상 절차가 없이 직무가 음식을 준비하여
공급하는 데 있기 때문이다. 그러나 그 뜻은 매한가지이다. 따라

---

324) 脯(포) : 육포. 현전하는 ≪의례·사상견례≫권3에는 말린 새고기를 뜻하는 말
    인 '거脯'로 되어 있는데, 의미상 큰 차이는 없어 보인다.
325) 腶脩(단수) : 두드린 뒤 생강이나 계피를 첨가하여 말린 육포를 이르는 말.
326) 栗戰(율전) : 떨다, 두려워하다. '율'은 '율慄'과 통용자. '전율戰慄'이라고도 한다.
327) 慄(율) : ≪백호통소증≫에 의하면 연자衍字이다.
328) 曷用(갈용) : 원문에 의하면 이 두 글자가 누락되었기에 첨기한다.

서 군주의 부인이 대추·밤·육포를 사용하는 것은 무릇 안으로 음기를 닦았다는 뜻이다. 또 아침에 일찍 일어나 몸을 떨면서 스스로 몸가짐을 바로잡는다는 뜻을 취한 것이기도 하다. '단수'는 육포를 뜻한다. 그래서 ≪공양전·장공莊公24년≫권8에 "종가집 며느리가 알현할 때 폐백을 사용하는 것은 예법에 맞지 않는다. 그렇다면 무엇을 사용할까? 대추와 밤을 사용할까? 육포를 사용할까?"라는 기록이 있다.

◇자식은 폐백을 마련하지 않아도 신하는 폐백을 마련한다

●子見父, 無贄, 何? 至親也, 見無時, 故無贄. 臣之事君, 以義合也. 得親供養, 故質己之誠, 副己之意, 故有贄也.

○자식이 부친을 알현할 때 폐백을 마련하지 않는 것은 어째서일까? 지극히 가까운 사이라서 알현에 정해진 시기가 없기에 폐백을 마련하지 않는 것이다. 신하가 군주를 섬기는 것은 의리상 합치하기 때문이다. 친분을 얻으면 모시기에 자신의 성의를 보여야 하고, 자신의 마음과 부합하기에 폐백을 마련하는 것이다.

◆三正(세 가지 역법) 9항

◇천자는 즉위하면 반드시 역법을 개정한다

●王者受命, 必改朔[329], 何? 明易姓, 示不相襲也. 明受之於天, 不受之於人, 所以變易民心, 革其耳目, 以助化也. 故喪服[330]大傳曰, "王始起, 改正朔, 易服色, 殊徽號[331], 異器械, 別衣服也." 是以舜・禹雖繼太平, 猶宜改以應天. 王者改作, 樂必得天應而後作, 何? 重改制也. 春秋瑞應傳[332]曰, "敬受瑞應, 而王改正朔, 易服色." 易曰, "湯・武革命, 順乎天而應乎民也."

○천자가 천명을 받아 즉위하면 반드시 역법을 개정하는 것은 어째서일까? 황실의 성씨가 바뀌었기에 세습하지 않는다는 것을 보이겠다는 의지를 밝히기 위해서이다. 또 하늘로부터 권력을 받았지 사람으로부터 받지 않았기에 민심을 바꾸고 이목을 바꾸어 교화를 돕겠다는 의지를 밝히기 위해서이기도 하다. 그래서 ≪예기・대전≫권34에 "임금이 처음 즉위하면 역법을 고치고, 예복의 빛깔을 바꾸고, 휘호를 달리하고, 기구를 새롭게 하고, 의복을 구별한다"고 하였다. 이 때문에 (우虞나라) 순왕과 (하夏나라) 우왕은 비록 태평성대를 이어받았어도 역법을 바꿔 하늘에 순응하였다. 천자가 역법을 바꿀 때 반드시 하늘의 호응을 얻은 뒤라야 개정하는 것을 좋아하는 것은 어째서일까? 제도의 개정을 중시하기 때문이다. 그래서 ≪춘추서응전≫에 "삼가 상서로운 반응을 얻으면 임금은 역법을 고치고 예복의 빛깔을 바꾼다"고 하였고, ≪역경・혁괘革卦≫권8에 "(상商나라) 탕왕과 (주周나라) 무왕은

---

329) 改朔(개삭): 초하루를 바꾸다. 즉 역법을 정비하는 것을 말한다.

330) 喪服(상복): ≪백호통소증≫에 의하면 연자衍字이다. 실제로 위의 예문은 ≪예기・대전大傳≫권34에 전한다.

331) 徽號(휘호): 황제나 황후의 존호를 이르는 말.

332) 春秋瑞應傳(춘추서응전): ≪춘추경≫의 위서緯書 가운데 하나로 추정되나 이에 언급한 문헌이 없어 알려진 바는 없다. ≪백호통의≫ 이후의 문헌에 인용되지 않은 것으로 보아 이미 후한 때 실전된 듯하다.

혁명을 일으킬 때 하늘의 뜻을 따르고 민심에 호응하였다"고 하였다.

◇역법을 개정하고 정벌에 나서다

●文家333)先改正, 質家334)先伐正335). 質家先伐, 何? 改正者文, 伐者質. 文者先其文, 質者先其質. 論語曰, "予小子336)履337)敢用玄牡, 敢昭告于皇王338)后帝339)." 此湯伐桀, 告天以夏之牲也. 詩云, "命此文王, 于周于京." 此言文王改號爲周, 易邑爲京也. 又曰, "淸酒旣載, 騂牡340)旣備." 言文王之牲用騂, 周尙赤也.

○문명을 중시하는 사람은 먼저 역법을 개정하고, 실질을 중시하는 사람은 먼저 정벌에 나선다. 실질을 중시하는 사람이 먼저 정벌에 나서는 것은 어째서일까? 역법을 개정하는 것은 문명이고, 정벌에 나서는 것은 현실이기 때문이다. 형식을 중시하는 사람은 문명을 앞세우고, 실질을 중시하는 사람은 현실을 앞세운다. ≪논어・요왈堯曰≫권20에 "나 어린 아들인 자이子履는 과감하게 검은 암소를 써서 감히 위대한 천제에게 분명하게 고하였다"고 하였는데, 이는 (상商나라) 탕왕이 (하夏나라 마지막 폭군인) 걸왕을 정벌하면서 여름철에 쓰는 희생물을 가지고서 천제에게 고하였다는 말이다. ≪시경・대아大雅・대명大明≫권23에 "이 문왕에게 명하여 국호를 주나라로 하고 도읍을 정하게 하였네"라

---

333) 文家(문가) : 문명이나 형식을 중시하는 학파나 학자를 이르는 말.

334) 質家(질가) : 실질을 중시하는 학파나 학자를 이르는 말.

335) 正(정) : 문맥상으로 볼 때 연자衍字이다. ≪백호통소증≫에서도 이 글자를 기입하지 않았다.

336) 小子(소자) : 어린 아들. 여기서는 상商나라 탕왕湯王 자신을 가리킨다.

337) 履(이) : 상商나라를 세운 탕왕湯王의 이름. 성은 '자子'. 보통은 시호인 '탕왕湯王'으로 불린다.

338) 皇王(황왕) : 황제, 임금을 이르는 말. 이는 ≪논어・요왈≫권20의 원문에 의하면 훌륭한 모양을 뜻하는 말인 '황황皇皇'의 오기이다.

339) 后帝(후제) : 천제天帝의 별칭.

340) 騂牡(성모) : 제사에 쓰는 붉은 수컷소를 이르는 말.

고 하였는데, 이는 문왕이 국호를 '주'로 개명하고 도읍을 '경'으로 개칭하였다는 말이다. 또 (≪시경·대아大雅·한록旱麓≫권23에 "청주를 이미 실었고, 붉은 수컷소를 이미 제물로 마련하였네"라고 하였는데, 이는 문왕이 희생물로 붉은 수컷소를 쓴 것은 주나라가 붉은 색을 숭상해서라는 말이다.

◇세 가지 역법의 의의에 대해 논하다

●正朔有三, 何? 本天有三統, 謂三微341)之月也. 明王者當奉順而成之, 故受命各統一正也. 敬始重本也. 朔者, 蘇也, 革也, 言萬物革更. 於是改統焉. 禮三正記曰, "正朔三而改, 文質再而復也." 三微者, 何謂也? 陽氣始施黃泉, 萬物動微而未著也. 十一月之時, 陽氣始養根株黃泉之下, 萬物皆赤. 赤者, 盛陽之氣也. 故周爲天正, 色尚赤也. 十二月之時, 萬物始牙342)而白. 白者, 陰氣, 故殷爲地正, 色尚白也. 十三月343)之時, 萬物始達, 孚甲344)而出, 皆黑. 人得加功, 故夏爲人正, 色尚黑. 尚書大傳曰, "夏以孟春月爲正, 殷以季冬月爲正, 周以仲冬月爲正. 夏以十三月爲正, 色尚黑, 以平旦345)爲朔. 殷以十二月爲正, 色尚白, 以雞鳴346)爲朔. 周以十一月爲正, 色尚赤, 以夜半347)爲朔. 不以二月後爲正者, 萬物不齊, 莫適所統. 故必以三微之月也." 三正之相承, 若順連環也. 孔子承周之繁, 行夏之時, 知繼十一月正者, 當用十三月也.

○역법에 세 가지가 있다고 하는 것은 무슨 말일까? 본래 하늘은 세 가지 정통이 있는데, 세 가지 미세한 천기를 담은 달을 말한

---

341) 三微(삼미) : 천天·지地·인人의 미세한 기운을 이르는 말로 음력 11월·12월·1월을 가리킨다.
342) 牙(아) : 싹이 트다. '아芽'와 통용자.
343) 十三月(십삼월) : 하력夏曆(음력) 1월(정월)의 별칭.
344) 孚甲(부갑) : 껍질을 뚫고 나오다. 초목이 싹이 트는 것을 말한다.
345) 平旦(평단) : 동이 틀 무렵인 인시寅時(오전 3시-5시)를 가리킨다.
346) 雞鳴(계명) : 닭이 울 무렵인 축시丑時(오전 1시-3시)를 가리킨다.
347) 夜半(야반) : 한밤중인 자시子時(오후 11시-오전 1시)를 가리킨다.

다. 천자가 응당 이를 받들어 완성해야 하기에 천명을 받아 즉위하면 각기 하나의 정월로 통일해야 한다는 것을 밝히기 위해서이다. 이는 시작과 근본을 중시하는 것이다. '삭朔'은 소생한다는 뜻이자 바꾼다는 뜻으로 만물이 바뀐다는 말이다. 그래서 정통을 바꾸는 것이다. ≪예기·삼정기≫에 "역법은 세 번에 걸쳐 바뀌었고, 문명과 실질은 두 번에 걸쳐 되풀이되었다"고 하였다. '삼미'란 무슨 말일까? 양기가 황천에서 자라기 시작하면 만물은 희미한 기운을 움직이면서 아직 드러내지 않는다. 11월 한겨울에 양기가 황천 아래서 뿌리와 그루터기를 키우면 만물은 모두 적색을 띤다. 적색은 왕성한 양기의 기운이다. 그래서 주나라는 하늘의 정통성을 받았기에 빛깔로 적색을 숭상하였다. 12월 늦겨울에 만물에 싹이 트기 시작하면 백색을 띤다. 백색은 음기이다. 그래서 은나라는 땅의 정통성을 받았기에 빛깔로 백색을 숭상하였다. 1월 초봄에 만물이 자라기 시작하여 껍질을 뚫고서 나와 모두 흑색을 띠면 사람들은 거기에 공을 들일 수 있다. 그래서 하나라는 사람의 정통성을 받들었기에 빛깔로 흑색을 숭상하였다. ≪상서대전≫권2에 "하나라는 초봄 1월을 정월로 삼았고, 은나라는 늦겨울 12월을 정월로 삼았고, 주나라는 한겨울 11월을 정월로 삼았다. 하나라는 1월을 정월로 삼았기에 빛깔로 흑색을 숭상하고, 동이 틀 무렵인 인시寅時(오전 3시-5시)를 초하루의 시작으로 삼았다. 은나라는 12월을 정월로 삼았기에 빛깔로 백색을 숭상하고, 닭이 울 무렵인 축시丑時(오전 1시-3시)를 초하루의 시작으로 삼았다. 주나라는 11월을 정월로 삼았기에 빛깔로 적색을 숭상하고, 한밤중인 자시子時(오후 11시-오전 1시)를 초하루의 시작으로 삼았다. 2월 이후를 정월로 삼지 않는 것은 만물이 고르지 못 하여 정통으로 삼을 만한 것이 없기 때문이다. 그래서 반드시 세 가지 미세한 천기를 담은 달을 활용하는 것이다"라고 하였다. 세 가지 정월이 서로 계승하는 것은 마치 이어

진 고리를 따르는 것과 같다. (춘추시대 노魯나라) 공자가 (11월
을 정월로 삼은) 주나라의 쇠퇴기를 이어받아 (1월을 정월로 삼
은) 하나라의 역법을 시행한 것도 11월의 정통성을 계승하려면
응당 1월을 사용해야 한다는 것을 알았기 때문이다.

◇역법의 개정 원리에 대해 논하다

●天道左旋, 改正者右行, 何也? 改正者, 非改天道也, 但改日月耳.
日月右行, 故改正亦右行也.

○천체의 궤도는 왼쪽(동쪽)으로 도는데도 역법의 개정은 오른쪽
(서쪽)으로 따르는 것은 어째서일까? 역법의 개정은 천체의 궤도
를 바꾸는 것이 아니라 단지 날짜를 고치는 것일 뿐이다. 해와
달이 오른쪽(서쪽)으로 운행하기에 역법의 개정 역시 오른쪽으로
따르는 것이다.

◇정월이라고 하지 정일이라고 하지 않다

●日尊於月, 不言正日, 言正月, 何也? 積日成月, 物隨月而變, 故據
物爲正也.

○해가 달보다 존귀한데도 1월을 '정일'이라고 말하지 않고 '정월'
이라고 말하는 것은 어째서일까? 날이 쌓여서 달을 이루기에 만
물은 달을 따라 변한다. 그래서 만물에 근거해 정월을 정하는 것
이다.

◇역법을 개정할 때는 실질과 문양을 따르지 않는다

●天質地文. 質者據質, 文者據文. 周反統天正, 何也? 質文再而復,
正朔三而改. 三微質文, 數不相配, 故正不隨質文也.

○하늘은 바탕이고, 땅은 문양이다. 실질을 중시하는 자는 바탕에
근거하고, 문명을 중시하는 자는 문양에 근거한다. 주나라가 (11
월을 정월로 삼아) 천문에 의한 역법을 뒤집어 통합한 것은 어째

서일까? 실질과 문명은 두 번에 걸쳐 되풀이되고, 역법은 (정월을 11월·12월·1월로 정하는) 3종에 의해 개정된다. (역법을 정하는 천·지·인의) 세 가지 미세한 기운의 실질과 문양이 자주 서로 배합하지 않기에 역법은 실질과 문양을 따르지 않는다.

◇모든 군주에게 바뀌지 않는 도에 대해 논하다

● 王者受命而起, 或有所不改者, 何也? 王者有改道之文, 無改道之質. 如君南面, 臣北面, 皮弁素積, 聲味不可變, 哀戚[348]不可改, 百王不易之道也.

○ 천자가 천명을 받아 즉위해도 간혹 바뀌지 않는 것이 있는 것은 어째서일까? 천자에게는 도를 바꾸는 문명은 있어도 도를 바꾸는 바탕이 없기 때문이다. 이를테면 군주가 남쪽을 향해 앉고 신하가 북쪽을 향해 시립하여 가죽 고깔과 흰 명주 치마를 착용해도 소리나 맛이 변하지 않고 슬픔이 바뀌지 않는 것이 모든 군주에게 바뀌지 않는 도이다.

◇하夏나라와 상商나라의 후손을 존속시키다

● 王者所以存二王之後, 何也? 所以尊先王, 通天下之三統也. 明天下非一家之有, 謹敬謙讓之至也. 故封之百里, 使得服其正色, 用其禮樂, 永事先祖. 論語曰, "夏禮, 吾能言之, 杞[349]不足徵也. 殷禮, 吾能言之, 宋[350]不足徵也." 春秋傳曰[351], "王者存二王之後, 使服其正色, 行其禮樂." 詩曰, "厥作祼將[352], 常服黼冔[353]," 言微子服殷

---

348) 哀戚(애척) : 슬픔, 애환. '척戚'은 '척慼'과 통용자.
349) 杞(기) : 춘추시대 때 제후국 이름. 하夏나라 후손의 봉국을 가리킨다.
350) 宋(송) : 춘추시대 때 제후국 이름. 은殷(상商)나라 후손의 봉국을 가리킨다.
351) 曰(왈) : 이하 예문은 현전하는 춘추삼전春秋三傳에 보이지 않는다. 아마도 후대의 해설서를 가리키는 듯하다.
352) 祼將(관장) : 종묘의 제례에서 울창주를 뿌리는 의식(祼)의 집행을 이르는 말. '장將'은 '행行'의 뜻.
353) 黼冔(보후) : 은殷나라 때 아름다운 문양을 넣은 예모禮帽 이름.

之冠, 助祭於周也. 周頌曰, "有客有客, 亦白其馬." 此微子朝周也.
二王之後, 若有聖德受命而王, 當因其改之耶! 天下之所安得受命也,
非其運次者.

○(주周나라) 천자가 하夏나라와 상商나라의 후손을 존속시킨 것은
어째서일까? 선대의 임금을 존중하고 천하의 세 가지 정통성을
보존하기 위해서이다. 이는 천하가 한 가문의 소유물이 아니고
삼가 겸양의 지극한 도리를 다하겠다는 뜻을 밝히기 위해서이다.
그래서 그들을 사방 100리 땅에 봉한 뒤 자신의 정색 의복을 입
히고, 자신의 예악을 사용하여 길이 선조를 섬기게 해 주었다.
그래서 ≪논어·팔일八佾≫권3에서 "하나라 때 예법에 대해서는
내가 설명할 수 있지만, 그 후손이 봉해진 기나라를 그 증거로
삼을 수는 없다. 은나라 때 예법에 대해서는 내가 설명할 수 있
지만, 그 후손이 봉해진 송나라를 그 증거로 삼을 수는 없다"고
하고, ≪춘추경≫의 해설서에 "(주나라) 천자가 하나라와 상나라
의 후손을 존속시켜 그들에게 자신의 정색 의복을 걸치게 하고,
자신의 예악을 실행케 하였다"는 기록이 있다. ≪시경·대아大雅
·문왕文王≫권23에서 "은나라 사람들은 제례를 지낼 때 늘 아
름다운 갓을 썼네"라고 한 것은 (은나라 마지막 왕인 주왕紂王의
형) 미자가 은나라 고유의 갓을 쓰고서 주나라에서 제례를 도왔
다는 말이다. ≪시경·주송·유객有客≫권27에 "어떤 손님이 찾
아오면서 흰 말을 모네"라고 하였는데, 이는 미자가 주나라를 조
알하였다는 말이다. 하나라와 상나라의 후손이 만약 성덕을 지니
고서 천명을 받아 천자에 올랐다면 응당 그참에 이를 바꿨을 것
이리라! 천하가 안정적으로 천명을 받아들일 수 있었던 것은 그
들이 운명적으로 차례가 아니었기 때문이다.

◇실질과 문양에 대해 논하다

●王者必一質一文, 何? 以承天地, 順陰陽. 陽之道極, 則陰道受, 陰

之道極, 則陽道受, 明二陰二陽不能相繼也. 質法天, 文法地而已.
故天爲質, 地受而化之, 養而成之, 故爲文. 尙書大傳曰, "王者一質
一文, 據天地之道." 禮三正記曰, "質法天, 文法地也." 帝王始起,
先質後文者, 順天下之道, 本末之義, 先後之序也. 事莫不先有質性,
乃後有文章也.

○천자가 반드시 한 번은 실질을 중시하고 한 번은 문양을 중시하
는 것은 어째서일까? 하늘과 땅을 받들어 음양을 따르기 위해서
이다. 양기가 지극하면 음기가 받아들이고 음기가 지극하면 양기
가 받아들이는 것은 두 차례 음기와 두 차례 양기가 서로 이어
가지 못 한다는 것을 분명히 하기 위해서이다. 실질은 하늘을 본
받은 것이고, 문양은 땅을 본받은 것일 뿐이다. 그래서 하늘이
바탕이 되면 땅이 이를 받아 변화하고 이를 키워 성취를 이루기
에 문양을 이룬다. ≪상서대전≫권1에 "천자가 한 번은 실질을
중시하고 한 번은 문양을 중시하는 것은 천지의 도에 근거해서
이다"라고 하였고, ≪예기·삼정기≫에 "실질은 하늘을 본받은
것이고, 문양은 땅을 본받은 것이다"라고 하였다. 제왕이 처음
즉위했을 때 실질을 앞세우고 문양을 뒤로 하는 것은 천하의 이
치와 본말의 의미, 그리고 선후의 질서를 따르는 것이다. 세상사
모두 먼저 바탕이 있은 연후에야 문양이 생기는 법이다.

◆三敎(삼교) 6항

◇천자는 세 가지 교화를 설정한다

●王者設三敎者, 何? 承衰救獘, 欲民反正道也. 三正[354)之有失, 故立三敎, 以相指受[355). 夏人之王敎以忠, 其失野, 救野之失莫如敬. 殷人之王敎以敬, 其失鬼, 救鬼之失莫如文. 周人之王敎以文, 其失薄, 救薄之失莫如忠. 繼周尙黑, 制與夏同. 三者如順連環, 周則復始, 窮則反本.

○천자가 세 가지 교화를 설정하는 것은 어째서일까? 쇠퇴기를 이어받아 폐단을 없애서 백성들이 정도로 돌아가기를 바라서이다. 하夏나라 우왕禹王・상商나라 탕왕湯王・주周나라 무왕武王은 실착을 범하였기에 세 가지 교화를 세워서 상대를 지도하였다. 하나라 군주는 충심으로 교화하되 거친 면으로 빠지면 거친 면의 결함을 구제하는 데 경외심보다 나은 것이 없다고 보았다. 은나라 군주는 경외심으로 교화하되 귀신 숭배로 빠지면 귀신 숭배의 결함을 구제하는 데 문명보다 나은 것이 없다고 보았다. 주나라 군주는 문명으로 교화하되 경박함으로 빠지면 경박함을 구제하는 데 충심보다 나은 것이 없다고 보았다. 따라서 주나라를 계승하여 흑색을 숭상하면서 제도를 하나라와 같이 해야 하리라! 세 가지 교화는 마치 연결고리를 따르는 것과 같기에 일주하면 다시 시작하고 막히면 근본으로 돌아간다.

◇세 가지 교화에 대해 논하다

●樂稽熠嘉[356)曰, "顔回[357)尙三敎變, 虞・夏何如? 曰, '敎者, 所以

---

354) 三正(삼정) : 《백호통소증》에 의하면 하夏나라 우왕禹王・상商나라 탕왕湯王・주周나라 무왕武王을 아우르는 말인 '삼왕三王'의 오기이다.

355) 指受(지수) : 지도편달하다, 꼼꼼하게 가르치다. '受受'는 '수授'와 통용자.

356) 樂稽熠嘉(악계습가) : 《악기樂記》에 관한 저자 미상의 위서緯書 가운데 하나인 《악계요기樂稽耀嘉》의 오기. 오래 전에 실전되고 지금은 명나라 손곡孫毅

追補敗政·靡弊358)·溷濁, 謂之治也.' 舜之承堯無爲易也." 或曰,
"三敎改易, 夏后氏359)始." 高宗360)亦承弊, 所以不改敎, 何? 明子
無改父之道也. 何言361)知高宗不改之? 以周之敎承以文也. 三敎所
以先忠者, 行之本也. 三敎一體而分, 不可單行, 故王者行之有先後.
何以言三敎竝施, 不可單行也? 以忠·敬·文無可去者也.

○≪악계요가樂稽耀嘉≫에 "(춘추시대 노魯나라 때) 안회는 세 가
지 교화의 변화를 중시하였는데, 우나라와 하나라 때는 어떠했을
까? (이에 대해 공자는) '교화는 잘못된 정치와 황폐하고 혼탁한
세상을 바로잡기 위한 것이니 이를 정치라고도 하느니라'라고 대
답하였다. (우虞나라) 순왕은 (당唐나라) 요왕의 뜻을 받들어 바
꾸지 않았다"고 하였는데, 어떤 문헌에서는 "세 가지 교화를 바
꾸는 것은 하나라 우왕으로부터 시작되었다"고 하였다. (상商나
라) 고종 역시 폐해를 이어받았는데도 교화를 바꾸지 않은 이유
는 무엇일까? 아들로서 부친의 유업을 바꾸지 않는다는 도리를
밝히기 위해서이다. 고종이 이를 바꾸지 않았다는 것을 어떻게
알 수 있을까? 주나라의 교화가 이를 계승하여 문명을 이루었기
때문이다. 세 가지 교화에서 충심을 앞세우는 것은 행동의 뿌리
이기 때문이다. 세 가지 교화는 한 몸에서 분화되었기에 단독적
으로 실행되어서는 안 된다. 그래서 천자가 이를 실행하는 데는
선후가 있다. 어째서 세 가지 교화를 병행하되 단독적으로 실행
해서는 안 된다고 말하는 것일까? 충심·경외심·문명 가운데
제거해도 되는 것이 없기 때문이다.

이 엮은 ≪고미서古微書≫권21에 잔권殘卷이 전한다.

357) 顔回(안회) : 춘추시대 노魯나라 공자의 72제자 가운데 수제자. 자가 자연子
淵이어서 '안연顔淵'으로도 불렸다. ≪사기·중니제자열전仲尼弟子列傳≫권67
참조.

358) 靡弊(미폐) : 황폐해지다, 피폐하다.

359) 夏后氏(하후씨) : 하夏나라 왕조나 건국자인 우왕禹王을 가리키는 말.

360) 高宗(고종) : 상商나라 제23대 왕인 무정武丁의 묘호廟號.

361) 何言(하언) : ≪백호통소증≫에 의하면 '하이何以'의 오기이다.

◇세 가지 교화의 바탕에 대해 논하다

●教所以三, 何? 法天・地・人. 內忠, 外敬, 文飾之, 故三而備也. 卽
法天・地・人, 各何施? 忠法人, 敬法地, 文法天. 人道主忠, 人以至
道教人, 忠之至也. 人以忠教, 故忠爲人教也. 地道謙卑, 天之所生.
地敬養之, 以敬爲地教也.

○교화를 세 가지로 설정하는 이유는 무엇일까? 하늘・땅・사람을
본받았기 때문이다. 안으로는 충심을 품고, 밖으로는 경외심을
보이고, 문명으로 이를 꾸미기에 세 가지만으로도 완비될 수 있
다. 하늘・땅・사람을 본받는다면 각기 어떻게 베풀어야 할까?
충심은 사람을 본받고, 경외심은 땅을 본받고, 문명은 하늘을 본
받은 것이다. 사람의 도리는 충심이 중요한데, 사람이 지극한 도
리로써 남을 가르치는 것이 충심의 요체이다. 사람은 충심으로
교화를 펼쳐야 하기에 충심이 사람을 본받은 교화가 된다. 땅의
이치가 겸허한 것은 하늘이 낳은 것이다. 땅은 경외심으로 만물
을 키우기에 경외심을 땅에 바탕을 둔 교화로 간주한다.

◇교육에 대해 논하다

●教者, 何謂也? 教者, 效也. 上爲之, 下效之. 民有質樸, 不敎不成.
故孝經曰, "先王見敎之可以化民." 論語曰, "不敎, 民戰, 是謂棄
之." 尙書曰, "以敎祗德!" 詩云, "爾之敎矣, 欲民斯效[362]."

○교화란 무슨 말일까? '교敎'는 본받는다는 뜻이다. 윗사람이 가
르치면 아랫사람은 이를 본받는다. 백성은 바탕이 질박하기에 가
르치지 않으면 성인이 될 수 없다. 그래서 ≪효경・삼재장三才
章≫권3에 "선왕은 교화가 백성들을 변화시킬 수 있다는 것을
알았다"고 하였고, ≪논어・자로子路≫권13에 "가르치지 않고서
백성들을 전장에 내보낸다면 이는 그들을 방기하는 것이나 진배

---

362) 欲民斯效(욕민사효) : 현전하는 ≪시경・소아・각궁≫권22에는 "백성들이 본받
을 것이다(民胥傚矣)"로 되어 있다.

없다”고 하였으며, ≪서경·주서周書·여형呂刑≫권18에 “백성들에게 공손한 덕목을 가르치라!”고 하였고, ≪시경·소아小雅·각궁角弓≫권22에 “그대가 가르치는 것은 백성들이 본받기를 바라서라네”라고 하였다.

◇세 가지 교화의 실착에 대해 논하다

●忠形於悃誠363), 故失野, 敬形於祭祀, 故失鬼, 文形於飾貌, 故失薄.

○충심은 정성을 통해 드러나기에 거친 면으로 빠지기 쉽고, 경외심은 제사를 통해 드러나기에 귀신 숭배로 빠지기 쉽고, 문명은 외모를 꾸미는 데서 드러나기에 경박함으로 빠지기 쉽다.

◇하나라·은나라·주나라의 제기에 대해 논하다

●夏后氏用明器364), 殷人用祭器, 周人兼用之, 何謂? 曰, “夏后氏敎以忠, 故先明器, 以奪孝子之心也. 殷敎以敬, 故先祭器, 敬之至也. 周人敎以文, 故兼用之, 周人意至文也.” 孔子曰365), “之死366)而致死之367), 不仁而不可爲也. 之死而致生之, 不知而不可爲也.” 故有死道焉, 以奪孝子之心也. 有生道焉, 使人勿倍也. 故竹器不成用, 木器不成斲, 瓦器368)不成沫369), 琴瑟張而不平, 竽笙370)備而不和371), 有鐘磬而無簨簴372). 縣示373)備物, 而不可用也. 孔子曰,

---

363) 悃誠(곤성) : 정성, 진심.

364) 明器(명기) : 죽은 사람을 위해 사용하는 부장품副葬品을 이르는 말.

365) 曰(왈) : 이하 공자의 말은 ≪예기·단궁상檀弓上≫권8에 전한다.

366) 之死(지사) : 죽은 사람을 기물을 준비해 장례를 치르는 것을 이르는 말.

367) 致死之(치사지) : 죽은 사람에게 지각이 없다고 생각하는 것을 이르는 말.

368) 瓦器(와기) : ‘목기木器’ 이하 예문과 유사한 내용이 ≪순자·예론편禮論篇≫권13에 전하는데, 원문에는 ‘와기’가 ‘도기陶器’로 되어 있으나 의미상에 차이는 없어 보인다.

369) 沫(말) : ≪순자·예론편禮論篇≫권13의 원문에 의하면 ‘물物’의 오기이다.

370) 竽笙(우생) : 대나무로 만든 관악기에 대한 총칭.

371) 不和(불화) : 음률이 조화를 이루지 못 하다. 결국 연주하지 않는다는 말이다.

372) 簨簴(순거) : 종이나 경쇠·북 등을 거는 데 사용하는 악기틀. ‘순簨’은 가로로 거는 악기틀이고, ‘거簴’는 세로로 거는 악기틀을 뜻한다. ‘거簴’는 ‘거虡’ ‘거鐻’

"爲明器者善, 爲俑374)者不仁." "塗車375)芻靈376), 自古有之." 言
今古皆然也.

○하나라 사람들은 부장품을 활용하고 은나라 사람들은 제기를 사
용하였는데, 주나라 사람들이 이를 겸용했다는 것은 무슨 말일
까? 혹자는 "하나라 때는 충심으로 교화하였기에 부장품을 앞세
워 효자의 마음을 앗아가려 했다. 은나라 때는 경외심으로 교화
하였기에 제기를 앞세웠는데, 이는 최고의 경외심을 나타내는 것
이다. 주나라 사람들은 문명으로 교화하였기에 이를 겸용하였는
데, 주나라 사람들은 의도가 문명에 가 있었다"고 하였다. (춘추
시대 노魯나라) 공자는 "죽은 사람을 기물을 마련해 장례를 치르
면서 죽은 사람에게 지각이 없다고 생각한 것은 어질지 못 한
행위이니 그리 해서는 안 된다. 죽은 사람을 기물을 준비해 장례
를 치르면서 그를 살아 있는 것처럼 여기는 것은 무지한 일이니
그리 해서는 안 된다"고 하였다. 따라서 죽은 사람을 죽어서 지
각이 없는 것으로 여기는 이치는 효자의 마음을 앗아가는 것이
고, 죽은 사람을 산 사람처럼 지각이 있다고 여기는 이치는 사람
들에게 효심을 배신하지 않게 하는 것이다. 따라서 대나무 그릇
은 사용할 거리로 삼지 않고, 나무 그릇은 조각하지 않고, 질그
릇은 제례 용품으로 사용하지 않고, 금과 슬 등 현악기는 설치해
도 연주하지 않고, 피리와 생황 등 관악기는 준비해도 연주하지
않고, 종과 경쇠가 있어도 악기틀을 갖추지 않는 것이다. 이는
물품을 마련하였다는 것을 분명하게 보이면서도 사용할 수 없다
는 말이다. 그러므로 공자가 "부장품을 만드는 것은 좋은 일이지

로도 쓴다.
373) 縣示(현시) : 걸어서 보이다, 전시하다. '縣'은 '懸'과 통용자.
374) 俑(용) : 인형. 고대에는 풀로 엮은 인형을 만들어 시신과 함께 묻었는데, 뒤에
나무로 우상을 조각해 사용하자 공자가 이를 개탄했다는 고사가 ≪예기·단궁
하檀弓下≫권9에 전한다.
375) 塗車(도거) : 진흙으로 만든 수레를 뜻하는 말로 부장품의 일종.
376) 芻靈(추령) : 꼴을 엮어서 대충 만든 인형을 뜻하는 말로 부장품의 일종.

만, (이목구비를 온전히 갖춘) 나무 인형을 만드는 것은 어질지 못 한 일이다"라고 하였고, "(진흙으로 만든 수레인) '도거'와 (꼴을 엮어서 만든 원시적 인형인) '추령'은 예로부터 있었다"고 한 것은 지금이나 옛날이나 모두 그러하다는 말이다.

◆三綱六紀(삼강육기) 5항

◇삼강육기에 대해 논하다

●三綱者, 何謂也? 謂君臣・父子・夫婦也. 六紀者謂諸父・兄弟・族
人・謂[377]舅・師長・朋友也. 故君爲臣綱, 父爲子綱, 夫爲妻綱. 又
曰[378], "敬諸父兄, 六紀道行, 諸舅有義, 族人有序, 昆弟有親, 師長
有尊, 朋友有舊." 何謂綱紀? 綱者, 張也. 紀者, 理也. 大者爲綱,
小者爲紀. 所以疆理上下, 整齊人道也. 人皆懷五常之性, 有親愛之
心. 是以紀綱爲化, 若羅網之有紀綱, 而萬目張也. 詩云, "亹亹[379]
我王, 綱紀四方."

○'삼강'이란 무엇을 말하는 것일까? 군주와 신하, 부친과 자식, 남
편과 아내 사이에 지켜야 할 도리를 말한다. '육기'는 부친뻘되는
집안의 어른・형제・친족・외숙부・스승이나 연장자・친구에게
지켜야 할 도리를 말한다. 그래서 군주는 신하의 벼리이고, 부친
은 자식의 벼리이고, 남편은 아내의 벼리이다. 또 "여러 부형을
공경하여 '육기'의 도리를 실천하면 외숙부들에게 의리를 지키게
되고, 친족 사이에 질서가 생기며, 형제간에 친분이 생기고, 스승
이나 연장자에게 존경심을 품게 되며, 친구와는 우정을 지키게
된다"고 하였다. 무엇을 '강기'라고 할까? '강'은 펼친다는 뜻이
고, '기'는 도리라는 뜻이다. 중요한 것을 '강'이라고 하고, 소소
한 것을 '기'라고 한다. 이는 윗사람과 아랫사람 사이의 도리를
굳건하게 하고, 사람의 도리를 바로 세우기 위한 것이다. 사람은
모두 다섯 가지 덕목을 품고 있고, 친애하는 마음을 지니기 마련

---

377) 謂(위) : 문맥상으로 볼 때 '諸'의 오기이다. 자형의 유사성으로 인한 필사 과
    정상의 단순 오기로 보인다.
378) 曰(왈) : 이하 예문은 송나라 위식衛湜의 ≪예기집설禮記集說≫권98 등의 문헌
    에 의하면 ≪예기≫의 위서緯書 가운데 하나인 ≪예위함문가禮緯含文嘉≫의 기
    록을 인용한 것이다.
379) 亹亹(미미) : 건실한 모양, 부지런한 모양. 현전하는 ≪시경・대아大雅・역박棫
    樸≫권23에는 '면면勉勉'으로 되어 있으나 의미상에 차이는 없어 보인다.

이다. 이 때문에 기강을 교화로 삼는 것은 마치 그물에 씨줄과 날줄이 있어 수많은 그물눈을 펼칠 수 있는 것과 같다. ≪시경·대아大雅·역박棫樸≫권23에 "부지런한 우리 임금님께서 사방에 기강을 세우셨네"라고 하였다.

◇삼강의 의미에 대해 논하다

●君臣·父子·夫婦, 六人也, 所以稱三綱?何? 一陰一陽, 謂之道. 陽得陰而成, 陰得陽而序, 剛柔相配, 故六人爲三綱.

○군주와 신하·부친과 자식·남편과 아내는 도합 여섯 명인데도 '삼강'이라고 칭하는 이유는 무엇일까? 하나의 음기와 하나의 양기를 '도'라고 한다. 양기는 음기를 얻어야 완성되고 음기는 양기를 얻어야 질서가 잡히는데, 강함(양)과 부드러움(음)이 서로 배합하는 것이기에 여섯 명임에도 '삼강'이라고 하는 것이다.

◇삼강과 육기가 본받은 것에 대해 논하다

●三綱法天·地·人, 六紀法六合380). 君臣法天, 取象日月屈信381), 歸功天也. 父子法地, 取象五行轉相生382)也. 夫婦法人, 取象六合383)陰陽, 有施化端也. 六紀爲三綱之紀者也. 師長·君臣之紀也, 以其皆成己也. 諸父·兄弟·父子之紀也, 以其有親恩連也. 諸舅·朋友·夫婦之紀也, 以其皆有同志爲紀助也.

---

380) 六合(육합) : 천하를 이르는 말. '천지와 동서남북의 공간을 합쳤다'는 뜻에서 유래하였다. 고대 중국에서는 온세상을 '천하天下' '해내海內' '사해四海' '육합六合' '구주九州' '신주神州' '우주宇宙' 등 다양한 어휘로 표현하였다.

381) 屈信(굴신) : 몸을 굽혔다가 폈다가 하다. '신信'은 '신伸'과 통용자. 결국 해와 달이 뜨고 지는 것을 말한다.

382) 相生(상생) : '오행상생五行相生'은 목생화木生火, 화생토火生土, 토생금土生金, 금생수金生水, 수생목水生木의 순차를 가리킨다. 반면에 '오행상극五行相克'은 목극토木克土, 토극수土克水, 수극화水克火, 화극금火克金, 금극목金克木의 순차를 가리킨다.

383) 六合(육합) : ≪백호통소증≫에 의하면 '인합人合'의 오기이다. 자형의 유사성으로 인한 필사 과정상의 단순 오기로 보인다.

○'삼강'은 하늘·땅·사람을 본받은 것이고, '육기'는 상·하·동·서·남·북을 본받은 것이다. 군주와 신하는 하늘을 본받아 해와 달이 떴다가 지는 것에서 본보기를 취하기에 하늘에 공을 돌린다. 부친과 자식은 땅을 본받아 오행이 돌아가며 상생하는 것에서 본보기를 취한다. 남편과 아내는 사람을 본받아 사람이 음양의 이치에 합치하는 것에서 본보기를 취하기에 교화의 실마리를 펼치는 일이 있게 된다. '육기'는 '삼강'의 날줄에 해당한다. 스승이나 연장자, 군주와 신하 사이의 기강은 모두 자신을 완성하기 위한 것이다. 부친뻘되는 어른이나 형제·부자 사이의 기강은 친분과 은혜의 연결고리를 마련하기 위한 것이다. 외숙부·친구·부부 사이의 기강은 모두 뜻을 같이 하여 기강을 세우는 보조 역할로 삼기 위한 것이다.

◇육기에 대해 논하다

●君臣者, 何謂也? 君, 羣也, 下之所歸心. 臣者, 繵堅[384]也, 屬志自堅固. 春秋傳曰, "君處此, 臣請歸也." 父子者, 何謂也? 父者, 矩也, 以法度敎子. 子者, (孳也[385],) 孳孳無已也. 故孝經曰, "父有爭子, 則身不陷於不義." 夫婦者, 何謂也? 夫者, 扶也, 以道扶接也. 婦者, 服也, 以禮屈服. 昏禮曰[386], "夫親脫婦之纓." 傳曰, "夫婦判合[387]也." 朋友者, 何謂也? 朋者, 黨也. 友者, 有也. 禮記曰[388], "同門曰朋, 同志曰友." 朋友之交, 近則謗其言, 遠則不相訕. 一人有善, 其心好之, 一人有惡, 其心痛之, 貨則通而不計. 共憂患而相救, 生不屬, 死不託. 故論語曰, "子路[389]云, '願車馬衣輕裘, 與朋友共,

---

384) 繵堅(단견) : 단단히 묶다. '단繵'은 '승繩'의 뜻.
385) 孳也(자야) : ≪백호통소증≫에 의하면 이 두 글자가 누락되었기에 첨기한다.
386) 曰(왈) : 이하 예문은 현전하는 예경禮經에 실리지 않은 것으로 보아 일문逸文인 듯하다.
387) 判合(판합) : 반쪽끼리 합치다. 즉 결혼을 말한다. '판判'은 '반半'의 뜻.
388) 曰(왈) : ≪백호통소증≫에 의하면 이 또한 ≪예기≫의 일편逸篇이다.
389) 子路(자로) : 춘추시대 노魯나라 사람으로 공자의 제자인 중유仲由. '자로'는 자.

敝之.” 又曰390), “朋友無所歸, 生於我乎館, 死於我乎殯391).” 朋
友之道, 親存不得行者二, 不得許友以其身, 不得專通財之恩. 友飢,
則白之於父兄, 父兄許之, 乃稱父兄與之, 不聽卽止. 故曰, “友飢爲
之滅飱, 友寒爲之不重裘.” 故論語曰, “有父兄在, 如之何其聞斯行
之也?”

○‘군신’이란 무엇을 말하는 것일까? ‘군君’은 무리라는 의미로 아
랫사람이 마음을 맡기는 곳이다. ‘신臣’은 단단히 묶는다는 의미
로 뜻을 맡겨 스스로 견고해진다는 말이다. 그래서 ≪공양전·선
공宣公15년≫권16에 “군주께서 이곳에 머무시기에 신은 귀향을
청하나이다”라는 말이 있다. ‘부자’는 무엇을 말하는 것일까? ‘부
父’는 규범을 뜻하는 말이기에 법도로써 자식을 교육시킨다는 말
이다. ‘자子’는 사랑한다는 뜻으로 한없이 사랑을 베푸는 대상이
란 말이다. 그래서 ≪효경·간쟁장諫諍章≫권7에 “부친에게 간
쟁하는 자식이 있으면 그 자신 불의로 빠지지 않는다”는 말이
있다. ‘부부’란 무엇을 말하는 것일까? ‘부夫’는 돕는다는 뜻으로
도리로써 돕는다는 말이다. ‘부婦’는 복종한다는 뜻으로 예의를
갖춰 굴복한다는 말이다. ≪혼례≫에서는 “남편이 몸소 아내의
끈을 풀어준다”고 하였는데, 주에 “부부는 반쪽이 합치는 것이
다”라고 하였다. ‘붕우’란 무엇을 말하는 것일까? ‘붕朋’은 무리란
뜻이고, ‘우友’는 가진다는 뜻이다. ≪예기≫에 “문파가 같으면
‘붕’이라고 하고, 뜻을 같이 하면 ‘우’라고 한다”고 하였다. 친구
로서 사귈 때 사이가 너무 가까우면 그의 말을 비방하게 되고,
사이를 멀리하면 서로 비방하지 않게 된다. 한 사람이 선한 마음
을 가지면 마음 속으로 이를 좋아하고, 한 사람이 악한 마음을
가지면 마음 속으로 이를 싫어하기에, 재물을 함께 쓰면서도 계

산하지 않고 근심을 함께 나누면서 서로 구제해 주므로 살아서
도 청탁하지 않고 죽어서도 부탁하지 않는다. 그래서 ≪논어·공
야장公冶長≫권5에 "자로(중유仲由)는 '나는 거마와 갖옷을 친구
와 함께 사용하되 다 망가져도 상관없다'고 말했다"고 하였고,
또 "친구가 몸을 맡길 곳이 없으면 살아서는 내가 숙소를 마련
해 주고, 죽어서는 내가 장례를 치러 주겠다"는 말이 있다. 친구
사이에는 도의상 부모가 생존해 있을 때 행해서 안 되는 것이
두 가지 있는데, 자신의 몸을 친구에게 허락해서 안 되고 재물을
함께 쓰는 은혜를 멋대로 베풀어서는 안 된다. 친구가 굶주리면
이를 부형에게 아뢰야 하는데, 부형이 이를 허락해야 비로소 그
에게 주겠다고 말하되 부형이 허락하지 않으면 그만두어야 한다.
그래서 "친구가 굶주리면 그를 위해 음식을 덜어주고, 친구가 추
위에 떨면 그를 위해 갖옷을 아끼지 않는다"고 하였다. 그러기에
≪논어·선진先進≫권11에 "부형이 생존해 계시다면 어찌 친구
의 말을 듣자마자 실행에 옮길 수 있겠는가?"라는 말이 있다.

◇친척 호칭의 구별에 대해 논하다

●男稱兄弟, 女稱姊妹, 何? 男女異姓, 故別其稱也. 何以言之? 禮親
屬記392)曰, "男子先生稱兄, 後生稱弟. 女子先生爲姊, 後生爲妹."
父之昆弟, 不俱謂之世叔, 父之女昆弟, 俱謂之姑, 何也? 以爲諸父
曰內, 親也, 故別稱之也. 姑當外適人, 踈, 故總言之也. 至姊妹亦當
外適人, 所以別諸姊妹, 何? 以爲事諸姑禮等, 可以外出又同, 故稱
畧也. 至姊妹雖欲有略之, 姊尊妹卑, 其禮異也. 詩云, "問我諸姑,
遂及伯姊." 謂之舅姑393), 何? 舅者, 舊也. 姑者, 故也. 舊故之者,
老人之稱也. 謂之姊妹, 何? 姊者, 恣也. 妹者, 未也. 謂之兄弟,

---

392) 親屬記(친속기) : ≪예기≫의 일편逸篇 이름.
393) 舅姑(구고) : 시아버지와 시어머니. 시아버지를 '구구舅'라고 하고, 시어머니를 '고
姑'라고 한다. '공고公姑'라고도 한다.

何? 兄者, 況也, 況父法也. 弟者, 悌也, 心順行篤也. 稱夫之父母, 謂之舅姑, 何? 尊如父而非父者, 舅也. 親如母而非母者, 姑也. 故稱夫之父母爲舅姑也.

○아들끼리는 '형제'라고 부르고, 딸끼리는 '자매'라고 부르는 것은 어째서일까? 아들과 딸은 (결혼하고 나면) 성씨가 달라지기에 호칭을 구별하는 것이다. 어째서 그렇게 말하는 것일까? ≪예기·친속기≫에 "남자는 먼저 태어나면 '형兄'으로 불리고, 뒤에 태어나면 '제弟'로 불린다. 여자는 먼저 태어나면 '자姊'로 불리고, 뒤에 태어나면 '매妹'로 불린다"고 하였다. 부친의 형제는 모두 '세숙'으로 부르지 않는데, 부친의 여자 형제는 모두 '고모'라고 부르는 것은 어째서일까? 부친뻘되는 어른들은 집안에 머물러 친족으로 남기에 구별하여 부르는 것이고, 고모는 응당 집밖으로 나가 남에게 시집가 관계가 소원해지기에 총괄하여 말하는 것이다. 자매의 경우도 응당 집밖으로 나가 남에게 시집가는데도 다른 자매들과 구별하는 이유는 무엇일까? 다른 시어머니를 모시는 예법이 같고, 외출할 수 있는 것도 같다고 보기 때문이다. 그래서 호칭이 간략한 것이다. 자매의 경우 비록 이를 간략하게 하고 싶어도 언니가 높고 여동생이 낮으니 그 예법이 다르다. 그래서 ≪시경·패풍邶風·천수泉水≫권3에 "우리 고모들에게 문후 인사를 올리다가 급기야 큰 누나와도 얘기하게 되었네"라는 구절이 있다. '구고'라고 부르는 것은 어째서일까? '구舅'는 예스럽다는 뜻이고, '고姑'는 오래라는 뜻이다. 그들을 예스럽고 오래 산 사람이라고 여기는 것은 노인에 대한 호칭이다. '자매'라고 부르는 것은 어째서일까? '자姊'는 멋대로라는 뜻이고, '매妹'는 아직 미숙하다는 뜻이다. '형제'라고 부르는 것은 어째서일까? '형兄'은 닮았다는 뜻으로 부친의 법도를 닮는다는 말이고, '제弟'는 우애롭다는 뜻으로 마음이 순종적이고 행실이 독실하다는 말이다. 남편의 부모를 칭할 때 (시아버지와 시어머니를 뜻하는 말

인) '구고'라고 하는 것은 어째서일까? 부친처럼 존대하지만 부친이 아닌 사람이 '구'이고, 모친처럼 친근하지만 모친이 아닌 사람이 '고'이다. 그래서 남편의 부모를 '구고'라고 부르는 것이다.

◆情性(성정) 6항

◇성정에 대해 논하다

●情性者, 何謂也? 性者, 陽之施, 情者, 陰之化也. 人稟陰陽氣而生, 故內懷五性·六情. 情者, 靜也. 性者, 生也. 此人所稟六氣以生者也. 故鉤命訣394)曰, "情生於陰, 欲以時念也. 性生於陽, 以(就395))理也. 陽氣者仁, 陰氣者貪. 故情有利欲, 性有仁也.

○성정이란 무슨 말일까? '성'은 양기가 낳은 것이고, '정'은 음기가 변화한 것이다. 사람은 음기와 양기를 받고서 태어나기에 몸 안에 '오성'과 '육정'을 품는다. '정'은 고요하다는 뜻이고, '성'는 낳는다는 뜻이다. 이는 사람이 여섯 가지 기운을 받고서 태어난다는 말이다. 그래서 ≪구명결≫에 "'정'은 음기에 의해 생기기에 생각을 때에 맞춰 하려는 경향이 있고, '성'은 양기에 의해 생기기에 논리적인 사고를 하려는 경향이 있다. 양기는 어질고, 음기는 탐욕스럽다. 그래서 '정'에는 이익을 바라는 성향이 있고, '성'에는 어진 마음을 가지려는 경향이 있다"고 하였다.

◇오성과 육정에 대해 논하다

●五常者, 何謂? 仁·義·禮·智·信也. 仁者, 不忍也, 施生愛人也. 義者, 宜也, 斷決得中也. 禮者, 履也, 履道成文也. 智者, 知也, 獨見前聞, 不惑於事, 見微者也. 信者, 誠也, 專一不移也. 故人生而應八卦之體, 得五氣以爲常, 仁·義·禮·智·信, 是也. 六情者, 何謂也? 喜·怒·哀·樂·愛·惡謂六情, 所以扶成五性. 性所以五, 情所以六者, 何? 人本含六律396)五行氣而生, 故內有五藏六府397).

---

394) 鉤命訣(구명결) : ≪춘추경≫에 관한 저자 미상의 위서緯書인 ≪춘추구명결春秋鉤命訣≫의 약칭. '결訣'은 '결決'로 적힌 문헌도 있다.

395) 就(취) : ≪백호통소증≫에 의하면 이 글자가 누락되었기에 첨기한다.

396) 六律(육률) : 십이율려十二律呂 가운데 홀수 번째인 양률陽律에 해당하는 황종黃鐘·태주太簇·고선姑洗·유빈蕤賓·이칙夷則·무역無射을 아우르는 말.

此情性之所由出入也. 樂動聲儀398)曰, "官有六府399), 人有五藏."
○'오상'이란 무엇을 말하는 것일까? 인·의·예·지·신을 가리킨
다. '인'은 차마 하지 않는다는 뜻으로 생기를 불어넣어 주고 사
람을 사랑하는 것이다. '의'는 마땅하다는 뜻으로 결단을 내릴 때
중용의 미덕을 갖추는 것이다. '예'는 실천한다는 뜻으로 도를 실
천하여 문명을 이루는 것이다. '지'는 안다는 뜻으로 독자적으로
이전의 견문을 알아서 일을 처리할 때 미혹되지 않는 것이다. '신'
은 성실하다는 뜻으로 일관된 태도를 견지하여 마음을 바꾸지
않는 것이다. 따라서 사람은 태어나면 팔괘의 체례에 반응하고
다섯 가지 기운을 얻어 상도를 실천하는데, 인·의·예·지·신
이 바로 그것이다. '육정'이란 무엇을 말하는 것일까? 기쁨·분노
·슬픔·즐거움·사랑·증오를 '육정'이라고 하는데, 이는 다섯
가지 이성의 완성을 돕기 위한 것이다. 이성은 다섯 가지라고 하
면서도 감정은 여섯 가지라고 하는 것은 어째서일까? 사람은 본
래 여섯 가지 음률과 오행의 기운을 품고서 태어나기에 몸속에
오장육부를 가진다. 이것이 성정이 출입하는 경로이다. ≪악동성
의≫에서는 "관청에는 여섯 부서가 있고, 사람에게는 오장이 있
다"고 하였다.

◇오장과 육부가 성정을 주재하다

●五藏者, 何也? 謂肝·心·肺·腎·脾也. 肝之爲言, 干也. 肺之爲

---

397) 五藏六府(오장육부) : 사람 몸속의 모든 기관을 아우르는 말인 오장육부五臟六
腑의 다른 표기. '오장'은 심장心臟·간장肝臟·비장脾臟·폐장肺臟·신장腎臟
을 가리키고, '육부'는 위장胃腸·대장大腸·소장小腸·쓸개(膽)·방광膀胱·삼
초三焦를 가리킨다.
398) 樂動聲儀(악동성의) : 육경六經 가운데 ≪악기樂記≫에 관한 위서緯書의 하나.
언제 누가 지었는지는 알려지지 않았으나 ≪백호통의≫에도 인용된 것으로 보
아 한나라 이전에 나온 것으로 보인다. 지금은 명나라 손곡孫穀이 엮은 ≪고미
서古微書≫권21에 잔권殘卷이 전한다.
399) 六府(육부) : 조정이나 지방에 설치한 여섯 개의 행정기관을 가리키는 말. 이吏
·호戶·예禮·병兵·형刑·공工의 육부六部나 육조六曹를 가리킨다.

言, 費也, 情動得序. 心之爲言, 任也, 任於恩也. 腎之爲言, 寫400)
也, 以竅401)寫也. 脾之爲言, 辨也, 所以積精稟氣也. 五藏, 肝仁,
肺義, 心禮, 腎智, 脾信也. 肝所以仁者, 何? 肝, 木之精也. 仁者好
生, 東方者, 陽也, 萬物始生. 故肝象木色靑而有枝葉. 目爲之候,
何? 目能出淚, 而不能內物, 木亦能出枝葉, 不能有所內也. 肺所以
義者, 何? 肺者, 金之精. 義者斷決, 西方亦金, 成萬物也. 故肺象
金, 色白也. 鼻爲之候, 何? 鼻出入氣, 高而有竅, 山亦有金石累積,
亦有孔穴, 出雲布雨, 以潤天下, 雨則雲消. 鼻能出納氣也. 心所以
爲禮, 何? 心, 火之精也. 南方尊陽在上, 卑陰在下, 禮有尊卑, 故心
象火, 色赤而銳也. 人有道尊, 天本在上, 故心下銳也. 耳爲之候,
何? 耳能遍內外, 別音語, 火照有似於禮, 上下分明. 腎所以智, 何?
腎者, 水之精. 智者進而止無所疑惑, 水亦進而不惑. 北方水, 故腎
色黑, 水陰, 故腎雙. 竅爲之候, 何? 竅能瀉水, 亦能流濡402). 脾所
以信, 何? 脾者, 土之精也. 土尙任養, 萬物爲之象, 生物無所私, 信
之至也. 故脾象土, 色黃也. 口爲之候, 何? 口能啖嘗, 舌能知味, 亦
能出音聲, 吐滋液. 故元命苞403)曰, "目者肝之使, 肝者木之精, 蒼
龍404)之位也. 鼻者肺之使, 肺者金之精, 制割立斷405). 耳者心之候,

---

400) 寫(사) : 쏟아내다. '사瀉'와 통용자.
401) 竅(규) : 몸에 있는 구멍인 귀·눈·입·코·요도·항문 등의 기관을 이르는 말.
   여기서는 요도를 가리키는 말로 쓰인 듯하다.
402) 流濡(유유) : 물 따위를 흘려서 적시다.
403) 元命苞(원명포) : ≪춘추경≫에 관한 저자 미상의 위서緯書 가운데 하나인 ≪춘
   추원명포春秋元命苞≫의 약칭. 원전은 오래 전에 실전되고, 지금은 명나라 도종
   의陶宗儀(1316-약 1396)의 ≪설부說郛≫권5상과 손곡孫穀의 ≪고미서古微書≫
   권6·7에 잔권殘卷이 전한다.
404) 蒼龍(창룡) : 동방을 상징하는 상상의 동물이나 별자리 이름. 목木·화火·토土
   ·금金·수水 오행五行에 따른 방색方色과 상징물의 관계는 다음과 같다. 목-
   동방-청색-창룡-봄, 화-남방-적색-주작-여름, 토-중앙-황색-기린-한여름, 금-
   서방-백색-백호-가을, 수-북방-흑색-현무-겨울.
405) 制割立斷(제할립단) : ≪백호통소증≫에 의하면 '상위묘필上爲昴畢'의 오기이다.
   '묘필'은 이십팔수二十八宿 가운데 서방 백호白虎 7수 중 네 번째 별자리인 묘
   수昴宿와 다섯 번째 별자리인 필수畢宿를 가리킨다.

心者火之精, 上爲張星406). 陰407)者腎之寫, 腎者水之精, 上爲虛
危408). 口者脾之門戶, 脾者土之精, 上爲北斗, 主變化者也." 或曰,
"口者心之候, 耳者腎之候." 或曰, "肝繫於目, 肺繫於鼻, 心繫於口,
脾繫於舌, 腎繫於耳." 六府者, 何謂也? 謂大腸・小腸・胃・膀胱・
三焦409)・膽也. 府者, 爲藏宮府也. 故禮運記曰410), "六情, 所以扶
成五性也." 胃者, 脾之府也. 脾主稟氣. 胃者, 穀之委也, 故脾稟氣
也. 膀胱者, 腎之府也. 腎者主瀉, 膀胱常能有熱, 故先決難也. 三焦
者, 包絡411)府也, 水穀之道路, 氣之所終始也. 故上焦若竅, 中焦若
編412), 下焦若瀆. 膽者, 肝之府也. 肝者, 木之精也, 主仁, 仁者不
忍, 故以膽斷也. 是以肝・膽二者, 必有勇也. 肝膽異趣, 何以知相
爲府也? 肝者, 木之精也, 木之爲言, 牧也. 人怒無不色青目脹張413)
者, 是其效也. 小腸・大腸, 心・肺府也, 主禮義, 禮義者, 有分理,
腸之大小相承受也. 腸爲心肺主, 心爲皮體414)主. 故爲兩府也. 目爲
心視, 口爲心談, 耳爲心聽, 鼻爲心嗅, 是其支體主也.

○'오장'이란 무엇일까? 간・심(심장)・폐(허파)・신(콩팥)・비(지
라)를 말한다. '간'이란 말은 방패를 뜻한다. '폐'란 말은 소비한
다는 뜻으로 감정이 움직이면서 질서를 찾는다는 말이다. '심'이

---

406) 張星(장성) : 남방에 뜨는 별 이름으로 종묘에서 쓰는 의복이나 천자의 주방의
음식 및 상품 따위를 주관하는 별을 가리킨다.
407) 陰(음) : 여기서는 음문陰門, 즉 요도를 뜻하는 말로 쓰인 듯하다.
408) 虛危(허위) : 이십팔수二十八宿 가운데 북방 현무玄武 7수 중 네 번째 별자리인
허수虛宿와 다섯 번째 별자리인 위수危宿를 아우르는 말.
409) 三焦(삼초) : 한의학에서 위의 상부・위의 중부・배꼽 아래 부위를 가리키는 상
초上焦・중초中焦・하초下焦를 아우르는 말.
410) 曰(왈) : 이하 예문은 현전하는 ≪예기・예운≫에 실리지 않은 것으로 보아 일
문逸文인 듯하다.
411) 包絡(포락) : 둘러싸다, 에워싸다.
412) 編(편) : ≪백호통소증≫에 '구漚'의 오기일 것이라고 하였는데 이를 따른다.
413) 脹張(신장) : ≪백호통소증≫에 의하면 눈을 부릅뜨는 것을 뜻하는 말이 '진장賑
張'의 오기이다. 자형의 유사성으로 인한 필사 과정상의 단순 오기로 보인다.
414) 皮體(피체) : ≪백호통소증≫에 의하면 '지체支體'의 오기다. 자형의 유사성으로
인한 필사 과정상의 단순 오기로 보인다.

란 말은 맡는다는 뜻으로 은덕을 맡는다는 말이다. '신'이란 말은
쏟아낸다는 뜻으로 요도를 통해 쏟아낸다는 말이다. '비'라는 말
은 변별한다는 뜻으로 정기를 축적하기 위한 것이다. 오장 가운
데 간은 어진 마음을 상징하고, 허파는 정의를 상징하고, 심장은
예법을 상징하고, 콩팥은 지혜를 상징하고, 지라는 믿음을 상징
한다. 간이 어진 마음을 상징하는 이유는 무엇일까? 간은 나무의
정령이다. 어진 사람은 생명을 불어넣기 좋아하는데, 동방(목木)
은 양기에 해당하여 만물을 처음으로 낳는 곳이다. 그래서 간은
나무가 빛깔이 푸르고 가지와 잎사귀가 달린 것을 본받는다. 눈
을 통해 간의 이상 징후를 알 수 있는 것은 어째서일까? 눈은
눈물을 흘릴 수 있지만 사물을 집어넣을 수 없는데, 나무 역시
가지와 잎사귀를 내놓을 수 있지만 속으로 들일 수 없기 때문이
다. 허파가 정의를 상징하는 것은 어째서일까? 허파는 쇠의 정령
이다. 정의로운 사람은 결단력이 있는데, 서방(금金) 또한 쇠에
해당하는 방위로서 만물을 완성하기 때문이다. 그래서 허파는 쇠
를 본받아 빛깔이 백색을 띤다. 코를 통해 허파의 이상 징후를
알 수 있는 것은 어째서일까? 코는 공기가 출입하는 곳으로 오
똑 솟았으면서 구멍이 있는데, 산 역시 쇠와 돌이 쌓여 있고 동
굴도 있어 구름이 나오고 비를 뿌려 천하를 윤택하게 하다가도
비가 내리면 구름이 사라지기 때문이다. 코도 숨을 내쉬고 들이
쉴 수 있다. 심장이 예법을 상징하는 것은 어째서일까? 심장은
불의 정령이다. 남방(화火)은 존귀한 양기가 위에 있고 비천한
음기가 아래에 있는 곳인데, 예법에도 높고 낮음이 있기에 심장
은 불을 본받아 빛깔이 붉고 예민하다. 사람은 도리가 있어 존귀
하지만 하늘이 본래 위에 있기에 심장은 아래에 있으면서 예민
한 것이다. 귀를 통해 심장의 이상 징후를 알 수 있는 것은 어째
서일까? 귀는 몸의 안팎으로 두루 통하고 소리와 언어를 구별할
수 있는데, 불이 환히 밝히는 것에 예법과 비슷한 데가 있어 상

하를 분명하게 구분짓기 때문이다. 콩팥이 지혜를 상징하는 것은 어째서일까? 콩팥은 물의 정령이다. 지혜로운 사람은 행동거지에 의혹을 품는 일이 없는데, 물 역시 전진하면서 주저하지 않기 때문이다. 북방(수水)이 오행상 물에 해당하기에 콩팥도 빛깔이 흑색이고, 물이 음수이기에 콩팥 역시 두 개다. 요도를 통해 신장의 이상 징후를 알 수 있는 것은 어째서일까? 요도는 오줌을 내보내기도 하고 또 속옷을 적실 수도 있기 때문이다. 지라가 믿음을 상징하는 것은 어째서일까? 지라는 흙의 정령이다. 흙은 생명을 양육하는 일을 맡는 것이 중요하기에 만물이 그로 인해 형상을 갖추고 만물에 생명을 불어넣음에 있어서 사사로움이 없는 것이야말로 믿음의 극치이다. 그래서 지라는 흙을 본받아 빛깔이 황색을 띤다. 입을 통해 지라의 이상 징후를 알 수 있는 것은 어째서일까? 입은 음식을 삼킬 수 있고, 혀는 맛을 알 수 있으면서 소리도 내고 침도 뱉을 수 있기 때문이다. 그래서 ≪원명포≫에서는 "눈은 간의 사신인데, 간은 나무의 정령이라서 (동방의) 창룡성의 자리에 해당한다. 코는 허파의 사신인데, 허파는 쇠의 정령이라서 위로 (서방의) 묘수와 필수에 해당한다. 귀는 심장의 이상 징후가 나타나는 곳인데, 심장은 불의 정령이라서 위로 (남방의) 장성에 해당한다. 요도는 콩팥에서 오줌을 쏟아내는 곳인데, 콩팥은 물의 정령이라서 위로 (북방의) 허수와 위수에 해당한다. 입은 지라의 이상 징후가 나타나는 출입문인데, 지라는 흙의 정령이라서 위로 (중앙의) 북두성에 해당하여 변화를 주재하는 기관이다"라고 하였다. 한편 혹자는 "입이 심장의 이상 징후가 나타나는 곳이고, 귀가 콩팥의 이상 징후가 나타나는 곳이다"라고도 하고, 혹자는 "간이 눈과 연결되어 있고, 허파가 코와 연결되어 있고, 심장이 입과 연결되어 있고, 지라가 혀와 연결되어 있고, 콩팥이 귀와 연결되어 있다"고도 한다. '육부'란 무엇을 말할까? 대장·소장·위·방광·삼초·쓸개를 말한다. '부'는 장기의 각 부위이다. 그래서 ≪예기·예운≫에 "'육정'은 다섯 가지 본성의 완성을 돕기 위한 것이다"라고 하였다. 위는 지라가 관장하는 기관이다. 지라는 타고난 기운을 주재하는데, 위가 곡물을 저장하는 곳간이기에 지라가 타고난 기운을 주재하는 것이다. 방광은 콩팥이 관장하는 기관이다. 콩팥은 오줌의 배설을 주재하는데, 방광에 늘 열기가 있기에 콩팥이 먼저 어려움을 해결하는 것이다. 삼초는 소화기관을 에워싸고 있는 기관으로 물과 곡물의 통로라서 기운의 시작과 끝을 맺는 곳이다. 그래서 (삼초 가운데) 상초는 요도처럼 생겼고, 중초는 물거품처럼 생겼고, 하초는 큰 강처럼 생겼다. 쓸개는 간이 관장하는 기관이다. 간은 나무의 정령으로 어진 마음을 주재하는데, 어진 사람은 차마 하지 못 하는 심성이 있어 쓸개를 통해 판단한다. 그래서 간과 쓸개 두 가지가 건강한 사람은 반드시 용기가 있다. 간과 쓸개는 역할이 다른데 어떻게 상호 기관 역할을 한다는 것을 알 수 있을까? 간은 나무의 정령이고, 나무란 키운다는 뜻이다. 사람이 화가 나면 안색이 파랗게 되고 눈을 부릅뜨는 것이 바로 그 징후이다. 소장과 대장은 심장과 허파가 관장하는 기관으로 예의를 주재하는데, 예의에는 분명한 이치가 있어 소장과 대장이 이를 이어받는 것이다. 창자는 심장과 허파가 주재하고, 심장은 몸통의 주체이다. 그래서 두 개의 기관이 되는 것이다. 눈은 심장을 위해 보는 역할을 하고, 입은 심장을 위해 말하는 역할을 하고, 귀는 심장을 위해 듣는 역할을 하고, 코는 심장을 위해 냄새를 맡는 역할을 하는데, 이는 심장이 몸통의 주체이기 때문이다.

◇육정과 방위와의 관계에 대해 논하다

●喜在西方, 怒在東方, 好在北方, 惡在南方, 哀在下, 樂在上, 何? 以西方萬物之成, 故喜. 東方萬物之生, 故怒. 北方陽氣始施, 故好. 南方陰氣始起, 故惡. 上多樂, 下多哀也.

○기쁨은 서방에 해당하고, 분노는 동방에 해당하고, 좋아하는 감정은 북방에 해당하고, 미워하는 감정은 남방에 해당하는데, 슬픔이 아래쪽에 있고 즐거움이 위쪽에 있는 것은 어째서일까? 서방은 만물이 완성되는 방위라서 기쁨에 해당한다. 동방은 만물이 태어나는 방위라서 분노에 해당한다. 북방은 양기가 처음으로 자라는 방위라서 좋아하는 감정에 해당한다. 남방은 음기가 처음으로 일어나는 방위라서 미워하는 감정에 해당한다. 기분이 상승하면 즐거운 일이 많아지고, 기분이 처지면 슬픈 일이 많아지기 마련이다.

◇혼백에 대해 논하다

●魂魄者, 何謂? 魂猶伝伝[415]也, 行不休於外也, 主於情. 魄者, 迫然著人, 主於性也. 魂者, 芸也, 情以除穢. 魄者, 白也, 性以治內.

○'혼백'이란 무엇을 말하는 것일까? '혼'은 분주히 돌아다닌다는 뜻으로 밖에서 돌아다니면서 쉬지 않는다는 말이기에 감정을 주재한다. '백'은 긴밀하게 사람에게 붙는다는 뜻이기에 이성을 주재한다. '혼'은 향초라는 뜻으로 감정이 그로 인해 더러움을 씻을 수 있다. '백'은 깨끗하다는 뜻으로 이성이 그로 인해 안으로 다스려질 수 있다.

◇정신에 대해 논하다

●精神者, 何謂也? 精者, 靜也, 太陰[416]施化之氣也. 象火[417]之化, 任生也. 神者, 恍惚, 太陰[418]之氣也, (出入無[419])間. 摠云, "支體

---

415) 伝伝(전전) : 쉬지 않고 다니는 모양, 분주히 돌아다니는 모양.
416) 太陰(태음) : 북방 또는 겨울의 기운을 이르는 말. 동방 또는 봄을 '소양少陽', 남방 또는 여름을 '태양太陽', 서방 또는 가을을 '소음少陰', 북방 또는 겨울을 '태음太陰'이라고 한다.
417) 火(화) : 문맥상으로 볼 때 '수水'의 오기인 듯하다. 자형의 유사성으로 인한 필사 과정상의 단순 오기로 보인다.
418) 太陰(태음) : 문맥상으로 볼 때 '태양太陽'의 오기인 듯하다.

　萬化之本也."

○'정신'이란 무엇을 말하는 것일까? '정'은 조용하다는 뜻으로 태
　음이 변화를 일으킬 때 나타나는 기운이다. 물의 조화를 본받기
　에 생명에 관한 일을 담당한다. '신'은 황홀하다는 뜻으로 태양의
　기운이라서 출입할 때 차별이 없다. 그래서 일반적으로 "몸에서
　일어나는 온갖 변화의 바탕이다"라고 말한다.

---

419) 出入無(출입무): ≪백호통소증≫에 의하면 이 세 글자가 누락되었기에 첨기한다.

◆壽命(수명) 1항

◇세 가지 목숨에 대해 논하다

●命者, 何謂也? 人之壽也. 天命已使生者也. 命有三科, 以記驗. 有
壽命以保度, 有遭命以遇暴, 有隨命以應行習420). 壽命者, 上命也.
若言文王受命唯中身, 享國421)五十年. 隨命者, 隨行爲命. 若言怠棄
三正, 天用勦絶其命矣. 又欲使民務仁立義, 闕無滔天422). 滔天則司
命423)擧過言, 則用以樊之. 遭命者, 逢世殘賊. 若上逢亂君, 下必災
變, 暴至, 夭絶人命. 沙鹿424)崩, 于受邑425), 是也. 冉伯牛426)危
言427)正行, 而遭惡疾, 孔子曰, "命矣夫! 斯人也而有斯疾也!" 夫
子428)過鄭, 與弟子相失, 獨立郭門外. 或謂子貢曰, "東門有一人,
其頭似堯, 其頸似皐繇429), 其肩似子産430). 然自腰以下, 不及禹三
寸, 儡儡431)如喪家之狗432)." 子貢以告孔子, 孔子喟然433)而笑曰,

---

420) 習(습) : ≪백호통소증≫에 의하면 연자衍字이다.

421) 享國(향국) : 나라를 향유하다. 즉 황제의 자리에 올라 나라를 다스리는 것을 말
한다.

422) 滔天(도천) : 하늘의 뜻을 거스르다, 천제에게 오만하게 굴다. '도滔'는 '만慢'
의 뜻.

423) 司命(사명) : 사람의 생명을 주관한다는 신. 벼슬을 관장하는 신을 가리킬 때도
있다.

424) 沙鹿(사록) : 하북성에 있었던 춘추시대 때 산 이름.

425) 于受邑(우수읍) : ≪백호통소증≫에 의하면 '수습읍水襲邑'의 오기이다.

426) 冉伯牛(염백우) : 춘추시대 노魯나라 사람 염경冉耕. '백우'는 자. 공자의 제자로
서 덕행으로 이름이 알려졌으나 질병으로 고생하였다. ≪사기·중니제자열전仲
尼弟子列傳≫권67 참조.

427) 危言(위언) : 고상한 말을 이르는 말. '위危'는 '고高'의 뜻. '위언정행危言正行'이
'위행정언危行正言'으로 된 판본도 있는데 의미상에 차이는 없어 보인다.

428) 夫子(부자) : 스승이나 장자長者·고관·부친·남편 등에 대한 존칭. 여기서는
춘추시대 노魯나라 공자를 가리킨다.

429) 皐繇(고요) : 우虞나라 순왕舜王 때 형벌을 관장하던 장관의 이름인 고요皐陶의
다른 표기. 당唐나라 요왕堯王의 이복동생이라는 설이 있다.

430) 子産(자산) : 춘추시대 정鄭나라 대부大夫인 공손교公孫僑의 자. 간공簡公 때 경
卿에 올라 정사를 주도하며 많은 치적을 남겼다.

431) 儡儡(뇌뢰) : 풀이 죽은 모양, 혹은 야위고 지친 모양. '누루纍纍'라고도 한다.

432) 喪家之狗(상가지구) : 집 잃은 개. 행색이 매우 초라한 사람을 비유한다. 한편으

"形狀, 末也. 如喪家之狗, 然哉乎! 然哉乎!"

○'명'이란 무엇을 말하는 것일까? 사람의 목숨을 말한다. 천명은 이미 태어난 사람을 뜻대로 부리게 되어 있는데, 목숨에는 세 가지 종류가 있어 기록으로 징험할 수 있다. '수명壽命'이 있는 것은 법도를 지키기 때문이고, '조명遭命'이 있는 것은 폭정을 만나기 때문이고, '수명隨命'이 있는 것은 행동에 반응하기 때문이다. '수명壽命'은 장수하는 목숨을 뜻한다. 이를테면 (주周나라) 문왕이 천명을 받은 것이 신상에 잘 들어맞아 50년 동안 나라를 다스렸다고 말하는 것과 같은 것이 그러한 예이다. '수명隨命'은 행동에 따라 목숨을 유지한다는 뜻이다. 이를테면 세 가지 역법을 바로 세우는 일을 방기하여 하늘이 정벌을 통해 그의 운명을 끊는다고 말하는 것과 같은 것이 그러한 예이다. 또 백성들이 인의를 세우는 데 힘써 하늘의 뜻을 거스르는 일이 없어야 한다. 하늘의 뜻을 거스르면 신령이 잘못된 언행을 들어 그를 망하게 한다. '조명'은 당대에 잔혹한 인물을 만난다는 뜻이다. 이를테면 위로 폭군을 만나면 아래로 반드시 재난이 일어나고, 폭정이 극에 달하면 목숨이 요절하는 것과 같은 것이 그러한 예이다. (춘추시대 때 하북성에 있는) 사록산이 무너지자 홍수가 마을을 덮친 것이 그러한 예이다. (춘추시대 때 노魯나라) 백우伯牛 염경冉耕이 언행을 조심하였는데도 질병에 걸리자 공자가 "운명이로다! 이런 사람이 이런 질병에 걸리다니!"라고 말한 일이 있다. 또 공자가 정나라를 지나다가 제자들과 서로 헤어졌을 때 혼자서 성곽 문밖에 서 있었는데, 누군가 자공子貢 단목사端木賜에게 "동쪽 성문에 한 사람이 있는데, 머리는 (당唐나라 때 성군인) 요왕처럼 생겼고, 목은 (우虞나라 때 현신賢臣인) 고요처럼 생겼

로는 돌봐주는 사람이 없어 야윈 상갓집 개로 보는 설도 있으나, '상喪'을 '상사喪事'라는 뜻의 'sāng'이 아니라 '잃다'는 뜻의 'sàng'으로 읽는 것이 일반적이다.

433) 喟然(위연) : '아!'하고 탄식하는 모양.

고, 어깨는 (춘추시대 정鄭나라 때 현신인) 자산(공손교公孫僑)처럼 생겼더군요. 하지만 허리 아래로는 (하夏나라) 우왕보다 세 치가 짧으면서 초라한 행색이 마치 집 잃은 개 같았습니다"라고 하였다. 단목사가 공자에게 고하자 공자가 '아!'하고 탄식하고는 웃음을 지으며 "외모는 지엽말단에 불과한 것이다. 하지만 집 잃은 개 같다는 것은 맞는 말이로다! 맞는 말이로다!"라고 하였다.

◆宗族(종족) 2항

◇오종五宗에 대해 논하다

●宗者, 何謂也? 宗, 尊也, 爲先祖主也, 宗人之所尊也. 禮曰[434],
"宗人將有事, 族人皆待." 聖者所以必有宗, 何也? 所以長和睦也.
大宗[435]能率小宗[436], 小宗能率羣弟, 通於有無, 所以紀理族人者
也. 宗其爲始祖後者爲大宗, 此百世之所宗也. 宗其爲高祖後者, 五
世而遷者也. 高祖遷於上, 宗則易於下. 宗其爲曾祖後者爲曾祖宗,
宗其爲祖後者爲祖宗, 宗其爲父後者爲父宗. (父宗[437])以上至高祖,
宗皆爲小宗, 以其轉遷, 別於大宗也. 別子者, 自爲其子孫爲祖, 繼
別也, 各自爲宗. 小宗有四, 大宗有一, 凡有五宗, 人之親所以備矣.
諸侯奪宗, 明尊者宜之. 大夫不得奪宗, 何? 曰, "諸侯世世傳子孫,
故奪宗. 大夫不傳子孫, 故不宗也." 喪服經曰, "大夫爲宗子," 不言
諸侯爲宗子也.

○'종宗'이란 무엇을 말하는 것일까? '종'은 존귀하다는 뜻으로 선
조의 종주로서 같은 종족 사람들이 존중하는 대상이란 말이다.
≪예기≫에 "같은 종족 사람들에게 일이 생기면 친족이 모두 대
기한다"고 하였다. 성인이 반드시 '종'을 갖는 이유는 무엇일까?
영원토록 화목을 유지하기 위해서이다. '대종'은 '소종'을 거느릴
수 있고, '소종'은 여러 동생들을 거느릴 수 있는데, 소유 여부를
떠나 모든 재물을 함께 쓰는 것은 같은 종족 사람들을 잘 통솔
하기 위해서이다. '종' 가운데 시조의 후계자를 '대종'이라고 하는
데, 이는 모든 세대를 뛰어넘어 종주로 받드는 대상이다. '종' 가

---

434) 曰(왈) : 이하 예문은 현전하는 ≪예기≫에 실리지 않은 것으로 보아 일문逸文
   인 듯하다.
435) 大宗(대종) : 혈연상 적장계를 뜻하는 말로 본령本領이나 절대 기준을 비유할
   때도 있다.
436) 小宗(소종) : 대종大宗에서 갈려나온 방계 종족을 이르는 말.
437) 父宗(부종) : ≪백호통소증≫에 의하면 이 두 글자가 누락되었기에 첨기한다.

운데 고조의 후계자는 다섯 세대에 걸쳐 사당을 옮긴 사람이다.
고조가 위에서 사당을 옮기면 '종'은 아래서 바뀐다. '종' 가운데
증조의 후계자는 '증조종'이라고 하고, '종' 가운데 조부의 후계자
는 '조종'이라고 하고, '종' 가운데 부친의 후계자는 '부종'이라고
한다. '부종' 이상 고조에 이르기까지 '종'은 모두 '소종'이 되는
데, 그들이 사당을 옮김으로써 '대종'과 구별된다. 다른 아들은
스스로 자신의 자손에게 조상이 되고, 후계를 달리하면 각자 '종'
이 된다. '소종'에는 네 가지가 있고, '대종'에는 한 가지가 있어
도합 다섯 개의 '종'이 있게 되는데, 이는 사람의 친척관계를 구
비하기 위한 것이다. 제후가 '종'을 빼앗아가는 것은 신분이 존귀
한 자가 마땅히 누리기 위함임을 밝히기 위해서이다. 대부가 '종'
을 빼앗을 수 없는 것은 어째서일까? "제후는 신분이 대대로 자
손에게 전수되기에 '종'을 빼앗지만, 대부는 신분이 자손에게 전
수되지 않기에 '종'을 가져갈 수 없다"고 말한다. 그래서 ≪의례
·상복≫권11에서도 "대부는 '종'의 자손이다"라고 말했지 "제후
가 '종'의 자손이다"라고 말하지 않은 것이다.

◇**구족九族에 대해 논하다**

●族者, 何也? 族者, 湊也, 聚也, 謂恩愛相流湊也. 生相親愛, 死相哀
痛, 有會聚之道, 故謂之族. 尚書曰, "以親九族." 族所以九, 何? 九
之爲言, 究也. 親疎恩愛究竟也. 謂父族四, 母族三, 妻族二. 父族四
者, 謂父之姓一族也, 父女昆弟適人有子爲二族也, 身女昆弟適人有
子爲三族也, 身女子適人有子爲四族也. 母族三者, 母之父母一族也,
母之昆弟二族也, 母昆弟子三族也. 母昆弟者, 男女皆在外親, 故合
言之. 妻族二者, 妻之父爲一族, 妻之母爲二族. 妻之親略, 故父母
各一族. 禮曰, "惟是三族之不虞." 尚書曰, "以親九族." 義同也. 一
說, 合言九族者, 欲明堯時俱三也. 禮所以獨父族四, 何? 欲言周承
二爨之後, 民人皆厚於末. 故與438)禮母族妻之黨, 廢禮母族父之族.

是以貶妻族, 以附父族也. 或言九者, 據有交接之恩也. 若邢侯之姨,
譚公惟私439)也. 言四者, 據有服耳, 不相害所異也.

○'족族'이란 무엇일까? '족'은 모여든다는 뜻이자 모인다는 뜻으로
은애를 베푸는 사람끼리 서로 모인다는 말이다. 살아서는 서로
친분과 애정으로 뭉치고 죽으면 서로 애통해 하는 관계이기에
함께 모여 사는 도의가 있다. 그래서 이를 '족'이라고 한다. ≪서
경·우서虞書·순전舜典≫권2에 "'구족'을 친히 지내게 하다"라
는 말이 있다. '족'에 대해 9라는 수치를 사용하는 이유는 무엇일
까? '구九'라는 말은 다 살핀다는 뜻이다. 친소에 따라 은애를 다
살핀다는 말이다. 그래서 부친의 친족은 네 종류이고, 모친의 친
족은 세 종류이고, 아내의 친족은 두 종류이다. 부친의 친족이
네 종류라는 것은 부친과 성씨가 같은 사람들이 첫 번째 친족이
고, 부친의 여자 형제들이 남에게 시집을 가서 아들을 낳은 것이
두 번째 친족이고, 자신의 여자 형제들이 남에게 시집을 가서 아
들을 낳은 것이 세 번째 친족이고, 자신의 딸이 남에게 시집을
가서 아들을 낳은 것이 네 번째 친족이라는 말이다. 모친의 친족
이 세 종류라는 것은 모친의 부모가 첫 번째 친족이고, 모친의
형제가 두 번째 친족이고, 모친의 형제의 아들이 세 번째 친족이
라는 말이다. 모친의 형제는 남녀 모두 외척관계이기에 합쳐서
말한다. 아내의 친족이 두 종류라는 것은 아내의 부친이 첫 번째
친족이고, 아내의 모친이 두 번째 친족이라는 말이다. 아내의 경
우는 친족이 소략하기에 부모가 각기 하나의 친족이 된다. ≪의
례·사혼례士昏禮≫권2에 "오직 삼족이 상례를 치르는 날이다"
라고 하고, ≪서경·우서·순전≫권에서 "구족을 친히 지내게 하
다"라고 한 것도 의미는 동일하다. 한편 일설에 의하면 구족이라
고 합쳐서 말하는 것은 (당나라) 요왕 때 부친·모친·아내 세

438) 與(여) : ≪백호통소증≫에 의하면 '흥興'의 오기이다.
439) 私(사) : 상고시대 때 자매의 남편을 부르던 말.

친족과 함께 한 것을 밝히기 위함이라고도 한다. 예법상 유독 부친의 친족이 네 종류인 이유는 무엇일까? 주나라가 하나라·상나라 두 왕조의 폐해를 계승한 뒤 백성들이 모두 말단에 속하는 친족도 후하게 대우하였다는 것을 말하기 위해서이다. 그래서 모계 친족 가운데 아내의 일족에 대한 예우를 진작시키면서도 모계 친족 가운데 부친의 친족에 대한 예우를 폐기하였다. 이 때문에 처가쪽 친족을 낮추어 부친쪽 친족에 덧붙였다. 어쩌면 9라고 말하는 것은 만나는 정이 있다는 점에 근거한 것인지도 모른다. '형나라 군주의 이모'라든지 '담나라 군주가 처형'이란 말이 그러한 예이다. 4라고 말하는 것은 상복을 입는 것에 근거한 것일 뿐 혈통이 다르다고 저해하려는 의미는 아닐 것이다.

◆姓名(성명) 4항

◇성姓에 대해 논하다

●人所以有姓者, 何? 所以崇恩愛, 厚親親, 遠禽獸, 別婚姻也. 故禮別類, 使生相愛, 死相哀, 同姓不得相娶, 皆爲重人倫也. 姓, 生也. 人所稟天氣所以生者也. 詩云, "天生烝民[440]." 尙書曰, "平章[441] 百姓." 姓所以有百, 何? 以爲古者聖人吹律[442]定姓, 以記其族. 人含五常而生, 聲有五音, 宮・商・角・徵・羽, 轉而相雜, 五五二十五, 轉生四時, 故百而異也. 氣殊, 音悉備, 故殊百也.

○사람에게 '성'이 있는 이유는 무엇일까? 애정을 드높이고, 친족과의 친분을 두텁게 하고, 금수와 차별하고, 혼인관계를 구별짓기 위해서이다. 그래서 예법상 종족별로 구별하여 생전에는 서로 사랑하고 죽으면 서로 애도케 하였기에 같은 성을 가진 사람들끼리 서로 결혼하지 못 하는 것은 모두 인륜을 중시해서이다. '성'은 낳는다는 뜻이다. 사람이 하늘의 기운을 받아 태어난다는 말이다. 그래서 ≪시경・대아大雅・탕蕩≫권25에서도 "하늘이 모든 백성을 낳았네"라고 하였고, ≪서경・우서虞書・요전堯典≫권1에서도 "온갖 성씨를 구별하였다"고 하였다. '성'에 100가지가 있는 이유는 무엇일까? 옛날에 성인이 율관을 불어 '성'을 정해서 그 종족을 기재하였다고 여기기 때문이다. 사람은 다섯 가지 덕목을 지니고서 태어나기에 소리에도 다섯 가지가 있어 궁음・상음・각음・치음・우음이 돌아가며 서로 섞이는데, 5 곱하기 5인 25개가 돌아가며 사계절마다 생겨난다. 그래서 100 가지로 달라지는 것이다. 절기가 다르고 소리가 다 갖춰지기에 100으로 나뉜다.

---

440) 烝民(증민) : 백성, 서민. '증烝'은 '중衆' '서庶'의 뜻.
441) 平章(평장) : 잘 구별하다, 잘 밝히다.
442) 吹律(취율) : 율관律管을 불다.

◇씨氏에 대해 논하다

●所以有氏者, 何? 所以貴功德, 賤伎力[443]. 或氏其官, 或氏其事, 聞
其氏, 卽可知其所以勉人爲善也. 或氏王父[444]字, 何? 所以別諸侯
之後, 爲興滅國, 繼絶世也. 諸侯之子稱公子, 公子之子稱公孫, 公
孫之子, 各以其王父字爲氏. 故魯有仲·叔·季, 楚有昭·屈·景,
齊有高·國·崔, 立氏三, 以知其爲子孫也. 王者之後, 二[445]稱王
子, 兄弟立而皆封也. 或曰, "王(者之[446])孫, 上[447]稱王孫也." 堯
知命, 表稷[448]·契[449], 賜生子姓[450]. 皐陶典刑, 不表姓, 言天任
德遠刑. 禹姓姒氏, 祖(昌意[451])以億[452]生. 殷姓子氏, 祖以玄鳥
子[453](生)也. 周姓姬氏, 祖以履大人[454]跡生也.

○사람에게 '씨'가 있는 이유는 무엇일까? 공로나 덕목을 중시하고

---

443) 伎力(기력) : 기교와 용력을 아우르는 말. '기伎'는 '기技'와 통용자.
444) 王父(왕부) : 할아버지의 별칭. 한편 할머니는 '왕모王母'라고 한다.
445) 二(이) : 《백호통소증》에 의하면 '역亦'의 오기이다.
446) 者之(자지) : 《백호통소증》에 의하면 이 두 글자가 누락되었기에 첨기한다. 이
    하 괄호 안의 글자 역시 《백호통소증》에 근거하여 첨기한다.
447) 上(상) : 《백호통소증》에 의하면 이 또한 '역亦'의 오기이다.
448) 稷(직) : 주周나라의 시조 기棄의 관직인 후직后稷을 가리킨다.
449) 契(설) : 우虞나라 순왕舜王 때 다섯 명의 명신名臣인 우禹·직稷·설契·고요
    皐陶·백익伯益 가운데 한 사람이자 상商나라의 시조.
450) 生子姓(생자성) : 《백호통소증》에 의하면 '성자희姓子姬'의 오기이다. '자子'는
    상商나라 탕왕湯王의 성씨이고, '희姬'는 주周나라 문왕文王의 성씨이다.
451) 昌意(창의) : 《백호통소증》에서는 이 두 글자를 첨기하였는데, '창의'는 전설
    상의 임금인 황제黃帝의 아들을 가리킨다.
452) 億(억) : 《백호통소증》에 의하면 율무를 뜻하는 말인 '의이薏苡'의 오기이다.
    전설상의 인물인 곤鯀의 아내 유신씨有莘氏가 불임으로 고생하다가 율무를 삼
    키고서 임신하여 하夏나라 우왕禹王을 낳았다는 전설이 후한 조엽趙曄의 《오
    월춘추吳越春秋·월왕무여외전越王無余外傳》권4에 전한다. 다만 여기서는 '곤'
    대신 '창의'라고 한 것이 다를 뿐이다.
453) 玄鳥子(현조자) : 검은 빛을 띤 전설상의 새 이름. 《시경·상송商頌·현조玄
    鳥》권30에 "천제가 현조에게 명해 강림해서 상나라 시조를 낳게 하였네(天命
    玄鳥, 降而生商)"라는 노랫말이 있다.
454) 大人(대인) : 거인. 전설상의 여인인 강원姜嫄이 거인의 발자국을 밟고서 주周나
    라의 시조인 후직后稷을 낳았다는 속설이 당나라 구양순歐陽詢(557-641)의 《
    예문류취藝文類聚·목부상木部上》권88에 인용된 《춘추원명포春秋元命苞》에
    전한다.

기교나 힘을 천시하기 위해서이다. 혹은 관직을 씨로 삼기도 하고 혹은 사건을 씨로 삼기도 하기에, 그의 씨를 들으면 바로 사람에게 선행을 하도록 권면하는 연유를 알 수 있다. 혹은 조부의 자를 씨로 삼기도 하는 것은 어째서일까? 제후의 후손을 구별하여 망한 나라를 일으키고 끊어진 세대를 잇기 위해서이다. 제후의 아들은 '공자'라고 하고, 공자의 아들은 '공손'이라고 하지만, '공손'의 아들들은 각기 자신의 조부의 자를 씨로 삼았다. 그래서 (춘추시대 때) 노나라에는 중씨·숙씨·계씨가 있었고, 초나라에는 소씨·굴씨·경씨가 있었고, 제나라에는 고씨·국씨·최씨가 있었으니, 세 가지 씨를 세워서 그들이 자손임을 알게 하였다. 천자의 후손도 '왕자'라고 하는데, 형제가 독립하여 모두 제후에 봉해졌다. 혹자는 "천자의 손자도 '왕손'으로 불린다"고 하였다. (당唐나라) 요왕은 운명을 알아 (상商나라의 시조인) 설契과 (주周나라의 시조인) 직稷을 추천하며 각기 '자子'와 '희姬'라는 성을 하사하였다. (우虞나라 순왕舜王 때 신하인) 고요는 형벌을 관장하면서 성을 아뢰고는 하늘은 덕업을 중시하니 형벌을 멀리 해야 한다고 말했다. (하夏나라) 우왕은 성이 '사'씨로 조상인 (황제黃帝의 아들) 창의가 율무 덕에 그를 낳았다. 은(상)나라는 성이 '자'씨로 조상이 현조 덕에 그를 낳았다. 주나라는 성이 '희' 씨로 조상이 거인의 발자국을 밟고서 그를 낳았다.

◇이름에 대해 논하다

●人必有名, 何? 所以吐情自紀, 尊事人者也. 論語曰, "名不正, 則言不順." 三月名之, 何? 天道一時, 物有變. 人生三月, 目煦455), 亦能笑, 與人相更答. 故因其始有知而名之. 故禮服傳曰, "子生三月, 則父名之於祖廟." 於祖廟者, 謂子之親廟也, 明當爲宗祖主也. 一說,

---

455) 煦(후) : 따듯하다. 그래서 ≪백호통소증≫에서는 좌우로 두리번거리는 것을 뜻하는 말인 '구후'의 오기로 보았는데 이를 따른다.

名之於燕寢456). 名者, 幼少卑賤之稱也. 寡略457), 故於燕寢. 禮內則曰, "子生, 君沐浴朝服, 夫人亦如之, 立于阼階西南. 世婦458)抱子升自西階, 君命之, 士適子459)執其右手, 庶子撫其首. 君曰, '欽460)有帥461).' 夫人曰, '記有成.' 告於四境." 四境者, 所以遏絶萌牙, 禁備未然. 故曾子問曰, "世子生三月, 以名告于祖禰." 內則記曰462), "以名告于山川社稷四境. 天子太子, 使士負子於南郊463)." 以桑弧蓬矢六射者, 何也? 此男子之事也. 故先表其事, 然後食其祿. 必桑弧, 何? 桑者, 相逢接之道也. 保傅464)曰, "大子生, 擧之以禮, 使士負之. 者何465)齋肅端綏466), 之郊, 見于天." 韓詩內傳曰, "太子生, 以桑弧蓬矢, 六射上下四方, 明當有事天地四方也." 殷以生日467)名子, 何? 殷家質, 故直以生日名子也. 以尙書道殷家太甲468)・帝(乙469))・武丁470)也. 於臣民亦得以生日名子, 何? 亦不止也.

---

456) 燕寢(연침) : 침실이나 한가로이 거처하는 거실 따위를 이르는 말.

457) 寡略(과략) : ≪백호통소증≫에서는 '질략質略'의 오기로 보았는데 이를 따른다.

458) 世婦(세부) : 원래는 주周나라 때 후궁後宮에 속한 여관女官 가운데 하나. 주나라 때 내관內官으로 부인夫人・빈嬪・세부世婦・어처御妻가 있는 것은 마치 한나라 때 귀인貴人・미인美人・궁인宮人・채인采人이 있었고, 당송唐宋 때 비妃・빈嬪・첩여婕妤・미인美人・재인才人이 있는 것과 유사하다.

459) 適子(적자) : 본부인의 아들을 이르는 말. '적適'은 '적嫡'과 통용자.

460) 欽(흠) : 공경하다. '경敬'의 뜻.

461) 帥(솔) : 따르다, 순종하다. '순順'의 뜻.

462) 曰(왈) : 이하 예문은 현전하는 ≪예기・내칙≫에 실리지 않은 것으로 보아 일문逸文인 듯하다.

463) 南郊(남교) : 천제天帝에게 제사를 지내는 곳을 이르는 말. 반면에 지신地神에게 제사를 지내는 곳은 '북교北郊'라고 한다.

464) 保傅(보부) : 이는 ≪소대예기小戴禮記≫가 아니라 ≪대대예기大戴禮記≫의 편명을 가리킨다.

465) 者何(자하) : 원문에 의하면 모종의 업무를 전담하는 관리를 뜻하는 말인 '유사有司'의 오기이다.

466) 端綏(단유) : 갓끈을 단정히 하다. 예모禮帽인 면류관을 갖추는 것을 말한다.

467) 生日(생일) : 태어난 날짜. 즉 '갑을병정甲乙丙丁'과 같은 십간十干을 가리킨다.

468) 太甲(태갑) : 상商나라 제2대 임금인 태종太宗의 이름. 탕왕의 손자로 무도한 행동 때문에 재상인 이윤伊尹에 의해 축출당했다가 지난 일을 뉘우치고서 왕위에 올라 성군이 되었다고 전한다.

469) 乙(을) : ≪백호통소증≫에 의하면 이 글자가 누락되었기에 첨기한다. 이하 괄호

以尙書道殷臣有巫咸471), 有祖己472)也. 何以知諸侯不象王者以生
日名子也? 以太王473)名亶甫, 王季474)名歷, 殷之諸侯也. 易曰'帝
乙,'謂成湯475). (書曰)'帝乙,'謂六代孫也. 湯生於夏世, 何以用甲
乙爲名? 曰, "湯王後乃更變名, 子孫法耳." 本名履. 故論語曰, "予
小子履." 履, 湯名也. 不以子丑, 何? 曰, "甲乙者, 幹也. 子丑者,
枝也. 幹爲本, 本質, 故以甲乙爲名也." 名或兼或單, 何? 示非一也.
或聽其聲, 以律定其名. 或依事, 旁其形, 故名或兼或單也. 依其事
者, 若后稷, 是也. 棄之, 因名之爲棄也. 旁其形者, 孔子首類魯國尼
丘山, 故名爲丘. 或旁其名爲之字者, 聞名卽知其字, 聞字卽知其名,
若名賜字子貢, 名鯉字伯魚. 春秋譏二名, 何? 所以譏者, 乃謂其無
常者也. 若乍爲名, 祿甫元言武庚. 名不以日月山川爲名者, 少賤卑
己之稱也. 臣子當諱, 爲物示通, 故避之也. 曲禮曰, "二名不偏
諱476). 逮事父母, 則諱王父母, 不逮父母, 則不諱王父母477)也. 君

안의 글자 역시 동일하다. '제을'은 상商나라 제30대 왕이자 주왕紂王의 부친
무을武乙의 별칭이다.
470) 武丁(무정) : 상商나라 제23대 왕으로 묘호는 고종高宗.
471) 巫咸(무함) : 전설상의 인물. 황제黃帝 때 사람, 당唐나라 요왕堯王 때 사람, 은
殷나라 때 사람이라는 여러 설이 있는데, 여기서는 후자를 가리킨다. 또 무팽巫
彭이 의사이고 무함巫咸은 무당이라는 설(≪여씨춘추呂氏春秋≫)이 있는가 하
면, 무함巫咸이 의사란 설(진晉나라 곽박郭璞 설)도 있다.
472) 祖己(조기) : 상商나라 고종高宗 무정武丁 때의 현신賢臣이자 ≪서경・상서・고
종융일≫권9의 저자로 알려진 인물.
473) 太王(태왕) : 주周나라 문왕文王의 조부이자 무왕武王의 증조부인 고공단보古公
亶父에 대한 존칭. 막내 아들이 왕계王季이고, 손자는 문왕이며, 증손이 바로 주
나라를 건국한 무왕武王이다. ≪사기・주본기周本紀≫권4 참조.
474) 王季(왕계) : 주周나라 무왕武王이 건국한 뒤 조부인 계력季歷에게 올린 존호를
가리킨다. ≪사기・주본기≫권4 참조.
475) 成湯(성탕) : 상商나라를 세운 자이子履의 시호諡號. 보통은 '탕왕湯王'이라고
한다.
476) 偏諱(편휘) : 두 자 가운데 어느 한쪽 글자만 피휘하는 것을 이르는 말. 후한 정
현은 주에서 "'편偏'은 두 자로 된 이름에서 한 자씩 피휘하지 않는 것을 말한
다. 공자의 모친은 이름이 '징재徵在'인데, '재在'라고 말하면서 '징徵'을 말하지
않고, '징徵'이라고 말하면서 '재在'를 말하지 않는 것이 그러한 예이다(偏, 謂二
名不一一諱也. 孔子之母, 名徵在, 言在不稱徵, 言徵不稱在)"라고 설명하였다.
477) 王父母(왕부모) : 조부모祖父母의 별칭인 왕부王父와 왕모王母의 합칭.

前不諱, 詩書不諱, 臨文不諱, 郊廟中不諱." 又曰, "君前臣名, 父前
子名." 謂大夫名卿, 弟名兄也, 明不敢諱於尊者前也. 太古之時所不
諱者, 何? 尙質也. 故臣子不諱其君父[478]之名. 故禮記曰[479], "朝
日上值[480]不諱正天名也." 人所以十月而生者, 何? 人, 天子之也.
經天地之數五, 故十月而備, 乃成人也. 人生所以泣, 何? 本一幹而
分, 得氣異息, 故泣重離母之義也. 尙書曰, "啓[481]呱呱[482]泣也."
人拜所以自名者, 何? 所以泣號自紀. 禮, 拜自後, 不自名, 何? 備陰
陽也. 人所以相拜者, 何? 所以表情見意, 屈節卑體, 尊事之者也. 拜
之言, 服也. 所以必再拜, 何? 法陰陽也. 尙書曰, "再拜稽首也." 必
稽首, 何? 敬之至也, 頭至地. 何以言首? 謂頭也. 禮曰, "首有瘍則
沐." 所以先拜首, 後稽首, 何? 名[483]順其父質[484]也. 尙書曰, "周
公拜首[485]稽首."

○사람에게 반드시 이름이 있는 것은 어째서일까? 감정을 드러내
고 자신의 신상을 기록하면서 공경한 태도로 남을 섬기기 위해
서이다. ≪논어・자로子路≫권13에 "이름이 바르지 않으면 말이
불순해진다"고 하였다. 아기가 태어난 지 3개월이 되었을 때 이
름을 짓는 것은 어째서일까? 하늘의 이치상 계절마다 만물에 변

---

478) 君父(군부) : 천자나 군주의 별칭. 아들이 왕인 부친을 부르는 호칭을 가리킬 때
   도 있다.
479) 曰(왈) : 이하 예문은 현전하는 ≪예기≫에 실리지 않은 것으로 보아 일문逸文
   인 듯하다.
480) 朝日上值(조일상치) : 의미하는 바가 불분명하다. ≪대대예기大戴禮記≫권9에는
   '상고上古'로 되어 있기에 이를 따른다.
481) 啓(계) : 하夏나라 제2대 임금. 우왕禹王의 아들로서 왕위를 계승하였으며, '하
   후계夏侯啓' '하후개夏侯開'로도 불렸다. 그에 관한 기록은 ≪서경・하서・감
   서≫권6에 전한다.
482) 呱呱(고고) : 갓난아이의 울음소리를 형용하는 말.
483) 名(명) : ≪백호통소증≫에 의하면 '각各'의 오기이다. 자형의 유사성으로 인한
   필사 과정상의 단순 오기로 보인다.
484) 父質(부질) : ≪백호통소증≫에 의하면 '문질文質'의 오기이다. 자형의 유사성으
   로 인한 필사 과정상의 단순 오기로 보인다.
485) 拜首(배수) : ≪서경・주서周書・낙고洛誥≫권14의 원문에 의하면 '배수拜手'의
   오기이다. 앞의 '배수拜首'도 마찬가지다.

화가 일어나기 때문이다. 사람도 태어난 지 3개월이 지나면 눈을 두리번거리고 웃음을 지을 수 있으며 남과 번갈아가며 답변을 주고받을 수 있다. 따라서 처음 지각이 생길 시기를 타서 이름을 짓는 것이다. 그래서 ≪의례·상복喪服≫권11의 주에 "아들이 태어난 지 3개월이 되면 부친은 조상을 모신 사당에서 그의 이름을 짓는다"고 하였다. 조상을 모신 사당에서 한다는 것은 자손의 친족을 모신 사당을 말하는데, 이는 응당 종족의 주체가 된다는 것을 밝히기 위해서이다. 일설에 의하면 침실에서 이름을 짓는다고도 한다. 이름은 어렸을 때의 비천한 호칭이다. 질박하고 소략하기에 침실에서 짓는 것이다. ≪예기·내칙≫권28에 "아들이 태어나면 군주는 목욕한 뒤 조복을 갖춰 입고, 부인도 이와 같이 하고서 동쪽 계단 남서쪽에 시립한다. 세부가 아들을 안고서 서쪽 계단으로 오른 뒤 군주가 명을 내리면 사士의 적자가 그의 오른손을 잡고 사의 서자가 그의 머리를 쓰다듬는다. 그러면 군주가 '공경하고 순종할지어다'라고 말하고, 부인은 '가슴에 깊이 새겨 성공할 수 있게 하겠습니다'라고 말하고는 사방 국경에 알린다"고 하였다. 사방 국경에 알리는 것은 반란의 싹이 자라는 것을 막아 미연에 방비하기 위해서이다. 그래서 ≪예기·증자문≫권18에 "세자가 태어난 지 3개월이 되면 이름을 조상신에게 고한다"고 하였고, ≪예기·내칙≫에 "이름을 산천과 사직·사방 국경에 알린다. 천자의 태자는 사를 시켜 남쪽 교외에서 업게 한다"고 하였다. 뽕나무 가지로 만든 활과 쑥대로 만든 화살을 여섯 차례 쏘는 것은 어째서일까? 이는 남자에 관한 일이다. 그래서 먼저 그 사안을 드러낸 뒤에 봉록을 정한다. 반드시 뽕나무 가지로 만든 활을 사용하는 것은 어째서일까? 뽕나무는 서로의 만남을 상징한다. ≪대대예기·보부≫권3에 "태자가 태어나면 예법을 거행하고 사를 시켜 업게 한다. 담당관은 깨끗하게 재계하고 면류관을 단정히 갖추고서 교외로 찾아가 천제를 배알한다"고 하였다. ≪한시내전≫에서는 "태자가 태어났을 때 뽕나무 가지로 만든 활과 쑥대로 만든 화살을 사용해 위·아래·동서남북을 향해 여섯 번 쏘는 것은 의당 하늘·땅·동서남북에게 제를 올려야 한다는 것을 밝히기 위해서이다"라고 하였다. 은(상商)나라의 경우 태어난 날짜를 가지고 아들에게 이름을 지어준 것은 어째서일까? 은나라 왕실은 질박함을 중시하였기에 단지 태어난 날짜를 가지고 아들의 이름을 지어준 것이다. ≪서경≫에서 은나라 왕실의 태갑·제을·무정을 언급한 것을 그 예로 들 수 있다. 신하나 백성의 경우도 태어난 날을 가지고 아들에게 이름을 지어주는 것은 어째서일까? 역시 왕실에만 그치지 않는다는 뜻이다. ≪서경≫에서 은나라 왕실의 신하로 무함이 있고 조기가 있다고 언급한 것을 그 예로 들 수 있다. 제후는 천자처럼 태어난 날짜를 가지고 아들에게 이름을 짓지 않았다는 것을 어떻게 알 수 있을까? (주周나라의 선조인) 태왕의 이름이 '단보'이고 왕계의 이름이 '역歷'인데, 은나라 때 제후라는 것을 그 예로 들 수 있다. ≪역경≫에서 '제을'이라고 한 것은 (상나라) 성탕을 가리키는 반면, ≪서경≫에서 '제을'이라고 한 것은 6대손을 가리킨다. 탕왕은 하나라 때 태어났는데도 어째서 (십간十干인) '갑을'을 가지고 이름을 지었을까? "탕왕의 후손이 이름을 바꾸자 자손들이 이를 본받은 것일 뿐이다"라고 한다. 탕왕의 본명은 '이履'이다. 그래서 ≪논어·요왈堯曰≫권20에 "나 어린 아들인 자이子履는"이라는 말이 있다. '이'는 탕왕의 이름이다. (십이지十二支인) '자축'을 사용하지 않은 것은 어째서일까? "'갑을'은 줄기이고, '자축'은 가지이다. 줄기가 근본이고 근본이 질박하기에 '갑을'을 가지고 이름을 지은 것이다"라고 한다. 이름을 어떤 때는 두 글자로 짓고 어떤 때는 한 글자로 짓는 것은 어째서일까? 한 가지에 국한되지 않는다는 것을 보이기 위해서이다. 어떤 때는 소리를 듣고서 율려를 가지고 이름을 정하기도 하고, 어떤 때는 사안에 근거하고 형상을 본뜨기도 하기에, 이름이 어떤 때는 두 글자도 되고 어떤 때는 한 글자도 되는 것이다. 그 사안에 의거한 것은 (주나라의 시조인) 후직이 바로 그러한 예이다. 그를 집밖에 내다버렸기에 그참에 그의 이름을 '기棄'라고 하였다. 그 형상을 본뜬 것은 공자의 머리가 노나라의 니구산을 닮았기에 이름을 '구丘'라고 한 것이 그러한 예이다. 어떤 때는 그의 이름을 본떠서 자를 짓기도 하는데, 이름을 들으면 그의 자를 알 수 있고 자를 들으면 그의 이름을 알 수 있으니 예를 들면 (단목사端木賜의) 이름이 '사賜'이고 자가 '자공子貢'인 경우나 (공자의 아들 공이孔鯉의) 이름이 '이鯉'이고 자가 '백어伯魚'인 경우가 그러하다. 《춘추경》에서 두 글자로 된 이름을 비판한 것은 어째서일까? 비판하는 이유는 도리어 거기에 일정한 법칙이 없다는 말이다. 이를테면 갑작스레 이름을 지은 경우 (상商나라 마지막 왕인 주왕紂王의 아들) 녹보를 원래는 '무경'이라고 한 것을 들 수 있다. 이름을 지을 때 일월이나 산천으로 이름을 삼지 않는 것은 어려서부터 천대를 받아 자신을 천시하는 호칭이 되기 때문이다. 신하는 응당 피휘해야 하는데, 사물에 대해 소통한다는 것을 보여야 하기에 피휘하는 것이다. 《예기·곡례상曲禮上》권3에 "두 자로 된 이름은 한쪽 글자만 피휘하지 않는다. 부모를 때마침 모시고 있으면 조부모의 이름을 피휘하고, 부모를 때마침 모시고 있지 않으면 조부모의 이름을 피휘하지 않는다. 임금이 계신 곳에서는 집안 어른의 이름자를 피휘하지 않는다. 《시경》과 《서경》을 읽을 때 피휘하지 않고, 문장을 지을 때 피휘하지 않으며, 사당에서 제사 지낼 때도 피휘하지 않는다"고 하였다. 또 "부친 앞에서는 자식의 이름을 불러도 되고, 군주 앞에서는 신하의 이름을 불러도 된다"고 한 것은 대부가 경의 이름을 부르고 동생이 형의 이름을 불러도 된다는 말인데, 이는 존귀한 사람 앞에서는 감히 피휘하지 않는다는 것을 밝히기 위해서이다. 태고 때 피휘하지 않은 것은 어째서일까? 질박함을 중시해서이다. 따라서 신하는 군주의 이름을 피휘하지 않았다. 그래서 ≪예기≫에서도 "상고시대 때는 정식 천자의 명칭도 피휘하지 않았다"고 하였다. 사람이 10개월만에 태어나는 것은 어째서일까? 사람은 하늘이 그를 자식으로 여긴다. 하늘과 땅을 경영하는 수치가 5이기에 10개월 동안의 준비 과정을 거치고 나서야 비로소 사람이 되는 것이다. 사람이 태어날 때 우는 것은 어째서일까? 본래 같은 가지에서 나뉘어 나오면서 기운을 얻어 숨결을 달리하기에 우는 것은 모친의 몸을 떠나는 의미를 중시하는 것이다. ≪서경·우서虞書·익직益稷≫권4에 "(하나라) 계가 '으앙 으앙!' 하고 울었다"고 하였다. 사람이 절을 할 때 자신의 이름을 입에 올리는 것은 어째서일까? 슬픈 어조로 호칭을 불러 자신을 밝히기 위해서이다. 그러나 예법상 절을 올린 뒤에는 자신의 이름을 입에 올리지 않는 것은 어째서일까? 음양을 갖추었기 때문이다. 사람들이 서로 절을 하는 이유는 무엇일까? 감정과 생각을 드러내고자 관절을 꺾어 자신의 몸을 낮추고는 공경한 태도로 상대방을 섬긴다는 뜻을 나타내기 위해서이다. '배拜'란 말은 복종한다는 뜻이다. 반드시 거듭 절을 하는 이유는 무엇일까? 음양을 본받기 때문이다. ≪서경·주서周書·강왕지고康王之誥≫권18에 "거듭 절을 하고 머리를 조아렸다"는 말이 있다. 굳이 머리를 조아리는 것은 어째서일까? 지극한 존경심을 표하기 위한 것으로 머리를 땅에 대는 것이다. 어째서 '수首'라고 말하는 것일까? 머리를 가리킨다. ≪예기·잡기하雜記下≫권42에 "머리에 종기가 있으면 머리를 감는다"는 말이 있다. 먼저 두 손으로 절을 하고 뒤에 머리를 조아리는 것은 어째서일까? 각기 형식적인 예법과 실질적인 예법을 따르는 것이다. ≪서경·주서周書·낙고洛誥≫권14에 "주공이 두 손으로 절을 하고 머리를 조아렸다"는 말이 있다.

◇字字에 대해 논하다

●人所以有字, 何? 冠德明功, 敬成人也. 故禮士冠經曰, "賓北面[486], 字之曰伯某甫[487]." 又曰, "冠而字之, 敬其名也." 所以五十乃稱伯仲者, 五十知天命, 思慮定也. 能順四時長幼之序, 故以伯仲號之. 禮檀弓曰, "幼名, 冠字, 五十乃稱伯仲." 論語曰, "五十而知天命." 稱號所以有四, 何? 法四時用事先後, 長幼兄弟之象也. 故以時長幼號曰, '伯·仲·叔·季也.' 伯者, 長也. 伯者, 子最長, 迫近父也. 仲者, 中也. 叔者, 少也. 季者, 幼也. 適長稱伯, 伯禽[488], 是也. 庶長稱孟, 以魯大夫孟氏. 男女異長, 各自有伯仲, 法陰陽, 各自有終始也. 春秋傳曰, "伯姬者, 何? 內女[489]稱也." 婦人十五稱伯仲, 何? 婦人値[490]少變[491], 陰陽[492]道促蚤成, 十五通乎織紝[493]之事, 思慮定, 故許嫁, 笄[494]而字. 故禮經曰, "女子十五許嫁, 笄, 禮之稱字." 之婦[495]姓以配字, 何? 明不娶同姓也. 故春秋曰, "伯姬歸于宋." 姬者, 姓也. 値字所以於仲春[496], 何? 値者親[497], 故近於仲.

---

486) 北面(북면) : 북쪽을 향하다. 매우 공경하는 것을 비유하는 말. 천자나 스승은 남향으로 앉고 신하나 제자는 북향으로 시립하기에 신하나 제자 노릇하는 것을 비유한다.

487) 伯某甫(백모보) : 맏이인 남자 아무개라는 뜻. '백伯'은 항렬을 가리키고, '모某'는 모종의 자를 가리키며, '보甫'는 남자에 대한 미칭이다.

488) 伯禽(백금) : 춘추시대 노魯나라의 시조인 주공周公의 장남. 46년간 노나라의 임금을 지냈다.

489) 內女(내녀) : 궁내의 여인. 여기서는 춘추시대 노魯나라 공실公室 출신임을 말한다.

490) 値(치) : 만나다, 마주치다.

491) 少變(소변) : 약간의 변화를 겪다. 첫 월경을 경험하는 나이가 되는 것을 말한다.

492) 陽(양) : ≪백호통소증≫에 의하면 연자衍字이다.

493) 織紝(직임) : 실이나 천을 짜는 일. 즉 방직紡織을 뜻한다.

494) 笄(계) : 여자 나이 15세가 되어 시집갈 나이가 된 것을 이르는 말. 여자가 15세가 되면 비녀를 꽂는 계례笄禮를 치르는 데서 유래하였다.

495) 之婦(지부) : ≪백호통소증≫에 의하면 '부인婦人'의 오기이다.

496) 値字所以於仲春(치자소이어중춘) : ≪백호통소증≫에 의하면 '질가소이적어중質家所以積於仲'의 오기이다.

497) 値者親(치자친) : ≪백호통소증≫에 의하면 '질자친친質者親親'의 오기이다.

文子498)尊尊, 故499)於伯仲之時, 物尙値叔之時, 物失之章. 卽如是, 周有八士, 論語曰, "伯達·伯适·仲突·仲忽·叔夜·叔夏·季隨·季騧." 積於叔, 何? 蓋以兩兩俱生故也. 不積於伯季, 明其無二也. 文王十子, 詩傳曰, "伯邑考·武王發·周公旦·管叔鮮·蔡叔鐸500)·(曹叔振鐸501)·)成叔處502)·霍叔武·康叔封·南季載載503)." 所以或上其叔(季), 何也? 管·蔡·霍·成·康·南皆采也, 故上置叔(季)上. 伯邑叔震也504)以獨無乎? 蓋以爲大夫者不是采地也.

○사람이 자를 가지는 이유는 무엇일까? 덕을 드러내고 공을 밝혀 성인이 되었다는 것을 정중하게 표현하기 위해서이다. 그래서 ≪의례·사관례士冠禮≫권1에서도 "손님이 북쪽을 향한 채 공손히 서서 그의 자를 지어 '백모보'라고 말했다"고 하고, 또 "성인식인 관례를 마치고 자를 지어 주는 것은 그의 이름을 드높이기 위해서이다"라는 말이 있다. 나이 50세가 되어야 비로소 '백'(맏이)이나 '중'(둘째)이라고 칭하는 것은 50세에 천명을 알아 사려가 깊어지기 때문이다. 사계절과 장유의 질서를 따를 수 있기에 '백'이나 '중'으로 그를 호칭한다. ≪예기·단궁상檀弓上≫권7에 "어려서는 이름을 부르고, 약관을 나이가 되면 자를 부르며, 나이 50세가 되어서야 '백'이나 '중'이란 항렬로 칭한다"고 하였고, ≪논어·위정爲政≫권2에서는 "나이 50세가 되어서 천명을 알았다"고 하였다. 호칭을 부를 때 (백·중·숙·계의) 네 가지를 사용하는 이유는 무엇일까? 사계절이 힘을 발휘하는 선후의 순서를

498) 文子(문자): ≪백호통소증≫에 의하면 '문자文者'의 오기이다.
499) 故(고): 이하 세 구절에 대해 ≪백호통소증≫에서는 ≪공양전·성공成公10년≫ 권17의 주에 근거해 '고적우숙故積于叔'의 오기로 보았기에 이를 따른다.
500) 鐸(탁): 원전에 의하면 '도度'의 오기이다.
501) 曹叔振鐸(조숙진탁): 원전에 의하면 이 네 글자가 누락되었기에 첨기한다.
502) 處(처): 문헌에 따라 성숙成叔과 곽숙霍叔의 이름이 바뀐 경우도 있으나 어느 것이 맞는지 불분명하기에 여기서는 위의 예문을 따른다.
503) 載(재): 원전에 의하면 연자衍字이다.
504) 伯邑叔震也(백읍숙진야): ≪백호통소증≫에 의하면 '백읍고하伯邑考何'의 오기이다.

본받는 것이 어른·아이나 형·동생의 서열을 상징하기 때문이다. 그래서 계절을 응용해 장유유서의 호칭을 정해서 '백·중·숙·계'라고 하는 것이다. '백'은 어른이란 뜻으로 아들 중에서 가장 어른이라서 부친에게 무척 가깝다는 말이다. '중'은 가운데란 뜻이다. '숙'은 어리다는 뜻이다. '계'는 막내라는 뜻이다. 적자 가운데 장남을 '백'이라고 하는 것은 (춘추시대 노魯나라 주공周公의 아들인) 백금이 그러한 예이다. 서자 가운데 장남을 '맹'이라고 하는 것은 노나라 대부 맹씨가 그러한 예이다. 남녀는 맏이를 달리하기에 각자 '백'과 '중'이 있고, 음양을 본받기에 각자 끝과 시작이 있다. ≪공양전·은공隱公2년≫권2에서 "백희란 무슨 말일까? 노나라 궁실 여자에 대한 칭호이다"라고 하였다. 부녀자가 15세가 되면 '백'이나 '중'으로 칭하는 것은 어째서일까? 부녀자는 첫 월경을 경험할 때가 되면 음기의 이치상 조숙하게 되는데, 15세가 되면 방직에 관한 일을 잘 알아야 하고 사려가 깊어지기에 시집을 갈 수 있어 비녀를 꽂고 자를 받는다. 그래서 ≪예기·곡례상曲禮上≫권2에 "여자가 나이 15세가 되면 시집을 갈 수 있어 비녀를 꽂고 예법상 자를 받는다"고 하였다. 부녀자의 성에 자를 배합하는 것은 어째서일까? 성이 같은 여자를 아내로 맞이하지 않는다는 것을 밝히기 위해서이다. 그래서 ≪공양전·장공莊公25년≫권8에 "(노나라) 백희가 송나라로 시집갔다"고 하였다. '희'는 성이다. 실질을 중시하는 학파에서 '중'의 항렬을 늘리는 이유는 무엇일까? 실질을 중시하는 쪽에서는 친족과의 친분을 귀히 여겨 '중'의 항렬을 늘렸고, 문명을 중시하는 쪽에서는 존귀한 신분을 높이고자 하여 '숙'의 항렬을 늘렸을 것이다. 설사 이와 같다 하더라도 주나라 때는 여덟 명의 사士가 있어 ≪논어·미자微子≫권18에서 ('백'과 '계'의 항렬을 늘려) "백달·백괄·중돌·중홀·숙야·숙하·계수·계과"라고 한 경우도 있다. '숙'의 항렬을 늘리는 것은 어째서일까? 아마도 둘씩 함께 태어나기 때문일 것이다. '백'과 '계'의 항렬을 늘리지 않는 것은 맏이와 막내는 둘이 없다는 것을 밝히기 위해서이다. (주周나라) 문왕은 아들이 열 명이어서 ≪시경·대아大雅·사제思齊≫권23 의 주에 "백읍 희고姬考·무왕 희발姬發·주공 희단姬旦·관숙 희선姬鮮·채숙 희도姬度·조숙 희진탁姬振鐸·성숙 희처姬處· 곽숙 희무姬武·강숙 희봉姬封·남계 희재姬載"라고 하였다. 어 떤 경우 (지명을 항렬인) '숙'이나 '계'보다 앞에 두는 것은 어째 서일까? '관管' '채蔡' '곽霍' '성成' '강康' '남南' 모두 식읍이기 에 (지명을 항렬인) '숙'이나 '계'보다 앞에 두는 것이다. 그렇다 면 '백읍 희고'만은 어째서 그러한 호칭이 없는 것일까? 아마도 대부는 식읍을 받는 신분이 아니기 때문일 것이다.

◆天地(천지) 5항

◇하늘과 땅에 대한 해석

●天者, 何也? 天之爲言, 鎭也, 居高理下, 爲人鎭也. 地者, 易也, 言養505)萬物懷任, 交易變化也.

○'천'이란 무슨 말일까? '천'이란 말은 진압한다는 뜻으로 높은 곳에 위치하여 아래를 다스리면서 사람을 위해 진압한다는 말이다. '지'는 바꾼다는 뜻으로 만물을 잉태하고 번갈아 변화를 일으킨다는 말이다.

◇하늘과 땅의 시작에 대해 논하다

●始起之天506)始起先有太初, 後有太始, 形兆旣成, 名曰太素. 混沌相連, 視之不見, 聽之不聞, 然後剖判淸濁, 旣分, 精出曜布, 度物施生. 精者爲三光, 號者爲五行. (五507))行生情(性), 情(性)生汁中508), 汁中生神明, 神明生道德, 道德生文章. 故乾鑿度509)曰, "太初者, 氣之始也. 太始者, 形兆之始也. 太素者, 質之始也. 陽唱陰和, 男行女隨也."

○우주가 처음 시작될 때 먼저 '태초'가 생기고, 뒤에 '태시'가 생겼으며, 형태의 조짐이 드러나자 '태소'라고 이름 붙였다. 혼돈 상태가 계속되어 보아도 보이지 않고 들어도 들리지 않은 연후

---

505) 養(양) : 문맥상으로 볼 때 연자衍字인 듯하다. ≪백호통소증≫에서도 이 글자를 삭제하였다.

506) 始起之天(시기지천) : ≪백호통소증≫에 의하면 연자衍字이다.

507) 五(오) : ≪백호통소증≫에 의하면 이 글자가 누락되었기에 첨기한다. 아래 괄호 안의 글자도 마찬가지이다.

508) 汁中(협중) : 중용의 도리를 이르는 말. '汁'은 '協'과 통용자. 명나라 손곡孫瑴의 ≪고미서古微書≫권24에 수록된 ≪시추도재詩推度災≫에는 '斗中'으로 되어 있으나 의미가 불분명하기에 위의 예문을 따른다.

509) 乾鑿度(건착도) : ≪역경≫의 위서緯書 8종 가운데 하나인 저자 미상의 ≪주역건착도周易乾鑿度≫의 약칭. 구본舊本에서는 후한 정현鄭玄(127-200)이 주를 달았다고 하였다. 총 2권. ≪사고전서간명목록·경부·역류易類≫권1 참조.

에 청탁이 나뉘었는데, 나뉘고 나서는 정기가 등장하고 빛이 퍼져 생물이 태어났다. 정기는 해·달·별을 가리키고, 호칭으로 불리면 오행이라고 한다. 오행이 성정을 낳고, 성정이 협중을 낳고, 협중이 신명을 낳고, 신명이 도덕을 낳고, 도덕이 문장을 낳았다. 그래서 ≪건착도≫권상에 "'태초'란 기운의 시작이다. '태시'란 형태의 조짐이 나타나기 시작한 시초이다. '태소'란 물질의 시초이다. 그래서 양기가 소리내면 음기가 화답하고, 남성이 움직이면 여성은 뒤를 따른다"고 하였다.

◇하늘과 땅의 운행 궤도에 대해 논하다

● 天道所以左旋, 地道右周, 何? 以爲天地動而不別, 行而不離. 所以在510)旋右周者, 猶君臣陰陽相對之義.

○ 하늘의 궤도는 왼쪽(동쪽)으로 도는데, 땅의 궤도는 오른쪽(서쪽)으로 도는 이유는 무엇일까? 하늘과 땅은 움직임에 있어서 달리하지 않고 운행할 때 분리되지 않는다. 따라서 왼쪽으로 돌고 오른쪽으로 도는 것도 마치 군주와 신하가 음과 양의 관계처럼 서로 짝을 이루는 의미를 지니는 것과 같다.

◇하늘과 땅은 총칭이 없다

● 男女摠名爲人, 天地所以無摠名, 何? 曰, "天圓地方不相類, 故無總名也."

○ 남자와 여자는 총칭하여 사람이라고 하는데, 하늘과 땅에 총칭이 없는 이유는 무엇일까? "하늘은 둥글고 땅은 네모져 서로 닮지 않았기에 총칭이 없다"고 말한다.

---

510) 在(재) : 문맥상으로 볼 때 '좌左'의 오기이다. ≪백호통소증≫에서도 '좌'로 표기하였다.

◇하늘이 땅보다 더 부지런하다

●君舒臣疾, 卑者宜勞, 天所以反常行, 何? 以爲陽不動, 無以行其敎, 陰不靜, 無以成其化. 雖終日乾乾511), 亦不離其處也. 故易曰, "終日乾乾," 反覆道也.

○군주가 느긋하게 행동해도 신하가 신속하게 행동하는 것은 신분이 낮은 사람은 의당 부지런해야 하기 때문인데, 하늘은 오히려 항상 움직여야 하는 것은 어째서일까? 양기(하늘)는 움직이지 않으면 교화를 베풀 수 없고, 음기(땅)는 조용히 있지 않으면 교화를 완성할 수 없기 때문이다. (하늘은) 비록 종일토록 부지런히 움직이면서도 자기 위치를 벗어나지 않는다. 그래서 ≪역경·건괘乾卦≫권1에 "(군자는) 종일토록 부지런히 움직인다"고 한 것도 도리를 계속 실천한다는 뜻이다.

---

511) 乾乾(건건) : 부지런히 움직이는 모양, 쉬지 않고 힘쓰는 모양.

◆日月(일월) 6항

◇해와 달은 오른쪽으로 운행하다

●天左旋, 日月五星512)右行, 何? 日月五星, 比天爲陰, 故右行. 右行者, 猶臣對君也. 含文嘉513)曰, "計日月右行也." 刑德放514), "日月東行而515)."

○하늘이 왼쪽(동쪽)으로 돌고 해·달·오성이 오른쪽(서쪽)으로 운행하는 것은 어째서일까? 해·달·오성은 하늘에 비하면 음기에 해당하기에 오른쪽으로 운행한다. 오른쪽으로 운행한다는 것은 마치 신하가 군주를 대하는 것과 같다. 그래서 ≪함문가≫에서도 "해와 달이 오른쪽으로 운행하는 것을 계산한다"고 하였고, ≪형덕방≫에서도 "해와 달은 동쪽에서 움직인다"고 하였다.

◇해와 달의 운행에 대해 논하다

●日行遲, 月行疾, 何? 君舒臣勞也. 日日行一度, 月日行十三度十九分度之七. 感精符516)曰, "三綱517)之義, 日爲君, 月爲臣也." 日月所以懸晝夜者, 何? 助天行化, 照明下地. 故易曰, "懸象著明, 莫大乎日月."

---

512) 五星(오성) : 동방세성東方歲星인 목성木星, 남방형혹南方熒惑인 화성火星, 중앙진성中央鎭星인 토성土星, 서방태백西方太白인 금성金星, 북방신성北方辰星인 수성水星의 다섯 별을 아우르는 말. '오위五緯'라고도 한다.

513) 含文嘉(함문가) : ≪예기≫에 관한 저자 미상의 위서緯書 가운데 하나인 ≪예위함문가禮緯含文嘉≫의 약칭. 지금은 3권본으로 속수사고전서續修四庫全書에 전한다.

514) 刑德放(형덕방) : ≪서경≫에 관한 저자 미상의 위서緯書 가운데 하나. 명나라 손곡孫殼의 ≪고미서古微書≫권1 참조.

515) 而(이) : ≪백호통소증≫에 의하면 연자衍字이다.

516) 感精符(감정부) : ≪춘추경≫에 관한 저자 미상의 위서緯書 가운데 하나인 ≪춘추감정부春秋感精符≫의 약칭. 명나라 손곡孫殼의 ≪고미서古微書≫권10와 도종의陶宗儀(1316-약 1396)의 ≪설부說郛≫권5상에 잔권殘卷이 전한다. 서명에 대해 손곡은 정신적 감응에서 비롯되는 재앙과 길조에 대한 해설서로 풀이하였다.

517) 三綱(삼강) : 군신君臣·부자父子·부부夫婦 사이의 도리를 이르는 말.

○해가 느리게 운행하고 달이 빠르게 운행하는 것은 어째서일까? 군주는 느긋하고 신하는 부지런하기 때문이다. 해는 하루에 1도 운행하는 반면, 달은 하루에 13과 19분의 7도를 운행한다. ≪감정부≫에 "삼강의 도의상 해는 군주이고 달은 신하이다"라고 하였다. 해와 달이 낮과 밤에 하늘에 걸리는 이유는 무엇일까? 하늘을 도와 교화를 실행하면서 밝은 빛을 대지에 뿌리기 위해서이다. 그래서 ≪역경·계사상≫권11에 "하늘에 걸린 천상 가운데 밝은 것으로 해와 달보다 더 큰 것은 없다"고 하였다.

◇**해와 달과 별의 의미에 대해 논하다**

● 日之爲言, 實也, 常滿有節. 月之爲言, 闕也, 有滿有闕也. 所以有缺, 何? 歸功於日也. (三日成魄[518],) 八日成光, 二八十六日轉而歸功晦[519], 至朔旦[520], 受符復行. 故援神契[521]曰, "月三日成魄也." 所以名之爲星, 何? 星者, 精也. 據日節言也. 一日一夜, 適行一度, 一日夜爲一日, 剩復分天爲三十六度, 周天三百六十五度四分度之一. 日月徑千里也.

○'일日'이란 말은 가득하다는 뜻으로 항상 꽉 차게 둥근 모양을 하면서 절도가 있다는 말이다. '월月'이란 말은 부족하다는 뜻으로 가득 찰 때도 있고 이지러질 때도 있다는 말이다. 이지러지는 일이 생기는 것은 어째서일까? 해에게 공을 돌리기 위해서이다. 달은 사흘이 되면 초승달이 되고, 8일이 되면 빛을 발하는 반달이 되었다가 2 곱하기 8인 16일이 지나면 다시 그믐달로 돌아가려고 하며, 매달 초하루가 되면 부신을 받고서 다시 운행을 시작

---

518) 魄(백) : 달이 월초에 희미한 빛을 발하기 시작하는 상태를 이르는 말.

519) 晦(회) : 한 달의 마지막인 그믐날이나 그믐달을 이르는 말.

520) 朔旦(삭단) : 음력 초하루를 이르는 말.

521) 援神契(원신계) : ≪효경≫에 관한 저자 미상의 위서緯書인 ≪효경원신계孝經援神契≫의 약칭. 지금은 명나라 손곡孫瑴의 ≪고미서古微書≫권27에 잔문殘文이 전한다.

한다. 그래서 ≪원신계≫에서도 "달은 사흘이 되면 초승달이 된다"고 하였다. 별을 이름하여 '성星'이라고 하는 이유는 무엇일까? '성'은 정령을 뜻하는데, 해의 마디라는 의미에 근거해서 하는 말이다. 하루 낮과 하루 밤에 딱 1도를 운행하기에 한 번의 낮과 밤이 하루가 되는데, 나머지 다시 하늘을 나누면 36도가 되고 천체를 일주하면 365와 4분의 1도가 된다. 해와 달은 직경이 모두 1,000리이다.

◇낮과 밤의 장단에 대해 논하다

●所以必有晝夜, 何? 備陰陽也. 日照晝, 月照夜. 日所以有長短, 何? 陰陽更相用事也. 故夏節晝長, 冬節夜長. 夏日宿在東井522), 出寅入戌. 冬日宿在牽牛, 出辰入申.

○반드시 낮과 밤이 있는 이유는 무엇일까? 음과 양을 갖추기 위해서이다. 해는 낮에 빛나고, 달은 밤에 빛난다. 해의 길이에 장단이 있는 이유는 무엇일까? 음기와 양기가 번갈아 가며 힘을 발휘하기 때문이다. 그래서 여름철에는 낮이 길고, 겨울철에는 밤이 길다. 여름에 해는 (남방 하늘의) 동정수에서 묵었다가 인(북동쪽)의 방위에서 나와 술(북서쪽)의 방위로 들어간다. 겨울에 해는 (북방 하늘의) 견우성에서 묵었다가 진(남동쪽)의 방위에서 나와 신(남서쪽)의 방위로 들어간다.

◇큰 달과 작은 달이 있다

●月大小523), 何? 天道左旋, 日月東行. 日日行一度, 月日行十三度.

---

522) 東井(동정) : 이십팔수二十八宿 가운데 남방 주작朱雀 7수 중 첫 번째 별자리 이름. '정수井宿'라고도 한다. 남방은 오행상五行上 '화火'에 해당하고, 한나라는 화덕火德을 기반으로 건국하였므로, 고조高祖 유방劉邦(B.C.247-B.C.195)이 황제에 오르는 것을 상징한다.

523) 大小(대소) : 큰 달인 대월大月과 작은 달인 소월小月을 아우르는 말. 30일인 달을 '대월'이라고 하고, 29일인 달을 '소월'이라고 한다.

月及日爲一月, 至二十九日, 未及七度, 卽三十日者, 過行七度, 日不可分. 故月乍大小, 明有陰陽. 故春秋曰, "九月庚戌朔, 日有食之." "十月庚辰朔, 日有食之." 此三十日也. 又曰, "七月甲子朔, 日有食之." "八月癸巳朔, 日有食之." 此二十九日也.

○한 달에 큰 달(30일)이 있고 작은 달(29일)이 있는 것은 어째서일까? 천체의 궤도가 왼쪽(동쪽)으로 도는데, 해는 하루에 1도씩 운행하고 달은 하루에 13도씩 운행하기 때문이다. 달이 해와 만나면 한 달이 되는데, 29일에 이르면 채 7도에 미치지 않는다. 만약 30일이 되어 7도를 지나쳐서 운행하면 날을 나눌 수 없다. 그래서 한 달에 큰 달이 있고 작은 달이 있는 것은 음기와 양기가 있다는 것을 밝히기 위해서이다. 따라서 ≪공양전·양공襄公21년≫권20에 "9월 경술일 초하루에 해가 달에게 먹히는 일식이 일어났다"고 하고, "10월 경진일 초하루에 해가 달에게 먹히는 일식이 일어났다"고 하였는데, 이는 30일인 큰 달을 가리킨다. 또 ≪공양전·양공24년≫권20에 "7월 갑자일 초하루에 해가 달에게 먹히는 일식이 일어났다"고 하고, "8월 계사일 초하루에 해가 달에게 먹히는 일식이 일어났다"고 하였는데, 이는 29일인 작은 달을 가리킨다.

◇윤달에 대해 논하다

●月有閏餘[524], 何? 周天三百六十五日[525]度四分度之一, 歲十二月, 日過十二度. 故三年一閏, 五年再閏, 明陰不足, 陽有餘也. 故讖[526]曰, "閏者陽之餘."

○달에 윤달이 있는 것은 어째서일까? 천체가 일주하면 365와 4분

---

524) 閏餘(윤여) : 남는 날. 즉 윤달을 가리킨다. '윤윤閏'도 '여餘'의 뜻.
525) 日(일) : ≪백호통소증≫에 의하면 연자衍字이다.
526) 讖(참) : ≪춘추경≫과 관련한 참위설讖緯說을 담은 저자 미상의 서책 이름인 ≪춘추참春秋讖≫의 약칭. 오래 전에 실전되고 단문이 당나라 구양순歐陽詢(557-641)의 ≪예문류취藝文類聚≫ 등에 인용되어 전한다.

의 1도를 운행하는데, 1년이 12월이고 해가 12도를 지나기 때문이다. 그래서 3년에 한 번 윤달을 두고 5년에 다시 한 번 윤달을 두는 것은 음기가 부족하고 양기가 넘친다는 것을 밝히기 위해서이다.

◆四時(사계절) 4항

◇한 해에 대해 논하다

● 所以名爲歲, 何? 歲者, 遂也. 三百六十六日一周天, 萬物畢死, 故爲一歲也. 尙書曰, "朞[527], 三百有六旬有六日, 以閏月定四時, 成歲."

○1년을 이름하여 '세歲'라고 하는 이유는 무엇일까? '세'는 완수한다는 뜻이다. 366일 동안 천체가 일주하면 만물이 다 죽기에 1년이 된다. ≪서경・우서虞書・요전堯典≫권1에 "1년은 366일인데 윤달로 사계절을 정하여 한 해를 완성한다"고 하였다.

◇사계절에 대해 논하다

● (歲時何謂[528]?) 春・夏・秋・冬. 時者, 朞也, 陰陽消息之朞也. 四時天異名, 何? 天尊, 各據其盛者爲名也. 春秋物變盛, 冬夏氣變盛. 春曰蒼天, 夏曰昊天, 秋曰旻天, 冬爲上天. 爾雅曰, "一說, 春爲蒼天," 等是也. 四時不隨正朔變, 何? 以爲四時據物爲名, 春當生, 冬當終, 皆以正爲時也.

○'세시'란 무엇을 말하는 것일까? 봄・여름・가을・겨울을 가리킨다. '시時'는 돐을 뜻하는 말로 음기와 양기가 사라지는 1년을 말한다. 사계절의 하늘에 대해 이름을 달리하는 것은 어째서일까? 하늘은 존귀한 존재이기에 각기 그 전성기를 가지고 이름을 짓는다. 봄과 가을은 만물이 성숙하게 변하는 시기이고, 겨울과 여름은 기운이 왕성하게 변하는 시기이다. 봄은 '창천'이라고 하고, 여름은 '호천'이라고 하고, 가을은 '민천'이라고 하고, 겨울은 '상천'이라고 한다. ≪이아・석천釋天≫권5에 "일설에 의하면 봄을 '창천'이라고 한다"고 한 것도 이와 같다. 사계절이 역법을 따라

---

527) 朞(기) : 돐, 1년. '기期'로도 쓴다.
528) 歲時何謂(세시하위) : ≪백호통소증≫에 의하면 이 구절이 누락되었기에 첨기한다.

변하지 않는 것은 어째서일까? 사계절은 사물에 근거해 이름을
지은 것이기 때문이다. 봄은 태어나는 때이고 겨울은 끝맺는 때
로서 모두 규범에 따라 계절로 정한 것이다.

◇시대에 따라 연도의 표기를 달리하다

●或言歲, 或言載, 或言年, 何? 言歲者, 以紀氣物, 帝王[529]共之, 據
日爲歲. 春秋曰, "元年正月," "十有二月朔." 有朔者[530]晦, 知據月
斷爲言[531]年. 載之言, 成也, 載成萬物終始言之也. 二帝[532]爲載,
三王言年, 皆謂闚覦[533]. 故尙書曰, "三載, 四海[534]遏密[535]八
音[536]," 謂二帝也. 又曰, "諒陰[537]三年," 謂三王也. 春秋傳曰,
"三年之喪, 其實二十五月," 知闚覦.

○1년을 '세歲'라고도 하고, '재載'라고도 하고, '연年'이라고도 하
는 것은 어째서일까? '세'라고 하는 것은 기후와 곡물을 기재하
기 위한 것으로 오제五帝와 삼왕三王이 이를 공용하면서 날짜에
근거해 '세'라고 하였다. ≪춘추경≫에 "원년 정월"이라고도 하

---

529) 帝王(제왕) : 오제五帝와 삼왕三王을 아우르는 말. '오제'는 황제黃帝·전욱顓頊
·제곡帝嚳·요堯·순舜을 가리키고, '삼왕'은 하夏나라 우왕禹王·상商나라 탕
왕湯王·주周나라 무왕武王을 가리킨다.
530) 者(자) : ≪백호통소증≫에 의하면 '有有'의 오기이다.
531) 言(언) : ≪백호통소증≫에 의하면 연자衍字이다.
532) 二帝(이제) : 오제五帝 가운데 마지막 임금인 당唐나라 요왕堯王과 우虞나라 순
왕舜王을 아우르는 말.
533) 闚覦(규유) : 기회를 엿보아 도모하다. '闚覦'는 '闚覬'로도 쓴다. 이에 대해 ≪백
호통소증≫에서는 잘못 쓴 문자로 보았으나 실체는 미상.
534) 四海(사해) : 천하를 이르는 말. 고대 중국인들이 사방이 바다였다고 생각한 데
서 비롯되었다. 옛날에는 온세상을 '천하天下'·'해내海內'·'사해四海'·'육합六合'
·'구주九州'·'신주神州'·'우주宇宙' 등 다양한 어휘로 표현하였다.
535) 遏密(알밀) : 음악을 멈추다. 제왕이 죽었을 때 음악 연주를 중지하는 것을 말한
다. '밀密'은 '조용할 밀謐'과 통용자.
536) 八音(팔음) : 쇠(金)·돌(石)·실(絲)·대(竹)·박(匏)·흙(土)·가죽(革)·나무(木)
의 여덟 가지 재료로 만든 악기인 종鐘·경磬·현絃·관管·생笙·훈壎·고鼓
·축어祝敔를 아우르는 말. 음악에 대한 범칭으로도 쓴다.
537) 諒陰(양음) : 천자가 상례를 치를 때 머무는 장소를 이르는 말. '양암諒闇'이라
고도 한다. 여기서는 결국 상례를 치르는 것을 말한다.

고, "12월 초하루"라고도 하였는데, 초하루가 있고 그믐날이 있기에 달의 단위에 근거해 '연'이라고 한 것이다. '재'라는 말은 완성한다는 뜻으로 만물의 시작과 끝을 완성한다는 의미로 그렇게 말하는 것이다. (당唐나라) 요왕堯王과 (우虞나라) 순왕舜王이 '재'를 사용하고, (하夏나라) 우왕禹王·(상商나라) 탕왕湯王·(주周나라) 무왕武王이 '연'이라고 한 것은 모두 기회를 엿보아 도모한다는 말이다. 따라서 ≪서경·우서虞書·순전舜典≫권2에서 "3재(년) 동안 온세상이 음악을 연주하지 않았다"고 한 것은 요왕과 순왕 때를 말한다. 또 "3년 동안 상례를 치렀다"고 한 것은 우왕·탕왕·무왕 때를 말한다. ≪공양전·민공閔公2년≫권9에 "3년상은 그 실제 기간이 25개월이다"라고 한 것으로 보아 기회를 엿보아 도모하였다는 것을 알 수 있다.

◇아침·저녁과 초하루·그믐날에 대해 논하다

●日言夜, 月言晦, 月言朔, 日言朝, 何? 朔之言, 蘇也, 明消更生, 故言朔. 日晝見夜藏, 有朝夕, 故言朝也.

○하루 중에 밤을 말하고 한 달 중에 그믐날을 말하며, 한 달 중에 초하루를 말하고 하루 중에 아침을 말하는 것은 어째서일까? '삭朔'이란 말은 소생한다는 뜻으로 소멸하였다가 다시 태어나는 것을 밝히는 것이다. 그래서 '삭'이라고 한다. 해가 낮에는 나타났다가 밤에 숨어 아침과 저녁이 있기에 '조'라고 한다.

◆衣裳(의상) 4항

◇상의와 하의에 대해 논하다

●聖人所以制衣服, 何? 以爲絺綌[538]蔽形, 表德勸善, 別尊卑也. 所以名爲裳, 何? 衣者, 隱也. 裳者, 鄣也. 所以隱形, 自鄣閉也. 易曰, "黃帝·堯·舜垂衣裳, 而天下治." 何以知上爲衣, 下爲裳? 以其先言衣也. 詩曰, "褰裳涉溱," 所以合爲衣[539]也. 弟子職[540]言, "摳衣而降也." 名爲衣, 何? 上兼下也.

○성인이 의복을 만든 이유는 무엇일까? 칡베로 몸을 가려서 덕행을 표창하고 선행을 권면하며 존비를 구별하기 위해서이다. (상의를 '의衣'라고 하고) 하의를 '상裳'이라고 하는 이유는 무엇일까? '의'는 감춘다는 뜻이고, '상'은 가린다는 뜻이다. 몸을 가려서 스스로 수치스러움을 감추기 위한 것이다. ≪역경·계사하繫辭下≫권12에 "황제·요왕·순왕은 옷을 드리운 채 아무것도 하지 않았어도 천하가 잘 다스려졌다"고 하였다. 상의가 '의'이고 하의가 '상'이라는 것을 어떻게 알 수 있을까? '의'를 먼저 말하기 때문이다. ≪시경·정풍鄭風·건상褰裳≫권7에 "치마를 걷어올리고서 진수를 건너네"라고 한 것이 하의와 합치하는 연유이다. 그러나 ≪관자管子·제자직≫권19의 "옷을 걷어올리고 내려가다"라는 말에서 (하의를) '의'라고 한 것은 어째서일까? 상의가 하의와 합쳐져 있기 때문이다.

---

538) 絺綌(치치) : ≪백호통소증≫에 의하면 칡베를 뜻하는 말인 '치격絺綌'의 오기이다.

539) 衣(의) : ≪백호통소증≫에 의하면 '하下'의 오기이다.

540) 弟子職(제자직) : 춘추시대 제齊나라 관중管仲이 지었다고 전하는 책 이름. 총 1편. ≪한서·예문지≫권30 참조. 지금은 ≪관자管子·잡편雜篇≫에 수록되어 전한다.

◇갖옷에 대해 논하다

●(裘541), 所以佐女功助溫也. 古者緇衣542)羔裘, 黃衣狐裘.) 獨以羔
裘543), 何? 取輕煖, 因狐死首丘, 明君子不忘本也. 羔者, 取跪乳遜
順也. 故天子狐白, 諸侯狐黃, 大夫蒼, 士羔裘, 亦因別尊卑也.

○갖옷은 여자의 솜씨 덕에 체온을 보호하기 위한 것이다. 옛날에
는 검은 비단옷에는 양 갖옷을 갖춰 입고, 노란 비단옷에는 여우
갖옷을 갖춰 입었다. 유독 양이나 여우의 가죽을 이용하는 것은
어째서일까? 가볍고 따듯한 것을 선호하는 것은 여우가 죽으면
서 자신의 굴을 향해 머리를 두는 것을 따른 것인데, 이는 군자
가 근본을 잊지 않는 정신을 밝히기 위해서이다. 새끼양의 가죽
을 재료로 쓰는 것은 젖을 먹기 위해 발을 굽혀 공손한 태도를
보인다는 뜻을 취한 것이다. 따라서 천자의 여우 갖옷이 백색이
고, 제후의 여우 갖옷이 황색이고, 대부의 여우 갖옷이 청색이고,
사가 양 갖옷을 착용하는 것도 존비를 구별하기 위해서이다.

◇허리띠에 대해 논하다

●所以必有紳帶544), 示謹敬自約整. 績繒545)爲結於前, 垂三分身
半546), 紳居二焉. 以有鑿涉547)者, 示有事也.

○반드시 허리띠를 갖추는 이유는 삼가는 태도로 자신을 제약한다
는 뜻을 보이기 위해서이다. 비단을 앞에서 묶고 3푼 어치 가량
을 허리띠 아래로 드리우되 띠를 두 갈래로 나눈다. 가죽 허리띠
를 차는 것은 할 일이 있다는 것을 보이기 위해서이다.

---

541) 裘(구) : ≪백호통소증≫에 의하면 이하 네 구절이 누락되었기에 첨기한다.
542) 緇衣(치의) : 검은 색 비단으로 만든 옷을 이르는 말.
543) 羔裘(고구) : ≪백호통소증≫에 의하면 '고호羔狐'나 '호고狐羔'의 오기이다.
544) 紳帶(신대) : 사대부가 허리에 두르는 띠를 이르는 말.
545) 績繒(궤증) : 무늬가 있는 비단을 이르는 말.
546) 身半(신반) : ≪백호통소증≫에서는 '대하帶下'의 오기로 보았는데 이를 따른다.
547) 鑿涉(반섭) : ≪백호통소증≫에 의하면 가죽으로 만든 허리띠를 뜻하는 말인 '반
대鑿帶'의 오기이다.

◇패옥에 대해 논하다

●其所以必有佩者, (表德見所能也.) 論語曰, "去喪, 無所不佩." 天子佩白玉, 諸侯佩玄玉, 大夫佩水蒼玉548), 士佩瓀珉石549). 佩卽象其事, 若農夫佩其耒耜, 工匠佩其斧斤, 婦人佩其鍼鏤550). 何以知婦人亦佩玉? 詩云, "將翱551)將翔, 佩玉將將552). 彼美孟姜553), 德音不忘."

○반드시 패옥을 차는 이유는 덕을 드러내고 능력을 보이기 위해서이다. ≪논어·향당鄕黨≫권10에 "상례를 마쳐 상복을 벗고 나면 허리에 차지 못 할 게 없다"고 하였다. 천자는 하얀 옥을 차고, 제후는 검은 옥을 차고, 대부는 수창옥을 차고, 사는 (옥처럼 생긴 돌인) 연민석을 찬다. 패옥은 곧 그와 관련한 사안을 상징하는데, 이를테면 농부가 쟁기와 보습을 지니고 다니고, 기술자가 도끼를 차고 다니고, 부녀자가 바늘과 실을 차고 다니는 것이 그러한 예이다. 부녀자도 옥을 찬다는 것을 어떻게 알 수 있을까? ≪시경·정풍鄭風·유녀동거有女同車≫권7에 "이리저리 걷느라 패옥 소리 아름답게 울려퍼지는데, 저 아름다운 맹강의 덕행을 잊을 수 없어라"는 구절이 있다.

---

548) 水蒼玉(수창옥): 고대 관리들이 몸에 장식하던 푸른 물빛의 옥을 이르는 말.
549) 瓀珉石(연민석): 옥처럼 생긴 아름다운 돌을 이르는 말.
550) 鍼鏤(침루): ≪백호통소증≫에 의하면 바늘과 실을 뜻하는 말인 '침루鍼縷'의 오기이다.
551) 翱(고): 날아오르다. 여기서는 뒤의 '상翔'과 함께 빨리 걷는 모양을 비유한다.
552) 將將(장장): 쇠나 옥이 부딪히는 소리를 형용하는 말. '장장鏘鏘'으로도 쓴다.
553) 孟姜(맹강): 강씨 집안의 맏딸을 이르는 말.

◆五刑(오형) 2항

◇오형의 종류에 대해 논하다

●聖人治天下, 必有刑罰, 何? 所以佐德助治, 順天之度也. 故懸罰[554] 賞者, 示有勸也. 設刑罰者, 明有所懼也. 刑所以五, 何? 法五行也. 科條三千者, 應天地人情也. 五刑[555]之屬三千, 大辟之屬二百, 宮辟 之屬三百, 腓辟[556]之屬五百, 劓・墨[557]辟之屬各千. 張布羅衆, 非 五刑不見. 劓・墨, 何其下刑者也? (墨者[558], 墨其額也. 劓者, 劓 其鼻也.) 腓者, (脫)其臏. 宮者, 女子淫, 執置宮中, 不得出也, 丈夫 淫, 割去其勢也. 大辟者, 謂死也.

○성인이 천하를 다스릴 때 반드시 형벌을 활용하는 것은 어째서 일까? 덕치를 도와 하늘의 법도를 따르기 위해서이다. 따라서 작 위나 상금을 거는 것은 권장할 일이 있다는 것을 보이기 위해서 이고, 형벌을 제정하는 것은 두려워할 일이 있다는 것을 밝히기 위해서이다. 형벌을 다섯 가지로 정하는 이유는 무엇일까? 오행 을 본받아서이다. 법조문이 3천 가지인 것은 하늘·땅·사람의 성정에 호응해서이다. 오형에 처하는 죄의 종류는 3천 가지인데, 그중 사형에 속하는 것이 2백 가지이고, 궁형에 속하는 것이 3 백 가지이고, 비형에 속하는 것이 5백 가지이고, 의형과 묵형에 속하는 것이 각기 천 가지이다. 실행하는 형벌의 종류는 무척 많

---

554) 罰(벌) : ≪백호통소증≫에 의하면 '爵'의 오기이다.

555) 五刑(오형) : 중국 고대의 다섯 가지 형벌. 즉 이마에 낙인을 찍는 묵형墨刑·코 를 베는 의형劓刑·거세하는 궁형宮刑·발목을 자르는 비형剕刑(월형刖刑)·사 형에 처하는 대벽형大辟刑을 아우르는 말. 비인도적인 점 때문에 뒤에는 유배형 ·징역형·장형杖刑·태형笞刑으로 대체되었다.

556) 腓辟(비벽) : 발목을 자르는 형벌을 이르는 말. '비腓'는 '비剕'로도 쓰고, '벽辟' 은 '법法' '형刑'의 뜻.

557) 劓墨(의묵) : 코를 베는 형벌인 의형劓刑과 이마에 낙인을 찍는 형벌인 묵형墨 刑을 아우르는 말.

558) 墨者(묵자) : ≪백호통소증≫에 의하면 이하 네 구절이 누락되었기에 첨기한다. 뒤의 괄호 안의 문자도 마찬가지이다.

은 듯하지만 오형이 아니면 실시하지 않는다. 의형과 묵형이 어째서 그중 하급의 형벌일까? '묵'은 이마에 먹물로 낙인을 찍는 것이다. '의'는 코를 자르는 것이다. '비'는 정강이를 잘라내는 것이다. '궁'은 여자가 음탕한 짓을 하면 잡아다가 궁중에 가두어 외출할 수 없게 하는 것이고, 남자가 음탕한 짓을 하면 그의 성기를 잘라내는 것이다. '대벽'은 사형을 말한다.

◇형벌을 대부에게는 실시하지 않다

● 刑不上大夫, 何? 尊大夫. 禮不下庶人, 欲勉民使至於士. 故禮爲有知制, 刑爲無知設也. 庶人雖有千金559)之幣, 不得服. 刑不上大夫者, 據禮無大夫刑. 或曰, "撻笞之刑也." 禮不及庶人者, 謂酬酢560)之禮也.

○형벌을 대부에게 실시하지 않는 것은 어째서일까? 대부를 존중하기 때문이다. 예법을 서민에게 적용하지 않는 것은 백성들을 권면하여 사의 신분까지 오르게 하기 위해서이다. 그래서 예법은 지각이 있는 자들을 위해 제정하는 것이고, 형벌은 지각이 없는 자들 때문에 제정하는 것이다. 서민이 비록 아무리 돈이 많다 하더라도 그에게 복종할 수는 없다. 형벌을 대부에게 실시하지 않는 것은 예법상 대부에게 실시하는 형벌이 없기 때문이다. 혹자는 "매질하는 형벌은 있다"고도 한다. 예법을 서민에게 적용하지 않는다는 것은 술잔을 주고받으며 교유할 때의 예법을 말한다.

---

559) 千金(천금) : 금 천 근斤. '금金'은 '근斤'이나 '일鎰'과 같은 말이고, '천금'은 실수實數라기보다는 많은 양의 금이나 거액을 강조하기 위한 표현이다.

560) 酬酢(수초) : 술잔을 주고받다. 즉 사대부들이 교유할 때의 예법을 말한다.

◆五經(오경) 7항

◇공자가 오경을 정리한 연유에 대해 논하다

●孔子所以定五經561)者, 何? 以爲孔子居周之末世, 王道凌遲562), 禮義廢壞, 强陵弱, 衆暴寡, 天子不敢誅, 方伯不敢伐, 閔道德之不行. 故周流應聘, 冀行其聖德. 自衛反魯, 自知不用, 故追定五經, 以行其道. 故孔子曰563), "書曰564), '孝乎惟孝565), 友于兄弟, 施於有政,' 是亦爲政也." 孔子未定五經, 如何? 周衰道失, 綱散紀亂, 五敎566)廢壞. 故五常之經, 咸失其所, 象易失理, 則陰陽萬物, 失其性而乖, 設法謗567)之言, 竝作書三千篇, 作詩三百篇, 而歌謠怨誹也.

○(춘추시대 노魯나라) 공자가 오경을 정리한 것은 어째서일까? 생각해 보건대 공자는 주나라 말엽에 생존하면서 왕도가 쇠퇴하고 예의가 폐기되어 강자가 약자를 능멸하고 다수가 소수를 핍박하는데도 천자가 감히 징벌하지 않고 방백이 감히 정벌하지 않는 바람에 도덕이 실행되지 않는 것을 안타깝게 여겼다. 그래서 여러 곳을 떠돌며 초빙에 응하면서 도덕이 행해지기를 소망하였다. 위나라로부터 노나라로 돌아갔으나 자신이 기용되지 않으리란 것을 알았기에 오경을 정리하여 도를 실천하고자 하였다. 그래서 공자는 "≪서경≫에 '부모에게 효도하고 형제들과 우애롭게 지내면서 이를 정치로 펼쳐야 한다'고 하였는데, 이 또한 정치라 할

---

561) 五經(오경) : ≪역경易經≫ ≪서경書經≫ ≪시경詩經≫ ≪예기禮記≫ ≪춘추경春秋經≫을 아우르는 말.
562) 凌遲(능지) : 쇠약해지다, 쇠퇴하다.
563) 曰(왈) : 공자의 이 말은 ≪논어·위정爲政≫권2에 전한다.
564) 曰(왈) : 이는 ≪고문서경古文書經≫에 실려 있던 것으로 지금은 실전되었다.
565) 惟孝(유효) : 효도를 받을 유일한 대상인 부모를 가리킨다.
566) 五敎(오교) : 다섯 가지 교화. 부자父子·군신君臣·부부夫婦·장유長幼·붕우朋友, 또는 부·모·형·제·자子에 관한 일. '오상五常' '오전五典' '오품五品'이라고도 한다.
567) 法謗(법방) : ≪백호통소증≫에서는 '비방誹謗'의 오기로 추정하였는데 이를 따른다.

수 있을 것이다"라고 하였다. 공자가 오경을 정리하기 전에는 어떠했을까? 주나라가 쇠퇴하여 도가 사라지는 바람에 기강이 문란해지고 모든 교화가 폐기되었다. 그래서 다섯 가지 덕목을 담은 경전이 모두 제자리를 잃고 ≪역경≫에 대한 해석이 이치를 잃는 바람에 음양과 만물이 그 본질을 잃어 어그러지고 비방하는 말이 난무하였기에, ≪서경≫ 3천 편을 만들고 ≪시경≫ 3백 편을 만들었지만 노래에는 원망과 비방만이 넘쳐났다.

◇≪효경≫과 ≪논어≫를 지은 것에 대해 논하다

● 已作春秋, 後作孝經, 何? 欲專制正. 於孝經, 何? 夫孝者, 自天子下至庶人, 上下通孝經者. 夫制作禮樂, 仁之本, 聖人道德已備, 弟子所以復記論語, 何? 見夫子遭事異變, 出之號令失[568]法.

○ 이미 ≪춘추경≫을 지었는데 뒤에 또 ≪효경≫을 지은 것은 어째서일까? 오로지 바른 도리를 세우기 위해서이다. ≪효경≫에만 신경을 쓴 것은 어째서일까? 무릇 효도는 천자로부터 아래로 서민에 이르기까지 지켜야 하는 도리이기에 상하가 모두 ≪효경≫을 알아야 하기 때문이다. 무릇 예악을 제정하는 것은 인의 근본인데, 성인의 도덕이 이미 갖춰졌는데도 제자들이 다시 ≪논어≫를 기록한 것은 어째서일까? 공자가 변고를 당하고 나서 내놓은 호령들이 본받을 만하다고 보았기 때문이다.

◇주나라 문왕이 ≪역경≫을 부연하다

● 文王所以演易, 何? 文王[569]受[570]王[571]不率仁義之道, 失爲人法矣. 己之調和陰陽尚微, 故演易, 使我得卒至于太平日月之光明, 則如易矣.

---

568) 失(실) : ≪백호통소증≫에 의하면 '족足'의 오기이다.
569) 文王(문왕) : ≪백호통소증≫에 의하면 '상왕商王'의 오기이다.
570) 受(수) : 상商나라 마지막 임금인 주왕紂王의 이름.
571) 王(왕) : ≪백호통소증≫에 의하면 연자衍字이다.

○(주나라) 문왕이 ≪역경≫을 부연한 것은 어째서일까? 상나라 마지막 군주인 주왕紂王 수受가 인의의 도리를 펼치는 모범을 보이지 않아 사람의 법도를 잃게 되었다. 문왕 자신은 음양의 조화를 이룬 것이 아직 미미하였기에 ≪역경≫을 부연함으로써 자신 스스로 결국 태평성대의 광명을 찾을 수 있었으니 이에 ≪역경≫의 내용처럼 되었다.

◇**복희가 팔괘를 만들다**

●伏羲作八卦, 何? 伏羲始王天下, 未有前聖法度, 故仰則觀象於天, 俯則察法於地, 觀鳥獸之文, 與地之宜, 近取諸572)身, 遠取諸物. 於是始作八卦, 以通神明之德, 以象萬物之情也.

○(삼황三皇 가운데 첫 번째 임금인) 복희가 팔괘를 만든 것은 어째서일까? 복희가 천하를 다스리기 시작했을 때는 아직 전대 성왕의 법도가 존재하지 않았기에 위로 하늘을 통해 천상을 관찰하고 아래로 대지를 통해 법도를 살피면서 짐승들의 문양과 대지의 좋은 지형을 관찰한 뒤, 가까이로 자신에게서 문양을 취하고 멀리로는 사물로부터 문양을 취하였다. 그래서 처음으로 팔괘를 만들어 신명의 덕과 통하고 만물의 성정을 본받았다.

◇**오경에는 오상이 들어 있다**

●經所以有五, 何? 經, 常也, 有五常之道. 故曰五經. 樂仁, 書義, 禮禮, 易智, 詩信也. 人情有五性, 懷五常, 不能自成. 是以聖人象天五常之道而明之, 以敎人成其德也.

○경전을 다섯 종류로 한 이유는 무엇일까? '경'은 언제나란 뜻이라서 다섯 가지 변치않는 도리가 들어 있다. 그래서 '오경'이라고 한 것이다. ≪악기≫는 인을 담았고, ≪서경≫은 정의를 담았고, ≪예기≫는 예법을 담았고, ≪역경≫은 지혜를 담았고, ≪시경≫

---

572) 諸(제) : '지어之於'의 합성어.

은 신의를 담았다. 사람의 성정에는 다섯 가지 본성과 다섯 가지 상도가 있으나 저절로 완성되지는 않는다. 그래서 성인이 하늘의 다섯 가지 변치않는 이치를 본떠 이를 밝힘으로써 사람들로 하여금 덕을 완성케 한 것이다.

◇오경의 가르침에 대해 논하다

●五經, 何謂? 易·尙書·詩·禮·春秋也. 禮解曰, "溫柔寬厚, 詩敎也. 疏通知遠, 書敎也. 廣博易良, 樂敎也. 潔淨精微, 易敎也. 恭儉莊敬, 禮敎也. 屬辭比事, 春秋敎也."

○'오경'이란 무엇을 말하는 것일까? ≪역경≫ ≪서경≫ ≪시경≫ ≪예기≫ ≪춘추경≫을 가리킨다. ≪예기·경해經解≫권50에서는 "성품이 온유돈후한 것은 ≪시경≫의 가르침을 받아서이다. 만사에 두루 정통하고 먼 옛날을 아는 것은 ≪서경≫의 가르침을 받아서이다. 마음이 드넓고 선량한 것은 ≪악기≫의 가르침을 받아서이다. 마음이 정갈하고 미세한 일까지 꿰뚫어볼 수 있는 것은 ≪역경≫의 가르침을 받아서이다. 공손하고 검소하며 장중하고 겸허한 것은 ≪예기≫의 가르침을 받아서이다. 글을 잘 짓고 고사를 잘 배열하는 것은 ≪춘추경≫의 가르침을 받아서이다"라고 하였다.

◇문자의 시초에 대해 논하다

●春秋何常也? 則黃帝已來. 何以言之? 易曰, "上古結繩[573])以治, 後世聖人易之以書契[574]), 百官以理, 萬民以察." 後世聖人者, 謂五帝也. 傳曰, "三王[575])百世計神元書, 五帝之受錄圖[576])世[577]), 史記從

---

573) 結繩(결승) : 문자가 없던 상고시대에 줄로 매듭을 지어서 기록을 대신한 일을 이르는 말.
574) 書契(서계) : 나무에 새긴 글자를 뜻하는 말로 문자나 문서를 가리킨다.
575) 三王(삼왕) : ≪백호통소증≫에 의하면 '삼황三皇'의 오기이다. 문맥상으로도 '삼황'이라고 해야 자연스럽다.

政, 錄帝魁578)已來, 除禮樂之書三千二百四十篇也."

○≪춘추경≫은 어째서 항상 가치를 인정받는 것일까? 황제黃帝
이래로의 역사를 본받아서이다. 어째서 그렇게 말하는 것일까?
≪역경·계사하繫辭下≫권12에 "상고시대 때 매듭을 이용해 정
치를 베풀다가 후세에 성인이 문자로 이를 대신하면서 백관들도
이를 가지고 백성을 다스리고, 백성도 이를 가지고 사물을 관찰
하게 되었다"고 하였다. 후세의 성인이란 (황제黃帝·전욱顓頊·
제곡帝嚳·요왕堯王·순왕舜王 등) 오제를 가리킨다. 경전의 해
설서에서는 "삼황은 오랜 세월 동안 신이 내린 오묘한 글을 혜
아렸고, 오제 때는 도록을 전수받았는데, 사서에서는 정사에 대
해 기재하면서 (황제의 현손인) 제괴 이후의 일을 기록하였으나
예악에 관한 글 3,240편을 삭제하였다"고 하였다.

---

576) 錄圖(녹도) : 미래의 길흉·화복을 예언한 말과 부적을 적은 책. '도록圖錄'이라
   고도 하는데, '녹錄'은 '녹籙'으로도 쓴다.
577) 世(세) : ≪백호통소증≫에 의하면 '오제지五帝之' 뒤에 있는 것이 적절하다.
578) 帝魁(제괴) : 전설상의 임금인 황제黃帝의 현손玄孫. 신농神農의 이름이란 설도
   있으나 여기서는 부적절해 보인다.

◆嫁娶(결혼) 30항

◇결혼의 이치에 대해 논하다

●人道所以有嫁娶, 何? 以爲情性之大, 莫若男女. 男女之交, 人情之始, 莫若夫婦. 易曰, "天地氤氳579), 萬物化淳, 男女構精, 萬物化生." 人承天地施陰陽, 故設嫁娶之禮者, 重人倫, 廣繼嗣也. 禮保傅記曰, "謹爲子嫁娶, 必擇世有仁義者." 禮男娶女嫁, 何? 陰卑, 不得自專, 就陽而成之. 故傳曰, "陽倡陰和, 男行女隨."

○인간의 도리상 시집가고 장가드는 제도가 있는 이유는 무엇일까? 성정 가운데 중요한 것으로 남녀 사이만한 것이 없기 때문이다. 남녀 사이의 교제이자 인정의 시발점으로는 부부만한 것이 없다. 그래서 ≪역경・계사하繫辭下≫권12에서도 "천지의 기운이 왕성하면 만물이 조화를 이루고, 남녀가 사랑을 나누면 만물이 태어난다"고 하였다. 사람이 천지가 음양을 베푸는 과정을 이어받아 결혼이라는 예법을 만든 것은 인류을 중시하고 후사를 이어가기 위해서이다. ≪대대예기・보부≫권3에 "신중하게 자식을 결혼시키기 위해서는 반드시 대대로 인의를 갖춘 가문 출신을 골라야 한다"고 하였다. 예법상 남자가 아내를 얻고 여자가 남편을 따라 가정을 꾸리는 것은 어째서일까? 음기는 비천하여 독자적으로 도모할 수 없기에 양기를 찾아 짝을 이루기 마련이다. 그래서 경전의 해설서에서도 "양기가 외치면 음기가 호응하듯이 남자가 행하면 여자는 이를 따르는 법이다"라고 하였다.

◇남녀가 결혼할 때 배우자를 혼자서 정하지 않다

●男不自專娶, 女不自專嫁, 必由父母, 須媒灼, 何? 遠恥防淫泆也. 詩云, "娶妻如之何? 必告父母." 又曰, "娶妻如之何? 匪媒不得."

---

579) 氤氳(인온) : 기운이 왕성한 모양. 혹은 기운이 끊임없이 나오는 모양. '인온絪緼'으로도 쓴다.

○남자가 독자적으로 아내를 얻지 않고 여자가 독자적으로 남편을 찾지 않는 대신 반드시 부모를 거치고 중매쟁이를 필요로 하는 것은 어째서일까? 수치스러운 일을 멀리하고 음탕해지는 것을 막기 위해서이다. 그래서 ≪시경·제풍齊風·남산南山≫권8에 "아내를 얻을 때 어찌해야 하나? 반드시 부모에게 말씀드려려 하네"라고 하고, 또 "아내를 얻을 때 어찌해야 하나? 중매쟁이 없이 아내를 얻어서는 안 되네"라는 구절이 있다.

◇결혼 연령에 대해 논하다

●男三十而娶, 女二十而嫁. 陽數奇, 陰數偶. 男長女幼者, 陽舒陰促. 男三十筋骨堅强, 任爲人父. 女二十肌膚充盛, 任爲人母. 合爲五十, 應大衍[580]之數生萬物也. 故禮內則曰, "男三十壯, 有室, 女二十壯而嫁." 七, 歲之陽也, 八, 歲之陰也. 七八十五, 陰陽之數備, 有相偶之志. 故禮記曰, "女子十五許嫁, 笄而字." 禮之稱字, 陰繫於陽, 所以專一之節也. 陽尊, 無所繫. 陽舒而陰促, 三十數三終奇, 陽節也. 二十數再終偶, 陰節也. 陽小成於陰, 大成於陽, 故二十而冠, 三十而娶. 陰小成於陽, 大成於陰, 故十五而笄, 二十而嫁也. 一說, 二十五繫者, 就陰節也. 春秋穀梁傳曰[581], "男二十五繫(心[582]), 女十五許嫁, 感陰陽也." 陽數七, 陰數八, 男八歲毁齒[583], 女七歲毁齒. 陽數奇三, 三八二十四, 加一爲(二十[584])五, 而繫心也. 陰數偶再, 成十四四[585], 加一爲(十)五, 故十五許嫁也. 各加一者, 明專一繫心.

---

580) 大衍(대연) : 천체 운행을 계산하는 숫자를 가리키는 말. ≪역경·계사상繫辭上≫권11의 당나라 공영달孔穎達(574-648) 소疏에 의하면 10일日·12진辰·28수宿를 가리킨다고 한다.

581) 曰(왈) : 이하 예문은 현전하는 ≪곡량전≫에 보이지 않는다. ≪백호통소증≫에서는 후인의 해설서 가운데 하나로 추정하였다.

582) 心(심) : 원전에 의하면 이 글자가 누락되었기에 첨기한다.

583) 毁齒(훼치) : 치아가 손상되다. 즉 젖니가 빠지고 영구치가 나는 것을 말한다.

584) 二十(이십) : ≪백호통소증≫에 의하면 이 두 글자가 누락되었기에 첨기한다. 아래의 괄호도 마찬가지이다.

585) 四(사) : ≪백호통소증≫에 의하면 연자衍字이다.

所以繫心者, 何? 防其淫佚也.

○남자는 30세에 장가들고, 여자는 20세에 시집간다. 양기(남자)는 수치가 홀수이고, 음기(여자)는 수치가 짝수이다. 남자가 나이가 많고 여자가 나이가 어린 것은 양기가 느긋하고 음기가 촉박하기 때문이다. 남자는 30세가 되어야 근육과 뼈가 강건해져 부친의 역할을 맡을 수 있고, 여자는 20세가 되어야 살과 피부에 탄력이 넘쳐 모친의 역할을 맡을 수 있다. 합쳐서 50세가 되는 것은 대연의 수치가 만물을 낳는 것에 호응하는 것이다. 그래서 ≪예기・내칙≫권28에서도 "남자는 30세가 되어야 건장하여 가정을 꾸릴 수 있고, 여자는 20세가 되어야 건장하여 시집을 갈 수 있다"고 하였다. 7은 연수 가운데 양수이고, 8은 연수 가운데 음수이다. 7 더하기 8인 15가 되면 음양의 수치가 구비되어 서로 배우자를 찾으려는 의지가 생긴다. 그래서 ≪예기・곡례상曲禮上≫권2에 "여자는 나이 15세가 되면 시집을 갈 수 있어 비녀를 꽂고 자를 받는다"고 하였다. 예법상 자를 칭하는 것은 음기가 양기에 매여 있어 오로지 한 남편만을 섬기는 절조를 나타내기 위해서이다. 양기는 존엄하여 매이는 것이 없다. 양기가 느긋하고 음기가 촉박하므로 30에서 숫자 3은 결국 홀수로서 양기의 절조를 나타내고, 20에서 숫자 2는 결국 짝수로서 음기의 절조를 나타낸다. 양기는 음수에 의해 약간의 성취를 보고 양수에 의해 큰 성취를 보기에 20세 때 갓을 쓰고 30세 때 장가를 든다. 음기는 양수에 의해 약간의 성취를 보고 음수에 의해 큰 성취를 보기에 15세 때 비녀를 꽂고 20세 때 시집을 간다. 일설에 의하면 남자는 25세에 음기의 절조를 찾아간다고도 한다. ≪춘추곡량전≫에 "남자가 25세에 여자에게 마음이 끌리고, 여자가 15세에 시집을 갈 수 있는 것은 각기 음기와 양기를 느끼기 때문이다"라고 하였다. 양의 수치는 7이고 음의 수치는 8이어서 남자는 8세에 영구치가 나고 여자는 7세에 영구치가 난다. 양의 수

치는 홀수인 3이라서 3에 8을 곱하면 24가 되는데, 1을 보태 2
5세가 되면 여자에게 마음이 끌리게 된다. 음기의 수치는 짝수인
2라서 2에 7을 곱하면 14가 되는데, 1을 보태면 15가 되기에
여자는 15세에 시집을 갈 수 있다. 각기 1을 보태는 것은 오로
지 한 사람에게만 마음을 준다는 뜻을 밝히기 위해서이다. 마음
을 한 곳에만 매는 이유는 무엇일까? 음탕한 행동을 막기 위해
서이다.

◇결혼의 절차와 예물에 대해 논하다

●禮曰, "女子十五許嫁, 納采586)・問名587)・納吉588)・請期589)・
親迎590), 以鴈(爲591))贄." 納徵592)曰玄纁593), 故不用鴈. 贄用鴈
者, 取其隨時南北, 不失其節, 明不奪女子之時也. 又取飛成行, 止
成列也, 明嫁娶之禮, 長幼有序, 不相踰越也. 又婚禮贄不用死雉,
故用鴈也. 納徵玄纁束帛594)・儷皮. 玄三法天, 纁二法地也. 陽奇陰
偶, 明陽道之大也. 儷皮者, 兩皮也. 以爲庭實595), 庭實偶也. 禮昏

---

586) 納采(납채) : 혼례婚禮 때 거치는 여섯 가지 예법인 육례六禮 가운데 첫 번째
　　절차를 가리키는 말로 신랑집에서 신부집에 혼인을 청하는 폐백幣帛을 보내는
　　예법을 말한다.
587) 問名(문명) : 육례 가운데 두 번째 절차로 신랑집에서 중매쟁이를 통해 정식으
　　로 신부의 성명과 생년월일을 묻는 일.
588) 納吉(납길) : 육례 가운데 세 번째 절차로 신랑집에서 혼인 날짜를 잡아 신부집
　　에 알리는 일.
589) 請期(청기) : 육례 가운데 다섯 번째 절차로 신랑집에서 혼인 날짜를 확정하여
　　신부집에 알리고 동의를 구하는 일.
590) 親迎(친영) : 육례 가운데 여섯 번째 절차로 신랑이 몸소 신부집에 가서 신부를
　　맞이하는 예법을 행하는 일.
591) 爲(위) : 《백호통소증》에 의하면 이 글자가 누락되었기에 첨기한다. 아래 괄호
　　도 모두 마찬가지이다.
592) 納徵(납징) : 육례 가운데 네 번째 절차로 신랑집에서 신부집에 혼서婚書와 함
　　께 정식 폐백을 보내는 일을 말한다. '납폐納幣' '납빙納聘' '문정文定'이라고도
　　한다.
593) 玄纁(현훈) : 폐백幣帛으로 사용하던 검은 비단과 붉은 비단을 아우르는 말.
594) 束帛(속백) : 다섯 필을 한 묶음으로 묶은 비단 예물을 이르는 말.
595) 庭實(정실) : 조정의 마당에 늘어놓는 공물을 이르는 말로 여기서는 예물을 뜻

經曰, "納采·問名·納吉·請期·親迎, 皆用鴈. 納徵(用玄纁)束帛·儷皮." 納徵辭曰, "吾子[596]有加命, 貺室[597]某也. (某)有先人之禮, 儷皮束帛, 使某往納徵." 上某者, 壻名也, (下某者, 壻父名也,) 下次某者, 使人名也. 女之父曰, "吾子順先典, 貺某重禮, 某不敢辭. 敢不承命?" 納采辭曰, "吾子有惠貺, 貺室某, 某有先人之禮, 使某也, 請納采." 對曰, "某之子蠢愚, 又不能教, 吾子命之, 某不敢辭."

○≪의례·사혼례士昏禮≫권2에 "여자는 나이 15세가 되면 시집을 갈 수 있는데, '납채' '문명' '납길' '청기' '친영'의 절차를 밟으며 기러기를 예물로 마련한다"고 하였다. ('납길' 뒤의 네 번째 절차인) '납징' 때 사용하는 예물은 (검은 비단과 붉은 비단을 아우르는 말인) '현훈'이라고 하기에 기러기를 사용하지 않는다. 예물로 기러기를 쓰는 것은 기러기가 시절에 따라 남북을 오가면서 때를 놓치지 않는다는 뜻을 취함으로써 여자가 시집갈 시기를 놓치지 않는다는 것을 밝히기 위해서이다. 또 날아갈 때도 줄을 이루고 멈추었을 때도 줄을 이룬다는 뜻을 취함으로써 결혼의 예법상 장유유서가 있어 서로 시기를 넘기지 않는다는 것을 밝히기 위해서이기도 하다. 또 혼례시 예물로 죽은 꿩을 쓰지 않기에 기러기를 사용한다. '납징' 때 쓰는 예물은 검고 붉은 비단 다섯 필과 가죽 두 장이다. 검은 비단이 세 필인 것은 하늘을 본받은 것이고, 붉은 비단이 두 필인 것은 땅을 본받은 것이다. 양기가 홀수이고 음기가 짝수인 것은 양기의 도가 크다는 것을 밝히기 위해서이다. '이피'는 가죽 두 장을 뜻한다. 이를 결혼 예물로 삼는 것은 결혼 예물을 짝수로 준비하기 때문이다. ≪의례·사혼례≫권2에 "'납채' '문명' '납길' '청기' '친영'의 절차를 밟으면서 모두 기러기를 사용한다. '납징' 때는 검고 붉은 비단 다섯 필과

하는 말로 쓰인 듯하다.
596) 吾子(오자) : 2인칭 대명사. 여기서는 신부의 부친을 가리킨다.
597) 室(실) : 아내를 가리키는 말.

가죽 두 장을 사용한다"고 하였다. '납징' 때는 인사말로 "그대가 훌륭한 명을 내려 저의 아들인 아무개에게 아내를 주시니 저 아무개가 선조의 예법을 따라 가죽 두 장과 비단 다섯 필을 준비해 아무개를 시켜서 찾아가 결혼 예물로 드리고자 합니다"라고 한다. 앞의 아무개는 신랑 이름이고, 다음의 아무개는 시아버지의 이름이며, 그 다음 아무개는 심부름꾼의 이름이다. 그러면 신부의 부친은 "그대가 선조의 예법을 따라 저에게 귀중한 예물을 주셨으니 저 아무개는 감히 사양하지 않겠습니다. 어찌 감히 명을 받들지 않을 수 있겠습니까?"라고 대답한다. '납채' 때는 인사말로 "그대가 은혜를 베풀어 저의 아들 아무개에게 아내를 주시니 저 아무개는 선조의 예법에 따라 아무개를 시켜 '납채'를 청합니다"라고 하면, 여자의 부친은 "저의 여식이 우매하고 또 교육도 잘 받지 못 했는데도 그대가 명을 내리셨으니 저는 감히 사양하지 않겠습니다"라고 대답한다.

◇신랑이 신부를 몸소 맞이하는 절차에 대해 논하다

● 天子下至士, 必親迎授綏[598]者, 何? 以陽下陰也. 欲得其歡心, 示親之心也. 夫親迎, (御)輪三周, 下車曲顧者, 防淫泆也. 詩云, "文定[599]厥祥, 親迎于渭. 造舟爲梁, 不[600]顯其光." 禮昏經曰, "賓升, 北面奠鴈, 再拜, 拜手稽首, 降出. 婦從房中也, 從降自西階, 壻御婦車, 授綏."

○ 천자로부터 아래로 사에 이르기까지 반드시 신부를 몸소 맞이하고 수레끈을 주는 것은 어째서일까? 양기가 음기보다 아래에 위치하기 때문이다. 처가의 환심을 얻으려는 것은 친분을 맺겠다는 마음을 보이기 위해서이다. 신랑이 신부를 몸소 맞이할 때 수레

---

598) 授綏(수수) : 신부에게 수레에 오를 때 잡을 끈을 주는 것을 이르는 말.

599) 文定(문정) : 신랑집에서 신부집으로 혼서婚書와 폐백을 보내는 일.

600) 不(불) : 발어사로 별뜻이 없다.

를 몰아 세 바퀴 돌고 수레에서 내려 공손한 태도로 돌아보는 것은 음탕한 마음을 억제하기 위해서이다. ≪시경·대아大雅·대명大明≫권23에 "혼사를 정하면서 길일을 골라 위수에서 친히 신부를 맞이하네. 배를 만들어 다리로 삼으니 실로 광채가 빛나는도다"라는 구절이 있다. ≪의례·사혼례士昏禮≫권2에서는 "손님은 계단을 올라 북쪽을 향해 기러기를 공손히 놓고 거듭 절을 한 뒤 양손으로 절을 하고 머리를 조아렸다가 계단을 내려와 밖으로 나간다. 그러면 신부는 방에서 나와 서쪽 계단으로 내려오고, 신랑은 신부가 탈 수레를 몰면서 수레끈을 건넨다"고 하였다.

◇시집보내는 딸을 훈계하는 것에 대해 논하다

●遣女於禰廟者, 重先人之遺支體也, 不敢自專. 故告禰也. 父母親男[601]女, 何? 親親之至也. 父曰, "誡之敬之, 夙夜無違命." 女必有端繡衣, 若笄之. 母施襟結帨曰, "勉之敬之, 夙夜無違宮事." 父誡於阼階, 母誡於西階. 庶母及門內施鞶[602], 祭紳[603]以母之命, 命曰, "敬恭聽爾父母言, 夙夜無愆, 視衿鞶." 祭[604]去不辭, 誡不諾者, 蓋恥之, 重去也.

○선조를 모신 사당에 신부를 보내는 것은 선조가 남긴 전통을 존중하여 감히 자기 멋대로 행하지 않기 위해서이다. 그래서 선조의 사당에 고하는 것이다. 부모가 몸소 딸을 훈계하는 것은 어째서일까? 친족에 대한 지극한 사랑의 표시이다. 부친은 "조심하고 공경하여 아침 저녁으로 시부모님의 명을 어기지 말거라"라고 말한다. 그러면 딸은 반드시 비단옷을 단정히 차려입고서 처음 비녀를 꽂을 때처럼 행동한다. 모친은 옷깃에다가 가르침을 적은

---

601) 男(남) : ≪백호통소증≫에 의하면 '誡戒'의 오기이다.
602) 鞶(반) : 가르침을 적은 수건을 담는 작은 주머니를 이르는 말.
603) 祭紳(제신) : ≪백호통소증≫에 의하면 '紳之申之'의 오기이다.
604) 祭(제) : ≪백호통소증≫에 의하면 연자衍字이다.

수건을 달아주면서 "노력하고 공경하여 아침 저녁으로 집안 일을 그르치지 말거라"라고 한다. 부친은 동쪽 계단에서 훈계하고, 모친은 서쪽 계단에서 훈계한다. 서모와 집안 사람들은 수건주머니를 달아주면서 거듭 모친의 명을 알리고는 "삼가 너의 부모님 말씀을 새겨들어 아침 저녁으로 잘못을 범하지 말되 옷깃에 단 수건주머니를 잘 살펴보도록 하거라"라고 말한다. 친정을 떠날 때 하직인사를 올리지 않고 부모님이 가르침을 베풀 때 말대답을 하지 않는 것은 아마도 부끄러움을 느껴 진중하게 친정을 떠나기 위해서일 것이다.

◇혼례 때 축하인사를 받지 않다

●禮曰, "嫁女之家, 不絶火三日, 相思離也. 娶婦之家, 三日不擧樂, 思嗣親605)也." 感親年衰老代至也. 禮曰, "婚禮不賀, 人之序也."

○≪예기·증자문曾子問≫권18에 "딸을 시집보내는 집에서 사흘 동안 불을 끄지 않는 것은 이별을 걱정해서이다. 며느리를 맞이하는 집에서 사흘 동안 음악을 연주하지 않는 것은 후사를 보게 된 것을 슬퍼해서이다"라고 하였는데, 이는 부모가 연로하여 세대가 바뀌게 된 것에 대한 감회를 말한다. ≪예기·교특생郊特生≫권26에 "혼례 때 축하인사를 받지 않는 것은 사람의 세대가 바뀌기 때문이다"라고 하였다.

◇신랑이 신부를 맞이할 때 오가는 대화에 대해 논하다

●授綏, 姆辭曰, "未敎, 未乞606)與爲禮也." 始親迎, 於辭607)曰, "吾子608)命某609), 以玆初昏610), 使某將, 請承命." 主人曰, "某故敬

---

605) 嗣親(사친) : 부모의 뒤를 잇는 일. 즉 후사를 보게 되었으니 부모가 그만큼 늙는다는 것을 말한다.

606) 未乞(미걸) : '수수授綏' 이하 예문은 ≪의례儀禮·사혼례士婚禮≫권2에도 보이는데, 원문에 의하면 '부족不足'의 오기이다.

607) 於辭(어사) : ≪의례·사혼례≫권2에 의하면 '대對'의 오기이다.

具以酒611)." 父命醮612)子, 遣之迎, 命曰, "往(迎613))爾相614), 承
我宗事615). (勖)率以敬, 先迎616)妣617)之嗣. 若618)則有常." 子曰,
"諾. 唯恐不堪, 不敢忘命."

○신랑이 신부에게 수레끈을 건네주면 신부의 유모는 겸손하게 사
양하며 "아직 가르침을 제대로 받지 않았기에 혼례를 치를 수가
없습니다"라고 말한다. 신랑이 처음 신부를 직접 맞이할 때 "장
인 어른께서 저의 부친에게 말씀하시기를 초저녁 시간대를 이용
하라고 하셨고, 부친이 저 아무개에게 혼례를 치르라 하였기에
삼가 명을 받들고자 합니다"라고 대답하면, 주인은 "저 아무개는
삼가 잘 준비를 하고서 기다리고 있었습니다"라고 말한다. 부친
이 아들을 위해 제를 올리고 그에게 신부를 맞이하게 하면서 명
하기를 "너의 배우자를 맞이해서 우리 가문의 종묘 일을 받들게
하거라. 힘써 그녀를 잘 이끌어서 공경한 태도로 일을 처리해서
선대 조모의 뒤를 잇도록 하거라. 그리고 너는 늘 상도를 지키도
록 하거라"라고 말하면, 아들은 "알았습니다. 다만 감당하지 못
할까 염려가 됩니다만, 감히 하명하신 말씀을 잊지 않겠습니다"
라고 대답한다.

---

608) 吾子(오자) : 2인칭 대명사. 여기서는 신부의 부친을 가리킨다.
609) 某(모) : 아무개. 여기서는 신랑의 부친을 가리킨다.
610) 初昏(초혼) : 막 황혼에 접어들 무렵인 초저녁 시간대를 가리킨다.
611) 酒(주) : ≪의례·사혼례≫권2의 원문에 의하면 기다리는 것을 뜻하는 말인 '수
須'의 오기이다.
612) 醮(초) : 재단齋壇을 마련하고 제를 올리는 것을 뜻하는 말.
613) 迎(영) : ≪의례·사혼례≫권2에 의하면 이 글자가 누락되었기에 첨기한다. 이
하 괄호도 마찬가지이다.
614) 相(상) : 돕다. 여기서는 내조자, 즉 배우자를 가리킨다.
615) 宗事(종사) : 종묘에서 제를 올리기 위해 음식 등 제물을 준비하는 일.
616) 迎(영) : ≪의례·사혼례≫권2에 의하면 연자衍字이다.
617) 先妣(선비) : 돌아가신 어머니를 이르는 말. 선대의 조모를 가리킨다.
618) 若(약) : 2인칭 대명사.

◇며느리를 맞이할 때는 먼저 종묘에 고하지 않는다

●娶妻不先告廟到[619]者, 示不必安也. 婚禮請期, 不敢必也. 婦入三月, 然後祭行, 舅姑旣沒, 亦婦入三月, 奠采[620]于廟. 三月一時, 物有成者, 人之善惡, 可得知也. 然後可得事宗廟之禮. 曾子曰[621], "女未廟見而死, 歸葬于女氏之黨, 示未成婦也."

○신랑이 신부를 얻으면서 먼저 종묘에 고하지 않는 것은 반드시 안심할 수 없다는 것을 보이기 위해서이다. 혼례 때 시기를 묻는 것은 감히 일방적으로 확정할 수 없어서이다. 며느리가 시댁에 들어온 지 3개월이 지난 뒤에야 제사를 거행하는데, 시부모가 이미 돌아가셨어도 역시 며느리는 시댁에 들어온 지 3개월이 지나서 종묘에서 제를 올린다. 3개월은 하나의 계절로서 사물이 완성을 보기에 사람의 선악도 알 수가 있다. 그런 뒤에야 종묘에서 제례를 거행할 수 있는 것이다. 그래서 (춘추시대 노魯나라) 증자(증참曾參)도 "며느리가 미처 종묘에서 배알하기도 전에 사망하면 그녀의 가족에게로 돌려보내 장사지내게 하는 것은 아직 온전하게 며느리가 되지 못 했다는 것을 보이기 위해서이다"라고 하였다.

◇봄에 결혼하다

●嫁娶必以春者, (何?) 春, 天地交通, 萬物始生, 陰陽交接之時也. 詩云, "士如歸妻, 迨冰未泮[622]." 周官曰, "仲春之月, 令會男女, 令男三十娶, 女二十嫁." 夏小正[623]曰, "二月, 冠子娶婦之時."

---

619) 到(도) : ≪백호통소증≫에 의하면 연자衍字이다.

620) 奠采(전채) : 채소를 준비해 소박하게 제사를 올리는 일.

621) 曰(왈) : ≪예기·증자문曾子問≫권18에 의하면 예문 가운데 앞 부분은 증자曾子의 질문이고 뒷 부분은 스승인 공자孔子의 대답으로 되어 있으나, 문맥상 큰 하자가 없어 보이기에 여기서는 위의 예문을 그대로 따른다.

622) 泮(반) : 녹다, 풀리다.

623) 夏小正(하소정) : 하력夏曆에 의거하여 사계절의 행사를 백성에게 알리기 위한 월령체月令體의 글을 뜻하는 말로 ≪대대예기大戴禮記≫의 편명.

○남녀가 결혼할 때 반드시 봄철을 이용하는 것은 어째서일까? 봄은 천지가 교통하고, 만물이 태어나기 시작하고, 음양이 교차하는 계절이다. 그래서 ≪시경·패풍邶風·포유고엽匏有苦葉≫권3에 "선생이 아내를 맞이하고 싶으면 얼음이 아직 녹지 않았을 때 하세요"라고 하였고, ≪주례·지관地官·매씨媒氏≫권14에 "중춘 2월에는 남녀를 만나게 하는데, 남자는 30세에 장가들게 하고 여자는 20세에 시집가게 한다"고 하였으며, ≪대대예기·하소정≫권2에 "중춘 2월은 아들에게 관례를 치러주고 며느리를 맞이하는 때이다"라고 하였다.

◇아내는 남편 곁을 떠날 수 없다

●夫有惡行, 妻不得去得[624], 地無去天之義也. 夫雖有惡, 不得去也. 故禮郊特牲曰, "一與之齊[625], 終身不改." 悖逆人倫, 殺妻父母, 廢紀綱, 亂之大者. 義絶, 乃得去也.

○남편이 악행을 저질러도 아내가 곁을 떠날 수 없는 것은 땅이 하늘을 벗어날 수 없는 것과 같은 의미이다. 따라서 남편이 비록 악행을 저질러도 떠날 수 없는 것이다. 그래서 ≪예기·교특생≫권26에 "일단 남편과 부부가 되면 죽을 때까지 개가할 수 없다"고 하였다. 인륜을 저버리거나 아내와 부모를 살해하거나 기강을 어지럽히는 것은 가장 큰 패악이다. 남편이 도의를 저버리는 패악을 저질러야 비로소 곁을 떠날 수 있다.

◇천자가 여러 아내를 얻는 것에 대해 논하다

●天子諸侯, 一娶九女, 何? 重國廣繼嗣也. 適也[626]者, 何? 法地有九州[627], 承天之施, 無所不生也. 娶九女, 亦足以成君施也. 九而無子,

---

624) 得(득) : ≪백호통소증≫에 의하면 '자者'의 오기이다.

625) 齊(제) : 함께 제삿밥을 먹다. 즉 부부가 되는 것을 말한다.

626) 也(야) : ≪백호통소증≫에 의하면 '구九'의 오기이다.

627) 九州(구주) : 하夏나라 우왕禹王이 치수사업을 벌이고 나눈 행정 구역을 이르는

百亦無益也. 王度記曰, "天子一娶九女." 春秋公羊傳曰, "諸侯娶一
國, 則二國往媵628)之, 以姪娣從. 姪者, 何? 兄之子也. 娣者, 何?
女弟也." 或曰, "天子娶十二女, 法天有十二月, 萬物必生也." 必一
娶, 何? 防淫泆也. 爲其棄德嗜色, 故一娶而已. 人君無再娶之義也.
備姪娣從者, 爲其必不相嫉妬也. 一人有子, 三人共之, 若己生之.
不娶兩娣, 何? 傳629)異氣也. 娶三國女, 何? 廣異類也. 恐一國血脉
相似, 俱無子也. 姪娣年雖少, 猶從適人者, 明人君無再娶之義也.
還待年於父母之國, 未任答君子也. 詩云, "諸娣從之, 祁祁630)如雲.
韓侯顧之, 爛其盈門." 公羊傳曰, "叔姬631)歸于紀," 明待年也. 二
國來媵, 誰爲尊者? 大國爲尊. 國等以德, 德同以色. 質家法天尊左,
文家法地尊右. 所以不聘妾, 何? 人有子孫, 欲尊之義, 義不可求人
以爲賤也. 春秋傳曰, "二國來媵." 可求人爲士, 不可求人爲妾, 何?
士卽尊之漸, 賢不止於士, 妾雖賢, 不得爲適.

○천자나 제후가 한 번에 아홉 명의 여자를 아내로 맞이하는 것은
어째서일까? 국가의 존속을 중시해 후사를 많이 두기 위해서이
다. 아홉 명의 여자에게 장가드는 것은 어째서일까? 땅에 구주가
있어서 하늘이 베푸는 덕을 받들어 모든 것을 낳는다는 뜻을 본
받아서이다. 아홉 명의 여인을 아내로 맞이하는 것은 군주의 은
덕을 완성할 수 있는 것이기도 하다. 아홉 명의 아내를 맞이하고
서도 자식을 낳지 못 한다면 백 명의 아내를 맞이해도 아무런
소용이 없을 것이다. ≪예기·왕도기≫에 "천자는 한 번에 아홉

말. ≪서경·하서夏書·우공禹貢≫권5에 의하면 '구주'는 기주冀州·연주兗州·
청주靑州·서주徐州·양주揚州·형주荊州·예주豫州·양주梁州·옹주雍州를 가
리킨다. 뒤에는 중국의 별칭으로 쓰였다.

628) 媵(잉) : 다른 아내를 딸려보내는 것을 이르는 말.

629) 傳(전) : ≪백호통소증≫에 의하면 '박博'의 오기이다. 자형의 유사성으로 인한
필사 과정상의 단순 오기로 보인다.

630) 祁祁(기기) : 매우 많은 모양, 성대한 모양.

631) 叔姬(숙희) : 춘추시대 노魯나라 여인으로서 기紀나라 군주의 본부인인 백희伯
姬의 여동생.

명의 여인에게 장가든다"고 하였다. ≪공양전·장공莊公19년≫
권8에 "제후가 한 나라에서 본처를 맞이하면 두 나라가 찾아가
아내를 딸려보내면서 조카딸과 여동생에게 본처의 뒤를 따르게
한다. '질姪'은 무슨 말일까? 형의 여식을 가리킨다. '제娣'는 무
슨 말일까? 여동생을 가리킨다"고 하였다. 어떤 문헌에서는 "천
자가 열두 명의 여자를 아내로 맞이하는 것은 천문학적으로 12
개월이 있어서 만물이 필시 생명을 얻는 것을 본받은 것이다"라
고 하였다. 반드시 한 번에 아내를 얻는 것은 어째서일까? 음탕
함을 방지하기 위해서이다. 그가 덕을 버리고 여색을 좋아할까
염려하기에 한 번으로 아내를 맞이하는 것에 그치는 것이다. 군
주에게는 다시 장가드는 도의가 없다. 조카딸과 여동생을 준비시
켜 본처의 뒤를 따르게 하는 것은 그들이 틀림없이 그녀를 질투
하지 않기 때문이다. 한 사람이 아들을 낳는데도 세 사람이 그
아이를 공유하는 것은 마치 자신이 직접 그를 낳은 것처럼 여긴
다는 뜻이다. 두 명의 여동생을 아내로 맞이하지 않는 것은 어째
서일까? 다른 기운을 넓히기 위해서이다. 세 나라의 여인을 아내
로 맞이하는 것은 어째서일까? 다른 가문 출신을 폭넓게 취하기
위해서이다. 이는 같은 나라는 혈통이 유사하여 함께 자식을 가
지지 못 할 수도 있기 때문이다. 조카딸과 여동생이 나이가 비록
어려도 시집가는 본처의 뒤를 따르는 것은 군주가 다시 장가들
지 않는다는 도의를 밝히기 위해서이다. 다시 부모님의 나라에서
해를 기다리다 보면 미처 군주의 아들에게 답을 얻지 못 할 수
도 있다. 그래서 ≪시경·대아大雅·한혁韓奕≫권25에 "여러 여
동생들이 그녀를 따르니 구름처럼 많구나. 한韓나라 군주가 그녀
를 돌아보는데 눈부실 듯 아름다움이 대문 안을 가득 채우네"라
는 구절이 있다. ≪공양전·은공隱公7년≫권3에 "숙희가 기나라
로 시집을 갔다"고 한 것은 해가 되기를 기다렸다는 것을 분명
히 밝힌 말이다. 두 나라에서 아내를 딸려보내면 누가 더 신분이

높을까? 대국 출신이 신분이 높다. 나라는 덕을 기준으로 동급이 되고, 덕은 여색을 기준으로 동급이 된다. 실질을 중시하는 쪽은 하늘을 본받아 왼쪽(동쪽)을 중시하고, 형식을 중시하는 쪽은 땅을 본받아 오른쪽(서쪽)을 중시한다. 첩실을 초빙하지 않는 이유는 무엇일까? 사람이 자손을 가지는 것은 존귀해지고 싶다는 뜻으로 도의상 남에게 천한 신분이 되라고 요구해서 안 된다. 그래서 ≪공양전·장공19년≫권8에서 "두 나라에서 스스로 아내를 딸려보냈다"고 한 것이다. 남에게 사士가 되라고 요구할 수는 있어도 남에게 첩실이 되라고 요구할 수 없는 것은 어째서일까? 사는 곧 점차 존귀한 위치에 오를 수 있는 신분이기에 현명할 경우 사에만 그치는 것이 아니지만, 첩실은 비록 현명하다고 해도 적처가 될 수 없기 때문이다.

◇아내를 얻을 때 점을 치다

●娶妻卜之, 何? 卜女之德, 知相宜否. 昏禮經曰, "將加諸卜, 敢問女爲誰氏也?"

○아내를 얻을 때 점을 치는 것은 어째서일까? 여자의 성품에 대해 점을 쳐서 서로 잘 어울리는지 여부를 알기 위해서이다. 그래서 ≪의례·사혼례≫권2에 "장차 점을 통해서 감히 여자가 어느 성씨의 딸인지 물어본다"고 하였다.

◇부모가 안 계시면 스스로 혼처를 정한다

●人君及宗子(無632)父母, 自定娶者, 卑不主尊, 賤不主貴. 故自定之也. 昏禮經曰, "親皆沒, 己聘633命之." 詩云, "文定厥祥, 親迎于渭."

○군주나 종친의 적장자가 부모가 없을 때 스스로 혼처를 정하는 것은 신분이 낮은 자가 신분이 높은 자의 주례를 설 수 없고 천

---

632) 無(무) : ≪백호통소증≫에 의하면 이 글자가 누락되었기에 첨기한다.
633) 聘(빙) : ≪의례·사혼례≫권2의 원문에 의하면 '窮躬'의 오기이다.

민이 귀족의 주례를 설 수 없기 때문이다. 그래서 스스로 결정하는 것이다. ≪의례·사혼례≫권2에 "부모가 모두 돌아가셨으면 자신이 직접 혼처를 정한다"고 하였고, ≪시경·대아大雅·대명大明≫권23에 "혼사를 정하면서 길일을 골라 위수에서 몸소 신부를 맞이하네"라고 하였다.

◇대부는 봉토를 받으면 다시 아내를 얻지 않는다

●大夫功成(受634))封, 得備八妾者, 重國廣繼嗣也. 不更聘大國者, 不忘本適635)也. 故禮曰, "納女於諸侯636)," 曰, "備掃灑637)." 天子諸侯之世子, 皆以諸侯禮娶, 與君同, 示無再娶之義也.

○대부가 공을 세우고 봉토를 받으면 여덟 명의 첩실을 거느릴 수 있는 것은 봉국의 존속을 중시해 후사를 많이 두기 위해서이다. 하지만 다시 대국에 혼례를 청하지 않는 것은 본처를 잊지 않기 위해서이다. 그래서 ≪예기·곡례하曲禮下≫권5에 "대부에게 딸을 보내면"이라고 하면서 "청소하는 솜씨를 갖추게 한다"고 하였다. 천자나 제후의 세자가 모두 제후의 예법으로 아내를 취하면서 군주와 동일하게 하는 것도 다시 아내를 취하지 않는다는 도의를 보이기 위해서이다.

◇천자는 반드시 대국 출신의 여자를 아내로 맞이한다

●王者之娶, 必先選于大國之女, 禮儀備, 所見多. 詩云, "大邦有子, 俔638)天之妹. 文定厥祥, 親迎于渭." 明王者必娶大國也. 春秋曰, "紀侯來朝." 紀子639)以嫁女于天子, 故增爵稱侯. 至數十年之間, 紀

---

634) 受(수) : ≪백호통소증≫에 의하면 이 글자가 누락되었기에 첨기한다.
635) 本適(본적) : 본처, 적처嫡妻. '적適'은 '적嫡'과 통용자.
636) 諸侯(제후) : ≪예기·곡례하曲禮下≫권5의 원문에 의하면 '대부大夫'의 오기이다.
637) 掃灑(소쇄) : 바닥을 쓸고 물을 뿌리다. 청소하는 것을 말한다.
638) 俔(현) : 비견되다, 맞먹다.
639) 紀子(기자) : 기나라의 군주. 기나라는 작위가 자작인 작은 제후국임을 말한다.

侯無他功, 但以子爲天王[640]后, 故爵稱侯. 知雖小國者, 必封以大國, 明其尊所不臣也. 王者娶及庶人者, 何? 開天下之賢, 示不違善也. 故春秋曰, "紀侯來朝." 文加爲侯, 明封之也. 先封之, 明不與聖人[641]交禮也. 女行虧缺, 而去其國, 如之何? 以封爲諸侯比例矣.

○천자는 아내를 얻을 때 반드시 대국의 딸을 먼저 고르되 예의를 갖추고서 많은 여인을 접견한다. ≪시경·대아大雅·대명大明≫ 권23에 "대국의 여식은 용모가 천제의 여동생과 맞먹기에, 혼사를 정하면서 길일을 골라 위수에서 친히 신부를 맞이하네"라고 하였는데, 이는 천자가 반드시 대국에서 아내를 얻는다는 것을 밝힌 것이다. ≪공양전·환공桓公2년≫권4에서 "기나라 군주(후작)가 내조하였다"고 한 것은 기나라 군주가 천자에게 딸을 시집보내기에 작위를 높여 후작이라고 한 것이다. 수십 년 동안 기나라 군주는 별다른 공로가 없었지만 딸을 천자의 부인으로 보내기에 작위를 후작이라고 한 것이다. 이를 통해 비록 작은 제후국이라 하더라도 반드시 대국의 작위로 봉하기에 천자가 신하로 여기지 않는다는 것을 밝히고자 한다는 사실을 알 수 있다. 천자가 서인 출신까지도 아내로 맞이하는 것은 어째서일까? 천하의 현자에게 길을 열어줌으로써 선한 도리에 어긋나지 않으려는 것을 보이기 위해서이다. 그래서 ≪공양전·환공2년≫에 "기나라 군주가 내조하였다"고 한 것이다. 문자상 후작으로 높인 것은 그를 거기에 봉하였다는 것을 분명히 한 것이다. 먼저 그를 후작에 봉한 것은 다른 제후국과 혼례를 치르지 않는다는 것을 밝힌 것이다. 여자가 행실을 잘못하여 그 나라를 떠나게 되면 어찌할까? 그래도 제후에 봉하는 것이 관례이다.

---

640) 天王(천왕) : 천자에 대한 경칭.
641) 聖人(성인) : ≪백호통소증≫에 의하면 일반 제후국을 뜻하는 말인 '서방庶邦'의 오기이다.

◇제후는 국내에서 아내를 얻을 수 없다

●諸侯所以不得自娶國中, 何? 諸侯不得專封642), 義不可臣其父母. 春秋傳曰, "宋三代無大夫, 惡其643)內娶也."

○제후가 국내에서 아내를 얻을 수 없는 이유는 무엇일까? 제후는 자기 마음대로 신하를 봉할 수 없어 도의상 그녀의 부모를 신하로 삼을 수가 없기 때문이다. 그래서 ≪공양전·희공僖公25년≫ 권10에 "송나라에 3대에 걸쳐 대부가 없는 것은 3대에 걸쳐 국내에서 아내를 취했기 때문이다"라는 기록이 있다.

◇동성인 여자를 아내로 맞이하지 않다

●不娶同姓者, 重人倫, 防淫泆, 恥與禽獸同也. 論語曰, "君娶於吳, 爲同姓, 謂之吳孟子644)." 曲禮曰, "買妾不知姓, 則卜之." 外屬小功645)已上, 亦不得娶也. 故春秋傳曰646), "譏娶母黨也."

○동성인 여자를 아내로 맞이하지 않는 것은 인륜을 중시하고, 음탕함을 방지하고, 짐승과 같아지는 것을 수치스럽게 여겨서이다. ≪논어·술이述而≫권7에 "(노魯나라) 군주가 오나라에서 아내를 얻었는데 동성이기에 그녀를 '오맹자'로 불렀다"고 하였다. ≪예기·곡례상曲禮上≫권2에 "첩을 사들이면서 성씨를 모르면 점을 친다"고 하였다. 외가쪽으로 소공 이상의 친척에 속해도 아내로 맞이할 수 없다. 그래서 ≪춘추경≫의 해설서에도 "모친의 친족을 아내로 취하는 것을 비난하였다"는 기록이 있다.

---

642) 專封(전봉) : 영토를 쪼개 자기 마음대로 신하를 제후에 봉하는 일.
643) 惡其(오기) : ≪공양전·희공25년≫권10에 의하면 '삼세三世'의 오기이다.
644) 吳孟子(오맹자) : 춘추시대 노魯나라 소공昭公의 부인. 오吳나라 왕실은 성이 '희희姬'이기에 '오희吳姬'로 불려야 하지만, 노나라와 성씨가 같기에 동성끼리 금혼인 규칙에 따라 '오맹자'로 불렀다는 말이다.
645) 小功(소공) : 오복五服의 하나로 증조부모나 재종형제再從兄弟 등 비교적 가까운 친척의 상을 당했을 때 5개월 동안 입는 상복을 이르는 말.
646) 曰(왈) : 이하 예문은 현전하는 ≪춘추경≫의 해설서인 삼전三傳에 모두 보이지 않는 것으로 보아 일문逸文인 듯하다.

◇천자의 딸은 동성의 제후가 주례를 선다

● 王者嫁女, 必使同姓諸侯主之, 何? 婚禮貴和, 不可相答, 爲傷君臣
之義, 亦欲使女不以天子尊乘諸侯也. 春秋傳曰, "天子嫁女于諸侯,
必使諸侯同姓者主之. 諸侯嫁女于大夫, 使大夫同姓者主之." 以其同
宗共祖, 可以主親也. 故使攝父事. 不使同姓卿主之, 何? 尊加諸侯,
爲威厭不得舒也. 不使同姓諸侯就京師主之, 何? 諸侯親迎, 入京師,
當朝天子, 爲禮不兼. 春秋傳曰, "築王姬647)觀于外," 明不往京師
也. 所以必更築觀者, 何? 尊之也. 不於路寢648), 路寢本所以行政
處, 非婦人之居也. 小寢則嫌, 羣公之舍, 則已卑矣. 故必改築於城
郭之內. 傳曰, "築之, 禮也, 于外, 非禮也."

○천자가 딸을 시집보낼 때 반드시 동성의 제후에게 주례를 서게
하는 것은 어째서일까? 혼례는 화합이 중요하기에 상대방의 승
낙을 받지 못 하면 군신간의 의리를 해치게 되기 때문이고, 또한
딸이 천자의 존엄함을 이용하여 제후에게 편승하지 않기를 바라
기 때문이기도 하다. ≪공양전・장공莊公원년≫권6에 "천자가 제
후에게 딸을 시집보낼 때는 반드시 제후 가운데 동성인 사람에
게 주례를 서게 하고, 제후가 대부에게 딸을 시집보낼 때는 반드
시 대부 가운데 동성인 사람에게 주례를 서게 한다"고 하였다.
이는 종친이 같고 조상이 같은 사람에게 주례를 서게 할 수 있
다는 말이다. 그래서 그에게 부친의 역할을 대신하게 하는 것이
다. 동서인 경에게 주례를 서게 하지 않는 것은 어째서일까? 경
에게 제후보다 더 존귀한 지위를 보태주면 천자의 위엄을 펼칠
수 없기 때문이다. 동성인 제후에게 도성에 와서 주례를 서게
하지 않는 것은 어째서일까? 제후가 몸소 천자의 딸을 아내로
맞이하기 위해 도성으로 들어오면 응당 천자를 조알해야 하는

---

647) 王姬(왕희) : 주周나라 천자의 딸을 이르는 말.
648) 路寢(노침) : 황제나 제후가 숙식을 하며 업무를 처리하던 곳을 일컫는 말. 중앙
　　 의 것을 '정침正寢'이라 하고, 좌우의 것을 '소침小寢'이라고 한다.

데, 두 가지 예법을 함께 실행할 수 없어서이다. ≪공양전·장공원년≫권6에 "궁전 밖에 천자의 딸이 묵을 건물을 지었다"고 한 것은 성안으로 들어서지 않았다는 것을 밝힌 것이다. 반드시 다시 건물을 짓는 이유는 무엇일까? 천자의 딸을 존대한다는 뜻을 보이기 위해서이다. 노침에서 머물게 하지 않는 것은 노침이 본래 정사를 펼치기 위한 장소이지 부녀자의 처소가 아니기 때문이다. 소침이라면 싫어하게 되고, 제후들의 숙소라면 이미 천대하는 것이 되고 만다. 그래서 반드시 성곽 안에 다시 건물을 짓는 것이다. 그래서 ≪공양전·장공원년≫권6에서도 "숙소를 짓는 것은 예법에 맞지만, 성곽 밖에 짓는 것은 예법에 어긋난다"고 하였다.

◇**경·대부·사의 본처와 첩실의 수치에 대해 논하다**

●卿大夫(一·649))妻二妾者, 何? 尊賢重繼嗣也. 不備姪娣, 何? 北面之臣賤, 不足盡執650)人骨肉之親. 禮服經曰, "貴臣貴妾," 明有卑賤妾也. 士一妻(一妾), 何? 下卿大夫, 禮. 喪服小記曰, "士妾有子, 則爲之緦651)."

○경이나 대부가 한 명의 아내와 두 명의 첩실을 두는 것은 어째서일까? 어진 아내를 존중하면서 후사를 중요시하기 때문이다. 그러나 본처의 조카나 여동생으로 첩실을 채우지 않는 것은 어째서일까? 황제에게 북쪽을 향해 시립하는 신하는 신분이 미천하기에 형세상 친족을 첩실로 다 채울 수 없어서이다. ≪의례·상복喪服≫권11에서 "귀한 신하와 귀한 첩실"이라고 한 것은 비

---

649) 一(일) : ≪백호통소증≫에 의하면 이 글자가 있는 것이 자연스럽기에 첨기한다. 아래 괄호도 마찬가지이다.

650) 不足盡執(부족진집) : ≪백호통소증≫에 의하면 '세불족진勢不足盡'의 오기이다.

651) 緦(시) : 다섯 종류의 상복喪服, 즉 오복五服 가운데 가는 삼베로 만든 가장 가벼운 상복을 이르는 말. 비교적 먼 친척의 상례喪禮 때 3개월 동안만 입는 상복을 가리킨다.

천한 첩실이 있다는 것을 밝힌 것이다. 사가 한 명의 아내와 한 명의 첩실을 두는 것은 어째서일까? 경이나 대부에게 몸을 낮추는 것이 예법이기 때문이다. 그래서 ≪예기·상복소기≫권32에 "사의 첩실에게 아들이 있으면 그녀를 위해 가벼운 삼베 상복을 입는다"고 하였다.

◇적처가 사망하면 첩실이 제사를 대행하다

●娣嫡未往而死, 媵當往否乎? 人君不652)再娶之義也. 天命不可保, 故一娶九女, 以春秋伯姬卒, 時娣季姬更嫁鄫, 春秋譏之. 適夫人死, 後更立夫人者, 不敢以卑賤承宗廟. 自立其娣者, 尊大國也. 春秋傳曰, "叔姬歸于紀." 叔姬者, 伯姬之娣也. 伯姬卒, 叔姬升于嫡, 經不譏也. 或曰, "嫡死, 不復更立, 明嫡無二, 防簒煞653)也. 祭宗廟, 攝而已. 以禮不聘爲妾, 明不升."

○적처와 약혼하였으나 미처 시집가지 못 하고 사망하면 첩실이 대신 본처로 시집가는 것일까? 군주에게는 다시 장가드는 도리가 없다. 천명을 보전할 수 없기에 한 번에 아홉 명의 여인을 아내로 얻지만, 춘추시대 때 백희가 사망하고 당시 여동생인 계희가 다시 증나라에 시집갔다고 해서 ≪춘추경≫에서는 이를 비난하였다. 적처인 부인이 사망하여 뒤에 다시 부인을 세우면 감히 비천한 신분 때문에 종묘의 제사를 받들 수 없는 것이다. 자연스레 그녀의 여동생을 적처로 세우는 것은 대국을 존중해서이다. ≪공양전·은공隱公7년≫권3에 "숙희가 기나라로 시집을 갔다" 고 하였는데, 숙희는 백희의 여동생이다. 백희가 사망하자 숙희가 적처에 오른 것에 대해 ≪춘추경≫에서는 비난하지 않았다. 혹자는 "적처가 사망하였을 때 다시 다른 적처를 세우지 않는 것은 적처를 두 명 두지 않음으로써 아들들이 왕위를 찬탈하는

---

652) 不(불) : ≪백호통소증≫에 의하면 문맥상 '무無'의 오기이다.
653) 簒煞(찬시) : 임금을 시해하고 자리를 빼앗다. '찬시簒弑' '찬시簒殺'로도 쓴다.

불상사를 방지하기 위해서임을 밝히기 위해서이다. 종묘에서 제
사를 지낼 때는 단지 임시로 대신하는 것일 뿐이다. 예법상 첩실
을 불러들이지 않는 것은 신분이 오르지 않는다는 것을 밝히는
것이다"라고 하였다.

◇결혼 날짜를 바꾸는 것에 대해 논하다

● 曾子問曰, "昏禮旣納幣, 有吉日, 女之父母死, 何如?" 孔子曰, "壻
使人弔之. 如壻之父母死, 女亦使人弔之. 父喪稱父, 母喪稱母. 父
母不在, 則稱伯父・世母654). 壻已葬, 壻之伯父・叔父使人致命655)
女氏曰, '某656)子有父母之喪, 不得嗣爲兄弟657), 使母658)致命.' 女
氏許諾, 不敢嫁, 禮也. 壻免喪, 女父使人請, 壻不娶而後嫁之, 禮
也. 女之父母死, 壻亦如之."

○(≪예기・증자문≫권18의 기록에 의하면 춘추시대 노魯나라) 증
자(증삼曾參)가 "혼례 때 이미 폐백을 들이고 결혼식을 올릴 길
일을 잡았는데 신부쪽 부모가 사망하면 어찌해야 합니까?"라고
묻자, 공자가 "신랑쪽에서는 사람을 보내 조문해야 한다. 만약
신랑될 사람의 부모가 사망하면 신부쪽에서도 사람을 보내 조문
해야 한다. 만약 부친상을 당했다면 부친의 이름을 거론하고, 모
친상을 당하면 모친의 이름을 거론해야 한다. 만약 부모님이 계
시지 않으면 백부와 백모의 이름을 거론해야 한다. 신랑쪽에서
장례를 마치고 나면 신랑의 백부와 백모가 사람을 시켜 신부쪽
에 뜻을 전하며 '(시아버지가 될) 아무개의 아들이 부모상을 당

---

654) 世母(세모) : 백모伯母의 별칭.
655) 致命(치명) : 명을 전하다, 뜻을 전달하다. 결혼식을 연기하겠다는 의사를 전달
    하는 것을 말한다.
656) 某(모) : 아무개. 여기서는 시아버지의 성명이나 관직을 가리킨다.
657) 嗣爲兄弟(사위형제) : 형제 관계를 맺다. 여기서는 결혼식을 올리는 것을 말
    한다.
658) 母(모) : ≪예기・증자문≫권18의 원문에 의하면 '모某'의 오기이다. 여기서 '모'
    는 심부름꾼의 이름을 가리킨다.

하여 결혼식을 올릴 수 없기에 심부름꾼 아무개를 시켜 결혼식을 연기할 뜻을 전하는 것입니다'라고 말한다. 그러면 신부쪽에서는 이를 받아들이고 감히 시집을 보내지 않는 것이 예법이다. 신랑쪽에서 상례를 다 마치면 장인될 사람이 사람을 시켜 혼인을 청하는데, 신랑이 아직 달리 장가를 들지 않은 뒤에야 그녀를 시집보낼 수 있는 것이 예법이다. 신부쪽 부모가 사망하면 신랑쪽에서도 이와 똑같이 한다"고 하였다.

◇부녀자에게도 스승을 두다

●婦人所以有師, 何? 學事人之道也. 詩云, "言659)告師氏, 言告言歸." 禮昏經曰, "告660)于公宮三月." 婦人學一時, 足以成矣. 與君無親者, 各敎於宗廟婦之室. 國君取大夫之妾・士之妻老無子者, 而明於婦道又祿之, 使敎宗室五屬661)之女. 大夫・士皆有宗族, 自於宗子之室學事人也. 女必有傅姆662), 何? 尊之也. 春秋傳曰, "傅至矣, 姆未至."

○부녀자에게도 스승을 두는 이유는 무엇일까? 남을 섬기는 도리를 배우게 하기 위해서이다. ≪시경・주남周南・갈담葛覃≫권1에 "스승님께 말씀드려 친정으로 돌아가겠다고 하리라"는 구절이 있다. ≪의례・사혼례士婚禮≫권2에 "제후의 궁궐에서 3개월 동안 가르친다"고 하였는데, 부녀자는 한 계절인 3개월 동안 배우면 충분히 성취를 볼 수 있다는 말이다. 군주와 친척 관계가 없으면 각자 자기 종묘의 부녀자 방에서 가르침을 받는다. 군주는 대부의 첩이나 사의 아내 가운데 늙어서까지 아들이 없지만 부

---

659) 言(언) : 어조사로 별뜻이 없다.
660) 告(고) : ≪의례・사혼례≫권2의 원문에 의하면 '교敎'의 오기이다.
661) 五屬(오속) : 다섯 가지 상복인 오복五服, 즉 참최斬衰・자최齊衰・대공大功・소공小功・시마總麻에 해당하는 다섯 종류의 친족을 이르는 말. '오족五族'이라고도 한다.
662) 傅姆(부모) : 귀족 가문의 어린 아이를 양육하고 가르치던 노부인을 이르는 말. '부모傅母' '보모保母' '보모保姆'라고도 한다.

녀자의 도리에 밝은 딸을 아내로 취해도 그 집안에 봉록을 주고 서 사람을 시켜 종실의 가까운 친족의 딸을 가르친다. 대부와 사 는 모두 종족이 있어 스스로 종자의 집에서 남을 섬기는 도리를 배우게 한다. 딸에게 반드시 부모傅母를 두는 것은 어째서일까? 그녀를 존중해서이다. 그래서 ≪공양전·양공襄公3년≫권19에 "부모는 도착하였으나 모친은 도착하지 않았다"는 말이 있다.

◇시부모와 남편을 섬기는 예법에 대해 논하다

● 婦人學事舅姑, 不學事父母者, 示婦與夫一體也. 禮內則曰663), "妾 事夫人, 如事舅姑, 尊嫡絕妒嫉之原." 禮服傳曰, "妾事女君664), 與事舅姑同也." 婦事夫, 有四禮焉. 鷄初鳴, 咸盥漱665)櫛縰666), 笄總667)而朝, 君臣之道也. 惻隱之恩, 父子之道也. 會計有無, 兄 弟之道也. 閨閫668)之內, 衽席669)之上, 朋友之道也. 聞見異辭, 故 設此也.

○부녀자가 시부모를 섬기는 법을 배우되 부모를 섬기는 법을 배 우지 않는 것은 아내와 남편이 일체라는 것을 보이기 위해서이 다. ≪예기·내칙≫에 "첩이 부인을 섬기면서 마치 시부모를 섬 기듯이 하는 것은 적처를 존대하여 질투의 근원을 없애기 위해 서이다"라고 하였고, ≪의례·상복≫권11에서도 "첩은 적처를 섬길 때 시부모를 섬기는 것과 똑같이 한다"고 하였다. 아내가 남편을 섬길 때는 네 가지 예법이 있다. 새벽에 닭이 막 울면 언

---

663) 曰(왈) : 이하 예문은 현전하는 ≪예기·내칙≫에 실리지 않은 것으로 보아 일 문逸文인 듯하다.
664) 女君(여군) : 첩이 적처嫡妻를 부르는 칭호를 이르는 말.
665) 盥漱(관수) : 세면과 양치질. 즉 세수하는 것을 말한다.
666) 櫛縰(즐쇄) : 머리를 빗고 천으로 묶다. '쇄縰'는 천으로 머리를 묶는 것을 뜻 한다.
667) 笄總(계총) : 비녀를 꽂고 머리를 묶다. 즉 머리손질하는 것을 말한다.
668) 閨閫(규곤) : 부녀자의 거처를 이르는 말.
669) 衽席(임석) : 방석, 자리를 이르는 말.

제나 세수하고 머리손질을 한 뒤 비녀를 꽂고 머리를 묶고서 조알하는 것은 군신간의 도리와 같다. 측은지심에 의한 온정을 품는 것은 부자간의 도리와 같다. 재산의 유무를 잘 헤아리는 것은 형제간의 도리와 같다. 규방이나 방석에서의 예법은 친구간의 도리와 같다. 보고 들은 것에 따라 말을 달리 표현해야 하기에 이러한 예법을 마련하는 것이다.

◇아내로 들이지 않는 대상에 다섯 가지가 있다

●有五不娶, 亂家之子不娶, 逆家之子, 世有刑人, 惡疾, 喪婦長子, 此不娶也.

○아내로 들이지 않는 대상에 다섯 가지가 있으니 문란한 가문의 딸은 아내로 들이지 않고, 반역자 가문의 딸, 대대로 형벌을 당한 집안 출신, 전염병을 앓은 집안의 딸, 그리고 상을 당한 부녀자의 맏딸 등 이러한 여자는 아내로 들이지 않는다.

◇아내를 쫓아낼 때의 예법에 대해 논하다

●出婦之義必送之, 接以賓客之禮, 君子絶愈于小人之交. 詩云, "薄670)送我畿671)."

○아내를 쫓아낼 때도 도의상 반드시 배웅을 하면서 손님에 대한 예법으로 대접하는 것은 군자가 소인의 교유보다 훨씬 낫다는 것을 보여주기 위해서이다. 그래서 ≪시경·패풍邶風·곡풍谷風≫권3에도 "나를 문간까지 배웅해 주네"라는 구절이 있다.

◇왕후와 부인의 의미에 대해 논하다

●天子妃謂之后, 何? 后, 君也. 天下尊之, 故謂之后. 明海內672)小人

---

670) 薄(박) : 발어사로 별뜻이 없다.

671) 畿(기) : 문간. '함艦'의 뜻.

672) 海內(해내) : 천하를 이르는 말. 고대 중국인들이 사방이 바다였다고 생각한 데서 비롯되었다. 옛날에는 온세상을 '천하天下' '사해四海' '육합六合' '구주九州'

之[673]君也, 天下尊之, 故繫王言之. 春秋傳曰, "迎[674]王后于紀."
國君之妻, 稱之曰夫人, 何? 明當扶進夫[675]人, 謂八妾也. 國人尊
之, 故稱君夫人也. 自稱小童者, 謙也. 言己智能寡少, 如童蒙也.
論語曰, "國君之妻, 稱之曰夫人, 夫人自稱曰小童, 國人稱之曰君
夫人. 稱諸[676]異邦曰寡小君." 謂聘問兄弟之國, 及臣於他國稱之,
謙之辭也.

○천자의 아내를 '후'라고 하는 것은 어째서일까? '후'는 임금이란
뜻이다. 천하가 그녀를 존대하기에 '후'라고 하는 것이다. 이는
온세상 사람들의 어린 군주임을 밝히는 것으로 천하 사람들이
그녀를 존대하기에 천자와 연계시켜 말하는 것이다. 그래서 ≪공
양전・환공桓公8년≫권5에서도 "기나라에서 왕후를 환대하였다"
고 하였다. 반면 제후국 군주의 아내를 '부인'이라고 칭하는 것은
어째서일까? 응당 여덟 명을 바치는 일을 도와야 한다는 뜻을
밝히는 것으로 여덟 명의 첩을 말한다. 제후국 사람들은 그녀를
존대하기에 '군부인'으로 부른다. 그녀가 스스로를 '소동'이라고
부르는 것은 겸칭이다. 이는 자신의 지능이 마치 어린아이처럼
부족하다는 말이다. ≪논어・계씨季氏≫권16에 "제후국 군주의
아내를 '부인'이라고 부르고, 부인은 스스로를 '소동'이라고 부르
며, 그 나라 사람들은 그녀를 '군부인'이라고 부르고, 다른 나라
사람들은 그녀를 부를 때 '과소군'이라고 한다"고 하였는데, ('과
소군'은) 형제의 나라를 예방했을 때나 신하가 다른 나라에서 그
녀를 칭할 때 겸허하게 하는 말이다.

'신주神州' '우주宇宙' 등 다양한 어휘로 표현하였다.
673) 人之(인지) : ≪백호통소증≫에 의하면 연자衍字이다.
674) 迎(영) : 현전하는 ≪공양전・환공8년≫권5에는 '역逆'으로 되어 있으나 의미상
    에 차이는 없다.
675) 夫(부) : ≪백호통소증≫에 의하면 '팔八'의 오기이다.
676) 諸(제) : '지어之於'의 합성어.

◇처와 첩에 대해 논하다

●妻者, 何謂? 妻者, 齊也, 與夫齊體. 自天子下至庶人, 其義一也. 妾者, 接也, 以時接見也.

○'처'란 무슨 말일까? '처'는 나란하다는 뜻으로 남편과 몸을 나란히 한다는 말이다. 천자로부터 아래로 서민에 이르기까지 그 의미는 동일하다. '첩'은 접한다는 뜻으로 이따금 남편을 접견한다는 말이다.

◇혼인에 관한 여러 명칭에 대해 논하다

●嫁娶者, 何謂也? 嫁者, 家也. 婦人外成, 以出適人爲嫁677). 娶者, 取也. 男女, (何678))謂? 男者, 任也, 任功業也. 女者, 如也, 從如人也. 在家從父母, 旣嫁從夫, 夫沒從子也. 傳曰, "婦人有三從之義也." 夫婦者, 何謂也? 夫者, 扶也, 扶以人道者也. 婦者, 服也, 服於家事, 事人者也. 配疋者, 何謂? 相與偶也. 婚姻者, 何謂也? 昏時行禮, 故謂之婚也. 婦人因夫而成, 故曰姻. 詩云679), "不惟舊因," 謂夫也. 又曰680), "燕爾新婚," 謂婦也. 所以昏時行禮, 何? 示陽下陰也. 婚亦陰陽交時也.

○'가취'란 무슨 말일까? '가嫁'는 가정을 뜻한다. 부녀자가 밖에서 가정을 이룬다는 뜻이기에 집을 나서 남에게 시집가는 것을 '가'라고 한다. '취娶'는 (남자가 여자를) 취한다는 뜻이다. '남녀'는 무슨 말일까? '남男'은 맡는다는 뜻으로 공업을 맡는다는 말이다. '녀女'는 같다는 뜻으로 남과 같아지기를 좇는다는 말이다. 친정에 있을 때는 부모를 따르고, 시집가고 나서는 남편을 따르며,

---

677) 嫁(가) : ≪백호통소증≫에 의하면 '가家'의 오기이다.

678) 何(하) : ≪백호통소증≫에 의하면 이 글자가 누락되었기에 첨기한다.

679) 云(운) : 현전하는 ≪시경·소아小雅·아행기야我行其野≫권18에는 '불사구인不思舊姻'으로 되어 있으나 의미상에 차이는 없어 보인다.

680) 曰(왈) : 현전하는 ≪시경·패풍邶風·곡풍谷風≫권3에는 '연이신혼宴爾新昏'으로 되어 있으나 의미상에 차이는 없다. '연宴'과 '연燕', '혼昏'과 '혼婚'은 통용자.

남편이 사망하면 아들을 따르는 것이다. 그래서 ≪의례・상복喪服≫권11에서도 "부녀자에게는 세 가지 따라야 할 도리가 있다"고 하였다. '부부'란 무슨 말일까? '부夫'는 돕는다는 뜻으로 사람의 도리로써 돕는다는 말이다. '부婦'는 복무한다는 뜻으로 가사에 복무하면서 남을 섬긴다는 말이다. '배필'이란 무슨 말일까? 서로 짝을 짓는다는 뜻이다. '혼인'이란 무슨 말일까? 황혼 무렵에 혼례를 치르기에 이를 '혼婚'이라고 하고, 아내는 남편을 따라 가정을 이루기에 '인姻'이라고 한다. ≪시경・소아小雅・아행기야我行其野≫권18에서 "옛 혼인을 생각하지 않는다"고 한 것은 남편을 두고 한 말이고, 또 ≪시경・패풍邶風・곡풍谷風≫권3에서 "그대의 신혼을 즐겁게 생각하네"라고 한 것은 아내를 두고 한 말이다. 황혼 무렵에 혼례를 치르는 이유는 무엇일까? 양기가 음기에 몸을 낮춘다는 뜻을 보이기 위해서이다. '혼'은 또한 음기와 양기가 만나는 시점을 뜻하기도 한다.

◇합방을 그만두었다가 재개하는 나이에 대해 논하다

●男子六十閉房, 何? 所以輔衰也, 故重性命也. 又曰, "父子[681]不同椸[682]," 爲亂長幼之序也. 禮內則曰, "妾雖老, 未滿五十, 必預五日之御." 滿五十不御, 俱爲助衰也. 至七十大衰, 食非肉不飽, 寢非人不暖. 故七十復開房也.

○남자가 나이 60세가 되면 합방을 그만두는 것은 어째서일까? 쇠약한 기운을 보충하기 위한 것이기에 성명을 중시한다는 말이다. 또 "남녀가 같은 횃대에 옷을 함께 걸지 않는다"고 한 것은 장유의 질서를 어지럽히기 때문이다. ≪예기・내칙≫권28에 "첩은 비록 나이가 들어도 만 50세가 되기 전에는 반드시 5일 동안 남

---

681) 父子(부자) : ≪백호통소증≫에서는 ≪예기・곡례상曲禮上≫권2의 기록에 근거하여 '남녀男女'의 오기로 추정하였기에 이를 따른다.

682) 椸(이) : 옷을 걸어놓는 횃대를 이르는 말.

편을 모시는 일에 참여한다"고 하였으므로 만 50세가 되어 남편을 모시지 않는 것은 모두 쇠약한 기운을 돕기 위한 것이다. 남자는 70세가 되면 몸이 많이 쇠약해지기에 식사 때 고기를 먹지 않으면 배가 부르지 않고 침실에 사람이 없으면 몸이 따듯하지 못 하다. 그래서 남자는 70세가 되면 다시 방문을 열어 처첩을 안으로 들인다.

◆韍冕(무릎덮개와 면류관) 6항

◇무릎덮개에 대해 논하다

● 韍者, 何謂也? 韍者, 蔽也. 行以蔽前韍蔽683)者, 小有事因, 以別尊
卑, 彰有德也. 天子朱韍, 諸侯赤韍. 詩云, "朱韍684)斯685)皇, 室家
君王," 又"赤韍金舃, 會同有繹," 又云, "赤韍在股," 皆謂諸侯也.
書曰686), "黼黻687)衣, 黃朱韍," 亦謂諸侯也. 竝見衣服之制, 故遠
別之, 謂黃朱亦赤矣. 大夫葱衡688), 別於君矣. 天子大夫赤紱葱衡,
士韐韠689). 朱赤者, 或盛色690)也. 是以聖人塗691)法之, 用爲韍服,
爲百王不易也. 韍以韋爲之者, 反古不忘本也. 上廣一尺, 下廣二尺,
(法692))天一地二也. 長三尺, 法天地人也.

○'불韍'이란 무슨 말일까? '불'은 가린다는 뜻이다. 길을 갈 때 앞
쪽을 덮어주는 것으로 소소하나마 사연이 있어 존비를 구별하고
덕이 있다는 것을 드러내기 위한 것이다. 천자는 주색 무릎덮개
를 사용하고, 제후는 적색 무릎덮개를 사용한다. ≪시경·소아小
雅·사간斯干≫권17에 "주색 무릎덮개 휘황찬란하나니, 가정을
이루고 군왕이 되리라"는 구절이 있다. 또 ≪시경·소아·거공車

---

683) 韍蔽(불폐) : ≪백호통소증≫에 의하면 연자衍字이다.
684) 韍(불) : 현전하는 ≪시경·소아小雅·채기采芑≫권17에는 '불芾'로 되어 있는데
     통용자이다.
685) 斯(사) : 어기조사.
686) 曰(왈) : 이하 예문은 현전하는 ≪서경≫에는 보이지 않는다. 아마도 ≪서경·주
     서周書·고명顧命≫권17의 기록을 짜깁기한 것으로 보인다.
687) 黼黻(보불) : '보黼'는 검은 실과 흰 실을 번갈아 수놓아 도끼 문양을 만든 것을
     뜻하고, '불黻'은 검은 실과 푸른 실을 번갈아 수놓아 '아亞' 자(혹은 '궁弓' 자의
     좌우 대칭)를 만든 것을 뜻한다. 따라서 '보불黼黻'은 화려한 문양을 수놓은 제
     왕이나 고관의 예복을 가리킨다. 아름다운 문장을 비유할 때도 있다.
688) 葱衡(총형) : 청색(葱)을 띤 가로 모양의 패옥(衡)을 이르는 말.
689) 韐韠(매합) : 적황색의 가죽으로 만든 무릎덮개를 이르는 말. 무릎덮개와 가죽
     고깔을 뜻하는 말로 보는 설도 있다.
690) 盛色(성색) : 간색間色이 섞이지 않은 순수한 색인 정색正色의 별칭.
691) 塗(도) : ≪백호통소증≫에 의하면 연자衍字이다.
692) 法(법) : ≪백호통소증≫에 의하면 이 글자가 누락되었기에 첨기한다.

攻≫권17에서 "적색 무릎덮개를 차고 금빛 신발을 신은 제후들이, 천자와 회동한 자리에서 끊임없이 조알하네"라고 하고, 또 ≪시경·소아·채숙采菽≫권22에서 "적색 무릎덮개가 정강이에 있네"라고 한 것은 모두 제후의 복장을 두고 한 말이다. ≪서경·주서周書·고명顧命≫권17에서 "아름다운 문양이 새겨진 예복과 황색과 주색이 섞인 무릎덮개"라고 한 것 역시 제후의 복장을 두고 한 말이다. 이는 모두 의복 제도를 나타내는 것이기에 분명하게 구별짓기 위한 것인데, 황색과 주색이라는 말 역시 적색에 해당한다. 대부는 청색 패옥을 착용으로써 군주와 구별된다. 천자의 대부는 적색 무릎덮개와 청색 패옥을 차고, 사는 적황색 가죽으로 만든 무릎덮개를 찬다. 주색이나 적색은 아마도 정색을 가리키는 말일 것이다. 그래서 성인이 이를 본받아 무릎덮개가 달린 복장을 만들자 모든 왕들이 이를 바꾸지 않았다. 무릎덮개를 가죽으로 만드는 것은 옛날로 돌아가 근본을 잊지 않기 위해서이다. 상단의 너비가 한 자이고 하단의 너비가 두 자인 것은 하늘의 수치가 1이고 땅의 수치가 2인 것을 본받은 것이다. 길이가 세 자인 것은 천·지·인을 본받은 것이다.

◇갓에 대해 논하다

●所以有冠者, 何也? 所以幠持其髮也. 人懷五常, 莫不貴德, 示成禮, 有修飾首, 別成人也. 士冠經曰, "冠而字之, 敬其名也." 論語曰, "冠者五六人, 童子六七人." 禮所以十九見正[693]者而冠[694], 何? 漸三十[695]之人耳. 男子陽也, 成於陰, 故二十而冠. 曲禮曰, "二十弱冠," 言見正. 何以知不謂正月也? 以禮士冠經曰, "夏葛屨, 冬皮屨," 明非歲之正月也.

---

693) 見正(견정) : 정월을 보다. 만으로 19세가 되었음을 말한다.
694) 者而冠(자이관) : ≪백호통소증≫에 의하면 '이관자而冠者'의 오기이다.
695) 三十(삼십) : ≪백호통소증≫에 의하면 '이십二十'의 오기이다.

○갓을 쓰는 것은 어째서일까? 두건처럼 생긴 것으로 머리카락을 지탱하기 위한 것이다. 사람은 다섯 가지 덕목을 품고 있어 모두 덕을 중시하기에 예법의 완성을 보이고자 머리를 꾸며서 성인이 되었음을 구별짓는다. ≪의례·사관례土冠禮≫권1에 "관례를 치르면 그에게 자를 지어 줌으로써 그의 이름에 대해 공경심을 표한다"고 하였다. ≪논어·선진先進≫권11에는 "갓을 쓴 사람 대여섯 명과 어린아이가 예닐곱 명"이란 말이 있다. 예법상 19세가 지나 정월을 맞이하면서 갓을 쓰는 것은 어째서일까? 20세의 성인에 거의 다가섰기 때문이다. 남자는 양기에 해당하지만 음기에 의해 완성되기에 20세에 갓을 쓴다. ≪예기·곡례상≫권1에서 "20세를 약관이라고 한다"고 한 것도 정월을 맞이했다는 말이다. 직접 '정월'이라고 말하지 않는다는 것을 어떻게 알 수 있을까? ≪의례·사관례≫권1에서 "여름에는 칡베로 만든 신발을 신고, 겨울에는 가죽으로 만든 신발을 신는다"고 한 말을 통해 한 해의 정월이 아니라는 것을 분명히 알 수 있다.

◇**고깔에 대해 논하다**

● 皮弁者, 何謂也? 所以法古至質, 冠名也. 弁之言, 樊也, 所以樊持其髮也. 上古之時質, 先加服皮以鹿皮者, 取其文章也. 禮曰, "三王共皮弁素積."(素積者[696], 積素以爲)裳也. 腰中辟積[697], 至質不易之服, 反古不忘本也. 戰伐田獵, 此皆服之.

○'피변'이란 무슨 말일까? 옛날 지극히 질박한 시대를 본받기 위한 것으로 모자 이름이다. '변'이란 말은 에워싼다는 뜻으로 머리카락을 에워싸서 지탱하기 위한 것이다. 상고시대 때는 풍속이 질박하여 먼저 사슴가죽을 옷에 덧씌워서 그 문양을 채택하였다.

---

696) 素積者(소적자) : ≪백호통소증≫에 의하면 이하 두 구절이 누락되었기에 첨기한다.

697) 辟積(벽적) : 옷의 주름이나 주름을 잡는 일을 이르는 말.

≪의례·사관례士冠禮≫권1에 "하夏나라 우왕禹王·상商나라 탕
왕湯王·주周나라 무왕武王 등 세 임금 모두 가죽 고깔을 쓰고
흰 명주 치마를 입었다"고 하였다. '소적'이란 흰 명주를 모아서
치마로 만든 것이다. 허리에 주름이 잡히고 지극히 질박하여 바
뀌지 않는 복장으로서 옛날로 돌아가 근본을 잊지 않기 위한 것
이다. 전쟁할 때나 사냥할 때 모두 이것을 착용한다.

◇면류관과 술의 수치에 대해 논하다

●麻冕者, 何? 周宗廟之冠也. 禮曰, "周冕而祭," 又曰, "殷冔698)·
夏收699)而祭." 此三代700)宗廟之冠也. 十一月之時, 陽氣冕701)仰
黃泉之下, 萬物被施, 前冕702)而後仰, 故謂之冕. 謂之冔者, 十二月
之時, 施氣703)受化訏張704), 而後得牙, 故謂之冔. 謂之收者, 十三
月之時, (陽)氣收本, 擧生萬物而達出之, 故謂之收. 冕仰不同, 故前
後乖也. 訏張, 故萌大, 時物亦牙萌大也. 收而連, 故前葱, 大者在
後, 時物亦前葱也. 絶705)所以用麻爲之者, 女功之始, 亦不忘本也.
卽不忘本, 不用皮, (何706)?) 皮乃太古未有禮文之服. 故論語曰,
"麻冕, 禮也." 尙書曰, "王麻冕." 冕所以前後邃延707)者, 何? 示進
賢退不能也. 垂旒708)者, 示不見邪, 纊塞耳, 示不聽讒也. 故水淸無
魚, 人察無徒, 明不尙極知下. 故禮玉藻曰, "十有709)二旒, 前後邃

698) 冔(후) : 은殷나라 때 관冠 이름.
699) 收(수) : 하夏나라 때 관冠 이름.
700) 三代(삼대) : 하夏나라·상商나라·주周나라를 아우르는 말.
701) 冕(면) : ≪백호통소증≫에 의하면 '면俛'의 오기이다.
702) 冕(면) : ≪백호통소증≫에 의하면 '부俯'의 오기이다.
703) 施氣(시기) : ≪백호통소증≫에는 '양기陽氣'로 되어 있기에 이를 따른다.
704) 訏張(허장) : 과장하다, 자랑하다.
705) 絶(절) : ≪백호통소증≫에 의하면 '면冕'의 오기이다.
706) 何(하) : ≪백호통소증≫에 의하면 이 글자가 누락되었기에 첨기한다.
707) 邃延(수연) : 면류관의 앞뒤로 술을 길게 늘어뜨리는 것을 이르는 말. '수邃'는
'수邃'와 통용자.
708) 垂旒(수류) : 술을 늘어뜨리다. '류旒'는 '류瑬'로도 쓴다.
709) 有(우) : 수효를 덧보탤 때 쓰는 말. 또. '우又'와 통용자.

延." 禮器曰, "天子麻冕朱綠藻, 垂十有二旒者, 法四時十二月也. 諸侯九旒, 大夫七旒, 士爵弁[710]無旒."

○'마면'이란 무엇일까? 주나라 사람들이 종묘에서 제사지낼 때 쓰던 모자이다. ≪예기・왕제王制≫권13에 "주나라 때는 면류관을 쓰고서 제사를 지냈다"고 하고, 또 "은(상商)나라 때는 '후冔'를 쓰고, 하나라 때는 '수收'를 쓰고서 제사를 지냈다"고 하였다. 이것이 하나라・상나라・주나라 삼대에 걸쳐 종묘에서 쓰던 모자이다. 11월에 양기가 황천 아래서 고개를 숙였다가 들었다가 하면 만물이 혜택을 받는 것을 본떠 앞은 숙인 모양을 하고 뒤는 치솟은 모양을 하기에 '면'이라고 하는 것이다. '후'라고 한 것은 12월에 양기가 영향을 받아 뽐내기 시작하다가 뒤에 싹을 틔우는 것을 본떴기에 이를 '후'라고 하는 것이다. '수'라고 한 것은 13월(하력 1월)에 양기가 뿌리를 거두어 만물을 모두 낳아서 세상 밖으로 내보내는 것을 본떴기에 이를 '수'라고 하는 것이다. 고개를 숙였다가 들었다가 하는 것을 본떴기에 앞과 뒤가 어그러진 모양을 한다. 뽐내기에 싹이 클 수 있고 제때에 등장하는 사물 역시 싹이 크게 되는데, 거두었다가 이어지는 이치를 따르기에 앞쪽은 푸른 빛을 띤다. 큰 것이 뒤에 나타나기에 제때에 등장하는 사물 역시 앞쪽이 푸른 빛을 띠기 마련이다. 면류관을 삼베로 만드는 이유는 부녀자의 수공업의 첫 결실로서 근본을 잊지 않기 위해서이기도 하다. 설사 근본을 잊지 않으려는 것이라 해도 가죽을 이용하지 않는 것은 어째서일까? 가죽은 어디까지나 태고적에 예법에 맞는 문양을 갖추지 않았을 때의 복장이다. 그래서 ≪논어・자한子罕≫권9에 "삼베로 만든 면류관이 예법에 맞는다"고 하였고, ≪서경・주서周書・고명顧命≫권17에 "왕은 삼베로 만든 면류관을 쓴다"고 한 것이다. 면류관의 경우 앞뒤로 술을 길게 늘어뜨리는 이유는 무엇일까? 어진 사람을 등

---

710) 爵弁(작변) : 고대 예관禮冠의 하나.

용하고 무능한 사람을 퇴출시킨다는 뜻을 보이기 위해서이다. 술을 드리우는 것은 사악한 사람을 만나지 않겠다는 뜻을 보이기 위해서이고, 솜으로 귀 부위를 막는 것은 참언을 받아들이지 않겠다는 뜻을 보이기 위해서이다. 그래서 물이 맑으면 고기가 없듯이 사람이 너무 꼼꼼이 살피면 따르는 무리가 없게 되므로 극단적인 것을 좋아하여 아랫사람을 자세히 살피지 않겠다는 뜻을 분명히 하는 것이다. 그래서 ≪예기・옥조≫권29에 "12개의 술을 앞뒤로 길게 늘어뜨린다"고 하였고, ≪예기・예기≫권23에 "삼베로 만든 천자의 면류관에 붉고 푸른 물풀 문양을 넣고 12개의 술을 다는 것은 사계절 12개월을 본받은 것이다. 제후는 9개의 술을 달고, 대부는 7개의 술을 달며, 사士는 작변을 쓰되 술을 달지 않는다"고 하였다.

◇위모・장보・무추에 대해 논하다

● 委貌者, 何謂也? 周朝廷理政事・行道德之冠名. 士冠經曰, "委貌周道, 章甫殷道, 毋追夏后氏之道." 所以謂之委貌, 何? 周統十一月爲正, 萬物萌小, 故爲冠飾最小, 故曰委貌. 委貌者, 委曲[711]有貌也. 殷統十二月爲正, 其飾微大, 故曰章甫. 章甫者, 尙未與極其本相當也. 夏者統十三月爲正, 其飾最大, 故曰毋追. 毋追者, 言其追[712]大也.

○'위모'란 무슨 말일까? 주나라 때 조정에서 정사를 펼치거나 도덕을 행할 때 쓰던 모자 이름이다. ≪의례・사관례士冠禮≫권1에 "'위모'는 주나라 때 제도이고, '장보'는 은나라 때 제도이며, '무추'는 하나라 때 제도이다"라고 하였다. 이를 '위모'라고 부르는 이유는 무엇일까? 주나라는 11월을 정월로 정하였는데, 만물이 싹을 조금 틔우기에 모자의 장식을 가장 작게 만들었다. 그래서

---

711) 委曲(위곡) : 구불구불한 모양.
712) 追(추) : 모자의 장식을 이르는 말. 모자 이름으로 보는 설도 있다.

'위모'라고 한 것이다. '위모'는 구불구불하게 모양을 갖춘 것을 말한다. 은나라는 12월을 정월로 삼았는데, 그 장식이 약간 크기에 '장보'라고 한 것이다. '장보'란 아직 그 바탕을 다 꾸미는 것과 들어맞지 않는다는 말이다. 하나라는 13월(1월)을 정월로 삼았는데, 그 장식이 가장 크기에 '무추'라고 한 것이다. '무추'는 모자 장식이 크다는 말이다.

◇작변에 대해 논하다

●爵弁者, 周人宗廟之冠也. 禮郊特牲曰, "周弁." 士冠經曰, "周弁·殷冔·夏收." 爵何以知指謂其色? 又乍言爵弁, 乍但言弁. 周之冠色所以爵713), 何? 爲周尙赤. 所以不純赤, 但如爵頭, 何? 以本制冠者法天, 天色玄者, 不失其質, 故周加赤, 殷加白, 夏之冠色純玄. 何以知殷加白也? 周加赤, 知殷加白714)也. 夏殷士冠不異, 何? 古質也. 以士冠禮知之.

○(참새의 머리 색깔을 띤 고깔인) '작변'은 주나라 사람들이 종묘에서 제사지낼 때 쓰던 모자이다. ≪예기·교특생≫권26에 "주나라 때는 '변弁'을 쓰고, 은나라 때는 '후冔'를 쓰고, 하나라 때는 '수收'를 썼다"는 기록이 보인다. '작'이 그 색깔을 가리켜서 하는 말이라는 것을 어떻게 알 수 있을까? 일순 '작변'이라고도 하다가도 일순 단지 '변'이라고도 하기 때문이다. 주나라 때 모자의 색깔을 검붉은 색으로 한 것은 어째서일까? 주나라 때는 적색을 숭상하였기 때문이다. 순수한 적색으로 하지 않고 단지 참새의 머리 색깔처럼 검붉은 색으로 하는 이유는 무엇일까? 본래 모자를 만들 때는 하늘을 본받는데, 하늘의 색깔이 검은 빛을 띠기에 그 본질을 잃지 않기 위해서이다. 그래서 주나라 때는 적색

---

713) 爵(작) : 검붉은 색을 뜻하는 말.
714) 知殷加白(지은가백) : 주周나라는 화덕火德(적색)을 숭상했는데, 오행상극설五行相剋說에 의하면 불(火)이 쇠(金)를 이기기에 주나라에게 망한 은나라가 금덕金德(백색)을 숭상했다는 것을 알 수 있다는 말이다.

을 보탰고, 은나라 때는 백색을 보탰고, 하나라 때 모자 색깔은 순수한 검은 빛을 띠었다. 은나라 때 백색을 보탰다는 것을 어떻게 알 수 있을까? 주나라 때 적색(火)을 보탰기에 은나라 때는 백색(金)을 보탰다는 것을 알 수 있다. 하나라와 은나라 때 선비가 쓰던 모자가 다르지 않은 것은 어째서일까? 옛날에는 질박함을 좋아했기 때문이다. ≪의례·사관례≫권1의 기록을 통해서도 이를 알 수 있다.

◆喪服(상복) 16항

◇천자에게는 3년상을 행하다

●諸侯爲天子斬衰[715]三年, 何? 普天之下, 莫非王土, 率土之濱, 莫
非王臣. 臣之於君, 猶子之於父, 明至尊臣子之義也. 喪服經曰, "諸
侯爲天子斬衰三年." 天子爲諸侯絶朞[716], 何? 示同愛百姓, 明不獨
親也. 故禮中庸曰, "朞之喪, 達乎諸侯[717], 三年之喪, 達乎天子."
卿大夫降緦, 重公正也.

○제후가 천자의 상례를 위해 (부모님이 돌아가셨을 때처럼) 3년
동안 상복을 입는 것은 어째서일까? 온천하에 왕의 땅이 아닌
곳이 없고, 모든 국토 끝까지 왕의 신하가 아닌 사람이 없기 때
문이다. 신하와 군주와의 관계는 자식과 부친과의 관계와 같기에
지존인 천자와 신하 사이의 도의를 분명히 하기 위해서이다. 그
래서 ≪의례・상복≫권11에서도 "제후는 천자를 위해 3년 동안
상복을 입는다"고 하였다. 천자가 제후를 위해 1년으로 상복을
제한하는 것은 어째서일까? 백성을 똑같이 사랑한다는 것을 보
임으로써 제후하고만 친하지 않다는 것을 밝히기 위해서이다. 그
래서 ≪예기・중용≫권52에 "1년상은 제후까지 시행하고, 3년상
은 천자까지 시행한다"고 하였다. 경이나 대부의 경우 3개월짜리
상복인 시마로 등급을 내리는 것은 공정함을 중시해서이다.

◇천자 사망시 백성은 3개월 동안 상복을 입는다

●禮, 庶人(爲)國君服齊衰[718]三月. 王者崩, 京師之民喪三月, 何? 民

---

715) 斬衰(참최) : 오복五服 가운데 하나로 부모님이 돌아가셨을 때 3년 동안 입는
상복을 이르는 말. 가장 무겁고 거친 베로 만들었다.
716) 朞(기) : 돐, 1년. '기期'로도 쓴다.
717) 諸侯(제후) : 현전하는 ≪예기・중용≫권52에는 '대부大夫'로 되어 있다.
718) 齊衰(자최) : 다섯 가지 상복, 즉 오복五服인 참최斬衰・자최齊衰・대공大功・소
공小功・시마總麻 가운데 하나로서 조부모나 아내・형제자매 등의 상을 당했을
때 1년 동안 입는 비교적 거친 상복을 이르는 말.

賤而王貴, 故三月而已. 天子七月而葬, 諸侯五月而葬者, 則民始哭
素服, 先葬三月成齊衰, 朞月以成禮葬君也. 禮不下庶人, 所以爲民
制, 何? 禮不下庶人者, 尊卑制度也. 服者, 恩從內發, 故爲之制也.

○예법상 서민은 군주를 위해 3개월 동안 거친 상복을 입는다. 천
자가 사망하면 도성의 백성들이 3개월 동안 상복을 입는 것은
어째서일까? 백성은 미천하고 천자는 고귀한 신분이기에 3개월
에서 그치는 것이다. 천자는 7개월이 지나 장례를 치르고 제후는
5개월이 지나 장례를 치르는데, 백성들이 소복을 입고 통곡을 시
작하면 먼저 3개월간 장례를 치르면서 거친 상복을 마련하고, 1
개월 동안 상례를 완성하고서 군주를 장지에 묻는다. 예법을 서
민에게 적용하지 않는데도 백성을 위한 제도를 마련하는 것은
어째서일까? 예법을 서민에게 적용하지 않는 것은 존비를 구별
하는 제도이기 때문이다. 그러나 상복은 은정이 안으로부터 일어
나는 것이므로 이를 위해 제도화하는 것이다.

◇천자 사망시 상복을 입는 순서에 대해 논하다

●王者崩, 臣下服之有先後, 何? 恩有深淺遠近, 故制有日月. 檀弓記
曰, "天子崩, 三日祝[719]先服, 五日官長[720]服, 七日國中男女服, 三
月天下服."

○천자가 사망했을 때 신하가 입는 상복에 선후가 있는 것은 어째
서일까? 은혜에 깊이와 거리의 차이가 있기에 제도상으로도 날
짜에 차이가 있는 것이다. ≪예기·단궁하檀弓下≫권10에 "천자
가 사망한 지 3일이 지나면 축이 먼저 상복을 입고, 5일이 지나
면 문무백관이 상복을 입고, 7일이 지나면 도성 안의 남녀가 상
복을 입고, 3개월이 지나면 천하 사람들이 모두 상복을 입는다"
고 하였다.

---

719) 祝(축) : 제사를 주관하는 관리인 축사祝史를 이르는 말. '제사祭史'라고도 한다.
720) 官長(관장) : 관청의 수장을 뜻하는 말로 결국 문무백관을 가리킨다.

◇3년상의 의의에 대해 논하다

●三年之喪, 何二十五月? 以爲古民質, 痛於死者, 不封不樹[721], 喪期無數[722], 亡[723]之則除. 後代聖人, 因天地萬物有終始, 而爲之制, 以朞斷之. 父至尊, 母至親, 故爲加隆[724], 以盡孝子恩. 恩愛至深, 加之則倍. 故再朞二十五月也. 禮有取於三, 故謂之三年. 緣其漸三年之氣也. 故春秋傳曰, "三年之喪, 其實二十五月也." 三年之喪, 不以閏月數, 何? 以其言[725]朞也. 朞者, 復其時也. 大功[726]已下月數, 故以閏月除. 禮士虞經曰, "言[727]朞而小祥[728]. 又朞而大祥[729]."

○3년상이라고 하면서 어째서 실제로는 25개월 동안 상례를 치르는 것일까? 옛 백성들은 풍속이 질박하여 죽음에 애통해 하면서도 봉분을 하지 않고 나무를 심지 않았으며, 상례 기간에 일정한 시수가 없어 잊을 만한 때가 되면 상복을 벗었다. 후대에 성인이 천지 만물에 시작과 끝이 있다고 생각해 걸맞는 제도를 만들면서 1년을 단위로 끊었다. 부친은 지극히 존귀하고 모친은 지극히 가깝기에 보다 기간을 보탬으로써 효자로서의 은혜를 다 드러냈다. 은애가 지극히 깊으면 거기에 보태 기간을 배로 늘렸다. 그래서 1년을 거듭하여 25개월이 되었다. 예법상으로는 홀수인 3자를 택하기에 이를 '3년'이라고 하는 것이다. 이는 그것이 3년이란 천기에 거의 다가서기 때문이다. 그래서 ≪공양전 · 민공閔

---

721) 不封不樹(불봉불수) : 무덤에 봉분을 쌓지 않고 나무를 심지 않는 것을 말한다.

722) 無數(무수) : 일정한 수치가 없다. 즉 상복을 입는 일정한 기간이 없다는 말이다.

723) 亡(망) : 잊다, 망각하다. '망忘'과 통용자.

724) 加隆(가륭) : 융숭한 대접을 보태다. 여기서는 상례 기간을 늘리는 것을 말한다.

725) 其言(기언) : ≪백호통소증≫에 의하면 '언기言其'의 오기이다.

726) 大功(대공) : 오복五服의 하나로 외조부모나 종형제從兄弟 등 가까운 친족의 상을 당했을 때 9개월 동안 입는 상복을 이르는 말. 자최齊衰보다는 곱고 소공小功보다는 거친 삼베로 만든다.

727) 言(언) : ≪의례 · 사우례≫권14의 원문에 의하면 연자衍字이다.

728) 小祥(소상) : 부모님이 돌아가시고 1년이 지나서 지내는 제례를 이르는 말.

729) 大祥(대상) : 부모님이 돌아가시고 2년이 지나 25개월째에 지내는 제례를 이르는 말. 반면 27개월이 되었을 때 지내는 제례는 '담禫'이라고 한다.

公2년≫권9에서 "3년상은 실제로는 25개월이다"라고 하였다. 3
년상에서 윤달을 계산하지 않는 것은 어째서일까? '기幕'를 말하
기 때문이다. '기'는 계절이 되돌아오는 것을 뜻한다. (1년이 안
되는 상례인) 대공 이하는 달로 계산하기에 윤달을 제거한다. ≪
의례·사우례土虞禮≫권14에 "1년이 지나면 소상을 지내고, 다
시 1년이 지나면 대상을 지낸다"고 하였다.

◇상복에 대해 논하다

●喪禮必制衰麻730), 何? 以副意也. 服以飾情, 情貌相配, 中外相應,
故吉凶不同服, 歌哭不同聲, 所以表中誠也. 布衰裳, 麻絰731),
簫732)笄, 繩纓, 苴杖733), 爲曷734)及本絰735)者, 亦示也. 故摠而載
之, 示有喪也. 腰絰者, 以代紳帶也. 所以結之, 何? 思慕腸若結也.
必再結之, 何? 明思慕無已.

○상례를 지낼 때 반드시 상복을 제작하는 것은 어째서일까? 애도
하는 의도에 부합하기 위해서이다. 상복은 감정을 나타내기 위한
것이므로 감정과 외모가 서로 어울리고 안팎이 서로 상응해야
한다. 따라서 길사와 흉사에 복장이 다르고 노래와 통곡에 소리
가 다른 것은 마음 속의 정성을 표현하기 위한 것이다. 베로 만
든 상복을 걸치고, 삼으로 만든 머리띠와 허리띠를 두르고, 대가
지로 만든 비녀를 꽂고, 새끼줄로 만든 상모끈을 두르고, 대나무
지팡이를 짚고, 상복에 끝을 자르지 않은 끈을 다는 것 역시 진

---

730) 衰麻(최마) : 상복. 3년상의 상복인 참최斬衰와 1년상의 상복인 자최齊衰, 3개
   월 상복인 시마緦麻 등을 총칭하는 말.
731) 麻絰(마질) : 상복을 입을 때 머리와 허리에 두르기 위해 삼베로 만든 띠를 이
   르는 말.
732) 簫(소) : ≪백호통소증≫에 의하면 가는 대나무를 뜻하는 말인 '전箭'의 오기
   이다.
733) 苴杖(저장) : 상주가 손에 들기 위해 대나무로 만든 지팡이를 이르는 말.
734) 爲曷(위략) : ≪백호통소증≫에 의하면 연자衍字이다.
735) 本絰(본질) : 끝을 자르지 않은 상복의 띠를 이르는 말.

심어린 애도의 마음을 보이기 위해서이다. 그래서 이를 모아 상여에 실어서 상을 당했다는 것을 보이는 것이다. 허리에 매는 끈은 허리띠를 대신하기 위한 것이다. 그것을 묶는 이유는 무엇일까? 사모의 정이 깊어서 내장이 뒤틀린 듯하다는 의미이다. 반드시 이중으로 묶는 것은 어째서일까? 부모님을 그리워하는 마음이 끝이 없다는 것을 분명하게 보이기 위해서이다.

◇상장喪杖에 대해 논하다

●所以必杖者, 孝子失親, 悲哀哭泣, 三日不食, 身體羸病. 故杖以扶身, 明不以死傷生也. 禮, 童子婦人不杖者, 以其不能病也. 禮曰, "斬衰三日不食, 齊衰二日不食, 大功一日不食, 小功·緦麻[736], 一日不食[737]再不食, 可也." 以竹杖, 何? 取其名也. 竹者, 蹙也. 桐者, 痛也. 父以竹, 母以桐, 何? 竹者, 陽也, 桐者, 陰也. 竹何以爲陽? 竹斷而用之, 質, 故爲陽. 桐削而用之, 加人功文, 故爲陰也. 故禮曰, "苴杖, 竹也, 削杖[738], 桐也."

○(상을 치를 때) 반드시 지팡이를 짚는 이유는 효자가 부모를 잃어 슬프게 통곡하면서 사흘 동안 밥을 먹지 않아 몸이 병약해지기 때문이다. 그래서 지팡이로 몸을 부축함으로써 죽은 사람 때문에 산 사람을 다치지 않게 하겠다는 의중을 밝히는 것이다. 예법상 어린아이나 부녀자가 지팡이를 짚지 않는 것은 그들이 병이 들어서는 안 되기 때문이다. ≪예기·간전間傳≫권57에 "(3년상인) 참최 때는 3일 동안 밥을 먹지 않고, (1년상인) 자최 때는 2일 동안 밥을 먹지 않고, (9개월상인) 대공 때는 하루 동안 밥을 먹지 않고, (5개월상인) 소공이나 (3개월상인) 시마 때는 하루에 두 끼니 이상 밥을 먹지 않는 것이 맞다"고 하였다. 대나무

---

736) 緦麻(시마) : 오복五服의 하나로 고조부모나 먼 친척의 상을 당했을 때 3개월 동안 입는 상복을 이르는 말. 가장 가볍고 고운 삼베로 제작하였다.

737) 不食(불식) : 원문에 의하면 연자衍字이다.

738) 削杖(삭장) : 오동나무를 깎아서 만든 모친상 때 사용하는 지팡이를 이르는 말.

지팡이를 사용하는 것은 어째서일까? 그 이름의 의미를 취하는 것이다. '죽竹'은 몸이 축나는 것을 뜻하고, '동桐'은 마음이 비통함을 뜻한다. 부친상 때 대나무 지팡이를 사용하고, 모친상 때 오동나무 지팡이를 사용하는 것은 어째서일까? 대나무는 양기를 띤 식물이고, 오동나무는 음기를 띤 식물이기 때문이다. 대나무가 어째서 양기를 띤 식물일까? 대나무는 잘라서 사용하고 질박하기에 양기를 띠는 식물이다. 오동나무는 깎아서 사용하고 사람이 공을 들여 만든 문양을 보태기에 음기를 띠는 식물이다. 그래서 ≪의례·상복≫권11에 "부친상을 당했을 때 짚는 지팡이는 대나무로 만들고, 모친상을 당했을 때 짚는 지팡이는 오동나무로 만든다"고 하였다.

◇여막에 대해 논하다

●所以必居倚廬[739], 何? 孝子哀, 不欲聞人之聲, 又不欲居故處, 居中門[740]之外. 倚木爲廬, 質反古也. 不在門外, 何? 戒不虞故也. 故禮大傳[741]曰, "父母之喪, 居倚廬." 於中門外東墻下, 戶北面. 練[742]而居堊室[743], 無餘之室. 又曰, "婦人不居倚廬." 又曰[744], "天子七日," 又曰, "公諸侯五日, 卿大夫三日而服成[745]." 居外門內赤壁下爲廬. 寢苫塊[746], 哭無晝夜時, 不脫絰帶. 旣虞[747], 寢有席,

---

739) 倚廬(의려) : 부모상 때 임시로 거처하는 여막을 이르는 말.

740) 中門(중문) : 궁궐이나 집안의 중간에 위치한 문에 대한 범칭泛稱.

741) 大傳(대전) : 이는 '간전間傳'의 오기이다. 이하 예문은 ≪예기·대전≫권34가 아니라 ≪예기·간전≫권57에 보인다.

742) 練(연) : 제례 이름. 부모님이 돌아가신 뒤 13개월 차에 지내는 제사를 이르는 말.

743) 堊室(악실) : 옛날에 상주喪主가 머물던 백토白土를 칠한 방을 가리키는 말. 혹은 굽지 않은 기와를 쌓아서 방을 만들고 천정과 벽을 바르지 않은 방을 뜻하는 말로 보는 설도 있다.

744) 曰(왈) : ≪백호통소증≫에 의하면 이하 예문은 현전하는 ≪예기≫에 실리지 않은 일문逸文이다.

745) 服成(복성) : 상례에서 염을 마친 뒤 상복을 입기 시작하는 것을 이르는 말.

746) 苫塊(점괴) : 부모상 때 상주가 머무는 거적자리와 진흙베개를 아우르는 말.

蔬食飲水, 朝一哭, 夕一哭而已. 既練, 舍外寢, 居堊室, 始食菜果,
及748)素食749), 哭無時. 二十五月而大祥, 飲醴酒, 食乾肉. 二十七
月而禫, 通祭宗廟, 去喪之殺也.

○(부모상을 치를 때) 반드시 여막에 기거해야 하는 이유는 무엇일
까? 효자로서 비애를 느껴 남의 목소리를 듣고 싶지 않은 데다
가 또 원래의 거처에 기거하고 싶지 않아서 중문 밖에 기거하는
것이다. 나무를 가져다가 여막을 만드는 것은 질박함을 중시하여
옛날로 돌아가고자 함이다. 고을 출입문 밖에 거처하지 않는 것
은 어째서일까? 뜻밖의 사고에 대비하기 위해서이다. 그래서 ≪
예기 · 간전間傳≫권57에 "부모상을 당했을 때는 여막에 기거한
다"고 하였다. 중문 밖 동쪽 담장 아래에다가 창문을 북쪽으로
낸다. (13개월이 지나) 연제를 지내고 나면 악실에 머물지만 여
분의 방을 마련하지 않는다. 또 (≪예기 · 상대기喪大記≫권54에
서는) "부녀자는 여막에 기거하지 않는다"고 하였다. 또 "천자는
7일이 지나면"이라고 하고, 또 "공과 제후는 5일이 지나고, 경과
대부는 3일이 지나면 본격적으로 상복을 입기 시작한다"고 하였
다. 외문 밖 붉은 벽 아래에 기거하면서 여막을 짓는데, 거적자
리와 진흙베개에서 잠을 자고, 낮과 밤 구분 없이 통곡을 하며,
삼베로 만든 머리띠와 허리띠를 벗지 않는다. (장례를 마치고)
우제를 치르고 나면 침실에 자리를 마련하고 채소를 먹고 물을
마시는데, 아침에 한 번 통곡하고 저녁에 한 번 통곡하면 그만이
다. (13개월이 지나) 연제를 지내고 나면 바깥 침실에서 잠을 자
고 악실에 기거하면서 비로소 채소와 과일을 먹기 시작하고, 다
시 평소처럼 식사를 하며 통곡에는 일정한 때가 없어도 된다. 25

---

747) 虞(우) : 제사 이름. 장례를 치른 당일 신주神主를 모시고 빈소로 돌아가 혼백을
    달래기 위해 지내는 우제虞祭를 말한다. '우虞'은 '안安'의 뜻.
748) 及(급) : ≪백호통소증≫에 의하면 '반反'의 오기이다. 자형의 유사성으로 인한
    필사 과정상의 단순 오기로 보인다.
749) 素食(소식) : 평상시와 같은 식사를 이르는 말.

개월이 지나 대상을 치르면 단술을 마시고 육포를 먹는다. 27개월이 지나 담제를 지내면 통상 종묘에서 제를 올리면서 상례 때의 살벌한 분위기로부터 벗어날 수 있다.

◇상례를 치를 때는 말을 하지 않다

●喪禮不言者, 何? 思慕盡情也. 言不文750)者, 指謂士民751). 不言而事成者, 國君卿大夫, 杖而謝賓. 財少恃力, 面垢作身, 不言而事具者, 故號哭盡情.

○상례 때 말을 하지 않는 것은 어째서일까? 부모를 그리워하며 진심을 다 드러내기 위해서이다. 말을 하더라도 화려하게 꾸미지 않는 것은 일반 백성을 두고 하는 말이다. 말을 하지 않아도 상례를 잘 치르는 것은 군주와 경·대부의 경우 지팡이를 짚고 손님에게 인사하는 정도이다. 재물이 부족하면 체력에 의지하고, 얼굴이 더러운 상태로 몸을 일으키며, 말을 하지 않고서도 상례를 구비하기에 통곡을 하면서 진심을 다 드러낸다.

◇융통성 있게 상례를 치르다

●喪有病, 得飮酒食肉, 何? 所以輔人生己, 重先祖遺支體也. 故曲禮曰, "居喪之禮, 頭有瘡則沐, 身有瘍則浴, 有疾則飮酒食肉." 五十不致毀, 七十唯衰麻在身, 飮酒食肉. 又曰, "父母有疾, 食肉不至變味, 飮酒不至變貌, 笑不至矧752), 怒不至詈, 琴瑟不御." 曾子問曰, "三年之喪, 練, 不羣立, 不旅行. 禮以飾情, 三年之喪而弔哭753), 不亦虛乎!" 禮檀弓曰, "曾子有母之喪, 弔子張754)." 子張者朋友, 有服,

---

750) 不文(불문) : 꾸미지 않다. 즉 화려한 말을 늘어놓지 않는 것을 말한다.
751) 士民(사민) : 하급관리와 백성을 아우르는 말로 결국 일반 백성을 가리킨다.
752) 矧(신) : 잇몸이 보일 정도로 입을 벌리고 크게 웃는 것을 이르는 말.
753) 弔哭(조곡) : 남의 상가에 찾아가 조문하면서 통곡하는 일을 이르는 말.
754) 子張(자장) : 춘추시대 노魯나라 때 공자의 제자인 전손사顓孫師의 자. 관대한 성품을 지녔다는 평을 받았다. ≪사기·중니제자열전仲尼弟子列傳≫권67 참조.

雖重服755), 弔之, 可也. 曾子問曰, "小功可以與祭乎?" 孔子曰, "斬衰已下與祭, 禮也." 此謂君喪然也. 子夏756)問, "三年之喪, 旣卒哭757), 金革758)之事無避者, 禮與?" 孔子曰, "吾聞諸759)老聃760)曰, '魯公761) · 伯禽762), 則有爲之也.' 今以三年之喪, 從其利者, 吾不知也."

○상례를 치르다가 병이 생기면 술을 마시고 고기를 먹을 수 있는 것은 어째서일까? 조문하러 찾아온 사람을 거들고 자신의 생명을 유지해 선조가 물려준 육체를 소중히 여기기 위해서이다. 그래서 ≪예기·곡례상曲禮上≫권3에서도 "상례를 치르다가 머리에 종기가 생기면 머리를 감고, 몸에 욕창이 생기면 몸을 씻고, 질병이 생기면 술을 마시고 고기를 먹는다"고 하였다. 상주의 나이가 50세이면 몸을 해치는 결과를 초래해서 안 되고, 70세이면 단지 상복을 몸에 걸친 채 술을 마시고 고기를 먹을 수 있다. 또 "부모가 병이 생기면 고기를 먹더라도 맛을 바꾸어서 안 되고, 술을 마시더라도 낯빛을 바꾸어서 안 되며, 웃더라도 잇몸이 보이게 해서는 안 되고, 화가 나더라도 욕을 해서는 안 되며, 금슬을 연주하지 말아야 한다"고 하였다. ≪예기·증자문≫권19에

---

755) 重服(중복) : 부모상 때 입는 거칠고 무거운 상복을 이르는 말.

756) 子夏(자하) : 춘추시대 노魯나라 공자의 제자인 복상卜商(B.C.507-?)의 자. 문학에 뛰어난 것으로 알려졌다. ≪사기·중니제자열전仲尼弟子列傳≫권67 참조.

757) 卒哭(졸곡) : '곡을 마친다'는 의미에서 유래한 말로, 삼우제三虞祭 뒤에 지내는 제사를 가리킨다. 그 시기는 신분에 따라 차이가 있다.

758) 金革(금혁) : 무기와 갑주甲冑를 이르는 말. 혹은 무기만을 가리키는 것으로 보는 설도 있다. 결국 전쟁을 비유적으로 가리킨다.

759) 諸(제) : '지어之於'의 합성어.

760) 老聃(노담) : 주周나라 사람 이이李耳의 별칭. 자는 백양伯陽·중이重耳·담聃이고, 호는 노군老君. '노자老子' '노담老聃' '노래자老萊子' '이노군李老君' 등 여러 별칭으로도 불렸다. 저서로 ≪노자≫가 전한다.

761) 魯公(노공) : 춘추시대 노나라에 처음으로 봉해진 군주인 주공周公의 장남 백금伯禽의 별칭. 그러나 ≪백호통소증≫에 의하면 '주공周公'의 오기이다.

762) 伯禽(백금) : 춘추시대 노魯나라의 시조인 주공周公의 장남으로 46년간 노나라의 임금을 지냈다.

"3년상을 치르면서 연제를 지낼 때는 여러 사람과 함께 서서 안 되고 먼 길을 나서서도 안 된다. 예법은 마음을 꾸미기 위한 것이거늘 3년상을 치르면서 남의 상가에 조문을 가서 통곡을 한다면 역시 위선적인 행동이 아니겠는가?"라고 하였다. ≪예기·단궁하檀弓下≫권9에 "(춘추시대 노魯나라) 증자(증참曾參)는 모친상을 당하고서도 자장(전손사顓孫師)의 죽음을 조문하였다"고 하였는데, 자장은 절친한 친구로서 상을 당했기에 비록 부모상을 당하여 무거운 상복을 입었다 하더라도 조문이 가능한 것이다. (≪예기·증자문≫권18에 의하면) 증자가 "(5개월상인) 소공 때 제례에 참여할 수 있습니까?"라고 묻자, 공자가 "(3년상인) 참최 이하의 제례에 참여하는 것이 예법이란다"라고 대답하였다. 이는 군주가 상을 당했을 때 그렇다는 말이다. 자하(복상卜商)가 "3년 상을 치를 때 졸곡제를 지내고 나서 전쟁에 참여하는 일을 피하지 않는 것이 예법에 맞습니까?"라고 묻자, 공자는 "나는 노담(이이李耳)에게서 이에 대해 들었는데, '주공周公과 그의 아들인 백금 모두 이를 실행한 일이 있소'라고 말하였네. 이제 3년상 때문에 자신의 이익을 좇는다는 말을 나는 모르겠네"라고 대답하였다.

◇부녀자는 경내를 벗어나 조문하지 않다

●婦人不出境弔者, 婦人無外事, 防淫佚也. 禮雜記曰763), "婦人越彊而弔, 非禮也." 而有三年喪, 君與夫人俱往. 禮, 妻爲父母服, 夫亦當服.

○부녀자가 경내를 벗어나 조문하지 않는 것은 아낙네는 바깥일에 관여하지 않기에 음탕한 행위를 방지하기 위해서이다. ≪예기·

---

763) 曰(왈) : 현전하는 ≪예기·잡기하≫권43에는 "부녀자는 3년상이 아니면 봉토를 벗어나 조문하지 않는다(婦人非三年之喪, 不踰封而弔)"로 되어 있으나, 의미상 큰 차이가 없기에 위의 예문을 따른다.

잡기하雜記下≫권43에 "부녀자가 자기 구역을 벗어나 조문하는 것은 예법에 맞지 않는다"고 하였지만, 3년상이 있으면 군주가 부인과 함께 조문하러 간다. 예법상 아내가 부모님을 위해 상복을 입으면 남편도 같은 상복을 입는다.

◇조문하지 않는 대상으로 세 가지가 있다

● 有不弔三, 何? 爲人臣子, 常懷恐懼, 深思遠慮, 志在全身. 今乃畏・厭・溺死, 用爲不義, 故不弔也. 檀弓曰, "不弔三, 畏・厭・溺也." 畏者, 兵死也. 禮曾子記曰764), "大辱加於身, 皮體毀傷, 卽君不臣, 士不交. 祭不得爲昭穆765)之尸, 食不得(闕)昭穆之牲, 死不得葬昭穆之域也."

○조문하지 않는 대상으로 세 가지가 있는데 무엇일까? 남의 신하라면 늘 두려움을 품은 채 심사숙고하며 몸을 보전하는 데 마음을 두어야 한다. 이제 도리어 병기에 다쳐서 죽거나 위험한 곳에서 압사하거나 물에 빠져 익사한 사람은 불의를 저지른 행위에 해당하기에 조문하지 않는다. ≪예기・단궁상檀弓上≫권6에 "조문하지 않는 대상이 세 가지 있으니 병기에 다쳐서 죽거나 위험한 곳에서 압사하거나 물에 빠져 익사한 사람이다"라고 하였다. '외畏'는 병기에 다쳐서 죽는 것을 말한다. ≪예기・증자문曾子問≫에 "커다란 치욕이 몸에 가해지거나 몸을 손상시키면 군주는 그를 신하로 삼지 않고, 선비는 그와 사귀지 않는다. 제사 때도 소목의 신주에 오르지 못 하고, 제사 음식을 먹을 때도 소목의 희생물을 받지 못 하며, 사망한 뒤에도 소목의 구역에 묻히지 못 한다"고 하였다.

---

764) 曰(왈) : 이하 예문은 현전하는 ≪예기・증자문曾子問≫에 실리지 않은 것으로 보아 일문逸文인 듯하다.

765) 昭穆(소목) : 종묘宗廟에서 제사 지낼 때 신주神主를 모시는 배열 순서를 일컫는 말. 시조始祖를 중앙에 두고 순서에 따라 좌우로 배열하는데, 왼쪽을 '소昭'라고 하고, 오른쪽을 '목穆'이라고 한다. 결국 친족 항렬의 순서를 가리키기도 한다.

◇스승의 상을 당했을 때도 상복을 입다

●弟子爲師服者, 弟子有君臣・父子・朋友之道也. 故生則尊敬而親之,
死則哀痛之. 恩深義重, 故爲之隆服766), 入則経, 出則否. 檀弓曰,
"昔夫子之喪顏回, 若喪子而無服, 喪子路亦然. 請喪夫子若喪父而無
服也."

○제자가 스승을 위해 상복을 입는 것은 제자에게도 군신지간이나
부자지간・친구 사이의 도리가 있기 때문이다. 따라서 스승이 살
아 있을 때는 존경심을 품고 가까이 대하다가 사망하면 죽음을
애통해 하는 것이다. 은혜가 깊고 의리가 막중하기에 (부모상을
당했을 때처럼) 가장 거칠고 무거운 상복을 입는데, 입실하면 띠
를 두르지만 외출하면 벗는다. 반면 ≪예기・단궁상檀弓上≫권7
에는 "(자공子貢 단목사端木賜가 동료들에게 말했다.) 옛날에 선
생님(공자)께서 (수제자인) 안회를 잃었을 때 마치 친아들을 잃
은 듯이 하면서도 상복을 입지 않으셨고, 자로(중유仲由)를 잃었
을 때도 그리하셨습니다. 우리도 선생님의 상을 치르면서 부친을
잃은 듯이 하되 상복을 입지 말도록 합시다"라는 기록이 있다.

◇국상國喪과 사적인 상례의 경중에 대해 논하다

●曾子問曰, "君薨767), 旣殯, 而臣有父母之喪, 則如之何?" 孔子曰,
"歸居于家. 有殷事768), 則之君所, 朝夕769)否770)." 曰, "君旣

---

766) 隆服(융복) : 부모상 때 입는 가장 거칠고 무거운 상복을 이르는 말. '중복重服'
   이라고도 한다.
767) 薨(훙) : 제후나 공경公卿 등 고관이 죽었을 때 쓰는 말. ≪예기・곡례하曲禮
   下≫권5에 의하면 천자의 죽음은 '붕崩'이라고 하고, 공경의 죽음은 '훙薨'이라
   고 하고, 대부大夫의 죽음은 '졸卒'이라고 하고, 사士의 죽음은 '불록不祿'이라고
   하고, 평민의 죽음은 '사死'라고 하여 신분에 따라 죽음에 대한 표현에도 차이를
   두었다.
768) 殷事(은사) : 초하루와 보름날에 지내는 큰 제례를 가리키는 말. '은殷'은 '대大'
   의 뜻.
769) 朝夕(조석) : 시신을 관에 안치시킨 뒤 조석으로 간단하게 제례를 올리는 일을
   이르는 말.

斂771), 而臣有父母之喪, 則如之何?" 孔子曰, "歸殯哭, 而反于君
所. 有殷事則歸, 朝夕否. 大夫室老772)行事, 士則子孫行事. 大夫內
子, 有殷事, 則亦之君所, 朝夕否." 諸侯有親喪, 聞天子崩, 奔喪者,
何? 屈己. 親親猶尊尊之義也. 春秋傳曰, "天子記崩, 不記葬者, 必
其時葬773)也. 諸侯記葬, 不必有時." 諸侯爲有天子喪尙奔, 不得必
以其時葬也. 大夫使受命而出, 聞父母之喪, 非君命不反者, 蓋重君
也. 故春秋傳曰, "大夫以君命出, 聞喪, 徐行不反." 諸侯朝而有私
喪, 得還, 何? 凶服774)不入公門, 君不呼之義也. 凶服不敢入公門
者, 明尊朝廷, 吉凶不相干. 故周官曰775), "凶服不入公門." 曲禮曰,
"居喪不言樂, 祭事不言凶, 公庭不言婦女." 論語曰, "子於是日哭,
則不歌." 臣下有大喪776), 不呼其門者, 使得終其孝道, 成其大
禮777). 春秋傳曰, "古者臣有大喪, 君三年不呼其門."

○(≪예기·증자문≫권19에 의하면 춘추시대 노魯나라) 증자(증참
曾參)가 "군주가 사망하여 시신을 관에 안치시켰는데 신하가 부
모상을 당하면 어찌해야 합니까?"라고 묻자, 공자가 "집으로 돌
아가 머물러야 한다. 조정에서 초하루와 보름날에 지내는 큰 제
례가 있으면 군주의 빈소로 찾아가지만 조석으로 간단하게 제례
를 올리는 때는 그리하지 않아도 된다"고 대답하였다. 또 증자가
"군주의 시신을 관에 안치시키기 전에 신하가 부모상을 당하면

---

770) 否(부) : 부정사. 그리하지 않아도 된다는 말이다.
771) 君旣斂(군기렴) : 현전하는 ≪예기·증자문≫권19의 원문에 의하면 '군미빈君未
  殯'의 오기이다.
772) 室老(실로) : 집안의 늙은 집사를 이르는 말.
773) 時葬(시장) : 일정한 시기에 장사지내는 것을 이르는 말. 따라서 천자가 사망했
  을 때는 군이 장사지내는 시기를 적을 필요가 없다는 말이다.
774) 凶服(흉복) : 상례喪禮 때 입는 상복을 이르는 말.
775) 曰(왈) : 이하 예문은 현전하는 ≪주례≫에 실리지 않은 것으로 보아 일문逸文
  인 듯하다.
776) 大喪(대상) : 부모상을 이르는 말. 천자나 황후·세자 등의 상사를 가리킬 때도
  있다.
777) 大禮(대례) : 중요한 예법을 이르는 말로 여기서는 부모님을 위한 상례를 가리
  킨다. 조정의 중요한 전례를 가리킬 때도 있다.

어찌해야 합니까?"라고 묻자, 공자가 "귀가하여 부모님의 시신을 관에 안치시키고 통곡을 한 뒤 군주의 처소로 돌아가야 한다. 집안에 초하루와 보름날에 지내는 큰 제례가 있으면 귀가하지만 조석으로 간단하게 제례를 올리는 때는 그리하지 않아도 된다. 대부는 집안의 늙은 집사가 제례를 대행하고, 사는 자손이 제례를 대행한다. 대부의 아내도 조정에서 초하루와 보름날에 지내는 큰 제례가 있으면 역시 군주의 빈소로 찾아가지만 조석으로 간단하게 제례를 올리는 때는 그리하지 않아도 된다"고 대답하였다. 제후가 부모상을 당했는데도 천자가 사망하였다는 소식을 들으면 상례를 치르러 급히 달려가는 것은 어째서일까? 자신을 굽히기 위해서이다. 부친에게 정을 표하는 것과 지존인 천자에게 존경심을 표하는 것이 같다는 뜻이다. ≪공양전・은공隱公3년≫ 권2에 "천자의 경우 사망한 시기를 기록하지 장사지내는 시기를 기록하지 않는 것은 반드시 정해진 시기에 장사지내기 때문이다. 제후의 경우 장사지내는 시기를 기록하는 것은 반드시 장사지내야 할 시기가 정해진 것이 아니기 때문이다"라고 하였다. 제후가 천자의 상을 당해서 상례를 치르러 급히 달려가는 것은 반드시 제때에 장사지낼 수 없을 수도 있기 때문이다. 한편 대부가 사람을 시켜 명을 받고서 출타했다가 부모상을 들어도 군주의 명이 없으면 되돌아오지 않는 것은 대개 군주를 존중해서이다. 그래서 ≪공양전・선공宣公8년≫ 권15에 "대부는 군주의 명을 받아 출타하면 부모상을 당했다는 소식을 듣더라도 천천히 가면서 되돌아오지 않는다"고 하였다. 반면 제후가 천자를 조알하러 갔다가 개인적인 상을 당했을 때 돌아올 수 있는 것은 어째서일까? 상복을 입은 채 관청 대문을 들어서지 않는 것은 군주가 부르지 않았다는 뜻이다. 상복을 입고서 감히 관청 대문을 들어서지 않는 것은 조정을 존중하여 경사와 조사가 서로 범접하지 않는다는 뜻을 밝히기 위해서이다. 그래서 ≪주례≫에서도 "상복을 입고서 관청

대문을 들어서지 않는다"고 하였고, ≪예기·곡례하曲禮下≫권4
에 "상을 치를 때는 즐거운 일을 입에 올리지 않고, 제사를 지낼
때는 흉사를 입에 올리지 않으며, 관청 대문 안에서는 부녀자에
관한 일을 입에 올리지 않는다"고 하였으며, ≪논어·술이述而≫
권7에 "공자가 그날 조문하러 찾아가 곡을 하고는 더 이상 노래
부르지 않았다"고 하였다. 신하가 부모상을 당하면 조정에서 그
의 가문 사람들을 부르지 않는 것은 그들로 하여금 효도를 끝까
지 다하고 부모님을 위한 상례를 다 마칠 수 있게 하기 위해서
이다. 그래서 ≪공양전·선공宣公원년≫권15에 "옛날에는 신하
가 부모상을 당하면 군주가 3년 동안 그의 가문 사람들을 부르
지 않았다"고 하였다.

◇부모님이 돌아가시면 서둘러 상례를 치르러 가다

●聞哀, 哭而後行, 何? 盡哀舒憤, 然後行. 望國境則哭, 過市朝778)則
否. 君子自抑, 小人勉以及禮. 見星則止, 日行百里, 惻怛之心, 但欲
見尸柩汲汲779). 故禮奔喪, "以哭答使者, 盡哀. 問故, 遂行." 曾
子780)曰, "師(行781))三十里, 者782)行五十里, 奔喪百里." 既除
喪783), 乃歸哭於墓, 何? 明死復不可見, 痛傷之至也. 謂喪不得追
服784)者也. 哭於墓而已. 故禮奔喪記曰, "之墓, 西向哭止." 此謂遠
出歸後葬, 喪服以禮除.

---

778) 市朝(시조) : 저자와 조정. 조정과 저자 모두 실리를 추구하는 곳이라서 무척 세
   속적인 장소를 상징한다.
779) 汲汲(급급) : 안절부절 못 하며 애쓰는 모양.
780) 曾子(증자) : 이는 '순자荀子'의 오기로 보인다. 이하 예문과 유사한 내용이 ≪
   순자·대략편大略篇≫권19에 전한다.
781) 行(행) : ≪백호통소증≫에 의하면 이 글자가 누락되었기에 첨기한다.
782) 者(자) : ≪백호통소증≫에 의하면 '길吉'의 오기이다. 자형의 유사성으로 인한
   필사 과정상의 단순 오기로 보인다.
783) 除喪(제상) : 상복을 벗다. 상례를 마치는 것을 말한다.
784) 追服(추복) : 상을 당했을 때 사정이 있어서 상례를 치르지 못 하고 추후에 다
   시 상례를 치르는 일을 이르는 말.

○군자가 부모님이 돌아가셨다는 슬픈 소식을 들었을 때 곡을 하고 나서 귀가길에 오르는 것은 어째서일까? 애도하는 마음을 다 펼치고 비분강개한 심경을 보인 뒤에야 귀가길에 오르는 것이다. 국경을 멀리서 보게 되면 곡을 하고, 저자거리를 지나게 되면 그리하지 않는다. 군자는 스스로 슬픔을 억제할 수 있지만, 소인은 애를 써야 예법을 갖출 수 있기 마련이다. 별을 보면 멈추지만 낮에 100리를 가는 것은 슬픈 심정에 젖어 단지 시신을 담은 관을 보고 싶어서 애가 타기 때문이다. 그래서 ≪예기·분상≫권56에 "(부모상을 처음 들으면) 곡을 함으로써 심부름꾼에게 답하여 슬픈 마음을 다 표현하고, 돌아가신 연유를 물은 뒤 결국 귀가길에 오른다"고 하였다. ≪순자·대략편大略篇≫권19에 "군대는 하루에 30리를 가고, 길한 일을 축하하러 갈 때는 하루에 50리를 가고, 상을 치르러 서둘러 돌아갈 때는 하루 100리를 간다"고 하였다. 상례를 마치고서 나서도 무덤을 찾아가 곡을 하는 것은 어째서일까? 죽으면 다시 볼 수 없어 지극히 애통해 하는 심경을 밝히기 위해서이다. 이는 상례를 추후에 다시 치를 수 없다는 말이다. 무덤에서 곡을 하면 그만인 것이다. 그래서 ≪예기·분상≫권56에 "무덤에 가서 서쪽을 향해 곡을 하고 그친다"고 하였는데, 이는 멀리 외출하였다가 귀가 후 장례를 치렀기에 상복을 예법상 이미 벗었다는 말이다.

◇대상에 따라 곡하는 위치를 달리하다

●曾子與客立於門, 其徒趨而出. 曾子曰, "爾將何之?" 曰, "吾父死, 將出哭於巷785)." 曾子曰, "反, 哭於爾次786)." 曾子北面而弔焉. 檀弓記曰, "孔子曰, '吾惡乎787)哭諸788). 兄弟, 吾哭諸789)廟門之外,

---

785) 哭於巷(곡어항) : 골목에서 곡을 하다. 예법상 스승인 증자曾子의 집에서 곡을 할 수도 없고, 바로 상례를 치를 수도 없기에 골목에서 곡을 한다는 말이다.
786) 次(차) : 머무는 곳. 즉 제자의 숙소를 가리킨다.
787) 惡乎(오호) : 어디에서.

師, 吾哭諸寢, 朋友, 吾哭諸寢門外, 所知, 吾哭諸野.'"

○(춘추시대 노魯나라) 증자(증참曾參)가 손님과 함께 문에 섰을 때 그의 제자가 급한 걸음으로 외출하려고 하자 증자가 물었다. "자네는 어디로 가려고 하는가?" 제자가 "아버지가 돌아가셔서 숙소를 나서 골목에서 곡을 하려고 합니다"라고 대답하자 증자가 말했다. "자네 숙소로 돌아가 곡을 하게." 증자는 북쪽을 향해 공손히 선 채 조문하였다. ≪예기·단궁상檀弓上≫권7에 "공자가 '나는 어디서 그를 위해 곡을 할꼬? 형제라면 나는 사당 문 밖에서 그를 위해 곡을 할 것이고, 스승이라면 나는 사당의 정침正寢에서 그를 위해 곡을 할 것이며, 친구라면 나는 침문 밖에서 그를 위해 곡을 할 것이고, 아는 지인이라면 나는 들판에서 그를 위해 곡을 할 것이다'라고 말한 일이 있다"고 하였다.

◇**임금에 대한 예법으로 신하의 장례를 치른 예도 있다**

●養從生, 葬從死. 周公以王禮葬, 何? 以爲周公踐祚790)理政, 與天同志, 展興周道, 顯天度數, 萬物咸得, 休氣允塞. 原天之意, 子愛周公, 與文武無異. 故以王禮葬, 使得郊祭791). 尙書曰, "今天動威, 以彰周公之德!" 下言, "禮亦宜之!"

○봉양은 산 사람을 위한 것이고, 장례는 죽은 사람을 위한 것이다. (주周나라) 주공을 위해 왕에 대한 예법으로 장례를 치러준 것은 어째서일까? 주공은 황제에 버금가는 자리에 올라 정사를

---

788) 諸(제) : '지호之乎'의 합성어. '지之'는 ≪예기·단궁상≫권7에 의하면 춘추시대 때 위衛나라에서 사망한 사람인 백고伯高를 가리키는데, 신상에 대해서는 알려지지 않았다.

789) 諸(제) : '지어之於'의 합성어.

790) 踐祚(천조) : 원래는 사당의 동쪽 계단을 밟고 오르는 것을 뜻하는 말로, 황제의 자리에 오르는 것을 비유한다. 여기서는 실제 황제가 아니라 그에 버금가는 위치에 올랐다는 말이다. '조祚'는 '조阼' '조胙' '조跰'로도 쓴다.

791) 郊祭(교제) : 천제天帝와 지신地神에게 올리는 제사를 이르는 말로 여기서는 그러한 제사에서 배향하는 혜택을 입는 것을 말한다.

다스려서 하늘과 뜻을 같이 하였고, 주나라의 도를 일으켜 하늘의 이치를 드러냈으며, 만물이 모두 생명력을 얻어 아름다운 기운이 실로 세상을 가득 차게 하였다. 하늘의 뜻을 살펴보건대 자식처럼 주공을 사랑한 점에서 문왕文王이나 무왕武王과 다르지 않다. 그래서 왕에 대한 예법으로 장사를 치러주고서 교외에서 천제에게 제례를 올릴 때 배향을 받을 수 있게 하였다. 그래서 ≪서경・주서周書・금등金縢≫권12에서도 "이제 하늘이 위엄을 떨쳐 주공의 덕을 표창하노라!"라고 하고, 아래에서 덧붙여 "예법상으로도 그에게 걸맞도다!"라고 한 것이다.

◆崩薨(서거) 23항

◇죽음을 나타내는 말에 대해 논하다

●書曰, "成王崩." 天子稱崩, 何? 別尊卑, 異生死也. 天子曰崩, 大尊象. 崩之爲言, 崩(然792))伏强793), 天下撫擊失神明, 黎庶794)殞涕, 海內悲涼. 諸侯曰薨, 國失陽. 薨之言, 奄也, 奄然795)亡也. 大夫曰卒, 精熠796)終卒. 卒之爲言, 終於國也. 士曰不祿, 失其忠節, 不忠終君之祿. 祿之言, 消也, 身消名彰. 庶人曰死, 魂去亡. 死之爲言, 澌, 精氣窮也. 崩薨紀於國, 何? 以爲有尊卑之禮, 謚號之制卽有矣. 禮始於黃帝, 至堯舜而備. 易言復797)者, 據遂798)也. 書(言)殂落799)死者矣, 各自見義. 堯皆800)慘痛801)之, 舜見終, 各一也.

○≪서경·주서周書·고명顧命≫권17에 "(주나라) 성왕이 사망하였다"고 하였는데, 천자의 죽음을 '붕崩'이라고 한 것은 어째서일까? 존비를 구별하고 생사를 달리 표현하기 위해서이다. 천자의 죽음을 '붕'이라고 하는 것은 크게 존중한다는 상징적 표현이다. '붕'이란 말은 와르르 무너진다는 뜻으로 천하 사람들이 충격을 받아 정신을 잃고, 백성들이 눈물을 떨구며, 온세상 사람들이 비통함에 젖는다는 말이다. 제후의 죽음을 '훙薨'이라고 하는 것은 나라가 양기를 잃었다는 말이다. '훙'이란 말은 순식간이란 뜻으

---

792) 然(연) : ≪백호통소증≫에 의하면 이 글자가 누락되었기에 첨기한다. 아래의 괄호도 마찬가지이다.
793) 伏强(복강) : 넘어지다, 쓰러지다. '강强'은 '강僵'과 통용자.
794) 黎庶(여서) : 백성.
795) 奄然(엄연) : 갑작스러운 모양.
796) 精熠(정습) : ≪백호통소증≫에 의하면 사람의 원기나 정기를 뜻하는 말인 '정요精耀'의 오기이다. 자형의 유사성으로 인한 필사 과정상의 단순 오기로 보인다.
797) 復(복) : ≪백호통소증≫에 의하면 '몰沒'의 오기이다.
798) 遂(수) : ≪백호통소증≫에 의하면 '원遠'의 오기이다. 자형의 유사성으로 인한 필사 과정상의 단순 오기로 보인다.
799) 殂落(조락) : 시들어 떨어지다. 죽음을 비유한다.
800) 皆(개) : ≪백호통소증≫에 의하면 '견見'의 오기이다.
801) 慘痛(참통) : 비통해 하다.

로 갑작스레 잃는다는 말이다. 대부의 죽음을 '졸卒'이라고 하는
것은 정기가 끝내 사라졌다는 뜻이다. '졸'이란 말은 자기 나라에
서 생을 마친다는 뜻이다. 사士의 죽음을 '불록不祿'이라고 하는
것은 충절을 잃어 군주가 하사한 봉록을 충심을 다해 끝까지 지
키지 못 했다는 말이다. '록祿'이란 말은 소멸한다는 뜻으로 몸은
소멸하지만 명예는 빛난다는 말이다. 서민의 죽음을 '사死'라고
하는 것은 혼백이 몸을 떠나 사라졌다는 말이다. '사'라는 말은
없어진다는 뜻으로 정기가 다 사라진다는 말이다. '붕'이나 '홍'을
국가적 차원에서 기록하는 것은 어째서일까? 존비의 예법이 있
어야 시호의 제정이 있게 된다고 보는 것이다. 예법은 (전설상의
임금인) 황제黃帝로부터 시작되어 (당唐나라) 요왕과 (우虞나라)
순왕에 이르러 구비되었다. ≪역경・계사하繫辭下≫권12에서 '몰
沒'이라고 말한 것으로 보아 근거가 오래되었다. ≪서경・우서虞
書・순전舜典≫권2에서 '조락殂落'이나 '사死'라고 말한 것에서
각기 저절로 의미가 드러난다. 요왕의 죽음에 대해 비통해 한다
고 표현하고, 순왕의 죽음에 대해 끝이라고 표현한 것은 각기 또
하나의 예이다.

◇**상喪의 의미에 대해 논하다**

●喪者, 何謂也? 喪者, 亡. 人死謂之喪, (何?) 言其亡, 不可復得見
也. 不直言(死, 稱)喪, 何? 爲孝子心不忍言. 尙書曰, "武王旣喪."
喪終802)曰, "死爲803)適室804)." 知據死者稱喪也. 生者哀痛之, 亦
稱喪. 禮曰, "喪服斬衰." 易曰, "不封不樹, 喪期無數." 孝經曰,
"孝子之喪親也," 是施生者也. 天子下至庶人, 俱言喪, 何? 欲言身

---

802) 喪終(상종) : ≪백호통소증≫에 의하면 '상경喪經' 내지 '상례경喪禮經'의 오기이
　　다. 이하 예문은 ≪의례・사상례士喪禮≫권12에 보인다. 자형의 유사성으로 인
　　한 필사 과정상의 단순 오기로 보인다.
803) 爲(위) : ≪의례・사상례士喪禮≫권12의 원문에 의하면 '우于'의 오기이다.
804) 適室(적실) : 종묘의 정침正寢을 이르는 말.

體髮膚俱受之父母, 其痛一也.

○'상喪'이란 무슨 말일까? '상'은 잃는다는 뜻이다. 사람이 죽으면 이를 '상'이라고 하는 것은 어째서일까? 그가 세상에서 사라져 다시는 볼 수 없게 되었다는 말이다. 직접 '사死'라고 말하지 않고 '상'이라고 부르는 것은 어째서일까? 효자로서 내심 차마 대놓고 말할 수 없기 때문이다. ≪서경·주서周書·금등金縢≫권12에 "무왕이 죽고 나서"라고 하고, ≪의례·사상례土喪禮≫권12에 "적실에서 죽었다"고 한 것으로 보아 사망을 '상'이라고 부르는 근거를 알 수 있다. 살아 있는 사람이 그의 죽음을 애통해 하기에 '상'이라고 부르는 것이기도 하다. ≪의례·상복喪服≫권11에 "상복으로 참최가 있다"고 하였고, ≪역경·계사하繫辭下≫권12에 "봉분을 하지 않고 나무를 심지 않으며 상례 기간에 일정한 시수가 없다"고 하였으며, ≪효경·상친장喪親章≫권9에 "효자가 부모상을 당했을 때"라고 하였는데, 이는 살아 있는 사람에게 적용하는 말이다. 천자로부터 아래로 서민에 이르기까지 모두 '상'이라고 말하는 것은 어째서일까? 몸과 머리카락·피부 모두 부모로부터 물려받은 것이라서 그 애통함이 동일하다는 것을 말하기 위해서이다.

◇천자가 사망했을 때 제후에게 죽음을 알리다

●天子崩, 訃告諸侯, 何? 緣臣子喪君, 哀痛憤懣, 無能不告語人者也. 諸侯欲聞之, 又當持土地所出, 以供喪事. 故禮曰805), "天子崩, 遣使者訃諸侯."

○천자가 사망했을 때 제후에게 죽음을 알리는 것은 어째서일까? 신하가 군주를 잃으면 애통하고 화가 나서 남에게 알리지 않을 수 없기 때문이다. 제후가 그 소식을 듣고 싶어하는 데다가 또한

---

805) 曰(왈) : 이하 예문은 현전하는 ≪예기≫에 실리지 않은 것으로 보아 일문逸文인 듯하다.

마땅히 토지에서 생산되는 것을 가져다가 상례에 바쳐야 하기 때문이다. 그래서 ≪예기≫에 "천자가 사망하면 사신을 파견해 제후에게 알린다"고 하였다.

◇천자가 사망하면 제후들이 모두 상례를 치르러 달려가다

● 王者崩, 諸侯悉奔喪, 何? 臣子悲哀慟怛, 莫不欲觀君父之棺柩, 盡悲哀者也. 又爲天子守蕃, 不可頓空也. 故分爲三部, 有始死先奔者, 有得中來盡其哀者, 有得會喪奉送君者. 七月之間, 諸侯有在京師親供臣子之事者也, 有號泣悲哀奔走道路者, 有居其國哭痛思慕, 竭盡所供以助喪事者. 是四海之內咸悲, 臣下若喪考妣806)之義也. 葬有會者, 親疎遠近盡至, 親親之義也. 童子諸侯不朝而來奔喪者, 何? 明臣子於其君父, 非有老少也. 亦因喪質, 無般旋807)之禮, 但盡悲哀而已.

○ 천자가 사망했을 때 제후들이 모두 상례를 치르러 급히 달려가는 것은 어째서일까? 신하는 비애에 젖어 통탄해 하기에 모두 군주의 관을 살피고서 애도를 다 표현하고자 하면서도, 또한 천자를 위해 변경을 지키느라 잠시라도 비울 수 없기도 하다. 그래서 세 부문으로 나누는데, 갓 사망했을 때 먼저 달려갈 수도 있고, 중간에 찾아가 애도를 다 표현할 수도 있고, 상여를 만나 공손하게 군주를 저승으로 배웅할 수도 있다. 7개월 동안에 제후 중에는 경사에서 몸소 신하로서의 의무를 제공할 수도 있고, 통곡을 통해 애도를 표하며 길을 따라 달려갈 수도 있고, 자기 나라에 거주하면서 통곡을 통해 그리움을 표하며 상례를 도울 제사용품을 공급할 수도 있다. 이는 천하 사람들이 모두 애도를 표하고, 신하로서 마치 부모상을 당한 것처럼 한다는 의미이다. 장

---

806) 考妣(고비) : 돌아가신 부친(考)과 모친(妣)을 아우르는 말.
807) 般旋(반선) : 예법의 일종으로 빙빙 돌면서 앞으로 나아갔다 뒤로 물러서는 동작을 이르는 말.

례 때 모임이 있으면 친소나 원근을 막론하고 모두 찾아가는 것은 가까운 사람에게 친분을 표시하려는 뜻이다. 어린 제후가 천자를 조알하지 않다가도 상례에 참가하러 급히 달려가는 것은 어째서일까? 신하와 군주의 관계에는 노소가 따로 있지 않다는 것을 밝히기 위해서이다. 또한 상례는 질박한 절차이기 때문에 반선의 행동을 표하는 예법이 없이 단지 애도를 다 표현하면 그만이다.

◇신하가 사망해도 군주에게 달려가 죽음을 알리다

●臣死, 亦赴告於君, 何? 此君哀痛於臣子也, 欲聞之加賵賻808)之禮. 故春秋曰, "蔡侯考父809)卒." 傳曰, "卒, 赴810)而葬, 禮也."

○신하가 사망해도 군주에게 달려가 부고를 알리는 것은 어째서일까? 이는 군주가 신하에 대해 애통해 하는 마음을 먹기에 그 소식을 듣고서 조의금을 보내고 싶어하기 때문이다. 그래서 ≪공양전·은공隱公8년≫권3에 "채나라 군주 고보考父가 죽었다"고 하고서 주에 "사망했을 때 천자에게 달려가 부고를 전하고 장례를 치르는 것이 예법이다"라고 하였다.

◇제후가 사망했을 때 이웃 나라에도 부고를 전하다

●諸侯薨, 赴告隣國, 何? 緣隣國欲有禮也. 春秋傳曰, "桓811)母喪, 告於諸侯." 桓母賤, 尙告於諸侯, 諸侯薨, 告隣國, 明矣.

○제후가 사망했을 때 이웃 나라에도 부고를 전하는 것은 어째서일까? 이웃 나라도 예의를 표하고 싶어할 것이기 때문이다. ≪공양전·은공隱公원년≫권1에 "(노나라) 환공의 모친이 사망하자 제후들에게 알렸다"는 기록이 있다. 환공의 모친은 출신이 비천

---

808) 賵賻(부봉) : 조의금이나 조의를 표하기 위해 보내는 예물을 이르는 말.
809) 考父(고보) : 춘추시대 채蔡나라 군주인 선공宣公의 이름.
810) 赴(부) : 천자에게 달려가 부고訃告를 전하는 것을 말한다.
811) 桓(환) : 춘추시대 노魯나라 군주 환공桓公을 가리킨다.

하였는데도 오히려 제후에게 그녀의 죽음을 알렸으니, 제후가 사망하였을 때 이웃 나라에 부고를 알리는 것은 자명한 일이다.

◇제후의 부인이 사망했을 때도 천자에게 알리다

●諸侯夫人薨, 告天子者, 不敢自廢政事, 天子亦欲知之, 當有禮也. 春秋曰, "天子使宰咺812)來, 歸813)惠公‧仲子之賵," 譏'不及事814).' 仲子者, 魯君之貴妾也, 何況於夫人乎?

○제후의 부인이 사망했을 때도 천자에게 알리는 것은 감히 스스로 정사를 폐기하지 않겠다는 뜻이고, 천자도 역시 이를 알고서 마땅이 예를 갖추고 싶어하기 때문이다. ≪공양전‧은공隱公원년≫ 권1에 "천자가 재환을 보내서 (노나라 은공의 부친인) 혜공과 (혜공의 첩실인) 중자를 위한 조의금을 증정하였다"고 하면서 '제때에 미치지 못 했다'고 비판하였다. 중자는 노나라 군주의 총애하는 첩실이거늘 하물며 본처인 부인의 경우야 더 말할 나위가 있겠는가?

◇제후가 사망하면 천자에게 부신을 돌려보내다

●諸侯薨, 使臣歸瑞珪815)於天子, 何? 諸侯以瑞珪爲信, 今死矣, 嗣子諒闇816), 三年之後, 當乃更爵命. 故歸之, 推讓之義也. 禮曰817), "諸侯薨, 使臣歸瑞珪於天子."

○제후가 사망하면 사신을 시켜 천자에게 부신을 돌려보내는 것은

---

812) 宰咺(재훤) : 천자국인 주周나라의 대신에 대한 호칭. '재'는 관직명이고, '훤'이 이름이다.
813) 歸(귀) : 증정하다, 선물하다. '궤饋'와 통용자.
814) 不及事(불급사) : 일에 미치지 못 하다. 주周나라 천자의 사신인 재환宰咺이 장례 기간에 맞춰 조의금을 전달하지 못 한 것을 말한다.
815) 瑞珪(서규) : 천자가 제후에게 하사하는 부신符信을 이르는 말.
816) 諒闇(양암) : 천자가 상례를 치를 때 머무는 장소를 이르는 말. '양음諒陰'이라고도 한다. 여기서는 제후의 아들이 상례를 치르는 것을 말한다.
817) 曰(왈) : 이하 예문은 현전하는 예경禮經에 실리지 않은 것으로 보아 일문逸文인 듯하다.

어째서일까? 제후는 부신을 신표로 삼는데, 이제 사망하여 후계자가 상례를 치르게 되었으니 3년 뒤에 응당 다시 작위를 임명받아야 한다. 따라서 이를 돌려보내는 것은 겸양의 뜻이다. 그래서 ≪예기≫에서도 "제후가 사망하면 사신을 시켜 천자에게 부신을 돌려보낸다"고 하였다.

◇천자도 제후의 사망 소식을 듣고서 곡을 하다

●天子聞諸侯薨, 哭之, 何? 慘怛發中, 哀痛之至也. 使大夫弔之, 追遠重終之義也. 故禮檀弓曰, "天子哭諸侯, 爵弁純衣818)." 又曰819), "遣大夫弔, 詞曰, '皇天820)降災, 子遭離之難821). 嗚呼哀哉! 天王822)使臣某弔.'"

○천자도 제후의 사망 소식을 듣고서 곡을 하는 것은 어째서일까? 참담한 생각이 마음 속에서 일어나 지극히 애통해 하는 심경을 표현하기 위해서이다. 대부를 시켜 조문하는 것은 먼 곳까지 쫓아가 죽음을 무겁게 생각한다는 뜻이다. 그래서 ≪예기·단궁상 檀弓上≫권8에 "천자가 제후의 죽음에 애도를 표할 때는 작변을 쓰고 단색 상복을 입는다"고 하였고, 또 "대부를 보내 조문을 하면서 인사말로 '하느님이 재앙을 내려 귀하가 작별의 아픔을 겪게 되었습니다. 아! 슬픈 일입니다! 천자께서 신 아무개를 시켜 삼가 조의를 표하라 하셨습니다'라고 말하게 한다"고 하였다.

---

818) 純衣(순의) : 단색을 띤 상복을 이르는 말. 현전하는 ≪예기·단궁상≫권8에는 검은색 상복을 뜻하는 말인 '치의緇衣'로 되어 있으나 의미상에 차이는 없어 보인다.

819) 曰(왈) : 이하 예문은 현전하는 ≪예기·단궁≫에 실리지 않은 것으로 보아 일문逸文인 듯하다.

820) 皇天(황천) : 천제天帝의 별칭.

821) 難(난) : ≪백호통소증≫에 의하면 연자衍字이다.

822) 天王(천왕) : 천자에 대한 경칭.

◇신하가 사망했을 때 군주가 직접 찾아가 조문하다

●臣子死, 君往弔之, 何? 親與之共治民, 恩深義重厚, 欲躬見之. 故禮雜記823)曰, "君弔臣, 主人待于門外, 見馬首, 不哭. 君至, 主人先入, 君升自阼階, 西向哭. 主人居中庭, 從哭." 或曰, "大夫疾, 君問之無數. 士疾, 二824)問之而(已). 大夫卒, 比葬不食肉, 比卒哭不擧樂. 士比殯, 不擧樂. 玄冠825)不以弔者, 不以吉服臨人凶, 示助哀也." 論語曰, "羔裘・玄冠不以弔."

○신하가 사망했을 때 군주가 직접 찾아가 조문하는 것은 어째서 일까? 몸소 그와 함께 백성을 다스렸기에 은혜가 깊고 의리가 막중해서 몸소 그의 시신을 보고 싶어하기 때문이다. 그래서 ≪예기・상대기喪大記≫권45에서도 "군주가 신하의 죽음에 조의를 표할 때 주인은 문밖에서 기다리다가 말머리가 보이면 곡을 멈춘다. 군주가 도착하면 주인이 먼저 들어가고, 군주는 동쪽 계단으로 올라가 서쪽을 향해 곡을 한다. 그러면 주인은 마당 가운데 머물면서 뒤를 따라 곡을 한다"고 하였다. 어떤 문헌에서는 "대부가 병환이 들면 군주는 병문안을 하는 데 일정한 횟수가 없다. 사士가 병환이 들면 한 번 병문안을 하는 데 그친다. 대부가 사망했을 때는 장례 기간 동안 고기를 먹지 않고, 졸곡제 기간 동안 음악을 연주하지 않는다. 또 사가 빈례殯禮를 치르는 동안 음악을 연주하지 않는다. 검은색의 갓을 조의를 표할 때 사용하지 않는 것은 길례 때 입는 복장을 입고서 남의 흉사를 대하지 않는다는 뜻으로 애사를 돕는다는 뜻을 보이기 위해서이다"라고 하였다. ≪논어・향당鄕黨≫권10에서도 "양 갖옷과 검은색의 갓은 조의를 표할 때 착용하지 않는다"고 하였다.

---

823) 雜記(잡기) : 이하 예문과 유사한 내용이 ≪예기・잡기≫가 아니라 ≪예기・상대기喪大記≫권45에 보이기에 이를 따른다.

824) 二(이) : ≪백호통소증≫에 의하면 '일一'의 오기이다.

825) 玄冠(현관) : 예복에 갖춰 입는 검은 빛깔의 예관禮冠을 이르는 말.

◇장례의 절차에 대해 논하다

●崩薨, 三日乃小斂826), 何? 奪孝子之恩以漸也. 一日之時, 屬纊827)
於口上, 以候絶氣. 二日之時, 尙冀其生. 三日之時, 魂氣不還, 終不
可奈何. 故禮士喪經曰828), "御者829)四人皆坐, 持禮830)屬纊, 以候
絶氣." 禮曰831), "天子諸侯三日小斂, 大夫士二日小斂." 屬纊於口
者, 孝子欲生其親也. 人死, 必沐浴於中霤832), 何? 示潔淨反本也.
禮檀弓曰, "死於牖下, 沐浴於中霤, 飯唅833)於牖下, 小斂於戶內,
大斂834)於阼階, 殯於客位835), 祖836)於庭, 葬於墓. 所以卽遠." 奪
孝子之恩以漸也. 所以有飯唅, 何? 緣生食, 今死, 不欲虛其口, 故
唅. 用珠寶物, 何也? 有益死者形體. 故天子飮以玉, 諸侯以珠, 大夫
以米, 士以貝也.

○천자나 제후가 사망했을 때 3일이 지나서야 소렴을 하는 것은
어째서일까? 효자의 마음을 빼앗는 절차를 천천히 밟기 위해서

---

826) 小斂(소렴): 시신을 씻기고 옷을 입힌 뒤 이불로 싸는 일을 이르는 말.

827) 屬纊(촉광): 솜을 붙이다. 사자死者의 숨결이 완전히 끊어졌는지 살피기 위해
입에 솜을 물리는 것을 말한다.

828) 曰(왈): 이하 예문은 ≪의례·사상례士喪禮≫권12가 아니라 ≪의례·기석례旣
夕禮≫권13에 보인다.

829) 御者(어자): 장례를 돕는 사람을 이르는 말.

830) 禮(예): 현전하는 ≪의례·기석례旣夕禮≫권13의 원문에 의하면 사자死者의 몸
을 가리키는 말인 '체體'의 오기이다. 자형의 유사성으로 인한 필사 과정상의 단
순 오기로 보인다.

831) 曰(왈): 이하 예문은 현전하는 ≪예기≫에 실리지 않은 것으로 보아 일문逸文
인 듯하다.

832) 中霤(중류): 방의 중앙, 혹은 안방을 이르는 말. 혹은 토지신으로 보는 설도 있
으나 위의 예문에서는 부적절해 보인다.

833) 飯唅(반함): 사자死者가 저승길에서 허기를 느끼지 않게 하기 위해 입에 밥을
물리는 것을 이르는 말.

834) 大斂(대렴): 시신을 씻기고 옷을 입힌 뒤 이불로 싸는 작업인 소렴小斂을 마친
다음날 시신을 관에 넣는 의식 절차를 이르는 말. '렴斂'은 '렴殮'으로도 쓴다.

835) 客位(객위): 손님이 있는 위치. 주인은 동쪽 계단으로 다니므로 여기서는 결국
손님들이 오가는 곳인 서쪽 계단을 가리킨다.

836) 祖(조): 길제사를 지내다. 저승길을 편히 갈 수 있도록 제를 올리는 것을 말
한다.

이다. 첫째 날의 시간은 시신의 입에 솜을 물려서 숨이 끊어졌는지를 살피고, 둘째 날의 시간은 여전히 그가 되살아나기를 바라는 마음에서 보내고, 셋째 날의 시간은 혼백이 돌아오지 않으면 결국 어찌할 수 없다는 것을 확인하는 데 보낸다. 그래서 ≪의례·기석례旣夕禮≫권13에 "장례를 돕는 사람 네 명이 모두 앉아서 시신의 몸을 잡고 솜을 입에 물려 숨이 끊어졌는지를 살핀다"고 하였고, ≪예기≫에서는 "천자나 제후는 3일이 지나서 소렴을 행하고, 대부나 사는 2일이 지나서 소렴을 행한다"고 하였다. 입에 솜을 물리는 것은 효자가 자신의 부모가 살아나기를 바라서이다. 사람이 죽으면 반드시 안방에서 시신을 씻기는 것은 어째서일까? 정결하게 해서 본래의 모습으로 돌아가게 하겠다는 정성을 보이기 위해서이다. ≪예기·단궁상檀弓上≫권7에 "창문 아래서 죽음을 맞이하게 한 뒤 안방에서 시신을 씻기고, 다시 창문 아래서 입에 밥을 물리고, 지게문 안에서 소렴을 행하고, 동쪽 계단에서 대렴을 행하고, 서쪽 계단에서 시신을 관에 안치시키고, 마당에서 길제사를 지내고, 무덤에서 장례를 마친다. 이는 모두 먼 곳으로 가는 과정을 위한 것이다"라고 하였듯이 효자의 마음을 빼앗는 절차를 천천히 밟는다. 밥을 입에 물리는 이유는 무엇일까? 살아서 밥을 먹었기에 이제 사망하였다고 해서 그의 입안을 비우고 싶지 않은 것이다. 그래서 밥을 입에 물린다. 진주 같은 보물을 사용하는 것은 어째서일까? 죽은 사람의 몸에 이로움을 주기 위해서이다. 그래서 천자는 옥을 물리고, 제후는 진주를 물리고, 대부는 쌀을 물리고, 사는 조개를 물린다.

◇조의를 표할 때 주는 물품에 대해 논하다

●贈襚, 何謂也? 贈之爲言, 稱也, 玩好曰贈. 襚之爲言, 遺也, 衣被曰襚. 知死者則贈襚, 所以助生送死, 追恩重終, 副至意也. 贈賵[837]者,

---

837) 贈賵(증봉) : 문맥상으로 볼 때 '부봉賻賵'의 오기로 보인다.

何謂也? 贈者, 助也, (賵者838), 覆也.) 所以相佐給不足也. 故弔辭曰, "知生則賵." 貨財曰賻, 車馬曰賵.

○'증수贈禭'란 무슨 말일까? '증'이란 말은 걸맞는다는 뜻으로 노리개 종류를 '증'이라고 한다. '수'란 말은 남긴다는 뜻으로 옷이나 이불을 '수'라고 한다. 죽은 사람을 잘 알면 노리개나 수의를 준다. 살아 있는 사람을 돕고 죽은 사람을 전송하면서 은혜를 되새겨 죽음을 존중하기 위한 것이기에 지극한 정성에 부합한다. '부봉賻賵'이란 무슨 말일까? '부'은 돕는다는 뜻이고, '봉'은 덮어준다는 뜻으로 상대방을 도와 부족한 물품을 공급하기 위한 것이다. 그래서 조문할 때 "그분의 삶을 알기에 조의금을 드립니다"라고 말한다. 재물을 '부賻'라고 하고, 수레와 말을 '봉賵'이라고 한다.

◇빈례殯禮를 치르는 날짜에 대해 논하다

●天子七日而殯, 諸侯五日而殯, (何?) 事有小大, 所供者不等. 故王制曰, "天子七日而殯, 諸侯五日而殯, 卿大夫三日而殯."

○천자는 7일이 지나서 시신을 관에 안치시키고, 제후는 5일이 지나서 시신을 관에 안치시키는 것은 어째서일까? 일에는 크고 작은 차이가 있기에 바치는 것도 동일하지 않다. 그래서 ≪예기·왕제≫권12에 "천자는 7일이 지나서 시신을 관에 안치시키고, 제후는 5일이 지나서 시신을 관에 안치시키고, 경이나 대부는 3일이 지나서 시신을 관에 안치시킨다"고 하였다.

◇시대마다 시신을 관에 안치시키는 장소를 달리하다

●夏后氏殯於阼階, 殷人殯於兩楹之間, 周人殯於西階之上, 何? 夏后氏教以忠. 忠者, 厚也, 曰'生吾親也, 死亦吾親也.' 主人宜在阼. 殷

---

838) 賵者(봉자) : ≪백호통소증≫에 의하면 이하 두 구절이 누락되었기에 첨기한다. 문맥상으로도 두 구절이 있어야 자연스럽다.

人敎以敬, 曰‘死者將去, 又不敢容也.’ 故置之兩楹之間, 賓主共夾而
敬之. 周人敎以文, 曰‘死者將去, 不可又得.’ 故賓客之也. 檀弓記曰,
“夏后氏殯於阼階, 殷人殯於兩楹之間, 周人殯於西階.”

○하나라 사람들이 동쪽 계단에서 시신을 관에 안치시키고, 은나라
사람들이 두 기둥 사이에서 시신을 관에 안치시키고, 주나라 사
람들이 서쪽 계단 위에서 시신을 관에 안치시킨 것은 어째서일
까? 하나라 사람들은 충심으로 교화를 펼쳤다. ‘충’이란 두텁다는
뜻이라서 ‘살아서도 나는 친분을 돈독히 하고, 죽어서도 나는 친
분을 돈독히 할 것이다’라고 하기에 주인은 (충심을 끝까지 유지
한다는 의미에서) 의당 동쪽 계단에 있었다. 은나라 사람들은 공
경심으로 교화를 펼쳤다. ‘사자가 장차 곁을 떠나도 이를 감히
받아들일 수 없다’고 하기에 시신을 두 기둥 사이에 두고서 손님
과 상주가 함께 시신을 사이에 둔 채 공경심을 표하였다. 주나라
사람들은 문명으로 교화를 펼쳤다. ‘사자가 장차 곁을 떠나면 다
시 만날 수가 없다’고 하기에 사자를 손님으로 대우하였다. ≪예
기·단궁상檀弓上≫권7에서도 “하나라 사람들은 동쪽 계단에서
시신을 관에 안치시키고, 은나라 사람들은 두 기둥 사이에서 시
신을 관에 안치시키고, 주나라 사람들은 서쪽 계단에서 시신을
관에 안치시켰다”고 하였다.

◇신분에 따라 빈례殯禮의 방식을 달리하다

● 稽命徵[839]曰, “天子舟車殯, 何? 爲避水火災也. 故棺在車上, 車在
舟中.” 臣子更執紼[840], 晝夜常百二十二[841]人. 紼者, 所以掌持棺
也. 故禮曰[842], “天子舟車殯, 諸侯車殯, 大夫倚塗[843], 士瘞[844],

---

839) 稽命徵(계명징) : ≪예기≫에 관한 저자 미상의 위서緯書인 ≪예계명징禮稽命
    徵≫의 약칭. 지금은 명나라 손곡孫瑴의 ≪고미서古微書≫권18에 잔문殘文이
    수록되어 전한다.
840) 紼(불) : 상여에 매는 새끼줄.
841) 百二十二(백이십이) : ≪백호통소증≫에 의하면 ‘천이백千二百’의 오기이다.

尊卑之差也."

○《계명징》에 "천자의 경우 배와 수레를 마련하여 시신을 관에 안치시키는 것은 어째서일까? 물과 불로 인한 재앙을 피하기 위해서이다. 그래서 관을 수레 위에 놓고, 수레를 배 안에 놓는다"고 하였다. 신하가 상여끈을 다시 잡으면 밤낮으로 늘 1,200명이 동원된다. '불紼'이란 관을 잡아끌기 위한 것이다. 그래서 《예기》에 "천자가 사망하면 배와 수레를 마련하여 시신을 관에 안치시키고, 제후가 사망하면 수레를 마련하여 시신을 관에 안치시키고, 대부가 사망하면 진흙을 관에 바르고, 사士가 사망하면 그냥 땅에 묻는 것은 존비의 차이에서 비롯된 것이다"라고 하였다.

◇마당에서 길제사를 지내다

●祖於庭, 何? 盡孝子之恩也. 祖者, 始也, 始載於庭也. 乘軸車845)辭祖禰, 故名爲祖載也. 禮曰, "祖於庭, 葬於墓." 又曰, "適祖, 昇自西階."

○마당에서 길제사를 지내는 것은 어째서일까? 효자의 은정을 다 표현하기 위해서이다. '조祖'란 시작한다는 뜻으로 마당에서 관을 싣기 시작한다는 말이다. 바퀴가 달린 수레를 타고 조상신에게 인사를 올리기에 '조재'라고도 명명한다. 《예기・단궁상》권7에 "마당에서 길제사를 지내고, 무덤에 장사지낸다"고 하였고, 또 "조상신을 모신 사당을 찾아가 서쪽 계단으로 오른다"고 하였다.

---

842) 曰(왈) : 이하 예문은 현전하는 《예기》에 보이지 않는다. 《백호통소증》에서는 《예기》의 위서緯書에 실렸던 글로 추정하였다.

843) 倚塗(의도) : 진흙을 이용하다. 《백호통소증》에서는 《예기》의 여러 기록에 근거하여 관의 주변에 나무를 쌓고 진흙을 바르는 것을 뜻하는 말인 '찬도欑塗'로 적고 있는데, 의미상에 큰 차이는 없어 보인다.

844) 瘞(예) : 묻다, 매장하다.

845) 軸車(축거) : 굴대가 달린 수레. 즉 바퀴가 달린 수레를 말한다.

◇내관과 덧널에 대해 논하다

●所以有棺槨846), 何? 所以掩藏形惡也, 不欲令孝子見其毀壞也. 棺
之爲言, 完847), 所以藏尸令完全也. 槨之爲言, 廓, 所以開廓辟土,
無令迫棺也. 禮王制曰848), "天子棺槨九重, 衣衾百二十稱849)." 丁
領大度曰, "公侯五重, 衣衾九十稱. 士再重." 禮曰, "大夫有大棺三
重, 衣衾五十稱. 士無大棺, 二重, 衣衾三十稱. 單袷850)備爲一稱."
禮檀弓曰, "天子棺四重, 水兕革棺851)被之, 其厚三寸, 柚棺852)一,
梓棺853)二, 栢椁以端854), 長六尺." 有虞氏855)瓦棺, 今以木, 何?
虞尙質, 故用瓦. 夏后氏益文, 故易之以墼856)周. 謂墼木相周, 無膠
漆857)之用也. 殷人棺槨, 有膠漆之用. 周人浸文, 墻置翣858),
如859)巧飾. 喪葬之禮, 緣生以事死, 生時無, 死亦不敢造. 太古之時,
穴居野處, 衣皮涉革860), 故死衣之以薪, 內藏不飾. 中古之時, 有宮

---

846) 棺槨(관곽) : 안쪽 관인 내관과 바깥쪽 관인 덧널을 아우르는 말.
847) 完(아) : 《백호통소증》에 의하면 '완完'의 오기이다. 자형의 유사성으로 인한 필사 과정상의 단순 오기로 보인다. 뒤의 '아兒'도 마찬가지이다.
848) 曰(왈) : 이하 예문은 현전하는 《예기·왕제》에 실리지 않은 것으로 보아 일문逸文인 듯하다. 또 《백호통소증》에 의하면 아래의 '정령대도왈丁領大度曰'과 '사재중士再重' '예왈禮曰' 등은 연자에 해당한다. 또 "사는 큰 관이 없이 2중으로 한다(士無大棺, 二重)"는 "사는 두 겹으로 하되 큰 관을 사용하지 않는다(士二重, 無大棺)"로 재배열하는 것이 적절할 듯하다.
849) 稱(칭) : 옷을 세는 양사. 벌.
850) 單袷(단겁) : 홑옷(單)과 겹옷(袷)을 아우르는 말.
851) 水兕革棺(수시혁관) : 물이 스며드는 것을 방지하기 위해 물소 가죽을 씌운 관을 이르는 말.
852) 柚棺(이관) : 피나무로 만든 관을 이르는 말.
853) 梓棺(재관) : 가래나무로 만든 관을 이르는 말.
854) 端(단) : 뿌리에 가까운 그루터기 부위를 이르는 말.
855) 有虞氏(유우씨) : 우虞나라 순왕舜王이나 그 왕조를 이르는 말.
856) 墼(즐) : 구운 흙, 벽돌. 하夏나라 때 관곽棺槨을 쓰지 않고 벽돌로만 쌓은 무덤을 가리킨다. 소박하고 검소한 무덤을 상징한다.
857) 膠漆(교칠) : 아교와 옻. 두터운 우정을 비유할 때도 있다.
858) 翣(삽) : 관 양쪽 옆에 세우는 장식물인 운삽雲翣.
859) 如(여) : 《백호통소증》에 의하면 '가加'의 오기이다. 자형의 유사성으로 인한 필사 과정상의 단순 오기로 보인다.
860) 衣皮涉革(의피섭혁) : 여러 가지 가죽으로 옷을 만들어 입다. '피皮'는 생가죽을

室衣服, 故衣之幣帛, 藏以棺槨, 封樹識表, 體以象生. 夏·殷彌文, 齊之以器械. 至周大文, 緣夫婦生時同室, 死同葬之.

○내관과 덧널을 마련하는 이유는 무엇일까? 시신의 형상이 흉측한 것을 감춰 효자가 그것이 부패하는 모습을 보지 못 하게 하기 위해서이다. '관棺'이란 말은 완전하다는 뜻으로 시신을 감춰 온전한 모습을 유지하기 위한 것이다. '곽槨'이란 말은 외곽이란 뜻으로 덧널을 만들어 흙을 막아서 내관을 짓누르지 못 하게 하기 위한 것이다. ≪예기·왕제≫에 "천자는 내관과 덧널을 아홉 겹으로 하고, 수의와 이불을 120벌 장만한다. 공작이나 후작 등 제후는 내관과 덧널을 다섯 겹으로 하고, 수의와 이불을 90벌 장만한다. 대부는 큰 내관을 세 겹으로 하고, 수의와 이불을 50벌 장만한다. 사는 내관을 세 겹으로 하되 큰 내관을 사용하지 않고, 수의와 이불을 30벌 장만한다. 홑옷과 겹옷을 구비하면 (한 벌이란 의미에서) '일칭'이라고 한다"고 하였다. 반면 ≪예기·단궁상≫권8에서는 "천자의 내관은 네 겹으로 하는데, 물소 가죽을 씌운 내관으로 덮되 그 두께는 세 치로 하고, 피나무로 만든 내관 한 개와 가래나무로 만든 내관 두 개를 장만하며, 측백나무로 만든 덧널은 그루터기 부위를 써서 만들되 길이는 여섯 자로 한다"고도 하였다. 우虞나라 순왕舜王 때는 진흙으로 만든 덧널을 썼는데, 오늘날 나무를 사용하는 것은 어째서일까? 우나라 때는 질박함을 중시하였기에 진흙을 사용하였으나, 하나라 때는 문양을 보태었기에 주위를 벽돌로 쌓는 방식으로 이를 바꿨다. 이는 벽돌과 나무로 함께 주위를 둘러 아교나 옻을 사용하지 않았다는 말이다. 은나라 사람들은 내관과 덧널을 장만하면서 아교와 옻을 사용하였다. 주나라 사람들은 더욱 문양을 중시하여

말하고, '혁革'은 무두질한 가죽을 말한다. 반면 털을 제거하고 무두질한 가죽은 '위韋'라고 한다. 한편으로는 '피皮'는 호랑이나 표범의 가죽을 말하고, '혁革'은 무소나 외뿔소의 가죽을 말한다는 설도 있다.

담장을 치고 운삽雲翣을 설치하여 더욱 아름답게 장식하였다. 상례나 장례는 삶을 인연으로 죽음을 섬기는 것이라서 살아 생전에 없었으면 죽어서도 감히 인위적으로 만들지 말아야 한다. 태고적에는 동굴이나 들판에서 거주하고 짐승의 가죽으로 옷을 해입었기에 죽으면 섶을 입히고 안에 들여 감추면서 아름답게 꾸미지 않았다. 중고시대에는 궁실과 의복이 있었기에 비단옷을 입히고 내관과 덧널로 감추고 봉분을 만들고 나무를 심어 표시를 함으로써 형체를 살아 있을 때처럼 보이게 하였다. 하나라와 은나라때는 더욱 문양을 보태고 여러 가지 기계를 마련하여 시신을 보호하였다. 주나라에 이르러서는 문양을 극대화하더니 부부가 생전에 방을 함께 썼기에 죽어서도 같은 곳에 장사지내 주었다.

◇시신과 영구에 대해 논하다

●尸柩者, 何謂也? 尸之爲言, 失也, 陳也, 失氣亡神, 形體獨陳. 柩之爲言, 究也, 久也, 不復章也. 曲禮曰, "在床曰尸, 在棺曰柩."

○'시구'란 무슨 말일까? '시尸'란 말은 잃는다는 뜻이자 썩는다는 뜻으로 기운과 정신을 잃고 형체만 썩는다는 말이다. '구柩'란 말은 궁극적이란 뜻이자 영구적이란 뜻으로 다시 겉으로 드러나지 않게 한다는 말이다. 그래서 ≪예기·곡례하曲禮下≫권5에 "침상에 있으면 '시'라고 하고, 관 속에 있으면 '구'라고 한다"고 하였다.

◇상례와 장례를 신중히 치르다

●崩薨別號, 至墓同, 何也? 時臣子藏其君父, 安厝之義, 貴賤同. 葬之爲言, 下藏之也. 所以入地, 何? 人時861)於陰, 含陽光, 死始入地, 歸所與也. 天子七月而葬, 諸侯五月而葬, 何? 尊卑有差也. 天子七月而葬, 同軌862)必至. 諸侯五月而葬, 同會863)必至. 所以愼終重喪也.

---

861) 時(시) : ≪백호통소증≫에 의하면 '생生'의 오기이다.

○천자의 죽음과 제후의 죽음에 대해 호칭을 달리하다가 무덤에
도착하면 똑같이 매장하는 것은 어째서일까? 때가 되어 신하가
군주를 매장하는 것은 안치시킨다는 의미로서 귀천에 상관없이
동일하다. '장葬'이란 말은 관을 내려서 감춘다는 뜻이다. 땅속에
집어넣는 이유는 무엇일까? 사람은 음기(여성)에 의해 태어나 양
기를 머금는데, 사망해야 비로소 땅속으로 들어가 함께 했던 곳
으로 돌아가게 된다. 천자의 시신을 7개월이 지나 매장하고, 제
후의 시신을 5개월이 지나 매장하는 것은 어째서일까? 존비에
차이가 있기 때문이다. 천자의 시신을 7개월이 지나 매장하면 제
후국의 군주들이 찾아오고, 제후의 시신을 5개월이 지나 매장하
면 동맹국의 군주들이 찾아온다. 그래서 상례와 장례를 신중하게
치르는 것이다.

◇무덤의 위치에 대해 논하다

●禮曰[864], "冢人[865]奉圖, 先君之葬君[866]居以中, 昭穆爲左右. 羣臣
從葬, 以貴賤序."

○≪주례·춘관·총인≫권21에 "(춘관 소속) 총인은 무덤 지도를
받들어 선왕의 장지를 가운데에 위치시키고 소목에 따라 좌우로
장지를 정한다. 그러면 신하들은 따라와 장례를 치르면서 신분의
귀천에 따라 질서정연하게 자리잡는다"고 하였다.

◇합장에 대해 논하다

●合葬者, 所以固夫婦之道也. 故詩曰, "穀[867]則異室, 死則同穴." 又

---

862) 同軌(동궤) : 궤도가 동급인 신분인 제후국의 군주를 이르는 말.
863) 同會(동회) : 모임을 함께 했던 군주를 이르는 말로 동맹국의 군주를 가리킨다.
864) 曰(왈) : 이하 예문과 유사한 내용이 ≪주례周禮·춘관春官·총인冢人≫권21에
    전하는데, 원문을 개작한 듯하다.
865) 冢人(총인) : 주周나라 때 왕공王公의 무덤을 관장하기 위해 설치한 춘관春官
    소속 벼슬 이름.
866) 君(군) : ≪주례·춘관·총인≫권21의 원문에 의하면 연자衍字이다.

禮檀弓曰, "合葬, 非古也, 自周公已來, 未之有改也."

○합장이란 부부간의 도리를 공고히 하기 위한 것이다. 그래서 ≪시경·왕풍王風·대거大車≫권6에 "생전에는 방을 달리하였지만, 죽어서는 같은 무덤에 묻히고 싶네"라고 하였고, 또 ≪예기·단궁상檀弓上≫권6에 "합장은 옛 예법이 아니지만 (주周나라) 주공이래로 이를 바꾼 적이 없다"고 하였다.

◇성곽 밖에서 장례를 치르다

●葬於城郭外, 何? 死生別處, 終始異居. 易曰, "葬之中野," 所以絶孝子之思慕也. 傳曰, "作樂於廟, 不聞於墓. 哭泣於墓, 不聞於廟." 所以於北方, 何? 就陰也. 檀弓曰868), "孔子卒, 所以869)受魯君之璜玉870)葬魯城北." 又曰, "於邑北, 北首, 三代之達禮也."

○성곽 밖에 시신을 매장하는 것은 어째서일까? 살아 있을 때와 죽었을 때 장소를 달리하고, 태어날 때와 죽을 때 거처를 달리하기 때문이다. ≪역경·계사하繫辭下≫권12에서 "들판에 묻는다"고 한 것은 효자의 사모하는 마음을 끊기 위해서이다. 해설서에 "사당에서는 음악을 연주하지만 무덤에서는 들려주지 않고, 무덤에서는 곡을 하지만 사당에서는 들리지 않게 한다"고 하였다. 북쪽 방향으로 매장하는 이유는 무엇일까? 음기를 좇기 위해서이다. ≪예기·단궁하≫권9에 "공자가 사망하자 노나라 군주에게서 받은 황옥을 노나라 도성 북쪽에 묻었다"고 하였고, 또 "고을 북쪽에 묻으면서 머리를 북쪽으로 하는 것은 하夏나라·상商나라·주周나라 이래로 통용되던 예법이다"라고 하였다.

---

867) 穀(곡) : 곡식을 먹다. 즉 살아 생전의 시기를 뜻한다.
868) 曰(왈) : 이하 예문은 현전하는 ≪예기·단궁≫에 보이지 않는다. ≪백호통소증≫에서는 뒤의 '우왈又曰' 이하만 ≪예기·단궁하≫권9의 기록으로 보았으나 여기서는 잠시나마 위의 예문을 따른다.
869) 所以(소이) : ≪백호통소증≫에 의하면 '이소以所'의 오기이다.
870) 璜玉(황옥) : 반원 형태의 옥을 이르는 말.

◇봉분을 만들고 나무를 심는 것에 대해 논하다

●封樹者, 所以爲識. 故檀弓曰, "古也墓而不墳. 今丘也, 東西南北之人也, 不可以不識也. 於是封之, 崇四尺." 春秋含文嘉871)曰, "天子墳高三仞872), 樹以松. 諸侯半之, 樹以栢. 大夫八尺, 樹以欒. 士四尺, 樹以槐. 庶人無墳, 樹以楊柳."

○봉분을 만들고 무덤 주위에 나무를 심는 것은 표지로 삼기 위해서이다. 그래서 ≪예기·단궁상檀弓上≫권6에 "(춘추시대 노魯나라 공자가 말했다.) 옛날에는 무덤을 만들면서 봉분을 하지 않았다. 이제 언덕처럼 만드는 것은 내가 동서남북을 돌아다니는 사람이라서 표지를 세우지 않을 수 없어서이다. 그래서 봉분을 만들면서 (사방을 상징적으로 나타내기 위해) 높이를 네 자로 하는 것이다"라고 하였다. ≪춘추함문가≫에서는 "천자의 봉분은 높이가 세 길이고 소나무를 심는다. 제후는 그 반의 높이(열다섯 자)로 만들고 측백나무를 심는다. 대부는 여덟 자 높이로 만들고 모감주나무를 심는다. 사士는 네 자 높이로 만들고 홰나무를 심는다. 서민은 봉분을 하지 않고 버드나무를 심는다"고 하였다.

■白虎通義卷下■

---

871) 春秋含文嘉(춘추함문가) : ≪춘추경≫에 관한 저자 미상의 위서緯書 가운데 하나. 이미 오래 전에 실전되었다. 청나라 주이준朱彝尊(1629-1709)의 ≪경의고經義考≫권266 참조.

872) 仞(인) : 도량형 단위인 길(일곱 자). 시대마다 다소 차이는 있으나, 1호毫의 10배를 리釐, 1리의 10배를 푼分, 1푼의 10배를 촌寸, 1촌의 10배를 척尺, 1척의 7배를 인仞, 1척의 10배를 장丈이라고 하였다.